U0126726

明代復古派杜詩學研究

陳英傑 著

臺灣 學七書局 印行

自 序

　　談及明代復古派，一般人的印象常是摹擬太甚，食古不化。
這個問題，復古派諸子自有覺察，實難爲之諱言。不過，身爲復
古派後期最重要的理論家之一，許學夷《詩源辯體》卻有一段很
有意思的論辨：

> 擬古與學古不同，擬古如摹帖臨畫，正欲筆筆相類；朱子
> 謂「意思語脈皆要似他的，只換却字」，蓋本以爲入門之
> 階，初未可爲專業也。[1]

文中指出，「擬古」有別於「學古」，前者是學詩的入門手段，
後者則爲目標。許學夷特予釐析，誠然是在影射、針砭復古派內
部的摹擬太甚之弊，故後文緊接著說：「于鱗、元美於古詩樂府
篇篇擬之，則詩之眞趣殆盡」；[2]但換個角度，不啻也透露出他
對於「學古」一事的堅持。換句話說，復古派的流弊癥結，可說
是將摹擬的入門手段錯認爲目標，深陷泥淖，欲振乏力，惟是
「古」的典範價值自屬超然。這是一種非常特殊的思維。因爲對

1　許學夷著，杜維沫校點：《詩源辯體》（北京：人民文學出版社，
　　1998），卷3，頁52。
2　同前註。

於復古派實存的摹擬之弊，許多人的批評思路，很自然地會因「擬古」而波及「學古」，轉趨「師心」；[3]反觀許學夷對「學古」的逆勢堅持，則引導我們不得不去思索「古」的魅力問題。

　　其實，不僅許學夷個人堅持「學古」，整個復古派的理論發展和實踐，都是在回應「古」的魅力問題。這本小書瞄準復古派的「杜詩學」，即是針對此問題的初步研究成果。選定「杜詩學」，主要理由有二：其一，杜詩是復古派詩歌典範的重要組成；其二，復古派的摹擬之弊和學杜風氣尤有關連。再者，個人博士研究階段，在黃景進教授指導下，聚焦梳理宋明之間詩學史上的「盛唐」觀念發展，當時自難迴避復古派杜詩論評，卻因文獻繁多而複雜，是以未暇妥善處理；此番別立專題，盼能延續既往的學思脈絡提出更深化的探索。

　　本書內容計分七章，首章〈緒論〉將更詳密地導出所欲探索的核心問題。此後各章，略以時間為軸線，梳理李夢陽、何景明、謝榛、王世貞、胡應麟、許學夷的杜詩學論述。研究的過程，將會運用堅實的第一手文獻，但絕非平面式的鋪陳或堆砌文獻，尤著重於探討諸子如何透過杜詩學的建構去回應現實摹擬之弊，堅守復古的信念。要之，「杜詩學」是本書研究的核心對

3　許學夷〈詩源辯體自序〉曾直言批評袁宏道、鍾惺等人「背古師心」、「以師心為尚」；同前註，頁 1。此雖并稱袁、鍾，實則「師心」之說特為劍指袁氏，許學夷云：「大都中郎之論，意在廢古師心；而鍾、譚之選，在借古人之奇以壓服今人耳」；同前註，卷 36，頁 370。其論馮元成亦云：「意在師心，恥於宗古」，視為「中郎之先倡」；同前註，卷 35，頁 349。當然，鍾、譚「借古人之奇」，對復古派仍有極大衝擊，許學夷的具體回應，本書也將有所探析。

象，實則也是切入問題的重要視角。末章殿以〈結論〉，統攝全
稿，同時展望未來。附錄論文一篇，雖似逸離「杜詩學」範疇，
惟仍緊繫復古派的摹擬問題，願供讀者卓參。

　　本書部分內容的寫作，曾獲得行政院科技部專題研究計畫的
經費資助，並公開發表於學術期刊和研討會。詳要資訊列述如
下：

1. 第三章〈謝榛的杜詩學〉，係科技部專題研究計畫「復古
   派的杜詩批評與詩法論述：以謝榛、李攀龍、王世貞爲中
   心」（MOST 105-2410-H-004-196）之部分成果。

2. 第四章〈王世貞的杜詩學〉，亦爲前揭科技部專題研究計
   畫「復古派的杜詩批評與詩法論述：以謝榛、李攀龍、王
   世貞爲中心」之成果。2017 年 5 月曾以〈王世貞杜詩學研
   究〉爲題，發表於世新大學中文系主辦「第十屆兩岸韻文
   學學術研討會」。

3. 第五章〈胡應麟的杜詩學〉，係科技部專題研究計畫「從
   《詩藪》到《詩源辯體》：明代復古派的杜詩價值論」
   （MOST 104-2410-H-004-167）之部分成果。2016 年 3 月
   曾以〈胡應麟《詩藪》的杜甫律詩批評──以夔州以後詩
   的評價爭議爲討論起點〉爲題，發表於國立政治大學文學
   院和外語學院、陳百年先生學術基金會、德國特里爾大學
   漢學系和歷史研究中心主辦「移動的空間──生活世界與
   人文科學國際會議」；2016 年 12 月修訂後以〈鑒戒與重
   構：論胡應麟《詩藪》的杜詩批評〉爲題，刊載於《文與
   哲》第 29 期（THCI Core）。

4. 第六章〈許學夷的杜詩學〉，亦爲前揭科技部專題研究計

畫「從《詩藪》到《詩源辯體》：明代復古派的杜詩價值論」之成果。2017 年 12 月曾以〈許學夷《詩源辯體》杜詩學析論〉爲題，刊載於《臺大中文學報》第 59 期（THCI Core）。

5. 附錄〈明代復古派詩學中的「文」、「情」辯證議題〉，2014 年 11 月曾以〈明代復古派的抒情論述〉爲題，發表於國立政治大學中文系主辦「情志批評與中國文學研究學術研討會」；2015 年 12 月修訂後改爲今題，刊載於《思與言》第 53 卷第 4 期（THCI Core）。

前揭研究計畫申請和成果發表之際，幸獲匿名審查人、研討會特約討論人和師友指正，俾使錯誤盡量降低，獲益匪淺，敬致謝忱。今爲收入本書，對各章節的標題、內容和架構，仍有必要性的大幅修補。

本書的構思和寫作歷時四年餘，期間眾多師長、同仁、朋友、學生，不吝關懷和鼓舞，諸般善緣，銘篆難忘；尋求出版的過程中，特承廖棟樑教授、曾守正教授、陳仕華教授及學生書局陳蕙文女士鼎力幫助，黃明理教授賜下珍貴題簽，兩位匿名審查先生惠予修訂意見，謹此一併致謝。爲便於查考文獻和寫作，近年來我幾以研究室爲家，難免犧牲了和家人相聚的時光。感謝內人陳怡蒨體諒，也謹將本書獻給我的父母陳坤盛先生、趙妙齡女士，以誌其無私的養育栽培之恩。

復古派杜詩學內涵豐厚，個人雖然黽勉研究，惟學識所限，書中必仍有不少疏漏之處，博雅君子幸垂教焉。

陳英傑 序於臺北木柵

明代復古派杜詩學研究

目　次

第一章 緒 論

第一節 問題的導出

　　一個文學流派的興起和摶成，必定伴隨新人耳目的理論建構和創作實踐；不過，其理論、實踐之間的落差，往往也是一個文學流派最引人質疑、終致渙散的關鍵。明代復古派雄踞明中葉以後詩壇百餘年，實有取法高格的壯志，誠如《明史》中精簡的口號：「倡言文必秦漢，詩必盛唐」，[1]但其創作實踐摹擬太甚、未能杼軸予懷，也一直是揮之不去的疑雲，至今仍給人鮮明的刻板印象。秦漢文、盛唐詩的崇高典範，誠然令人嚮往，但相比於復古派「贗古」之作，[2]兩端的落差何啻雲泥。這種刻板印象之所以深入人心，清乾隆年間四庫館臣的大規模宣揚，值得我們首先注意。據《四庫全書總目》的「《空同集》提要」：

---

[1]　張廷玉等：《明史》（北京：中華書局，1974），卷 286，頁 7348。
　　案：本書所引文，特別說明之外，凡以括弧校識文字或附註所提作品篇名，或添加底線強化重點，皆本人所為。為求行文清簡，以下不另附註敘明。

[2]　永瑢等：《四庫全書總目》（北京：中華書局，2003），卷 179《峽雲閣存草》提要，頁 1621。

> 成化以後，安享太平，多臺閣雍容之作；愈久愈弊，陳陳
> 相因，遂至嘽緩冗沓，千篇一律。夢陽振起瘰痺，使天下
> 復知有古書，不可謂無功。……平心而論，其詩才力富
> 健，實足以籠罩一時；而古體必漢魏，近體必盛唐，句擬
> 字摹，食古不化，亦往往有之。[3]

可以發現，四庫館臣雖注意到李夢陽（1472-1529）復古之說，
自有其在明代詩史上亟欲振衰起弊的壯志、功績，卻並未認可李
夢陽為明詩建立了一個足以和漢魏、盛唐並駕齊驅的黃金時代。
原因是，館臣實際檢閱李夢陽的詩歌創作，直指箇中癥結正是
「句擬字摹，食古不化」。身為復古派的領袖，李夢陽所遭致摹
擬太甚的批評，也會被順理成章放大為整個流派的通病。如館臣
另一段文字所述：

> 末俗承流，空疏不學，不能如王、李剽掇秦漢，乃從而剽
> 掇王、李，黃金白雪，萬口一音。[4]

這是在講王世貞（1526-1590）、李攀龍（1514-1570）等復古派
宗匠仍不免「剽掇」之病，其眾多追隨者只能等而下之。更特別
的是，討論到文學史上早有前例的「摹擬」現象，館臣也刻意舉
出復古派來對比：

---

[3]　同前註，卷 171《空同集》提要，頁 1497。
[4]　同前註，卷 172《少室山房筆叢》提要，頁 1512。

（高啟）摹仿古調之中，自有精神意象存乎其間，譬之褚
臨禊帖，究非硬黃雙鉤者比，故終不與北地、信陽、太
倉、歷下同為後人詬病焉。[5]

高啟（1336-1373）是明初詩壇名家，館臣讚賞高詩擬古之餘，
尚能保有自家的「精神意象」；對比之下，復古派的致命傷正在
於摹擬太甚。實際上，綜觀《四庫全書總目》中的明人文集提
要，也幾乎隨處可見批判復古派的同類論調：「剿割秦漢」、
「剽竊摹擬」、「都無新意」、「摹古太似」、「一字一句必似
古人，而意趣則罕所自得」、「舊調居多，新意殊少」、「塗澤
字句，鉤棘篇章，萬喙一音，陳因生厭」、「沿王、李之塗
飾」、「沿襲窠臼，貌似而神非」。[6]在館臣評判下，復古派儼
然是一個古色斑斕卻殊乏真情實感及創造力的文學流派。《四庫
全書總目》的學術論見，本有「欽定」的屬性，頒行流布之後，
自然會對世人造成很大的影響。[7]

　　民國肇建，「欽定」的政治環境不復存續，但復古派前述給

5　同前註，卷 169《大全集》提要，頁 1472。

6　同前註，卷 171《對山集》提要，頁 1499；卷 177《江午坡集》提要，
　　頁 1583；《穀原集》提要，頁 1584；《天目山堂集》提要，頁 1597；
　　卷 178《震堂集》提要，頁 1600；《覆瓿集》提要，頁 1602；《袁中郎
　　集》提要，頁 1618；卷 179《白榆集》提要，頁 1621；《峽雲閣存草》
　　提要，頁 1621；卷 180《編蓬集》提要，頁 1627。

7　余嘉錫指出：「乾嘉諸儒於《四庫總目》不敢置一詞，間有不滿，微文
　　譏刺而已。道、咸以來，信之者奉為三尺法，毀之者又頗過當。」見氏
　　著：《四庫提要辨證》（北京：中華書局，1980），卷首〈序錄〉，頁
　　48。

人的刻板印象，卻隨著「新文學運動」的發展而益加凝定。民國六年（1917），胡適（1891-1952）在《新青年》雜誌上發表〈文學改良芻議〉，所提出的「八個主張」中，便有一項是「不摹仿古人」；[8]這種主張顯然和明代復古派背道而馳。緣此，陳獨秀（1879-1942）隨後也在同一份雜誌上發表〈文學革命論〉聲援，對於「近代文學」，僅欣賞「元明劇本，明清小說」，而直指復古派爲「妖魔」，更說：

> 若夫七子之詩，刻意模古，直謂之抄襲可也。[9]

民國二十一年（1932），周作人（1885-1967）應北平輔仁大學之邀發表講演，其內容稍後集結爲《中國新文學的源流》一書；周氏未必同意胡適的文學觀和文學史觀，書中頗有明針暗砭，[10]但其推崇晚明小品文之際，依舊指出：

> 因為他們是反對前後七子的復古運動的，所以他們極力地反對摹仿。[11]

8　胡適：〈文學改良芻議〉，《胡適古典文學研究論集》（上海：上海古籍出版社，1988），頁 19。

9　陳獨秀：〈文學革命論〉，附入《胡適古典文學研究論集》，頁 34。

10　參閱陳岸峰：〈追源溯流，旁敲側擊：論周作人的《新文學的源流》〉，《中國學術年刊》第 36 期（2014 年 3 月），頁 117-142。

11　周作人：《中國新文學的源流》（上海：華東師範大學出版社，1995），頁 25。

這其實是將復古派的文學理論或創作方法簡單概括爲「摹仿」；
至於復古派諸子的創作績效，也毫不客氣地斥爲「假古董」。[12]

　　在民國初年的文學或文化環境中，爲了「新文學」的議題論
述和思辨，學者回頭清理往昔的文學發展軌跡，就「明代文學」
的範圍來說，雖能欣賞劇本、小說或晚明小品文，但針對復古派
的猛力撻伐，大抵只是沿襲了四庫館臣舊有的論見。值得注意的
是，一旦脫離「新文學」的議題語境，宋佩韋（原名雲彬，
1897-1979）在同一時期民國二十三年（1934）出版的《明文學
史》，其「斷代史」的體例而形諸專書篇幅，對明代文學發展面
貌的掌握自當更趨於詳細。具體來看，宋氏在書中曾如此描述明
代復古派崛起的意義：

> 文學復古運動的起來，很明顯地是對雍容平易的臺閣體和
> 格律謹嚴的茶陵派的詩文的反動。但還有一個根本原因在
> 著就是：對於八股文的反動。……這時候文章方面化排偶
> 爲散體，詩歌方面反哩緩爲雄健，差不多已成爲時代的要
> 求。李夢陽等提出「文必秦、漢，詩必盛唐」的口號，使
> 人家知道四書、五經外還有古書，代聖賢立言的八股文外
> 還有散體的秦漢文，哩緩的臺閣體的詩外還有雄健的盛唐
> 詩，正合著時代的要求；所以振臂一呼，應者四起。[13]

這段文字算不上是石破天驚的創見，但相較於當時新文學論者將

12　同前註，頁 27。
13　宋佩韋：《明文學史》（上海：商務印書館，1934），頁 4。

復古派簡單貶斥為「妖魔」、「抄襲」、「摹仿」，宋佩韋特能
正視復古派改革時弊的積極意義，所述實較周延、立體。不過，
書中也察覺到復古派的弊病：

> 在復古派的詩文的作風上，我們還可以看到一點時代的背
> 景。復古派的詩文，有兩點最為後人口實：第一、是摹擬
> 或剽竊；第二、是虛矯或膚闊。剽竊是由於摹擬而來，凡
> 摹擬未有不流於剽竊的；……明代士大夫經過了長期的八
> 股文的訓練，已不知不覺養成了摹倣的根性，復古派儘以
> 起衰救弊為己任，儘怎樣地高唱「文必秦、漢」，卻終於
> 逃不出這摹倣古人的圈套。這是時代的桎梏，任憑你怎樣
> 聰明睿智，都擺脫不了這個桎梏！至於虛矯或膚闊，終歸
> 一句就是不切實的強作壯語。這也是時代使然：因為那時
> 候朝政不綱，亂象已成，士大夫都有匡救時俗的壯懷，然
> 卻沒有感受到切實的苦痛，強作壯語，正是這個時代士大
> 夫階級意識的表現。[14]

文中提到復古派的「摹擬」、「剽竊」和「虛矯」、「膚闊」。
這兩項弊病，實為二而一的問題；依文中所述，「虛矯」、「膚
闊」，指復古派「不切實的強作壯語」，這也正是一味「摹
擬」、「剽竊」的具體表現。宋佩韋此處的解析，側重在挖掘這
些弊病各有「時代的背景」。如此的解析，較諸新文學論者，再
度展現了周延、立體之優長。惟若進一步參照前揭的「《空同

集》提要」，我們卻會發現，宋氏對復古派意義和弊病的論述，終究仍只是承續了四庫館臣的舊說稍加鋪衍而成。這也就是說，縱使「欽定」的環境不再，亦無論是否涉入「新文學」的語境，民初對復古派的各種正反面認知，實未突破四庫館臣設置的框架（frame）。

　　大凡學術研究的發展，總是後出轉精，日趨詳密。然而數百年來，館臣一類的復古派論述，仍爲許多學者所沿承或作爲接續發揮的基礎。相關論說的流行情形，可再舉數例。1963 年，日本著名漢學家吉川幸次郎（1904-1980）出版《元明詩概說》，特闢專節詳要評析「古文辭的功過」，主要認爲復古派有關文學本質的縝密思考，以及標舉秦漢文、漢魏和盛唐詩的精確文學史識，皆值得表彰；但吉川先生對於復古派的缺陷，仍集中在「摹擬」問題：

> 主張祖述有限的典型，力求與之同歸一致的結果，使他們的作品無法擺脫窠臼，變成了古人的奴隸，難免止於單純的模仿，毫無推陳出新、獨出心裁的創造性可言。……即使以擬作或贋品而論，既不逼真，也不高明。他們的模仿僅止於皮相的模仿，對於古人之詩，「生吞活剝」，根本不了解內在的「精神脈理」，……就祖述杜甫之詩而言，他們只能粗略地模擬杜詩壯闊雄渾的外表，而於杜詩精細的感性和縝密的韻律，不是了無體會或力所不及，就是不加重視而置之度外。[15]

---

[15] 吉川幸次郎著，鄭清茂譯：《元明詩概說》（臺北：聯經出版事業公

他更批評復古派的詩歌擬作「千篇一律」、「單調乏味」。[16]此外，再請留意民國七十六年（1987），臺灣大學中文系教授葉慶炳（1927-1993）的《中國文學史》，並曾就復古派的績效進行檢覈：

> 前後七子振興散文詩歌之目的並未達成。究其原因，不外下列二點：其一，是輩以模擬為創作之不二法門，因之作品缺少獨創之精神與風格。……其二，前後七子或互相標榜，或互相排擠，其把持文壇、目空一切之惡劣態度，令人厭惡。潔身自好之士，無不望而卻步。故其振興散文詩歌之壯志誠然可嘉，但其採取之途徑及做人態度則兩無可取。[17]

可見葉先生認為復古派績效不佳的根本因素，在「做人態度」之外，主要仍是針對「模擬」、「缺少獨創」的創作取徑層面提出批評，總評「兩無可取」，語氣十分強烈。到了 1996 年，袁震宇、劉明今合著《中國文學批評通史——明代卷》，利用更充裕的篇幅，對復古派諸子的文學論見進行較全面的梳理，但對於李夢陽以降「摹擬」問題的成因，則歸咎於「復古」的口號：

司，2012），頁 223。

16　同前註，頁 224。這項批評，又見於吉川氏：〈李夢陽的一面——「古文辭」的庶民性〉，收入前揭書，附錄一，頁 248。

17　葉慶炳：《中國文學史》下冊（臺北：臺灣學生書局，1987），頁 264。

以復古為號召，雖然對當時沉悶草闠的文學界起了振聾發聵的作用，使人們知道除了臺閣體、性理詩、八股文之外還有情思勃發、風格高古的漢魏盛唐的詩文；但是，復古的口號畢竟存在著很大的片面性，復古與求真，其基本傾向是矛盾的，復古不能代替今後文學的發展，要創出新的以真情為本、反映時代特點的文學還必須另闢蹊徑。[18]

依照這段說法，復古派的「求眞」，值得肯定；但其「復古」的理念和手段，卻和原有目標「矛盾」，故必須「另闢蹊徑」。正如書中另一處所言：

以復古來求真的創作方法卻又造成了重大的局限，過度地效摹古人詩作的體製格調必然地束縛了詩歌自由自在地發展。[19]

顯然，兩位先生的梳理，不僅意在呈現復古派文學論見的眞面目，更預設著一種文學必須「求眞」的觀點、基準，去查驗復古派的創作績效，終致勾銷了復古派主張「復古」的意義；換言之，作為一種創作方法，「復古」實無效益！

　　數百年來的復古派批評，此處無法縷述，但綜觀以上的考察，論者大抵有志一同，皆是認定、預設復古派存在著摹擬太甚的事實，然後施以嚴厲批判；較詳密的論者還會進一步追究箇中

18　袁震宇、劉明今：《中國文學批評通史——明代卷》（上海：上海古籍出版社，1996），頁 165。
19　同前註，頁 150。

原因，乃至於揭露復古派原有目標和創作取徑之間的「矛盾」。不過，這種流行的觀感或論調，恐怕很難照應到若干重要的細節。就文學的學習和創作來審辨，「摹擬」的行為是否毫無意義？或者說，「摹擬」一事是否必將導致「抄襲」、「剽竊」的結局？四庫館臣特別提到高啓擬古之餘自有精神意調，儼然視為「摹擬」的正例，但高啓的作法是否還能稱為「摹擬」？亦即館臣以高啓的優秀來對比復古派的卑下，然而復古派的「摹擬」，是否另有高啓一輩所未思及的考量？倘若「摹擬」的作法，一如前述諸多的言之鑿鑿，乃是將創作者誘入窮巷絕境的根本癥結，為什麼復古派反而津津此道？再者，據《明史‧文苑傳》：「夢陽主摹倣，景明則主創造」，[20]「摹倣」、「創造」能否截然二分？此外，復古派人物性格，實頗任誕桀驁，如前述部分資料曾提到李夢陽敢於「振起痿痺」，李攀龍、王世貞也都有追求「不朽」的雄心，[21]然則，論者竟是慣於撻伐復古派「缺少獨創」，是否可能過度簡化復古派的文學理論和實踐？這些問題都潛藏在前述論者言說之中，但其立論之際，卻未必有適切的說明。

　　其實，有關四庫館臣的「復古派批評」，隨著近年學界的深入研討和反思，漸有鬆動的跡象。如何宗美檢驗《四庫全書總

20　張廷玉等：《明史》，卷 286，頁 7350。

21　王世貞《藝苑巵言》曾引李攀龍之語：「不朽者文，不晦者心。」見羅仲鼎校注：《藝苑巵言校注》（濟南：齊魯書社，1992），卷 1，頁 19。「巵」、「卮」可通，惟羅仲鼎〈凡例〉自言以明萬曆經世堂（應為世經堂）刻《弇州山人四部稿》原錄《藝苑巵言》為底本；今複按該本，實作「巵」而非「卮」。故本書凡稱王世貞原書則作《藝苑巵言》；凡引今人校注本或著述，「巵」、「卮」各從所用，不予校改。

目》的復古派別集提要，即發現所述復古派摹擬太甚的負面形象，乃是館臣基於某種先入爲主的批評立場刻意誇大的產物。[22] 簡錦松細讀李夢陽詩文集，也能清晰讀出當中「我情今事」的書寫特色，確認李夢陽「主體我」的存在。[23]至於曾守正聚焦於辨析四庫總目中的復古派詩文評類著作提要，同樣覺察到館臣對復古派摹擬問題的處理流於「簡單化」、「標籤化」，認爲復古派本有的文學論述並不如此粗糙，「若不重新細究其間複雜性，七子派的歷史圖像難有立體化的呈現」。[24]故要而言之，當代學者已然注意四庫館臣前述一類論調隱含的問題，並能澄清復古派諸子的「創作實踐」、「理論思維」兩端，實不能以「摹擬」、「剽竊」一概簡單視之。這些論見，在復古派批評史上具有「轉向」的意義。我們也不難發現，近年陸續出版的龔鵬程《中國文學史》、章培恆和駱玉明主編《中國文學史新著》、孫康宜和宇文所安（Stephen Owen）主編的《劍橋中國文學史》等書，都一

---

[22] 何宗美：《明代文學還原研究——以《四庫總目》明人別集提要為中心》（北京：人民出版社，2014），頁 367-370。

[23] 簡錦松研究發現：李夢陽詩歌常能具體寫出時、地，有助於落實主體我的情與事；再者，他並能以獨見的新境，表現主體我的觀察力；以叮嚀的敘事，表現主體我的真情；以無忌諱的寫實，表現主體我的復古。詳見氏著：〈從李夢陽詩集檢驗其復古思想之真實義〉，收入王瓊玲主編：《明清文學與思想中之主體意識與社會——文學篇》（臺北：中央研究院中國文哲研究所，2004），頁 102-118。

[24] 曾守正：《權力、知識與批評史圖像——《四庫全書總目》「詩文評類」的文學思想》（臺北：臺灣學生書局，2008），頁 167。李夢陽另有著名的「真詩」之說，亦可證其文學論述並非專主語言形式上的摹擬。近年最簡要的討論，可見陳文新：《明代詩學的邏輯進程與主要理論問題》（武昌：武漢大學出版社，2007），頁 121-134。

改四庫館臣以降常見的屬詞批判作風，轉而特別著墨於復古派張揚才情的一面。[25]

　　儘管如此，我們仍須注意：四庫館臣對復古派「摹擬」問題的批判，實非毫無依據。簡錦松細讀李夢陽詩文，也發現許多地方沿用古人語詞，足令讀者產生摹擬太似之感。[26]尤其應當留心的是，復古派的「摹擬」疑雲、爭議，並不始於館臣或明人對立性的陣營、流派，恰是起自復古派蕭牆之內。作為復古派崛起之初和李夢陽齊名的人物，何景明（1483-1521）已曾批判李詩：

　　　刻意古範，鑄形宿鏌，而獨守尺寸。[27]

又貶斥為「古人影子」，因而引起李夢陽的強烈反彈。[28]然而，

---

[25] 龔鵬程《中國文學史》說：「前後七子之理論核心並不是法而是才與情。」章培恆、駱玉明《中國文學史新著》說：「李夢陽所倡導的詩文復古，既有張揚真情、否定程朱理學的積極一面，也有在形式上缺乏創新精神的消極一面。但相比而言，其積極一面是主要的，這在其創作實踐中也可清楚看出。」孫康宜、宇文所安（Stephen Owen）《劍橋中國文學史》說：「在李夢陽和他的朋友看來，真正的抒情詩已經消失很久了。……他們主張回到抒情詩的『本』，學習盛唐，特別是學習杜甫。」分別引自龔鵬程：《中國文學史》下冊（臺北：里仁書局，2010），頁265。章培恆、駱玉明：《中國文學史新著》下冊（上海：復旦大學出版社，2007），頁69。孫康宜、宇文所安主編：《劍橋中國文學史》下卷（北京：三聯書店，2013），頁48。

[26] 簡錦松：〈從李夢陽詩集檢驗其復古思想之真實義〉，頁136。

[27] 何景明著，李淑毅等點校：《何大復集》（鄭州：中州古籍出版社，1989），卷32〈與李空同論詩書〉，頁575。

在李、何共同友人陸深（1477-1544）眼中，何景明的詩歌也難逃同樣的「摹擬」疑慮：

> 近時李獻吉、何仲默最工，姑自其近體論之，似落人格套，雖謂之擬作亦可也。[29]

我們只需實際翻閱李攀龍詩集，也能清楚察知縱使是復古派鉅子，猶或不免摹擬太甚的嫌疑。王世貞便曾如此看待李攀龍的擬古樂府之作：

> 無一字一句不精美；然不堪與古樂府並看，看則似臨摹帖耳。[30]

這些資料的舉出，倒不是爲了回頭印證四庫館臣一類的批評，主要是想強調：復古派創作實踐層面的「摹擬」，乃是文學史上實存的現象，早就受到復古派內部的關注、檢視。是故，早年論者

---

[28] 「古人影子」一詞，語氣強烈，李夢陽〈駁何氏論文書〉中曾有記述，但未見於今存何景明書信，應是編入文集時經過潤飾。參閱李夢陽：《空同集》（《景印文淵閣四庫全書》第 1262 冊，臺北：臺灣商務印書館，1983），卷 62，頁 7 下。

[29] 陸深：《儼山外集》（《景印文淵閣四庫全書》第 885 冊），卷 15〈玉堂漫筆〉，頁 8 下。

[30] 王世貞著，羅仲鼎校注：《藝苑巵言校注》，卷 7，頁 351。「擬古樂府」之外，李攀龍其他各體創作也有明顯的摹擬痕跡，而這也是復古派諸子普遍的情況。相關討論可見鄭利華：《前後七子研究》（上海：上海古籍出版社，2015），頁 573-586。

對於復古派的簡單貶抑，誠失公允；但假如我們側重著墨於復古派理論和實踐自有其張揚才情的一面，恐怕則會陷入類似的窠臼。試就復古派的立場來設想，應如何對待「摹擬」？這其實是更爲切身的問題。這個問題，自李、何引爆之後，至李攀龍仍重蹈覆轍，可見棘手之程度，然而直接關乎一代復古志業的成敗，極爲緊要。王九思（1468-1551）名列「前七子」之一，對復古運動必有親切體會，其〈刻太微後集序〉便曾表示：

> 嗚呼，文豈易爲哉！今之論者，文必曰先秦兩漢，詩必曰漢魏盛唐，斯固然矣。然學力或歉，模仿太甚，未能自成一家之言，則亦奚取于斯也。[31]

王九思注意到復古派的「摹擬」現象，還進一步慨歎爲文之難，難在既要取法古代典範，又須追求自成一家；若無法自成一家，「亦奚取于斯也」，作品價值之無可取，形同是宣告復古的失敗。黃省曾（1496-1546）也致函李夢陽說：

> 詩教之道，天動神解，本由情流，弗由人造。……但世人莫察自然，咸遵剽假；古途雖踐，而此理未逮；藝英雖徧，而正軌未開；秀句雖多，而真機罕悟。[32]

31　王九思：《渼陂續集》（《續修四庫全書》第 1334 冊影印明嘉靖刻崇禎修補本，上海：上海古籍出版社，1995），卷下，頁 11 下。

32　黃省曾：《五嶽山人集》（《四庫全書存目叢書》集部第 94 冊影印南京圖書館藏明嘉靖刻本，濟南：齊魯書社，1997），卷 30〈寄北郡憲副李公夢陽書〉，頁 781-782。

這封書信的語境，原係恭維李夢陽復古之際也能踐履詩歌抒情之道；其為事實與否，姑且按下不表。請注意黃省曾所指的「世人」，實是針對復古派的「剽假」，雖尚友「古途」，卻無法掌握「正軌」、「眞機」；可見他並沒有否定復古，只是批判時人若無法踐履抒情之道，那麼所謂的「古途」，便不足以體現詩歌創作的最高價值。為此，黃省曾還編了一部漢魏至唐初的詩歌選本《詩言龍鳳集》，欲匡正風氣。[33]這些說法皆是復古派內部非常清晰的自覺。四庫館臣曾因「摹擬」的現象斬斷復古派命脈，然而復古派既然早有自覺，我們便有必要釐清如下的問題：復古派「理論思維」的建構、發展，究竟是如何回應「創作實踐」的現象？換言之，復古派面對社群內部實存的「摹擬」現象，如何加以救治、彌補？如何抗衡外界日漸增強對於「摹擬」現象的攻擊力道，繼續堅守「復古」的理念，不致因「摹擬」而放棄「復古」？我們還當進一步觀察：其「復古」的理念如何展現彈性、與時俱進？一系列切身且迫切的問題，學界尚未給予充分的關注。

　　復古派實存的摹擬太甚，及其對原有復古理念成敗的反噬，其實就是理論和實踐之間的斷裂。這類現象向來頗受明人留意，廣泛檢閱明人詩話和文集，可發現南朝梁蕭統（501-531）、南宋嚴羽（1195?-1245?）、時少章、劉辰翁（1232-1297）、當代高棅（1350-1423）、楊愼（1488-1559）、胡應麟（1551-1602），都曾被指出理論及其創作實踐之間的斷裂現象。[34]針對

33　同前註，卷 25〈詩言龍鳳集序〉，頁 736-737。

34　依序舉例：王世貞《藝苑卮言》卷 3：「昭明鑒裁有餘，自運不足」，見羅仲鼎校注：《藝苑卮言校注》，頁 139。陳沂《拘虛詩談》：「宋

這類現象，明人亟思加以彌縫，試圖在創作實踐上維繫、發揮原有理論的美好效益，遂進一步帶動了理論本身的澄清、調整或延展，這是一種探求「理論實效」的思維。[35]前述提出的一系列問題，也可說是擬對復古派的「理論實效」思維，進行系統性的研究。

爲求研究順利聚焦，我們實可特別注意復古派對「杜詩」的論述。「文」的復古，當然是整體復古運動中的重要環節。但「詩」之爲體的抒情本質設定，自有悠久的歷史傳統，構成了明人論詩、評詩和作詩的前理解（pre-understanding）；循這種觀念出發，更能清楚照見復古派摹擬太甚的現象和問題，相關的文獻材料也較豐富。李夢陽、何景明最初引爆有關摹擬的爭議，也是針對「詩」。我們擬聚焦於杜甫（712-770）的詩歌，關鍵的原因是，復古派詩學之復古，與「學杜」的觀念實有非常密切的聯

人無知詩者，唯嚴滄浪之論極是，但滄浪所自作者，殊不類其所談」，見周維德集校：《全明詩話》（濟南：齊魯書社，2005），頁 678。胡應麟《詩藪》雜編卷 5：「右時氏諸評。……其識故未易及，第自運不稱耳」，見氏著：《詩藪》（上海：上海古籍出版社，1979），頁 324。李東陽《懷麓堂詩話》：「劉會孟名能評詩，……及觀其所自作，則堆疊餖飣，殊乏興調，亦信乎創作之難也」，見李慶立校釋：《懷麓堂詩話校釋》（北京：人民文學出版社，2009），頁 92。謝肇淛《小草齋詩話》卷 2：「高廷禮選唐，揚搉精當，境界無遺。近代楊家《丹鉛》、胡氏《詩藪》，品藻百代，游刃有餘。而考其著述，略不爾爾。迺知鑒裁、自運原屬兩途，抑或明於旁觀，迷於當局」，見張健輯校：《珍本明詩話五種》（北京：北京大學出版社，2008），頁 372。

35 本人曾以明人的「嚴羽批評」為例討論「理論實效」議題。見拙著：〈論明代「詩學盛唐」觀念的新異性——一個「理論實效」的思考脈絡〉，《漢學研究》第 26 卷第 3 期（2008 年 9 月），頁 157-190。

繫。以下試論之——

　　復古派詩學欲追求的「古」，係指哪些作品？如前所述，
《明史》將復古派詩學宗尚簡括為「詩必盛唐」，指其特重盛唐
詩。然而，這個概括其實不夠精確，學者早已有所澄清，如廖可
斌指出：

> 對於學古應取法的榜樣，前七子的看法基本一致，即古詩
> 以漢魏為師，旁及六朝；近體詩以盛唐為師，旁及初唐，
> 中唐特別是宋元以下則不足法。[36]

簡錦松也曾分析復古派的詩集結構特色，更綿密地指出：

> 由各體詩之存不存與多寡次序，可見復古派大約有四點強
> 調：一、上追風雅，作詩經體之詩。二、提倡漢魏晉，作
> 漢魏晉體之五古與五樂府。三、特重杜甫，而重視五律。
> 四、廣途於盛唐，七絕亦不廢也。[37]

我們再就李夢陽晚年的〈詩集自序〉來看：

> 於是廢唐近體諸篇，而為李、杜歌行。……李子於是為六
> 朝詩。……於是詩為晉、魏。……於是為賦、騷。……於

36　廖可斌：《明代文學復古運動研究》（北京：商務印書館，2008），頁
　　127。

37　簡錦松：《明代文學批評研究——成化、嘉靖中期篇（1465-1544）》
　　（臺北：臺灣學生書局，1989），頁197。

是為琴操、古歌詩。……於是為四言，出風入雅。[38]

李夢陽原是在回顧求取「眞詩」的跋涉歷程，其豐厚底蘊，容後再述。據文字表層顯示，他所欲「復」的「古」，對象其實很廣泛，絕非「盛唐」所能概括；而且對（盛）唐詩的學習重心，亦限定於「近體」、「李、杜歌行」。

　　儘管如此，「杜詩」對復古派的意義值得特加重視。復古運動風起雲湧之際，顧璘（1476-1545）有第一手的觀察，其〈批點唐音序〉云：

今四方學者，各從所授，而杜學居多。[39]

陸深〈重刻杜詩序〉看法一致：

近時杜學盛行，而刻杜者亦數家矣。[40]

楊慎《丹鉛總錄》亦云：

---

[38] 李夢陽：《空同先生集》（《明代論著叢刊》影印明嘉靖九年黃省曾序刊本，臺北：偉文圖書公司，1976），卷50，頁3下。

[39] 楊士弘選，顧璘批點：《唐音》，卷首。引自國立中央圖書館編：《國立中央圖書館善本序跋集錄》集部第6冊（臺北：國立中央圖書館，1992），頁357。此文又見費經虞：《雅倫》，卷14〈時代〉，周維德集校：《全明詩話》，頁4819。

[40] 陸深：《儼山集》（《景印文淵閣四庫全書》第1268冊），卷38，頁9上。

> 近日士夫，爭學杜詩。[41]

這些說法，皆著眼於當今詩壇。但從詩學史的角度來回顧，明人也會注意到李、何「學杜」的鮮明旗幟。如楊慎《升庵詩話》引門人唐元薦云：

> 李、何二子一出，變而學杜，壯乎偉矣。[42]

再如陳束（1501?-1543?）〈蘇門集序〉云：

> 及乎弘治，文教大起，學士輩出，力振古風，盡削凡調，一變而為杜詩，則有李、何為之倡。[43]

細讀之，「古風」和「凡調」相對，但和「杜詩」相連；可見李、何「學杜」，實即「復古」的表徵。胡應麟是復古派後期的重要詩論家，其《詩藪》追溯一代復古運動的源頭，仍非常肯定李、何「學杜」的創舉：

---

[41] 楊慎：《丹鉛總錄》（《景印文淵閣四庫全書》第 855 冊），卷 19〈讀書萬卷〉，頁 13 下。又見王大厚箋證：《升庵詩話新箋證》，丁福保增輯各條，頁 995。

[42] 楊慎著，王大厚箋證：《升庵詩話新箋證》（北京：中華書局，2008），卷 4〈胡唐論詩〉，頁 215。

[43] 陳束：〈蘇門集序〉，見高叔嗣：《蘇門集》（《景印文淵閣四庫全書》第 1273 冊），卷首，頁 1 下-2 上。胡應麟曾引用此序，評為「精當」；見氏著：《詩藪》，續編卷 1，頁 350。

> 自北地宗師老杜，信陽和之，海岱名流，馳赴雲合。[44]

直至明清鼎革之際，錢謙益（1582-1664）攻訐復古派不遺餘力，其〈贈別方子玄進士序〉依舊承認：

> 弘治中，學者以司馬、杜氏為宗，以不讀唐後書相誇詡為能事。[45]

「司馬」指復古派對「文」，崇尚司馬遷（145-90 B.C.）《史記》，「杜氏」則是杜詩。「杜詩」之於復古派詩學的崇高典範地位，無疑不容小覷。

　　進一步觀察，我們尚能察覺復古派的「摹擬」之弊，也和「學杜」的風氣緊切糾葛。陸深〈與郁直齋七首（其二）〉有云：

> 方今詩人輩出，極一代之盛，大抵古宗《選》、律宗杜，可謂門庭正、機軸工矣。惜乎過於摹擬，頗傷骨氣。……今日《文選》、杜詩，亦可謂牽撦盡矣！[46]

文中所述時人古體取法《文選》，律詩崇效杜甫，正是復古派的宗尚；然而，陸深筆鋒一轉，對「過於摹擬」的負面現象，實感

44　胡應麟：《詩藪》，續編卷2，頁351。

45　錢謙益著，錢曾箋注，錢仲聯標校：《牧齋初學集》（上海：上海古籍出版社，1985），卷35，頁993。

46　陸深：《儼山集》，續集卷10，頁10上-下。

不以爲然。對於「學杜」所致的摹擬樣貌，謝榛（1499-1579）
《詩家直說》有具體舉例：

> 今之學子美者，處富有而言窮愁，遇承平而言干戈，不老
> 曰老，無病曰病；此摹擬太甚，殊非性情之眞也。[47]

「富有」、「窮愁」、「承平」、「干戈」、「不老」、
「老」、「無病」、「病」原是多組兩兩相對的情境。依謝榛所
述，當時學杜者卻是漠視創作當下的眞實情境，刻意趨附、營造
另一種完全對反的情境；可見時人學杜流於文辭表層的橫向移
植，故批評「摹擬太甚」。這種弊病，稍後胡應麟《詩藪》仍有
注意：

> 嘉、隆學杜善矣，而猶未盡。「遷轉五州防禦使，起居八
> 座太夫人」（〈奉送蜀州柏二別駕將中丞命赴江陵起居衛
> 尚書太夫人因示從弟行軍司馬位〉），本常語，而一時模
> 尚。遂令「大夫」、「使者」，填塞奚囊；「太尉」、
> 「中丞」，類被差遣。至「不佞扶風漢大藩」之類，亦後
> 學之前車也。[48]

---

[47] 謝榛著，李慶立、孫慎之箋注：《詩家直說箋注》（濟南：齊魯書社，
　　1987），卷 2，頁 243。

[48] 胡應麟：《詩藪》，內編卷 5，頁 104。又見胡震亨著，周本淳校訂：
　　《唐音癸籤》（上海：上海古籍出版社，1981），卷 4〈法微三〉，頁
　　39；然未註明出處。再者，胡震亨書中「不佞扶風漢大藩」，標點為

這三份資料顯示復古派內部對「學杜」和「摹擬」關係的省察。
相關資料尚有不少。茲可再舉「非復古派」之數例，楊慎《丹鉛
總錄》記載：

> 因識古之詩人用前人語，有翻案法，有伐材法，有奪胎
> 法，有換骨法。翻案者，反其意而用之，東坡特妙此法。
> 伐材者，因其語而新之，益加瑩澤。奪胎、換骨，則宋人
> 詩話詳之矣。……若夫宋人之生吞義山，元人之活剝李
> 賀，近日之拆洗杜陵者，豈可同日而語？[49]

楊慎原文其實舉出許多詩例，以印證「翻案」、「伐材」、「奪
胎」、「換骨」；四種創作手法，重心各異，實則都是對古人詩
中的佳言妙句加以靈活變化，間接創造出新鮮的審美效果。在文
中的對比架構下，可知楊慎批評近人「拆洗杜陵」，顯然也是在
嘲諷當時的學杜者一味擣搪杜詩表層語言形式，卻未能進一步變
化出新。我們可以發現，前述陸深、謝榛之說，皆是注目創作者
或學人內在的「骨氣」、「性情」問題，楊慎面對同一個摹擬太
甚的詩壇景況，轉而關懷後代詩人的語言技藝表現，思路十分獨
特。錢謙益《列朝詩集》也載有一段相關的軼事：

> （薛蕙）嘗與楊用修論詩曰：「近日作者，摹擬蹈襲，致

「不佞『扶風漢大藩』」，易滋誤會，實則此是李攀龍七律〈懷元美〉
句；原見氏著，包敬第標校：《滄溟先生集》（上海：上海古籍出版
社，2014），卷8，頁248。
[49]　楊慎：《丹鉛總錄》，卷12〈太白楊盼兒曲〉，頁6上。

有拆洗少陵、生吞子美之譙；求近性情，無若古調。」[50]

所載薛蕙（1489-1541）和楊慎的對話中同樣提及「拆洗少陵」
一語。這段話未見於薛蕙文集，倘若確切可信，可知他原本的語
境，實是將學杜者的摹擬之弊，歸咎於學人缺乏真情實性。後來
朱彝尊（1629-1709）的觀點也相當特別：

> 獻吉五古，源本陳王、謝客，初不以杜為師，所云杜體
> 者，乃其摹仿之作，中多生吞語，偶附集中，非得意詩
> 也。[51]

一般認為李夢陽學杜，朱彝尊就五古而言，卻覺得學杜非李夢陽
得意之筆，其癥結正是「摹仿」、「多生吞語」。此說表面上似
割裂了杜詩和李夢陽固有的聯繫，實則乃將李夢陽的「學杜」和
「摹擬」，進行更緊密的焊接。

綜上可見，復古派的詩學固然不限於「學杜」，但「學杜」
其實是「復古」的關鍵表徵，也和「摹擬」的現象和問題相糾
葛；「學杜」絕非復古派衍生摹擬之弊的原因，杜詩自屬超然，
毋須為復古派的創作成敗負責，卻是一個令人無法忽視的重要背
景。在很大程度上，明人復古志業的建構，乃深層涉及如何理
解、定義杜詩的特色和價值，從而加以模習、實踐。緣此，如欲

50　錢謙益撰集，許逸民、林淑敏點校：《列朝詩集》（北京：中華書局，
　　2007），丙集第 12〈薛郎中蕙〉，頁 3573。

51　朱彝尊著，姚祖恩編，黃君坦校點：《靜志居詩話》（北京：人民文學
　　出版社，1998），卷 10，頁 260。

究明前述復古派一系列關於「理論實效」的問題，值得掌握「杜詩學」的線索。

　　縮結以上的考察，本書謹訂名爲：「明代復古派杜詩學研究」。

第二節　前行研究成果述評

　　本書將進行的研究，係由前賢以復古派摹擬現象爲中心的各種評議，進一步連結杜詩而導出的新論題。茲擬再循「杜詩學研究」的層面，回顧前行相關學術成果，旨在對顯本論題的意義。

　　「杜詩學」一詞，最早見於金元好問（1190-1257）所編《杜詩學》。惟此書久佚，今存〈杜詩學引〉，據文中云：「乙酉之夏，自京師還，閒居崧山，因錄先君子所教與聞之師友之間者爲一書，名曰《杜詩學》；子美之傳、誌、年譜，及唐以來論子美者在焉」，[52]透露此書內容主要涵蓋杜甫傳記資料，和唐代以降對杜甫及其詩歌的各種評議文字。這是「杜詩學」的基本指涉。所謂「學」，一般來說指學術，再參據黃侃（1886-1935）所云：「夫所謂學者，有系統條理而可以因簡馭繁之法也」，[53]凡可稱爲「學」者，應具系統性、體系性，故份量豐厚，絕非一門單薄、鬆散的學術。因此，「杜詩學」的涵義，可說是以杜詩爲對象，就其作者、作品、淵源、影響諸層面之議題進行詮釋、

---

[52]　元好問：《遺山集》（《景印文淵閣四庫全書》第 1191 冊），卷 36，頁 3 下。

[53]　黃侃述，黃焯編：《文字聲韻訓詁筆記》（上海：上海古籍出版社，1983），頁 182。

評價或論述，而歷世逐漸積累形成的一門系統性學術，範圍實屬廣泛。是以，「杜詩學」一詞雖由元好問拈出，實則這樣一門系統性學術的建構伊始，必須推到杜甫生前。針對歷代「杜詩學」的樣貌、型態，進行後設性的歸納、分析和探究，便可稱爲「杜詩學研究」。猶如本書訂名爲「明代復古派杜詩學研究」，就是要針對「明代復古派」的「杜詩學」樣貌、型態，進行後設性的歸納、分析和探究。不過，這兩個層次，在古代語境中並不太容易清楚區隔開來。古人對於前人「杜詩學」進行的後設性歸納、分析和探究成果，本是古人的「杜詩學研究」；但在今日學術語境看來，這其實也都被消融到古人的「杜詩學」之中。緣而，本節所欲回顧的「杜詩學研究」，乃將限定在民國建立以後，特別指近現代的學術成果。

值得注意的是，「杜詩學」的形成，其實還有一項很重要的前提，就是杜甫被認爲是重要、有價值的；反之，假如杜詩是不重要、缺乏價值的，杜詩便無法吸引他人的充分詮釋、評價或論述，不可能進而形成「杜詩學」。緣此，杜詩價值的認定問題，諸如杜詩何時開始受到世人重視？杜詩有什麼重要的內涵和意義？這當然便是「杜詩學研究」中的首要議題。依近現代學者的研究，關於杜詩在「唐代」的際遇冷熱，儘管仍有歧見；[54]但認

---

[54] 陳尚君認爲杜詩在唐代流傳甚廣，聲譽亦隆，見氏著：〈杜詩早期流傳考〉，《唐代文學叢考》（北京：中國社會科學出版社，1997），頁306-337；胡可先認爲杜詩的崇高地位奠定於唐代，特別是元稹以後，見氏著：《杜甫詩學引論》（合肥：安徽大學出版社，2003），頁 128、159；林繼中也認爲杜詩在唐代中後期頗具影響力，見氏著：《文化建構文學史綱：魏晉－北宋》（北京：北京大學出版社，2005），頁

爲杜詩價值確立於「宋代（北宋）」，已取得共識。如莫礪鋒《杜甫評傳》坦言杜詩在唐代並非毫無影響，依然認爲杜詩的典範地位主要由宋人確立；[55]餘如許總〈宋詩宗杜新論〉、[56]楊經華《宋代杜詩闡釋學研究》，[57]亦皆秉持此一觀點。

　　一般學者之所以聚焦「宋代」，常是認定宋人針對杜詩特色和價值的論述，爲後世帶來了巨大的影響。廖仲安〈杜詩學〉認爲杜詩之能在唐宋時期享有崇高地位，取決時人對杜詩提出的四項重要評價：一，「杜甫集古今詩歌之大成，在詩史上有繼往開來的作用」；二，「杜詩繼承《詩經》、漢魏樂府『緣事而發』、『借古題寫時事』的傳統，創作了反映安史之亂的一系列新題樂府和寫時事的『詩史』名篇」；三，「杜詩中的濟世熱情，政治信念，人情倫理，具有高於其他詩人的『詩聖』風範和相信人類善良美好本性的詩人感情」；四，「杜詩在詞章方面繼承和發展了『文選學』的傳統而又能『以俗爲雅，以故爲新』，

252。但饒宗頤、曾棗莊、楊經華皆依現存幾部唐人選唐詩幾乎未選杜詩的事實，故判定杜詩在唐代備嚐冷遇。見饒宗頤：〈杜甫與唐詩〉，收入吳宏一主編、呂正惠助編：《中國古典文學論文精選叢刊——詩歌類》（臺北：幼獅文化事業公司，1980），頁 174-188；曾棗莊：〈「百年歌自苦，不見有知音」：論唐人對杜詩的態度〉，《杜甫在四川》（成都：四川人民出版社，1983），頁 257-278；楊經華：〈百年歌自苦，未見有知音：杜詩在唐五代接受狀況的統計分析〉，《杜甫研究學刊》2004 年第 3 期，頁 51-56。

55　莫礪鋒：《杜甫評傳》（南京：南京大學出版社，1993），頁 397。

56　許總：〈宋詩宗杜新論〉，《杜詩學發微》（南京：南京出版社，1989），頁 37。

57　楊經華：《宋代杜詩闡釋學研究》（北京：中國社會科學出版社，2011），頁 28-48。

拓展了詩歌語言韻律的廣闊領域」。[58]厥後，林繼中〈杜詩學
——民族的文化詩學〉一文，徵引廖說，大表贊同，進一步將廖
說中的前三項標舉爲「歷來杜詩學的三個基本支點」。[59]由此可
見，廖仲安原本只是在談唐宋人的杜甫價值論，在林文闡揚下，
儼然變成唐宋人爲後世杜詩學劃定的藍本、基調。這是一種特殊
的視角，唐宋人杜詩學的內涵和意義，無疑值得討論，這種視角
恐會過度放大唐宋人，進而「掩蓋」元明以後杜詩學可能的獨特
性。實際上，對杜集「校注」議題，廖仲安〈杜詩學〉標舉宋人
貢獻之外，也將「元明」強硬貶抑爲「因襲宋人校注的杜詩學中
衰時期」。[60]相類乎此，蔡振念《杜詩唐宋接受史》梳理唐宋時
期的「集大成說」、「詩史說」、「忠愛」一系列杜詩學觀點，
持論誠屬井然有據，惟仍推定：「唐宋人對杜詩接受態度決定了
後世對杜詩的看法，其後元、明、清等朝要不出唐宋人之範
圍」。[61]要之，這類特殊的視角，恐不盡然符合元明以後杜詩學
的眞實樣貌、型態；何況，前述學者的研究重心皆在於「宋
代」，而非元明以後，同時也未能充分揭舉、分析元明以後杜詩
學的文獻資料，去證成上述的特殊視角。

　　近年，學界關於「明代」、「復古派」的「杜詩學研究」，

58　廖仲安：〈杜詩學〉，原載《首都師範大學學報（社會科學版）》1994
　　年第 5、6 期，後收入傅璇琮主編：《唐代文學研究》第 6 輯（桂林：
　　廣西師範大學出版社，1996），頁 194-206。

59　林繼中：〈杜詩學——民族的文化詩學〉，《杜詩學論藪》（上海：上
　　海古籍出版社，2015），頁 102。

60　廖仲安：〈杜詩學〉，頁 216。

61　蔡振念：《杜詩唐宋接受史》（臺北：五南圖書出版公司，2002），頁
　　31。

其實甚有進展。我們試分兩方面來觀察：一是「唐詩學研究」中
的「杜詩學研究」，二是專題性的「杜詩學研究」。前者所謂
「唐詩學研究」，指近現代學者以「唐詩學」為對象，進行後設
性的歸納、分析和論述之成果。由於杜甫是唐人，故「唐詩學」
中，自然也會觸及「杜詩學」的討論。陳伯海《唐詩學史稿》、
黃炳輝《唐詩學史述論》、張毅《唐詩接受史》，都是跨朝代的
宏觀勾勒。[62]聚焦到「明代」來說，早期朱易安曾發表系列性論
文，有拓建領域之功，[63]近年最可注意的是查清華《明代唐詩接
受史》、孫春青《明代唐詩學》、金生奎《明代唐詩選本研
究》。[64]查、孫二書都是由歷時的架構進一步聚焦到若干議題，
自然也會觸及「復古派」的「唐詩學」、「杜詩學」。在復古派
詩學中，「杜詩」、「唐詩」原是兩種不同的體式，既對立又相
互辯證，如欲瞭解復古派的「杜詩學」，無疑不能偏廢「唐詩

---

[62]　陳伯海主編：《唐詩學史稿》（石家莊：河北人民出版社，2004）。黃
　　　炳輝：《唐詩學史述論》（上海：上海古籍出版社，2008）。張毅：
　　　《唐詩接受史》（北京：人民文學出版社，2012）。

[63]　具見朱易安：〈明人選唐三部曲──從《唐詩品彙》、《唐詩選》、
　　　《唐詩歸》看明人的崇唐文化心態〉，《上海師範大學學報》1990 年第
　　　2 期，頁 77-84。〈格調派唐詩觀的形成和發展──明代唐詩批評研究之
　　　一〉，《上海師範大學學報》1991 年第 1 期，頁 8-13。〈後七子和明末
　　　文人的唐詩觀──明代唐詩批評研究之二〉，《上海師範大學學報》
　　　1991 年第 3 期，頁 88-94。朱先生率先以「明代唐詩觀（批評）」為研
　　　究對象，值得在學術史上給予肯定。但因發表年代較早，許多成果在同
　　　一時期或稍後的「專書」中已有更詳要的討論。

[64]　查清華：《明代唐詩接受史》（上海：上海古籍出版社，2006）；孫春
　　　青：《明代唐詩學》（上海：上海古籍出版社，2006）；金生奎：《明
　　　代唐詩選本研究》（合肥：合肥工業大學出版社，2007）。

學」。然則，這兩部專書係將「杜詩學」融入「唐詩學」中，對
「杜詩」在復古派詩學中的重要意義，以及復古派杜詩學獨特的
發展、流變軌跡，並未給予充要的凸顯。金生奎之書專題探究
「唐詩選本」，涉復古派處主要是李攀龍選本，但較用力於版本
考訂和傳播問題，於理論意蘊之闡發相對有限。

　　此外，我們當然不能忽略陳國球的研究。陳先生原有《唐詩
的傳承──明代復古詩論研究》，近年增訂為《明代復古派唐詩
論研究》。[65]這是針對「復古派」之「唐詩學」的研究專書，其
選題立意仍為目前學界所稀見。陳書聚焦於釐析復古派對「唐代
七律」、「唐代五古」、「宋詩」的評議情況，和明人選唐詩諸
多議題，實能呈現出更深入和立體化的復古派唐詩學圖像。綜言
之，杜詩之於唐詩、宋詩的辯證和糾葛，和漢魏五古傳統的承變
關係，乃至於明人選唐詩、杜詩的取捨思辨，其實也都是復古派
「杜詩學」中的重要議題。故這些研究成果，對於後續梳理復古
派之「杜詩學」，正如陳先生所說：「整個明代文學批評對杜甫
在唐詩中的位置的思考，是很有詩學意義的論辨」，[66]也有很高
的參考價值。

　　第二個值得觀察的面向，乃是「專題性」的「杜詩學研
究」。「專題性」係指以「杜詩學」為中心而訂定專題的研究。
對此，可再細分為二：一是針對「明代非復古派」的專題性杜詩
學研究，其二是「明代」、「復古派」的專題性杜詩學研究。前

---

[65]　陳國球：《唐詩的傳承──明代復古詩論研究》（臺北：臺灣學生書
　　　局，1990）；《明代復古派唐詩論研究》（北京：北京大學出版社，
　　　2007）。
[66]　陳國球：《明代復古派唐詩論研究》，頁248。

者的研究成果，如陳國球〈《懷麓堂詩話》論杜甫〉、[67]連文萍〈明代格調派詩論中的「杜詩集大成說」——以李東陽《懷麓堂詩話》爲論述中心〉、[68]近年的簡恩定〈楊愼《杜詩選》評述〉、[69]徐國能亦有〈張綖杜詩學研究〉，[70]陳美朱對鍾惺（1581-1624）、譚元春（1586-1637）《詩歸》、陸時雍（1612-1670?）《詩鏡》的杜詩選評情況也有所詳析。[71]這類研究成果和本書的「復古派」之議題雖未直接關涉，實則不乏參照意義。李東陽（1447-1516）《懷麓堂詩話》對復古派頗有影響，楊愼和鍾惺、譚元春也都曾攻訐復古派，後者領導的竟陵派甚至帶來嚴重威脅，致使許學夷（1563-1633）不得不在《詩源辯體》給予強力回擊。故這類成果對於本書之研究實具參照意義，並堅實印證了明人杜詩學的獨特樣貌和型態，洵非前代所能簡單牢籠。

其二，「明代」、「復古派」的專題性杜詩學研究，可先注意許總〈明清杜詩學概觀〉，[72]文中分由「格調」、「注杜」、

---

67 陳國球：〈《懷麓堂詩話》論杜甫〉，《鏡花水月——文學理論批評論文集》（臺北：東大圖書公司，1987），頁71-88。

68 連文萍：〈明代格調派詩論中的「杜詩集大成說」——以李東陽《懷麓堂詩話》爲論述中心〉，《國立編譯館館刊》第23卷第1期（1994年6月），頁225-238。

69 簡恩定：〈楊愼《杜詩選》評述〉，《東吳中文學報》第20期（2010年11月），頁165-190。

70 徐國能：〈張綖杜詩學研究〉，《清華中文學報》第16期（2016年12月），頁127-168。

71 陳美朱：〈尊杜與貶杜——陸時雍與王夫之的杜詩選評比較〉、〈《唐詩歸》與《唐詩別裁集》之杜詩選評比較〉，收入《明清唐詩選本之杜詩選評比較》（臺北：臺灣學生書局，2015），頁15-80。

72 許總：〈明清杜詩學概觀〉，《杜詩學發微》，頁129-151。

「儒家政教文藝學」的角度，去架構明清杜詩學的樣貌；更值得
留心的是，許先生認爲此期杜詩學「極度繁盛」，具有「深度和
廣度的理論閃光」，臻於「杜詩學史的高峰」，[73]其對明清杜詩
學的讚美，前所罕見。但文中所論似尤偏重於清人，對明代復古
派亦僅零散提及李夢陽、謝榛、王世懋（1536-1588），其撰著
年代較早，因而也留下不少進一步增益的空間。對比之下，簡恩
定〈明代杜詩學略說〉專就「明代」而論，[74]自能帶出更細部的
討論。文中歷時分爲「明初」、「明中葉」、「明末」三階段，
勾勒明代杜詩學的重要議題。明代中葉部分主要是在討論張孚敬
（1475-1539）、李東陽和復古派之說，依序觸及「以杜甫律詩
爲典範」、「以漢魏古調來衡量杜詩」、「對模擬杜詩的反
省」、「杜甫七律」等議題。針對這個時段，簡先生稍後又曾發
表〈明代「格調說」及「復古派」與杜詩學的連結〉，[75]大抵認
爲李東陽由「格調」的角度標榜杜詩，深刻影響了復古派。文中
對於復古派杜詩學的討論，係以李夢陽、何景明爲代表，觸及
「杜詩爲『詩歌之變體』」、「對杜甫律詩的精巧模擬」，其前
後二文，實相映襯。簡先生拓展論題之際，應有「進一步編寫明
代杜詩學史」的宏圖。[76]約略同一時期，鄭利華曾發表〈明代前

---

[73] 同前註，頁 141、151。該書〈引論〉則稱之爲杜詩學的「總結期」，頁
2。

[74] 簡恩定：〈明代杜詩學略說〉，《空大人文學報》第 18 期（2009 年 12
月），頁 1-47。

[75] 簡恩定：〈明代「格調說」及「復古派」與杜詩學的連結〉，《空大人
文學報》第 19 期（2010 年 12 月），頁 1-22。

[76] 簡恩定：〈明代杜詩學略說〉，頁 47。

中期尊杜觀念的變遷及其文學取向〉、李思涯也撰有〈論明代復
古派對杜詩的態度〉，[77]都很值得我們接續關注。鄭利華論文的
研究範圍，約當於簡恩定前文中的「明代」、「明中葉」，但討
論方式另有特色，較能宏觀地勾勒明初以來主要著眼於表彰杜詩
的「性情之正」，明中葉以後轉由藝術審美角度推崇杜詩的「技
法」；關於後者，依序討論王鏊（1450-1524）、游潛、李東
陽，對復古派方面僅觸及李夢陽、何景明兩人。要之，鄭先生的
論文，隱然也有建構明代杜詩學史的宏圖，但因論旨本非特別集
中於「復古派」，故對於復古派的論述深度、廣度，難免受到限
制。相對來看，李思涯專文聚焦到「明代復古派對杜詩的態
度」，在當時不失為一個新人耳目的選題。文中主要討論的是：
復古派注意到杜詩「高於盛唐」、「不失為盛唐」的兩面性，故
構築出一套特殊的學詩方法論。李先生所論的具體內容，誠或不
無商榷的餘地，但我們必須肯定，此文確實掌握到復古派詩學中
一組非常精細的思辨。不過，檢閱文中運用的文獻材料，係以胡
應麟《詩藪》、許學夷《詩源辯體》為大宗（尤其前者），可見
所指的「復古派」，實際上僅座落在復古派詩學史的晚期，進而
無暇詳細呈現復古派杜詩學的發展和流變。可想見，這種落差當
是受限於期刊論文篇幅所致。

　　稍後，孫學堂出版《明代詩學與唐詩》，[78]據書名來看，似
可視為一部「唐詩學研究」的著作。獨特的是，書中特闢專章

77　鄭利華：〈明代前中期尊杜觀念的變遷及其文學取向〉，《中正大學中
　　文學術年刊》總第 18 期（2011 年 12 月），頁 49-74。李思涯：〈論明
　　代復古派對杜詩的態度〉，《文學遺產》2010 年第 3 期，頁 90-100。
78　孫學堂：《明代詩學與唐詩》（濟南：齊魯書社，2012）。

〈明代杜詩學舉隅〉，將「杜詩學」獨立出來，使之不致混淆於其他章節中「唐詩學」的討論脈絡，[79]這是一大發明。再者作為專書中的專章，篇幅較無期刊論文般之嚴格限制，故亦較能展現詳細的討論，或可視為「準專書」。同一時間，學界恰巧也出版了兩部歷代杜詩學史的「專書」：吳中勝《杜甫批評史研究》、劉文剛《杜甫學史》。[80]「準專書」、「專書」的浮現，對杜詩學研究而言自是可喜之進展，也意味學界已累積充分的條件，於文獻掌握、觀念梳理諸方面，皆能綜覽杜詩學發展、流變的軌跡，識見不致侷於一隅。為進一步凸顯諸書的特色及隱含的問題，先藉下表比對其章節架構：

表一：近年三部杜詩學研究著作章節架構之比較

孫學堂 《明代詩學與唐詩》	吳中勝 《杜甫批評史研究》	劉文剛 《杜甫學史》
第七章　明代杜詩學舉隅	第三章　明代杜甫批評	第三章　明
第一節　重格調的杜詩論評	第一節　明代前期高棅等人的杜甫論	一　明概說
第二節　重風韻的杜詩論評	第二節　明代中期復古派論杜甫	二　單復
第三節　竟陵派重情境的杜詩評點	第三節　晚明杜甫論	三　邵寶
第四節　明末的杜詩研究		四　楊慎
		五　唐元竑
		六　王嗣奭
		七　胡震亨

---

[79] 孫書在〈明代杜詩學舉隅〉一章外，另有〈重格調的唐詩學〉、〈重風韻的唐詩學〉兩章，足見其有分立「杜詩學」、「唐詩學」之討論脈絡的意識。

[80] 吳中勝：《杜甫批評史研究》（北京：中國社會科學出版社，2012）。劉文剛：《杜甫學史》（成都：巴蜀書社，2012）。

可以察覺，這三部著作的章節安排各有特色，吳中勝以時代和流派分節，劉文剛在〈明概說〉外以人物分節，孫學堂以理論主張、時代和流派分節。應當進一步審辨的是，配合書中內容來看，孫學堂〈重格調的杜詩論評〉、〈重風韻的杜詩論評〉都提到復古派人物，吳中勝〈明代中期復古派論杜甫〉的研究重心無疑也在復古派；但劉文剛所列諸人中，卻僅有胡震亨（1569-1625）一人常被視爲復古派人物，又其〈明概說〉說：「明代杜甫學的評點著作有幾十種，不可謂不多。眞正有研究心得、有影響的學者主要有王世貞、鍾惺、王愼中、楊愼、徐渭、鄭繼之。他們評論杜甫詩的思想和藝術，見解非常精闢。有的對杜詩進行注釋，也很有發明」，[81]但這串名單中僅楊愼一人在第四節獲得進一步討論，而且也僅有王世貞、鄭善夫（字繼之，1485-1523）兩人屬於復古派。一般常提到的復古派要角，如李夢陽、何景明、謝榛、李攀龍、胡應麟、許學夷等人，則完全捨去不談。可見，劉文剛此書並不重視「復古派」的杜詩學。試就各節內容推想，所提明代諸人恰巧都有杜詩學專書傳世，如單復《讀杜愚得》、邵寶（1460-1527）《杜少陵全集分類詳注》、楊愼《杜少陵詩選》、唐元竑《杜詩捃》、王嗣奭（1566-1648）《杜臆》、胡震亨《杜詩通》，可推知他的研究關懷，當在於杜詩選本或評注著作；即便如此，他對於「明代杜甫學史」的勾勒，仍留下很大的補充餘地。[82]

因此，我們更須留心孫學堂和吳中勝的研究成果。在孫學堂

81 劉文剛：《杜甫學史》，頁175。
82 劉文剛全書〈緒論〉認爲杜甫學史上高潮有三：「第一高潮，中唐至晚唐，即德宗時代至宣宗時代。第二高潮，北宋中期至南宋中期。第三高

〈重格調的杜詩論評〉一節，依序提到高棅、李東陽、謝榛、王世貞、胡應麟、許學夷；除高、李二人，都是常見的復古派人物。惟在論述的篇幅和質量上，孫先生顯然更側重於胡應麟、許學夷。就具體內容來看，此節對杜詩的「大家」地位、杜詩的正變問題、杜詩和盛唐詩的辯證關係，皆有平實論析，自是頗具參考價值。不過，他係由「重格調」此一理論主張歷時性串連諸人，而並非聚焦於「復古派」此一流派的杜詩學發展、流變，這和本書所欲探索的論題，尚有顯著差異。然而，格外值得一提的是，其〈重風韻的杜詩論評〉一節還曾談到何景明、王廷相（1474-1544）、崔銑（1478-1541）、鄭善夫、王世懋，亦皆復古派人物。但此處的討論重心，則在於諸人對杜詩的負面批評，如缺乏「風韻」。可見，孫先生對於復古派杜詩學的觀察相當立體化，不但兼具「重格調」、「重風韻」的雙重向度，也注意到循是衍生的毀譽評價落差。就個人所知，這確實很契近復古派杜詩學的複雜實貌。遺留下來的問題是，以「風韻」一類的基準去批評杜詩，仍屬表層現象，這類批評、現象在杜詩學和復古運動上的深層意義，及其對於原有杜詩價值造成的衝擊，乃至於衝擊過後的重建工程，皆待進一步詮明。

吳中勝書中的〈明代中期復古派論杜甫〉一節，依序談到李東陽、謝榛、王世貞、胡應麟。李東陽能否歸屬於「復古派」，容後再予辨析；文中所列謝、王、胡諸人，的確都是復古派要角。但這份名單最明顯的罅漏，乃是忽略了最初引領學杜潮流的

潮，明萬曆（後期）時代至清嘉慶時代」，出處同前註，頁23。可見完全跳過了復古派理論和創作最蓬勃發展的明代中葉；即使就「第三高潮」的範圍來看，鍾惺、譚元春和陸時雍的杜詩選評，亦皆付之闕如。

李夢陽、何景明，許學夷也因時代較晚之故被移至〈晚明杜甫論〉一節。換言之，在〈明代中期復古派論杜甫〉中，實無法細緻呈現復古派杜詩學的發展、流變。其實，文中對謝、王、胡和許學夷諸人，也有大致平實的梳理；不過，關於諸人杜詩學之間的綿密承變和對話網絡，乃至於對文獻的掌握完整度和解讀，都有不少必須細加檢覈的空間。[83]

　　多年來，學界還出版了幾部重要的杜詩學史研究專書，如赫蘭國《遼金元杜詩學》、[84]簡恩定《清初杜詩學研究》、[85]孫微《清代杜詩學史》、[86]陳美朱《清初杜詩詩意闡釋研究》、[87]徐國能《清代詩論與杜詩批評──以神韻、格調、肌理、性靈爲中心》、[88]劉重喜《明末清初杜詩學研究》，[89]其選題立意，本毋須涉及「明代復古派」，故不逐一細論。陳美朱近年尚有《明清

---

[83]　吳書第三章前言指出：「在創作方面，前後七子只是在形式上學杜，……在杜甫評論方面，明代杜詩學雖比不上此前的宋代，也比不上此後的清代，但明代的杜詩學有自己的時代特點和獨特成就」，見吳中勝：《杜甫批評史研究》，頁 108。吳先生對於明代杜詩學，雖承認有其特點、成就，卻預設著不如「宋代」、「清代」的眼光；對復古派學杜績效的貶抑，亦不無輕率之疑。這個學術論見，和本書所體會的復古派杜詩學樣貌、型態和意義，甚有明顯差異。

[84]　赫蘭國：《遼金元杜詩學》（鄭州：河南人民出版社，2012）。

[85]　簡恩定：《清初杜詩學研究》（臺北：文史哲出版社，1986）。

[86]　孫微：《清代杜詩學史》（濟南：齊魯書社，2004）。

[87]　陳美朱：《清初杜詩詩意闡釋研究》（臺南：漢家出版社，2007）。

[88]　徐國能：《清代詩論與杜詩批評──以神韻、格調、肌理、性靈爲中心》（臺北：里仁書局，2009）。

[89]　劉重喜：《明末清初杜詩學研究》（北京：中華書局，2013）。

唐詩選本之杜詩選評比較》，[90]所論時代最早的人物是鍾惺、譚元春和陸時雍；爲比較明、清的杜詩選評，則曾論及李攀龍《古今詩刪》，作爲明代的代表選本之一。可見復古派杜詩學仍非陳先生之主要研究重心。至於蔡錦芳在《杜詩學史與地域文化》中，[91]分章論述各地域唐宋以降的杜詩學史，關懷處顯然也不在復古派議題。要之，以諸書爲對比，可察知目前關於明代復古派杜詩學的研究專書，實待補白。[92]

　　此外，由於本書是針對「復古派」的研究，自然也要留意相關層次的學術成果。以專書而言，我們可由兩方面展開觀察：一

---

[90]　陳美朱：《明清唐詩選本之杜詩選評比較》（臺北：臺灣學生書局，2015）。

[91]　蔡錦芳：《杜詩學史與地域文化》（杭州：浙江大學出版社，2015）。

[92]　最近得知，金生奎《明代杜詩接受研究》一書似已成稿而尚未出版。依許結〈《明代杜詩接受研究》序〉，該書分上編「進程論」、下編「專題論」；上編包括「儒學觀視野」、「格調觀視野」，和「尊杜」、「非杜」、「辨杜」之批評；下編包括「大家說」、「變體說」、「詩史說」之辨析，兼及舊題虞集《杜律虞注》在明代的流行問題、明人對杜甫詩句的解讀問題。序見許結「博客」，網址：http://xujie2801.blog.163.com/blog/static/4384204720171201202412；發表日期：2017 年 2 月 20 日；查閱日期：2017 年 9 月 1 日。金先生近期撰有〈由杜詩「焚銀魚」看明人杜詩接受中的誤讀和運用〉（《古典文獻研究》2015 年第 2 期）、〈明代詩、史有別論視野下的杜詩接受〉（《天中學刊》2015 年第 6 期）、〈何景明杜詩「變體」說考論〉（《淮南師範學院學報》2016 年第 6 期），當即書中部分內容。茲因未見全書，實不便遽爾爲評。暫依許結序文，似可先肯定金先生「明代杜詩接受」選題，應具新意；惟復古派杜詩學仍只是書中部分內容，尚未構成一部研究專書的份量，其借鑑西方「接受」理論，與本書之立意、方法亦有差別。

是專家研究，二是流派研究。關於前者，目前學界對復古派幾位重要人物的理論和實踐情形均有研究專書，舉其要者，如侯雅文《李夢陽的詩學與和同文化思想》、[93]白潤德（Daniel Bryant）《何景明叢考》、[94]簡錦松《李何詩論研究》、[95]崔秀霞《徐禎卿詩學思想研究》、[96]金寧芬《康海研究》、[97]李慶立《謝榛研究》、[98]趙旭《謝榛的詩學與其時代》、[99]許建崑《李攀龍文學研究》、[100]蔣鵬舉《復古與求眞──李攀龍研究》、[101]鄭利華《王世貞研究》、[102]孫學堂《崇古理念的淡退──王世貞與十六世紀的文學思想》、[103]酈波《王世貞文學研究》、[104]李燕青

---

[93] 侯雅文：《李夢陽的詩學與和同文化思想》（臺北：大安出版社，2009）。

[94] 白潤德（Daniel Bryant）：《何景明叢考》（臺北：臺灣學生書局，1997）。

[95] 簡錦松：《李何詩論研究》（臺北：國立臺灣大學中文系碩士論文，1980）。

[96] 崔秀霞：《徐禎卿詩學思想研究》（北京：中國社會科學出版社，2010）。

[97] 金寧芬：《康海研究》（武漢：崇文書局，2004）。

[98] 李慶立：《謝榛研究》（濟南：齊魯書社，1993）。

[99] 趙旭：《謝榛的詩學與其時代》（北京：中國社會科學出版社，2013）。

[100] 許建崑：《李攀龍文學研究》（臺北：文史哲出版社，1987）。

[101] 蔣鵬舉：《復古與求真──李攀龍研究》（北京：中國社會科學出版社，2008）。

[102] 鄭利華：《王世貞研究》（上海：學林出版社，2002）。

[103] 孫學堂：《崇古理念的淡退──王世貞與十六世紀的文學思想》（天津：天津古籍出版社，2004）。

[104] 酈波：《王世貞文學研究》（北京：中華書局，2011）。

《《藝苑巵言》研究》、[105]周穎《王世貞年譜長編》、[106]陳國球
《胡應麟詩論研究》、[107]李思涯《胡應麟文學思想研究》、[108]謝
明陽《許學夷《詩源辯體》研究》、[109]方錫球《許學夷詩學思想
研究》。[110]大抵來說，這類專家研究，對所就人物的理論、實踐
和淵源、影響，乃至於生平考訂、作品繫年，皆有翔實的探討。
然而，由於是聚焦特定人物，對於某些貫穿整個流派內部的重要
議題，如杜詩特色、價值和摹擬問題，難免無法提供全局性的視
野。因此，我們更應注意的是「流派研究」，目前的專書成果，
舉其要者，可先注意廖可斌《明代文學復古運動研究》，書中從
歷時角度詳細梳理以李東陽為「濫觴」的復古思潮，將李夢陽以
迄明末的復古派詩學分成三個階段：一以「前七子」為中心、二
以「後七子」為中心，三以「復社」、「幾社」為中心，分論各
階段的文學理論和創作實踐樣貌。由於廖書掌握資料翔實，論述
綿密，實為復古派研究者的必讀之作。不過，書中對於復古派和
「杜詩」的關係，僅在「前七子」的章節中訂立標題〈關於杜甫
詩歌〉，內容亦僅限於何景明和楊慎對杜詩的負面批評。[111]如
此，顯然過於簡化，無法突出「杜詩」在復古派詩學中的特殊意

---

105 李燕青：《《藝苑巵言》研究》（北京：中國文史出版社，2013）。

106 周穎：《王世貞年譜長編》（上海：三聯書店，2016）。

107 陳國球：《胡應麟詩論研究》（香港：華風書局，1986）。

108 李思涯：《胡應麟文學思想研究》（北京：中國社會科學出版社，
2012）。

109 謝明陽：《許學夷《詩源辯體》研究》（臺北：國立政治大學中文系碩
士論文，1996）。

110 方錫球：《許學夷詩學思想研究》（合肥：黃山書社，2006）。

111 廖可斌：《明代文學復古運動研究》，頁 104-110。

義和複雜形象。近年,最具可看性的復古派研究專書是鄭利華
《前後七子研究》。顧名思義,書中明確針對「前七子」、「後
七子」兩組社群,論其文學背景、集社交游、文學思想和創作。
以廖可斌前揭書比較,此書所掌握的資料和論述方式,明顯更趨
細緻;特別是對諸人創作實踐的分析,改變了廖書以人立綱,而
以創作特色立綱,[112]故能展現較立體化的研究視野。不過,鄭先
生此書,對於杜詩和復古派的關係,恐怕缺乏充分的關注。他在
〈詩歌復古的理路與指向〉一節中,討論復古派的詩歌典範,僅
偏重在「漢魏」、「盛唐」,完全沒有觸及「杜詩」的重要意
義。再者,書中並曾闕建專節考察復古派理論和實踐層面的「摹
擬」相關議題,如〈復古與法度〉、〈復古習法的徑路和境界〉
中對復古派理論觀念的探討,又如〈擬古取向與自我抒寫的交
互〉、〈擬古取向與自我抒寫的消長〉對復古派創作得失的勾
勒;但關於理論和創作實踐兩端的辯證關係,顯仍有結合「學
杜」一事進一步挖掘的餘地。[113]

　　目前學界對於「復古派」的研究成果,也常會放到明代詩學

---

[112] 茲舉鄭書第五章〈前七子的文學創作〉為例,各小節如下:第一節〈擬
古取向與自我抒寫的交互〉、第二節〈表現視角的下移與日常化傾
向〉、第三節〈雄渾與深秀相兼的詩調〉、第四節〈樸略與古奧并尚的
文風〉。

[113] 關於「流派研究」的專書,謝明陽近年曾出版《雲間詩派的詩學發展與
流衍》(臺北:大安出版社,2010),對廖可斌書中所謂復古派發展第
三階段的詩學,有翔實的研究。「雲間詩派」以陳子龍為領導,沿承一
代復古派詩學,而在理論和創作實踐上亦創新境。但本書對於復古派杜
詩學的研究,將不涉及此階段。這涉及本書的研究方法,容後提出說
明。

史的發展脈絡中來討論。如黃卓越《明永樂至嘉靖初詩文觀研究》、[114]鄧新躍《明代前中期詩學辨體理論研究》、[115]陳書錄《明代詩文創作與理論批評的變遷》、[116]陳文新《明代詩學的邏輯進程與主要理論問題》，皆屬之。由於這類成果所涉及的時間跨度很大，而且，並非專論復古派等特定之流派，故相較於前述對復古派的「流派研究」，其視野尤為閎通。不過，此種研究取徑隱然也造成對復古派的討論欠缺深入，難以充分開展。前揭諸書中，陳文新在對明代詩學史的歷時性考察之外，還進一步抽繹出若干重要議題，進行議題史或觀念史式的梳理，尤可注意〈信心和信古〉一章對復古派的尊古主張和學古方法有扼要的討論。這類研究，論述最深入的成果，要推簡錦松《明代文學批評研究——成化、嘉靖中期篇（1465-1544）》，書中分章討論明代中葉的臺閣體、蘇州文苑和復古派的文學論述，在臺閣、蘇州對照之下，尤能凸顯復古派強調「宗主」、重視「法度」的觀念特色。特別的是，簡先生還指出，復古派所標舉的盛唐詩歌，「乃指以杜甫為主體之盛唐」，並注意到復古派詩集結構與杜集大抵一致，確切證實「杜詩影響復古派最深」。[117]這為本書由「杜詩學」脈絡去討論「復古派」的作法，提供了具體支援。

---

[114] 黃卓越：《明永樂至嘉靖初詩文觀研究》（北京：北京師範大學出版社，2001）。

[115] 鄧新躍：《明代前中期詩學辨體理論研究》（上海：上海古籍出版社，2007）。

[116] 陳書錄：《明代詩文創作與理論批評的變遷》（南京：鳳凰出版社，2013）。

[117] 簡錦松：《明代文學批評研究——成化、嘉靖中期篇（1465-1544）》，頁196。

　　最後，依筆者所見的前行學術成果，凡以復古派爲對象，幾乎都會談及「摹擬」，但針對此一現象或問題的專題性論著，似不多見。誠如前一節所言，四庫館臣以降的早期學者常持批判、否定立場，近現代以來則能平允地指出復古派理論和實踐中對「主體我」的重視，不能以「摹擬」、「剽竊」一概簡單視之。在這個議題上，我們尚須留意簡錦松〈論明代文學思潮中的學古與求眞〉。[118]此文雖非專對復古派立論，但文中最有意思的觀察，係認爲明人不師古人而師法當代作品的摹擬成病，原是「淺學」的結果；包括復古派在內，明人主張「學古」的思潮，本是爲了矯正此一庸淺習氣，其核心精神更在於「求眞」。這種觀察，大幅衝擊了一般常將「學古」、「摹擬」輕率劃上等號的成見，也意味著復古派的「學古」論述，原有矯正「摹擬」的現實意義。可見復古派理論之建構，和當前既有創作實踐情況的辯證關係。不過，這裏所談的「摹擬」，指世人的庸淺習氣，原非復古派創作實踐問題。故延續簡先生的論文，還值得進一步釐清的是：復古派面臨自身的「摹擬」之弊，如何透過後續的理論建構加以因應、同時也維護「復古」、「學古」的價值？這也是本書擬由「杜詩學」脈絡探究的議題。

　　本節開頭時提到一種元明以後杜詩學恐遭「掩蓋」的學術視角，但經前述之回顧，近現代學者對於「明代」、「復古派」的杜詩學，已有一定的成果；相關的復古派研究、明代唐詩學和詩學史研究，都足見構成繁密的知識體系。然而，我們更可以察

---

[118] 簡錦松：〈論明代文學思潮中的學古與求真〉，收入中國古典文學研究會主編：《古典文學》第 8 集（臺北：臺灣學生書局，1986），頁 313-356。

見，目前學界並未詳細討論復古派杜詩學的發展和流變，尤其是近年幾部杜詩學史的專書，對復古派關注的深度、廣度亦嫌不足，同時亦未進一步連結復古派揮之不去的「摹擬」現象和問題，及其和理論之間的辯證關係，去進行詳要的考察。故本書之研究，實爲一個值得嘗試的新論題。

第三節　研究範圍與方法

一、研究範圍

奠基前文的討論，可以確定：「杜詩學」是本書擬欲研究的對象，「明代復古派」是針對此一對象劃定的研究範圍，核心意義乃在於解答復古派因摹擬現象或爭議而衍生的一系列「理論實效」問題。爲利後續蒐討文獻、鋪展論述，茲有必要續就「復古派」的名義和範圍，提出明晰界說。

「復古派」又常被稱爲「格調派」，前者係就理念傾向言之，後者則以其常用術語言之。本書採用「復古派」的稱法，主要原因是：「復古」是一個可以貫通復古派諸子共通的核心理念。諸子雖曾用過「格調」的術語，但此一術語之涵義，即使在復古派內部用法中也未必穩定；[119]作爲復古派初起時的領袖，李夢陽所使用的「格」、「調」概念也並沒有凌駕其他批評術語之上，成爲一種特別關鍵的理論。[120]值得進一步審辨的是，「派」

---

[119] 參見謝明陽：《雲間詩派的詩學發展與流衍》，頁67。

[120] 參閱簡錦松：〈李夢陽詩論之「格調」新解〉，收入中國古典文學研究會主編：《古典文學》第15集（臺北：臺灣學生書局，2000），頁9-13。

指流派，此說似未見於復古派諸子之自稱，最早出於清四庫館臣所謂「七子之派」。[121]我們仍加以沿用，將復古派定位爲「實構性流派」，指其「群體間構成與變遷的關係，乃是歷史經驗之所實有」，而非後人之「虛構」。[122]換言之，「復古派」的基本定義，可以描述作：一群文士秉持「復古」此一共通的核心理念，展現共時、歷時的類聚、響應或串連之行爲事實，遂可繫屬於同一群體，並能自覺區隔於其他流派。緣此，如欲進一步界定復古派的範圍，最基本的指標是：復古派係由哪些「人物」構成？

（一）復古派人物骨幹

一般認爲，明代復古派的主要人物是「前、後七子」。錢謙益《列朝詩集》是較早並提「先（前）七子」、「後七子」。[123]當代學者大抵承續此說，甚至更將「七子」以外的人物也視爲「七子集團」。[124]我們可以這類說法爲討論起點。

錢謙益曾部分列出「先七子」的名單：「弘、正中，李、

---

121 四庫館臣屢言「七子之派」，其例可見《四庫全書總目》，卷 171《儼山集》提要，頁 1500；卷 172《南行集》等提要，頁 1506；《溫恭毅公集》提要，頁 1511；《少室山房類蕙》提要，頁 1512；卷 176《靜芳亭摘蕙》提要，頁 1565；《平田詩集》提要，頁 1573。

122 侯雅文：《中國文學流派學初論——以常州詞派爲例》（臺北：大安出版社，2009），頁 69-70。

123 錢謙益撰集，許逸民、林淑敏點校：《列朝詩集》，丁集第 5〈宗副使臣〉，頁 4419。此前，李雯在〈皇明詩選序〉中已有是說，本章稍後將予徵引、討論。薛泉認爲早在萬曆年間已見此說，見氏著：〈七子派考略〉，《武漢大學學報（人文科學版）》第 64 卷第 3 期（2011 年 5 月），頁 78。但薛先生是引用清人間接記錄，未必確鑿可信。要之，此說在明末清初即已形成，當屬無疑。

124 如鄭利華：《前後七子研究》，頁 57。

何、徐、邊諸人，亦稱七子」，[125]指李夢陽、何景明、徐禎卿
（1479-1511）、邊貢（1476-1532）。再據《列朝詩集》另文記載：
「弘治時，朝士有所謂七子者」，指李夢陽、何景明、康海（1475-
1540）、王九思（1468-1551）、徐禎卿、王廷相（1474-1544）、
邊貢。[126]這也是當代學者所共認的「前七子」名單。這份名單最
早的根據，應是康海爲王九思作的〈渼陂先生集序〉，有云：

> 我明文章之盛，莫極於弘治時，所以反古昔而變流靡者，
> 惟時有六人焉：北郡李獻吉、信陽何仲默、鄠社王敬夫、
> 儀封王子衡、吳興徐昌穀、濟南邊庭實，金輝玉映，光照
> 宇內，而予亦幸竊附於諸公之間。[127]

康海所列「六人」加上「附于諸公之間」的自己，恰符前述「前
七子」名單。身爲其中一員，他的記述，當然很有參考價值。

　　不過，我們要特別注意的是，縱使在當時所列「七子」的名
單，其實並無一成不變的說法。何景明曾作〈六子詩六首并
序〉，其序云：「六子者，皆當世名士也」，詩中依序提到王九
思、康海、何塘（1474-1543）、李夢陽、邊貢、王尙絧（1478-
1531）。[128]何景明是否側身其中足成「七子」之數，儘管不得而

125　錢謙益撰集，許逸民、林淑敏點校：《列朝詩集》，丁集第 5〈宗副使
　　臣〉，頁 4419。
126　同前註，丙集卷 11〈邊尙書貢〉，頁 3497-3498。
127　康海著，貫三強、余春柯點校：《康對山先生集》（西安：三秦出版
　　社，2015），卷 28，頁 505。
128　何景明著，李淑毅等點校：《何大復集》（鄭州：中州古籍出版社，

知；惟顯而易見的是，「六子」排除了王廷相、徐禎卿，倒是出現一般不太注意的何塘、王尙絅。何景明作爲復古派初起的靈魂人物之一，殆無疑義，那麼如上開列的名單當然也很有參考價值，卻和康海〈渼陂先生集序〉的名單出現了分歧。其實，這種分歧是在不同的交游、言說或時空脈絡下，自然形成的現象。[129]許學夷《詩源辯體》也有所察覺：「弘、正諸子，觀諸家序列不同，則知李、何、徐、邊而外，初無定名也。」[130]因此，我們應更謹愼：「前七子」的稱法誠然淵源有自，但不應純以此一名號及固定化的名單，去圈定復古派的早期成員。[131]

　　關於復古派初起時的參與者，須注意李夢陽〈朝正倡和詩跋〉所言：

　　　詩倡和，莫盛於弘治。蓋其時古學漸興，士彬彬乎盛矣！

1989），卷8，頁85-87。

[129] 當時相類近的社群名號，非常繁多，如「七子」、「六子」外，又如「十才子」、「四才子」、「四傑」、「四家」、「三才」、「三俊」、「二俊」等，具體人物組合也不盡一致。何宗美認爲這是反映了明代中葉日漸流行的人物賞鑒之風。參閱氏著：《文人結社與明代文學的演進》上冊（北京：人民出版社，2011），頁208。

[130] 許學夷著，杜維沫校點：《詩源辯體》（北京：人民文學出版社，1998），後集纂要卷2，頁411。

[131] 唐錡〈升庵長短句序〉爲凸顯楊慎之優越，有云：「古不暇論，即今所稱李空同、何大復、鄭少谷、徐迪功、薛熙原、孫太初七子，頡頏未知優劣，然則太史固當世之雄也」。見王文才、張錫厚輯：《升庵著述序跋》（昆明：雲南人民出版社，1985），頁145。其「七子」的名單，也和今日一般認知不同。不過，唐文所指「七子」，似乎不是一種社群的特稱，較可能是所列正好七人，故合稱之爲「七子」。

此一運會也。余時承乏郎署,所與倡和,則揚州儲靜夫、趙叔鳴,無錫錢世恩、陳嘉言、秦國聲,太原喬希大,宜興杭氏兄弟,郴李貽教、何子元,慈溪楊名父,餘姚王伯安,濟南邊庭實;其後又有丹陽殷文濟,蘇州都玄敬、徐昌穀,信陽何仲默;其在南都則顧華玉、朱升之其尤也。諸在翰林者,以人眾不敘。[132]

「其時古學漸興,士彬彬乎盛矣」一語,透露出復古派初起時最寶貴的資產,實是吸引一批眾多志同道合而能群聚倡和的士人。據李夢陽的回顧,這些人物起碼包括儲巏(1457-1513)、趙鶴、錢榮、陳策、秦金(1467-1534)、喬宇(1464-1531)、杭濟、杭淮(1462-1538)、李永敷(1462-1521)、何孟春(1474-1536)、楊子器(1458-1513)、王守仁(1472-1529)、邊貢、殷鰲、都穆(1459-1525)、徐禎卿、何景明、顧璘、朱應登(1477-1526)。[133]以上連同李夢陽共二十人。我們可以發現,李夢陽的敘述跳脫了「七子」一類的社群名號限制,遂能涵容更多不同職分或鄉里的人物,在一般常見的七子名單外大幅擴充。「諸在翰林者,以人眾不敘」,實際參與倡和的陣容應更龐大。據何宗美的考證,當時官居翰林者,康海、王九思、王廷相、顧清(1460-1528)、許天錫(1461-1508)、汪俊、汪偉、崔銑、陸深、徐縉(1482-1548)、馬卿(1480-1536)、穆孔暉(1479-

---

132 李夢陽:《空同集》,卷59,頁18下-19上。

133 這些人物的基本履歷,可參閱何宗美:《文人結社與明代文學的演進》上冊,頁213-217。

1539）、嚴嵩（1480-1567），都曾出現在李夢陽作品中。[134]要之，這份倡和名單，在「古學漸興」脈絡下，較有憑據可推定復古派早期成員。

隨著各人交游網絡的擴大和復古運動日漸風行，復古派的實際參與者、認同者，實難逐一明列；即使在前述名單中，諸人對於復古一事的投入程度，也未必一致。對於復古派成員之判定問題，簡錦松的說法值得參考：

> 復古派不同於臺閣體有一定之壇坫，亦不同於蘇州文苑為地域性文壇，吾人自可知之曾持復古派論見者，考察其背景，幾乎盡為弘治六年至正德九年間登科之進士，彼等往往因論見相同，意氣相投，遂結為倡和之友；其後又因各人官況履歷，遷轉無常，而散處各方。是故，復古派之範圍實盡言，今暫定如下：主持復古派者，初時當為李夢陽和康海，康海一方又有王九思、呂柟、馬理為之友；李夢陽一方則有顧璘、王廷相、邊貢同其趣；崔銑既與呂柟、馬理等為友，遂納交於康海、李夢陽；而徐禎卿、何景明、鄭善夫亦極活躍於倡和場中。……以上為復古派之主要成員。此外，鄭善夫、方豪、殷雲霄、徐問、黃佐、唐龍、沈愷、黃省曾、朱安□、胡纘宗等人，其詩論皆可見復古派系統，亦為復古派之成員。[135]

---

134 同前註，頁 219。

135 簡錦松：《明代文學批評研究——成化、嘉靖中期篇（1465-1544）》，頁 186-188。

簡先生也注意到復古派範圍之難定，他的界分方式係以李夢陽、康海為主，繫聯這兩條線索的倡和人物，此外也由詩論內容加以判定。

　　錢謙益《列朝詩集》的「後七子」之說，係由「六子」發展而出。六子，指謝榛、李攀龍、王世貞、徐中行（?-1578）、宗臣（1525-1560）、梁有譽（1521-1556），「已而謝、李交惡，遂黜榛而進武昌吳國倫，又益以南昌余曰德、銅梁張佳胤，則所謂七子者也」。[136]這其實是就諸人在京社集的聚散而言之。此事始末，王世貞《藝苑巵言》有更詳實的記錄：

> 又四年成進士，隸事大理，山東李伯承燁燁有俊聲，雅善余持論，頗相下上。明年為刑部郎，同舍郎吳峻伯、王新甫、袁履善進余於社。吳時稱前輩名文章家，然每余一篇出，未嘗不擊節稱善也。亡何，各用使事，及遷去，而伯承者前已通余于于鱗，又時時為余言于鱗也。久之，始定交。自是詩知大曆以前，文知西京而上矣！已于鱗所善者布衣謝茂秦來，已同舍郎徐子與、梁公實來，吏部郎宗子相來，休沐則相與揚扢，冀于探作者之微，蓋彬彬稱同調云。而茂秦、公實復又解去，于鱗乃倡為五子詩，用以紀一時交游之誼耳。又明年，而余使事竣還北，于鱗守順德，出茂秦，登吳明卿。又明年，同舍郎余德甫來，又明年戶部郎張肖甫來，吟詠時流布人間，或稱「七子」或

---

[136] 錢謙益撰集，許逸民、林淑敏點校：《列朝詩集》，丁集第 5〈宗副使臣〉，頁 4419。

「八子」，吾曹實未嘗相標榜也。而分宜氏當國，自謂得
旁采風雅權，讒者間之，耽耽虎視，俱不免矣。[137]

這段文字完整的脈絡，原是王世貞對於文學歷程的自述，後文再
予詳細討論。簡括來看，王世貞中第後，曾受知於同僚李先芳
（字伯承，1511-1594），並加入吳維嶽（字竣伯，1514-1569）、
王宗沐（字新甫，1523-1591）、袁福徵（字履善，1521-?）的詩社，
再經李先芳引介結識李攀龍，此後謝榛、徐中行、梁有譽、宗臣
相繼入社。王、李、謝、徐、梁、宗，就是錢謙益注意到的「六
子」。謝榛《詩家直說》亦曾記載「六子」社集。[138]因李、謝交惡，
詩社摒出謝榛而引進吳國倫（1524-1593）；因李攀龍離京外任，
詩社又引進余德甫（字曰德，1514-1583）、張佳胤（字肖甫，1527-
1588），截至此時若僅計在京社集者是「七子」，仍計入李攀龍
則爲「八子」。耐人尋味的是，王世貞結識李先芳、吳維嶽在
先，文中卻說和李攀龍定交後，「自是詩知大曆以前，文知西京
而上」，可見此事對王世貞投入復古派陣營實具里程碑意義。因
而後續數年的「六子」、「七子」或「八子」，社集成員迭有變
動，實以李攀龍爲核心，進而形成新一時期復古派骨幹人物。
　　王世貞最初係由李攀龍導入復古觀念，但李攀龍中年早逝，
王世貞遂代之爲當時復古派的領袖。故《明史》謂：

137　王世貞著，羅仲鼎校注：《藝苑卮言校注》，卷7，頁355-356。
138　謝榛《詩家直說》載：「嘉靖壬子春，予遊都下，比部李于鱗、王元
　　美、徐子與、梁公實、考功宗子相諸君延入詩社。一日，署中命李畫士
　　繪〈六子圖〉，列坐於竹林之間，顏貌風神，皆得虎頭之妙。」見李慶
　　立、孫慎之箋注：《詩家直說箋注》，卷4，頁429。

> 攀龍歿，獨操柄二十年，才最高，地望最顯，聲華意氣籠
> 蓋海內，一時士大夫及山人、詞客、衲子、羽流，莫不奔
> 走門下，片言褒賞，聲價驟起。[139]

在廣泛的交游倡和活動中，王世貞仍將李攀龍、徐中行、梁有
譽、吳國倫、宗臣合稱爲「五子」，進一步推拓出「後五子」、
「廣五子」、「續五子」、「末五子」，[140]當中其實不乏復古派
要角，如汪道昆（1525-1593）、李維楨（1547-1626）、[141]胡應
麟。然而，「我們不能假設曾經并稱者眞的組成了組織嚴密的團
體，一定對詩文有一致的看法，因爲這些名目不外是一時與會的
紀錄」。[142]換言之，「五子」的一類名目，最主要的意義乃是作
爲某種線索，可供我們按圖索驥，去觀察復古派的後期流布狀
況；但其人能在多大程度上被劃入復古派陣營，仍必須回歸具體

---

[139] 張廷玉等：《明史》，卷 287，頁 7381。

[140] 案：「後五子」指余曰德、魏裳、汪道昆、張佳胤、張九一。見王世
貞：《弇州四部稿》（《景印文淵閣四庫全書》第 1279-1284 冊），卷
14〈後五子篇〉，頁 5 上-6 下。厥後，王世貞又統合「五子」、「後五
子」之存世者，包括汪道昆、吳國倫、余曰德、張佳胤、張九一，作
〈重紀五子篇〉，前揭書，續稿卷 3，頁 8 下-11 上。「廣五子」指俞允
文、盧柟、李先芳、吳維嶽、歐大任。前揭書，卷 14〈廣五子篇〉，頁
6 下-8 下。「續五子」指王道行、石星、黎民表、朱多煃、趙用賢。前
揭書，卷 14〈續五子篇〉，頁 8 下-9 下。「末五子」指趙用賢、李維
楨、屠隆、魏允中、胡應麟。前揭書，續稿卷 3〈末五子篇〉，頁 11 上-
13 上。

[141] 汪道昆、李維楨都是復古派後期的要角，他們狎主詩社的文學業績，可
參閱何宗美：《文人結社與明代文學的演進》上冊，頁 375-385。

[142] 陳國球：《明代復古派唐詩論研究》，頁 14。

的理論和創作實踐來審辨。

如前所述，廖可斌認爲「復社」、「幾社」是明代復古派詩學的第三階段。「復社」爲張溥（1602-1641）領導，「幾社」以陳子龍（1608-1647）、夏允彝（1596-1645）、徐孚遠（1599-1665）、李雯（1608-1647）爲主盟者。但「幾社」其實只是「雲間詩派」的歷史起點，若就後者的成熟、定型而言，要推「雲間三子」陳子龍、李雯和宋徵輿（1618-1667）爲代表。[143]

稍可一提的是，李東陽批評李夢陽、康海爲「子字股」，「蓋以數公爲文稱子故也」。[144]不僅李夢陽屢次自稱「李子」，號「空同子」，稱康海「康子」，何景明也自述「何子」，視李夢陽「李子」。今檢李東陽詩文集，則無類似的情況。依前述，復古派人物的聚合，如「前七子」、「後七子」、「雲間三子」，對「子」完全不以爲嫌；「後五子」、「廣五子」、「續五子」、「末五子」之名，經王世貞品題後，甚至還能增益聲價。這類名號在既往的文學流派史上實屬特殊。

（二）對復古派實存交游關係的省思

經由前述的梳理，可發現復古派骨幹人物的構成，乃是奠基於緊密的實存交游關係；在此之「實存」，指人際交游關係中實際存在的社集、倡和活動，不含單純承受影響或再傳、私淑。故關於復古派人物判定，有數點尚須澄清、補充：

第一，與復古派骨幹人物曾有實存交游關係，而後中斷者，

---

[143] 參閱謝明陽：《雲間詩派的詩學發展與流衍》，頁 22-26。

[144] 張治道：〈翰林院修撰對山康先生狀〉，收入黃宗羲編：《明文海》（影印涵芬樓藏抄本，北京：中華書局，1987），卷 433〈墓文〉，頁4547。

如謝榛遭摒於李攀龍、王世貞詩社之外，但仍應視爲復古派。胡應麟《詩藪》指出：「嘉、隆並稱七子，要以一時制作，聲氣傅合耳」，所列「後七子」名單仍有謝榛。[145]清沈德潛（1673-1769）《明詩別裁集》也並提李攀龍、王世貞和謝榛三家，認爲最堪代表一時復古風會：「于鱗、元美，益以茂秦，接踵曩哲」。[146]因此，關於復古派之範圍，不應以實存交游關係之中斷，就作出強硬切割。

　　第二，與復古派骨幹人物曾有實存交游關係，詩學觀點不乏近似之處，但不應遽爾劃入復古派者，可舉李東陽爲例。[147]李東陽字賓之，號西涯，謚文正，湖南茶陵人，弘治年間的臺閣重臣，亦爲文壇領袖；其所領導的文學流派，後人概稱爲「茶陵派」。歷來論及李、何復古派者，都會注意到與茶陵派的承變關係。我們試加回顧稍早述及的前行學術成果。廖可斌認爲李東陽領導的茶陵派爲復古派之濫觴；簡恩定認爲李東陽由「格調」的角度品評杜詩，對復古派造成影響；孫學堂認爲雙方都有「重格調的杜詩論評」；鄭利華也認爲兩造皆由藝術審美層面推崇杜詩的「技法」；吳中勝更是逕將李東陽劃入「明代中期復古派」。要之，前行學者大抵認爲李東陽和復古派詩學有所關連。這種觀點需要全面、具體比勘李東陽和復古派詩學異同，方能覈實，非

---

[145] 胡應麟：《詩藪》，續編卷2，頁352。

[146] 沈德潛：《明詩別裁集》（上海：上海古籍出版社，1979），序，頁1。

[147] 姑不論李東陽和復古派諸子文學和政治諸層面的衝突，雙方的交游關係，可參閱薛泉：《李東陽與茶陵派研究》（北京：人民出版社，2013），頁116-121。

本書在此所應旁涉。但針對此一議題，我們可由兩個向度來審辨明人的論述語境：首先是復古派崛起之初，諸子對李東陽其實懷有顯著的區隔之自覺，如李夢陽〈凌谿先生墓誌銘〉云：

> 柄文者承弊襲常，方工雕浮靡麗之詞，取媚時眼，見凌谿等古文詞，愈惡抑之，曰：是賣平天冠者。[148]

所謂「柄文者」，一般咸認即指李東陽，[149]可見李東陽和復古派的文學關係甚為緊張。此外，王九思〈漫興十首（其四）〉也曾表示：

> 成化以來誰擅場？豪傑爭趨懷麓堂。不有李（夢陽）、康（海）持藻鑑，都令後進落門牆。[150]

據此，李夢陽、康海所領導的復古運動，正可謂直指李東陽而來。張治道（1487-1556）曾被錢謙益視為復古派崛起之初最有力的倡導者之一，[151]他在為康海寫的行狀中，也刻意著墨康海為文獨立不懼的形象：

---

[148] 李夢陽：《空同集》，卷 47，頁 2 上。

[149] 陳田云：「柄文者，謂茶陵也」。參閱氏著：《明詩紀事》（上海：上海古籍出版社，1993），丁籤卷 1〈李夢陽〉，頁 1136。

[150] 王九思：《渼陂集》（《續修四庫全書》集部第 1334 冊影印明嘉靖刻崇禎補修本，上海：上海古籍出版社，1995），卷 6，頁 58。

[151] 錢謙益如此評述張治道：「附北地而排長沙，黨同伐異，不惜公是，未有如孟獨之力者也。」見氏著，許逸民、林淑敏點校：《列朝詩集》，丙集第 11〈張主事治道〉，頁 3520。

> 李西涯為中台，以文衡自任，而一時為文者，皆出其門。
> 每一詩文出，罔不模效竊倣，以為前無古人。先生獨不之
> 倣。[152]

這些資料都顯示復古派初起時，並不如前述學者所見和李東陽詩學存在關連。[153]第二個向度是，雙方當事人皆離世後，復古派內部卻產生一種意見，認為李東陽是李、何的淵源。王世貞《藝苑卮言》云：

> 長沙之於何、李也，其陳涉之啟漢高乎！[154]

胡應麟《詩藪》也指出：

> 獨李文正才具宏通，格律嚴整，高步一時，興起何、李，
> 厥功甚偉。[155]

---

152 張治道：〈翰林院修撰對山康先生行狀〉，收入《明文海》，卷433，頁4547。

153 李夢陽有詩〈徐子將適湖湘余時戀戀難別走筆長句述一代文人之盛兼寓祝望焉爾〉云：「我師崛起楊與李，力挽一髮回千鈞」。「楊」指楊一清，「李」指李東陽。廖可斌認為此乃肯定李東陽是復古派的開路人；見氏著：《明代文學復古運動研究》，頁59。但個人以為，此詩脈絡中，楊、李只是明詩史上一個階段的代表，對兩人的讚賞，不能進一步解釋為復古派的「開路人」。詩中亦曾云：「宣德文體多渾淪，偉哉東里廊廟珍」，我們同樣不能據以認為楊士奇是復古派的先導。李夢陽詩，見：《空同集》，卷20，頁21上。

154 王世貞著，羅仲鼎校注：《藝苑卮言校注》，卷6，頁300。

155 胡應麟：《詩藪》，續編卷1，頁345。

王、胡的意見，似和復古派初起時諸子之說南轅北轍。但若仔細
檢查這類意見的屬性，其實是從復古派的詩學本位，去審視李東
陽的詩學價值；換言之，李東陽之詩學必須要能連結於復古派，
才有價值。復古派儼然成為評定李東陽的基準。如此，兩人的立
論重心，並不在陳述李東陽對復古派諸子有任何文學上的實質指
導和提攜，而仍在於襯揚復古派之美好。緣而，他們對於李東陽
的創作實踐，非但不盡滿意，指摘之餘也會進一步對顯李、何復
古運動的價值。[156]

　　我們不否認李東陽和復古派詩學的某種近似，但由前述兩個
向度來審辨，李東陽明顯不能劃入復古派。再者，李東陽年輩早
於復古派諸子，其詩學容有近似之處，恐非得自復古派的影響或
啟迪，當然也不適合闌入復古派。[157]本書就杜詩學之議題，並將
著重指出：李東陽對明初詩人袁凱（1310-1404?）學杜績效、方
法的負面批評，更和李、何截然相左，幾成諍論。

　　第三，與復古派骨幹人物曾有實存交游關係，詩學觀點亦相
彷彿，未必被視為復古派，實應劃入復古派者，可舉陸深為例。
陸深自稱李東陽「門生」，此事也被載入錢謙益《列朝詩集》，

---

[156] 王世貞《明詩評》評李東陽：「惜乎未講體格，徒逞才情，枚生累紙，
少游揮毫，角險爭捷，加炎墨卿」；見吳文治主編：《明詩話全編》
（南京：鳳凰出版社，2006），頁 4382。胡應麟《詩藪》亦評曰：「務
為和平暢達，演繹有餘，覃研不足。自時厥後，李、何並作，宇宙一
新」；續編卷1，頁 345。

[157] 楊一清、林俊情況類似，兩人年輩履歷皆高於李夢陽，故彼此詩學觀點
雖相近，並不適合劃入復古派。簡錦松稱為「復古派之友」。見氏著：
《明代文學批評研究——成化、嘉靖中期篇（1465-1544）》，頁 188。

與李夢陽「僞背師門」對比。[158]對於陸深的詩文，四庫館臣也讚賞：「當正、嘉之間，七子之派盛行，而獨以和平典雅爲宗，毅然不失故步，益可謂有守者矣」。[159]依這些資料，陸深並不屬於復古派陣營，而是可以劃入李東陽茶陵派。[160]實則，陸深和李夢陽、何景明交誼良篤，曾共同編定袁凱詩《海叟集》，聲氣相通，反倒是和李東陽有所分歧。袁集之編定，實是復古派崛起之初的要事，本書第二章將有詳論。從這個角度來說，陸深亦不妨視爲復古派人物。何孟春和顧清情況相近，何氏曾名列李夢陽〈朝正倡和詩跋〉倡和諸人之一，可視爲復古派，起碼並不拒斥李夢陽在復古大纛下的詩歌倡和活動；顧氏官居翰林，故未列入文中，但依前述與李夢陽亦有往還。另一方面，何、顧也都是李東陽茶陵派的中堅分子，「沒有這些人雖有李東陽也不可能有茶陵派」。[161]由此可見，姑且不談李東陽個人，復古派崛起之初，和茶陵派成員實非壁壘森嚴，互絕音信。我們當不難想見，當時李、何和陸深、何孟春、顧清等青年官員同朝任職，公餘之暇有詩文倡和交流的活動，原是極爲自然之情事；而且，也惟有如此開放、融通的心態，復古派方能逐漸擴大影響力。故我們討論復古派「範圍」，難免也會摻入一些茶陵派人物。

　　第四，與復古派骨幹人物雖有實存交游關係，判定時仍須格

158　錢謙益撰集，許逸民、林淑敏點校：《列朝詩集》，丙集第 5，頁 3035。

159　永瑢等：《四庫全書總目》，卷 171《儼山集》提要，頁 1500。

160　陸深可繫屬於茶陵派之討論，可參閱何宗美：《文人結社與明代文學的演進》上冊，頁 190。又，周寅賓：《李東陽與茶陵派》（長沙：湖南師範大學出版社，2008），頁 329-331。

161　何宗美：《文人結社與明代文學的演進》上冊，頁 192。

外審慎，其詩學觀點甚至未盡適合繫屬於復古派。這類情形可舉
薛蕙、楊慎爲例。何良俊（1506-1573）《四友齋叢說》曾如此
描述弘、正之際復古運動的盛況：

> 我朝文章，在弘治、正德間可謂極盛，李空同、何大復、
> 康滸西、邊華泉、徐昌穀一時共相推轂，倡復古道。……
> 稍後則<u>亮州薛西原蕙</u>、祥符高子業叔嗣、廣西戴時亮
> 欽、沁水常明卿倫、河南左中川國璣、關中馬西玄汝冀諸
> 人。[162]

在「倡復古道」脈絡下，薛蕙當可繫屬復古派系統。胡應麟《詩
藪》云：

> 弘、正間，詩流特眾，然皆追逐李、何。士選、繼之、升
> 之、近夫，獻吉派也；華玉、<u>君采</u>、望之、仲鶠，仲默派
> 也。[163]

也認爲薛蕙「追逐」何景明，故屬於復古派人物。事實上，薛蕙
和何景明、王廷相等人都有密切的交游。[164]

---

[162] 何良俊：《四友齋叢說》（北京：中華書局，1997），卷26，頁235。

[163] 胡應麟：《詩藪》，續編卷2，頁363-364。

[164] 薛蕙與王廷相相識較早，有詩〈戲成五絕（其一）〉云：「束髮從師王
浚川，文章衣缽幸相傳。爾時評我李何似，白首催頹只自憐」。見氏
著：《考功集》（《景印文淵閣四庫全書》第1272冊），卷8，頁14
上。薛蕙和王、何也都有不少詩歌倡和與書信往來，茲不具引。

　　但薛蕙的流派歸屬問題必須格外審慎，顧璘〈與陳鶴論詩〉云：

> 國朝自弘治間詩學始盛，……舉六朝則曰靡弱，舉唐初則曰變體未純，雖承先生之常談，其實確論乎，外是謬矣！[165]

依顧璘文中的描述，「六朝」、「唐初」並非復古派設定的詩歌典範；薛蕙反而相當嚮往，楊慎《升庵詩話》認爲何景明勤於學杜，直到——

> 與予及薛君采言及六朝、初唐，始恍然自失，乃作〈明月〉、〈流螢〉二篇擬之。[166]

薛蕙、楊慎隱然是要鬆動復古派原本尊杜的傳統。這一點，本書稍後還有詳細辨析。清陳田（1855-?）《明詩紀事》也說：「嘉靖初，薛君采、陳約之輩，倡爲初唐之體」。[167]可見薛蕙縱可劃入復古派，也並非傳統的復古派人物。

　　楊慎詩學和復古派實有交涉，當代學者談及復古派詩論亦常連及楊慎，[168]本書在所難免。楊慎詩學有濃厚的「復古」性格，

---

[165] 顧璘：《息園存稿》（《景印文淵閣四庫全書》第 1263 冊），文卷 9，頁 14 下。

[166] 楊慎著，王大厚箋證：《升庵詩話新箋證》，卷 10〈螢詩〉，頁 509。

[167] 陳田：《明詩紀事》，戊籤卷 18〈許應元〉，頁 1744。

[168] 當代學者論復古派詩學連及楊慎之例，如陳國球：《明代復古派唐詩論

卻未必可劃入「復古派」。依前述來看，他和何景明雖有實存交
游關係，然而標舉「六朝」、「唐初」，乃是有違復古派傳統。
胡應麟《詩藪》對楊慎詩學的游離性頗有注意：

> 用修才情學問，在弘、正後，嘉、隆前，挺然崛起，無復
> 依傍，自是一時之傑。[169]

胡應麟對楊慎的態度頗為複雜，他曾譏諷楊慎學術「疎漏尤
甚」，[170]此處則不吝肯定：「無復依傍」，但這種說法何嘗透露
出楊慎不被胡氏劃入復古派。又如錢謙益指出：「其意欲壓倒
李、何」，[171]四庫館臣也認為：「其詩含吐六朝，于明代獨立門
戶」，[172]顯然也都不將楊慎看作復古派人物。[173]

　　第五，與復古派骨幹人物雖無緊密的實存交游關係，仍應劃
入復古派者。這類情況，指復古派的範圍，在「七子」一類名單
之外，其實還有為數更多的從風響應之人。許學夷正是箇中翹

　　研究》，頁 15；張暉：《中國「詩史」傳統》（北京：三聯書店，
　　2012），頁 78。

[169] 胡應麟：《詩藪》，續編卷 1，頁 348。

[170] 同前註，續編卷 2，頁 356。

[171] 錢謙益撰集，許逸民、林淑敏點校：《列朝詩集》，丙集第 15〈楊修撰
　　慎〉，頁 3778。

[172] 永瑢：《四庫全書總目》，卷 172《升菴集》提要，頁 1502。

[173] 楊慎對復古派學杜觀念和實踐，其實抱持批判立場，學界已有留意。參
　　閱高小慧：《楊慎文學思想研究》（北京：中國社會科學出版社，
　　2010），頁 325-329；楊遇青：《明嘉靖時期詩文思想研究》（西安：
　　三秦出版社，2011），頁 86-91。

楚。據謝明陽研究，許學夷曾爲所著《詩源辯體》，託人向「末五子」之一李維楨求序；但兩人並不熟識，李維楨序文亦頗浮泛，無法切中該書要旨；許學夷另曾受邀參訪鄒迪光（1550-1626）園林，鄒氏大抵亦屬復古派，當下察覺鄒氏詩學觀念未盡契合，故未邀請作序；今存鄒序係友人主動代爲請得，其內容也確實顯出兩人分歧。[174]許學夷隱居鄉里，寂無聞焉，與李維楨並無實存交游，和鄒迪光關係也未必緊密，雖間接獲得兩人序文推薦，終究無所用之。其實許學夷此書有濃厚的復古派性格，在復古派詩學史上深具不容漠視的重要意義。這類情況，可再舉胡震亨爲例。其生平履歷不易詳考，所撰《唐音統籤》，特別是其中頗具詩話性質的《唐音癸籤》，實爲復古派詩學要籍；胡氏另曾選編《李詩通》、《杜詩通》，後者也曾被譽爲「明人註杜當以此爲首選」。[175]如此，欲論復古派範圍，當然也不能忽略胡震亨。

　　復古派初起時，李夢陽便在〈朝正倡和詩跋〉讚嘆：「士彬彬乎盛矣」。可見對於復古派範圍的界說，應以人物爲指標。一般認爲，復古派人物包括前七子、後七子、明末幾社和雲間諸子。但從實存交游關係的角度來審辨，其範圍應更擴大，不能侷限於「七子」一類名號或某種固定化的名單。緣此，前面舉例辨析了五種情況，認爲李東陽、楊愼和復古派骨幹人物雖有實存交游關係，但不宜劃入復古派；薛蕙雖被劃入復古派，但應留意其詩學異采；陸深、謝榛、許學夷、胡震亨，個別情況不一，但應繫屬於復古派。

---

[174] 參閱謝明陽：〈許學夷《詩源辯體》在晚明的傳播與接受〉，《東華人文學報》第 5 期（2003 年 7 月），頁 308-324。

[175] 周采泉：《杜集書錄》（上海：上海古籍出版社，1986），頁 141。

　　要之，復古派雄踞明代詩壇百餘年，風起雲湧，人多勢眾，殊難具陳，前述而外，必須查驗具體的理論和創作實踐方能判定。

二、研究方法

　　「方法」指為達成特定之目標，所擬定並能加以實際操作的技術和程序。本書之目標，乃在於透過復古派杜詩學的研究，觀察一系列「理論實效」的議題。為達成此目標，我們在研究過程中採取的「技術」，可條列為二：

1. 蒐集文獻：這是指就研究對象和範圍中相關文獻的全面性掌握。所謂「文獻」，兼指原典和近現代學術論著。關於後者，前文已曾回顧前行學術成果，可以參看。「原典」之指涉，亦可參閱前述之「研究範圍」，而更具體地說，包括杜詩學和一般文學論述資料。「杜詩學」是本書的研究對象，自不待多言；「一般文學論述」，在此泛指杜詩學或特定專題以外的復古派文學論述，「杜詩學」是「一般文學論述」中的重要環節，如欲周延地討論復古派杜詩學，有必要同時瞭解其一般文學論述。[176]

2. 細讀文獻：「細讀」（close-reading）對原典之詮釋尤為重要，須由從容而反覆的閱讀方能達致。這個閱讀的過程，既指向文句和文法構成的「基本意含」（meaning），也積極探求此一文本在相關語境、背景下

---

[176] 我們蒐集文獻的範圍，以明代復古派杜詩學和一般文學論述資料為主，但不為所限。實際研究過程中，若因議題或討論需要，自然會觸及復古派以外的資料。

可能蘊含的「意義」（signigicance）。[177]所謂「語境」、「背景」，兼指相關的文學論述和創作實踐現象。古人的文學論述，往往不是一種脫離現實處境的純粹抽象思維，而具有回應前行相關文學論述，加以「對話」，乃至於定位、針砭當下創作實踐現象的現實意義。就個人研讀文獻的體會，復古派杜詩學的建構和發展亦不例外。本書對文本意義的探求，借用錢謙益詮釋、建構明詩史的方法來說，亦可謂「深思論世，置身於百年之前」。[178]

這兩項「技術」，對本書的研究皆屬不可或缺，而且相當具體化，可實際操作。惟其操作之過程，並不會在本書的論述形式上完整呈現出來，主要是本人作爲研究者，所自覺並自我要求的研究起始。

在論述形式上可見的「方法」，即「程序」。這是指研究的步驟及進層具現出來的論述或章節架構。「步驟」之設定，不能隨心所欲，必須有所憑依。不少研究者面對各自的學術議題，常會依需要借鑑適合的「理論」，如社會學、心理學、結構主義等，由所借理論之引導、啟發去設定研究的「步驟」。本書並沒有預先借鑑特定的「理論」；關於研究的「步驟」，主要依循「復古派詩學系譜」來規劃。「系譜」原指人類血緣或直系親族關係的前後承續記錄，引伸到詩學史上，乃指前行者對後繼者的明確傳承，或後起者對前行者的明確紹繼表述，因而構成了「前

---

[177] 此處頗有得於劉笑敢啟發，可參閱氏著：《老子古今：五種對勘與析評引論》（北京：中國社會科學出版社，2006），頁44。

[178] 錢謙益撰集，許逸民、林淑敏點校：《列朝詩集》，丁集第 4〈皇甫汸事漽〉，頁4231。

後承續」的「系譜」。「承續」並非一成不變的沿襲、守舊，而
是指以前行者之詩學論述，作為後續建構或對話之基礎、對象，
進一步推動詩學史的進境。當然，這種進境，仍不脫復古派共同
持守的某種核心理念。

　　本書所指「復古派詩學系譜」的實質構成，以李夢陽、何景
明為起點，連結於王世貞、李攀龍、謝榛，再進一步連結於胡應
麟、許學夷。

　　眾所周知，復古派的崛起，李夢陽、何景明居功厥偉；其實
復古派後續衍生的許多詩學議題和爭議，也都能溯及兩人。緣
此，兩人實可視為「系譜」之始。王世貞《明詩評・敘》亦有見
於此：

> 蓋少陵氏歿二千餘年，而北地李夢陽出其淵朗，洞識契
> 宗，始掃而歸之少陵氏。……世貞既辭鄉學官，少知所創
> 艾，旦莫諷少陵氏集，于道漸有所窺。近既得李、何二君
> 集而讀之，未嘗不掩卷三嘆也。宏規卓思，具體而微，間
> 有一二相襲，猶未悟象外，非若抵掌談笑而效叔敖者也。
> 即世所鉤摘語，過矣！過矣！[179]

這段文字非常重要，透露「復古派詩學系譜」的構成，和杜詩學
密切關連。李夢陽不但被視為杜詩死後的唯一傳人，王世貞又自
述讀杜之際也為李、何辯護，認為世人貶抑太過，儼然克紹箕

---

[179] 王世貞：《明詩評》，見吳文治主編：《明詩話全編》，頁 4342。案：
杜甫之歿下距李夢陽約七百餘年，文中卻稱「少陵氏歿二千餘年」，明
顯有誤；但無礙於本文之論述。

裘。其《明詩評・敘》接著說：

> 歷下李攀龍、貝人謝榛與予友，盛能言少陵氏。其所詣，
> 力逐二子。謝少椎不能勝，李神采奕奕，逼且度之，而見
> 輒斂衽遜二氏功，以為泰山北斗云。[180]

李攀龍、謝榛的創作實踐，亦皆踵武李、何，同樣「盛能言少陵
氏」。試串連前後二文，王、李、謝榛等人堪稱共同延展了「復
古派詩學系譜」。清沈德潛（1673-1769）《明詩別裁集》回顧
明代詩史，也特別並稱三家，所謂：「于鱗、元美，益以茂秦，
接踵曩哲」，認為最堪代表一時風會。[181]

　　厥後，王世貞長期狃主詩盟，接引後進，又拓築了「復古派
詩學系譜」。他曾大力讚揚胡應麟《詩藪》而向友人講起：

> 若說詩者七盧十餘家，往往可采，而獨蘭谿胡元瑞氏最為
> 博識宏覽，所著《詩藪》，上下數百千年，雖不必字字破
> 的，人人當心，實藝苑之功臣，近代無兩。[182]

另一通函札〈答胡元瑞〉也直白稱許：

> 得足下《詩藪》，則古今談藝家盡廢矣！[183]

---

[180] 同前註，頁 4342。

[181] 沈德潛：《明詩別裁集》，序，頁 1。

[182] 王世貞：《弇州四部稿》，續稿卷 181〈李仲子能茂〉，頁 28 上。

[183] 同前註，續稿卷 206，頁 12 上。

他爲胡應麟所寫傳記〈石羊生傳〉中，講得更爲具體：

> 至勒成一家之言，若所謂《詩藪》者，則不啻遷史之上下
> 千載，而周密無漏勝之；其刻精則董狐氏、韓非子
> 也。……且謂元瑞：子後當竟傳我。[184]

文中將胡應麟《詩藪》組織詩學史料的功力比擬爲司馬遷《史記》；對書中觀點之公允、精到，則譬況爲春秋晉國史官董狐、法家韓非（281?-233 B.C.）。文末甚至將胡氏視爲傳人。要之，王世貞對於胡應麟《詩藪》，可謂推崇極矣。[185]就「復古派詩學系譜」的建構，我們當可肯定王、胡之間的傳承關係。

進一步追查，王世貞前文讚賞胡應麟「最爲博識宏覽」，在許學夷眼中，兩人所著《藝苑卮言》、《詩藪》的共通優點，也正在於「最爲宏博」。[186]這個評語，當非偶然重複，不啻也是間接認可了王、胡前後承續的「系譜」。特別的是，許學夷《詩源辯體》隨即又有一段說法：

---

184 王世貞：〈石羊生傳〉，見胡應麟：《詩藪》，卷首，頁7。

185 錢謙益認爲王世貞初喜胡應麟「貢諛」，故予推獎，「晚年乃大悔悟，語及《詩藪》，輒掩耳不欲聞，而流傳訛謬，則已不可回矣」。見氏著，許逸民、林淑敏點校：《列朝詩集》，丁集第 6〈胡舉人應麟〉，頁 4530。這和錢氏的王世貞「晚年定論」之說，實是一體兩面，亦是其負面化復古派形象的慣常手法；詳本書第四章。此說不可信，亦可參閱王明輝：《胡應麟詩學研究》（北京：學苑出版社，2006），頁 9-10；孫學堂：《崇古理念的淡退——王世貞與十六世紀文學思想》，頁 200-201。

186 許學夷著，杜維沫校點：《詩源辯體》，卷35，頁346、348。

> 滄浪號為卓識，而其說渾淪，至元美始為詳悉；逮乎元
> 瑞，則發竅中竅，十得其七。繼元瑞而起者，合古今而一
> 貫之，當必有在也。[187]

姑且不談嚴羽，文中認為胡應麟對王世貞詩學有所推進；耐人尋
味的是，「繼元瑞而起者」，恐怕則是許學夷的夫子自道。其
〈詩源辯體自序〉也曾說：

> 嗚呼，安得起元瑞於地下而證予言乎！[188]

可見許學夷撰著《詩源辯體》，實是懷有一種克紹胡應麟的意
識。茲舉一例，《詩源辯體》論盛唐詩有云：

> 元美必欲以子美為極至，諸家為不及，其說本於元微之及
> 宋朝諸公，開元、大曆不聞有是論也。故予論盛唐律詩為
> 破第三關。學者過此無疑，斯順流而下矣。元瑞實破三
> 關。[189]

此文意蘊至為深厚，本書將予詳論。現提請特別注意的是：許學
夷對王世貞詩學的修正意見，名為「破三關」，這也是他自覺與
胡應麟最為相契之處，故曰「元瑞實破三關」。當然，這不代表
許學夷對胡應麟毫無商榷或補充。

---

[187] 同前註，卷 35，頁 348。

[188] 同前註，頁 1、442。

[189] 同前註，卷 17，頁 183。

　　綜上所論，本書所謂「復古派詩學系譜」，係由李夢陽、何景明、王世貞、李攀龍、謝榛、胡應麟和許學夷等人前後承續而構成。這個「系譜」，雖非復古派諸子自我建構的產物，而是出自本書的串連，但文獻昭然有徵，諸子也確實都是復古派詩學史上的要角，當可視爲復古派詩學發展的主軸。

　　實際上，復古派也曾自我建構「系譜」，但和本書所述略有差異。崇禎十六年（1643），陳子龍、李雯和宋徵輿合編《皇明詩選》，李雯序曰：

> 至於弘、正之間，北地、信陽起而掃荒蕪，追正始，其于風人之旨，以為有大禹決百川、周公驅猛獸之功，一時並興之彥，蜚聲騰實，或哭或歌，<u>此前七子之所以揚丕基也</u>。……然後濟南、婁東出，而通兩家之郵，息異同之論，運材博而搆會精，譬荊棘之既除，又益之以塗茨，<u>此後七子之所以揚盛烈也</u>。[190]

因「詩選」性質，故文中所述，實是詩史而非詩學史。李雯對於明詩史，顯然特別注目「前七子」、「後七子」的「系譜」。但隨即話鋒一轉：

> 自是而後，雅音漸遠，曼聲竝作，<u>本寧、元瑞之儔，既夷其樊圃</u>；而公安、竟陵諸家，又實之以蕭艾蓬萬焉。[191]

---

[190] 陳子龍、李雯、宋徵輿合編：《皇明詩選》（上海：華東師範大學出版社，1991），序，頁8-9。

[191] 同前註，頁9。

胡應麟的詩歌創作是否如此不堪，仁智互見，[192]在李雯眼中，他和李維楨等於是無法承續前、後七子的「系譜」。李雯對李維楨、胡應麟和公安、竟陵的抨擊，實是為了凸顯所屬雲間詩派的「正宗」意義。[193]要言之，李雯建構的復古派詩歌系譜，刻意排除了胡應麟，也忽略了當時聲名未著的許學夷，乃是一個由前、後七子到雲間派前後承續的詩學圖像，與本書所謂「復古派詩學系譜」有別。

　　本書不採取李雯的「系譜」。因為李雯的說法，係針對詩史而非詩學史，兩者誠有密切關連，但在詩學史立場來說，無法涵括胡應麟《詩藪》，也未注意幾乎同時的許學夷《詩源辯體》，實是一個很大的罅漏。再者，李雯的「系譜」最終歸結到「雲間詩派」；雲間派詩學的構成和發展，恰逢內政動盪，接連明清鼎革，有很巨大的時代因素介入、催生，事涉複雜，此際詩學的新動向，更值得另立專題詳究。本書擬定的「復古派詩學系譜」，每一人物，皆能提供充足且別富意義的杜詩學論述資料；再者，這個系譜的「前後承續」，我們嘗試異中求同，同中見異，其實也更能清楚察見復古派杜詩學的發展和流變軌跡。

　　基於「復古派詩學系譜」，我們研究的「步驟」，將就系譜中的「人物」，逐一詳究。這種步驟並直接顯現於章節架構設計：本書第二章聚焦李夢陽、何景明，第三章著眼謝榛，第四章

192　王世貞便很欣賞胡應麟詩，推許為「鴻彩瑰麗，迥絕無前，稍假以年，將與日而化矣」。見氏著：〈石羊生傳〉，收入《詩藪》，頁 7。容或不無客套，但應不致以為李雯說的「夷其樊圃」。
193　參閱謝明陽：《雲間詩派的詩學發展與流衍》，頁 179。

論王世貞附及李攀龍，[194]第五章是胡應麟，第六章殿以許學夷。復古派人物眾多，未闢專章探討者，將依議題需要融入相關章節。每章附有「結語」，旨在綜理全章內容；第七章又有「結論」，統攝全書旨趣之外，也盼稍加提煉後續可供進行之新議題。

---

[194] 李攀龍的詩論「少見筆札」，材料有限，故本書不闢立專章論之。這不代表我們忽視李攀龍，相反地，在和盟友王世貞對比下，更能呈顯雙方的特殊性。「少見筆札」一說，出自王世貞著，羅仲鼎校注：《藝苑卮言校注》，卷 4，頁 164。

第二章　復古與學杜：
以李夢陽、何景明爲中心

第一節　前　言

「復古」原是明代詩學史的主流觀念。翻閱明初以來的詩文集，常能發現以古爲尙的詩學論述。然而，到了明代中葉以後強勢崛起的李夢陽（1473-1530）、何景明（1483-1521），「復古」更具指標性意義。因此，歷來談及明代詩學史上所謂「復古派」，乃特指李、何及其後繼追隨者所構成的詩歌創作和理論流派。正因李、何的指標性意義，清四庫館臣甚至曾將復古派稱爲「何、李之派」。[1]緣而，欲論復古派議題，當然不能忽略李、何。

李夢陽原字天賜，後改獻吉，號空同子，陝西慶陽人，幼時隨父徙居河南開封，弘治六年（1493）進士，旋因丁父母憂，遲至弘治十一年（1498）返京方正式授官戶部主事。何景明字仲默，號白坡，又號大復山人，河南信陽人，弘治十五年（1502）

---

[1]　永瑢等：《四庫全書總目》（北京：中華書局，2003），卷 179「《楊道行集》提要」，頁 1615。

進士，授官中書舍人。依明人描述的當代文學史圖像，李夢陽、
何景明正是以鮮明的「學杜」之姿相偕登上詩壇。惟值得注意的
是，倘就明人閱讀李、何詩歌的經驗來說，其實有更多文獻尤偏
重李夢陽個人的學杜績效，如胡纘宗（1480-1560）〈西玄詩集
序〉云：

> 弘治間，李按察夢陽謂詩必宗少陵，康殿撰謂文必祖馬
> 遷，天下學士大夫多從之。[2]

同樣的觀點，李濂（1488-1566）〈胡可泉集序〉談得更細緻：

> 弘治間，武功康太史以馬遷之文倡，北郡李按察近體詩以
> 杜倡，而古體則以漢魏倡，學者翕然宗之。[3]

胡纘宗、李濂年代和李、何同時而年輩稍晚，對弘治間文壇狀況
的描述，可謂親歷目擊的第一手資料。這兩段文字皆提及康海
（1475-1540）標榜司馬遷（145?-90? B.C.）《史記》、李夢陽崇
尚杜甫（712-770）詩。暫不旁觸康海議題，僅就詩領域而言，
何景明是被忽略的。時代再晚一些，王世貞（1526-1590）也曾
在明人學杜史的脈絡中凸顯李夢陽的特色和價值，具見《藝苑卮
言》云：

2　胡纘宗：《鳥鼠山人小集》（《四庫全書存目叢書》集部第 62 冊影印
　　湖北省圖書館藏明嘉靖刻本，濟南：齊魯書社，1997），卷 12〈西玄詩
　　集序〉，頁 330。
3　李濂：〈胡可泉集序〉，出處同前註，卷首，頁 189。

> 國朝習杜者凡數家：華容孫宜得杜肉，東郡謝榛得杜貌，
> 華州王維楨得杜筋，閩州鄭善夫得杜骨，然就其所得亦近
> 似耳；唯夢陽具體而微。[4]

依文中所述，孫宜（1507-1556）、謝榛（1495-1575）、王維楨
（1507-1556）、鄭善夫（1485-1523）學杜各得其一偏，唯獨李
夢陽「具體而微」，這是極崇高的禮敬。然所列諸家中，也完全
不見何景明的身影。

　　據楊慎《升庵詩話》的觀察，何景明對杜詩其實素有鑽研：

> 何仲默枕藉杜詩，不觀餘家。[5]

楊慎此段文字，後文會有較完整的徵引和討論。現請注意到「不
觀餘家」，指何景明研讀杜詩專心致力之態度，而這種態度正體
現了復古派所特有的「宗主論」。[6]但就明人的閱讀，何景明的
詩歌其實展現了不同於李夢陽的面目，故不能以「學杜」一語概
盡。如顧璘（1476-1545）是李、何的共同友人，其〈與陳鶴論
詩〉便曾體察到其因人格質性之差異，所擇效的典範之作遂見分
歧：

4　王世貞著，羅仲鼎校注：《藝苑巵言校注》（濟南：齊魯書社，
　　1992），卷6，頁314。
5　楊慎著，王大厚箋證：《升庵詩話新箋證》（北京：中華書局，
　　2008），卷10〈螢詩〉，頁509。
6　簡錦松：《明代文學批評研究》（臺北：臺灣學生書局，1989），頁
　　202。

> 三賢皆余友，嘗共講習而商訂之者，知其淵源所自，未嘗
> 不擇法于古人。李主杜，何主李（白），徐（禎卿）主盛
> 唐王、岑諸公，皆因質就長，各勤陶鑄，是以立體成家，
> 咸歸偉麗。[7]

在顧璘的用法中，「主」係指擇定唐詩某家爲宗主而效法之，何
景明主李白（701-762），有別於李夢陽之主杜甫。這種觀點，
顯然和前引楊愼提的「枕藉杜詩」出現落差。楊愼之說，應指何
景明趨從於李夢陽的一面；顧璘所指，則是何景明展露自家本色
的另一面。更特別的是，縱使是何景明明顯學杜的篇什，亦遭判
定爲不純然學杜，胡應麟（1551-1602）《詩藪》云：

> 獻吉、仲默各有〈秋興〉八章。李專主子美，何兼取盛
> 唐。[8]

案：〈秋興八首〉係杜甫七律代表作，李夢陽擬作〈秋懷八
首〉，何景明亦有〈秋興八首〉，據題目判斷，無疑皆屬學杜之
作。但依照胡應麟的閱讀，何景明學杜之際竟是「兼取盛唐」。
杜甫當然是盛唐人，實則在復古派詩學論述傳統中，杜詩和盛唐
諸家詩是兩種相異的體式。可見何景明學杜並不純粹。

　　據胡應麟的說法，李、何對於學杜的態度有「專主」、「兼

7　顧璘：《息園存稿》（《景印文淵閣四庫全書》第 1263 冊），文卷 9，
　　頁 14 上。
8　胡應麟：《詩藪》（上海：上海古籍出版社，1979），續編卷 2，頁
　　354。

取」之別，我們當然也就能理解何以許多明人文獻特別標榜李夢陽個人振興杜學之功，而不連及於何氏。但若進一步推衍出《詩藪》如下的文學史圖像：

> 自北地宗師老杜，信陽和之，海岱名流，馳赴雲合。[9]

可以發現，何景明竟被簡單定位為李夢陽學杜大業中的應和、趨附者角色。這種文學史圖像，不完全著眼於李、何各自對於學杜的態度，而是著眼於李、何兩人在復古或學杜上的「主從性關係」。這層關係，誠或有一定的事實基礎，[10]卻是片面立足於李夢陽一端的建構。亦即這是以李夢陽「專主子美」的觀念和現象，作為建構文學史圖像的基準；由於何景明學杜不純，至多僅能屈居副貳。明清之際錢謙益（1582-1664）《列朝詩集・李副使夢陽》所言：

> 獻吉生休明之代，負雄驚之才，慨然謂漢後無文，唐後無詩，以復古為己任。信陽何仲默起而應之。[11]

9　同前註，頁351。

10　王九思曾提及何景明早年受到李夢陽啟發，〈漢陂集序〉云：「予始為翰林時，詩學靡麗，文體萎弱，其後德涵、獻吉導予易其習焉；獻吉改正予詩者，稿今尚在也，而文由德涵改正者尤多。然非獨予也，惟仲默諸君子，亦二先生有以發之。」見氏著：《漢陂集》（《續修四庫全書》集部第 1334 冊影印明嘉靖刻崇禎補修本，上海：上海古籍出版社，1995），頁2。

11　錢謙益撰集，許逸民、林淑敏點校：《列朝詩集》（北京：中華書局，2007），丙集第 11，頁3465。

仍是將何景明定位為應和、趨附者的角色。如此，恐讓人誤會復
古派崛起之初的杜詩學面貌，即等於李夢陽一人所主導的觀念和
現象，流於「平面化」的理解。其實，何景明之學杜不純，在顧
璘所提人格質性因素之外，若正面來看待，不啻意味著他對學杜
一事自有定見，未肯服膺於李夢陽式的「專主」；那麼，豈能義
無反顧地判定他在復古或學杜上僅是李夢陽的應和、趨附者？本
文無意過分誇大何景明的重要地位，而是想呈顯此時復古派杜詩
學可能的複雜性，恐非李夢陽一人所能主導概括。因此，為求
「立體化」掌握此時復古派的杜詩學面貌，我們必須適度鬆動過
去以李夢陽為基準的文學史圖像，平允地觀察李、何兩人心目中
杜詩承載著什麼樣的詩歌價值？他們對於學杜有什麼共識？他們
在向世人也向彼此堅持、爭辯什麼？這是本章致力探討的問題。

第二節　李夢陽、何景明的杜詩學論述

　　李夢陽、何景明並無杜詩學專著傳世。[12]其杜詩學見解，主

12　李夢陽曾手批杜集，清初戴廷栻〈杜遇小敘〉云：「余舊游燕，于陳百
　　史架見李空同手批杜集，草草過之，其後每讀杜詩，以不及手錄為
　　恨。」馬世俊〈杜詩序〉亦載：「近見李空同評本，僅得其音節，不諳
　　其神理。」可知此書清初尚存，今似已亡佚。李夢陽若果有此書，當屬
　　復古派極重要之詩學文獻，復古派諸子竟無齒及者，是否為他人託名之
　　作，不無可疑。然則，戴廷栻前揭文又云：「空同所解諸體固當，至謂
　　五言古少遜漢魏，七言絕不及太白、龍標」，於五古推崇漢魏典範而非
　　杜詩，頗和何景明復古觀念相通，當亦為李夢陽所持守，後文並將論
　　述。引文出自孫微輯校：《清代杜集序跋彙錄》（北京：人民文學出版
　　社，2017），頁 36-37、56。

要是讀杜並經思索、評判之後，化為復古創作實踐上的養料和素材；學界已有精彩的研究成果。[13]本章則擬聚焦處理兩人後設性的杜詩學論述。這類資料散見書信、序文，份量不多，亦未構成嚴密的系統，惟在往後的復古派杜詩學史上，實具先導意義，很值得深入挖掘。為便鳥瞰，茲略依年代先後次序條列如下：

1. 正德元年（1506）八月，與陸深（1477-1544）共同編刪明初袁凱（1310-1404?）《海叟集》，各撰〈海叟集序〉。

2. 正德十年七月中旬以後至十一年（1515-1516），兩人通信相駁。今存李夢陽〈駁何氏論文書〉、〈再與何氏書〉、何景明〈與李空同論詩書〉。[14]

3. 正德十一年至十三年間（1516-1518），何景明〈明月篇并序〉。[15]

4. 確切時間不明，李夢陽〈缶音序〉；何景明〈讀《精華錄》〉。

---

[13] 關於李夢陽的學杜績效，近年學者曾對勘杜詩，確可印證李詩「章句多似杜之處」。詳見簡錦松：〈從李夢陽詩集檢驗其復古思想之真實義〉，收入王瓊玲編：《明清文學與思想中之主體意識與社會》（臺北：中央研究院中國文哲研究所，2004），頁 124-128。又，郝潤華、邱旭：〈試論李夢陽對杜甫七律的追摹及創獲〉，《甘肅社會科學》2009 年第 4 期，頁 135-138。

[14] 關於李、何相駁的時間，參閱簡錦松：《李何詩論研究》（臺北：國立臺灣大學中文系碩士論文，1980），頁 34。

[15] 何景明撰〈明月篇并序〉，涉及其和楊慎、薛蕙共同論詩的背景。時間考定，參閱余來明：《嘉靖前期詩壇研究（1522-1550）》（武昌：武漢大學出版社，2009），頁 8。

前列四條資料寫作背景和關懷重心互異，但皆明確提及「杜詩」，實可供循線追查李、何的杜詩學見解。下文將依年代先後次序分項探討之。當中，第 4 條雖年代難考，但其議題和第 2 條略有關涉，可一併討論。

一、李、何重編《海叟集》的意義

正德元年重編明初袁凱《海叟集》的行動，係由陸深發起。陸深字子淵，號儼山，弘治十八年（1505）進士。據其〈題海叟集後〉，當時袁凱詩有選本《在野集》流傳，他則有《海叟集》殘存舊刻，「暇日因與李獻吉員外共讀之，又刪次爲今集」。[16]我們即將討論的《海叟集》，正是袁凱詩集刪次本。李夢陽〈海叟集序〉有相同的記載：「子淵購得刻本於京師士人家，楮墨焦爛，蠹涅者殆半，乃刪定爲今集」，[17]和陸文皆未提及何景明。何景明〈海叟集序〉有云：「其集陸吉士深所編定者，李戶部夢陽有序」，[18]亦未言及自己的參與。但據陸深《詩話》記載：「袁御史海叟能詩，國朝以來未見其比。予爲編修時，嘗與李獻吉夢陽、何仲默景明校選其集」，[19]又李序云：「仲默謂：國初詩人，叟爲冠。故子淵表揚甚力，君子以爲知言」，[20]足見陸、

16　陸深：《儼山集》（《景印文淵閣四庫全書》第 1268 冊），卷 86，頁 1 上-下。

17　同前註，卷 25，頁 1 上。

18　何景明著，李淑毅等點校：《何大復集》（鄭州：中州古籍出版社，1989），卷 34，頁 595。

19　陸深：《儼山集》，卷 25，頁 1 上。

20　李夢陽：〈海叟集序〉，見袁凱：《海叟集》（《景印文淵閣四庫全書》第 1233 冊），原序，頁 1 下。

李和何氏三人對於《海叟集》的重編和評價議題，乃至於此一行動深層因依的詩學觀念，確曾共同投入並取得共識。

如前述，陸深等人重編《海叟集》前，坊間已有《在野集》流傳。爲何需要重編或刪次？案：《在野集》，原爲張璞摘選、朱應祥評點本，並有張璞天順八年（1464）所撰序。今可見臺北國家圖書館藏正德元年鄒陵劉氏山東刊本，[21]附陳鎬（?-1511）同年十月跋文。可知此本與陸深等人重編《海叟集》同年而稍晚，陸深文中所提《在野集》，應是指張、朱選評的原本。故其重編行動，首先是瞄準張、朱選評本而發。據董宜陽（1510-1572）嘉靖四十三年（1564）序：

> 國初刻於張氏者久燬，陸公儼山因編次爲別本，蓋急於流布也。世所傳《在野集》者，中多朱、張二公以己意更竄，如：「煙樹微茫獨倚闌」改爲「煙樹微茫夢裏山」（案：袁凱〈冶城山晚眺〉），「故國飄零事已非」改爲「老去悲秋不自知」（案：〈白燕〉），蓋淺於知叟者。[22]

文中所提明初張氏刻本，即民初傅增湘（1872-1949）親見的祥

21　萬德敬認爲張璞、朱應祥的原本藏於臺北國家圖書館，而「正德元年（1506），鄒陵劉君捐俸在山東重刻《在野集》」，並收入《四庫全書存目叢書》。見氏著：《袁凱集編年校注》（上海：上海古籍出版社，2015），前言，頁 6。此說誤，臺北國家圖書館所藏，實爲正德元年鄒陵劉氏山東刊本；所提《四庫全書存目叢書》中的「《在野集》」，實爲「《海叟集》」，且非劉氏重刻本，亦未必爲正德元年所刻。後文會再辨析。

22　同前註所揭書，附錄，頁 380。

澤張氏刻本，係袁凱詩集初本。[23]但董宜陽說「久燬」，不僅董氏未見；試推敲上引文脈絡，也是陸深等人所未親睹者，故僅能依據殘存的舊刻「編次爲別本」。董文中還提到張、朱選評本多有「更竄」袁凱詩作原文，可知陸深等人依據《海叟集》殘存舊刻本展開的重編行動，除「刪次」外，也當有「復原」袁凱詩作原文的意義。陸深等人重編本，今可見北京圖書館藏正德元年刻本，收入《四庫全書存目叢書》，下文簡稱「存目本」。以董宜陽序中所舉遭到「更竄」的袁凱〈冶城山晚眺〉、〈白燕〉二詩，對勘前揭張、朱選評之正德元年鄢陵劉氏山東刊本和「存目本」，可發現〈冶城山晚眺〉全篇已被陸深等人刪棄，後者文句已校正爲「飄零故國事已非」，[24]請參閱下圖之影像。此可視爲「刪次」、「復原」的實例。

23　傅增湘：《藏園羣書題記》（上海：上海古籍出版社，1989），卷 7，頁 839。

24　張、朱選評之正德元年鄢陵劉氏山東刊本，〈冶城山晚眺〉題作〈治亭寓目〉，〈白燕〉題作〈白鷰〉，首句作：「老去悲來不自知」；卷下，頁 21 上。「正德本」〈白燕〉，見袁凱：《海叟集》（《四庫全書存目叢書》集部第 25 冊影印北京圖書館藏正德元年刊本），卷中，頁 556。

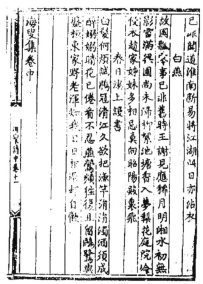

※左圖為張璞摘選、朱應祥評點之正德元年鄢陵劉氏山東刊本；右圖為陸深
　等人重編正德元年刻本（「存目本」）。兩版本對照，顯見詩題「燕」字
　寫法不同，首句亦異。

圖一：袁凱詩集兩種版本中的〈白燕〉

　　值得注意的是，李夢陽序中對〈白燕〉評價不高：「按集中
〈白燕〉詩最下最傳，諸高者顧不傳」，[25]再據陸深《詩話》：
「獻吉謂海叟諸詩〈白燕〉最下最傳，故新集遂刪之」，[26]語意
確鑿，可知此詩原亦遭到陸深等人「刪次」，「存目本」卻依然

25　袁凱：《海叟集》（《景印文淵閣四庫全書》第1233冊），原序，頁1
　　上。

26　陸深：《儼山集》，卷25，頁1上。

錄入；再者，「存目本」僅收李夢陽序，卻無陸、何之文，也有
違常理。故個人懷疑此本實非「正德元年」之原刻，而是曾遭到
後人輾轉翻刻更動。[27]茲仍依據較可信的李序和陸深《詩話》，
我們要追問：爲何〈白燕〉遭到「刪次」？

　　對此，李夢陽、陸深乃至於何景明皆未提供明確的解說。但
陸深〈題海叟集後〉曾如此描述袁凱詩風：「雅重悲壯，渾雄沉
鬱」，[28]顯然也有正面評價的意味。而我們只需實際對照、閱讀
〈白燕〉：

> 故國飄零事已非，舊時王謝見應稀。
> 月明漢水初無影，雪滿梁園尚未歸。
> 柳絮池塘香入夢，梨花庭院冷侵衣。
> 趙家姊妹多相忌，莫向昭陵殿裏飛。[29]

就會發現，此詩係由白燕起興，抒發故國飄零人事代謝之深悲，
卻很難令人聯想到「壯」、「渾雄」一類的風格描述，頸聯尤近
於軟媚。可知李夢陽不喜此詩，當是由於此詩不符合袁凱他篇悲
壯、沉雄一類的風格取向。參據〈圖一〉中的張、朱評選本圖
像，頸聯句旁加圈，以示佳句，其對袁凱價值的理解如此不同。
清初吳喬（1610-1694）《答萬季埜詩問》曾云：「袁凱〈白

27　四庫館臣曾說《海叟集》正德元年本，「其版久佚，今所存者，傳鈔之
　　本也」。見永瑢等：《四庫全書總目》，卷 175「別本《袁海叟詩集》
　　提要」，頁 1550。

28　陸深：《儼山集》，卷 86，頁 1 上-下。

29　袁凱著，萬德敬校注：《袁凱集編年校注》，頁 7。

燕〉詩,……空同云:『此詩最著最下』,蓋嫌其唯有丰致,全
無氣骨耳」,[30]亦可謂有見之論。

我們尚須進一步留意的是,李夢陽並非單純關注〈白燕〉一
詩的評價問題,細加玩味「最下最傳」、「諸高者顧不傳」,其
關注重心實在於「傳」、「不傳」的問題;亦即他是針對世人徒
知頌揚此詩,卻未能正視袁凱眞正有價值的面向,欲加以商榷、
翻轉。緣此,李夢陽〈海叟集序〉有云:

> 會稽楊廉夫嘗作〈白燕〉詩,及覽叟作,驚歎以為不及。
> 叟詩法子美,雖時有出入,而氣格、韻致不在楊下,其耿
> 耿於叟者,要非一日矣。……雲間故吳地,叟亦不與四傑
> 列,皆不可曉者,夫毀譽可盡信哉![31]

據說楊維楨(字廉夫,1296-1370)非常欣賞袁凱〈白燕〉,[32]李
夢陽於此詩不敢苟同,故揣想楊對袁的敬畏其實由來已久,「要
非一日矣」。這個揣想,係為了架空世人對〈白燕〉的溢美,轉
將袁凱詩歌的價值,重新定位並歸功於「法子美」,故其「氣
格」、「韻致」皆勝過楊維楨。所謂「氣格」,指透過詩的語言

---

[30] 吳喬:《答萬季埜詩問》,收入丁福保編:《清詩話》(上海:上海古
籍出版社,1999),頁 26。

[31] 袁凱:《海叟集》(《景印文淵閣四庫全書》第 1233 冊),原序,頁 1
上。

[32] 楊維楨推崇袁詩的軼事,陸深《詩話》亦有記載。見氏著:《儼山
集》,卷 25,頁 1 上-下。

形式而表現出一種氣力充暢的藝術形相。[33]前引陸深序中認爲袁凱詩風雄渾悲壯，在李夢陽看來，這就是「學杜」所致的「氣格」，也是袁凱之超越楊維楨的眞正關鍵。

李夢陽之所以談及楊維楨，實因事涉〈白燕〉評價，故順理成章。但上引文中還提到「四傑」，則更具刻意翻轉世人既定文學史認知的意義。「四傑」，指吳地四位齊名的詩人：高啓（1336-1373）、楊基（1326-1380）、張羽（1333-1385）、徐賁（1335-1378）。李夢陽感嘆袁凱也是吳人，卻無法晉身「四傑」之列，故認爲世間的「毀譽」不足盡信；他的感慨，未必是要一概貶斥高啓等人爲虛名，實是要翻轉世人的毀譽成見，試圖爲袁凱在明初吳中詩壇之地位爭取更合理的文學史評價。關於這一點，陸深《金臺紀聞》也有所呼應：

> 國初高啓季迪侍郎與袁海叟，皆以詩名，而雲間與姑蘇近，殊不聞其往還唱酬，若不相識者然，何也？玄敬嘗道：「季迪有贈景文詩曰：『清新還似我，雄健不如他』，今其集不載。」……然兩言者蓋實錄云。[34]

所引都穆（1459-1525）聲稱高啓曾贈詩袁凱，自承詩風「清新」，惟「雄健」弗如。陸深視爲「實錄」，並非單純只是肯定兩人詩風各有特色。一般認爲，高啓不但是吳中四傑之一，也堪

---

33 對於「氣格」一詞的解釋，參閱顏崑陽：《六朝文學觀念叢論》（臺北：正中書局，1993），頁 352。

34 陸深：《儼山外集》（《景印文淵閣四庫全書》第 885 冊），卷 8，頁 4 下。

稱是明初最傑出的作家，袁凱則常被看作次一等的羽翼詩人。[35]
陸深卻刻意揭露高啓夫子自道的短處，相形之下，欲為袁凱的
「雄健」詩風爭取更高地位，洵屬昭然。這和李夢陽的思路完全
一致。[36]

　　李夢陽、陸深評議袁凱詩歌，皆舉出「四傑」和其中的高啓
來對比，地域因素之外，我們更不能忽略其欲標舉「學杜」的終
極意圖。吳寬（1435-1504）〈題重刻《缶鳴集》後〉云：

> 惟蘇文忠公有言：「詩至於杜子美」，故近代學詩者多以
> 杜為師，而尤得其三尺者，虞、楊、范三家而已。然文忠
> 又謂：「子美以英偉絕世之資，凌跨百代，古今詩人盡
> 廢，然魏晉以來高風絕塵亦少衰矣」，世以為確論。若季
> 迪生值元季，非不知有子美者，獨其胸中蕭散簡遠，得山
> 林江湖之趣，發之於言，雖雄不敢當乎子美，高不敢望乎
> 魏晉，然能變其格調，以仿佛乎韋、柳、王、岑於數百載
> 之上，以成皇明一代之音，亦詩人之豪者哉！[37]

---

[35] 胡應麟云：「國初稱高、楊、張、徐。季迪風華穎邁，特過諸人。同時
若劉誠意之清新，汪忠勤之開爽，袁海叟之峭拔，皆自成一家，足相羽
翼」。見氏著：《詩藪》，續編卷 1，頁 341。

[36] 李、陸欲為袁凱爭吳中詩壇地位，誠是針對世人慣常認為高啟等四傑較
優；但袁凱是否屬於吳中詩壇？這是更基礎的問題。李聖華論明初詩
歌，高啟等人自是「吳中派」，袁凱則被繫屬於「松江詩群」，其不同
如此。參閱氏著：《初明詩歌研究》（北京：中華書局，2012），頁
78、326。

[37] 吳寬：《家藏集》（《景印文淵閣四庫全書》第 1255 冊），卷 49，頁
12 上-下。

文中先後摘引蘇軾（1036-1101）兩段文獻，其〈書吳道子畫後〉推崇杜詩已臻於極致之境，〈書黃子思詩集後〉則遺憾杜詩中斷了魏晉以來的高風絕塵，推崇韋應物（737-791）、柳宗元（773-819）。[38]吳寬顯然更為認同〈書黃子思詩集後〉，順勢凸顯高啟師法韋、柳和王維（699-761）、岑參（715-770）的價值。值得玩味的是，所提「非不知有子美者」、「雖雄不敢當乎子美」，隱然透露高啟縱使心知杜詩雄健之美，卻是刻意選擇不學杜詩。案：《缶鳴集》為高啟詩集，查閱自撰的〈缶鳴集序〉，並未明確述及此一意向，可知這主要是吳寬個人的發揮。但高啟〈獨菴集序〉倡言：「必兼師眾長，隨事摹擬」，「兼採眾家，不事拘狹」，[39]依這樣理念，當然也就會與袁凱以學杜為主，追求雄健之氣，形成極強烈的對比。可以說，陸深和李、何之重編《海叟集》，恐怕有意修正高啟或吳寬一類意見，旨在凸顯袁凱在明初專學杜詩而能有雄健之氣的獨特意義。如此，更是為自身的學杜觀念「溯源」；故李、何揄揚袁凱，未嘗不能視為一種自高標置的心態。

　　關於袁凱的學杜、似杜現象，不盡然是李、何或陸深的獨家發現。早年朱應祥評點《在野集》，已就袁凱五律〈客中除夜〉指出：「置諸杜集，孰能辨之」；[40]實際翻檢袁集，一般讀者也

---

[38]　蘇軾原文，可參閱孔凡禮點校：《蘇軾文集》（北京：中華書局，1997），卷 70，頁 2210；卷 67，頁 2124。吳寬所引有若干文字出入，惟不致影響討論。

[39]　高啟：《鳧藻集》，卷 2。收入金壇輯注，徐澄宇、沈北宗校點：《高青丘集》（上海：上海古籍出版社，1995），頁 885、886。

[40]　引自袁凱著，萬德敬校注：《袁凱集編年校注》，頁 169。

能輕易察覺主題、文句仿杜之處所在多有。但朱應祥之評點，未必連結於學杜的主張；李、何之重編《海叟集》，實則可謂一種刻意操作、引古接今的「反身性策略」。「反身」，指反照自身，詮評古人同時也是為詮評自身。這種策略，何景明〈海叟集序〉也有清晰的論述：

> 取我明諸名家集欲讀之，然弗多得；其得而讀之者，又皆不稱鄙意，獨海叟詩為常。叟歌行、近體法杜甫，古作不盡是，要其取法，亦必自漢魏以來者。其所造就，蓋具體而未大耳。噫，其所識亦希矣！……海叟詩為國初詩人之冠，人悉無有知之者，可見好古者之難，不可以弗傳也。[41]

文中一再強調袁凱在明初詩壇的獨特價值，不應湮沒無聞，依我們前面的討論來看，實關乎「學杜」。必須注意的是，何景明進一步將袁凱定義為「好古者」。這其實是極具重大意義的論述，意味「學杜」和「復古」的相互連結，連帶地將會導致「學杜」的觀念內容有更嚴明、細緻的辨析。依文中所述，在復古的觀念底下，學杜乃被限定在「歌行」、「近體」，而基本排除了「古作」（五言古詩）；五古必須師法「漢魏」，因為五古一體盛於漢魏，且「三代而下，漢魏最近古」，[42]惟有上學漢魏詩歌，方

41　何景明著，李淑毅等點校：《何大復集》，卷34，頁595。

42　李夢陽：《空同集》（《景印文淵閣四庫全書》第 1262 冊），卷 62〈與徐氏論文書〉，頁 4 下。

能成就五古上的復古。[43]袁凱即是如此。何景明認為，袁凱的復
古創作實踐容或「未大」，但其「識」實屬難得。此處，「識」
既泛指復古的宏大識見，亦兼指對各種詩體特性及其發展歷史的
精準掌握和評價。這就是說，袁凱是在復古觀念下學杜，以古為
準，識力洞然，能正確認清杜詩在歌行和近體上的典範價值，同
樣地，也能明察杜詩在五古上的侷限性，故上溯漢魏詩。於此，
何景明不再是泛談「學杜」，更是考慮到了杜詩在「分體」脈絡
中的不同表現和價值問題，這無疑是一種更細膩的杜詩學見解。
據其〈海叟集序〉另一段話：

> 景明學詩，自為舉子歷宦，於今十年，日覺前所學者非
> 是。蓋詩雖盛稱於唐，其好古者自陳子昂後，莫若李、杜
> 二家；然二家歌行、近體誠有可法，而古作尚有離去者，
> 猶未盡可法之也。故景明學歌行、近體有取於二家，旁及
> 唐初、盛唐諸人，而古作必從漢魏求之。雖迄今未有一
> 得，而執以自信，弗敢有奪。[44]

可見何景明歌行、近體取法李、杜，五古轉宗漢魏的觀念，與他
所欲凸顯的袁凱之「識」遙相傳承，若合符契。他和陸、李等人
將袁凱推為明初詩人冠冕，何嘗純粹出於一種關於文學史的考古

43　復古派五古宗漢魏的觀念，可參閱陳斌：《明代中古詩歌接受與批評研
　　究》（上海：上海三聯書店，2009），頁 22-43。

44　何景明著，李淑毅等點校：《何大復集》，卷 34，頁 595。唐代以來，
　　李、杜並稱早已深植人心，故本書所使用的文獻，無法完全迴避李、杜
　　並稱的提法；但這將不致影響研究判斷。

興趣，乃是極具現實性的「反身性策略」。《海叟集》的重編之舉，可謂復古派初起時向詩壇擂鼓進兵的重要宣言！

以上的討論，係圍繞李、何及陸深〈海叟集序〉為主的資料展開。但若參照李東陽（1447-1516）《懷麓堂詩話》的說法，尚可凸顯李、何等人標舉袁凱的意義。李東陽應是明代前中期詩學史上對高啟最富好評者，至謂：「百餘年來，亦未見卓然有過之者」；[45] 雖推崇袁凱〈白燕〉「亦佳」，但此詩本非學杜之作，他對袁凱的學杜實績反而給予直言批評：

> 林子羽《鳴盛集》專學唐，袁凱《在野集》專學杜，蓋皆極力摹擬，不但字面句法，並其題目亦效之。開卷驟視，宛若舊本；然細味之，求其流出肺腑卓爾有立者，指不能一再屈也。[46]

依筆者所見資料，這段話大抵亦可謂明代前中期對袁凱最嚴苛的批評。顯然，無論是就〈白燕〉一詩或對袁凱詩歌整體價值、明初地位的評估，李、何皆和李東陽截然相左。李東陽的意見，恐怕也是李、何重編《海叟集》之際亟欲對話的標靶對象。不過，李東陽不欣賞袁凱的學杜方法：「極力摹擬」，這在李、何此時而言未必是緊要的問題，若干年後卻成為兩人相駁的引爆點。

---

[45] 李東陽著，李慶立校釋：《懷麓堂詩話校釋》（北京：人民文學出版社，2009），頁94。

[46] 同前註，頁72。

二、李、何相駁事件的杜詩學解讀

（一）法度與語言的爭議

正德十年七月中旬以後至十一年間，李、何通信相駁的核心，涉及「古」的內容和「復古」的方法、成效問題。事件的起因，李夢陽先致函批評何景明詩不佳，原函已佚；惟所指何詩，據李夢陽爾後所撰〈再與何氏書〉，當指〈六月望月食〉、〈訪子容自荊州使回二首（其一）〉，俱屬五律。[47]這些詩篇皆作於正德九年以後，故稱之「近作」。[48]何景明回函反駁，具見〈與李空同論詩書〉，謂：「空同丙寅間詩爲合，江西以後詩爲離」，[49]「丙寅」正是兩人重編《海叟集》之際的正德元年，「江西以後」指李夢陽正德六年至九年（1511-1514）任官江西提學副使以後之作，「離」指意象乖離之失，[50]可知何景明批評的李詩也是「近作」。這也就是說，兩人原本共倡復古大業，逮乎此時，彼此都發現對方創作實踐和原有目標的落差現象，故互爲針砭。李夢陽接信後益覺不滿，續有〈駁何氏論文書〉、〈再與何氏書〉，加以凌厲地回擊。這場論辨，堪稱明代詩學史的大

47　李夢陽〈再與何氏書〉曾具體批評何景明詩作，如：「〈月蝕詩〉『妖遮赤道行』」、「且仲默『神女賦』、『帝妃篇』、『南遊日』、『北上年』四句接用，古有此法乎」。見氏著：《空同集》，卷 62，頁 11下、12 上-12 下。何氏原詩，可見李淑毅等點校：《何大復集》，卷 22，頁 382-383；卷 21，頁 366。

48　李夢陽：《空同集》，卷 62，頁 11 下。

49　何景明著，李淑毅等點校：《何大復集》，卷 32，頁 575。

50　何景明〈與李空同論詩書〉云：「夫意象應曰合，意象乖曰離」。同前註，頁 575。

事，不但明人議論紛紛，當代學者的研究成果自復不少。[51]然本文想特別提請注意的是，李、何的「復古」和「學杜」其實緊密牽連，欲究明這場論辨的實質和意義，須將雙方的說法放到「學杜」的背景、脈絡中來考察。胡應麟《詩藪》有云：「今人因獻吉祖襲杜詩，輒假仲默舍筏之說」，[52]也將李、何相駁連結到「學杜」的議題。

　　據〈駁何氏論文書〉的間接記載，李夢陽最初對何景明詩的指控是：「有乖於先法」。[53]「先法」即古人之法。李夢陽所謂「法」的具體設定，稍後詳論；我們可先釐清何景明的論述思路，以便比較。綜觀何景明〈與李空同論詩書〉對李夢陽的批評，可歸結為二：一是就其「創作」的「片面性」。請先看：

　　　　今僕詩誠不免元習，而空同近作，間入於宋。[54]

此謂李詩「入於宋」，涉及何景明對「宋詩」特色的理解和貶抑態度。其實在同一篇書牘中，他隨即有更清晰的解說，值得參看：

51　相關研究成果繁多，舉其要者，可見簡錦松：《李何詩論研究》，頁150-175；廖可斌：《明代文學復古運動研究》，頁 133-142；饒龍隼：〈李何論衡〉，《文學評論》2007 年第 3 期，頁 67-76；鄭利華：《前後七子研究》（上海：上海古籍出版社，2015），頁 176-189。一般性的討論，可參看袁振宇、劉明今：《中國文學批評通史——明代卷》（上海：上海古籍出版社，1996），頁 159-165。

52　胡應麟：《詩藪》，續編卷 1，頁 349。

53　李夢陽：《空同集》，卷 62，頁 7 上。

54　何景明著，李淑毅等點校：《何大復集》，卷 32，頁 575。

> 譬之樂，眾響赴會，條理乃貫；一音獨奏，成章則難。故
> 絲竹之音要眇，木革之音殺直。若獨取殺直，而并棄要眇
> 之聲，何以窮極至妙，感精（情）飾聽也？試取丙寅間
> 作，叩其音，尚中金石；而江西以後之作，辭艱者意反
> 近，意苦者辭反常，色淡黯而中理披慢，讀之若搖鞞鐸
> 耳。[55]

可知李詩的缺陷，首先是「辭」、「意」兩端之間的失調；其次
是「色淡黯而中理披慢」，「色」的基本涵義指織品的顏色，前
人曾藉以譬況作品的辭藻明麗，[56]此處蓋指李詩辭藻欠佳，「披
慢」則指其內在理路鬆散、不緊飭；最後，「讀之若搖鞞鐸」，
「鞞」、「鼙」義通，「鞞鐸」猶如「鼙鼓」（參白居易〈長恨
歌〉），蓋指李詩的聲調彷似軍樂演奏，徒取宏壯而輕忽婉轉，
亦即上引文中所說「獨取殺直」。可見，何景明對李詩的批評觸
及許多層面。但我們必須特別注意上引文前段所設的樂曲之喻，
顯然，何景明反對「一音獨奏」，主張「眾響赴會」；這是譬指
在詩歌創作上，不應偏嗜某種特定的表現手法或風格，應多方嘗
試、融會貫通。故在他看來，李詩最嚴重的問題，不僅在於前述
諸多層面的表現手法和風格，也在於片面執求此一特定性的表現
手法和風格。換言之，李詩的「辭」、「意」、「色」、「披
慢」諸層面誠屬缺陷，何氏深致質疑的更是「片面性」問題。

---

[55] 同前註，頁575。

[56] 陸機〈文賦〉李善注引《論衡》云：「學士文章，其猶絲帛之有五色之
功。」可見張少康：《文賦集釋》（臺北：漢京文化事業有限公司，
1987），頁95。

　　何景明對李夢陽的第二項批評，聚焦「摹擬」的學古方法。其〈與李空同論詩書〉指出：

　　　　追昔為詩，空同子刻意古範，鑄形宿鏌，而獨守尺寸。[57]

依照他的敘述，「摹擬」正是李夢陽取效古人典範之作，所刻意操作的方法。「獨守」指李之堅持和關懷重心，「尺寸」指運用此一方法之細膩程度，洵非粗略的模習。「昔」的時間起點，頗不易界劃，但至少在何景明眼中，「摹擬」乃是李夢陽慣常性的學古之法。何景明顯然不願認可，批評李詩：「其高者不能外前人也，下焉者已踐近代矣」，[58]「已踐近代」指李詩闌入宋人，亦即「片面性」問題，已見前述；此處是另一個問題，指李詩透過摹擬之法學古，卻備受古人籠罩，無法自外於古人。這段文字事後應曾潤飾，蓋據李夢陽〈駁何氏論文書〉的引述：「子擿我文曰：子高處是古人影子耳，其下者已落近代之口」，[59]「影子」之說，語氣偏激，幾乎一筆抹煞了李詩的創造性。對於學古，何景明的主張是：

　　　　曹、劉、阮、陸，下及李、杜，異曲同工，各擅其時，並稱能言。何也？辭有高下，皆能擬議以成其變化也。若必例其同曲，夫然後取，則既主曹、劉、阮、陸矣，李、杜

57　何景明著，李淑毅等點校：《何大復集》，卷32，頁575。

58　同前註，頁577。

59　李夢陽：《空同集》，卷62，頁7下。

即不得更登詩壇，何以謂千載獨步也？[60]

「擬議」指比擬古人，可見何景明未嘗鬆動其復古、學古的根基，但他更強調的是「成其變化」。有關「擬議」、「變化」的指涉，其文中進一步指出：「僕嘗謂詩文有不可易之法者」、「法同則語不必同矣」，[61]可知「擬議」是指取效古人作品中歷世共通的「法」；「變化」則是「語」的推新出奇，亦即「自創一堂室，開一戶牖」。[62]依此，何景明實是認爲，古人作品的典範價值，基本上，在「法」而不在於「語」；李詩只是「語」之層次的摹擬。此外，再請特別注意：上引文中還提到作爲文學史遲來者形象的李、杜。在何景明的理論設定下，杜詩的典範價值，亦當被定義在「法」而不在「語」；杜詩之所以能留名詩史、獨步千載，更是因爲杜甫深刻體現了「法同則語不必同」的軌則，繼承歷世古法之外，進一步能在詩歌語言層次展露宏富的創造性。

李夢陽在〈駁何氏論文書〉、〈再與何氏書〉中，主要是針對「摹擬」提出回應，然亦略涉創作片面性的問題。他指出：

古之工，如倕，如班，堂非不殊，戶非同也，至其爲方

---

60 何景明著，李淑毅等點校：《何大復集》，卷32〈與李空同論詩書〉，頁576。

61 同前註，頁576。

62 同前註，頁577。「語」之一字，李、何的討論脈絡中又作「言」、「辭」，涵義一致。凡徵引原文，自當依據原有用法；但行文論述之際，爲避免概念紛繁而致混淆，我們乃統稱爲「語」。

也，圓也，弗能舍規矩。何也？規矩者，法也。僕之尺尺
而寸寸之者，固法也。假令僕竊古之意，盜古之形，剪截
古辭以爲文，謂之「影子」誠可。若以我之情，述今之
事，尺寸古法，罔襲其辭，猶班圓倕之圓，倕方班之方，
而倕之木，非班之木也。此奚不可也？[63]

文中以工匠建造爲喻，具體的堂戶形貌各有差異，但建造時以規
畫圓、以矩畫方的「法」，並無不同，也不致衍生抄襲的疑慮。
故李夢陽自認詩歌創作儘管「尺寸古法」，卻是「罔襲其辭」；
他堅持向古人典範之作汲取內蘊的法度，卻無意襲取其外顯的言
辭。因此，面對何景明的指摘，李夢陽當然無法接受：

予之同，法也。……子以我之尺寸者，言也。[64]

依何景明前述所說，李詩最嚴重的缺陷，正是對古人之作語言表
層的摹擬。李夢陽沒有誤讀何景明的指摘內容，但認爲何氏對己
實有誤解；故此文再度強調，他向古人學習、疊近的重心，在
「法」而不在「言（語）」。循是，文中進一步返回文學史的脈
絡尋索印證：

守之不易，久而推移，因質順勢，融鎔而不自知。於是，
爲曹，爲劉，爲阮，爲陸，爲李，爲杜，爲今之何大復，

63　李夢陽：《空同集》，卷62〈駁何氏論文書〉，頁7下-8上。
64　同前註，頁8下。

　　何不可哉？此變化之要也。故不泥法而法嘗由，不求異而
　　其言人人殊。[65]

由此可見，李夢陽的學古理論，絕非一蹴可幾的躐等速成之法。
他認為首先必須堅守古法，隨著創作經驗的持續累積，久而自能
臻於渾融，達到一種「不泥法而法嘗由」的妙境；正因「不泥
法」，古法即是我法，創作者實可由「法」的引導，更好地表現
為符應於當下真實經驗的「言（語）」。要之，在李夢陽的理解
中，「法」是歷代古人典範作品之中共通的某種特質，「言
（語）」則是其異如面，毋須刻意求異，實能自然地顯露出創作
者的經驗、特色甚至創造性。文中同樣提及了李、杜在內一系列
的典範詩人，這些詩人所以堪為典範，一方面是其作品體現了法
度，更是因其長期持守古法而終能臻於渾融之妙境。

（二）學古的內容和方法

　　對照李夢陽、何景明的說法，皆將學古的重心放在「法」而
非「語」，也都肯定創造性的重要。然則，兩人為何會爆發如此
激烈的爭議？審辨他們的書信，箇中癥結，其實是對「法」的內
容有不同的設定，進而導致學古方法的歧異，由是在創作實踐上
也分道揚鑣。下文提出詳要的論證——
　　何景明〈與李空同論詩書〉所謂「詩文有不可易之法」，內
容有二：

---

[65]　同前註，頁9上。

辭斷而意屬，連類而比物也。[66]

首先，何景明仍是關注「辭」、「意」的問題。所謂「辭斷而意屬」，指詩歌語言的表現容或含蓄、隱澀，其內在的情意理路仍須流暢、貫通。較費解的是「連類而比物」。「連類」，可通「聯類」，指聯繫同類事物。蓋據劉勰（465?-520?）《文心雕龍・物色》云：「詩人感物，聯類不窮」，[67]也有「聯類」一詞，意指創作之源，乃是詩人有感於外物，因而觸發出與此外物有某種類似性關係的無窮情意。據〈物色〉又云：「四序紛迴，而入興貴閑」，[68]這便是「興」。要之，這是六朝以降開顯出來的「興」義，可概指為「作者感物起情」的心靈狀態。[69]至於「比物」，應指排比物象，亦即詩歌語言的構作，必須藉用物象來含蓄地表現情意。這種物象，常可稱為「意象」。其與「興」的密切關係，顏崑陽指出：「當『作者』依藉『情景交融』的語言構作方式具現為『作品』之後，『作品』便脫離『作者』的任何創作背景及意圖，其本身獨立為一個可以喚起讀者直覺感性經驗，自由想像而恣情玩味的意象」，又謂「興象」。[70]故統括來說，所謂「連類而比物」，就是在講「比興」。何景明認為「辭

---

[66]　何景明著，李淑毅等點校：《何大復集》，卷32，頁576。

[67]　劉勰著，范文瀾注：《文心雕龍注》（北京：人民文學出版社，2001），卷10，頁693。

[68]　同前註，卷10，頁694。

[69]　顏崑陽：〈從「言意位差」論先秦至六朝「興」義的演變〉，《詩比興系論》（臺北：聯經出版事業公司，2017），頁112。

[70]　同前註，頁114。

斷意屬」和「比興」，皆是不可移易的「法度」。

　　然則，我們不難察覺，這種「法」的內涵設定，僅爲普遍性的原理，任何一位詩人都能加以運用、掌握，並非針對特定的古人典範之作進行分析、歸納。緣此，欲求此「法」，自將衍創出如下的學古方法論：

　　　　僕則欲富於材積，領會神情；臨景構結，不倣形跡。[71]

「富於材積」指勤讀古人典範之作，「領會神情」乃指深入體察古作中最爲深刻動人之處，即其情意和美感，[72]從中領會、借鑑古人之「法」。如前所述，這也就是指「辭」、「意」關係和「比興」的運用情形。這個階段，大抵亦可對應《文心雕龍・神思》中的「積學以儲寶」、「酌理以富才」。[73]至於實際的創作過程，何景明主張「臨景構結，不倣形跡」，創作者純粹依當下情事所觸展開創作，毋須摹擬古人的語言形式。一系列從學古到實際創作的過程，譬如「舍筏則達岸」、「達岸則舍筏」，[74]「筏」喻指古人的語言形式，「達岸」喻指對古人之「法」的領悟，「達岸」後就必須「舍筏」，也惟有「舍筏」才能「達岸」，這是強調惟有超越對古人語言形式的僵化摹擬，方能眞正領略古法，化爲未來創作的滋養。

---

[71] 何景明著，李淑毅等點校：《何大復集》，卷32，頁575。

[72] 關於「神情」一詞的解讀，可參閱本書附錄。

[73] 劉勰著，范文瀾注：《文心雕龍注》，卷6，頁493。

[74] 何景明著，李淑毅等點校：《何大復集》，卷32〈與李空同論詩書〉，頁576。

　　可以發現，何景明誠然是主張學古，但他的這套方法論，非常仰賴創作者事先對於古人作品的閱讀和領悟能力；試想假如各人的閱讀過程出現了落差，各人對「法」之具體領悟將隨而歧異，恐怕就會進一步反噬、瓦解「法」原所應有的規準性意義，最終流於「扇破前美」的「野狐外道」。[75]

　　可知何景明不廢古法，李夢陽卻抨擊何詩「有乖於先法」，實乃是對「法」之內容設定及學古方法論的議題有所省察。據李夢陽〈駁何氏論文書〉云：

> 作文如作字，歐、虞、顏、柳，字不同而同筆。筆不同，非字矣。不同者何也？肥也，瘦也，長也，短也，疏也，密也；故六者勢也，字之體也，非筆之精也。……故辭斷而意屬者，其體也，文之勢也；聯而比之者，事也。[76]

李夢陽並不認同何景明之「法」。依他的理解，「連類而比物」是「事」，「事」為景物之意，蓋指「比興」涉及創作者對景物素材的運用，並非「法」；特別的是他更舉書法為喻，認為「辭斷而意屬」乃是「體」、「勢」，猶如書法作品中長短肥瘦之類

---

[75] 李夢陽：《空同集》，卷 62〈答周子書〉，頁 15 下；卷 62〈再與何氏書〉，頁 12 下。案：〈答周子書〉曾說：「一、二輕俊，恃其才辯，假舍筏登岸之說」，由「舍筏登岸」之喻，可知是針對何景明。但兩人相駁之前，吾謹並曾針對類似的問題和李夢陽爭辯，具見李夢陽〈答吾謹書〉、吾謹〈與李空同論文書〉；是知〈答周子書〉也有回應吾謹的意義。李、吾之爭，可見馮小祿：《明代詩文論爭研究》（昆明：雲南人民出版社，2006），頁 169-181。

[76] 李夢陽：《空同集》，卷 62，頁 9 上-下。

的字體形貌，亦非精深內蘊的「法」。故李夢陽接著說：

> 是以古之文者，一揮而眾善具也。然其翕闢、頓挫，尺尺
> 而寸寸之，未始無法也，所謂圓規而方矩者也。[77]

李夢陽承認前述的「體」、「勢」或「事」諸層面，在古人典範
之作中確實有很完善的展示；然而他對「法」的設定，其實在於
語言形式上的「翕闢」、「頓挫」。這其實也是〈再與何氏書〉
中主要申述的內容：

> 古人之作，其法雖多端，大抵前疏者後必密，半闊者半必
> 細，一實者必一虛，疊景者意必二。此予之所謂法，圓規
> 而方矩者也。[78]

可見李夢陽所謂「法」，係由詩歌語言形式上「疏」、「密」、
「闊」、「細」、「實」、「虛」、「景」、「意」多組兩兩相
對的質素辯證調和而成。這種「法」的設定，雖然關乎語言形
式，卻不同於語言形式表層所可見的「體」、「勢」或「事」，
乃是諸層面所以能為完善的更精深之表現法則。誠如侯雅文細密
的解析：

> 李夢陽所論的「法」的確與語言形式的技法有關，但又不

77　同前註，頁 10 上。
78　同前註，頁 11 下。

可確指為特定的語言技法，而只呈現為一普遍性萬物構成
的原理，以及由此一原理為據而規制的語言「表現法
則」：意即以此「表現法則」去運用多端的技法。同時，
此一「法則」係指向作品靜態之「結構性秩序」的「二元
對立調和」；不指動態之「歷程性消長」的「二元對立調
和」。[79]

然則，我們繼續借用侯先生的說法，李夢陽雖強調真正的「法」
有別於「語」，只是一種「原理」、「法則」，也自稱「罔襲其
辭」；實則其「法」的構成，「的確與語言形式的技法有關」。
[80]由是，李夢陽的學古方法論，自將導向針對特定古人典範之作
的語言形式，去進行一絲不苟的擬效。李夢陽自認所摹擬的是
「法」，但就實踐績效來審辨，其與「語」之間的分際恐怕很難
拿捏，假如操持過度，便很容易進一步招致「古人影子」一類的
譏誚。

　　值得注意的是，李夢陽在與何相駁的脈絡中討論「法」時，
亦非針對特定古人典範之作加以分析、歸納。關於「法」在文學
史脈絡中的體現，〈再與何氏書〉云：「曹、劉、阮、陸、李、
杜能用之而不能異，能異之而不能不同」，[81]可見他實未將
「法」侷限於特定一家專屬之法。但這種論述主要應是為了反照

---

[79] 侯雅文：《李夢陽的詩學與和同文化思想》（臺北：大安出版社，2009），頁140。

[80] 簡錦松也曾質疑古人的法度及其語言形式，「二者真能分開嗎？」見氏著：〈從李夢陽詩集檢驗其復古思想之真實義〉，頁102。

[81] 李夢陽：《空同集》，卷62，頁12上。

自身，爲自己的創作情況「同」於古法來辯護。也就是說，「語」不允許「同」，否則便是抄襲；但「法」是必須「同」的。故在這個語境下，其所論之「法」未侷限於特定一家之法。不過，我們實可特別留意的是，李夢陽論「法」的敘述脈絡，屢次拈用「規矩」、「方圓」之喻。綜檢李夢陽文集，可發現他在同一年輩復古派諸人中，格外習用這類譬喻。請參閱下表之統計：

表一：復古派諸人使用「規矩」、「方圓」一類詞彙之統計

姓名 詞彙	李夢陽	何景明	王廷相	顧璘	康海	王九思	徐禎卿	邊貢
規矩	8(1)	3(3)	4(2)	4(2)	1	1(1)	0	0
方圓	6(1)	2(2)	0	0	1(1)	0	0	0
圓規	2	0	1(1)	0	0	0	0	0
方矩	2	0	0	0	0	0	0	0
合計	18(2)	5(5)	5(3)	4(2)	2(1)	1(1)	0	0

※表中之數字，指相應詞彙在其集中出現之次數；括弧內之數字，爲當中所指明顯非關文藝之次數。

可見使用「規矩」、「方圓」一類詞彙來談詩論藝，實是李夢陽用語的顯著特色。據顧璘的轉述，李夢陽也曾用這類詞彙去標舉杜詩價值：

> 李空同言：「作詩必須學杜。詩至杜子美，如至圓不能加規，至方不能加矩矣。」[82]

---

[82]　引自何良俊：《四友齋叢說》（北京：中華書局，1997），卷 26，頁

此一言談未見於李夢陽集，但其致力學杜乃是眾所公認，兼之常
用「規矩」、「方圓」一類詞彙論詩的習慣，此文可信度相當
高。依此，若脫離與何相駁的語境，李夢陽之所謂「法」，特別
聚焦在「杜詩」；也主要是從「法」的角度，去深刻歸結杜詩價
值。關於這一點，可再參看顧璘〈重刻劉蘆泉集序〉云：

> 余自弘治丙辰舉進士，觀政戶部，獲與二泉邵公國賢、空
> 同李君獻吉、蘆泉劉君用熙友。未幾，余謝病歸，用熙意
> 古寡徒，遂絕問遺。余甚愛其詩，藏其數篇，以為有杜
> 法。時獻吉名尚未盛。[83]

文中宣稱劉績（字用熙）之詩「有杜法」，原有其為劉績私家詩
集作序的背景，但隨後插入：「時獻吉名尚未盛」，似不免顯得
突兀。實則，顧璘應是在凸顯劉績詩歌開風氣之先、洵非隨波逐
流者的詩學地位，何嘗也透露出李夢陽的盛名主要得自於模習
「杜詩」之「法」。[84]

234。又見顧起元：《客座贅語》（北京：中華書局，1991），卷6〈東
　　橋先生論詩〉，頁205。顧璘隨即評說李夢陽是「過言」，並批評何景
　　明主張「舍筏登岸」是「欺人」；但文中沒有否定復古或學杜的意義。

[83]　顧璘：《憑几集》（《景印文淵閣四庫全書》第1263冊），續編卷2，
　　頁6下-7上。

[84]　前引李夢陽〈再與何氏書〉曾描述古法：「前疎者後必密，半闊者半必
　　細，一實者必一虛，疊景者意必二」，依照王文祿、胡應麟的後見之
　　明，這正是在指杜詩之法。王文祿《詩的》分析杜甫〈詠懷古跡（群山
　　萬壑赴荊門）〉一詩，連帶附及李夢陽之說：「李空同所謂前之疏
　　也」、「詩法所謂雙應，李空同所謂後必密也」。見周維德集校：《全

　　如前所述，何景明對李夢陽還有一項批評，乃是針對李詩創作上的片面性問題而發。李夢陽〈駁何氏論文書〉也有簡要的回應：

> 子則曰：「必閒寂以為柔澹，濁切以為沉著，艱窒以為含蓄，俚轍以為典厚，豈惟謬於詩義，并俊語亮節，悉失之矣。」吾子於是乎失言矣！子以為「濡」可為「溺」，「緊」可為「數」，「遲」可為「緩」邪？「濡」、「溺」、「緊」、「數」、「遲」、「緩」，不可相為，則閒寂獨可為柔澹，濁切可為沉著，艱窒可為含蓄，俚轍可為典厚邪？吁，吾子於是乎失言矣！[85]

所引何景明語，亦見其〈與李空同論詩書〉；在原文脈絡中，係批評李夢陽雖知追求「柔澹」、「沉著」、「含蓄」、「典厚」，片面貶抑「俊」、「亮」，然其創作實踐卻流於負面性的「閒寂」、「濁切」、「艱窒」、「俚轍」。[86]這項批評，除顯示李夢陽手眼不一，實亦涉及前述李詩在「辭」、「意」、「色」、「披慢」、「搖鞭鐸」諸層面的缺陷，亦即李詩偏嗜某種特定手法或風格的片面性問題。據上引文，李夢陽並未針對他

明詩話》（濟南：齊魯書社，2005），頁 1532-1533。此外，胡應麟也曾說：「李夢陽云：『疊景者意必二，闊大者半必細』，此最律詩三昧」，據以分析杜甫〈送翰林張司馬南海勒碑〉、〈登兗州城樓〉。見氏著：《詩藪》，內編卷 5，頁 64。

[85]　李夢陽：《空同集》，卷 62，頁 10 下。

[86]　參閱何景明著，李淑毅等點校：《何大復集》，卷 32，頁 575-576。

所偏嗜的手法或風格提出辯護，他亦反對混淆「閒寂」、「柔澹」之類的界線，這和何景明基本一致。但獨特的是，李夢陽舉出「濡」、「溺」、「緊」、「數」、「遲」、「緩」一系列兩兩近似實則有「程度」之別的概念，其用意當在於自我辯護。蓋由於「閒寂」、「柔澹」之類，恰如「濡」、「溺」之類，僅在一線之隔，不易辨識，進而批評原是何景明辨識不清，混淆兩者，遂對己詩造成誤評。李夢陽實不承認自己的創作實踐混淆了「閒寂」、「柔澹」之類，自居於前者。

　　李夢陽詩歌是否真有何景明所指摘的弊病？抑或，是否真能展現「柔澹」一類的優長？必待具體舉出詩作方能確切驗證。實則他在〈駁何氏論文書〉中，並未舉出詩作為據，最終反將矛頭朝向：「誠使僕妄自以閒寂、濁切、艱窒、俚輳為柔澹、沉著、含蓄、典厚，而為言黯慘有如搖輨擊鐸；子何不求柔澹、沉著、含蓄、典厚之真為之，而遽以俊語亮節自安邪？此尤惑之甚者也」。[87]可是，何景明詩風偏愛俊亮，不代表不能體會「柔澹」的意義，更無法代為證明李詩沒有「閒寂」一類的缺陷。如此，不禁令人感到李夢陽的反唇相譏，非但無法針對何氏之評提出有效的回應，終究恐怕只是轉移或迴避了問題。

（三）杜甫和宋詩的關係

　　何景明對李詩的一系列批評，可概括為「間入於宋」一語。「宋」指宋詩，李夢陽〈潛虬山人記〉、何景明〈雜言十首（其四）〉皆有「宋無詩」之說，[88]這當然不是指宋人不寫詩或無詩

87　李夢陽：《空同集》，卷62，頁11上。

88　同前註，卷 48，頁 12 上-下；何景明著，李淑毅等點校：《何大復集》，卷 38，頁 666。

作傳世，係概指「宋詩」不符合其理想中的詩歌體式。可知「入宋」之說，對李而言實是一項苛薄寡恩的指控。但若結合「學杜」的復古語境來看，李詩「學杜」而「入宋」，姑不究其爲實情與否，乃亦涉及杜詩和宋詩之關係議題。何景明〈讀《精萃（華）錄》〉有言：

> 山谷詩，自宋以來論者皆謂似杜子美，固予所未喻也。[89]

任淵（1090?-1164）選黃庭堅（1045-1105）各體作品爲《黃太史精華錄》，今見北京圖書館藏弘治十六年（1503）朱承爵刻本，[90]或即何景明所讀版本。這段說法，透露出世人長期以來常串連杜詩和宋詩（黃庭堅詩）的觀念，惟何景明不以爲然，實是主張杜詩、宋詩不應相提並論。可知他評李詩「學杜」而「入宋」，乃是在質疑李夢陽重蹈了世人長期以來的盲點，亦即對於杜詩、宋詩之間本有或應有的分野，缺乏清晰的辨察，乃至於創作上的自制力。

何景明對杜詩和宋詩之分，未敘明理據；實則李夢陽〈缶音序〉對杜詩和宋詩之分，亦曾提出條理井然的論述：

> 詩至唐，古調亡矣，然自有唐調可歌詠，高者猶足被管弦。宋人主理，不主調，於是唐調亦亡。黃、陳師法杜甫，號大家，今其詞艱澀，不香色流動，如入神廟坐土木

89　何景明著，李淑毅等點校：《何大復集》，卷 38，頁 661。「萃」當作「華」，此是排印錯誤；下文所引，逕予改正。

90　此書收入《四庫全書存目叢書》集部第 14 冊。

骸，即冠服與人等，謂之人可乎？夫詩，比興錯雜，假物
以神變者也；難言不測之妙，感觸突發，流動情思，故其
氣柔厚，其聲悠揚，其言切而不迫，故歌之心暢，而聞之
者動也。宋人主理，作理語，於是薄風雲月露，一切鏟去
不為，又作詩話教人，人不復知詩矣。詩何嘗無理，若專
作理語，何不作文而詩為邪？[91]

文中首先指出「唐調」、「宋人」的區隔，其次以黃庭堅、陳師
道（1053-1101）為代表，討論宋人學杜的議題；最後，觸及宋
詩和詩體特質之間的落差。這幾個議題皆是圍繞宋詩而展開，可
見李夢陽對宋詩特色實有周延的思考。試加梳理：所指宋詩的核
心特色，乃是具體改變了「唐調」的「主理」、「不主調」。
「理」即「理語」，涉及宋詩的內容常以說理或議論為主，「不
主調」則指其無法歌詠，喪失了音樂性。[92]此外，宋人「其詞艱
澀」，「不香色流動」，「薄風雲月露」，這幾項批評要放在所
述理想詩體特質的反面來看，概指宋人揚棄「比興」，非僅改變
了六朝以降感物起情的型態，亦未透過「假物以神變」的手法去
構作意象、興象，終致無法扣人心弦。可見在李夢陽心中，宋詩
有著致命的缺陷，徹底顛覆了詩之為體，故曰「宋無詩」。特別
值得注意的是，李夢陽還注意到宋人刻意學杜的現象。如前所
述，何景明批評李詩「學杜」而「入宋」，杜詩和宋詩之間確實

---

91 李夢陽：《空同集》，卷 52，頁 5 上-下。
92 如此評議宋詩，陸深〈重刻《唐音》序〉是很好的註腳：「宋人宗義理
而略性情，其於聲律，尤為末義，故一代之作，每每不盡同於唐人，至
於宋晚，而詩之弊遂極矣」。見氏著：《儼山集》，卷 38，頁 10 上。

被認爲存在著某種糾葛，這是「唐調」和宋詩之間不存在的特殊
狀況。不過，何景明沒有討論宋人學杜的議題，其〈讀《精華
錄》〉也僅提到長期以來世人以爲「似杜子美」，而非〈缶音
序〉中確鑿的「師法杜甫」。李夢陽是否藉「師法」一詞，將宋
詩以「主理」爲核心的缺陷，黏合並歸咎於「學杜」？據〈缶音
序〉接續所云：

> 今人有作性氣詩者，輒自賢於「穿花蛺蝶」、「點水蜻
> 蜓」等句，此何異痴人前說夢也。即以理言，則所謂「深
> 深」、「欵欵」者何物邪？[93]

所引「穿花蛺蝶」、「點水蜻蜓」、「深深」、「欵欵」句，出
自杜甫〈曲江二首（其二）〉。[94]李夢陽談及當代的性氣詩人自
認能勝過杜甫此詩。就引文推敲，性氣詩人的依據，應和宋詩特
色相仿，亦即「主理」；唯一的差別僅在於黃、陳被視爲學杜
者，性氣詩人則未必然，而且自認較佳。李夢陽無法苟同，認爲
杜詩中透過「深深」、「欵欵」二語寫出蛺蝶穿花、蜻蜓點水的
景象，其實深刻蘊含了「理」；故即使以「理」衡之，杜詩也毫
不遜色，再者杜詩是藉用生動的景象來表現，較符合理想性的詩
體特質。[95]有學者認爲〈缶音序〉的批判意識，主要是針對當代

---

[93]　李夢陽：《空同集》，卷52，頁5下-6上。

[94]　這是杜甫〈曲江二首（其二）〉頸聯，「欵欵」應作「款款」，詩云：
「穿花蛺蝶深深見，點水蜻蜓款款飛」。見蕭滌非主編：《杜甫全集校
注》（北京：人民文學出版社，2014），卷4，頁1048。

[95]　關於杜甫此詩中的「理」，可參閱安磐《頤山詩話》解釋：「蛺蝶之穿

性氣詩人，[96]其說自是深値參考。但個人認爲，李夢陽對性氣詩的批判，僅是爲求引古接今的附帶一提，方由「宋人主理」轉入「今人」；我們在解讀〈缶音序〉時，實有必要將重心拉回李夢陽耗費更多筆墨去反覆申說的宋詩議題，尤其是釐清他對宋人學杜的看法。顯然，透過〈曲江二首（其二）〉的實例，李夢陽並未因爲宋人學杜，便機械地宣判杜詩也「主理」。這就是說，杜詩和宋詩的特色、價值，實難相提並論；宋人即使學杜，卻沒能認清杜詩眞正的價值，故片面淪於「主理」。在此文的脈絡中，杜詩之所以較宋詩更具價值，係因其能符合理想性的詩體特質，善於「假物以神變」，這無疑是一大關鍵。

關於〈缶音序〉的著作年代，頗難斷定。惟文中透露：「予游大梁，不及見處士，見其子育；……育以疾不遊，反其鄉，今數年矣」，[97]試參照李夢陽行跡，青年以前雖居於開封（大梁），然結識佘育的機率極低。正德二年二月罷官後至五年八月（1507-1510），又正德九年（1514）再度罷官後至逝世，皆返

花，蜻蜓之點水，各具一太極，各自一天機，亦鳶飛魚躍之意也，奚必待說『天機』、『太極』始謂之言理哉？且『穿』字更著『深深』字，『點』字更著『款款』字，微妙流轉，非餘子可到。」其說頗爲精細。引自吳文治主編：《明詩話全編》（南京：鳳凰出版社，2006），頁2126。清初范廷謀觀點有別，但較能契合李夢陽文中所特別摘出的「深深」、「款款」提出解釋：「『深深見』、『款款飛』，見春光可戀。物猶如此，人豈無情？」亦足資參考。見蕭滌非主編：《杜甫全集校注》，卷4，頁1049。

[96] 陳國球：《明代復古派唐詩論研究》（北京：北京大學出版社，2007），頁37。

[97] 李夢陽：《空同集》，卷52，頁6上。

居開封；〈缶音序〉應即作於此一期間。進一步推敲「今數年
矣」，暫以五年粗估，約略正是正德十年李、何相駁前後，故
〈缶音序〉頗能代表李夢陽駁斥何氏當下對宋人學杜議題的看
法。李夢陽所體察到的杜詩特色和價值，顯然是不致和宋詩相混
淆的；故他之「學杜」，必定也是自認迥別於「入宋」。可知他
的這種觀念、信念，也具有回應、抗拒何景明對其近作施以苛評
的現實意義。

三、何景明〈明月篇并序〉分析

前引楊慎《升庵詩話》曾說：「何仲默枕藉杜詩，不觀餘
家」，其實原文之後緊接著一段饒富意味的敘述：

> 其於六朝，初唐，未數數然也。與予及薛君采言及六朝、
> 初唐，始恍然自失，乃作〈明月〉、〈流螢〉二篇擬之。
> 然終不若其效杜諸作也。[98]

何景明「枕藉杜詩」，原是典型的復古派詩學立場。依這段記
載，他認識楊慎、薛蕙（1489-1541）之後，受其影響，竟然鬆
動了原有立場，開始對六朝和初唐詩感到興趣，甚至實際著手擬
作了〈明月篇〉、〈流螢篇〉。這是本文即將要談〈明月篇并
序〉的重要背景。何景明和楊、薛的詩學交流，當在正德十一年
至十三年間（1516-1518）；[99]此時李、何相駁方告一段落。其

---

[98] 楊慎著，王大厚箋證：《升庵詩話新箋證》，卷10〈螢詩〉，頁509。
[99] 余來明：《嘉靖前期詩壇研究（1522-1550）》，頁8。

實，楊慎《升庵詩話》曾屢次記述三人論詩的情景，又如：

> 亡友何仲默嘗言宋人書不必收，宋人詩不必觀。余一日書
> 此四詩訊之曰：「此何人詩？」答曰：「唐詩也。」余笑
> 曰：「此乃吾子所不觀宋人之詩也。」仲默沉吟久之，
> 曰：「細看亦不佳。」可謂倔強矣。[100]

在這段故事中，何景明誤辨宋詩為唐詩，視為佳作，待楊慎揭曉
答案後，他竟改口：「細看亦不佳」。依此，楊慎謂之「倔
強」，實是在譏笑何景明心口不一，心知宋詩之佳，仍拘泥宗唐
抑宋的立場。至於另一段何、薛論詩的故事：

> 宋嚴滄浪取崔顥〈黃鶴樓〉詩為唐人七言律第一。近日何
> 仲默、薛君采取沈佺期「盧家少婦鬱金堂」一首為第一。[101]

眾所皆知，復古派於近體詩崇尚「盛唐」，何景明〈海叟集序〉
也曾進一步說「近體法杜甫」，「旁及唐初、盛唐諸人」。文
中，何、薛接過七律第一的話題，卻是推舉初唐沈佺期（656?-
719?）〈獨不見〉（又名〈古意呈補闕喬知之〉）。這不僅改變
了宋末嚴羽（1195?-1245?）最初推舉盛唐崔顥（704?-754）〈黃
鶴樓〉的提案，也形同撤銷數年前和李夢陽重編《海叟集》時

---

[100] 楊慎著，王大厚箋證：《升庵詩話新箋證》，卷 12〈蓮花詩〉，頁
714。楊慎所舉四首宋詩，指張耒〈蓮花〉（〈對蓮花戲晁應之〉）、
杜衍〈雨中荷花〉、劉才邵〈夜度娘歌〉（〈相思曲〉）、寇準〈江南
曲〉（〈追思柳渾汀州之詠尚有遺妍因書一絕〉）。

[101] 同前註，卷 4〈黃鶴樓詩〉，頁 228。

「尊杜」的宣言。

　　這幾段故事俱未見於何景明集中自述，純粹仰賴楊慎《升庵詩話》側記。何景明本是和李夢陽齊名的復古派宗匠，但由楊慎筆下的何氏形象來看，復古派詩學竟是隱然瀕臨崩解。這種形象的描繪，也何嘗不可視爲楊慎反復古派之立場的投影。[102]唯一確定出自何景明手筆的相關資料是〈明月篇并序〉、〈流螢篇〉，原詩皆屬歌行之體；特別是只需細讀前者序文，就會發現，何景明對杜詩價值議題的觀感，雖似驚人，實則未必悖離復古派傳統思維，而且別具重要意義。爲利分析，先將〈明月篇〉完整序文迻錄於下：

　　　　僕始讀杜子七言詩歌，愛其陳事切實，布辭沉著，鄙心竊效之，以爲長篇聖於子美矣。既而讀漢魏以來歌詩，及唐初四子者之所爲，而反復之，則知漢魏固承《三百篇》之後，流風猶可徵焉；而四子者雖工富麗，去古遠甚，至其音節往往可歌。乃知子美辭固沉著，而調失流轉，雖成一家語，實則詩歌之變體也。夫詩本性情之發者也。其切而易見者，莫如夫婦之間，是以《三百篇》首乎「雎鳩」，六義首乎「風」，而漢魏作者義關君臣朋友，辭必託諸夫婦，以宣鬱而達情焉，其旨遠矣！由是觀之，子美之詩博涉世故，出於夫婦者常少，致兼「雅」、「頌」，而「風人」之義或缺，此其調反在四子之下歟？暇日爲此篇，意

---

[102] 關於楊慎反復古派立場之概要，可見高小慧：《楊慎文學思想研究》（北京：中國社會科學出版社，2010），頁 325-329。

調若仿佛四子，而才質猥弱，思致庸陋，故摛辭蕪紊，無
復統飭。姑錄之，以俟審聲者裁割焉。[103]

何景明〈海叟集序〉藉由袁凱詩評，透露出「歌行」必學杜詩的
觀念。[104]杜甫歌行之所以吸引人，據〈明月篇并序〉的說法，係
因「陳事切實」、「布辭沉著」，前者指其內容切合時事，後者
指語言形式謹嚴不苟；一般而言，這是很高的評價，故譽之為
「聖」。但這篇後出的序文更令人注目之處，其實在於貶抑杜
詩。文中舉出兩組對比的座標：一是漢魏詩歌，何景明認為其文
辭古樸之外，尚有《詩經》遺風；二是唐初四子詩，即王勃
（649?-676）、楊炯（650?-693?）、盧照鄰（636?-695?）、駱賓
王（640?-684?）之作，何景明認為其文辭雖然不復古樸，轉趨
「工麗」，但可貴的是「可歌」。應細加審辨的是，所謂《詩
經》遺風，係以「風」之作品為準，而非「雅」、「頌」。而且
文中還具體舉出「風」之首的〈關雎〉，旨在宣揚「託諸夫婦」
的「辭」；這並非將《詩經》的價值，一概歸結為夫婦或男女愛

---

[103] 何景明著，李淑毅等點校：《何大復集》，卷14，頁210-211。

[104] 案：何景明〈海叟集序〉推尊杜甫「歌行」，〈明月篇并序〉則是討論
「七言詩歌」，實指七言歌行，或謂七言古詩。關於「歌行」、「七
古」名義的區分，學者曾有論述。但在復古派詩學脈絡中，兩者並無嚴
格的區分。本書後面幾章會談到李攀龍選唐詩稱為「七言古詩」，王世
貞在商榷李選語境中稱為「歌行」，胡應麟《詩藪》最為直白：「七言
古詩，概曰歌行。」見氏著：《詩藪》，內編卷3，頁49。借用學者薛
天緯的說法，這是「大歌行觀」，認為一切七言古體皆可泛稱「歌
行」，可參閱氏著：《唐代歌行論》（北京：人民文學出版社，
2006），頁1-7。故本書資料之運用和行文，也並不嚴格區分兩者。

情一類的內容、主題，何景明也是肯定其藉夫婦或男女愛情之事展現「比興」的表現手法。漢魏詩歌繼承《詩經》此一遺風，故「義關君臣朋友」，文辭則是「託諸夫婦」，此即「比興」。漢魏詩歌是否「可歌」，文中沒有明講；但唐初四子詩是否也繼承了「比興」手法？答案是正面的，只需實際檢讀何氏仿四子作的〈明月篇〉、〈流螢篇〉，便可印證。[105]要之，何景明乃是將杜甫歌行，放回《詩經》、漢魏以迄唐初四子的詩歌史脈絡中，互為對比之下，發覺杜詩「調失流轉」，指其詩歌語言之音調，經歌吟後令人頗覺蹇礙，亦即不復「可歌」；其次，杜詩的內容、主題和表現方式「出於夫婦者常少」，亦即欠缺「比興」。基此，何景明最終宣判杜甫歌行的價值在唐初四子之下。

　　復古派崇尚杜詩，身為復古派的指標性人物，何景明如此貶抑杜甫歌行，實可說是離經叛道的舉動，當然也很容易被反復古派的楊慎拿來標榜。由於何氏和楊、薛的交游事實，我們很難不去考慮何景明對四子詩的體認，可能受到兩人的影響。[106]但楊慎

---

[105] 何景明〈明月篇〉的許多語彙、意象，都明顯涉及夫婦或男女愛情之事，而且「閨怨」色彩非常濃厚，如：「鳳凰樓上吹簫女」、「蟋蟀堂中織錦妻」、「長信階」、「昭陽殿」、「趙女」、「班姬」、「東家怨女」、「河邊織女」、「天上嫦娥」、「江頭商婦」、「湖上佳人」。〈流螢篇〉亦然，如：「長信宮中」、「玉階金閣」、「貴嬪」、「侍女」、「蟋蟀床空」、「駕鴦機暗」。出處同前註，卷 14，頁 211；卷 11，頁 147。

[106] 廖仲安認為楊慎之提及何景明〈流螢篇〉，有假何景明自重之嫌，「把已死的朋友說成是他的觀點的附和者」。參見氏著：〈讀何景明〈明月篇〉〉，《信陽師範學院學報（哲學社會科學版）》1985 年第 4 期，頁 36。廖先生的根據是，楊慎《升庵詩話》提及何景明此事前，先談自己貶居雲南時作〈流螢篇〉，營造何景明為附和者形象。個人檢閱楊慎原文後，實以為推求過度。

《升庵詩話》對此事的記載，非常簡略，起碼遺漏了一個關鍵性的詩學觀念：何景明貶抑杜甫歌行，所持的理據，不是唐初四子，亦非漢魏，乃是《詩經》，尤其是「風」詩。這也就是說，何景明對於杜甫歌行「出於夫婦者常少」、欠缺「比興」的判斷，終究仍是以「古」為準。簡錦松注意到復古派詩人多有「擬《詩經》」之作，蔚為一大特色，實是復古、學古的最高表現。[107]可見何景明貶抑杜甫歌行，仍舊是旨在堅守復古的立場。

值得注意的是，何景明於《詩經》中特別推崇「風」詩，認為杜甫歌行較接近「雅」、「頌」一類的型態。案：「風」、「雅」、「頌」在《詩經》中原無所謂優劣之分，何景明為貶抑杜詩，於焉有所軒輊。但為何杜詩和「雅」、「頌」有關，且評價較低？對此，值得參閱李夢陽的類似見解，其〈詩集自序〉云：

> 王子曰：「詩有六義，比興要焉。夫文人學子，比興寡而直率多。何也？出於情寡而工於詞多也。夫途巷蠢蠢之夫，故無文也。乃其謳也，哕也，呻也，吟也，行咕而坐歌，食咄而寤嗟，此唱而彼和，無不有比焉興焉，無非其情焉，斯足以觀義矣。故曰：詩者，天地自然之音也。」李子曰：「雖然，子之論者，『風』耳；夫『雅』、『頌』不出文人學子手乎？」王子曰：「是音也，不見於世久矣，雖有作者，微矣！」李子於是憮然失，已灑然醒也。[108]

---

[107] 簡錦松：《明代文學批評研究》，頁 219-229。

[108] 李夢陽：《空同先生集》（《明代論著叢刊》影印明嘉靖九年黃省曾序刊本，臺北：偉文圖書公司，1976），卷 50，頁 3 上。

王崇文（字叔武，1468-1520）和李夢陽爲同年進士，早期又皆
授官戶部。故這段對話，雖載於晚年所撰的〈詩集自序〉，實則
是李夢陽長久來深植心中的想法。可以發現，王崇文明顯更推崇
「風」，並明確連結於「比興」，這和何景明〈明月篇并序〉基
本一致；但依王崇文之說，此一詩歌系統的核心特質更在於
「情」；一般文人學子的創作習性，則如「雅」、「頌」一類的
型態，較關注「詞」。基此，王氏結論是：「眞詩乃在民間」，
[109]「民間」是「風」詩因依的土壤，故這顯然也是認定「風」之
價值高於「雅」、「頌」。李夢陽接受了王氏的見解，「於是廢
唐近體諸篇，而爲李、杜歌行。王子曰：『斯馳騁之技也』」，
[110]可見王氏覺得「近體」、「歌行」諸體的仿擬和創作，仍只是
耽溺「詞」之層面的技藝表現，而非以「情」爲主。暫且不繼續
追查李夢陽爾後依序上學六朝、晉、魏、漢乃至於《詩經》的辛
苦跋涉歷程，由以上的簡要梳理，實可察知何景明〈明月篇并
序〉認爲杜甫歌行類似「雅」、「頌」，價值較低，其根本癥結
乃是以「詞」而非以「情」爲主。換言之，這是「情」、「詞」
本末關係的倒置問題。

　　由此可知，李夢陽雖不曾直言貶抑杜詩價值，但參照、借鑑
〈詩集自序〉的理論來說，何景明在〈明月篇并序〉中貶抑杜甫
歌行的論述乍看離經叛道，卻幾是必然性的評判。[111]不過，杜詩

---

[109] 同前註，頁 2 下。

[110] 同前註，頁 3 下。

[111] 金生奎認爲何景明貶抑杜甫歌行，是和李夢陽的意氣之爭，暗含對其尺
　　寸杜詩的非議。參見氏著：〈何景明杜詩「變體」說考論〉，《淮南師
　　範學院學報》2016 年第 6 期，頁 86。本書以爲，這兩件事議題有別，

的根本癥結，容或是以「詞」而非「情」為主，那麼，假如單就「詞」之層面來審辨，又當如何評議杜詩價值？

何景明批評杜甫詩歌語言儘管「沉著」，但這項質素之於詩體的重要性，顯然比不上「（音節）流轉」、「可歌」，故判定為「詩歌之變體」；這正是在「情」的標準之外，相當細膩地轉由「詞」之層面提出評議。這樣的觀點，也非常值得和李夢陽〈缶音序〉一併參看。如前述，〈缶音序〉在宋詩對比下，崇尚「古調」、「唐調」，認為「可歌詠」；文中對於理想性的詩體特質，也提到：「其聲悠揚」、「歌之心暢」，可見詩歌的音樂性實是李夢陽詩學系統中極為重要之一環。然而，〈缶音序〉標舉杜詩，並將討論重心聚在杜詩和宋人或當代性氣詩人的區隔，卻未必全盤而深入地考慮到杜詩和「古調」、「唐調」或所述理想性詩體特質的關係。具體地說，李夢陽雖藉杜甫〈曲江二首（其二）〉的實例，證明此詩中自有高妙的「比興」，卻沒進一步碰觸杜詩的音樂性議題。可知何景明〈明月篇并序〉宣判杜甫歌行喪失「流轉」的音樂性──儘管他人未必贊同此一判斷──這個議題的提出，顯然可以補充李夢陽〈缶音序〉的論述缺口；其「變體」的批評，也形同是將杜詩相對於「古調」、「唐調」或理想性詩體特質的特異性，加以清楚區隔，施予負面評價，這仍是李夢陽未暇涉獵的思考向度。

綜言之，即使是在結識楊慎、薛蕙後，何景明也未必全盤抹煞杜詩價值，然則他在〈明月篇并序〉對杜詩的特異性、侷限性

應予分論；且依前文之論證，何景明貶抑杜甫歌行，實仍出於維護「復古」之立場，不應簡單視為意氣之爭的副產品。

的「發現」，確實伴隨一種綿密的詩學眼光。依此，我們恐難粗略地認定何景明在學杜上純爲李夢陽的應和、趨附者。李夢陽自有引領一代潮流之功，「振古雄才，今之老杜」，[112] 必非空穴來風；何景明則是打開了更多複雜的新議題：杜甫歌行真的不具音樂性嗎？「變體」的說法，應理解爲杜詩無可迴避的負面缺陷、抑或自成一家深具創造力的亮眼表現？假如是負面缺陷，那麼，「學杜」是否仍屬必要？「復古」、「學杜」兩端的連結，是否不復緊密？若視爲杜甫的創造力表現，那麼，在詩歌典範理論的建構上，如何適切安頓杜詩和（盛）唐詩、漢魏古詩之間的關係？再者，根本地說，杜詩缺乏「（真）情」嗎？這都是復古派後進將要接手耕耘的園地。

第三節　結　語

復古派「學杜」的觀念和實踐，構成了明代中葉詩壇的鮮明風景。對復古派而言，「杜甫」不止是一位活躍於公元八世紀的普通詩人，其所傳世的一千四百多首作品，究竟意味著什麼？有何特色和重要價值？這當然是值得我們深入探討的問題。爲此，本章聚焦於復古派崛起之初的兩位領袖李夢陽、何景明，藉由三件事例及相關文獻，來展開考察。一是正德元年李、何重編袁凱《海叟集》，二是正德十年至十一年間李、何相駁，三是正德十一年至十三年間何景明在〈明月篇并序〉中的貶抑杜甫歌行。由

---

[112] 孫陞：《孫文恪公集》（《四庫全書存目叢書》集部第 99 冊影印明嘉靖袁洪愈徐栻刻本），卷 14〈與陳山人論詩書〉，頁 746。

這些事例，實可看出李、何原有尊杜、學杜的共識和熱情，後因發覺對方創作實踐與原本目標之落差，而爆發激烈爭執，幾至損傷友誼；[113]最後何景明貶抑杜詩，頓覺今是昨非，乍看似乎揚棄了過往的初衷。本文關注此一動態性歷程，盼能更「立體化」呈現李、何的杜詩學面貌。

要之，李、何重編明初袁凱《海叟集》，黜落袁凱向負盛名的〈白燕〉，以吳中四傑和高啟對比，彰顯袁凱學杜展現的雄健之氣。這是透過文學史圖像的重構和實體書籍的編刊，旨在弘揚自家學杜觀念的「反身性策略」。這種觀念，在當時不僅刻意立異於李東陽、吳寬一輩臺閣元老，即便事過多年以後，當中青年官員洋溢的熱情和盛氣、友誼，仍令參與其事的陸深倍感懷念。[114]

李、何重編《海叟集》，透露出一個重要的思維：「復古」、「學杜」的密切連結。尤其在何景明〈海叟集序〉中，袁凱兼具「好古」、「學杜」的雙重形象，透露出在「復古」的目

---

113 李、何論爭過程中的不快，據相駁書信中的激烈語氣看來，即可感知。李開先〈何大復傳〉更引門人云：「自論詩失讙後，絕交久矣」，見路工輯校：《李開先集》（北京：中華書局，1959），頁 607。「絕交」一詞，力道甚強。實則未必然，兩人論爭後的交往情況，可參閱魏強：〈李、何之爭時間考〉，《蘇州大學學報（哲學社會科學版）》，2008 年第 3 期，頁 62。又，王公望：〈李夢陽《空同集》人名箋證（之三）〉，《甘肅社會科學》1995 年第 5 期，頁 68。

114 陸深〈與郁直齋七首（其七）〉云：「此老（案：指袁凱）詩有氣骨，往時年少喜方人，嘗以為高過吳中四傑，人多不服，惟王文恪公以為然。追念長安詩社中，品評編校，將三十載，而仲默、獻吉俱已下世，為之慨歎！」見氏著：《儼山集》，續集卷 10，頁 12 上-下。

標制約下,「學杜」的觀念遂更趨嚴謹:僅限於「近體」、「歌行」,而不能擴及「古作(五古)」。「復古」、「學杜」的連結,實是復古派杜詩學的核心思維。故李夢陽〈缶音序〉將宋人學杜的事實,由理想性詩體特質的角度加以撕裂,推崇杜詩妙用「比興」,批判宋人淪於「主理」;「比興」正是「古」的體現,可見李夢陽也是透過「復古」的眼光,去定義杜詩的價值。同樣地,何景明後來在〈明月篇并序〉中,貶抑杜甫歌行喪失「流轉」的音樂性,以及「託諸夫婦」的「比興」,雖似離經叛道,實仍是秉持「復古」的基準,去重新商榷杜詩價值問題。故何景明之貶杜,反而是一種不迷信杜詩盛名的客觀精神。「詩歌之變體」的杜詩學標籤,最初便是基於此一精神而提出。名列「前七子」之一的王廷相(1474-1544),也在〈與郭价夫學士論詩書〉中表示:

> 若夫子美〈北征〉之篇,昌黎〈南山〉之作,玉川〈月蝕〉之詞,微之〈陽城〉之什,漫敷繁敘,填事委實,言多趁帖,情出附轅,此則詩人之變體,騷壇之旁軌也。淺學曲士,志乏尚友,性寡神識,心驚目駭,遂區畛不能辯矣。嗟乎!言徵實則寡餘味也,情直致而難動物也,故示以意象,使人思而咀之,感而契之,邈哉深矣!此詩之大致也。[115]

有關理想的詩體特質,王廷相重視「意象」;用這個基準來衡量杜甫〈北征〉,遂貶抑爲「詩人之變體」。這和何景明前述之說

---

[115] 王孝魚點校:《王廷相集》(北京:中華書局,1989),卷28,頁503。

不但恰相呼應，而且何說原是針對杜甫歌行，王廷相揭舉的〈北征〉則屬五古，兩人的觀點實可互補。另一位復古派詩人鄭善夫著有《批點杜詩》，云：

> 詩之妙處，正在不必說到盡，不必寫到真，而其欲說欲寫者，自宛然可想，雖可想而又不可道，斯得風人之義。杜公往往要到真處、盡處，所以失之。[116]

鄭善夫的詩歌創作係以「學杜」聞名，王世貞《藝苑卮言》評為「得杜骨」。但依上引文所述，他卻是秉持「風人之義」，亦即某種理想性的詩體本質觀念，去照見杜詩中的缺陷；借用何景明、王廷相的術語，這些缺陷就是「變體」。鄭善夫另一段批點文字也相當有意思：

> 長篇沉著頓挫，指事陳情，有根節骨格，此杜老獨擅之能，唐人皆出其下。然詩正不以此為貴，但可以為難而已。宋人學之，往往以文為詩，雅道大壞，由杜老起之也。[117]

---

[116] 焦竑著，李劍雄點校：《焦氏筆乘》（上海：上海古籍出版社，1986），卷3〈評杜詩〉，頁83。

[117] 同前註，頁 82-83。案：鄭善夫《批點杜詩》已佚，今有學者由諸書中加以輯出，可參閱王燕飛：〈鄭善夫《批點杜詩》輯錄及其特色〉，《地方文化研究輯刊》第 8 輯（2015 年第 1 期），頁 104-115；王秀麗：《鄭善夫《批點杜詩》研究》（濟南：山東大學中國古代文學專業碩士論文，2014），頁 64-66。據輯出部分來看，他大部分的批點文字，仍是非常推崇杜詩。

鄭善夫爲批判宋人而連及杜詩。他認爲「有根節骨格」是杜詩的獨擅之處，卻不是最值得珍視的藝術表現。換言之，杜詩的獨擅和評價之間，未必成爲正比。在某種預設的理想詩體藝術形相對照下，杜詩的獨擅之處，形同即是「變體」。可見復古派因「復古」而「尊杜」，但亦因對「古」的某種理想設定，進而形成了「貶杜」。要之，「尊杜」和「貶杜」雙軌併行，旨在追求更完善的「復古」，這實是復古派崛起之初即清楚展現的杜詩學面貌。

　　由於「復古」、「學杜」的密切連結，李、何對學古方法和實踐成果的相駁，在一定程度上，實亦可說是對彼此學杜績效的檢驗。兩人都主張不應純就語言形式層面摹擬古人，必須深探古人內在之「法」。爲了避免字摹句擬的問題，何景明認爲只要勤讀古人之作，便能領會當中潛藏的「法」，如「辭」、「意」關係或「比興」的運用情形，無形中轉化爲未來創作的滋養。李夢陽認爲古人的語言構作，即是「法」之具現，如「疏」、「密」、「闊」、「細」、「實」、「虛」、「景」、「意」多組兩兩相對之質素辯證調和的表現法則；這些法則，在古人的語言形式上，其實有跡可尋，故他主張對此進行一絲不苟的摹擬，待長期的鍛鍊和積累，便能消融於無形。兩人的觀點，均非躐等速成之法。但就其績效來衡量，何景明之說訴諸學人的領悟能力，難免縹緲、抽象；李夢陽之說較爲具體，惟在學人眞正消融於無形之前，何嘗是坐實了「古人影子」、「摹擬太甚」一類的指控。

　　綜合上述，復古派崛起之初，「摹擬太甚」的疑雲已是這般如影隨形，深深糾葛著「學杜」的觀念。

第三章　謝榛的杜詩學

第一節　前　言

「論詩到爾長」，[1]能讓倨傲自負的李攀龍（1514-1570）嘆為詩學專家，當世齊名的王世貞（1526-1590）外，只有謝榛（1499-1579）了。謝榛字茂秦，號四溟山人，又號脫屣山人，山東臨清人，終生布衣；眇一目，世人呼為「眇君子」。[2]其詩學論述，主要見於所著《詩家直說》，又題為《四溟詩話》。[3]此書並無嚴密的體系，筆觸亦頗簡潔，然而確實不乏精闢之見。

---

[1] 李攀龍著，包敬第標校：《滄溟先生集》（上海：上海古籍出版社，2014），卷6〈寄茂秦〉，頁171。

[2] 王世貞、李攀龍便如是稱，見〈戲為絕謝茂秦書〉，同前註，卷25，頁683。

[3] 有學者指出：《詩家直說》係謝榛自擬書名，《四溟詩話》則是清乾隆以後逐漸流行之名。見謝榛著，李慶立、孫慎之箋注：《詩家直說箋注》（濟南：齊魯書社，1987），〈前言〉，頁22。本書因統稱為《詩家直說》。其當代整理本，前揭書外，有李慶立校箋：《謝榛全集校箋》（南京：江蘇古籍出版社，2003），頁971-1327；此本所含「補逸」，也值得一併參看。又，丁福保《歷代詩話續編》（北京：中華書局，2001）、周維德《全明詩話》（濟南：齊魯書社，2005）、吳文治《明詩話全編》（南京：鳳凰出版社，2006）均收入《四溟詩話》，流通尤廣，讀者不難複按查考。

　　錢謙益（1582-1664）認爲謝榛詩學對李、王諸子有很大的引導作用，「（七子）稱詩之旨要，實自茂秦發之」，[4]朱彝尊（1629-1709）也指出：「七子結社之初，李、王得名未盛，稱詩選格，多取定於四溟」。[5]這種觀點，雖待舉出具體的例證始能成立，但據《詩家直說》所載一段諸子社集的故事：

> 予客京時，李于鱗、王元美、徐子與、梁公實、宗子相諸君，招余結社賦詩。一日，因談初唐、盛唐十二家詩集並李、杜二家，孰可專爲楷範。或云沈、宋，或云李、杜，或云王、孟。予默然久之，曰：……。諸公笑而然之。[6]

面對李、王等人的紛紜異說，謝榛筆下儼然將自己形塑成一個仲裁者形象，最終得到諸人肯認。當然，這段記載不無自我標榜之嫌，起碼卻能印證謝榛對其詩學倍感自豪；如欲討論復古派詩學，無疑不能忽略謝榛。

　　多年來，學界對於謝榛詩學的研究，可謂碩果纍纍，然而尚未聚焦杜詩學的專題，進行系統性的論析。其議題較爲接近者，諸如李慶立〈再論謝榛「以盛唐爲法」〉、[7]郭英德〈謝榛與盛

4　錢謙益撰集，許逸民、林淑敏點校：《列朝詩集》（北京：中華書局，2007），丁集第5〈謝山人榛〉，頁4348。

5　朱彝尊著，姚祖恩編，黃君坦校點：《靜志居詩話》（北京：人民文學出版社，1998），卷13，頁386。

6　謝榛著，李慶立、孫慎之箋注：《詩家直說箋注》，卷3，頁363-364。

7　李慶立：〈再論謝榛「以盛唐爲法」〉，《中國文學研究》1996年第2期，頁60-66。

唐詩〉、[8]孫學堂《明代詩學與唐詩》第三章第二節〈謝榛與盛中唐詩〉，[9]李、郭之文以闡釋謝榛詩學為要，孫學堂則是聚焦分析謝榛詩歌創作借鑑盛、中唐之處。這些成果，雖皆值得取益，但都沒能凸顯謝榛和杜詩的關係；偶或零星談及，論述也尚欠深入，待進一步挖掘者不少。其實，謝榛詩學觸角多元，並不限於論杜；不過，透過他的「杜詩學」，尤能清楚察見他在整個復古派詩學史上的重要承變意義。據《詩家直說》記載：

> 國朝何大復、李空同，憲章子美，翕然成風。[10]

李夢陽（1472-1529）、何景明（1483-1521）鼓動一代學杜風潮，成為復古派的鮮明標誌。但謝榛也注意到復古派後來陷入摹擬太甚的窠臼，《詩家直說》云：

> 今之學子美者，處富有而言窮愁，遇承平而言干戈，不老曰老，無病曰病；此摹擬太甚，殊非性情之真也。[11]

這個現象與謝榛有密切的關連，依王世貞的閱讀經驗，謝詩「宗法少陵，窮體極變，原旨推用，五、七言律得其十九」，學杜頗

---

[8] 郭英德：〈謝榛與盛唐詩〉，收入左東嶺主編：《2005 明代文學國際學術研討會論文集》（北京：學苑出版社，2005），頁 169-181。

[9] 孫學堂：《明代詩學與唐詩》（濟南：齊魯書社，2012），頁 219-230。

[10] 謝榛著，李慶立、孫慎之箋注：《詩家直說箋注》，卷 1，頁 29。

[11] 同前註，卷 2，頁 243。

有實績；[12]可見時人的摹擬之弊，實爲謝榛學杜之際也必須亟思避免重蹈覆轍的功課。他的杜詩學基調，乃涉及如何承接、發展或調整、變異復古派學杜傳統。

個人反覆閱讀《詩家直說》，發現謝榛對於杜詩特質的理解，頗爲新穎，而且對於復古派的摹擬之弊，甚具回應意義。換言之，如欲瞭解謝榛心目中的杜詩特質，不能不注意他重新構設的一套學古方法。除此之外，閱讀《詩家直說》最直觀的印象，莫過於書中針對古今詩歌語言形構的分析，幾乎俯拾即是，蔚爲一大特色；有關杜詩的語言形構特色和價值問題，無疑也是謝榛杜詩學的重心。本章對謝榛杜詩學的研討，將循著上述兩個面向逐步開展。

第二節　謝榛的學古方法與杜詩特質

本節的討論，將先考察謝榛針對摹擬之弊而重新構設的學古方法，然後指出此一方法和他所理解杜詩特質的緊密聯繫。

一、學古的方法和目標：「想頭別」

關於復古派的摹擬之弊，謝榛在和李、王諸子社集之際便有所注意。前引文提到諸子對於「孰可專爲楷範」的問題，異說紛紜，謝榛的觀點是：

> 歷觀十四家所作，咸可爲法。當選其諸集中之最佳者，錄

12　王世貞：《明詩評》，吳文治主編：《明詩話全編》，頁 4349。

成一帙，熟讀之以奪神氣，歌詠之以求聲調，玩味之以裒精華。得此三要，則造乎渾淪，<u>不必塑謫仙而畫少陵也</u>。夫萬物一我也，千古一心也，易駁而為純，去濁而歸清，使李、杜諸公復起，孰以予為可教也。[13]

文中對學古的理念原則、具體操作和預期成效，皆有明確解說。要言之，謝榛認為學古不應專主特定一家，而必須兼取眾家之長。具體操作方法是：選出古代諸家的佳作，彙為選本，以便「熟讀」、「歌詠」、「玩味」，旨在突破「塑謫仙而畫少陵」的窠臼。所謂「塑」、「畫」，原指雕塑、繪製物體的外貌，此指對古人語言形式表層的摹擬。可知謝榛這套學古方法，實是瞄準復古派摹擬之弊而發。

我們還須特別留意到謝榛的筆觸：這套學古方法，是「默然久之」之後才提出來，可見謝榛自認經過縝密思考，洵非一時興起的發言。再據前引文：「使李、杜諸公復起，孰以予為可教也」，他更是自認此法最能契合李、杜創作的真諦。是以，其《詩家直說》同一段敘述隨後又載：

是夕，夢李、杜二公登堂謂予曰：「子老狂而遽言如此。若能出入十四家之間，俾人莫知所宗，則十四家又添一家矣。子其勉之！」[14]

---

[13] 謝榛著，李慶立、孫慎之箋注：《詩家直說箋注》，卷3，頁363-364。
[14] 同前註，卷3，頁364。

無法斷定謝榛是否真有此夢，但特地筆錄夢境，亦可證自認掌握李、杜真諦。換言之，謝榛雖欲融會諸家，不專主李、杜，實則卻是一種更深層的「向李、杜看齊」。因此，我們要進一步追問：這套學古方法和他所理解的李、杜特質，是否存在某種具體的聯繫？

謝榛在《詩家直說》中屢次倡導這套學古方法，又如：

> 熟讀初唐、盛唐諸家所作，有雄渾如大海奔濤，秀拔如孤峰峭壁，壯麗如層樓疊閣，古雅如瑤瑟朱弦，老健如朔漠橫雕，清逸如九皋鳴鶴，明淨如亂山積雪，高遠如長空片雲，芳潤如露蕙春蘭，奇絕如鯨波蜃氣，此見諸家所養之不同也。<u>學者能集眾長合而為一</u>，若易牙以五味調和，則為全味矣。[15]

每位詩人「所養」有別，展現不同的藝術形相，讀者自然也會各有偏嗜。如杜詩的「雄健」，李夢陽等人重編《海叟集》時，即是賞愛有加。但謝榛強調兼取諸家之長，以求「全味」，這顯然是完全不同的思路。他更舉出杜甫為例：

> 學之者不必專一而逼真也。專於陶者失之淺易，專於謝者失之餖飣。孰能<u>處于陶、謝之間</u>，易其貌，換其骨，而神存千古。子美云：「安得思如陶謝手？」此老猶以為難，

況其他者乎？[16]

「安得思如陶謝手」，在杜甫原詩〈江上值水如海勢聊短述〉中，乃是讚嘆並自我期許能有陶淵明（365?-427）、謝靈運（385-433）那樣的大手筆。[17]在謝榛此文詮釋下，重心變成「處于陶、謝之間」，要求兼取兩家之妙。

　　通過這套學古方法，學詩者容或能突破摹擬之弊，但究竟能有什麼樣的實質好處？我們可發現，無論易牙調味或「易貌」、「換骨」、「神存千古」的描述，仍不免抽象。最值得注意的是另一段「釀蜜」之喻：

> 夫大道乃盛唐諸公之所共由者，予則曳裙躚履，由乎中正，縱橫于古人眾跡之中；及乎成家，如蜂采百花為蜜，其味自別，使人莫之辨也。[18]

這段文字原本的脈絡，除了試圖矯治學杜的摹擬之弊，也是對當時有人刻意迴避學杜的回應，《詩家直說》云：

> 本朝有學子美者，則未免蹈襲；亦有不喜子美者，則專避其故跡，雖由大道，跬步之間，或中或傍，或緩或急，此

16　同前註，卷4，頁502。

17　杜甫原詩，可見蕭滌非主編：《杜甫全集校注》（北京：人民文學出版社，2014），卷8，頁2165-2166。「安得思如陶謝手」一句的解讀，可參閱頁2169-2170。

18　謝榛著，李慶立、孫慎之箋注：《詩家直說箋注》，卷3，頁346。

所以異乎李、杜而轉折多矣。[19]

謝榛既要維護學杜之價值，又要避免重蹈摹擬之弊，一如前述，
他採取的對策，只是再度重申兼取眾家之長的方法。但實際上，
文中提到的蜂採百花釀蜜之喻，實爲關鍵；因爲所釀之「蜜」，
不再是「百花」所有，而是屬於「蜂」的創造，故「其味自
別」。可知謝榛倡導兼取眾長，不是單純擴大學古範圍而已，更
重要的是期盼藉由此法自成一家。這套方法，謝榛又正式命名爲
「釀蜜法」：

> 予以奇古爲骨，平和爲體，兼以初唐、盛唐諸家，合而爲
> 一，高其格調，充其氣魄，則不失正宗矣！若蜜蜂歷采百
> 花，自成一種佳味，與芳馨殊不相同，使人莫知所蘊。作
> 詩有學釀蜜法者，要在想頭別爾。[20]

「自成一種佳味」，即是「自成一家」，這仍是釀蜜之喻的重
點。文末又明確指出，這套學古方法的奧義乃是「想頭別」。
　　再據《詩家直說》云：

> 邈然想頭，工乎作手，悟而且精，李、杜不可及也。[21]

「釀蜜法」的奧義在於「想頭別」，李、杜最重要的價值也在於

---

[19]　同前註，卷3，頁342。
[20]　同前註，卷4，頁472-473。
[21]　同前註，卷4，頁456。

「邈然想頭」。我們實可驚異地發現：謝榛這套亟欲兼取眾家之長的學古方法，表面上，並不專主李、杜，實則卻是深契於他所理解的李、杜特質。

即使脫離李、杜論評的脈絡，謝榛依舊重視「想頭別」。《詩家直說》曾記載一次受邀參加中秋聚會的軼事：

> 己酉歲中秋夜，李正郎子朱延同部李于鱗、王元美及余賞月。因談詩法，予不避諓陋，具陳顛末。于鱗密以指掐予手，使之勿言；予愈覺飛動，亹亹不綴，月西乃歸。于鱗徒步相攜曰：「子何太泄天機？」予曰：「更有切要處不言。」曰：「何也？」曰：「其如想頭別爾！」于鱗默然。[22]

謝榛在聚會中大談「詩法」，遭李攀龍暗中掐手。何以故？聚會主人李子朱是李攀龍、王世貞的刑部直屬長官，有一定的威望，謝榛大言亹亹，恐有冒犯之虞，李攀龍因以暗示停止發言，這是出於人情倫理的考量。[23]謝榛事後似仍未意會到此一問題，自認

22　同前註，卷3，頁342。

23　本章內容原為本人執行科技部專題研究計畫「明代復古派的杜詩批評與詩法論述：以謝榛、李攀龍、王世貞為中心」之部分成果。此點承匿名審查先生惠告，其意見為：「這次中秋夜宴，主人是刑部郎中李子硃（朱），當時都在刑部任職主事的李攀龍（1514-1570）、王世貞（1526-1590），乃是李子硃（朱）的下屬，謝榛（1495-1575）因為是名氣大的山人，也被邀作客。李子硃（朱）的年齡雖不可曉，但明朝的部職，乃由主事升員外郎，做了員外郎，才能升為郎中，從進士二甲初授之後，至少已經做了十幾年以上，況且又是李、王的直屬長官，在

「更有切要處不言」，亦即「想頭別」。可知在他看來，「想頭別」實爲詩歌創作活動中最「切要」的元素。

其實，「想頭」一詞並不神秘，原指人類的念頭、思慮，自可引伸爲創作之際的構思立意。若其新穎不俗，有別尋常，便是「想頭別」。謝榛認爲李、杜詩歌的重要特質之一，在於「邈然想頭」。「邈然」指深遠，也就是不淺近，可知「邈然想頭」，實亦即爲「想頭別」。謝榛屢次強調「想頭」的重要：「坐得想頭遠」、「作詩別有想頭」、「務令想頭落于不可測處」。[24]這原本不是什麼神秘的概念，任何創作者都知道構思立意的重要，但要獲致一個好的構思立意卻絕非易事。

謝榛的「釀蜜法」，主要是要從「學古」的角度解決這個難題。猶如蜂採百花釀蜜，自成佳味，學詩者在兼取眾家之長的歷程中，最實質的好處就是獲致「想頭別」，亦即逐漸激發、形成一己新穎不俗的構思立意，從而自成一家。由於學古目標在此，而非追求古今語言形式之形似，在理論上也就會具有突破摹擬之弊的效用。謝榛不專主李、杜卻夢見李、杜，自承掌握詩學真諦，這套學古方法的構成，正是深繫於他對李、杜詩歌特質的重新詮釋而來。

體制上有一定的威重。因此，當謝榛大言亹亹之時，李攀龍看長官的神色可能不悅，才用手指偷偷的掐他。否則，只有李、王兩個同輩，謝榛年輩聲名都大於他們，何必暗中做小動作。」其說細膩，且合人情，確屬個人所忽略，錄出以便讀者有更完整的參考；本文不敢掠美，特誌於此，並申謝忱。

24　謝榛著，李慶立校箋：《謝榛全集校箋》，卷 26「補逸詩家直說三十四則」，頁 1322-1323。

二、「興」的意義

　　謝榛構設的學古方法，兼取眾長之外，還有一項核心精神：學詩者須能超越古人的語言表象，掌握住古人更為深層而可貴的特質。前揭方法程序的「熟讀之以奪神氣」，正是如此。另文所提「提魂攝魄法」，也講得很清楚：

> 詩無神氣，猶繪日月而無光彩。學李、杜者，勿執著於句字之間，當率意熟讀，久而得之。此提魂攝魄之法。[25]

李、杜的詩歌語言表現當然很精彩，謝榛卻勸人切勿執著，須透過「熟讀」，去掌握更深層的「神氣」。

　　謝榛對待李、杜詩中的「興」，也是如此。《詩家直說》云：

> 凡作詩，悲歡皆由乎興，非興則造語弗工。歡喜之意有限，悲感之意無窮。歡喜時，興中得者雖佳，但宜乎短章；悲感時，興中得者更佳，至於千言反復，愈長愈健。熟讀李、杜全集，方知無處無時而非興也。[26]

在古代文學批評語境中，「興」之涵義甚為複雜，須視具體文獻脈絡而定。依文中所述，「歡喜」、「悲感」皆由「興」得之，可知此處的「興」，乃承續了六朝以降開顯出來的「作者感物起

---

[25]　謝榛著，李慶立、孫慎之箋注：《詩家直說箋注》，卷2，頁233。
[26]　同前註，卷3，頁382。

情」之義。[27]耐人尋味的是，謝榛認爲「非興則造語弗工」，可知「造語」的價值取決於「興」。文中還提到惟有通過「熟讀」，方能體會到李、杜詩中洋溢著「興」。換言之，閱讀的重點在「興」，而非「造語」。謝榛不啻也在強調：李、杜的詩歌語言構作，得自眞實經驗的「感物起情」，並非單純的語言技藝。對學詩者而言，若僅將眼光投向語言表象，就會淪入摹擬之弊。前引謝榛批評時人學杜「摹擬太甚」，「殊非性情之眞」，這種窠臼正可歸咎於讀杜有欠精熟，無法深刻體會到杜詩的「興」之意義。[28]

其實，檢閱謝榛《詩家直說》，我們會發現有關「興」的討論不僅屢見，也還有更豐富的蘊含。一段最簡要的論述是：

> 詩有不立意造句，以興為主，漫然成篇，此詩之入化也。[29]

在理想的創作過程中，「興」不但居於主導，而且是和「立意造句」相對。爲了方便討論，可稱爲「主興」的創作型態。「漫然」原是水滿溢四流之景，無法人爲預設、控制，故可引伸爲隨意自如的心靈狀態；「漫然成篇」，係「主興」創作型態最重要

27　顏崑陽：〈從「言意位差」論先秦至六朝「興」義的演變〉，《詩比興系論》（臺北：聯經出版事業公司，2017），頁112。

28　此說與「提魂攝魄法」都著眼於一種更精熟、深層的閱讀觀念，確有類似之處，也都有超越摹擬之弊的現實意義。但「興」有別於「神氣」，後者是詩歌語言表現出來的某種情意或審美特質，前者則是指創作之源。

29　謝榛著，李慶立、孫慎之箋注：《詩家直說箋注》，卷1，頁142。

的特徵，指創作者無意爲詩，不會刻意追求某種特定的構思立意或語言形構，純任「興」之所發，渾成天然，盡謝斧鑿，這是「化」的境界。

這種創作型態和境界，謝榛有另一段更清楚的表述：

> 或造句弗就，勿令疲其神思，且閱書醒心；忽然有得，意
> 隨筆生，而興不可遏，入乎神化，初非思慮所及。或因字
> 得句，句由韻成，出乎天然，句意雙美。若接竹引泉而潺
> 湲之聲在耳，登城望海而浩蕩之色盈目。此乃外來者無
> 窮，所謂「辭後意」也。[30]

謝榛欲藉閱讀來激發創作構思，唐人已有措意。[31]依文中敘述，詩人之思重新激起後，就會「意隨筆生，興不可遏，入乎神化」，從構思立意到具體的用字造句都是渾然自如，這和前引文所提「主興」的創作型態意思一致。值得注意的是，謝榛給出了「辭後意」的標籤，其相對的標籤即爲「辭前意」：

> 今人作詩，忽立許大意思，束之以句則窘，詞不能達，意
> 不能悉。譬如鑿池貯青天，則所得不多；舉杯收甘露，則
> 被澤不廣。此乃內出者有限，所謂「辭前意」也。[32]

30　同前註，卷4，頁474-475。
31　可參閱王昌齡：《詩格》，張伯偉：《全唐五代詩格彙考》（南京：江蘇古籍出版社，2002），頁164。
32　謝榛著，李慶立、孫慎之箋注：《詩家直說箋注》，卷4，頁474。

從這段文字可以看出，謝榛之倡導「主興」，實因刻意立意造句之創作型態將會衍生辭不達意的問題。據其所述，創作者「忽立許大意思」，預先設計了特定的文意和表現方式，惟若受制於語言能力，原初的規劃終究難以呈現。這個問題，歸根究底源自創作者下筆之前預立「意思」，故稱爲「辭前意」。謝榛所倡導的「主興」，創作者乃是直面紛繁的宇宙世界，因感物而起情，其構思立意到用字造句皆是自然應運生發，就不會衍生辭不達意的問題。

更值得我們注意的是，「辭後意」、「辭前意」也是唐宋分際：

> 詩有辭前意、辭後意。唐人兼之，婉而有味，渾而無跡。宋人必先命意，涉於理路，殊無思致。[33]

「唐人」實被視爲「主興」的楷模，其對立面的宋人則是「必先命意」。可見謝榛「主興」之說，和他推舉唐詩實爲密切關連。其另文仍說：「唐人或漫然成詩」，亦可印證。[34]

在謝榛心目中，「盛唐詩」尤爲典型，故《詩家直說》有云：

> 盛唐人突然而起，以韻爲主，意到辭工，不假雕飾；或命意得句，以韻發端，渾成無跡，此所以爲盛唐也。宋人專

---

[33] 同前註，卷1，頁114-115。

[34] 同前註，卷1，頁117。文中稱爲「辭前意」，應爲「辭後意」之誤寫。

重轉合，刻意精煉，或難於起句，借用傍韻，牽強成章，此所以為宋也。[35]

謝榛在宋人「刻意」、「牽強」的對比下，凸顯盛唐人「突然而起」的感物起情狀態，從構思立意到用字造句都是純乎天然，所謂「不假雕飾」、「渾成無跡」。具體地就李白（701-762）來看，《詩家直說》記載：

宋人謂作詩貴先立意。李白斗酒百篇，豈先立許多意思而後措詞哉？蓋意隨筆生，不假布置。[36]

也呈現出盛唐李白和宋人的對比架構。

總括以上的討論，謝榛筆下的「興」，本是承續了傳統的「作者感物起情」之義，但他又將「興」視為一種無意為詩的創作型態，崇尚渾成天然的化境，以區隔於刻意的立意造句，當中正透露出唐宋分際。重新回到杜詩學的脈絡來看，謝榛仍是循著「主興」的角度來凸顯杜詩特質：

子美曰：「細雨荷鋤立，江猿吟翠屏」（〈暮春題瀼西新賃草屋五首〉其三），此語宛然入畫，情景適會，與造物同其妙，非沈思苦索而得之也。[37]

---

[35] 同前註，卷1，頁62。

[36] 同前註，卷1，頁116。

[37] 同前註，卷2，頁290。

宣稱杜甫佳句之妙，絕非「沈思苦索」而來。試參據前文的討論
可知，這正是「主興」的創作型態。再舉一例，據《詩家直說》
記載：

> 五言律首句用韻，宜突然而起，勢不可遏，若子美「落日
> 在簾鉤」（〈落日〉）是也。[38]

論及杜詩首句「落日在簾鉤」的特質，「突然而起，勢不可
遏」，相當於前引文所提的「突然而起」、「興不可遏」。這也
是肯定杜詩有濃烈的「興」之特質。

　　非常特別的是，謝榛還曾著墨於杜甫的「苦思」：

> 或曰：「詩，適情之具。染翰成章，自然高妙，何必苦
> 思，以鑿其真？」予曰：「『新詩改罷自長吟』（杜甫
> 〈解悶〉），此少陵苦思處。使不深入溟渤，焉得驪頷之
> 珠哉？」[39]

文中認為惟有「苦思」，才能創造佳作。這似是和「主興」完全
相反的觀念。可再參照謝榛和盧楠（1507-1560）的類似對話：

> 盧曰：「格貴雄渾，句宜自然。吾子何其太苦？恐刻削有
> 傷元氣爾。」曰：「凡靜臥宜想頭流轉，思未周處，病之

38　同前註，卷2，頁293。
39　同前註，卷2，頁202。

根也。數改求穩，一悟得純，<u>子美所謂『新詩改罷自長吟』是也</u>。吾子所作太速，若宿構然。再假思索，則無瑕之玉，倍其價矣！」[40]

謝榛強調創作之際的「思索」，仍舉杜詩爲證。《詩家直說》又載：

子美〈秋野〉詩：「水深魚極樂，林茂鳥知歸」（〈秋野五首〉其二），此適會物情，殊有天趣。然本於子建〈離思賦〉：「水重深而魚悅，林修茂而鳥喜」，二家辭同工異，<u>則老杜之苦心可見矣</u>！[41]

文中肯定杜甫〈秋野〉一詩爲佳作，卻隨即揭露杜詩源於曹植（192-232）〈離思賦〉。可見杜甫此詩的創作，縱使對於秋景心有所感，終究多了一層陶鑄曹賦的語言工夫。這就是一種值得肯定的「苦心」。

　　必須審辨的是，「苦思」的觀念，與「主興」的創作型態是否有所衝突？其實不然。「苦思」的觀念，乃是針對詩歌語言形構諸層面的藝術性求索；前述謝榛倡導「主興」，反對「沉思苦索」，則針對刻意立意造句的宋人創作型態，兩者關懷層面不同，不能混爲一談，卻別具辯證意味：謝榛認爲，杜詩的造語價值，必須以「興」爲基礎，絕非浮泛的文字技藝。然而，「苦

40　同前註，卷3，頁366。
41　同前註，卷4，頁465。

思」的觀念，透露出杜甫對於詩歌語言的究心經營，也極具價值。兩者不能偏廢。延續這個思路，謝榛在《詩家直說》中對於杜詩的語言形構諸層面，尤富有分析之興趣，構成其杜詩學的主要內容。下文隨即對此提出探討。

第三節　杜詩的「作手」

前文曾徵引謝榛《詩家直說》中的一段論述：「邈然想頭，工乎作手，悟而且精，李、杜不可及也」。李、杜詩歌價值，被歸結為「想頭」、「作手」。前者稍早已有討論；「作手」之義，試參照謝榛曾讚賞漢樂府〈孔雀東南飛〉筆觸：「此皆似不緊要，有則方見古人作手，所謂沒緊要處便是緊要處也」，[42]又如另一處泛談詩道：「夫能寫眼前之景，須半生半熟，方見作手」，[43]所提「作手」，皆為某種精妙的表現手法。「工乎作手」，乃指李、杜詩歌語言諸層面有很高超的藝術表現。其中，謝榛對於杜詩的「作手」，論述尤詳。[44]

初步來觀察，《詩家直說》記載：

> 宋之問「冀髮俄成素，丹心已作灰」，子美「白髮千莖

---

[42]　同前註，卷2，頁318。

[43]　同前註，卷3，頁341。

[44]　李、杜比較，謝榛對杜詩語言形構的分析份量尤為豐碩。這應是認為李白的詩歌創作，純任天才，「思無難易，語自超絕」，已臻於朱熹所稱「聖於詩」之境。是以，「子美可法，而太白未易法也」。引文出處同前註，卷4，頁482；卷3，頁346。

雪，丹心一寸灰」（〈鄭駙馬池臺喜遇鄭廣文同飲〉）；
張說「洞房懸月影，高枕聽江流」，子美「疏簾殘月影，
高枕遠江聲」（〈客夜〉）；李群玉「水流宵有意，雲泛
本無心」，子美「水流心不競，雲在意俱遲」（〈江
亭〉）；徐晶「翡翠巢書幌，鴛鴦立釣磯」，子美「翡翠
鳴衣桁，蜻蜓立釣絲」（〈重過何氏五首〉其三）；韋莊
「百年流水盡，萬事落花空」，子美「流水生涯盡，浮雲
世事空」（〈哭長孫侍郎〉）；陳陶「九江春水闊，三峽
暮雲深」，子美「九江春草外，三峽暮帆前」（〈游
子〉）。諸公句意相類，子美自優。[45]

謝榛透過大量摘句，比較杜詩和其他唐人之作，旨在凸顯「子美
自優」。在這個討論中，杜詩勝過他人之處，當然不是「相類」
的「句意」，實爲語言形構上各自不同的藝術手法。這類比較屢
見《詩家直說》，又如：

> 李陵曰：「明月照高樓，想見餘光輝」，子美曰：「落月
> 滿屋樑，猶疑照顏色」（〈夢李白二首〉其一）。……雖
> 有所祖，然青愈於藍矣。[46]

杜詩不僅超越唐人，在上引文的比較中，更儼然超越了李陵（?-
74 B.C.）。[47]回到唐詩的範圍，可再舉一例：

---

[45]　同前註，卷 2，頁 311。

[46]　同前註，卷 1，頁 106。

[47]　「明月照高樓，想見餘光輝」舊題李陵作，前人已辨爲後人擬託，然亦

　　武元衡曰：「殘雲帶雨過春城」，韓致光曰：「斷雲含雨
　　入孤村」，二句巧思，不及子美「澹雲疏雨過高城」
　　（〈院中晚晴懷西郭茅舍〉）句法自然。[48]

所摘杜甫和武元衡（758-815）、韓偓（844-923）之句，意境相
類，謝榛卻直指杜甫勝在「句法自然」。可見這是依據語言形構
的藝術表現，亦即「作手」，去肯定杜詩的崇高價值。謝榛的比
較還跨越了文類，《詩家直說》云：

　　傅咸〈螢火賦〉：「雖無補於日月兮，期自照於陋形。當
　　朝陽而戢景兮，必宵昧而是征。進不競於天光兮，退在晦
　　而能明。」駱賓王賦：「光不周物，明足自資。處幽不
　　昧，居照斯晦。」二子各有託寓，繁簡不同。子美「暗飛
　　螢自照」（〈倦夜〉）之句，意愈簡而辭愈工也。[49]

杜詩「暗飛螢自照」描寫螢火，謝榛持與傅咸（239-294）、駱
賓王（640-684）同為描寫螢火之賦對比，凸顯杜詩「意愈簡而
辭愈工」。「意愈簡」涉及五言詩句式較短小，然則杜詩之所以
超越前賦，關鍵在於「辭愈工」。換言之，杜詩展現了更精妙的
藝術性，這正是杜詩的「作手」。[50]

　　為「漢末年文士之作」。參閱逯欽立：《先秦漢魏晉南北朝詩》（北
　　京：中華書局，1983），卷 12，頁 336-337；全詩見頁 340。
[48] 謝榛著，李慶立、孫慎之箋注：《詩家直說箋注》，卷 2，頁 298。
[49] 同前註，卷 2，頁 317-318。
[50] 謝榛如此熱衷於杜詩和他人的比較議題，可能是為自己創設的「縮銀

　　謝榛對杜詩的「作手」，關懷層面遍及字法、句法、篇法、聲調、用事和情景描敘；特別的是，他還注意到杜詩的某些瑕疵。分項闡述如下——

一、字法、句法、篇法

　　對於杜詩的用字，謝榛很注意「虛」、「實」問題：

> 律詩重在對偶，妙在虛實。子美多用實字，高適多用虛字。惟虛字極難，不善學者失之。實字多則意簡而句健，虛字多則意繁而句弱。趙子昂所謂兩聯宜實是也。[51]

律詩體製，頷、頸二聯必須對偶，謝榛認爲箇中妙訣在於「虛」、「實」問題。一般而言，「實」指詩句中表示實體的名詞；「虛」是其他詞類，常用以形容、連接或表示物事的情態、動態。據文中所述，杜詩用字多「實」，高適（706-765）用字多「虛」。用字多「實」，會帶來「意簡」、「句健」的審美效果，這當是杜詩的佳處；對比之下，用字多「虛」，會導致「意繁而句弱」，這當是高適的缺陷。[52]謝榛也批評錢起（710-

---

　　法」立一張本。此法的要旨，乃是點化、改造前人詩句而展現更加新奇簡妙的語言藝術。但這種創作方法，是否終究令人難逃摹擬太甚之譏？恐怕不無疑慮。《詩家直說》中關於「縮銀法」的討論，可見前揭書，卷3，頁328、397-399。

51　同前註，卷1，頁98。

52　謝榛沒有舉出詩例，茲試就高棅《唐詩品彙》所收高適七律四首來檢視，如〈送前衛縣李寀少府〉頷聯：「怨別自驚千里外，論交卻憶十年時」、〈同陳留崔司戶早春宴蓬池〉頸聯：「池邊轉覺虛無盡，臺上偏

782）、劉長卿（709-780）「虛字太多，體格稍弱」、[53]「多用虛字，聲口雖好，格調漸下」；[54]甚至視爲「中唐詩」、「宋調」的具體癥結，[55]又批評陳師道（1053-1101）「虛字太多而無餘味」，[56]可知謝榛對虛字的態度，至爲審慎。這段文字旨在以杜詩爲楷模，倡導多用實字；爲此，文末還引述趙孟頫（字子昂，1254-1322）的說法，強調「兩聯宜實」。

儘管謝榛認爲杜詩使用實字卓然有成，堪爲後世楷模；但他隨即指出杜詩也有善用虛字的妙詣。《詩家直說》記載：

> 子美〈和裴迪早梅相憶〉之作，兩聯用二十二虛字，句法老健，意味深長，非巨筆不能到。[57]

宜酤酊歸」、〈夜別韋司士〉頷聯：「只言啼鳥堪求侶，無那春風欲送行」，虛字份量皆不少。四首中，惟有〈送李少府貶峽中王少府貶長沙〉頷、頸二聯：「巫峽猿啼數行淚，衡陽歸雁幾封書。青楓江上秋天遠，白帝城邊古木疏」，虛字較少。再檢《唐詩品彙》所收高適五律也有類似之情況，篇數較多，茲不具引。但這個問題不能一概而論，高適有實字較多之作，杜甫也有不少以虛字見長的特色篇章。所引高適詩，見高棅編，汪宗尼校訂，葛景春、胡永傑點校：《唐詩品彙》（北京：中華書局，2015），七律卷 2，頁 2769-2770。

53 謝榛著，李慶立、孫慎之箋注：《詩家直說箋注》，卷 4，頁 433。

54 同前註，卷 4，頁 491。

55 謝榛《詩家直說》云：「中唐詩虛字愈多，則異乎少陵氣象。……凡多用虛字便是講，講則宋調之根，豈獨始於元、白！」同前註，卷 4，頁 489。

56 同前註，卷 1，頁 150。

57 同前註，卷 1，頁 100。

試複按杜甫原詩：

> 東閣官梅動詩興，還如何遜在揚州。
> 此時對雪遙相憶，送客逢春可自由？
> 幸不折來傷歲暮，若為看去亂鄉愁，
> 江邊一樹垂垂發，朝夕催人自白頭。[58]

頸、頷二聯確實用了許多虛字，為清楚呈現，我在引文中添加虛圈（。）標示，實圈（·）則是註記實字。依前文的說法，多用虛字會導致「句繁而意弱」，這裡反倒是讚揚杜甫此詩「句法老健」、「意味深長」。可見杜甫雖被認為多用實字，卻也擅長駕馭虛字，而且這種使用虛字的本領更是他人所難能。

跳脫律詩對偶的脈絡來看，用字虛實的議題，直接涉及詩中情景描敘。故在情景的議題上，謝榛也對杜詩的語言表現讚譽有加：

> 景多則堆垛，情多則闇弱，大家無此失矣。八句皆景者，子美「棘樹寒雲色」是也。八句皆情者，子美「死去憑誰報」是也。[59]

這段文字仍是針對律詩而發，重心則移至情語、景語的份量問題。謝榛認為，情語、景語使用過多，就會衍發「堆垛」、「闇

---

58 杜甫著，蕭滌非主編：《杜甫全集校注》，卷8，頁2081。
59 謝榛著，李慶立、孫慎之箋注：《詩家直說箋注》，卷1，頁102。

弱」之失，杜甫獨無此失，是爲「大家」。謝榛對杜詩的崇拜，
可謂躍然紙上矣。但我們必須注意他的用法特殊。眾所周知，高
棅（1350-1423）《唐詩品彙》曾爲杜甫量身定製「大家」品
目，這是承接唐宋以降的「杜詩集大成」觀點，概指杜詩薈萃眾
美，雄深浩瀚而變幻莫測。謝榛讀過《唐詩品彙》，[60]不可能不
明瞭高棅的「大家」涵義。但他此處所提的「大家」，卻無此
義，純粹是指杜甫擅於驅駕情語、景語。換言之，此處的「大
家」涵義，應該純就字面來看，指杜甫「大作家」。[61]

　　正如謝榛另一處也曾推舉杜甫、王維（699-761）爲「大
家」：

> 劉禹錫贈白樂天兩聯用兩「高」字：「雪裏高山頭白
> 早」、「於公必有高門慶」，自注曰：「高山本高，高門
> 使之高，二義不同。」自怨如此。兩聯最忌重字，或犯首
> 尾可矣。子美曰：「江閣要賓許馬迎」、「醉於馬上往來
> 輕」，王維曰：「尚衣方進翠雲裘」、「萬國衣冠拜冕
> 旒」，二公重字，不害爲大家。[62]

此處，「大家」一詞的用法，仍非高棅那樣專屬於杜甫之義。這
段文字聚焦於「重字」的問題。「重字」，係指詩中重複用字。

60　參閱前揭書，卷4，頁489。
61　用字虛實的議題，和詩中的情景描敘難以分割。這裡僅簡單討論情語、
　　景語用之過當的份量問題，關於杜詩寫情狀景的造詣，稍後另闢專題討
　　論。
62　謝榛著，李慶立、孫慎之箋注：《詩家直說箋注》，卷2，頁246。

謝榛認為，律詩頷、頸二聯不應重複用字，否則可視爲瑕疵，如所舉劉禹錫之例；惟若其中一字是在首聯或尾聯，則不在此限，如所舉杜甫、王維之例。謝榛特別強調，杜、王雖然重字，仍是「大家」；這是因爲兩人避免了頷、頸二聯重複用字的疏失。

　　積字成句，故謝榛論杜甫用字，常會進一步觸及「造句」的層次。前述杜詩用字虛實而成「句健」、「句法老健」之效果，即是顯例。對杜甫的造句造詣，謝榛其實討論不少，如《詩家直說》又云：

> 子美「星垂平野闊，月湧大江流」（〈旅夜書懷〉），句法森嚴，「湧」字尤奇。可嚴則嚴，不可嚴則放過些子。若「鴻雁幾時到，江湖秋水多」（〈天末懷李白〉），意在一貫，又覺閒雅不凡矣。[63]

謝榛對杜甫句法的關注，仍著重於律詩的中間二聯，文中所舉之例皆然。他肯定杜詩「星垂」一聯的「湧」字之奇，而且「句法森嚴」。另一首杜詩的「鴻雁」一聯，屬於另一種妙處，其所謂「意在一貫」，當指對偶之中自有情意流動貫串。這兩個例子皆以寫景爲主，在謝榛解讀下，其句法實有各臻其妙的表現，從中當然也能凸顯杜甫詩歌語言的藝術表現臻於變化自如之境，「可嚴則嚴，不可嚴則放過些子」，殊無一成不變的常規。

　　從唐代七律詩史的脈絡來看，謝榛也能察見杜甫七律用字的大膽進而造成句法的突破、變化。《詩家直說》非常細膩地指

63　同前註，卷1，頁160。

出：

> 七言近體，起自初唐應制，句法嚴整，或實字疊用，虛字
> 單使，自無敷演之病。如沈雲卿〈興慶池侍宴〉：「漢家
> 城闕疑天上，秦地山川似鏡中」，杜必簡〈守歲侍宴〉：
> 「彈弦奏節梅風入，對局探鈎柏酒傳」，宋延清〈奉和幸
> 太平公主南莊〉：「文移北斗成天象，酒近南山獻壽
> 杯」，觀此三聯，底蘊自見。曁少陵〈懷古〉：「一去紫
> 臺連朔漠，獨留青塚向黃昏」，此上二字雖虛，而措辭穩
> 帖。〈九日藍田崔氏莊〉：「藍水遠從千澗落，玉山高並
> 兩峰寒」，此中二字亦虛，工而有力。[64]

文中舉出初唐和杜甫七律討論用字虛實的議題；為方便觀察，仍
在所引詩中添加實圈（‧）標示實字，虛圈（。）標示虛字。謝
榛認為，初唐七律聯句中，實字常見疊用成詞，虛字則是單獨出
現。沈佺期（656?-719?）、杜審言（648?-708）、宋之問（656?-
712?）七律之例，實字未必盡屬疊用，虛字完全都是單使。這種
作法有一個重要的意義，即避免「敷演之病」。「敷演」指陳述
而發揮之，虛字假如使用過多，對詩中所提物象形成指示、說明
或連接的作用，詩意就會愈有清晰的呈現；從另一個角度來說，
如此可能就會句意繁密而欠簡鍊、散緩而乏骨力。前述謝榛說高
適多用虛字，故「意繁而句弱」，正是此意。初唐詩人為「應
制」的現實需求，追求瑰偉雄麗的意境，自然就會刻意限縮虛字

64　同前註，卷4，頁488-489。

的使用，而多用實字。在沈佺期等人的聯句中，虛字幾乎只是點綴性質，其瑰偉雄麗的意境，主要是仰靠實字疊用支撐起來。杜甫的七律改變了這種慣例，謝榛所舉兩聯，實字仍為疊用，虛字也有單使，最顯著的變異則是虛字疊用，如「一去」、「獨留」、「遠從」、「高並」。虛字的增加，誠然壓縮了實字原有的使用空間，但杜詩突破七律既有的句法之餘，尚能「穩帖」、「工而有力」，不致「敷演」，益顯難能可貴。

　　依謝榛的描述，杜甫不純然僅是善於用字造句的詩人，更是一位極具創造力宏富的大宗師。至於積字成句後，詩句在篇中的位置安排，便進入「篇法」的討論範疇。謝榛對杜甫篇法討論其實不多，茲先舉一例。謝榛引「遜軒子」云：

> 唐人中識鋒犯者，莫如子美。其「落日在簾鈎」（〈落日〉）之作，亦難以句匹者也，故置之首句，俊麗可愛。使束於聯中，未必若首句之妙；學者觀其全篇，起、結雄健，頸、頷微弱可見矣。[65]

遜軒子，指朱胤椊，字遜軒；[66]明代宗藩，謝榛詩友。[67]謝榛隨後讚賞朱氏「博學嗜詩，志在古雅，且得論詩之法」，[68]想必也

---

[65]　同前註，卷4，頁484。

[66]　陳田：《明詩紀事》（上海：上海古籍出版社，1993），甲籤卷2下，頁80。

[67]　參閱連文萍：《詩學正蒙——明代詩歌啟蒙教習研究》（臺北：里仁書局，2015），頁200。

[68]　謝榛著，李慶立、孫慎之箋注：《詩家直說箋注》，卷4，頁484。

贊同上述的論見，故亦錄入《詩家直說》。文中提到「鋒犯」的
概念，舉杜甫五律〈落日〉爲例，認爲其中「落日在簾鉤」一句
實屬佳句，杜甫置之首句甚爲允當；若置於頷、頸二聯，就未必
能顯出妙處。這和「鋒犯」的議題有何關連？試參看朱胤梢同文
中稍早的說法：

> 凡作詩，貴識鋒犯，而最忌偏執。偏執不惟有焦勞之患，
> 且失詩人優柔之旨。如賈島「獨行潭底影」，其詞意閒
> 雅，必偶然得之，而難以句匹。當入五言古體，或入仄韻
> 絕句，方見作手。而島積思三年，局於聲律，卒以「數息
> 樹邊身」爲對，不知反爲前句之累。其所爲「一句三年
> 得，吟成雙淚流」，雖曰自惜，實自許也。不識鋒犯，偏
> 執不回，至於如此。[69]

「獨行潭底影，數息樹邊身」，乃賈島（779-843）費盡多年心
思打造的聯句，惟盼獲得「知音」賞愛。[70]但朱胤梢和謝榛顯然
不是他的知音，依文中所述，賈島是先得「獨行潭底影」一佳
句，再刻意尋思「數息樹邊身」一句來對偶，殊不知前句反爲後
句所累，此即「偏執」、「不識鋒犯」。「偏執」指賈島那種刻
意追求對偶的執著之心，可知「鋒犯」就是指單一佳句未必適合
屬對，卻刻意追求對偶。杜詩的「落日在簾鉤」佳句，置之首句
而非頷、頸二聯，體製上毋須求對，在朱胤梢和謝榛看來，可謂

---

69 同前註，卷4，頁483-484。

70 參閱辛文房著，傅璇琮主編：《唐才子傳校箋》第 2 冊（北京：中華書
局，1989），頁332。

對「鋒犯」之道深有體悟。

簡括來說,「鋒犯」指不需強求對偶,故「落日在簾鉤」置之首句,適能彰顯妙處。但有一種情況是杜甫刻意在律詩首句對偶,亦即體製上毋須對偶而刻意求對。謝榛未必以爲然,事涉杜詩指瑕,容後再作辨析。

二、聲 調

「歌詠之以求聲調」,「聲調」既是謝榛學古的重心之一,也是他詩歌創作的強項。[71]一般來說,「聲調」指詩作的語言文字經吟詠後呈現的某種聲音調性。但這絕非隨意吟哦可致,謝榛曾在一次和林燫(字貞恆,?-1579)聚會論詩的場合中指出,還必須以用字之平仄爲基礎:

> 予一夕過林太史貞恆館留酌,因談詩法妙在平仄四聲,而有清濁、抑揚之分。試以「東」、「董」、「棟」、「篤」四聲調之,「東」字平平直起,氣舒且長,其聲揚也;「董」字上轉氣咽,促然易盡,其聲抑也;「棟」字去而悠遠,氣振愈高,其聲揚也;「篤」字下入而疾,氣收漸然,其聲抑也。夫四聲抑揚,不失疾徐之節,惟歌詩者能之,而未知所以妙也。非悟何以造其極,非喻無以得其狀。譬如一鳥,徐徐飛起,直而不迫,甫臨半空,翻若

---

71 王世貞書牘〈張思理〉云:「惟於仄韻疊句,小妨吟咀。蓋中原之音,多以平入仄。若獻吉、于鱗、茂秦無此累矣,其他名家少有能避者。」見氏著:《弇州四部稿》(《景印文淵閣四庫全書》第 1279-1284 冊,臺北:臺灣商務印書館,1983),續稿卷 204,頁 4 上。

少旋，振翮復向一方，力竭始下，塌然投於中林矣。沈休文固已訂正，特言其大概。若夫句分平仄，字關抑揚，近體之法備矣。[72]

眾所周知，「平仄四聲」指平、上、去、入。四聲是漢字固有的音調，在近體詩中也有固定的體製規範，可見四聲並不即為「聲調」。李東陽（1447-1516）《懷麓堂詩話》已有辨明，認為「聲調」特指更深入的「輕重清濁長短高下緩急」。[73]上引文中，謝榛觀點基本一致，也是進一步指向「清濁」、「抑揚」。實際上，後續並未繼續討論「清濁」，僅討論「抑揚」，頗疑他的「清濁」、「抑揚」同屬一事，故毋須重複贅提。但以「清濁」論音聲之說，前此可見《禮記注疏・樂記》記載：宮為最濁，商為次濁，角為半清半濁，徵為微清，羽為最清。[74]以「清濁」論音聲，必須配合「宮商角徵羽五音」系統，而非「平仄四聲」系統；可知謝榛在「平仄四聲」基礎上提出「清濁」概念，未必是嚴謹的作法。

---

72 謝榛著，李慶立、孫慎之箋注：《詩家直說箋注》，卷3，頁356。

73 李東陽《懷麓堂詩話》云：「今之歌詩者，其聲調有輕重清濁長短高下緩急之異，聽之者不問而知其為吳、為越也。漢以上古詩弗論，所謂律者，非獨字數之同，而凡聲之平仄，亦無不同也。然其調之為唐、為宋、為元者，亦較然明甚。」可知李東陽所指之聲調，非關「平仄」。引文見李慶立校釋：《懷麓堂詩話校釋》（北京：人民文學出版社，2009），頁134。

74 鄭玄注，孔穎達疏：《禮記注疏》（《十三經注疏》第5冊影印清嘉慶二十年江西南昌府學刻本，臺北：藝文印書館，1997），卷37〈樂記〉，頁664。

　　謝榛討論「抑揚」，雖略可對應於李東陽的觀點；但李東陽重在區辨聲調非指平仄而指「輕重清濁長短高下緩急」，謝榛聲調說的創新，則是認爲「平仄」、「抑揚」有所關連。換言之，「平仄」雖不等於「抑揚」，但用字的平仄及其在句或篇中的構造，對吟詠所發的聲調抑揚當有影響；這也是李夢陽曾予留意的現象。[75]爲便後續討論，茲將「平仄」、「抑揚」的關係釐爲下表：

表一：謝榛所論「平仄」、「抑揚」關係對照表

漢字音調		詩歌聲調	例字與說明
平	平	揚	「東」字平平直起，氣舒且長，其聲揚也。
仄	上	抑	「董」字上轉氣咽，促然易盡，其聲抑也。
	去	揚	「棟」字去而悠遠，氣振愈高，其聲揚也。
	入	抑	「篤」字下入而疾，氣收漸然，其聲抑也。

要之，謝榛的聲調說，指依詩中用字平仄加以抑揚的歌吟，如「平」、「去」之字爲「揚」之聲調，「上」、「入」之字爲「抑」之聲調。「平仄」、「抑揚」的對照，有何根據？謝榛沒有明示，別人可能也會有不盡相同的對照框架。[76]但我們試以河

75　簡錦松〈李夢陽詩論之「格調」新解〉指出：「李夢陽及其師友在學古過程中，對杜詩的平仄現象，體會旣深且微。吾人固不必強調『平仄』與『調』關係如何緊密，但揣摩平仄，當爲學習格調的重要手段，而且，不同的平仄結構，在吟詠時也應該會有所影響，脫離平仄而論『格調』，似有缺憾。」文見中國古典文學研究會主編：《古典文學》第15集（臺北：臺灣學生書局，2000），頁34。

76　元人陳繹曾《詩譜》便有不同的分類判斷。其聲調說可參閱張健：〈音

洛話發音，就會發現他的四聲抑揚對照均頗合理，尤其是指出上聲字（如「董」）發音難顯悠揚，聲調下沉為「抑」，實屬貼切。是知謝榛聲調說雖以用字平仄為基礎，但其歌吟或抑或揚，洵非只是紙上談兵的分類作業。

　　儘管謝榛具體舉出「東」、「董」、「棟」、「篤」等「字」來闡述抑揚聲調，但務必注意的是，其聲調說的基本單位並非「字」，乃是積字而成的「句」。前引文云「句分平仄，字關抑揚」，便是指句中的平仄用字構造顯現了抑揚的聲調。他隨後的一段說法配合舉例可相印證：

> 夫平仄以成句，抑揚以合調。揚多抑少，則調勻；抑多揚少，則調促。若杜常〈華清宮〉詩：「朝元閣上西風急，都入長楊作寸聲」，上句二入聲，抑揚相稱，歌則為中和調矣。王昌齡〈長信秋詞〉：「玉顏不及寒鴉色，猶帶昭陽日影來」，上句四入聲相接，抑之太過；下句一入聲，歌則疾徐有節矣。劉禹錫〈再過玄都觀〉詩：「種桃道士歸何處，前度劉郎今又來」，上句四去聲相接，揚之又揚，歌則太硬；下句平穩。此一絕二十六字皆揚，惟「百畝」二字是抑。又觀〈竹枝詞〉所序，以知音自負，何獨忽於此邪？[77]

　　調的消亡與重建：元明清詩學有關詩歌音樂性的論述（上）〉，國立政治大學中文系、國立清華大學中文系主辦：「文學閱讀的觀念與方法：中國文學批評研究工作坊」（2017 年 6 月 10-11 日），頁 19。

77　謝榛著，李慶立、孫慎之箋注：《詩家直說箋注》，卷 3，頁 358。

文中開宗明義表示，所談的聲調說，係以「句」之平仄用字求其抑揚之「調」，故所謂「調」，限指句之調。文中所舉杜常〈華清宮〉、王昌齡（698-756）〈長信秋詞〉、劉禹錫（772-842）〈再過玄都觀〉之例證和分析，亦皆就「句」言之。此處雖未直接論及杜詩，但歸納謝榛的分析模式，我們不難歸結出其聲調說的若干基本理念，作爲後續考察的基礎。請注意：謝榛對杜常詩的討論僅針對「上句」，認爲「朝元閣上西風急」，「閣」、「急」二字爲入聲，屬「抑」；其餘「朝」、「元」、「西」、「風」爲平聲，「上」爲去聲，皆屬「揚」。可見此句「揚多抑少」，故「調勻」，也就是「中和調」。謂之「中和」，謝榛顯然十分欣賞。再看王昌齡詩，謝榛認爲「玉顏不及寒鴉色」，七字之中，就有「玉」、「不」、「及」、「色」是入聲，其餘三字爲平聲，這是「抑多揚少」，是「調促」、「抑之太過」；而且，抑調全爲入聲，也難免顯得單調，這當是此句有欠理想的另一原因。相對來說，王昌齡「猶帶昭陽日影來」，僅「日」爲入聲，「影」爲上聲，屬「抑」，其餘五字或平或去皆屬「揚」，可見這又是一個「揚多抑少」之例，謝榛譽爲「徐疾有節」。尤可注意劉禹錫上句「種桃道士歸何處」，七字或平或去皆屬「揚」，完全沒有「抑」的成分；更特別的是，「種」、「道」、「士」、「處」高達四字是去聲，依前述以「棟」字描述的聲調特性，去聲之調，「氣振愈高」，似會帶給人凌厲剛健之感，有別於平聲「氣舒且長」的徐緩之感。可見平、去同爲「揚」，但須再有分野。謝榛評劉詩此句「揚之又揚」、「歌則太硬」，一味求「揚」或去聲字使用過多，實欠妥當。至於「前度劉郎今又來」，七字或平或去皆屬「揚」，似和上句情況相

仿，謝榛反倒稱爲「平穩」，其原因正是僅有「度」、「又」二字爲去聲字，其餘皆平聲字，平多去少，聲調遂有別於上句。文末，謝榛還質疑劉禹錫全篇（七絕）二十八字中，僅有「百畝」二字屬「抑」，其餘皆「揚」，抑揚如此懸殊，同樣並非好事。綜觀以上的解讀，謝榛聲調說的條例可歸結如下：

1. 理想的聲調是「揚多抑少」、「抑揚相稱」、「徐疾有節」。這類情況，謝榛又概稱爲「調勻」、「中和調」。如杜常詩上句、王昌齡詩下句。

2. 反之，「抑多揚少」就是「調促」，如王昌齡詩上句。

3. 在「抑」之中，不應偏用入聲，否則易致迫促、單調之感，如王昌齡詩上句。在「揚」之中，不應偏用去聲，否則就會「揚之又揚」、「太硬」，如劉禹錫詩上句。平聲宜多於去聲，方稱「平穩」，如劉禹錫詩下句。謝榛並未明示句中能否偏用上聲或平聲，但爲求聲調變化有致，應避免。

4. 宜抑揚互濟，不應一味求「揚」，如劉禹錫詩全篇。

據這些條例，實有助於更好地理解《詩家直說》的兩段話。首先：

> 杜牧之〈開元寺水閣〉詩云：「六朝文物草連空，天澹雲閒今古同。鳥去鳥來山色裡，人歌人哭水聲中。深秋簾幕千家雨，落日樓臺一笛風。惆悵無因見范蠡，參差煙樹五湖東。」此上三句落腳字，皆自吞其聲，韻短調促，而無抑揚之妙。因易爲「深秋簾幕千家月，靜夜樓臺一笛

風」，乃示諸歌詩者，以予為知音否邪？[78]

緊連著的下一段是：

> 王摩詰〈送少府貶郴州〉、許用晦〈姑蘇懷古〉二律，亦
> 同前病。豈聲調不拘邪？然子美七言，近體最多，凡上三
> 句轉折抑揚之妙，無可議者，其工於聲調，盛唐以來，
> 李、杜二公而已。[79]

後一段文字提到「亦同前病」，可見這兩段話實屬一體，必須一
併討論。要之，前文認為杜牧〈題宣州開元寺水閣閣下宛溪夾溪
居人〉「上三句落腳字」聲調欠佳；後文認為王維、許渾（791?-
858?）同有此病，相形之下，李、杜聲調之妙堪稱典範。欲知杜
詩聲調妙在何處，就須參據上述條例，先揭明杜牧的病癥所在。
「上三句落腳字」，指倒數三聯中上句末字，即杜牧詩中
「裡」、「雨」、「蠹」。必須注意的是，謝榛所謂聲調不佳，
非專指三字，而是指由三字造成整聯聲調失當。為便凸顯問題，
我們可列出此詩和謝榛所改的平仄和抑揚狀況：

78　同前註，卷3，頁359。
79　同前註，卷3，頁360。

表二：杜牧詩與謝榛改詩平仄和聲調對照表

位置	杜牧原詩	謝榛改詩
首聯	六朝文物草連空，天澹雲閒今古同。 入平平入上平去，平去平平平上平。 抑揚平抑抑揚揚，揚揚揚揚揚抑揚。	
頷聯	鳥去鳥來山色裡，人歌人哭水聲中。 上去上平平入上，平平入上平去平。 抑揚抑揚揚抑抑，揚揚抑揚揚揚揚。	
頸聯	深秋簾幕千家雨，落日樓臺一笛風。 平平平入平平上，入入平平入入平。 揚揚揚抑揚揚抑，抑抑揚抑揚抑揚。	深秋簾幕千家月，靜夜樓臺一笛風。 平平平入平平入，上去平平入入平。 揚揚揚抑揚揚抑，抑揚揚揚抑抑揚。
尾聯	惆悵無因見范蠡，參差煙樹五湖東。 平去平平去上上，平平平去上平平。 揚揚揚揚揚抑抑，揚揚揚揚抑揚揚。	

※表中的方框（□），用以明示倒數三聯上句末字位置。

透過此表，可清楚看出杜牧原詩中的兩點現象：首先，倒數三聯上句末字，皆為上聲，聲調屬抑。上聲如前揭「董」字「上轉氣咽，促然易盡」，這也就是上引文所說的「自吞其聲」；其次，若以「聯」為單位來看，頷、頸二聯有抑之過甚的狀況，如頷聯上句、頸聯下句皆為抑多揚少，這便是引文所指「韻短調促」。無論是哪一點現象，都會導致此詩聲調短促、迫促，難顯悠長之感。謝榛雖僅針對頸聯來改詩，實是對症下藥：首先，他將「雨」改為「月」，連帶就將上聲改為入聲，聲調雖維持在抑，但入聲如前揭「篤」字「下入而疾，氣收漸然」，雖迅速收音卻無短促、迫促的疑慮。推考謝榛之意，應非全然反對上句末字用上聲，否則無意劃地自限，而且也有太多經典名作是用上聲；他

的質疑，應是針對杜牧此詩倒數三聯上句末字全爲上聲，形成既抑沉又單調的情況。其次，由於使用「月」之意象，謝榛將下句「落日」改爲「靜夜」，不僅意境相符，更有兩點聲調上的好處：一是「落日」爲入入，造成此句七字之中有四入聲，正如王昌齡〈長信秋詞〉「抑之太過」，謝榛改爲「靜夜」，削弱了此句原本的入聲份量，平仄四聲之運用更富於變化。第二項好處，原本頸聯下句是抑多揚少，改爲「靜夜」後變成「揚多抑少」，銷解了原本的聲調迫促問題。謝榛的改詩，最初雖是針對頸聯上句末字，其實牽一髮動全身，竟使整聯的聲調更臻其妙。可知他的聲調說，雖以一句中的用字平仄爲基本單位，也將影響到一整聯的聲調設計。[80]

謝榛認爲，杜甫七律「上三句轉折抑揚之妙」，並無上述的各種缺陷。據此，我們當可正面推知杜詩的聲調之妙，應指詩聯（特別是倒數三聯）並不單純使用上聲字，且無抑之太甚、聲調迫促的情況。謝榛沒爲杜詩舉例，今由杜集中訪得〈詠懷古跡五

---

[80] 王維〈送楊少府貶郴州〉、許渾〈姑蘇懷古〉與杜牧同病。先錄二詩如下，王詩：「明到衡山與洞庭，若爲秋月聽猿聲？愁看北渚三湘近，惡說南風五兩輕。青草瘴時過夏口，白頭浪裏出湓城。長沙不久留才子，賈誼何須弔屈平。」倒數三聯上句末字「近」、「口」、「子」皆上聲。許詩：「宮館餘基輟棹過，黍苗無限獨悲歌。荒臺麋鹿爭新草，空苑鳧鷖佔淺莎。吳岫雨來虛檻冷，楚江風急遠帆多。可憐國破忠臣死，日月東流生白波。」「草」、「冷」、「死」亦皆上聲。王維、許渾因非本文重心，詳細分析從略，讀者實不難自考知也。王維詩見陳鐵民校注：《王維集校注》（北京：中華書局，1997），卷7，頁627。許渾詩見氏著，羅時進箋證：《丁卯集箋證》（南昌：江西人民出版社，1998），卷6，頁132。

首（其三）〉來對比；[81]此詩和杜牧前揭詩韻部同屬上平一東韻，主題都是懷古，意境情調亦相彷。謹列表呈現杜詩和平仄、聲調配置如下：

表三：杜甫〈詠懷古跡五首（其三）〉的平仄和聲調配置

位置	杜甫詩句
首聯	蜀主窺吳幸三峽，崩年亦在永安宮。 入上平平上平入，平平入去上平平。 抑抑揚揚抑揚抑，揚揚抑揚抑揚揚。
頷聯	翠華想像空山裏，玉殿虛無野寺中。 去平上上平上，入去平平上去平。 揚揚抑抑揚揚抑，抑揚揚揚抑揚揚。
頸聯	古廟杉松巢水鶴，歲時伏臘走村翁。 上去平平平上入，去平入入上平平。 抑揚揚揚揚抑抑，揚揚抑抑抑揚揚。
尾聯	武侯祠屋長鄰近，一體君臣祭祀同。 上平平入平去，入上平平去上平。 抑揚揚抑平揚揚，抑抑揚揚揚抑揚。

※表中的方框（□），用以明示倒數三聯上句末字位置。

杜甫此詩倒數三聯上句末字，「裏」字上聲、「鶴」字入聲、「近」字去聲；亦即雖用上聲，但並不全為上聲，故不致既抑沉又單調。這是和杜牧前揭詩極有分野之處。再者，杜牧詩的頷聯上句、頸聯下句，還伴隨抑多揚少、聲調促然的缺失；杜詩完全無此疑慮。[82]

81　杜詩見蕭滌非主編：《杜甫全集校注》，卷13，頁3854。

82　杜詩首聯上句是抑多揚少，但抑調字或上或入，並不單調。這是依據前

　　總之，謝榛前引文指出，盛唐以來，李白、杜甫最為「工於
聲調」。這其實是就「上三句落腳字」的平仄四聲和抑揚配置狀
況來說的，也連帶觸及該句或該聯的聲調評判。特別的是，謝榛
又從篇章結構角度來談杜甫七律聲調：

> 凡七言八句，起承轉合，亦具四聲，歌則揚之抑之，靡不
> 盡妙。如子美〈送韓十四江東省親〉詩云：「兵戈不見老
> 萊衣，歎息人間萬事非」，此如平聲揚之也。「我已無家
> 尋弟妹，君今何處訪庭闈」，此如上聲抑之也。「黃牛峽
> 靜灘聲轉，白馬江寒樹影稀」，此如去聲揚之也。「此別
> 應須各努力，故鄉猶恐未同歸」，此如入聲抑之也。[83]

這段文字原是承接前引謝榛和林燫論聲調處，可知「起承轉合，
亦具四聲」，就是將律詩篇章結構的「起承轉合」，比擬為「平
仄四聲」，進而推尋其抑揚聲調。所舉杜甫〈送韓十四江東觀
省〉之例，首聯「起」是「平聲揚之」，頷聯「承」是「上聲抑
之」，頸聯「轉」是「去聲揚之」，尾聯「合」是「入聲抑
之」。茲就杜詩逐字的平仄和抑揚聲調配置情況，結合謝榛此說
整理為下表：

揭的第 3 項謝榛聲調說條例，作成的評議，故不成問題。再者，謝榛原
　文的討論脈絡原是針對「上三句落腳字」，首聯暫不在考慮範圍內。
[83] 謝榛著，李慶立、孫慎之箋注：《詩家直說箋注》，卷3，頁356-357。

表四：杜甫〈送韓十四江東覲省〉的結構、平仄和聲調對照表

結構	杜詩的平仄和聲調	謝榛分析
起 （首聯）	兵戈不見老萊衣，歎息人間萬事非。 平平入去上平平，去入平平去去平。 揚揚抑揚抑揚揚，揚抑揚揚揚揚揚。	此如平聲揚之也。
承 （頷聯）	我已無家尋弟妹，君今何處訪庭闈。 上上平平平上去，平平平去去平平。 抑抑揚揚揚抑揚，揚揚揚揚去揚揚。	此如上聲抑之也。
轉 （頸聯）	黃牛峽靜灘聲轉，白馬江寒樹影稀。 平平入上平平上，入上平平去上平。 揚揚抑抑揚揚抑，抑抑揚揚抑揚揚。	此如去聲揚之也。
合 （尾聯）	此別應須各努力，故鄉猶恐未同歸。 上入平平入上入，去平平上去平平。 抑抑揚揚抑抑抑，揚揚揚抑揚揚揚。	此如入聲抑之也。

在表中杜詩逐字的平仄和抑揚聲調配置對照下，益可凸顯謝榛此
處說法的簡略。他並不著眼於個別用字或詩句，而是綜合概括整
聯的平仄和抑揚聲調，試圖呈現杜詩的「起承轉合」結構，表現
了錯落有致的聲調之美。問題是，「起承轉合」指篇章結構，
「平仄四聲」指漢字音調，這兩套不同的觀念系統如何比擬？由
表中來看，杜詩逐句的平仄和抑揚聲調配置，實頗多樣，為何可
以簡化為單一特定的平仄和抑揚聲調？這是謝榛沒有敘明的問
題，似不易確切索解。個人試加推測，首聯「起」，十四字中平
聲高達七字，或許是謝榛概括為「此如平聲揚之」的依據。頷聯
「承」，平聲雖然較之首聯為多，但上聲成分不但增加了；而且
上句首二字連用二上聲，其抑抑的聲調也對首聯下句連用五揚，
形成顯著的轉折，這或許是「此如上聲抑之」的依據。頸聯

「轉」，雖然揚多抑少，但十四字之中去聲僅一字，平聲則仍高達七字，何以能說「此如去聲揚之」？尾聯「合」，上句五抑二揚，而且五抑中入聲佔其三，相對於前面詩句儼有急轉直下之感，這確實是全篇絕無僅有的特色，或許即爲「此如入聲抑之」的依據。以上雖然盡力推測，仍有一些現象無法妥貼解釋；不難察覺，謝榛以單一特定的平仄和抑揚聲調概括杜詩全聯，縱可視爲一種以簡御繁的方便法門，卻未必是嚴謹之見。這和當時背景是謝榛和友人林燫飲酒談藝之輕鬆聚會，當有關連。儘管如此，就「杜詩學」的脈絡來說，至少透露出杜詩的「工於聲調」，於前述用字和煉句方面之外，在謝榛眼中還包括了篇章結構的宏觀層次。

　　有關「聲調」的議題，尚須注意到《詩家直說》云：

> 唐人歌詩，如唱曲子，可以協絲簧，諧音節。晚唐格卑，聲調猶在。及宋柳耆卿、周美成輩出，能爲一代新聲，詩與詞爲二物，是以宋詩不入弦歌也。[84]

可見謝榛如此熱衷於「聲調」議題，仍是具有判別唐宋分際的意義。換言之，杜詩「工於聲調」，其實乃是體現了唐詩的特色，也因此和宋詩涇渭二分。

三、用事與情景描敘

　　一般認爲，「用事」指用典隸事，亦即在詩中使用精煉的文

---

[84]　同前註，卷1，頁96。

辭來濃縮、概括古代典籍中的特定人物或事蹟。「情」、「景」
的要素及其關係，乃是古典詩學中的一大議題，此處概指詩中的
情語、景語表現及其相互交融的狀態。兩者各有重心，然皆涉及
創作素材，可一併討論。

　　首先應注意的是，謝榛雖推崇杜詩的「用事」，但定義相當
特殊：

　　　用事多則流於議論。子美雖為詩史，氣格自高。[85]

一般定義下的「用事」，與「議論」並無直接關連。在謝榛的脈
絡中，「用事」卻與「議論」緊密連動，且和杜甫的「詩史」有
關。初步看來，所提「用事」一詞的涵義，應當非比尋常。

　　唐宋以降，特別是隨著杜詩學的討論脈絡，「詩史」的涵義
日趨繁雜。[86]參據楊慎（1488-1559）《升庵詩話》所云：「宋人
以杜子美能以韻語紀時事，謂之『詩史』」，[87]指杜甫透過詩體
記載時事，其中自然也有議論時事的內容。謝榛的說法應較接近
楊慎。值得留心的是，《詩家直說》並未再用「詩史」一詞，卻
曾提到「史詩」，謝榛指出：「史詩勿輕作，或己事相觸，或時

85　同前註，卷1，頁32。

86　張暉曾歸納晚唐至清代關於「詩史」一詞的涵義，計有十七種之多。見
　　氏著：《中國「詩史」傳統》（北京：三聯書店，2012），頁 263-
　　264。

87　楊慎著，王大厚箋證：《升庵詩話新箋證》（北京：中華書局，
　　2008），卷4〈詩史〉，頁212。

政相關，或獨出斷案」，[88]這段敘述當然迥別於西洋文學傳統中的「史詩」（epic），[89]據「己事」、「時政」云云，可知仍為前述「詩史」之義，「獨出斷案」則指詩人在詩中作出的評斷、判斷，這也就是一種議論性的內容。重新回到上引文來看，謝榛所提「用事」，實即為「詩史」，係指杜詩內容紀敘時事，藝術表現卻能「氣格自高」。所謂「氣格」，乃指一種氣力充暢的藝術形相，源自詩人的生命力；[90]謝榛係指杜詩並非單純為外在事件的記錄，詩中其實充溢著杜甫濃烈渾厚的抒情性格。換言之，依謝榛之見，「議論」原本是以詩敘事時難免的缺點，杜詩則擺脫了這類缺點。

　　然而，謝榛是否注意過杜詩使用典故的情況呢？遍閱《詩家直說》僅二例，請先看下面一例：

> 杜少陵「避人焚諫草」（〈晚出左掖〉）之句，善用羊祜事，此即晏子「諫乎君不華乎外」之意。[91]

88　謝榛著，李慶立、孫慎之箋注：《詩家直說箋注》，卷 1，頁 126。

89　「詩史」之異於「史詩」，學界已有許多討論。最簡要者，可見龔鵬程：〈論詩史〉，《詩史本色與妙悟》增訂版（臺北：臺灣學生書局，1993），頁 32-34。

90　「氣格」之義，參閱顏崑陽：《六朝文學觀念叢論》（臺北：正中書局，1993），頁 352。謝榛非常重視「氣格」，《詩家直說》另云：「氣格高，雖拘對，不害為大家」，又如單舉「氣」字：「少陵『甲子混泥途』（〈贈韋左丞丈濟〉）」之句，氣自沉著，體自厚重」、〈詩家直說自序〉：「曁李、杜二老并出，以骨為主，以氣為主」，皆可證也。引自氏著，李慶立校箋：《謝榛全集校箋》，卷 26「補逸詩家直說三十四則」，頁 1319、1325、1327。

91　謝榛著，李慶立、孫慎之箋注：《詩家直說箋注》，卷 1，頁 159。

歷來評者對於杜甫〈晚出左掖〉，總是格外讚嘆「避人焚諫草」，認為生動表現了杜甫事君的忠直敦厚。[92]謝榛也不例外，惟特別揭明杜詩使用羊祜（221-278）之典，《晉書‧羊祜傳》記載：「（羊祜）嘉謀讜議，皆焚其草，故世莫聞」，[93]且深合春秋齊國晏子（?-500 B.C.）之說。[94]為何這樣就是「善用」典故？我們實際閱讀杜詩，實可發現杜詩此句的忠直敦厚之心，不僅貼切典故，絕無浮泛之虞；而且即使不懂羊祜故事和晏子之說，也完全能讀懂詩意，可見杜甫是用典於無形，渾然天成，這當然是「善用」。恰如另外一例：

> 《世說新語》：「徐孺子九歲時，嘗月下戲。或云：『若令月中無物，當極明邪？』」子美詩：「斫卻月中桂，清光應更多」（〈一百五日夜對月〉），意祖于此。<u>造句奇拔，觀者不覺用事</u>，所謂「讀書破萬卷，下筆如有神」（〈奉贈韋左丞丈二十二韻〉），杜老不欺人也。[95]

謝榛認為杜詩使用《世說新語》之典，已達到令人「不覺」的渾然之境，這同是前述的善於用典。但玩味這段文字，「造語奇

92　歷來箋評意見，可參閱蕭滌非主編：《杜甫全集校注》，頁 1026-1027。

93　房玄齡等：《晉書》（北京：中華書局，1974），卷 34，頁 1019。

94　晏子原話是為闡釋「忠臣之行」，云：「不掩君過，諫乎前，不華乎外。」見吳則虞：《晏子春秋集釋》（北京：中華書局，1982），卷 3〈內篇問上〉，頁 226。

95　謝榛著，李慶立、孫慎之箋注：《詩家直說箋注》，卷 4，頁 417。

拔」一語值得特別留意，此指杜詩雖承接前人故事，構成了用典手法，但其構思立意乃至於具體的詩歌語言形構，都能展現不流凡俗的創造性。換句話說，謝榛儼然是在強調：真正善用典者，貼切而不浮泛、渾然而令人不覺──這些都是可貴的成就，但尚須進一步顯出立意造語上的創造性，杜詩正是箇中典範。

以下轉論情景描敘議題。

謝榛曾藉友人之口說：「子能發情景之蘊，以至極致，滄浪輩未嘗道也」，[96] 可知「情景」實為他深有自覺而倍感自豪的詩學議題。緣此，蔡英俊也特別肯定謝榛初步建立了「情景交融」的理論體系，在詩學史上意義重大。[97] 不過，謝榛最可貴之處，也在於並非單純進行抽象的理論思辨。

具體來說，謝榛認為詩中「寫情」、「點景」各有難處：

> 詩中比興固多，情景各有難易。若江湖遊宦、羈旅，會晤舟中，其飛揚轍軔，老少悲歡，感時話舊，靡不慨然言情，近於議論，把握住則不失唐體，否則流於宋調，此寫情難於景也，中唐人漸有之。冬夜園亭具樽俎，延社中詞流，時庭雪皓目，梅月向人，清景可愛，模寫似易，如各賦一聯，擬摩詰有聲之畫，其不雷同而超絕者，諒不多見，此點景難於情也，惟盛唐人得之。[98]

---

96 同前註，卷 2，頁 316。

97 蔡英俊：《比興物色與情景交融》（臺北：大安出版社，1986），頁 12-16。

98 謝榛著，李慶立、孫慎之箋注：《詩家直說箋注》，卷 2，頁 316。

文中針對情景描敘的難易問題，提出了一個重要的觀點：若一味「寫情」，容易衍發「議論」之病，這是中唐人漸有而宋人尤烈的弊病。此外，「點景」似易實難，難在「不雷同而超絕」，惟有盛唐詩人堪稱楷模。這種觀點顯示：謝榛的情景論述不致流於純粹抽象的理論思辨，而是具有濃厚的詩史意味。換言之，情景的描敘問題，直接關係到盛唐詩的價值定位問題。

在謝榛眼中，杜甫正是一位格外擅長寫景的詩人：

> 凡作詩要情景俱工，雖名家亦不易得。聯必相配，健弱不單力，燥潤無兩色。能用此法，則不墮歧路矣！<u>少陵狀景極妙，巨細入玄，無可指摘者</u>；<u>寫情失之疏漏</u>，若「讀書難字過，對酒滿壺頻」（〈漫成二首〉其二），上句真率自然，下句為韻所拘爾。[99]

理想的詩歌創作要求情景兼工，卻絕非易事。謝榛發現杜詩善於「狀景」，而不善於「寫情」。故文中摘舉的杜甫〈漫成二首（其二）〉詩句，意在表現疏懶之「情」，[100]惟謝榛批評下句使用「頻」字乃是受限於韻部，勉強用之，故有欠自然。

關於杜詩善於寫景的本領，《詩家直說》又云：

---

99 同前註，卷 4，頁 424-425。

100 杜甫〈漫成二首（其一）〉全詩如下：「江皋已仲春，花下復清晨。仰面貪看鳥，回頭錯應人。讀書難字過，對酒滿壺頻。近識峨眉老，知予懶是真。知余懶是真。」引自蕭滌非主編：《杜甫全集校注》，卷 8，頁 2153。

> 子美五言絕句皆平韻，<u>律體景多而情少</u>。太白五言絕句平
> 韻，律體兼仄韻，<u>古體景少而情多</u>。二公各盡其妙。[101]

可知在李、杜對比的框架中，杜甫被視爲擅長律體，而且「景
多」。

　　如前所述，謝榛以〈漫成二首（其二）〉的「頻」字爲例，
認爲杜詩之不擅長寫情，其癥結乃在用字欠自然。其實，謝榛對
杜詩寫景能力的肯定，也是出於相同標準。據《詩家直說》記
載：

> 子美曰：「碧知湖外草，紅見海東雲」（〈晴二首〉其
> 一），此景固佳，然「知」、「見」二字著力。至於「一
> 徑野花落，孤村春水生」（〈遣意二首〉其一），便覺自
> 然。[102]

謝榛認爲「碧知」一聯寫景雖佳，但部分用字刻意，仍非傑作。
「一徑」一聯同爲寫景，用字則顯「自然」，沒有陷入上句的窠
臼。換言之，謝榛實是秉持用字自然與否的批評基準，去檢驗杜
詩的情景表現。

　　暫不深究個別篇章的情景表現良窳，總體來說，謝榛對杜詩
的推崇涉及另一個關鍵基準，《詩家直說》云：

---

[101] 謝榛著，李慶立、孫慎之箋注：《詩家直說箋注》，卷2，頁285。
[102] 同前註，卷2，頁236。

> 詩乃模寫情景之具，情融乎內而深且長，景耀乎外而遠且
> 大。當知神龍變化之妙：小則入乎微罅，大則騰乎太宇。
> 此惟李、杜二老知之。[103]

此文是合李、杜而言之，兩人情景表現之妙，乃是詩藝的富於
「變化」。這種超妙的造詣，又可見《詩家直說》另文：

> 李靖曰：「正而無奇，則守將也；奇而無正，則鬥將也。
> 奇正皆得，國之輔也。」譬諸詩，發言平易而循乎繩墨，
> 法之正也；發言雋偉而不拘乎繩墨，法之奇也；平易而不
> 執泥，雋偉而不險怪，此奇正參伍之法也。白樂天正而不
> 奇，李長吉奇而不正，奇正參伍，李、杜是也。[104]

謝榛借鑑李靖（571-649）兵法中的「奇」、「正」概念，[105]用
以描述詩歌語言的表現情形。「正」指造語平易而恪遵法度，
「奇」則是造語卓犖不凡，突破了常軌。一般來說，「奇」的概
念，容易令人聯想到「變化」。謝榛卻特別指出：李、杜詩歌
「奇正參伍」。可知李、杜的「變化」，實非片面求「奇」，而
是「奇」、「正」的辯證融合。這是「平易而不執泥，雋偉而不
險怪」，李、杜守法而不拘泥於法，卓犖不凡又不致險怪，如此

103　同前註，卷 4，頁 479。
104　同前註，卷 2，頁 273-274。
105　舊題李靖撰，曾振註譯：《唐太宗李衛公問對今註今譯》（臺北：臺灣
　　商務印書館，1977），卷上，頁 88。

自是一種「神奇」之境。[106]

四、杜詩指瑕：對偶和用韻問題

謝榛《詩家直說》云：

> 雖古人詩，亦有可議者。蓋擅名一時，寧肯帖然受人詆
> 訶。又自謂大家氣格，務在渾雄，不屑於句字之間，殊不
> 知美玉微瑕，未為全寶也。[107]

謝榛認為即使是古人詩作，也有不足之缺陷。文中並未指名為
誰，但由「大家氣格」、「渾雄」的描述，很容易令人聯想到杜
詩。另文可證：

> 或曰：「夫少陵之作，氣格渾雄，雖有微疵，不傷大體。
> 譬之滄海，無所不容。適聞斯論，何其不廣也？」四溟子
> 曰：「予詩如幽溟寒泉，湛然一鑑，自不少容渣滓，務渾
> 淨則易純，使百代之下，知予苦心若是，安敢望於少陵

---

[106] 「神奇」一詞，借自前引文的「神龍變化之妙」外，又據《詩家直說》
形容理想的創作：「如為將者，當熟讀兵書，又不可執泥，神奇自從裡
許來。」見李慶立校箋：《謝榛全集校箋》，卷 26「補逸詩家直說三十
四則」，頁 1322。謝榛《詩家直說》還有另一段話也提到：「正者，奇
之根；奇者，正之標。……奇正相兼，造乎大家」，可見「奇」、
「正」辯證融合，實是謝榛詩學的崇高理想。見李慶立、孫慎之箋注：
《詩家直說箋注》，卷 3，頁 379-380。

[107] 謝榛著，李慶立、孫慎之箋注：《詩家直說箋注》，卷 3，頁 337。

也？」[108]

他雖聲稱不敢高攀杜詩境界，但爲了追求更爲純淨無暇的詩藝，
其尊杜、讀杜之際如何進一步辨識、鑒戒杜詩缺失，當是謝榛詩
學一大重心。

　　緣此，謝榛杜詩學其實有一項顯著特色：尊杜而不迷信杜
詩。舉例言之，《詩家直說》曾提及賈至（?-772）、岑參（715-
770）、王維和杜甫〈早朝大明宮〉同題之作的優劣議題，其說
便與時人的尊杜立場有異：

> 予客都門，雪夜同張茂參、劉成卿二計部酌酒談詩。……
> 成卿曰：「予僭評之，何異蠡測海爾。杜其一也，王其二
> 也，岑其三也，賈其四也。」予曰：「子所論詎敢相反。
> 顛之倒之，則伯仲叔季定矣。賈則氣渾調古，岑則詞麗格
> 雄；<u>王、杜二作，各有短長，其次第猶是一輩行</u>。或有擬
> 之者，難與爲倫。」[109]

劉爾牧（字成卿，1525-1567）推崇杜詩在〈早朝大明宮〉同題
系列之作中當爲第一，王維其次，岑參、賈至殿後。謝榛自稱未
持反對意見，實則認爲杜甫、王維旗鼓相當，已是別出新意，改
變了杜詩在系列之作中原有的特優地位。又如謝榛評比岑參〈寄
左省杜拾遺〉、杜甫〈奉答岑參補闕見贈〉，宣判：

---

[108] 同前註，卷4，頁496。
[109] 同前註，卷3，頁384-385。

> 岑詩警絕，杜作殊不愜意。譬如善弈者，偶爾輕敵，輸此
> 一著。[110]

認為岑參較優，將杜甫譬況為「偶爾輕敵」，如此雖仍見崇敬之意，其實更是一種不迷信杜詩的精神。謝榛甚至曾摘句評比韓愈（768-824）〈青青水中蒲三首（其三）〉、杜甫〈喜晴〉，直指杜詩「文不逮意，韓詩為優」。[111]又曾比較馬周（601-648）詩句「潮平似不流」、杜詩「江平若不流」，推崇「馬句穩而佳」。[112]這種不迷信杜詩的精神，和他不欲專主一家而欲兼取眾長的學古方法，實相表裡。

　　在前文的徵引和討論中，我們雖能發現謝榛對杜詩部分篇章或表現手法不盡滿意。但這個議題仍有兩點值得留意——

　　一是關乎杜甫律詩的「對偶」。且看《詩家直說》云：

> 排律結句，不宜對偶。若杜子美「江湖多白鳥，天地有青
> 蠅」（〈寄劉峽州伯華使君四十韻〉），似無歸宿。[113]

複按所舉杜甫排律〈寄劉峽州伯華使君四十韻〉，除首句「峽內多雲雨，秋來尚鬱蒸」外，[114]通篇對偶，惟謝榛不以為美。律詩定體，首、尾二聯毋須對偶，其餘各聯必須對偶。杜甫此詩尾聯

---

110 同前註，卷4，頁419。
111 同前註，卷2，頁231。
112 文中還比較江總詩句「平海若無流」。同前註，卷1，頁155。
113 同前註，卷2，頁293。
114 全詩可見蕭滌非主編：《杜甫全集校注》，卷16，頁4892-4893。

仍對，有違定體，不免令人覺得未爲終篇——因爲並無原本毋須
對偶的尾聯。故謝榛批評「似無歸宿」，不僅是要維護律詩體
製，何嘗也是講求律詩的「完整感」。《詩家直說》另一處也重
提此事：

> 子美〈遣意二首〉，皆偏入格。……至於「囀枝黃鳥近，
> 泛渚白鷗輕」（〈遣意二首〉其一），此亦對起，頗似簡
> 板。況用二虛字，意多氣靡，緩於發端。夫鳴於枝上者黃
> 鳥，則近而可親；泛於渚次者白鷗，則輕而可愛。著於前
> 聯則可。子美起對固多切者，宜在中而不宜在首，此近體
> 定法也。又〈寄劉峽州四十韻〉，末二句云：「江湖多白
> 鳥，天地有青蠅」，長律自無徹尾屬對，若蒸韻不窮，想
> 更有布置。[115]

〈寄劉峽州伯華使君四十韻〉全篇用下平十蒸韻，謝榛說：「若
蒸韻不窮，想更有佈置」，推想若非受限於韻部，杜甫大概就會
持續屬對，不止四十韻之篇幅。我們實際翻檢韻書，蒸韻總計有
105字，[116]杜甫僅用其中40字，並沒有「若蒸韻不窮」的問題，
謝榛似乎推想太苛。但他的說法其實隱含一個嚴肅的詩學觀念：
假如該韻部中尚有餘字可用，杜甫就會繼續屬對——可知在謝榛
眼中，杜甫此詩最大的疑慮，乃在有違律詩定體的「完整感」之
外，更在於爲屬對而屬對，亦即刻意求對。如此，顯然也就是將

---

[115] 謝榛著，李慶立、孫慎之箋注：《詩家直說箋注》，卷3，頁375-376。
[116] 湯祥瑟原輯，華鋛重編：《詩韻全璧》（上海：上海古籍出版社，
　　　1995），卷2，頁195-202。

「造語」的序位凌駕於「興」之上。前文曾論及，謝榛認為「非興則造語弗工」，杜甫此詩可謂悖離了這個軌則。

這段引文中還提到杜甫五律〈遣意二首〉，視為「偏入格」；據文中所摘「囀枝」一聯，可知指首聯屬對。謝榛抱持反對立場，再度重申「近體定法」首聯毋須對偶，認為失之「簡板」，同時也質疑「近」、「輕」兩虛字的效果。這種情況，與〈寄劉峽州伯華使君四十韻〉近似：其首聯外通篇對偶，正如〈遣意二首〉除尾聯外通篇對偶。可知在謝榛看來，此詩的「簡板」，恐亦有刻意屬對之嫌。是以謝榛的批評，與其說是在維護律詩定製，不如說是在維護詩體的「興」。如《詩家直說》同文中還舉出一個首聯「似對非對」之例：

> 「四更山吐月，殘夜水明樓」，突然而起，似對非對，而不失格律。時孤城四鼓，睡起憑高，則前山半吐月矣。其清景快人心目，作者可以寫其真，良工莫能狀其妙，不待講而自透徹，此豈偶然得之邪？此豈冥然思之邪？[117]

「四更山吐月，殘夜水明樓」是杜詩〈月〉的首聯，似屬對而實非工整之對，造語靈活，毫無前揭「簡板」的缺憾；更緊要的是，這是「突然而起」，得之於「偶然」，並非刻意冥思而來。參據前文的討論，這正是「主興」的顯著特徵。可知謝榛評騭杜甫律詩首、尾二聯的根本基準，可謂「興」之有無；換言之，他是透過對偶形式的靈活或簡板，去查驗杜詩的「興」。

---

[117] 謝榛著，李慶立、孫慎之箋注：《詩家直說箋注》，卷3，頁375。

　　謝榛對杜詩的另一項指瑕意見，涉及「用韻」。《詩家直說》云：

> 子美〈居夔州〉，上句曰：「春知催柳別」、「農事聞人說」，「別」、「說」同韻。王維〈溫泉〉，上句曰：「新豐樹裏行人度」、「聞道甘泉能獻賦」，「度」、「賦」同韻。此非詩家正法。[118]

所舉杜甫五律〈移居夔州郭〉詩句是頷聯上句、頸聯上句，王維七律〈和太常韋主簿五郎溫湯寓目之作〉詩句是頸聯上句、尾聯上句。可知謝榛的批評，指相鄰的兩聯上句末字不應「同韻」。以杜詩來說，「別」、「說」同屬入聲九屑韻；以王維來說，「度」、「賦」同屬去聲七遇韻，謝榛認爲「非詩家正法」。

　　更有意思的是關於韻字的運用和選擇。如《詩家直說》云：

> 凡作詩以「青」字爲韻，鮮有佳者。杜子美〈不離西閣〉云：「江雲飄素練，石壁斷空青」，下句奇特有骨。[119]

可知謝榛將詩作的評價標準之一，歸結爲韻字的運用。他認爲以「青」字爲韻鮮有佳作，杜詩例外。但出於相同思路，他也指摘杜詩以「腥」字爲韻的失當：

---

[118] 同前註，卷2，頁287。

[119] 同前註，卷4，頁460。

> 詩韻罕用「腥」字，……杜子美〈索居〉三十韻：「宇宙
> 一膻腥」（〈秦州見敕目薛三璩授司議郎畢四曜除監察與
> 二子有故遠喜遷官兼述索居凡三十韻〉），此句非不能
> 工，<u>蓋長律牽於韻爾</u>。[120]

依文中所述，杜甫此句的瑕疵正在於遷就韻字，造語有刻意之
感。再據《詩家直說》記載，「擇韻」也是一門學問：

> 「歡」、「紅」為韻不雅，子美「老農何有罄交歡」
> （〈嚴公仲夏枉駕草堂兼攜酒饌〉）、「娟娟花蕊紅」
> （〈奉答岑參補闕見贈〉）之類。「愁」、「青」為韻便
> 佳，若子美「更有澄江銷客愁」（〈卜居〉）、「石壁斷
> 空青」（〈不離西閣二首〉其二）之類。凡用韻審其可
> 否，句法瀏亮，可以詠歌矣。[121]

足見謝榛不僅覺得創作者用韻的方式將會影響作品的良窳，「韻
字」的本身也有優劣之分，如「歡」、「紅」被視為不雅，
「愁」、「青」為佳。文中各摘舉杜詩為例，等於是從韻字選擇
的角度去評騭杜詩章句。

　　詩韻的選擇和運用，似屬小事，謝榛卻特別提醒：「作詩宜
擇韻審音，勿以為末節而不詳考」；[122]即使脫離杜詩學脈絡，他

---

[120] 同前註，卷4，頁446。

[121] 同前註，卷2，頁288。

[122] 同前註，卷3，頁361。

也曾具體提列某些韻字的效果。[123]我們不難想見,用韻其實關乎詩體的音樂節奏,故謝榛前引文也說「可以詠歌」。但他關注用韻問題,恐怕還有另一重要原因。《詩家直說》云:

> 詩以一句為主,落于某韻,意隨字生,豈必先立意哉?[124]

此文原非在討論用韻議題,但請特別注意到「落于某韻,意隨字生」,以及對立面的「先立意」。這透露出用韻之妙,乃有別於刻意立意造句之創作型態。依謝榛的描述,詩的創作過程中,詩意就會隨著韻字自然引生出來,毋庸沉思苦索。他還曾以自己的實際創作經驗為例:

> 遂以「尤」韻擇其當用者若干,則意隨字生,便得如許好聯。……心中本無些子意思,率皆出於偶然,此不專於立意明矣。[125]

這種反對立意、強調詩意得之偶然的創作活動,很容易讓人聯想到「主興」的觀念。然而,「興」原是指詩人感物起情,此處則更補充韻字也有觸發詩意的妙用。換言之,謝榛對用韻之法的著墨,實仍深植於前述無意為詩的理念。一個好的韻字經適當之使

---

[123] 謝榛《詩家直說》云:「詩宜擇韻,若『秋』、『舟』,平易之類,作家自然出奇;若『眸』、『甌』,粗俗之類,諷誦而無音響;若『鎪』、『搜』,艱險之類,意在使人難押。」同前註,卷1,頁42。

[124] 同前註,卷2,頁180。

[125] 同前註,卷4,頁500。

用，會觸發好的詩意；相反地，粗俗不雅的韻字非但有礙詩意，
險仄之韻更將導致詩思的滯塞或刻意求奇。於焉，我們也不難理
解：謝榛評議杜詩用韻之說，誠非吹毛求疵，實是由小見大，欲
見出杜詩的渾化自然程度。

第四節　結　語

　　欲論復古派詩學，無疑不能忽略謝榛。但謝榛何以為復古
派？一般的討論，常注意到他曾加入李攀龍、王世貞諸人的京城
社集，名列「後七子」。實則，《詩家直說》中還有一段記載也
值得注意：

> 李西涯閣老善詩，門下多詞客。劉梅軒閣老忌之，聞人學
> 詩，則叱之曰：「就作到李、杜，只是酒徒！」李空同謂
> 劉「因噎廢食」，是也。[126]

劉健（1433-1526）瞧不起李、杜，引起李夢陽的反唇相譏，這
段往事牽連復古派崛起之初和臺閣文人的衝突。[127]謝榛雖未及捲
入，但他特地附和李夢陽之說，可想見他之標舉杜詩，實是直承

---

[126] 同前註，卷 2，頁 281。

[127] 李夢陽批評劉健「因噎廢食」，見氏著：《空同集》（《景印文淵閣四
庫全書》第 1262 冊），卷 66〈論學下〉，頁 8 上。59-69。此事又載所
著〈凌谿先生墓志銘〉，前揭書，卷 47，頁 2 上。此事所涉復古派和臺
閣文人的衝突，可參閱簡錦松：《明代文學批評研究——成化、嘉靖中
期篇（1465-1544）》（臺北：臺灣學生書局，1989），頁 59-69。

復古派傳統而來。

　　儘管如此，謝榛杜詩學的深度和廣度，皆是李、何所難企及。要言之，謝榛杜詩學有下列數點特出之處：

1. 謝榛認爲杜詩的重要價值之一，可謂「邈然想頭」。這是一種新穎不俗的構思立意。深繫於此一理解，他構設出一套欲兼取眾家之長的學古方法，其奧義便在於激發學詩者一己的「想頭別」。

2. 謝榛明訂杜詩的「造語」價值，乃取決於「興」。所謂「興」，指作者感物起情的心靈狀態，更指一種無意爲詩、渾成天然的創作型態和境界。這是盛唐詩的特質，也被用於評杜。這不但是李、何不曾深究的層面，李夢陽在〈詩集自序〉中甚至徵引王崇文語認爲杜甫歌行僅爲「馳騁之技」，而非「眞詩」。謝榛以「興」評杜，大抵翻轉了這個說法。

3. 「工乎作手」是謝榛心目中杜詩的另一重要價值。謝榛認爲，杜甫的詩歌語言有非常高超的藝術表現，這是《詩家直說》中俯拾皆是的討論內容。他的關懷層面，遍及字法、句法、篇法和聲調、用事、情景描敘，也擴及杜詩對偶和用韻方式的指瑕。這些論述，最重要的意義，乃是將杜詩法度價值更具體地落實到詩歌語言形構諸層面的分析。

4. 謝榛對杜詩「作手」的討論，形同是將杜詩的法度價值，具體落實到詩歌語言形構諸層面。較之李、何聲言法度卻未嘗分析杜甫詩法，這當然是進一步的發展。最值得注意

的是聲調說。我們知道，李夢陽極重視歌吟，[128]其〈缶音序〉也說「唐調」可「被管弦」，卻未及論述杜詩音樂性。謝榛對杜詩聲調的細緻分析，基本上補充了這個缺口。

5. 前文限於討論脈絡，未能集中指出、實則頗爲重要的一點是：謝榛非常注意杜甫和宋詩之間的價值斷層。謝榛標舉杜詩的「興」，也崇尚杜詩善用虛字的功力，以及杜詩中的聲調藝術。他的討論，都曾舉出宋詩對比。如宋人刻意「立意」，虛字（或寫情）使用過當而流於「議論」，乃至「不入弦歌」，這些觀點都是進一步割裂了杜甫和宋詩之間的固有臍帶。[129]

謝榛詩學其實還有不少特殊的觀點，此處僅就杜詩學的範疇來提列。

昔人認爲謝榛詩學對李、王諸子很有影響。李攀龍論詩，「少見筆札」，[130]較不易確切討論；但個人懷疑，他編出復古派最重要的選本《古今詩刪》，或許曾受到謝榛學古方法程序中先要求選出諸家佳作彙爲一帙的啓迪。此外，王世貞、胡應麟（1551-1602）和許學夷（1563-1633）的杜詩學系統，也都有類

---

[128] 參閱前揭簡錦松書，頁 232。

[129] 謝榛割裂杜甫和宋詩之聯繫，還涉及學杜方法論層面的質疑。其《詩家直說》曾引舊題陳師道《後山詩話》所云：「學者不由黃、韓而爲老杜，則失之淺易」，蓋後山欲以學黃庭堅詩爲學杜之階，但謝榛深不以爲然。引文見李慶立、孫慎之箋注：《詩家直說校箋》，卷 2，頁 178。

[130] 王世貞著，羅仲鼎校注：《藝苑卮言校注》（濟南：齊魯書社，1992），卷 4，頁 164。

乎謝榛的蛛絲馬跡，無法在此詳述，本書在後續章節中將隨文指
證。[131]

　　不過，必須在此特別指出的是，謝榛杜詩學中的某些「盲
點」，也將在未來復古派詩學發展過程中獲得填補。最顯明的一
點，謝榛似乎不太重視「辨體」。他對杜詩特質的分析、比較，
雖然也都是辨體，但他並未從分體的框架去檢驗杜詩各體的藝術
特色和價值。依前所述，為了突出杜詩的「作手」，他竟推崇杜
詩〈夢李白二首（其一）〉「落月滿屋樑，猶疑照顏色」，超越
了舊題李陵「明月照高樓，想見餘光輝」，等於認為杜詩勝過漢
詩，何啻也就悖離了李、何以降復古派既有的五古宗漢魏之傳
統。再者，謝榛非常欣賞杜甫的絕句，《詩家直說》云：

　　　　杜子美詩：「日出籬東水，雲生舍北泥。竹高鳴翡翠，沙
　　　　僻舞鶄鶤。」（〈絕句六首〉其一）此一句一意，摘一句
　　　　亦成詩也。蓋嘉運詩：「打起黃鶯兒，莫教枝上啼。啼
　　　　時驚妾夢，不得到遼西。」此一篇一意，摘一句不成詩
　　　　矣。[132]

在蓋嘉運（或題金昌緒）「打起黃鶯兒」一詩的對比下，謝榛乃
將杜甫「日出籬東水」一詩奉為楷模，企圖學到「一句一意」的

---

[131] 王世貞、許學夷皆曾徵引謝榛詩論，評價正面。王世貞所引，可見前揭
　　《藝苑卮言校注》，卷 1，頁 16。許學夷所引，見杜維沫校點：《詩源
　　辯體》（北京：人民文學出版社，1998），卷 35，頁 347。但這不代表
　　他們完全接受謝榛詩學觀點。
[132] 謝榛著，李慶立、孫慎之箋注：《詩家直說箋注》，卷 1，頁 30-31。

創作法則。[133]其實，杜甫絕句在復古派詩學中並不討喜，如王世貞《藝苑巵言》云：

> 謝茂秦論詩，五言絕以少陵「日出籬東水」作詩法。又宋人以「遲日江山麗」（杜甫〈絕句二首〉其一）為法。此皆學究教小兒號嗄者。[134]

便是明言反對謝榛以杜甫絕句為楷模。[135]

　　延續著「辯體」的思路，還有一個更關鍵的問題：謝榛心目中的杜詩特質，和盛唐詩之間未必有確切的區隔。杜詩有「興」之特質，而這同時也是李白和盛唐詩的特質。關於這一點，茲可再舉一例。謝榛曾稱讚時人田深甫「擬少陵〈秋興〉，得盛唐氣骨」，[136]可證他無意於區分杜詩和盛唐詩。杜甫誠然是盛唐詩

---

[133] 這是承接元人詩法的觀點。謝榛《詩家直說》記載：「左舜齊曰：『一句一意，意絕而氣貫。』此絕句之法。一句一意，不工亦下也；兩句一意，工亦上也。以工為主，勿以句論。趙韓所選唐人絕句，後兩句皆一意。舜齊之說，本於楊仲弘。」同前註，卷 1，頁 117。所提楊仲弘說，見舊題楊載《詩法家數》：「絕句之法，……句絕而意不絕」，見張健編著：《元代詩法校考》（北京：北京大學出版社，2001），頁 23。附及：謝榛不喜元人詩法著作，其《詩家直說》屢有批評；但其好談詩法，兼喜訂立名目，實有相類之處。謝榛詩學與元人詩法的關係，十分值得後續詳究。

[134] 王世貞著，羅仲鼎校注：《藝苑巵言校注》，卷 4，頁 208。

[135] 有關絕句之法，王世貞反而欣賞「打起黃鶯兒」一詩，也和謝榛對此詩的態度截然相反。同前註，卷 4，頁 208-209。關於復古派不喜杜甫絕句，王世貞外，胡應麟、許學夷亦然，本書稍後各章將會敘明。

[136] 謝榛著，李慶立、孫慎之箋注：《詩家直說箋注》，卷 3，頁 392。

人，但杜詩有別於盛唐諸家之作的獨特性、駁雜性，乃是古典詩學中的一大議題。實際上，謝榛以「興」來界定杜詩，便是一個很有爭議的說法，須就不同詩體脈絡中詳加審辨。這正是王世貞、胡應麟特別是許學夷戮力開發之處。

　　本章從復古派的詩學脈絡來談謝榛杜詩學，但最後應補述的是，謝榛杜詩學也摻入了某些「非復古派」的觀點。《詩家直說》云：

> 陳後主曰：「日月光天德，山河壯帝居」，氣象宏闊，辭語精確，為子美五言句法之祖。[137]

謝榛認為南朝末代君主陳叔寶（553-604）詩句為杜詩之淵源。這種觀點可能得自楊慎。楊慎之傾心六朝，正是從唐詩淵源的角度立論，遂編《五言律祖》，專選六朝之作。[138]謝榛讀過楊慎《五言律祖》，[139]上述將杜詩句法推源於陳詩，顯然與楊慎聲氣相通。此外，《詩家直說》還曾引述孔天胤（1505-1581）云：

> （杜詩）其用字之法，則老將用兵也。[140]

---

137 同前註，卷2，頁191。

138 楊慎同類選本又有《選詩外編》。關於他對六朝詩的欣賞態度，可參閱高小慧：《楊慎文學思想研究》（北京：中國社會科學出版社，2010），頁281-288。

139 謝榛著，李慶立、孫慎之箋注：《詩家直說箋注》，卷4，頁443。

140 同前註，卷4，頁471。

嘉許杜詩用字之妙，謝榛本有類似觀點。但孔氏接著又說：

> 長篇當以李嶠〈汾陰行〉為第一，近體當以張說〈侍宴隆
> 慶池應制〉為第一，杜甫〈秋興〉則「聞道長安似弈棋」
> 一篇，尤勝。[141]

於七言歌行推崇李嶠（644-713），七律崇尚張說（667-730），
杜詩〈秋興八首〉中尤尊「聞道長安似弈棋」一篇。謝榛單純引
述，沒表示其他意見，可推定為贊同。然而，這種觀點不但沒能
充分突出杜甫的歌行、七律地位，更是整個復古派詩學史上所未
有，不曾引起後續響應。換言之，這類關於「第一」的話題，謝
榛接受了孔天胤之說，卻不免和復古派詩學未來動向相齟齬了。
如許學夷在《詩源辯體》中便曾抨擊謝榛所引孔氏此說：「饋謬
益甚」。[142]

---

[141] 同前註，卷4，頁471。

[142] 許學夷著，杜維沫校點：《詩源辯體》，卷35，頁347。

第四章　王世貞的杜詩學

第一節　前　言

　　對文學史的論述而言，如何適切描出一位作家的風格特色並貞定意義，雖屬首要之務，卻非易辦之事。此事不純然高度仰賴於文學史家的閱讀和書寫能力，至其面對特定作家在不同時期、階段所顯現的殊異性，詮評之際，分寸斟酌，更是考驗史識。生疏的文學史論述者，可能由是左支右絀，下筆蕪亂；老道的文學史家，則亦未必滿足於條理井然的勾勒，甚爾進一步回應當代處境，亟思撥亂反正。換言之，特定作家在不同時期、階段的殊異性，恰成爲後一類文學史家伸張史識的絕佳舞台。明清之際，錢謙益（1582-1664）力揭王世貞（1526-1590）「晚年之定論」，即是一例。其《列朝詩集・王尙書世貞》云：

> 元美弱冠登朝，與濟南李于鱗修復西京、大曆以上之詩文，以號令一世。……輕薄爲文者，無不以王、李爲口實，而元美晚年之定論，則未有能推明之者也。元美之才，實高於于鱗，其神明意氣，皆足以絕世。少年盛氣，爲于鱗輩撈（牢）籠推挽，門戶既立，聲價復重，譬之登峻坂騎危牆，雖欲自下，勢不能也。迫乎晚年，閱世日

> 深，讀書漸細，虛氣銷歇，浮華解駁，於是乎洗然汗下，
> 蘧然夢覺，而自悔其不可以復改矣！[1]

依這段文字，王世貞「少年」時期的詩文創作觀念，備受李攀龍
（1514-1570）影響，至「晚年」則有所悔悟。案：李、王向被
視為明代復古派大宗師，然而錢謙益此處特別細擘王世貞少年、
晚年的差異性，竟指他晚年自覺脫離了復古派的圈圉。錢謙益明
確聲稱，王世貞晚年的文學觀念方能稱為「定論」，可謂總其一
生思慮最臻精純成熟而確定不移的論見，是以尤具價值。所持最
有力的證據，莫過於具體引出王世貞的自悔之語：

> 其論《藝苑巵言》，則曰：「作《巵言》時，年未四十，
> 與于鱗輩是古非今，此長彼短，未為定論。行世已久，不
> 能復祕，惟有隨事改正，勿誤後人。」元美之虛心克己，
> 不自掩護如是。今之君子，未嘗盡讀弇州之書，徒奉《巵
> 言》為金科玉條，之死不變，其亦陋而可笑矣！[2]

《藝苑巵言》是王世貞文論的代表作，依文中所引王世貞自稱，
其書作於四十歲前，正是早年和李攀龍談詩論文之際的產物。錢
謙益於焉批判時人盲然墨守《藝苑巵言》，殊不知王世貞自曾宣
稱「未為定論」，連帶也就無法明瞭他的「晚年之定論」。而這

1　錢謙益撰集，許逸民、林淑敏點校：《列朝詩集》（北京：中華書局，
　　2007），丁集第 6，頁 4453-4454。
2　同前註，丁集第 6，頁 4454。

樣的批判，顯然是一種試圖釜底抽薪、入室操戈，徹底瓦解復古派的策略。錢謙益《列朝詩集》論李攀龍亦云：「迨稷（歷）下消歇之時，元美亦持異議」，[3]同樣強調王世貞對李攀龍創作缺失早有清楚的省察，進而凸顯復古陣營離心離德的渙散、衰颯之感。這其實是錢謙益反覆操作的重要策略。[4]因此，與其說他的主要訴求是要「推明」某項史實──王世貞的眞正「精神」，[5]不如說在伸張一種特定的史識──復古派不足取。

現代學者對於錢謙益所論是否符合史實的問題，尚有後續的研討，而且大抵都能蒐集、運用更爲充分的史料，去印證王世貞晚年並未放棄講求格調的詩文復古主張，亦即錢謙益所論未盡符合史實。[6]是故，同樣針對晚年定論的議題，錢鍾書甚至說：

3　同前註，丁集第 5〈李按察攀龍〉，頁 4407。

4　錢謙益《列朝詩集》中還有其他用意相仿的表述，如王世貞長子士騏改變了「家學」，世貞弟世懋對復古派「微詞寄諷」，世懋孫瑞國對弇州晚年之論深以為然。錢謙益刻意放大復古派內部或親近成員的隻言片語，藉以批判復古派，是其一再操作的重要策略。前揭事例出處同前註，丁集第 6，頁 4468、4470。

5　這是錢謙益的用語。同前註，丁集第 6，頁 4454。

6　錢謙益前引王世貞自悔之語，又見《列朝詩集》，丙集第 1，李東陽〈擬古樂府〉題下附識，頁 2701；不但引述更為詳細，而且明示出自王世貞〈書西涯古樂府後〉。但今檢王世貞〈書李西涯古樂府後〉，實無此一片段；見氏著：《讀書後》（《景印文淵閣四庫全書》第 1285冊，臺北：臺灣商務印書館，1983），卷 4，頁 14 上-下。最早的版本亦無，見氏著：《弇州山人讀書後》（明萬曆間長洲許恭刊本），卷 4，頁 25 上-下。個人查考，較接近的出處是王世貞〈答胡元瑞〉云：「僕故有《秋苑卮言》，是四十前未定之書。于鱗嘗謂中多俊語，英雄欺人，意似不滿，僕亦服之」，見氏著：《弇州四部稿》（《景印文淵閣四庫全書》第 1279-1284 冊），續稿卷 206，頁 12 上。惟文字仍與錢

「牧齋談藝，舞文曲筆，每不足信」，[7]這無疑是很嚴厲的抨擊。不過，假如我們稍微調整視角，暫不繼續追究「史實」層面，錢謙益的說法，儼然也帶出一個王世貞如何面對復古派流弊的「思考模式」。錢謙益透露，離心離德的復古派毫不足取，必須被掃到文學史的陰暗角落。現代學者縱使未必同意錢謙益對王世貞晚年定論的詮釋，卻隱約受到錢謙益思路的牽引，進而形成一種討論王世貞的模式。不少研究成果指出，王世貞早期主張「復古」，晚年又倡「性靈」，這亦恰能契合於眾所周知明代文學史上「復古派」變而「性靈派」的大趨勢。所以有學者說，王世貞晚年文學觀念，「說明了復古運動的沒落及文學觀念不得不

氏所引有異。錢氏所引，更接近胡震亨《唐音癸籤》記載：「弇州《卮言》，……後見其末年自悔者曰：『吾為此書時，年未四十，語不甚切而傷猥，未為定論，恐誤人』」，但仍小字附註出自王著〈書李西涯樂府後〉。見周本淳校訂：《唐音癸籤》（上海：上海古籍出版社，1981），卷32〈集錄三〉，頁333。即或不論錢氏立場，胡震亨所言當非無據，其確切出處仍待考定。但根本地說，無論此文出自何處，王世貞晚年是否曾有自悔？胡震亨前揭文雖說「末年自悔」，在原文脈絡中實是為了凸顯「爽然服歎此老之未易窺也」（頁333），和錢謙益之欲攻訐復古派完全不同。現代學者未必都會注意到胡震亨的記載，但大抵認為王世貞晚年實未放棄講求格調的詩文復古主張，可參閱廖可斌：《明代文學復古運動研究》（北京：商務印書館，2008），頁319。孫學堂：《崇古理念的淡退──王世貞與十六世紀文學思想》（天津：天津古籍出版社，2004），頁182。晚近李光摩論述尤詳，可參閱氏著：〈錢謙益「弇州晚年定論」考論〉，《文學遺產》2010年第2期，頁104-107。

7　錢鍾書：《談藝錄》增訂本（臺北：書林出版有限公司，1998），頁386。

變革、更新的趨勢」。[8]然而這種看似客觀平允的說法，其實和錢謙益的思考模式相去不遠。因爲錢謙益認爲王世貞晚年悔入復古派，現代學者倘若僅能循著「復古」而「性靈」的發展脈絡去談王世貞，豈不也是預設王世貞後來在某種程度上改棄了原本的復古主張？

王世貞的文學觀念相當複雜，確實不能用「復古」一語概盡，目前學者的研究成果也能舉出堅實的文獻，去印證他確曾提出「性靈」之說。緣此，本文完全無意漠視王世貞「性靈」之說，也毋須過度重複相同的論證工作。前面的辨析，乃在凸顯錢謙益以至現代學者常見的思考模式，而未能更深入地探討王世貞和復古派的關係。王世貞早年時期，李夢陽（1472-1529）、何景明（1483-1521）所掀起的復古運動，已備受質疑、挑戰，其流弊癥結，正是摹擬太甚而無法杼軸予懷的問題。這應是王世貞早已清楚察知的。那麼，他爲何「堅意」走入復古派？[9]按照錢謙益乃至於現代學者的說法，王世貞係受到李攀龍的牢籠，身不由己，故後來棄守復古派，至少能說轉向或調整。但試讀胡應麟（1551-1602）《詩藪》對同一段文學史的敘述，我們卻是看到中流砥柱的「中興者」形象：

---

[8] 袁震宇、劉明今：《中國文學批評通史——明代卷》（上海：上海古籍出版社，1996），頁 425。

[9] 案：「堅意」一語，指意態堅決而不受外在因素輕易左右。原取自王世懋〈賀天目徐大夫子與轉左方伯序〉云：「于鱗輩當嘉靖時，……于鱗始以其學力振之，諸君子堅意倡和。」見氏著：《王奉常集》（《四庫全書存目叢書》集部第 133 冊影印首都圖書館藏明萬曆刻本，濟南：齊魯書社，1997），文部卷 5，頁 13 下。

自北地宗師老杜，信陽和之，海岱名流，馳赴雲合。而諸
公質力，高下強弱不齊，或強才以就格，或困格而附才。
故弘、正自二三名世外，五、七言律，往往剽襲陳言，規
模變調，粗疏澀拗，殊寡成章。嘉靖諸子見謂不情，改創
初唐，斐然溢目，而矜持太甚，雕繢滿前，氣象既殊，風
神咸乏，既復自相厭棄，變而大曆，又變而元和；風會
所趨，建安、開、寶之調，不絕如綫，王、李再興，擴而
大之，一時諸子，天才競爽，近體之工，欲無前古，盛
矣！10

可以發現，按照胡應麟所描繪的明代詩學史圖象，李夢陽、何景
明所引領的復古運動，原以取法盛唐杜甫（712-770）為主，但
爾後由於衍生「剽襲陳言」、「規模變調」等嚴重弊病，明人於
焉相繼改宗「初唐」、「大曆」、「元和」，復古運動形同橫遭
中止。在這個背景下，「風會所趨，建安、開、寶之調，不絕如
綫，王、李再興，擴而大之」，可知王世貞、李攀龍選擇加盟復
古派，當有詩學上的某種堅持。聚焦王世貞來說，他是如何重新
思考或定義復古的價值？要怎麼復古才能避免重蹈覆轍？這都是
值得進一步釐清的重要問題。

　　對於這些問題，胡應麟文中的解釋是「風會所趨」。「風
會」指一個國家或時代的氣運，將詩學史的動因歸結於此，難免
抽象。然而綜觀他的整段說法，實可提示「學杜」是一個很關鍵

10　胡應麟：《詩藪》（上海：上海古籍出版社，1979），續編卷 2，頁
　　351。

的線索。是故，王世貞《明詩評‧敘》也曾提及李、何以學杜之姿引領一代復古運動，往後漸惹爭議的詩學史：

> 二子逝，後進�參詐，鮮識嗜耳，其名揣未易加也。日鉤摘而攻之曰：「李子惡能自為詩。夫李子，少陵氏盜俠耳！」又曰：「何子易易足竟也。」甚者則及少陵氏矣，大王父審言、雲卿、延清之屬，豈不凌駕遠邁乎哉？又進而江、鮑、徐、庾亡得也，割裂支離，蠅啜其餘馥，謂為萃薌而示之人也，沾沾喜且交譽矣。[11]

我們應當特別注意：當時對李、何的鉤摘攻訐，「甚者則及少陵氏矣」，杜詩價值和復古派顯然相互連動；時人不滿復古派，連帶導致杜甫失去「詩歌典範」的冠冕。緣此，王世貞選擇加盟復古派，就不僅是對李、何或李攀龍的呼應，其實更有一種企圖重振杜詩價值和典範地位的意義，前引文後隨即說：

> 世貞既辭鄉學官，少知所創艾，旦莫諷少陵氏集，于道漸有所窺。近既得李、何二君集而讀之，未嘗不掩卷三嘆也。宏規卓思，具體而微，間有一二相襲，猶未悟象外，非若抵掌談笑而效叔敖者也。即世所鉤摘語，過矣！過矣！[12]

11　王世貞：《明詩評》，見吳文治主編：《明詩話全編》（南京：鳳凰出版社，2006），頁4342。

12　同前註，頁4342。

文中指出李、何的創作,雖有「相襲」、「未悟象外」的缺陷,然而無傷大雅;尤緊要的是,王世貞更以自己勤讀杜詩的經驗和體悟,將杜詩和「(詩)道」緊密連結。顯而易見,如欲深切瞭解王世貞和復古派的關係,既不應全盤歸於李攀龍的牢籠,也不應訴諸抽象的「風會」,必須由王世貞的杜詩學尋繹解答。

　　王世貞並無「杜詩學」的專著,其杜詩學之論述,主要散見《藝苑卮言》和一些書信、序跋和評點資料。或即因此,目前學界對其杜詩學的研究成果,實屬稀少;[13]無論是就明代復古派詩學抑是歷代杜詩學史的層次而言,這都是一個不小的缺口。本章爰擬針對王世貞杜詩學的「形成」、「內涵」和「意義」諸層面進行系統性研究,期能稍加補白。

第二節　王世貞杜詩學的形成

　　王世貞和杜詩接觸的時間相當早。據他的回憶,大約在少年時期,「時時取司馬、班史,李、杜詩竊讀之,毋論盡解,意欣然自愉快也」。[14]但他當時的閱讀範圍係以儒家經書爲主,同時

13　目前所見專題性的研究成果有二,一是李燕青:〈王世貞宗杜思想綜論〉,《華南理工大學學報(社會科學版)》第 16 卷第 1 期(2014 年 2 月),頁 82-86;惟論述實欠深入。二是陳少芳:《王世貞詩論與其杜詩學》(香港:香港浸會大學中文系碩士論文,1999);惟因地理懸隔,筆者尚未獲見。

14　王世貞著,羅仲鼎校注:《藝苑卮言校注》(濟南:齊魯書社,1992),卷 7,頁 355。書信〈于鱗先〉並曾回憶此事:「又三年而始晚開古詩書帙」,見氏著:《弇州四部稿》,續稿卷 183,頁 2 下。

學習八股文的寫作，旨在攻讀舉業，[15]對杜詩的理解程度，恐怕是極爲有限的，至多只是一種純粹的閒暇嗜好。所謂「年十五時，目不知詩」，[16]應該不是過分自謙之語。縱使扣除舉業，王世貞此時最用功研讀的書目，亦非杜詩，而是王守仁（1472-1529）和三蘇的作品。[17]

王世貞和杜詩得以深入接觸的契機，實在嘉靖二十七年（1548）任職刑部以後。[18]一般認爲，王世貞此時備受刑部僚友李攀龍影響，因而投身復古派。但這種觀點，似較忽略王世貞主動的閱讀和思考經驗。其〈寄敬美弟〉云：

> 記吾守尚書郎時，稍一搦管，得致語，沾沾與吳下昌穀差肩足矣，何敢望獻吉；然至讀獻吉文，心則已疑之。又一時馳好若晉江、毗陵二三君子，有作每讀竟，輒不快者浹日。以是盡黜世嗜，劌心古則。[19]

---

[15] 連文萍：《詩學正蒙——明代詩歌啟蒙教習研究》（臺北：里仁書局，2015），頁 3。

[16] 王世貞：《弇州四部稿》，續稿卷 183〈于鳧先〉，頁 2 上。此語又見其歌行〈寶刀歌〉序，前揭書，卷 16，頁 1 上。

[17] 王世貞〈書王文成集後一〉云：「余十四歲，從大人所得王文成公集，讀之而晝夜不釋卷，至忘寢食，其愛之出于三蘇之上。」見氏著：《讀書後》，卷 4，頁 15 上。

[18] 鄭利華：《王世貞年譜》（上海：復旦大學出版社，1993），頁 94。周穎：《王世貞年譜長編》（上海：上海三聯書店，2016），頁 89。本章對王世貞事蹟之繫年悉參據二書，以下不另註明。

[19] 王世貞：《弇州四部稿》，續稿卷 188，頁 11 上-下。

依王世貞仕宦經歷，「守尙書郎」正是任職刑部時。文中自承對李夢陽之作，心有疑惑，亦即並非全盤認可；但對時下最風靡的唐順之（1507-1560）、王愼中（1509-1559）「唐宋派」，[20]顯然更不滿意。王世貞在〈與路浚明先生書〉一文，不僅具體批評唐、王「揮霍有餘，割裁不足」，又進一步劍指吳下流行的六朝文風：「吾蘇作者，後先固不乏，何至掇六朝諸公之敗縷結鶉，聯絡而成章」。[21]可知王世貞是先對時風有所閱讀和思考，才會趨向「古則」；這未必是受到特定人物的牢籠或牽限所致。所謂「古則」，即古法，亦即古代典範之作所顯現而足堪後人取效的法度。就「文」來說，古代典範之作自然排除了當代的李夢陽或唐、王諸人，更要超越「唐宋」、「六朝」。但究竟包含哪些作家、作品？「詩」的方面情況如何？王世貞並未直接講明，這當才是李攀龍對王世貞深有影響之處。

　　李攀龍以「詩」著稱，[22]故我們雖然不能抹煞李文亦有可貴的造詣，[23]但更值得注意李攀龍對王世貞詩歌觀念和創作的震撼性影響。誠如王世貞〈上御史大夫南充王公〉所云：

20　唐順之、王愼中等人標榜唐宋文，一般因稱「唐宋派」。但明清原無此稱，此稱始於民初夏崇璞。參見黃毅：《明代唐宋派研究》（上海：上海古籍出版社，2008），頁 3-8。

21　王世貞：《弇州四部稿》，卷 125，頁 3 上。

22　王世貞〈潘景升〉：「僕生平所伏膺，文則伯玉，詩則于鱗」。同前註，續稿卷 182，頁 3 下。

23　王世貞曾讚賞李攀龍文：「文繁而法，且有委，吾得其人曰李于鱗」。見氏著，羅仲鼎校注：《藝苑卮言校注》，卷 7，頁 343。他對李文也有所不滿，並具體歸結為三項缺陷，茲不具引，詳見氏著：《讀書後》，卷 4〈書李于鱗集後〉，頁 16 下-17 上。

世貞二十餘，謬為五、七言聲律，從西曹見于鱗，大悔，
悉燒棄之。因稍劚剗上下，久乃有所得也。[24]

王世貞結識李攀龍後，徹底悔棄舊稿，其內心之衝擊不難想見。
他其實不止一次提到李攀龍帶來的深刻啓迪，《藝苑卮言》並曾
記載：

而伯承者，前已通余於于鱗，又時時為余言于鱗也。久
之，始定交。自是詩知大曆以前，文知西京而上矣。[25]

「自是」一語，也透露李攀龍對王世貞文學觀念之形成的關鍵
性。兩人定交的細節，除了李先芳（伯承，1510-1594）居中引
介，王世貞在〈王氏金虎集序〉中更詳細地道出兩人共通的復古
志業：

而是時，有濮陽李先芳者，雅善余，然又善濟南李攀龍
也，因見攀龍於余，余二人者相得甚驩。間來約曰：「夫
文章者，天地之精，而不朽之盛舉也。……《詩》變而屈
氏〈騷〉出，靡麗乎，長卿聖矣。樂府，三詩之餘也。五
言古，蘇、李其風乎，而法極黃初矣。七言暢於〈燕歌〉
乎，而法極杜、李矣。律暢於唐乎，而法極大曆矣。
《書》變而《左氏》、《戰國》乎，而法極司馬《史》

24　王世貞：《弇州四部稿》，卷123，頁17上。
25　王世貞著，羅仲鼎校注：《藝苑卮言校注》，卷7，頁355

矣。生亦有意乎哉？」於是吾二人者益日切劇為古文辭，
眾大譁啄罰之，雖濮陽亦稍稍自疑引辟去。[26]

李攀龍的邀約，不僅分就詩文各體列出代表作家和作品，他反覆
拈用「法」的概念，其實正可解釋前述王世貞所謂「古則」的內
涵。「文」的領域，《左傳》、《戰國策》和《史記》皆被奉為
典範；「詩」的方面，杜甫、李白（701-762）七言歌行所體現
的最高價值，也獲得明確的標舉。李攀龍和王世貞如此定交，何
嘗也是一種加盟復古派的共同宣言，卻和時下流行的風尚益顯格
格不入，即連最初介紹兩人認識的李先芳也有所疑慮。後來，王
世貞還在給張佳胤的信中回憶：

而以游于鱗故，并盛年壯氣，卻黜人間之好，相與劘琢其
辭。……近體則知有沈、宋、李、杜、王江寧四五家，蓋
日夜實心焉。鉛槧之士側目誰何，獨于鱗不以為怪。[27]

李、王共同商討研讀唐詩的行為，可謂特立獨行。而我們還不能
不注意到，前引幾段文字都提到了「杜詩」，王世貞對杜詩的深
入閱讀、仿習創作，正是在和李攀龍定交後。故王世貞弟世懋
（1536-1588）《藝圃擷餘》云：

26　王世貞：《弇州四部稿》，卷71，頁4下-5下。李攀龍〈送王元美序〉
　　也曾提起這段約定，內容稍異，大旨不變。見氏著，包敬第標校：《滄
　　溟先生集》（上海：上海古籍出版社，2014），卷16，頁492。
27　王世貞：《弇州四部稿》，卷137〈張助甫〉，頁17下-18上。

> 家兄讞獄三輔時，五言詩刻意老杜，深情老句，便自旗鼓
> 中原。所未滿者，意多于景耳。[28]

「讞獄三輔」，時在嘉靖三十五年（1556）。王世懋認爲世貞此
時的五言詩，雖不乏缺憾，但因「刻意老杜」，已取得很高的成
就。此時上距王、李定交大約九年，可印證自是以後，「杜詩」
確實是王世貞最究心鑽研的一個典範。

值得注意的是，在這段時期裡，隨著王世貞得以更深入地鑽
研杜詩，似亦間接強化了他對復古派的認同感。前面提及，他曾
對李夢陽的作品心生疑惑，但據後來嘉靖三十一年（1552）一封
寫給李攀龍的信：

> 吳下諸生，則人人好褒揚其前輩，燥髮見此等，便足衣
> 食，志滿矣，亡與語漢以上者。其人與晉江、毗陵固殊
> 趣，然均之能大罵獻吉，云：「獻吉何能爲？太史公、少
> 陵氏爲渠剿掠盡，一盜俠耳！」僕恚甚，乃又笑之不與
> 辨。[29]

李夢陽摹擬太甚的問題，生前身後，一向備受質疑。但面對時人
的批判聲浪，王世貞似暫時迴避了李夢陽的摹擬問題，他既
「恚」又「笑」，彷彿是在反唇相譏時人不懂得學習司馬遷
（145-90 B.C.）、杜甫。他這種說法，恰和李攀龍同聲相應：

---

[28] 王世懋：《藝圃擷餘》，見何文煥輯：《歷代詩話》（北京：中華書
局，2001），頁782。

[29] 王世貞：《弇州四部稿》，卷117〈李于鱗〉，頁2下-3上。

「今之作者，論不與李獻吉輩者，知其無能爲已」，[30]其實更涉及復古派詩學系譜的建構。因爲李攀龍之說僅是高舉當代的復古派前輩李夢陽，王世貞則能進一步串接杜甫和復古派的緊密聯繫性。其《明詩評‧敘》指出：

> 唐開元、大曆間，詩道邁日中，而少陵氏出，湛於詩；而一時高、岑、王、孟者流，方廣競逐，各傾其人人，少陵氏不能□（離）而獨尊，其尊固在也。宋人出，而論詩者亡慮數百千家，靡不皇皇然首推右少陵氏，一時諸公縮焉而莫抗。而要究所稱說，乃逐景研響，鑿空附麗，攘私其師言，而未有刻劃精致，推始究變，當於作者之旨，見以爲尊少陵氏然耶！……蓋少陵氏歿二千餘年，而北地李夢陽出其淵朗，洞識契宗，始掃而歸之少陵氏。[31]

由這段節錄的文字可知，王世貞係將杜詩經典化之歷程區分成三個階段：第一是在唐代，杜詩的地位並未被視爲超越盛唐諸家之上；第二是在宋代，杜詩始取得獨尊的地位。但王世貞考究宋人的觀點，顯然並不覺得宋人已能掌握到杜詩的眞正價值，這意味著他在勾勒這段經典化歷程時，關懷重心並不純然在於尊杜的事實是否發生，而在於杜詩價值如何正確地被理解的層次。在此文的脈絡中，要到第三階段的明代復古派，由李夢陽「始掃而歸之

30　李攀龍著，包敬第標校：《滄溟先生集》，卷 16〈送王元美序〉，頁 492。

31　王世貞：《明詩評》，見吳文治主編：《明詩話全編》，頁 4341-4342。

少陵氏」，才掌握到杜詩的眞正價値。引文最後又說：「歷下李攀龍、貝人謝榛與予友，盛能言少陵氏」，[32]可見王世貞實有意將復古派形塑爲杜甫的正宗嫡系。

明人其實很早就發覺復古派格外熱衷於學杜，但王世貞的觀點非常特別，他不僅瞭解復古派自有學杜的傳統傾向，而且進一步透過「杜詩－復古派」此一詩學系譜的建構，力爭復古派對杜詩的「專屬詮釋權」。細加推求，箇中隱含兩項重要意義：其一顯然是要利用早已取得獨尊地位的杜詩，爲復古派自高標置；其二是由對杜詩的「專屬詮釋權」，復古派詩學儼然成爲一種獨門秘法，外界既不懂杜詩，自然就沒資格對杜詩和復古派橫加貶損。基於這種思維，《藝苑巵言》曾如此爲李攀龍之文辯護：「世之君子，乃欲淺摘而痛訾之，是訾古人矣」，[33]是一樣的邏輯。這兩點意義，誠或不免立足於復古派本位的一廂情願之感，未必能服人。但此一詩學系譜的建構，正可說明王世貞杜詩學形成之初，實不是純粹出於一種詩學史考古的興趣，而是和他省察時下詩壇脈動、風尙，進而加盟、彰顯復古派的優越地位之現實意圖，緊密連動。

第三節　王世貞杜詩學的內涵

一、杜詩的法度和變化

復古派爲何會對杜詩情有獨鍾？身爲復古派崛起之初的靈魂

---

[32]　同前註，頁4342。

[33]　王世貞著，羅仲鼎校注：《藝苑巵言校注》，卷7，頁343。

人物，李夢陽怎麼調動杜詩資源去鼓動一代復古風潮？且讓我們
簡要回顧稍早的討論——據李夢陽〈駁何氏論文書〉自稱：「以
我之情，述今之事；尺寸古法，罔襲其辭」，[34]所謂「法」，乃
指古代典範之作中展現的法度。又顧璘（1476-1545）轉述：
「李空同言：『作詩必須學杜。詩至杜子美，如至圓不能加規，
至方不能加矩矣。』」[35]可推知李夢陽心目中的杜詩，實爲
「法」的完美體現。

　　李攀龍和王世貞初登壇坫之際，並未改變李夢陽重「法」的
基調。前引兩人定交之初，李攀龍的邀約內容，便一再出現「法
極……」的句型。王世貞的杜詩學，主要也是由此基調鋪展開
來。《藝苑巵言》云：

> 七言律不難中二聯，難在發端及結句耳。發端，盛唐人無
> 不佳者，結頗有之，然亦無轉入他調及收頓不住之病。篇
> 法有起有束，有放有斂，有喚有應，大抵一開則一闔，一
> 揚則一抑，一象則一意，無偏用者。句法有直下者，有倒
> 插者；倒插最難，非老杜不能也。字法有虛有實，有沉有
> 響，虛響易工，沉實難至，五十六字如魏明帝凌雲臺，材
> 木銖兩悉配，乃可耳。篇法之妙有不見句法者，句法之妙
> 有不見字法者，此是法極無跡，人能之至，境與天會，未

---

[34]　李夢陽：《空同集》（《景印文淵閣四庫全書》第 1262 冊），卷 62，
　　頁 8 上。
[35]　何良俊：《四友齋叢說》（北京：中華書局，1997），卷 26，頁 234。
　　又見顧起元：《客座贅語》（北京：中華書局，1991），卷 6〈東橋先
　　生論詩〉，頁 205。

易求也。³⁶

這段文字篇幅不算太長，訊息量卻非常豐富。文中依序討論了七律理想中的「發端」、「結句」、「篇法」、「句法」、「字法」之樣式；針對「句法」中最為難能可貴的「倒插」，明確標舉杜甫為典範。這當然並非認為杜詩僅在「倒插」堪為典範，杜詩既能體現此一最為難能可貴之法度，其餘自然可想。同時，這也透露出杜詩所能為後人示現的詩歌法度最為整全、周備。值得特別注意的是，文中更將七律的最高境界，歸結為「法極無跡」。「法極」指法度精嚴，完美至極；依文末的描述，「無跡」指「境與天會」，出乎天成，渾融自如。

試參閱《藝苑巵言》另文也曾提到同樣的理想境界：

> 首尾開闔，繁簡奇正，各極其度，篇法也。抑揚頓挫，長短節奏，各極其致，句法也。點綴關鍵，金石綺彩，各極其造，字法也。篇有百尺之錦，句有千鈞之弩，字有百煉之金。文之與詩，固異象同則。孔門一唯，曹溪汗下後，信手拈來，無非妙境。³⁷

王世貞討論「篇法」、「句法」、「字法」的理想樣式，一再提到「各極其度」、「各極其致」、「各極其造」，總括為：「信手拈來，無非妙境」。可知詩法的精完至極，就是「妙境」，而

36　王世貞著，羅仲鼎校注：《藝苑巵言校注》，卷1，頁28。
37　同前註，卷1，頁38。

這又端賴「信手拈來」，指其渾成天然，毫無矯揉造作之態。可知「法極」、「無跡」，在古人典範之作中，實乃辯證融合之一體；「法極」必然伴隨著「無跡」。杜詩便是如此，《藝苑卮言》另文有云：

> 十首以前，少陵較難入；百首以後，青蓮較易厭。揚之則高華，抑之則沈實，有色有聲，有氣有骨，有味有態，濃淡淺深，奇正開闔，各極其則，吾不能不服膺少陵。[38]

文中涉及的李、杜評比問題，暫且按下不表。「則」指法則、法度，王世貞認為杜詩「極其則」，依前所述，實即就是「法極無跡」。

但必須一提的是，「無跡」並不是杜甫專屬的特色。綜觀《藝苑卮言》，王世貞也曾讚賞李白〈峨眉山月歌〉的用字，有「爐錘之妙」，「使後人為之，不勝痕跡矣」；[39]他又認為王維（692-761）之詩「由工入微，不犯痕跡，所以為佳」；[40]也提醒欲學王維者，應留意「渾融疏秀，不見穿鑿之跡」。[41]可見「無跡」並非杜甫專屬的特色。王世貞或視之為盛唐詩的普遍特質，其〈徐汝思詩集序〉云：「盛唐之於詩也，⋯⋯其意融而無跡」，[42]可相佐證。

38　同前註，卷4，頁168。
39　同前註，卷4，頁179。
40　同前註，卷4，頁170。
41　同前註，卷4，頁180。
42　王世貞：《弇州四部稿》，卷65，頁7下。

　　不過，正如前引文讚嘆「不能不服膺少陵」，王世貞在李、杜對比框架中，顯然偏愛杜詩。所謂「少陵較難入」，應指杜詩閱讀門檻較高，與飛揚踔厲的李白相比，較不易引起一般人的興味。但王世貞最終強調的是，杜詩之能凌駕李白，實伴隨著另一項關鍵特質，亦即杜詩「濃淡淺深，奇正開闔」，兼有變化多態的藝術表現。[43] 換而言之，「法極」之「極」，指杜詩之法精嚴完美外，同時也是擁有變化多態的藝術表現。同理，「各極其則」的「各」字，自不可輕易放過。

　　我們當不難察覺，王世貞如此定義杜詩價值，大抵是承續了唐宋以降的「杜詩集大成」觀點。但唐宋人此一觀點，揄揚杜詩之際，未必有顯著的壓低盛唐之意識；王世貞心目中杜詩的「法極無跡」，既變化多態又精嚴完美、渾融自如，恰被視爲盛唐詩壇登峰造極的典範。故《藝苑巵言》又指出：

> 岑參、李益詩語不多，而結法、撰意雷同者幾半。始信少陵如韓淮陰，多多益辦耳。[44]

面對岑參（715-770）、李益（746-829）詩語泰半「雷同」，王世貞並不滿意，故對比舉出杜詩。「多多益辦」一語，典出《史記・淮陰侯列傳》記載韓信（230-196 B.C.）將兵「多多益

---

[43]　謝榛曾借用兵法的「奇」、「正」概念，喻指杜詩變化多態。王世貞此說可謂反響。請參閱本書第三章之討論。

[44]　王世貞著，羅仲鼎校注：《藝苑巵言校注》，卷4，頁200。

善」，[45]原指韓信自認極富軍事統御能力，因爲麾下兵員愈眾多，就愈能顯揚他用兵自如的才幹。王世貞此處則是藉以譬況杜詩擁有變化多態的藝術表現。另處亦曾藉韓信此典譬況李夢陽詩：「如韓信用兵，眾寡如意，排蕩莫測」，[46]是一樣的用意。再看《藝苑巵言》如此摘評王維詩句：

> 間有失點檢者，如五言律中，「青門」、「白社」、「青菰」、「白鳥」（〈輞川閒居〉）一首互用；七言律中，「暮雲空磧時驅馬」、「玉靶角弓珠勒馬」（〈出塞〉），兩「馬」字復壓；「獨坐悲雙鬢」，又云「白髮終難變」（〈秋夜獨坐〉）。他詩往往有之，雖不妨白璧，能無少損連城？[47]

王世貞注意到王維同一首詩中有用字重複、句意相近的問題。謝榛也曾討論此一問題，認爲「重字」不致妨害王維的「大家」身分。在這段文字中，同樣的問題卻成爲王詩無法躋身第一流作品的致命傷。文中具體指陳：〈出塞〉若不重複使用「馬」字，「當足壓卷」。[48]這段文字沒有舉出杜詩對比，但我們實可推知，杜詩變化多態的藝術表現，確實會被王世貞視爲一種極其可貴的價值。循此而下，我們也就不難理解王世貞如此軒輊杜、

45　司馬遷著，裴駰集解，司馬貞索隱，張守節正義：《史記》（北京：中華書局，1959），卷92，頁2628。

46　王世貞著，羅仲鼎校注：《藝苑巵言校注》，卷5，頁261。

47　同前註，卷4，頁170。

48　同前註，卷4，頁171。

王：

> 有一貴人時名者，嘗謂予：「少陵傖語，不得勝摩詰，所
> 喜摩詰也。」予答言：「恐足下不喜摩詰耳，喜摩詰又焉
> 能失少陵也。少陵集中不啻有數摩詰，能洗眼靜坐，三年
> 讀之乎？」其人意不懌去。[49]

「傖語」指粗俗之語。杜詩或有粗俗鄙俚的語言，故對比之下，王維詩歌澄澹精緻，[50]自然容易脫穎而出，進入世人的審美視野。王世貞未必反對王維，但若偏嗜王維的代價是必須貶抑杜詩，便不純粹是個人偏嗜的問題，因為甚將撼動復古派的尊杜、學杜傳統。故王世貞的回應非常巧妙：「少陵集中不啻有數摩詰」，杜詩完全足以籠罩王維，杜詩價值顯仍被定義在變化多態的藝術表現。

二、杜詩的辯體和變體

王世貞積極承接唐宋以降「李杜優劣論」的議題而提出新說。且看《藝苑巵言》中對於前行論者的檢討：

> 李、杜光燄千古，人人知之。滄浪竝極推尊，而不能致
> 辨；元微之獨重子美，宋人以為談柄；近時楊用修為李左

---

[49] 同前註，卷 4，頁 178。

[50] 司空圖〈與李生論詩書〉云：「王右丞、韋蘇州，澄澹精緻，格在其中，豈妨於遒舉哉。」見祖保泉、陶禮天：《司空圖詩文集箋校》（合肥：安徽大學出版社，2002），頁 193。

袒，輕俊之士往往傳耳。要其所得，俱影響之間。[51]

王世貞認為元稹（779-831）、楊慎（1488-1559）對李、杜各有
偏好，嚴羽（1195?-1245?）雖並尊李、杜，所論仍嫌含糊。他自
己的觀點是：

> 五言古、選體及七言歌行，太白以氣為主，以自然為宗，
> 以俊逸高暢為貴。子美以意為主，以獨造為宗，以奇拔沉
> 雄為貴。其歌行之妙，詠之使人飄揚欲仙者，太白也；使
> 人慷慨激烈，歔欷欲絕者，子美也。選體太白多露語、率
> 語，子美多稚語，置之陶、謝間，便覺儓父面目，乃欲使
> 之奪曹氏父子位耶？[52]

如前所述，若以藝術表現的變化造詣來衡量，王世貞明顯偏愛杜
詩；但這段文字純粹僅是討論李、杜古詩各具特色，[53]並未涉及
軒輊。王世貞認為李白的創作型態是「以氣為主」、「以自然為
宗」，主要風格是「俊逸高暢」，能對讀者造成「飄揚欲仙」的
感發。對比之下，杜詩特色就很清楚：杜詩創作型態「以意為

51　王世貞著，羅仲鼎校注：《藝苑卮言校注》，卷4，頁165-166。

52　同前註，卷4，頁166。

53　「五古」、「選體」，或以為有別，如嚴羽《滄浪詩話》云：「選詩時
　　代不同，體製隨異，今人例謂五言古詩為選體，非也」。見張健校箋：
　　《滄浪詩話校箋》（上海：上海古籍出版社，2012），頁247。嚴羽係
　　注意到《文選》所收詩不限於五言古體，故以二體名義有別。但在王世
　　貞此文中，並未特別予以區隔或論述。

主」、「以獨造爲宗」，主要風格「奇拔沉雄」，能爲讀者帶來
「慷慨」、「歔欷」之感。這些說法，簡潔而抽象，但確可看出
是一種尤具系統性的比較論述。

李白的部分，我們暫且不談。茲聚焦杜甫來看，杜甫的
「意」，明顯有別於傳統詩論中常強調偶然之際感物興發的
「情」，指一種刻意求新的創作意念。故杜甫對其詩歌語言形構
特爲講究，有詩云：「爲人性僻耽佳句，語不驚人死不休」、
「晚節漸於詩律細」、「頗學陰何苦用心」，[54]這類自我表述都
是李白筆下不曾有過的。緣而，「以獨造爲宗」，也是在指杜詩
刻意追求獨創的性格。所謂「以奇拔沉雄爲貴」，未必是杜甫以
爲貴的風格，主要是王世貞以爲貴的風格，「奇拔」指警策不
俗，「沉雄」指沉鬱雄闊。引文最後，王世貞還站在讀者的角
度，指稱杜詩「（詠之）使人慷慨激烈，歔欷欲絕」。「詠」指
歌詠、吟誦，可知王世貞對杜詩聲調之美應別有會心。「慷慨激
烈」、「歔欷欲絕」都是極強烈的情緒波動狀態，這顯然是著眼
於杜詩審美效果極佳，可讓讀者產生非常豐富的共鳴。

儘管王世貞對杜詩特色提出如此多層次的分析，但尚須注意
的是，前引文最後指出：「子美多稚語」，故其價值，非但不如
陶淵明（365?-427）、謝靈運（385-433），遑論建安三曹父子。
我們可發現王世貞對杜詩的評價，仍頗受制於復古派對五古以
「漢魏」爲正典的傳統觀念。然則，倘若以漢魏爲正典，杜甫五
古在展現前述諸多特色之外，還能有什麼樣的獨特價值？王世貞

---

54 杜甫著，蕭滌非主編：《杜甫全集校注》（北京：人民文學出版社，
2015），卷8〈江上值水如海勢聊短述〉，頁2165；卷15〈遣悶戲呈路
十九曹長〉，頁4397；卷17〈解悶十二首（其七）〉，頁4948。

文中沒有進一步申論。這可說是復古派尊杜之際的一種「迷
思」。

　　緊接上引文的脈絡，王世貞突然將我們的眼光引向近體律
絕：

> 五言律，七言歌行，子美神矣，七言律聖矣。五、七言絕
> 句，太白神矣，七言歌行聖矣，五言次之。太白之七言律，
> 子美之七言絕，皆變體，間為之可耳，不足多法也。[55]

此文筆觸更為簡潔，但同樣別富意味。以分體的框架來看：七言
歌行，杜甫「神矣」，李白「聖矣」，這是李、杜唯一被共評的
詩體。杜甫五律「神矣」，七律「聖矣」；李白絕句「神矣」，
其五古與歌行相比，又較「聖」次一等。可見李、杜各有特擅之
體。若就「李杜優劣論」的脈絡來說，著實不能一概而論。耐人
尋味的是，王世貞使用「神」、「聖」概念評詩。「聖」的概
念，參照高棅（1350-1423）《唐詩品彙》引朱熹評李白：「朱
子嘗謂太白詩如無法度，乃從容於法度之中，蓋聖於詩者」；[56]
楊士奇（1364-1444）〈杜律虞註序〉也曾讚賞杜甫七律：「不
局於法律亦不越乎法律之外，所謂『從心所欲不逾矩』，為詩之
聖者」，[57]可知「聖」的概念，指李白歌行、杜甫七律法度精

55　王世貞著，羅仲鼎校注：《藝苑卮言校注》，卷 4，頁 166。

56　高棅編纂，汪宗尼校訂，葛景春、胡永傑點校：《唐詩品彙》（北京：
　　中華書局，2015），頁 47。

57　楊士奇：《東里集》（《景印文淵閣四庫全書》第 1238-1239 冊），續
　　集卷 14，頁 2 下-3 上。

嚴、渾成。「神」的概念，亦謂「鬼神」，《藝苑巵言》有云：「《莊生》、《列子》、《楞嚴》、《維摩詰》，鬼神于文者乎！其達見，峽決而河潰也，窈冥變幻，而莫知其端倪也」，[58]「鬼神」一詞，乃喻指文章的藝術表現變化莫測，不可端倪。前一章中謝榛也推崇李、杜有「神龍變化之妙」，可以相通。要之，王世貞認為李白絕句、杜甫五律和歌行「神矣」，實是指其藝術表現富於變化，臻於某種人工難及的崇高之境。

值得注意的是，循著分體的框架，前引文中還提到一個「變體」的層次。此處之所謂「變」，實非變化之變，帶有貶抑的意味，可謂「正變」之變。[59]如杜甫七絕，王世貞評價不高，認為不應過度迷信。參其另處所云：

> 五、七言絕句，李青蓮、王龍標最稱擅場，為有唐絕唱；少陵雖工力悉敵，風韻殊不逮也。[60]

---

58 王世貞著，羅仲鼎校注：《藝苑巵言校注》，卷3，頁99。

59 「正變」是中國古典文學批評常見的術語，原是針對《詩經》，特究心於文學與時代政治的關係，而後擴及《詩經》以外的作品，純就風格體製去進行判斷、評價。一般而言，凡符合論者心目中某種理想的風格體製，即可目為「正」；反之為「變」。較簡要的釋義，可見龔鵬程：〈中國文評術語偶釋〉，《文學批評的視野》（臺北：大安出版社，1990），頁454-457。

60 引自李白著，王琦注：《李太白全集》（北京：中華書局，1999），卷34 附錄〈叢說〉，頁1549。王琦引文後附註出自《藝苑巵言》，惟複按王世貞原書查無此文，出處尚待確考。仇兆鰲亦曾引王世貞此文，然未註明出自《藝苑巵言》。見仇兆鰲注：《杜詩詳注》（北京：中華書局，2004），附編〈諸家論杜〉，頁2325。

亦可印證。這類說法相當有意思，杜詩作爲一個典範，一方面支
撐並豐盈了復古派的詩法觀念；然而，復古派秉持的某種審美理
想，如絕句之體講究「風韻」，便回頭去檢視杜詩，指出杜甫的
瑕疵。何景明批評杜甫歌行是「詩歌之變體」，正是同樣的邏
輯。與前人單純標舉「杜詩集大成」相比，王世貞的「變體」之
說，意味著他對杜詩的變化多態藝術表現，有更爲深入的省覺。
杜詩的「駁雜性」，乃被凸顯出來了。前述杜詩「法極」，雖是
特別讚賞杜詩的變化多態，但顯然是必須扣除其中「駁雜」之
「變體」，才能作出的禮讚。有關杜詩的「駁雜性」問題，《藝
苑卮言》也曾特就五言排律而論之：

> 五言至沈、宋，始可稱律。律爲音律、法律，天下無嚴於
> 是者。知虛實平仄，不得任情而度明矣。……少陵強力宏
> 蓄，開闔排蕩，然不無利鈍。[61]

可發現，沈佺期（656?-719?）、宋之問（656?-712?）的法度森
嚴以迄杜詩的「開闔排蕩」是一種詩史上的進境。「開闔排
蕩」，原指藝術表現的富於變化。前引文亦有云：杜詩「濃淡淺
深，奇正開闔」。循著這個「特色」，隨之也會導致杜詩在「評
價」上的「利」、「鈍」之別。換句話說，「變化多態」原本是
對尋常法度的超越，乃是詩人獨特性、創造性的顯徵，但從另一
方面來說，卻也可能含有偏離正常法度的危險因子。可知「變
化」、「變體」兩者既有層次之分，也有價值之異。連杜甫被視

61　王世貞著，羅仲鼎校注：《藝苑卮言校注》，卷4，頁160。

爲「神矣」的「五言律」，都「不無利鈍」，箇中令人既著迷又
迷惑的地方，宛如雙面刃，如何錙銖斟酌兩者之間的分寸，在在
考驗著後人的識力。這當是王世貞杜詩學的一大重心。《藝苑卮
言》又論七律：

> 雖老杜以歌行入律，亦是變風，不宜多作，作則傷境。[62]

「變風」就是「變體」，此文具體指出杜甫七律變體的癥結在於
闌入「歌行」，除了造成「歌行」、「七律」兩種詩體界線淆
亂，也妨礙七律的審美表現，王世貞稱爲「傷境」。此外，杜甫
七言排律還有其他層面的問題：

> 七言排律創自老杜，然亦不得佳。蓋七字爲句，束以聲
> 偶，氣力已盡矣，又欲衍之使長，調高則難續而傷篇，調
> 卑則易冗而傷句。合璧猶可，貫珠益艱。[63]

嚴格來說，這段敘述已非討論「變體」議題，純粹在談杜甫七言
排律未臻完美的情況。但什麼是「完美」？遍查王世貞詩學文
獻，他其實沒能舉出一位堪作七排典範的詩人當作基準。其完美
的範式，依文中所述推敲，必須兼顧「聲偶」、「氣力」乃至
「調高」、「調卑」、「合璧」、「貫珠」諸層面，但這也僅是
一種法度上的想像或思辨，而非古人既有之創作實踐。但我們仍

---

62 同前註，卷 4，頁 180。
63 同前註，卷 4，頁 182-183。

應留意的是：這和「變體」之說的邏輯不無相近，王世貞顯然是透過一種容或只是設想的詩法理想，回頭審查杜詩而指其瑕疵；唯一不同的是，「變體」的問題，學杜者自應力求避免；上述七排的困境，恐怕終究是一種難以迴避的遺憾。

　　進一步觀察，「變體」的問題，還涉及如何理解杜詩和「宋人」的關係。王世貞建構復古派詩學系譜之際，已注意到宋人獨尊杜詩的事實，但他認爲宋人並不明瞭杜詩的眞正價值。針對這個議題，王世貞舉出具體之事例：

> 子美晚年詩，信口衝出，啼笑雅俗，皆中音律，更不宜以清空流麗風韻姿態求之。但後人效顰，便學爲一種生澀險拗之體，所謂不畫人物而畫鬼魅者矣。[64]

「信口」指自然隨意，「中音律」指合於法度，杜詩能予辯證融合，無疑是極高的造詣，相當於前述所說的「聖」。但王世貞批評「後人效顰」，取法杜詩的「生澀險拗之體」；依照前述討論，這就是杜詩的「變體」，本非杜詩眾多藝術表現中最具價值的層面，實有別於王世貞心目中最高貴的「奇拔沉雄」。「後人」之指涉，宋人絕對難辭其咎，故《藝苑巵言》還具體揭明：

> 子瞻多用事實，從老杜五言古、排律中來。魯直用生拗句法，或拙或巧，從老杜歌行中來。介甫用生重字於七言絕

64　引自杜甫著，仇兆鰲注：《杜詩詳註》，附編〈諸家論杜〉，頁 2325-2326。

句及頷聯內，亦從老杜律中來。但所謂差之毫釐，謬以千里耳。[65]

王世貞發覺蘇軾（1037-1101）、黃庭堅（1045-1105）、王安石（1021-1086）與杜詩的聯繫性，但爲何最終會判定「差之毫釐，謬以千里」，一筆抹棄宋人學杜的實績？由「魯直用生拗句法」一句來推敲，宋人「差」、「謬」的癥結，乃可說是無法認清杜詩「變體」，加以片面模習所致。

　　學杜是復古派的鮮明標誌，故自明代中葉以後，爲清楚定義當代詩學位置，杜詩和宋人的關係屢受關注。李夢陽、何景明、謝榛都曾參與這個議題。王世貞前述所論可謂其來有自，亦可見復古派一直有意和宋人爭奪對杜詩的詮釋權。楊慎雖不曾加盟復古派，並曾力貶宋人偏嗜杜甫的「詩史」：

> 杜詩之含蓄蘊藉者，蓋亦多矣，宋人不能學之；至於直陳時事，類於訕訐，乃其下乘末腳，而宋人拾以爲己寶，又撰出「詩史」二字以誤後人。[66]

在楊慎的評價系統中，杜甫詩史之作「直陳時事」，洵非佳構；他認爲杜詩較具價值之作，乃是「含蓄蘊藉」一類。若結合前述「變體」的討論來看，楊慎這番論斷，也等於是抨擊宋人片面抓住杜詩的「變體」，而未能認清杜詩真正價值。特別的是，王世

65　王世貞著，羅仲鼎校注：《藝苑巵言校注》，卷4，頁225。
66　楊慎著，王大厚箋證：《升庵詩話新箋證》（北京：中華書局，2008），卷4〈詩史〉，頁212-213。

貞反倒不贊成楊慎的論斷，《藝苑巵言》云：

> 楊用修駁宋人「詩史」之說，而譏少陵云：「《詩》刺淫
> 亂，則曰『雍雍鳴雁，旭日始旦』，不必曰『慎莫近前丞
> 相嗔』（杜甫〈麗人行〉）也；憫流民，則曰『鴻雁于
> 飛，哀鳴嗷嗷』，不必曰『千家今有百家存』（杜甫〈白
> 帝〉）也；傷暴斂，則曰『維南有箕，載翕其舌』，不必
> 曰『哀哀寡婦誅求盡』（同前揭杜詩）也；敘飢荒，則曰
> 『牂羊墳首，三星在罶』，不必曰『但有牙齒存，所堪骨
> 髓乾』（杜甫〈垂老別〉）也。」其言甚辨而核，然不知
> 向所稱皆興、比耳。《詩》固有賦，以述情切事為快，不
> 盡含蓄也。語荒而曰「周餘黎民，靡有孑遺」，勸樂則曰
> 「宛其死矣，它人入室」，譏失儀而曰「人而無禮，胡不
> 遄死」，怨讒而曰「豺虎不受，投畀有昊」，若使出少陵
> 口，不知用修何如貶剝也。且「慎莫近前丞相嗔」，樂府
> 雅語，用修烏足知之。[67]

這段文字先是大幅引出楊慎原文，再結合「賦」、「比」、
「興」的概念對楊慎進行駁斥。簡要地說，王世貞認為楊慎之
說，主要偏重「比」、「興」而忽略「賦」，然杜詩直陳時事，
其實是屬於「賦」之手法，故自具價值，不應一概貶斥。通篇文
字皆未提及「宋人」，王世貞顯然無意為宋人的詩史說辯護。換
言之，一般學者雖然常由詩史說的脈絡切入分析，但詩歌和歷史

---

[67] 王世貞著，羅仲鼎校注：《藝苑巵言校注》，卷4，頁183。

之關係的議題，似乎不是王世貞此文關懷的重心，其關懷重心乃在於如何理解杜詩「賦」的價值。王世貞其實意在重新扭正杜詩的「變體」界域，聲明杜詩「賦」一類的藝術表現，本身並不足以構成缺陷。[68]

王世貞如此致力討論杜詩的「變體」，但回歸明代中葉詩學脈絡，這大概不算非常新鮮的話題。當時隨著復古派流弊叢生，連帶波及杜詩評價，「攻杜」之說，其實所在多有。[69]緣此，我

---

[68] 不少學者循著詩史說的發展流變脈絡，都能揭明王世貞對「賦」之手法的重視。張暉先生特別注意王世貞立論基礎其實並不穩固，後出轉精，尤值得參考；但張文認為王世貞的立論動機，係為了扭轉明初以來片面偏重「興」、「比」的情況，故強調「賦」，則未必符合實情。張文曾徵引王世貞〈劉諸暨杜律心解序〉，作為重要之判斷依據：「唐杜氏詩出，學士大夫尊稱之，以繼三百篇。然不謂其協裁中正也，謂其窺於興比之微而已」。其實此文有所誤引或遺漏，末句應作「謂其窺於興賦比之微而已」。一字之差，足見王世貞本無扭正前人偏重「興」、「比」的意圖。張文詳見氏著：《中國「詩史」傳統》（北京：三聯書店，2012），頁101-112。

[69] 案：「攻杜」一詞，取自徐國能：《清代詩論與杜詩批評——以神韻、格調、肌理、性靈為論述中心》（臺北：里仁書局，2009），第二章第一節〈「攻杜」的詩學思想與批評史意義〉，頁44-70。學界對於「攻杜」之說已有不少專題研究成果，晚近較詳要者，徐文之外，並可參閱簡恩定：〈杜詩為「風雅罪魁」評議〉，收入陳文華主編：《杜甫與唐宋詩學：杜甫誕生一千二百九十年國際學術研討會論文集》（臺北：里仁書局，2003），頁401-418。蔣寅：〈杜甫是偉大詩人嗎？——歷代貶杜論的譜系〉，《金陵生文學史論集》（瀋陽：遼海出版社，2009），頁194-231。周興陸：〈杜詩「變調」說〉，《詩歌評點與理論研究》（南京：鳳凰出版社，2011），頁436-444。諸文雖非聚焦明代復古派詩學問題展開，但引述、運用明人文獻多有之，實有助於吾人瞭解當時紛由多重取向指摘杜詩的熱鬧景況。

們討論王世貞的「變體」論述之外，還要留意他終將話題拉回復古派的尊杜傳統：

> 太白不成語者少，老杜不成語者多，如：「無食無兒」（〈又呈吳郎〉）、「舉家聞若駭」（〈從人覓小胡孫許寄〉）之類。凡看二公詩，不必病其累句，亦不必曲為之護，正使瑕瑜不掩，亦是大家。[70]

王世貞文中認為杜詩有「不成語」的毛病，摘舉〈又呈吳郎〉、〈從人覓小胡孫許寄〉詩句為例。他並未具體分析，但參胡應麟《詩藪》批評前詩通篇「太粗」，[71]仇兆鰲（1638-1717）《杜詩詳註》也批評後詩「意義短淺，恐屬率爾之作」，[72]可推知所謂「不成語」，各詩的具體病徵容或有別，大抵係指一種未經精思、下筆輕率的語言表現。這顯然也可被視為杜詩的「變體」。王世貞加以揭露，無非是希望學杜者避免重蹈覆轍。儘管如此，他終究指出：「正使瑕瑜不掩，亦是大家」，未嘗鬆動杜詩的典範地位。「瑕瑜不掩」，實是偏指杜詩瑕不掩瑜，他反而是藉由杜詩之「瑕」，進一步去襯顯、提昇「瑜」的瑩澤可貴了。

三、杜詩選評論述：與李攀龍對照

（一）七律：以對李攀龍「未識杜」的檢討為中心

王世貞杜詩學的「形成」，雖深受李攀龍影響，但就其「內

70　王世貞著，羅仲鼎校注：《藝苑卮言校注》，卷4，頁182。
71　胡應麟：《詩藪》，內編卷5，頁92。
72　杜甫著，仇兆鰲注：《杜詩詳註》，卷8，頁631。

涵」而言，兩人的觀點其實不盡一致。且看《藝苑巵言》云：

> 于鱗選老杜七言律，似未識杜者。恨囊不為極言之，似非
> 忠告。[73]

王世貞對李攀龍選杜甫七律的情況，顯然並不滿意，直言「未識杜」。案：李攀龍曾編《古今詩刪》，計選杜甫七律凡 13 首，居該書七律入選之冠；其次是王維 11 首，李頎（690-751）7 首。若單純從入選篇數來看，很容易以為杜甫七律最受李攀龍青睞。但我們可作進一步檢覈。蓋李攀龍編選《古今詩刪》，係以高棅《唐詩品彙》為底本加以「摘選」；[74]其實高棅又曾編《唐詩正聲》，亦為《唐詩品彙》的摘選本。[75]為方便討論，茲比較這些選本選詩之情況製為下表：

---

[73] 王世貞著，羅仲鼎校注：《藝苑巵言校注》，卷 4，頁 172。

[74] 許學夷也曾和友人黃介子討論這個現象。參閱氏著，杜維沫校點：《詩源辯體》（北京：人民文學出版社，1998），卷 36，頁 368。

[75] 由於《正聲》、《詩刪》皆由《品彙》摘選而成，如何展現各自的選詩特色，自是值得探討的議題。陳國球曾有論述，見氏著：《明代復古派唐詩論研究》（北京：北京大學出版社，2007），頁 205-216。惟本章以下的論述重心有所區隔。

表一：《品彙》、《正聲》、《詩刪》選
杜甫、王維、李頎七律之情況

選本 詩家	《品彙》	《正聲》	《詩刪》
杜甫	37	16(43.2%)	13(35.1%)
王維	13	6(46.2%)	11(84.6%)
李頎	7	4(57.1%)	7(100%)

※表中數字為選詩篇數，括弧內為《正聲》、《詩刪》由《品彙》中摘
選之比例。

不難察覺，《唐詩品彙》選杜甫七律之數，多於王維、李頎；這
種情況，在《唐詩正聲》、《古今詩刪》的「摘選」中，也有一
致的反映。但若將王維、李頎視為一組，和杜甫比較，更可發現
《唐詩正聲》合選王、李之數，尚不及杜詩一家；《古今詩刪》
合選王、李之數，則超越了杜詩。再由二書的摘選比例來檢視，
《唐詩正聲》大致是以相近的比例摘選杜、王，惟李頎較高；
《古今詩刪》則以更懸殊的差距提升王、李而壓低了杜詩。可見
李攀龍選杜數量最多，表面上雖維持了高棅前行選本，實則暗渡
陳倉揄揚王、李。故其〈選唐詩序〉亦云：

> 七言律體，諸家所難，王維、李頎頗臻其妙。即子美篇什
> 雖眾，憒焉自放矣。[76]

所謂「諸家所難」，指七律是明人眼中一種難臻其妙的詩體，[77]

76　李攀龍著，包敬第標校：《滄溟先生集》，卷15，頁474。

77　陳國球：《明代復古派唐詩論研究》，頁93-95。

也指七律一體甫成立於初、盛唐時代，「諸家」尚缺乏嫻熟的創作經驗，故「難」於措手，並直接導致作品不多；現存王維七律20首，李頎僅7首。於此脈絡下，李攀龍特別推崇王、李「頗臻其妙」，也就是指他們的創作儘管不多，卻迭見佳篇；相比之下，現存杜甫七律多達151首，但文中批評「慣焉自放矣」，其詩歌語言的品質未盡精純。故綜言之，就七律而言，杜甫雖是李攀龍心目中相當重要的詩人，否則根本不必選；但他意欲修正《唐詩正聲》，標舉王、李的意圖洵屬昭著。

同樣針對盛唐七律，王世貞看法有別：

> 盛唐七言律，老杜外，王維、李頎、岑參耳。李有風調而不甚麗，岑才甚麗而情不足，王差備美。[78]

請特別玩味「老杜外」一語，透露王世貞的思路，係指最高典範的杜甫之外，盛唐尚有王維、李頎、岑參值得標舉；故諸家之地位顯然不如杜甫。在李攀龍前述說法中，「慣焉自放」的杜甫七律隱然是淪於王、李的陪榜地位；王世貞則完全相反。文中最後宣稱李、岑互有短長，王維「差備美」，這是要進一步突出王維價值較高；但「差」透露仍只是一種含有勉強意味的肯定。

實際上，針對李攀龍的選評成果，王世貞之說不僅意在復興杜甫的典範地位，還更周全地考量到明代復古派一系詩學的存續問題：

---

[78]　王世貞著，羅仲鼎校注：《藝苑卮言校注》，卷4，頁175。

> 王維、李頎雖極風雅之致，而調不甚響；子美固不無利
> 鈍，終是上國武庫。此公地位乃爾，獻吉當於何處生
> 活？[79]

這也是對李攀龍〈選唐詩序〉的商榷。王世貞坦承杜詩兼存
「利」、「鈍」，但瑕不掩瑜，其價值當在王維、李頎之上。然
而我們更須注意王世貞如此論述的現實意圖：「此公地位乃爾，
獻吉當於何處生活」，意指若依循李攀龍的觀點，以為杜甫遜於
王、李，也就形同淘空了李夢陽以降復古派尊杜、學杜的傳統基
礎。是知王世貞抨擊李攀龍「未識杜」，首要當指李攀龍未能正
確認清杜詩價值，批評他抹滅了杜詩在盛唐詩史上應有的崇高地
位。

　　然則，進一步考析，所謂「未識杜」，還當具體指向李攀龍
對杜詩具體篇章取捨的爭議性。為方便討論，我們仍先藉用下方
之表格，彙整、呈現高棅《唐詩品彙》、《唐詩正聲》和李攀龍
《古今詩刪》選杜甫七律篇章的情況：

79　同前註，卷4，頁164。

表二：《品彙》、《正聲》、《詩刪》選杜甫七律篇目之情況

《品彙》原選杜甫七律篇目		《正聲》	《詩刪》
秋興八首	「玉露凋傷楓樹林」	○	○
	「夔府孤城落日斜」	○	
	「千家山郭靜朝暉」		
	「聞道長安似奕棋」		
	「蓬萊宮闕對南山」	○	○
	「昆明池水漢時功」	○	○
	「瞿塘峽口曲江頭」		
	「昆吾御宿自逶迤」		
紫宸殿退朝口號		○	
和賈至舍人早朝大明宮		○	
玉臺觀		○	
登樓		○	○
蜀相		○	
野老		○	
送韓十四江東省覲		○	
夜		○	
詠懷古跡五首（選二首）	「群山萬壑赴荊門」	○	
	「諸葛大名垂宇宙」		
閣夜		○	○
返照		○	
九日登高		○	○
題張氏隱居			○
宣政殿退朝晚出左掖			○
九日藍田崔氏莊			○
和裴迪登蜀州東亭送客逢早梅相憶見寄			○
野望			○
吹笛			○
返照			○

曲江（一片花飛減卻春）		
曲江對酒		
曲江值雨		
恨別		
涪城縣香積寺官閣		
院中晚晴懷西郭茅舍		
宿府		
送李祕書赴杜相公幕		
小寒食舟中作		
篇數合計：37	16	13

※「○」之符號指獲選篇目。〈秋興八首〉、〈詠懷古跡五首〉組詩未全
　　數獲選，表中以不同欄位呈現獲選之章次。

透過上表，可清楚察見高棅、李攀龍對杜甫七律篇章的取捨，差
異很大。高棅所選 16 首中多達 10 首係李攀龍未選，李攀龍所選
13 首中也有過半之 7 首係高棅未選。《唐詩品彙》原選杜甫七律
37 首，但《唐詩正聲》、《古今詩刪》二書皆選者竟僅 6 首，雙
方交集甚微。案：《唐詩正聲》在明代復古詩學中評價很高，如
胡應麟《詩藪》讚許：「去取精嚴，特愜人心」，[80]稍晚許學夷
（1496-1577）《詩源辯體》並曾附議：「於諸選為尤勝」。[81]王
世貞沒有這類針對性顯著的評語，但其讚許張之象（1496-
1577）《唐詩類苑》體例時提到：「固不必鍾記室之《品》，高
廷禮之《正》而後辨也」，[82]仍可側面推知他對高棅此書賞愛有
加。緣此，若以高棅為基準去對照、檢視李攀龍的選杜成果，那

80　胡應麟：《詩藪》，外編卷 4，頁 191。

81　許學夷著，杜維沫校點：《詩源辯體》，卷 36，頁 364。

82　王世貞：《弇州四部稿》，續稿卷 53〈唐詩類苑序〉，頁 7 上。

麼，李攀龍「獨選」、「缺選」的杜詩篇章，便極可能是引爆爭議的導火線。

所謂「獨選」，指李攀龍所選而高棅未選者，共 7 首。依筆者所見資料，王世貞並未針對這類篇章明示異議。但其選入〈題張氏隱居〉一篇，曾遭胡應麟《詩藪》批評：「既於輿論不合，又己調不同，英雄欺人，不當至是」。[83]「輿論」指多數人的意見；推求胡應麟之意，概指多數人並不欣賞杜甫〈題張氏隱居〉，李攀龍卻予「獨選」。由於王世貞和胡應麟詩學的密切聯繫，誠如錢謙益一段暗含嘲諷意味的說詞：「（《詩藪》）大抵奉元美《巵言》為律令，而敷衍其說；《巵言》所入則主之，所出則奴之」，[84] 我們可推測王世貞亦在此一「輿論」範圍內。換言之，李攀龍「獨選」的〈題張氏隱居〉，是其「未識杜」的跡象之一。

所謂「缺選」，可細分為二：一是李攀龍未選而高棅《唐詩正聲》所選者，共 10 首；二是李攀龍和《唐詩正聲》皆未選，而《唐詩品彙》原選者，共 14 首。依筆者所見資料，王世貞亦未針對這類篇章明示異議，但他曾注意到「缺選」確可說是李攀龍選詩的特色，所撰〈古今詩刪序〉云：

---

[83] 胡應麟：《詩藪》，外編卷 4，頁 191-192。引文前原有：「沈雲卿〈龍池篇〉用經語，不足存，而于鱗亟取之。老杜律僅七篇，而首錄〈張氏隱居〉之作，……」今檢《古今詩刪》實未選入沈佺期〈龍池篇〉，所收杜甫七律亦不止 7 首，頗疑胡應麟所見李選版本別有所在，誌以俟考。但《詩刪》確曾選入杜甫〈題張氏隱居〉，故不影響本文的討論。

[84] 錢謙益撰集，許逸民、林淑敏點校：《列朝詩集》，丁集第 6，頁 4530。正如錢謙益常營造復古派離心離德的形象，他同段文字中還談及王世貞晚年極度不喜胡應麟《詩藪》。但此說仍有推求過甚的問題，實不可信。

> 令于鱗以意而輕退古之作者間有之,于鱗舍格而輕進古之
> 作者則無是也。[85]

依此,無論是出於個人的私意偏好,抑或對於格調法式的嚴謹講
究,其實都將指向李攀龍的「缺選」。這是李攀龍選詩的一大特
色、成就,卻何嘗不也是最惹爭議的癥結。我們不妨仍藉用胡應
麟之說,作爲推論、觀察的基礎。胡應麟《詩藪》曾列出「老杜
七言律全篇可法」的篇目,包括:「〈紫宸殿退朝〉、〈九日登
高〉、〈送韓十四〉、〈香積寺〉、〈玉臺觀〉、〈登樓〉、
〈閣夜〉、〈崔氏莊〉、〈秋興八篇〉」。[86]其中,李攀龍僅選
入〈九日登高〉、〈登樓〉、〈閣夜〉、〈九日藍田崔氏莊〉和
〈秋興八首〉中的三首;其餘〈紫宸殿退朝口號〉、〈送韓十四
江東省覲〉、〈涪城縣香積寺官閣〉、〈玉臺觀〉和〈秋興八
篇〉中的另五首,皆屬李攀龍「缺選」者。本文無意過分推證胡
應麟之說完全熨貼王世貞,但由上述情況看來,李攀龍確實遺漏
了某些被復古派同志奉爲經典的篇章。

　　四庫館臣認爲李攀龍《古今詩刪》體現「七子論詩之旨」,
[87]這是必須審慎以對的說法。李攀龍自是復古派宗匠,但其選
詩、選杜,實未必能代表復古派的主流意見。前揭王世貞、胡應

---

[85] 王世貞:〈古今詩刪序〉,見李攀龍:《古今詩刪》,卷首,頁 2 上-
　　下。

[86] 胡應麟:《詩藪》,內編卷 5,頁 92-93。關於這些篇章在胡應麟杜詩學
　　中的意義,請參閱本書第五章之討論。

[87] 永瑢等:《四庫全書總目》(北京:中華書局,2003),卷 189《古今
　　詩刪》提要,頁 1717 下。

麟的質疑外，許學夷也認爲李攀龍選詩：「去取之意，漫不可曉，大要黜才華，尚氣格，而復有不然」，[88]甚至嚴厲抨擊：「似宗雅正，而實多謬戾」。[89]李攀龍選本的意義當不在於單純反映復古派詩學，而乃在於透過具體的詩歌文本編選作業，及其伴隨的爭議性，遂使明人得以立足於此平台，進一步去對照、印正、思索和檢驗特定篇章的評價問題。

不過，一般學者儘管也能注意到王世貞對李攀龍選詩的不同看法，[90]我們也不能忽略王、李的若干「共識」。如前表中，李攀龍所選杜甫七律〈和裴迪登蜀州東亭客逢早梅相憶見寄〉，王世貞便相當欣賞，《藝苑巵言》云：

---

[88] 許學夷著，杜維沫校點：《詩源辯體》，卷 36，頁 367。

[89] 同前註，頁 368。這段評論原是針對「于鱗《（唐）詩選》」，而非「《古今詩刪》」。前者爲坊間商賈由後者篡奪割裂而成，仍託名李攀龍行世。二書之關係和比較，可參閱許建崑：《李攀龍文學研究》（臺北：文史哲出版社，1987），頁 290-308。

[90] 不過，許多學者的討論未必堅實有據，常不免流於臆測之詞。這當是文獻不足徵之故。但所謂「推論」，仍須立足於一定的事實基礎，方屬有效。如近年孫學堂的討論：「李攀龍似乎更欣賞開元詩人那種熔煉得不見痕跡的自然風格。《古今詩刪》選杜詩表現了這一點，〈秋興八首〉僅選第一、第四、第六首，對於前人討論甚多的名句『香稻啄餘鸚鵡粒，碧梧棲老鳳凰枝』似不甚欣賞。前人津津樂道的杜詩中的疊字、重複用字如『即從巴峽穿巫峽，便下襄陽向洛陽』等，他似也不甚認可。杜甫的拗體、變體律詩如〈白帝城最高樓〉等，他當然更不喜歡。可以說，一些能體現杜甫律詩特點的詩，李攀龍都未選入。王世貞說：『于鱗選老杜七言律，似未識杜者，恨裹不爲極言之，似非忠告。』」見氏著：《明代詩學與唐詩》，頁 215。孫先生對杜詩的概述，是否合理，姑置毋論，其最大之問題在於並未舉出任何證據可支持或指向李攀龍對這些杜詩的態度。

> 老杜云：「幸不折來傷歲暮，若為看去亂鄉愁。」（〈和
> 裴迪登蜀州東亭客逢早梅相憶見寄〉）風骨蒼然。[91]

謝榛《詩家直說》亦云：

> 子美〈和裴迪早梅相憶〉之作，兩聯用二十二虛字，句法
> 老健，意味深長，非巨筆不能到。[92]

王世貞欣賞此詩「風骨蒼然」，謝榛由虛字角度論其「句法老健，意味深長」，皆著眼於杜甫蒼勁深厚的藝術特色。他們的說法可為李攀龍補充選詩的依據，也透露出此詩之評價，在王、李諸子結社交流的幾年間應已取得共識。[93]

　　另一個值得注意的事例，王世貞曾參與討論「七律壓卷」的話題。據《藝苑卮言》記載，他先商榷嚴羽、何景明分別提名的沈佺期〈獨不見〉、崔顥（704?-754）〈黃鶴樓〉，認為「沈末

91　王世貞著，羅仲鼎校注：《藝苑卮言校注》，卷4，頁212。對於王世貞的賞愛之意，焦竑《焦氏筆乘》曾解釋：「梅花詩，古無佳者。王元美獨稱老杜『恨不折來傷歲暮，若為看去亂鄉愁』，蓋情在景中，意超物外，最得詠物之妙。」在焦竑解釋下，王世貞係注意到杜甫此詩「情在景中」之特色。但試閱原詩幾無景語，何來情在景中之說；焦竑之說恐有誤會。

92　謝榛著，李慶立、孫慎之箋注：《詩家直說箋注》（濟南：齊魯書社，1987），卷4，頁433。

93　王、李等人的詩社，可溯及嘉靖十七年（1538）進士吳維岳首倡，但到二十六年（1547）王世貞中進士，李、王定交，謝榛入京，對復古派的發展才愈形重要。相關探察成果，可參閱何宗美：《文人結社與明代文學的演進》上冊（北京：人民出版社，2011），頁292-293。

句是齊、梁樂府語，崔起法是盛唐歌行語」，二詩原屬七律，卻
摻入「樂府」、「歌行」的表現方式，故有體調不純的毛病，不
足以擔當「七律壓卷」的美名。於焉，王世貞改推杜甫四詩參加
角逐：

> 老杜集中，吾甚愛「風急天高」一章（〈登高〉），結亦
> 微弱。「玉露凋傷」（〈秋興八首〉之一）、「老去悲
> 秋」（〈九日藍田崔氏莊〉），首尾勻稱而斤兩不足。
> 「昆明池水」（〈秋興八首〉之七），穠麗沈切，惜多平
> 調，金石之聲微乖耳。然竟當於四章求之。[94]

所舉四首杜詩雖仍各有瑕疵，但不難推想而知，四詩在王世貞看
來，並沒有沈佺期、崔顥那樣體調不純的疑慮。故對於「七律壓
卷」的話題，王世貞認定必是杜甫四詩之一。而我們應特別注
意：其中〈（九日）登高〉、〈秋興八首〉之「玉露凋傷」、
「昆明池水」，都是李攀龍《古今詩刪》特予選入者，〈九日藍
田崔氏莊〉更是《唐詩正聲》未選而李攀龍「獨選」者。

（二）歌行：以對李攀龍「多棄擲」的檢討為中心

　　李攀龍〈選唐詩序〉曾觸及李、杜七古（歌行）的評價問
題：

> 七言古詩，唯杜子美不失初唐氣格，而縱橫有之。太白縱

94　王世貞著，羅仲鼎校注：《藝苑卮言校注》，卷4，頁176-177。

橫，往往強弩之末，間雜長語，英雄欺人耳。[95]

這段文字細分出兩種「縱橫」的七古體式，各以李、杜為代表。
所謂「縱橫」，指詩歌語言富於變化。李攀龍特別指出，杜詩的
「縱橫」，不但兼具「初唐氣格」，而且儼然也是以「縱橫」超
越初唐。論杜而連及初唐，在復古派詩學傳統中，令人直接想到
何景明〈明月篇并序〉：

> 僕始讀杜子七言詩歌，愛其陳事切實，布辭沉著，鄙心竊
> 效之，以為長篇聖於子美矣。既而讀漢魏以來歌詩及唐初
> 四子者之所為，而反復之，則知漢魏固承《三百篇》之
> 後，流風猶可徵焉；而四子者雖工富麗，去古遠甚，至其
> 音節，往往可歌。乃知子美辭固沉著，而調失流轉，雖成
> 一家語，實則詩歌之變體也。[96]

何景明終究並未否定杜甫歌行「辭固沉著」的特色和價值，但所
以貶為遜於初唐四傑的「變體」，最顯切的批評是「調失流
轉」，亦即「音節」的蹇礙難歌。[97]反面推之，李攀龍評說杜詩
「不失初唐氣格」，大抵則是認為杜詩仍屬可歌，有意強調杜甫
七古的優越地位。但另一方面，李攀龍顯然不滿李白的「縱

95　李攀龍著，包敬第標校：《滄溟先生集》，卷 15，頁 473-474。

96　何景明著，李淑毅等點校：《何大復集》（鄭州：中州古籍出版社，
　　1989），卷 14，頁 210。

97　案：何景明所以不喜杜甫歌行，尚針對杜詩缺乏「託諸夫婦」的比興手
　　法。可參閱本書第二章之討論。

橫」，所謂「往往強弩之末，間雜長語」，指李白在全詩末端位置使用較長的文句，宛然造成散文之感，故判定李詩「英雄欺人」，價值不高。[98]關於這種大膽的論斷，稍晚胡震亨（1569-1645）《唐音癸籤》曾提出清楚解說：

> 于鱗嘗評太白七古強弩之末、出長句為英雄欺人。愚謂句之有長短，始自《三百篇》及楚〈騷〉、漢樂府〈鐃歌〉、〈相和〉等曲，白亦用古法，有所本也。其長句，〈日出入行〉錯用篇中，〈蜀道難〉突用篇首，何嘗盡出弩末？于鱗意在坊濫則可，若以論白非衷。[99]

依胡震亨的解說，李白長句本於古法，未可輕易抹棄，然則李攀龍的批評亦有「坊濫」的積極意義；蓋若濫用長句，儼然等於破壞了七古的既定體製。

綜觀以上簡要的討論，李攀龍〈選唐詩序〉對於李、杜七古，雖有軒輊，實蘊深意。故王世貞《藝苑卮言》並曾特予引述、讚賞：

---

[98] 茲複按李白詩集代舉二例。〈公無渡河〉結尾：「有長鯨白齒若雪山，公乎公乎挂罥於其間，箜篌所悲竟不還」；〈戰城南〉結尾：「乃知兵者是凶器，聖人不得已而用之」。見李白著，王琦注：《李太白全集》，卷3，頁160、178。這些詩句，不但明顯突破了七言的句式規範，而且頗有散文之感。但依筆者閱讀李白的經驗，這類詩句其實不多（限指出現在全詩末端位置者），李攀龍「往往」之語似嫌太過。

[99] 胡震亨著，周本淳校訂：《唐音癸籤》，卷9〈評彙五〉，頁88。

此段褒貶有至意。[100]

王世貞等於是透過評述李攀龍之說，間接表達了相同的見解。[101]

其實，若就具體的詩篇選評來看，王世貞對李攀龍《古今詩刪》所選李、杜歌行的情況仍不無間言：

乃至陳思〈贈白馬〉、杜陵、李白歌行，亦多棄擲，豈所謂英雄欺人，不可盡信耶？[102]

王世貞批評李攀龍選李、杜歌行（七古）「多棄擲」，顯然是針對「缺選」的問題而發。為方便討論，茲仍針對《唐詩品彙》、《唐詩正聲》和《古今詩刪》所選七古數量較多的幾位詩人，彙整為下表：

表三：《品彙》、《正聲》、《詩刪》選杜甫、李白、高適、岑參七古之情況

選本 詩家	《品彙》	《正聲》	《詩刪》
杜甫	53	14(26.4%)	21(39.6%)
李白	76	13(17.1%)	8(10.5%)
高適	19	7(36.8%)	12(63.2%)
岑參	30	12(40%)	5(16.7%)

---

[100] 王世貞著，羅仲鼎校注：《藝苑卮言校注》，卷4，頁164。

[101] 不過，誠如前文所論及，王世貞將杜甫、李白歌行分別推為「神」、「聖」之境，主要強調各有特色，卻未必懷有強烈的優劣軒輊之分。

[102] 王世貞著，羅仲鼎校注：《藝苑卮言校注》，卷4，頁345。

可知杜甫七古不但高居《古今詩刪》入選篇數之冠，而且相較《唐詩正聲》，其摘選比例更有顯著提升，足見李攀龍對杜詩的青睞。然則，欲知王世貞所評「多棄擲」的傾向、程度，必待進一步查驗所選篇目。請參閱下表：

表四：《品彙》、《正聲》、《詩刪》選杜甫七古篇目之情況

《品彙》原選杜甫七古篇目	《正聲》	《詩刪》
乾元中寓居同谷縣作歌七首[103]	○	
秋風	○	○
短歌行贈王郎司直	○	○
哀江頭	○	○
哀王孫	○	○
觀公孫大孃弟子舞劍器行并序	○	
漢陂行	○	○
兵車行	○	
貧交行		○
折檻行		○
朱鳳行		○
越王樓歌		○
夜聞觱篥		○
玄都壇寄元逸人		○
莫相疑行		○
高都護驄馬行		○
送孔巢父謝病歸江東兼呈李白		○
樂遊園歌		○
飲中八仙歌		○
駿馬行		○

---

103 這組詩共七首，《唐詩正聲》全選，表末的篇數統計數據將全數計入。

薛端薛復筵簡薛華醉歌		○
奉先劉少府新畫山水歌		○
韋諷錄事宅觀曹將軍畫馬圖引		○
丹青引贈曹將軍霸		○
大麥行		
苦戰行		
悲陳濤		
大覺高僧蘭若		
醉歌行贈公安顏少府請顧公題壁		
戲題王宰畫山水圖歌		
負薪行		
最能行		
寄栢學士林居		
杜鵑行		
柟樹爲風雨所拔歎		
戲韋偃爲雙松圖歌		
多末以事之東都湖城遇孟雲卿復歸劉顥宅宿宴飲散因爲醉歌		
陪王侍御同登東山最高頂宴姚通泉晚攜酒泛江		
錦樹行		
瘦馬行		
寄韓諫議注		
醉歌行		
古栢行		
憶昔行		
多狩行		
洗兵馬行		
追酬故高蜀州人日見寄并序		
篇數合計：53	14	21

通過上表可知，《唐詩正聲》選杜甫七古 14 首中，有 5 首亦爲李攀龍所選，差距實大。李攀龍「缺選」的篇目是：〈乾元中寓居同谷縣作歌七首〉、〈觀公孫大孃弟子舞劍器行并序〉、〈兵車行〉。其中，王世貞對〈觀公孫大孃弟子舞劍器行并序〉，似無明確評語；對〈乾元中寓居同谷縣作歌七首〉、〈兵車行〉則皆致好評。〈兵車行〉容後「杜詩評點」一節再議；《藝苑巵言》明文讚賞〈乾元中寓居同谷縣作歌七首〉「和美易讀」。[104]此外，通過上表更可察見，竟有高達 23 首詩，係《唐詩正聲》和李攀龍皆未選者。《唐詩正聲》姑置毋論，可知王世貞批評李攀龍的「多棄擲」，首先乃指大幅或過度刪削了杜甫歌行（七古）篇章。

　　回到「表三」來看，《古今詩刪》選詩情形，最特殊的現象，必須推李白和高適入選篇數（706-765）的調配。因爲在《唐詩品彙》、《唐詩正聲》中，李白皆居入選篇數之前矛；逮及《古今詩刪》，李白篇數不但遠低於杜甫，而且低於高適。在《唐詩品彙》、《唐詩正聲》中，高適篇數皆低於杜甫、李白、岑參；到了《古今詩刪》，高適不但超越李白，也超越了岑參。顯然，李攀龍對於七古，有意壓低李白，同步提升高適位階。李攀龍對李白的貶抑，已如前述；高適之所以特受青睞，當是肯定

---

[104] 王世貞《藝苑巵言》云：「楊用修所載七仄，……七平如《文選》『離樹飛綃垂纖羅』，俱不如老杜『梨花梅花參差開』、『有客有客字子美』和美易讀，而楊不之及。」同前註，卷 2，頁 97。案：「梨花梅花參差開」出自唐崔櫓〈春日即事〉；「有客有客字子美」，即杜甫〈乾元中寓居同谷縣作歌七首〉首句。

高適尤謹於七古一體的格調，是爲「正宗」、「調合準繩」。[105]

　　欲知王世貞何以不滿李攀龍對李、杜歌行「多棄擲」，必須考慮高適入選篇數在《古今詩刪》中的異軍突起現象。緣此，王世貞的批評，實有兩項重要意義：一是要爲李白歌行爭地位，認爲李詩的價值及其在篇數上應有的反映，不當屈居高適之下。其次，《古今詩刪》中的杜詩篇數雖多於高適，但高詩的摘選比例卻遠高於杜詩，這不免令人覺得李攀龍對高詩的正宗性格較爲偏好，更甚於杜甫或李白的縱橫變化。換言之，「多棄擲」的批評，是對李攀龍選詩有遺的深切惋惜，恐怕也是對李、杜縱橫變化之妙詣的再度標舉。[106]

（三）杜詩評點

　　爲進一步印證前面的論述，同時呈顯王世貞杜詩學的豐富內涵，我們尙須注意他的「評點」文獻。據許建平《王世貞書目類纂》載錄，王世貞曾評點舊題元人虞集（1272-1348）《杜律七言注解》四卷，有明萬曆十六年（1588）序刊本，現藏日本東洋文庫；[107]筆者尙未得見。另查臺北大通書局曾影印出版《杜律虞註》，亦爲舊題虞集撰杜甫七律注本，有二卷本、四卷本兩種，輯入《杜詩叢刊》，其中四卷本同爲萬曆十六年序刊本（《王世

---

105 關於高適歌行的「正宗」意義，實是後期復古派的一大重要發現，參閱前註所揭書，卷 4，頁 169。「調合準繩」一說，可見許學夷著，杜維沫校點：《詩源辯體》，卷 15，頁 156。

106 胡應麟論盛唐歌行，即特別強調李、杜之變化對盛唐高、岑諸家的超越性價值，可說是針對李攀龍而接續王世貞的進一步發展。請詳本書第五章。

107 許建平：《王世貞書目類纂》（南京：鳳凰出版社，2012），頁 547。

貞書目類纂》失錄）。案：《杜律七言注解》四卷、《杜律虞
註》四卷本之內容是否一致，尚待查證；然而筆者實際遍閱《杜
律虞註》四卷本，僅見舊題虞集注，實無王世貞或其他人評點。
是故，此版本暫難提供本文後續研究運用。《王世貞書目類纂》
又曾載錄《杜工部集》二十卷，白文無注，惟逐篇輯錄明清五家
評點，包括：王世貞紫筆、王慎中藍筆、王士禎（1634-1711）
朱墨筆、宋犖（1634-1714）黃筆、邵長蘅（1637-1704）綠筆，
是爲五色套印本，典藏地散見臺灣、香港、澳門、中國大陸、日
本、韓國各大圖書館。[108]筆者所見爲日本早稻田大學圖書館藏本
（此藏本《王世貞書目類纂》亦失錄），卷首有五家評點輯者盧
坤（1772-1835）清道光十四年（1834）序。[109]此書中的王世貞
紫筆評點，實可供本文研究運用。[110]

　　檢讀《杜工部集》之王世貞紫筆評點，包含「評語」和「句
旁圈點」兩種形式。「評語」共 33 條，相較於其他四位評點
者，數量最少；絕大多數屬於眉批，僅有一條位於詩題下方位
置，一條位於句旁。這些「評語」，最能代表王世貞杜詩評點之
成果。綜觀王世貞杜詩評點的內容，可分爲三種主要類型：

　　1.讚賞之語。如〈醉時歌〉、〈寄張十二山人彪二十韻〉、

---

[108] 同前註，頁 545-546。

[109] 關於此書之介紹，可參閱孫微：《清代杜詩學史》（濟南：齊魯書社，
2004），頁 356-358。又，孫微、王新芳：〈盧坤「五家評本」《杜工
部集》考論〉，《新世紀圖書館》2011 年第 2 期，頁 83-85。

[110] 王世貞杜詩評點，既未見其本人談述，似亦無明人齒及，其真偽問題似
不能令人無疑，然亦未有確據可定其偽託。今觀其內容，頗有與《藝苑
卮言》和文集資料相印證、發明者，本章爲求論述周全，仍予供作研究
運用。

〈秋日夔府詠懷奉寄鄭監李賓客一百韻〉之評語。

2. 貶抑之語。如〈桃竹杖引贈章留後〉、〈贈特進汝陽王二十韻〉、〈杜位宅守歲〉之評語。

3. 褒貶互見之語。如〈寄韓諫議〉、〈寄劉峽州伯華使君四十韻〉、〈夔府書懷四十韻〉之評語。

這三種類型，時或伴隨對杜詩藝術特色之簡要分析。有少數批語難歸類，如〈麗人行〉之眉批乃在記述杜詩善本異文，〈水閣朝霽奉簡嚴雲安〉之眉批校正杜詩文字。相關情形請參閱本章末所附表。

值得一提的是，王世貞對杜詩的讚賞之語共 18 條，其中 8 條係針對〈孔巢父謝病歸遊江東兼呈李白〉、〈飲中八仙歌〉、〈樂遊園歌〉、〈漢陂行〉、〈後出塞五首〉之「朝進東門營」、〈投贈哥舒開府二十韻〉、〈房兵曹胡馬〉、〈春宿左省〉等，這些篇目皆被李攀龍選入《古今詩刪》。王世貞評點中的「貶抑之語」、「褒貶互見之語」兩類，這是杜詩價值有疑慮之作，李攀龍也全未選入。尤特別的是，〈後出塞五首〉之「朝進東門營」，王世貞有眉批云：

　　矯矯獨秀，何必建安。[111]

這是極高的禮讚。本章稍早談到復古派對於五古乃以「漢魏」為正典，故王世貞曾批評杜甫五古「多稚語」，價值遠遜陶、謝，遑論建安曹氏父子。此處所評，倒不是覺得杜甫此詩足可抗衡漢

---

111 所引王世貞批語悉見本章末附表。為行文清簡，以下不再出註。

魏正典，而是在漢魏正典基準下，發現此詩和漢魏相侔之處，進而揄揚此詩之價值。實際上，李攀龍《古今詩刪》對杜甫〈後出塞五首〉，唯一選入的也正是「朝進東門營」一篇。[112]

王世貞的評點文字不算太多，卻能觸及杜詩藝術表現的許多層面。誠如本章稍早的討論，杜詩被視為「法度」的完美體現；王世貞評點中自然並未輕忽，〈房兵曹胡馬〉眉批：

> 篇法、句法、字法，無不稱意。

不但可呼應前文，同時透過具體篇章的評點，也使既有的詩法論述更趨於切實。此外，他的〈重過何氏五首〉眉批：

> 何氏十五首，遂為園林之冠，為其人工之極，更近自然，不淺不深，恰好而止。

可知這組詩乃是「人工之極」與「自然」的辯證融合，相當於「法極無跡」。至於杜詩變化多態的藝術表現，綜觀王世貞評點中，諸如〈壯遊〉「最為跌蕩」，〈寄岳州賈司馬六丈巴州嚴八

---

[112] 鍾惺《唐詩歸》不滿李攀龍於〈後出塞五首〉僅選此首，「孟浪之極，應為『落日照大旗』等句與之相近耳。蓋亦悅其聲響，而風骨或未之知也」。鍾惺特予批評，可推見李、王獨喜此詩是一顯著特色。但參照王世貞批語，則亦可知李選此詩之緣由，未盡如鍾惺所云，而當是此詩符合了漢魏五古正典。語見鍾惺、譚元春：《唐詩歸》（《續修四庫全書》第 1590 冊影印遼寧省圖書館藏明刻本，上海：上海古籍出版社，1995），卷 17，頁 3 上。

使君兩閣老五十韻〉「多多益善」，〈夔府書懷四十韻〉「有開
闔」，也都有所指認。我們尚可注意王世貞評點中對於杜詩藝術
形相的概括，諸如〈春宿左省〉「宏麗飛動」，〈投贈哥舒開府
二十韻〉「宏麗」，〈樂遊園歌〉、〈寄劉峽州伯華使君四十
韻〉「悲壯」、「壯語」，實際檢讀這些詩作，確實不難讀出當
中宏闊的氣象、偉麗的語言、心繫國計民生和個人理想失落的深
沉悲慨。這其實正是復古派最偏嗜的杜詩藝術形相。[113]

　　要之，王世貞的杜詩評點，和前文以《藝苑卮言》爲主要材
料的討論，實有不少相應或互補之處。不過，他的杜詩評點，還
有一項深值留意的見解，即是特別肯定杜甫的「創造性」。〈乾
元中寓居同谷縣作歌七首〉眉批：

　　　　創體、創語，驚心動魄！

「創體」、「創語」，其實是指在文學傳統基礎上加以變化，造
就某種新穎的詩歌體式和語言。[114]王世貞以「驚心動魄」一詞來

---

[113] 錢鍾書曾提出「七律杜樣」之說，指杜甫七律「雄闊高渾」、「實大聲
弘」一類，爲復古派所偏嗜。見氏著：《談藝錄》，頁 172-175。文中
又謂復古派「作悲涼之語」、「逞弘大之觀」，亦皆可對應王世貞杜詩
學觀點。但錢先生所論爲七律，復古派所偏嗜之此等杜詩風格特色，並
未限於七律一體。學者對錢先生此說續有研討補充，可參閱徐國能：
〈錢鍾書杜詩析論〉，《東吳中文學報》第 15 期（2008 年 5 月），
頁 96-99；簡錦松：〈關於錢鍾書《談藝錄·七律杜樣》之考察〉，汪
榮祖主編：《錢鍾書詩文叢說——錢鍾書教授百歲紀念國際學術研討會
論文集》（桃園：中央大學出版中心，2011），頁 117-129。

[114] 浦起龍說得很清楚：「亦是樂府遺音，兼取〈九歌〉、〈四愁〉、〈十

形容，顯然是察覺到杜詩的創造性非常宏大。這組詩篇，全數高棅選入《唐詩品彙》、《唐詩正聲》，唯獨李攀龍《古今詩刪》完全不選，實是刻意之捨棄。可知關於這組詩篇的評價問題，李攀龍、王世貞意見相左，宛然是兩個極端。依前引王世貞語：「于鱗舍格而輕進古之作者則無是也」，李攀龍之不選，當仍可歸因於維護傳統詩歌體格、法度的嚴謹性；對比之下，王世貞實能抱持更開放的態度，去肯定杜詩的創造性。

　　不過，杜詩的「創造性」，絕非只是某種標新立異的空洞技藝。在〈乾元中寓居同谷縣作歌七首〉中，杜甫自敘哀情，引起歷來讀者極強大的共鳴，[115]王世貞前引文也稱之「驚心動魄」。可知此詩的「創造性」，實乃深層涉及詩人面對紛繁之宇宙、世界，如何憑藉詩歌創作展現自我生命的深度和廣度問題。緣此，我們可注意到王世貞對杜甫〈兵車行〉的簡短批語實蘊深意：

　　　　比之古樂府。情事真切。

文中推許杜甫〈兵車行〉可比擬「古樂府」，原因是「情事真切」，亦即杜詩和古樂府一樣都表現了真切的情事經驗。王世貞其實是注意到〈兵車行〉並非單純沿襲、墨守「古樂府」的題意，而是書寫當下的真切情事，乍看偏離了古樂府的題意傳統，

　　八拍〉諸調，而變化出之，遂成杜氏創體。」見氏注：《讀杜心解》（北京：中華書局，2000），卷 2 之 2，頁 265。

[115] 如王嗣奭《杜臆》指出：「七歌創作，原不仿〈離騷〉，而哀實過之；讀〈騷〉未必墮淚，而讀此不能終篇，則節短而聲促也。」見曹樹銘增校：《杜臆增校》（臺北：藝文印書館，1971），卷 3，頁 164。

實則更契合古樂府的核心精神。杜詩的作法，展現了宏大的創造性。誠如王世貞〈樂府變十九首有序〉勾勒的歷代樂府詩創作情況：

> 擬者或舍調而取本意，或舍意而取本調，或舍意調而俱離之，姑仍舊題而創出吾見。六朝浸淫，以至四傑、青蓮，俱所不免。少陵杜氏迺能即事而命題，此千古卓識也。[116]

依照文中的說法，六朝以降的樂府詩創作，或在「意」、「調」、「題」等層面沿襲古作。在這個文學史脈絡下，王世貞推崇杜甫「即事命題」，其實也同步彰明了杜詩的創造性。[117]或許，此種評杜觀點終究不算太新穎，[118]但在當時的復古陣營中卻是極大膽的觀念：「古」是可以舍離的，惟舍離之際也就眞正接近了「古」。杜甫〈兵車行〉一類的樂府詩，不泥古卻最能契合於古，遂而開創眞正屬於自己的詩歌語言，此種杜甫形象的構成和表述，不啻爲明人之學古訂定一個深値追尋的榜樣，亟具現實意義。下文即提出進一步探討。

---

116 王世貞：《弇州四部稿》，卷6，頁17下-18上。

117 王世貞對杜甫樂府「即事名篇」的關注，也符合他自己的樂府創作情況。可參閱鄺波：《王世貞文學研究》（北京：中華書局，2011），頁36。

118 元稹〈樂府古題序〉已注意到杜甫「凡所歌行，率皆即事名篇，無復倚傍」。詳見氏著，冀勤點校：《元稹集》（北京：中華書局，1982），卷23，頁255。

第四節　王世貞杜詩學的意義

　　王世貞初登壇坫的詩學背景，實是李、何既往之後，復古派流弊叢生風雨飄搖的時代。前文已有初步的引文和討論，可知他對此一背景實有明察。現爲進一步貞定其杜詩學的「意義」，我們仍要先回到此一背景。惟有如此，後續的論述方能順利聚焦而延展。且看楊慎《升庵詩話》引唐元薦云：

> 李、何二子一出，變而學杜，壯乎偉矣。然正變雲擾，而剿襲雷同；比興漸微，而風騷漸遠。唐子應德，箴其偏焉。嘉靖初，稍稍厭棄，更爲六朝之調、初唐之體，蔚乎盛矣。[119]

文中提到李夢陽、何景明學杜的實績和困境，遂在嘉靖初年引爆改宗六朝、初唐的新風潮，復古派誠屬岌岌可危。所提復古派的流弊，約有兩項：一是「正變雲擾」，二是「剿襲雷同」。前者指復古派的學杜觀念和模習實踐，無法眞正釐清詩體的「正」、「變」，因而趨向「變體」。後者顯然則是針對復古派摹擬太甚的問題。復古派這兩項困境，謝肇淛（1567-1624）《小草齋詩話》也曾討論：

> 自北地、信陽興，而吾閩有鄭繼之應之，一洗鉛華，力追

---

[119] 楊慎著，王大厚箋證：《升庵詩話新箋證》，卷 4〈胡唐論詩〉，頁215-216。

> 大雅，盛矣！然掊擊百家，獨宗少陵，呻吟枯寂之語多，
> 而風人比興之誼絕。譬之時無春而遽秋，人未少而先老；
> 才情未肆，氣格變衰；樂事未陳，聲淚俱下。此在少陵為
> 之，已非得意之筆，而況效顰學步、面目可憎者哉！故人
> 謂詩道中興於弘、正，吾獨以為運之衰也。此可為識者道
> 也。[120]

謝肇淛主要的筆墨，係在抨擊復古派學杜的創作實踐「呻吟枯寂
之語多」，違逆了「風人比興之誼」。但非常明顯，這段文字抨
擊復古派之際，也劍指杜詩中自有此一「呻吟枯寂之語」的面
向，至於杜詩另有一種價值較高的「得意之筆」，卻遭復古派忽
略。由是，他進一步貶抑復古派的學杜行為：「而況效顰學
步」。可知復古派的流弊乃被歸因為二：一是沒能真正釐清杜詩
價值較高的面向；雖然謝肇淛並未使用「正變」術語，但參照前
述，這也可說是控訴復古派片面模習杜詩的「變體」。其二是摹
擬太甚的問題，復古派詩人未必有相應於杜甫的情志經驗和創作
背景，卻刻意橫向移植「呻吟枯寂之語」，其所謂詩歌創作，顯
然只能淪為一種詞語淺層的複製甚或剽竊作業，殊乏主體性情。
這和前述楊慎引唐元薦的批評，如出一轍，正相呼應。緣而我們
要問：王世貞杜詩學的構成，與復古派的存亡命運其實緊密連
動，他是如何抗衡前述這兩項批評？

王世貞將杜詩奉為詩歌法度的完美典範，正是復古派詩學視

---

[120] 謝肇淛：《小草齋詩話》，卷 3 外篇下，引自張健輯校：《珍本明詩話
五種》（北京：北京大學出版社，2008），頁 390。

域下的必然。不過，他有不少筆墨也都觸及杜詩「變體」議題，彷彿呼應了時人指摘復古派未能明辨杜詩「正變」的現實脈絡；但換個角度來解讀，這未嘗不是要重新匡定杜詩中兼存「正」、「變」，什麼樣的藝術表現方許代表理想的詩歌法度。換句話說，王世貞對「變體」的討論，係爲了篩汰杜詩中不足以讓後人奉爲法度的雜質。「正使瑜瑕不掩，亦是大家」，這非但不會鬆動杜詩固有的價值，經篩汰後，摒除雜質的干擾，反而更能集中凸顯杜詩價值的瑩澤可貴。可知王世貞的「變體」論述，雖似迎合外界對杜詩和復古派的批判聲浪，實則是一種正面迎擊，終極目標在於肯定杜詩自有不可磨滅的價值，當然也重新確立了復古派學杜的必要性。

　　儘管如此，復古派最致命的問題，仍是摹擬太甚以致作品殊乏主體性情。只要實際閱讀復古派諸子的作品，不難加以印證。不過，我們同樣翻開諸子的詩話著作、論詩函札和爲他人詩集撰寫的序文，卻會驚訝地發現，關於抒情寫志、興觀群怨一類的傳統表述，濡染筆端，何勝枚舉。復古派的「創作實踐」和「理論思維」，兩端之間，實有落差。因此，面對復古派摹擬太甚的問題，我們誠然可以在其作品中找到不少殊乏主體性情的實例，卻不應簡單地將此一問題所以形成的根本癥結，仍歸咎於復古派詩人不重視主體性情。個人認爲，其癥結直接涉及古人作品中示現的「法度」，應如何爲學詩者所運用或對待？本文即將指出，王世貞的杜詩學，正在這一點上對復古派深陷其中的摹擬泥淖有重大突破。

　　誠如王世貞極重視杜詩的法度價值，當時年輩稍長的王維楨（1507-1556）也曾由詩法角度去串連杜甫和李夢陽的傳承系

譜：

> 至若倒插頓挫之法，自少陵善用之者，空同一人而已。[121]

王世貞《明詩評・敍》將李夢陽視爲杜甫正傳，此說實頗相仿。據何良俊（1506-1573）轉述，王維楨還曾說過：

> 夫七言之有杜，如至圓不能加規，至方不能加矩。今人多不喜杜，此何故耶？[122]

方圓規矩之喻，本是李夢陽推尊杜甫詩法的話頭；可知王維楨這番敍述，不僅推尊杜甫七律，隱然更是以克紹李夢陽自居，是爲復古派詩學眞傳。[123]王世貞《藝苑卮言》並曾注意王維楨對杜甫七律之法別有會心：

---

121 王維楨：《王氏存笥稿》（《四庫全書存目叢書》集部第 103 冊影印杭州大學圖書館藏明嘉靖三十六年刻本），卷 14〈後答張太谷書〉，頁 15 下。

122 何良俊：《何翰林集》（《四庫全書存目叢書》集部第 142 冊影印中國社會科學院文學研究所藏明嘉靖四十四年何氏香嚴精舍刻本），卷 10〈孫王倡和集序〉，頁 5 下。

123 王維楨友人孫陞也曾試圖串連杜甫、李夢陽和王維楨，其〈與陳山人論詩書〉云：「李空同氏者，振古雄才，今之老杜」，再據給王維楨的〈與王太史論文書〉云：「君所爲詩文，率類李空同氏」，形同視之爲復古派詩學眞傳。見孫陞：《孫文恪公集》（《四庫全書存目叢書》集部 99 冊影印浙江圖書館藏明嘉靖袁洪愈徐栻刻本），卷 14，頁 3 下、1 下。

> 王允寧生平所推服者，獨杜少陵；其所好談說，以為獨解
> 者，七言律耳。大要貴有照應、有開闔、有關鍵、有頓
> 挫，其意主興、主比，其法有正插、有倒插。[124]

所論杜甫七律詩法的成果，今有《杜律頗解》一書傳世；[125]王維
楨的詩歌創作也自然反映了其所理解的杜甫詩法，不但呈現出鮮
明的學杜色彩，而且甚得好評。檢讀王維楨集序文，「其為近體
法盛唐，尤宗杜氏少陵」，[126]「文追子長，詩擬老杜，體裁格
制，迥邁時輩」，[127]這類評述容或不無朋輩溢美的成分，至少不
難想見他是當時一位學杜有名的詩人。實際上，王世貞在〈劉諸
暨杜律心解序〉中，也曾生動地追憶早年對王維楨的印象：

> 余束髮游學士大夫，遇關中王先生允寧為杜氏近體，抗眉
> 掀鼻，鼓掌擊節，若起其人於九京而與之下上，既賞其
> 美，又賀其遇。然至讀所謂解，蓋精得夫開闔節轉照映之
> 一端，正倒插之二法。[128]

若依文中的記述，王維楨擬杜詩近體，「若起其人於九京而與之

---

124 王世貞著，羅仲鼎校注：《藝苑卮言校注》，卷7，頁350。

125 王維楨：《杜律頗解附李律頗解》（《杜詩叢刊》第 2 輯影印明嘉靖三
十七年序刊本，臺北：大通書局，1974）。

126 孫陞：〈王氏存笥稿序〉，見王維楨：《王氏存笥稿》，卷首，頁 1
下。

127 鄭本立：〈刻存笥稿敘〉，同前註，卷首，頁1下。

128 王世貞：《弇州四部稿》，卷66，頁23上。

下上」，誠屬維妙維肖矣。但一個值得特別玩味的現象卻是，王世貞對王維楨的評價其實非常低，其《明詩評》曾如此評估王維楨的學杜績效：

> 宮諭高朗傑出，刻意少陵，一時藉甚之譽，海內無幾。宛轉屈曲，既乏天然；粗重突兀，良背人巧，自負詩宗上乘，永無改轍。冤哉！千餘年杜氏；惜哉！二十載王君。[129]

王世貞批評王維楨學杜實績拙劣，而且歸結為兩點可議之處：「宛轉屈曲」、「粗重突兀」。試再參閱《明詩評・後敘》所云：

> 關中王維楨悉反諸作，推尊少陵氏，間出章什，朝野重之。此其為道彌邇，為痼愈重，何者？以宛轉應接，為少陵氏之旨；以棘澀粗重，為少陵氏之語；至于神格無聞，四聲未協，天下相率而瞶聽之，謂為「真傳」而瞽行之，可不辨乎！[130]

前後兩段文字的用語和涵義十分相近，都先提到世人推賞王維楨學杜，然而王世貞無法苟同。而且，後一段文字所謂「宛轉應接」，恰對應前一段文字之「宛轉屈曲」；「棘澀粗重」，也對應「粗重突兀」。但前一段文字的這兩點可議之處，實是批評王

---

[129] 王世貞：《明詩評》，見吳文治主編：《明詩話全編》，頁4357。
[130] 同前註，頁4382。

維楨的學杜績效；後一段文字則尚在抨擊王維楨對杜詩理解有
誤。我們分別來看：「棘澀粗重」，乃指王維楨理解中杜甫詩歌
語言的樣貌，語帶貶抑；「宛轉應接」涉及杜詩的法度內容，
「宛轉」指其篇章結構之曲折迴旋，「應接」指局部字句的相互
照應。王世貞顯不覺得此即杜甫詩法的真髓，文中甚至擔憂世人
受到王維楨誤導，誤信如此的解杜、學杜成果即為「真傳」。可
以發現，兩人都非常崇尚杜詩，但如何看待杜甫詩法內涵、價
值，竟有莫大爭議。

　　對於王維楨的解杜觀點，《藝苑卮言》還有一段措辭強硬的
批評：

> 予謂允寧識杜詩法，如朱子注《中庸》一經，支離聖賢之
> 言，束縛小乘律，都無禪解。[131]

「都無禪解」一說，原是一種譬喻。從箋釋的角度來看，自然是
指王維楨膠柱鼓瑟，執泥於杜詩的語言形式表層，卻未能深刻地
疏通詩歌意旨。但若從「識杜詩法」的角度加以推敲，則是在抨
擊王維楨的解杜視野，侷於杜詩語言形式表層的各種細瑣技法。
實際翻開《杜律頗解》，如〈冬至〉：

> 第五句黏第四句，第六句生第四句，又收前五句。[132]

---

131 王世貞著，羅仲鼎校注：《藝苑卮言校注》，卷7，頁350。
132 王維楨：《杜律頗解附李律頗解》，卷1，頁59。

又如〈愁〉：

> 第七句承第六句來，第八句應第五句。[133]

〈進艇〉：

> 首二句一節，下六句一節。[134]

都是對杜詩謀篇之法的分析。再如〈題桃樹〉：

> 七、八句倒句法。首一「舊」字，直貫到尾，皆追歎舊日
> 事也。[135]

〈覽物〉：

> 「忽如」、「猶似」四字，照應「曾為」、「憶在」四字
> 也。第三聯十四字相承始足一意，所謂十四字句也。[136]

〈送路六侍御入朝〉：

---

133 同前註，卷3，頁118。
134 同前註，卷4，頁132。
135 同前註，卷2，頁68。
136 同前註，卷2，頁120。

第二聯先言再會，後言今別，此倒插法。[137]

則大抵涉及句法分析。這些分析，不可不謂細緻，王維楨確曾對
杜詩痛下一番鑽研。問題是，如此能否豁顯杜詩的眞正價值？我
們當不難發現，他雖指出杜甫擅於某些特定的語言工藝、技術，
卻難免流於條例化、瑣細化。換言之，杜甫儼然被視爲一位擅於
操作各種細瑣技法的工匠，精則精矣，卻迥然有別王世貞所形塑
的那種既富於變化而又精嚴完美、渾融自如的大宗師形象！

　　李攀龍〈王氏存笥稿跋〉認爲王維楨的文章創作：「寧屬辭
比事未成，而不敢不引於繩墨」，[138]可知王維楨的創作實以守法
爲第一要務。但如前述，所理解的法度內涵，乃是鑿實爲語言表
層的各種細瑣技法，如欲加以模習，無形中自將朝向一種強調
「摹擬」的創作方式。李攀龍自己的創作觀念亦是如此，其〈送
王元美序〉云：「視古修辭，寧失諸理」，[139]和他前面說王維楨
文章創作幾乎如出一轍。王世貞〈李于鱗先生傳〉還曾記述李攀
龍云：

　　　　不以規矩，不能方圓，擬議成變，日新富有。今夫《尚
　　　　書》、《莊》、《左氏》、〈檀弓〉、《考工》、司馬，
　　　　其成言班如也，法則森如也，吾擷其華而裁其衷，琢字成

137　同前註，卷 4，頁 162。

138　李攀龍著，包敬第標校：《滄溟先生集》，卷 25，頁 694。

139　同前註，卷 16〈送王元美序〉，頁 491。這段話其實原是在說李夢陽，
　　　但也透露出李攀龍的創作觀念，並不妨礙我們接下來的討論。

辭，屬辭成篇，以求當於古之作者而已。[140]

據其所述，李攀龍重視古法的觀念，落實到文學創作過程，便是針對古人典範之作的「字」、「辭」、「篇」諸層面，去進行「擬議」。此後，李攀龍雖然還嚮往「成變」，講求進一步變化出新，但這恐怕終究是一種崇高的期待，而非實際。他的詩歌創作，一大問題正在於缺乏「變化」，如《藝苑巵言》直白地指出：

> 然其大意，恐以字累句，以句累篇，守其俊語，不輕變化，故三首而外，不耐雷同。[141]

此謂李攀龍的詩歌創作「守其俊語」，最終導致「雷同」。「俊語」之涵義，分指李攀龍及其擬效的古人語言。也就是說，這段批評雖指李詩自身缺乏變化多態的藝術表現，如造語犯複等情

---

[140] 王世貞：《弇州四部稿》，卷83，頁2上。

[141] 王世貞著，羅仲鼎校注：《藝苑巵言校注》，卷7，頁347。王世貞對李攀龍詩歌的評價，因各體而異，如《藝苑巵言》也曾提及李氏五、七律「自是神境，無容擬議」；亦因創作歷程而異，如李氏七律「晚節始極旁搜，使事該切，措法操縱」，七言歌行「晚節雄麗精美，縱橫自如，灼然春工之妙」、「入化」。分見前揭書，卷7，頁347、351。但所評其實不無爭議，未必令人信服，屠隆〈論詩文〉就提出抗議：「元美推尊誠過，……今若盡讀于鱗詩，初則喜其雄俊，多則厭其雷同」；見氏著：《鴻苞》，卷17，收入汪超宏主編：《屠隆集》第8冊（杭州：浙江古籍出版社，2012），頁444。屠隆之說反而是較符合一般人閱讀李詩的印象。

況；[142]但配合李攀龍念茲在茲的復古、學古來看，這段批評其實也是在指李詩過度擬效古人語言，與古人的藝術表現「雷同」，因而掩滅了自家的創造性。換言之，我們實可如此綜合解讀：李攀龍對古人「字」、「句」、「篇」諸層面的「俊語」，摹擬太甚，仰賴過度，遂使原本堪爲典範的古法，變質成一種對李詩的硬性限制、規約，無法稍越雷池一步，進一步壓縮原本欲由「擬議」進而「成變」的自由創造空間，最終導致缺乏變化的困局。[143]

因此，王世貞《藝苑巵言》也說李攀龍的樂府詩：

若尋端擬議而求日新，則不能無微憾。[144]

另一處也具體說道：

---

[142] 胡應麟曾說李攀龍七律缺點之一：「屬詞多重犯」。見氏著：《詩藪》，續編卷2，頁352。

[143] 葉燮曾以「定則」一說去解釋復古派的詩法觀念和實踐，其《原詩》云：「五十年前，詩家群宗嘉隆七子之學，……於是以體裁、聲調、氣象、格力諸法，著爲定則，作詩者動以數者律之，勿許稍越乎此。又凡使事、用句、用字，亦皆有一成之規，不可以或出入。其所以繩者，可謂嚴矣」，這就是指復古派詩人拘守律法，不願變通。王世貞所反對王維楨、李攀龍之處，借用葉燮話頭，亦可說是此種「著爲定則」的取向。葉燮隨即指出：「惟立說之嚴，則其途必歸於一，其取資之數皆如有分量以限之，而不得不隘」、「即優於篇章者，使之連咏三日，其言未有不窮，而不至於重見疊出者寡矣」，對復古派拘守律法的批評可謂一針見血。葉說見蔣寅箋注：《原詩箋注》（上海：上海古籍出版社，2014），外篇上，頁234。

[144] 王世貞著，羅仲鼎校注：《藝苑巵言校注》，卷7，頁343。

> 于鱗擬古樂府，無一字一句不精美；然不堪與古樂府並
> 看，看則似臨摹帖耳。[145]

其「精美」的詩歌語言，既屬於李詩，也屬於古樂府。可見李攀龍是透過摹擬古人語言的手段，去追求「法度」。但檢視實際績效，或許很難否認李詩複現了古人之法，但以書法爲喻，卻宛如缺乏主體情性的「臨摹帖」。[146]李攀龍七律亦然，顧起元（1565-1628）〈傅遠度藏樓集序〉有言：

> 昔濟南以七言律詩自負，……今觀其所作，後之辭人稟爲功令，然正如小乘僧守薄伽梵木（本）乂（義），不敢踰尺寸。試問以一乘圓頓之教，不與法脫不爲法縛者，相去何翅（啻）霄壤！[147]

前引王世貞批評王維楨解杜是「束縛小乘律，都無禪解」，顧起元上引文中對李攀龍七律亦持同樣看法。「薄伽梵」在佛教中爲

---

[145] 同前註，卷7，頁351。

[146] 王世貞別處也曾以書道臨帖爲喻，力斥毫無創造性的摹擬：「或名爲閏繼，實則盜魁，外堪皮相，中乃膚立，以此言家，久必敗矣」。見氏著，羅仲鼎校注：《藝苑巵言校注》，卷5，頁232。有趣的是，李夢陽也曾以臨帖喻詩，其〈再與何氏書〉云：「夫文與字一也，今人模臨古帖，即太似不嫌，反曰能書；何獨至於文，而欲自立一門戶耶？」見氏著：《空同集》，卷62，頁12上。同樣的譬喻、類似的議題，在不同脈絡中的用法竟是截然相反。

[147] 顧起元：《雪堂隨筆》（《四庫禁燬書叢刊》集部第80冊影印明天啟七年刻本，北京：北京出版社，2000），卷2，頁25下-26上。

佛之尊稱。[148]追求古人的法度，猶如修習佛法解脫之道，顧起元將李攀龍的創作實績，比擬爲拘守律法形式的「小乘僧」，認爲這與大乘佛教中「不與法脫不爲法縛」的境界，有極大的分野。非常明顯，理想的創作型態應是對法度不「脫」亦不「縛」，辯證而超越之。

故綜合來看，王維楨和李攀龍對古人法度的態度實屬一致，他們的詩學論述和創作實踐，縱能緊契復古派重法的傳統，卻也同步將復古派逼入摹擬太甚而無法杼軸予懷的窮巷，何啻坐實了外界的批判聲浪。王維楨曾因與世齟齬，對自己的詩歌創作產生懷疑，[149]恐即和此有關。

在王世貞和李攀龍相偕初登壇坫的時代，王維楨已是一位以學杜、解杜著稱的前輩詩人，他對詩法內涵的理解，直接投射到「杜詩」，同時也左右著世人對於杜詩價值的理解。若依他的解讀，杜詩的法度價值，純然僅是語言形式表層的各種細瑣技法。王世貞擔憂世人誤信此即杜詩的「眞傳」，愈陷摹擬泥淖，可知他屢讚杜甫詩法之妙，妙在「法極」、「無跡」兩端的辯證超

---

[148] 參閱慈怡主編：《佛光大辭典》增訂版（高雄：佛光文化事業公司，2014），頁 8150。

[149] 王維楨〈與孫季泉宮允書〉云：「楨從事文辭，積有歲年，乃多牴悟弗合，至復自疑。頃值李公持格眾之見，稱爲正路，令勿改服，因遂自信肆力邁往矣。」見氏著：《王氏存笥稿》，卷 14，頁 3 上-下。可知王維楨的自我懷疑，端賴孫陞（號季泉）鼓勵，方得以消弭。但孫陞稱之爲「正路」，顯然王世貞並不會苟同。孫陞在〈與王太史論文書〉中也曾提及王維楨的自我懷疑：「君篤力好古有年矣，乃曰：『語多牴悟，弗厭眾心，別後當更多異同。某亦自疑，輒思改轍。』」可以參看。見氏著：《孫文恪公集》，卷 14，頁 1 上。

越，這是一種變化多態而又精嚴完美、渾融自如的崇高造詣，乃有端正視聽的積極意義。王世貞杜詩學的旨歸，實是重新定義了杜詩的法度價值。

王世貞如此的重新詮釋，雖有針砭王維楨、李攀龍的意義，實則不盡然只是個人孤明獨發。嘉靖三十八年（1559），《藝苑卮言》初稿成書之隔年，李攀龍在一次和王世貞談詩論藝的聚會中，便曾自述樂府之作：

> 吾擬古樂府少不合者，足下時一離之；離者，離而合也，實不能勝足下。[150]

王、李的交誼密切，我們已難斷定這段自覺成形的時間，和王世貞對李攀龍擬古樂府宛如「臨摹帖」的批評孰為先後；但推敲文意，「合」當指李詩契合古法，所謂「離」，實即「離而合」，則是推崇王詩已臻於一種對古法不脫不縛的辯證超越之境。可知李攀龍不但很明白自己的侷限處，他對王世貞特別強調杜詩法度的渾融無跡、富於變化之境，想必也會首肯。實際上，有關「離」、「合」的議題，王世貞也曾在《藝苑卮言》中申論：

> 法合者，必窮力而自運；法離者，必凝神而并歸。合而離，離而合，有悟存焉。[151]

---

150 王世貞：《弇州四部稿》，卷77〈書與李于鱗論詩事〉，頁23下。
151 王世貞著，羅仲鼎校注：《藝苑卮言校注》，卷1，頁41。

對於「法合者」，即拘守律法的詩人，王世貞認爲務必追求「自運」，勇於展現一己的創造性。相對地，「法離者」，悖離法度之士，則要致力於「幷歸」，即回歸古法。可知文中所論的「離」、「合」，仍是朝向一種對於法度的辯證融合之境，然而王世貞進一步歸結於創作主體的「悟」；換言之，如欲達到前述對於法度的辯證超越之境，創作者須有一種「悟」的心靈狀態。這是非常值得留意的特殊觀點。嚴羽《滄浪詩話》有類似說法：「大抵禪道惟在妙悟，詩道亦在妙悟」，[152]嚴羽以禪喻詩，也認爲「妙悟」是詩道的本質。但依張健的解讀，「妙悟」之說的核心乃是在處理知識和抒情的關係，理想的詩歌不能無涉於知識卻又必須超越知識，最終回歸抒情。[153]可見嚴羽的「妙悟」，與王世貞處理法度離合問題的「悟」，兩個觀念，實有區別。當然，本文無意聲稱王世貞「悟」的觀念前無古人；然而，王世貞由「悟」的觀念去超越「法」的拘守，「離」、「合」辯證，何嘗也是「法」、「悟」的辯證，這種嶄新的思維，具體推展並構成了復古派詩學的新異性。[154]準此而言，王世貞實堪稱是明代詩學史上的一座重要標竿，至於他所力倡杜詩辯證超越的法度價值，正不妨歸功杜甫也有一種「悟」的心靈境界。

---

[152] 嚴羽著，張健校箋：《滄浪詩話校箋》，〈詩辨〉，頁 27。

[153] 張健：《知識與抒情：宋代詩學研究》（北京：北京大學出版社，2015），頁 597。學界對於嚴羽的「妙悟」說，研討甚多，觀點紛紜，並可參見前註所揭書，頁 31-39。

[154] 關於這個議題，可參閱拙著：〈論明代「詩學盛唐」觀念的新異性——一個「理論實效」的思考脈絡〉，《漢學研究》第 26 卷第 3 期（2008年 9 月），頁 182-184。

第五節　結　語

　　錢謙益攻訐復古派不遺餘力，直斥爲喪心病狂之人；[155]稍後的四庫館臣，也常爲復古派強行貼上「摹擬剽竊」一類的負面標籤。二十世紀以來，幾部深具影響力的文學史著作，類似評述亦所在多有。但我們平心翻閱復古派詩學文獻，不難發現諸子往往自視甚高，其以「復古」爲理念，「摹擬」爲手段，實則心懷一種極強烈「策名藝苑」的壯志，[156]這與他人給予的負評竟有強烈反差。因此，關於復古派的評價問題，恐怕應有更細緻的研討空間。我們誠可針對復古派的理論思維和創作實踐諸層面，去進行詮釋、評價；另一方面，也有必要注意諸子是如何把上述的雄心壯志，與「復古」一事緊密連結起來，體現某種文學品味的堅持。亦即，「復古」是如何促進或提升文學價值，打造詩人的不朽聲譽，而非淪於因循守舊。這其實是歷來評議復古派者尚待致力處理的議題。

　　本章對王世貞杜詩學的研究，似可略作補白。研究發現，王世貞杜詩學的形成，備受李攀龍啓迪，由是建立一套「杜詩－復古派」的詩學系譜，宣稱復古派擁有杜詩的「專屬詮釋權」。故

---

[155] 錢謙益著，錢曾箋注，錢仲聯標校：《牧齋有學集》（上海：上海古籍出版社，1996），卷49〈讀宋玉叔文集題辭〉，頁1589。

[156] 王世貞回憶：「記僕初游燕中，僅逾冠，與于鱗輩倡和，時妄意一策名秋（藝）苑，不至終作吳地白眼兒足矣。」見氏著：《弇州四部稿》，續稿卷206〈胡元瑞〉，頁2上-下。這種傾向，李攀龍尤爲明顯，曾聲稱：「自恨不得一當古作者」。前揭書，卷77〈書與于鱗論詩事〉，頁23上。他又曾將王世貞擬作「老聃」自比「仲尼」，充分顯露任誕桀驁的性格。見王世貞著，羅仲鼎校注：《藝苑卮言校注》，卷7，頁346。

王世貞杜詩學內涵的建構，也正是沿承復古派重視法度的傳統基調展開，認爲杜詩的主要價值，乃在體現了既精嚴至極又渾融無跡的法度；尤其是杜詩變化多態的藝術表現，更是超越盛唐諸家的關鍵。這種觀點，實有針砭王維楨解杜的意義，蓋王維楨侷限於杜詩語言形式表層的細瑣技法，王世貞可謂重新詮釋了杜詩的法度價值。而且結合復古派當代處境來看，此說對於本派內部所深陷拘於古法以致摹擬太甚的泥淖，並有重大的突破。

　　王世貞杜詩學的探索眼光十分細膩，還在分體框架中施展辯體的工夫，具體揭明杜詩在特定詩體上的特色和價值。特別是他對李、杜古詩、歌行多層面的比較，不但自覺超越元稹、嚴羽、楊慎的相關論說，後來也贏得了許學夷《詩源辯體》的讚賞：「最爲有得」。[157]而「變體」之說，更是王世貞杜詩學的一大重心，其相關的論述，表面上係在指摘杜詩不足取法之處，實際上更在聲明杜詩的瑕不掩瑜，意義甚爲重大。當時外界常批判復古派學杜而不辨正變，連帶鬆動杜詩的典範地位。可知王說自有針砭本派片面模習杜詩變體的用心，避免重蹈覆轍；另一方面何嘗也是抗衡外界批判聲浪，旨在奪回杜詩詮釋權，肯定杜詩於變體之外仍有不可磨滅的價值，鞏固復古派學杜的必要性。

　　綜合來說，「杜詩」留給復古派最珍貴的遺產，就是具體示現了詩的法度。但在學杜的實踐中，復古派拘守律法、流於摹擬而不辨正變、淪入惡道，不但引發詬病，也令外界質疑學杜的意義。王世貞的杜詩學，雖是承襲復古派重法之傳統而有所推衍，實則對於如何避免摹擬流弊、如何釐清正變之分，乃至於如何重

---

[157] 許學夷著，杜維沫校點：《詩源辯體》，卷35，頁346。

新樹立學杜的意義，皆有所省察、回應。可知他的杜詩學論述，
和當代詩學脈動深具「對話性」，何嘗只是一種冰冷的知識考古
工作。故在杜詩選評中，我們同樣也能看出他和李攀龍《古今詩
刪》互存共識外，特別對其杜甫七律、歌行選評情況亦有所諍
辯、修正。至於杜詩評點中，他特別讚賞杜詩的創造性表現，這
隱然也和復古派拘守律法未遑變通的習性形成了對話。

　　討論杜詩學，很難避免杜甫和盛唐諸家的比較。如王世貞極
爲推崇杜詩變化多態的藝術表現，其論盛唐諸家處，便常觸及造
語或用意重複的問題。杜甫和王維的軒輊，正屬顯例。不過，晚
年的王世貞另有見地：

> 吾嘗謂太白之絕句，與杜少陵之七言古詩歌，當爲古今第
> 一。少陵之五、七言律，與太白之七言詩歌、五言律次
> 之。當時微覺摩詰鹵莽，徐更取讀之，真足三分鼎足，他
> 皆莫及也。[158]

文中並未調整原本對李、杜的評價，有所改變的是王維。「鹵
莽」，有粗疏、苟且之意；王維造語困於用意重複，宜乎此評。
但王世貞此時卻相當寬容地大幅提升了王維的地位，認爲李、
杜、王「三分鼎足」。王詩評價的改變，隱然透露一個訊息：杜
詩原本被視爲獨步盛唐的變化多態之藝術造詣，已不再是詩歌世
界中的最高或唯一標準。這個議題，還有待稍後的許學夷大加推
闡。

---

[158] 王世貞：《讀書後》，卷3〈書李白王維杜甫詩後〉，頁17上。

附表：盧坤輯《杜工部集》王世貞紫筆批語彙整表

卷次	杜甫詩題	王世貞批語	位置
一、讚賞之語（共 18 條）			
卷 1	醉時歌	警策。	眉批
	送孔巢父謝病歸游江東兼呈李白	起語突出驚人，字字接得神采。	眉批
	飲中八仙歌	人人妙，句句好。	眉批
	樂遊園歌	結得悲壯。	眉批
	渼陂行	此處未見神采，以後迥異。	眉批
	奉同郭給事湯東靈湫作	披沙揀金。	眉批
	兵車行	比之古樂府。情事眞切。	題下
	乾元中寓居同谷縣作歌七首	創體！創語！驚心動魄。	眉批
卷 3	後出塞五首（其二）	矯矯獨秀，何必建安。	眉批
卷 7	壯遊	長篇中最爲跌蕩。	題下
卷 9	投贈哥舒開府翰二十韻	喚得宏麗。	眉批
	房兵曹胡馬詩	篇法、句法、字法，無不稱意。	眉批
	重過何氏五首（其一）	何氏十五首遂爲園林之冠，爲其人工之極，更近自然，不淺不深，恰好而止。	眉批
卷 10	春宿左省	宏麗飛動。	眉批
	秦州見敕目薛三劇授司議郎畢四曜除監察與二子有故遠喜遷官兼述索居凡三十韻	用事、押韻，備極苦心，不無費心。	眉批
	寄岳州賈司馬六丈巴州嚴八使君兩閣老五十韻	多多益善，此僅得之。	眉批
	寄張十二山人彪三十韻	致語壯語時出，使人爽然。	眉批
卷 15	秋日夔府詠懷奉寄鄭監李賓客	鋪綴轉摺，差不落寞。	眉批
二、貶抑之語（共 6 條）			

卷 5	桃竹杖引贈章留後	怪得不甚穩	眉批
卷 7	可歎	異怪話，甚凡。	眉批
卷 8	八衡州	不佳。	眉批
卷 9	贈特進汝陽王二十韻	韻非結，有句無理。	眉批
	杜位宅守歲	下得不佳。	夾批
	劉九法曹鄭瑕丘石門宴集	下句各不成語，「聯壁」伴「能吏」亦非雅。	眉批
三、褒貶互見之語（共 6 條）			
卷 3	後出塞五首（其一）	四句太直，比前尤覺蒼然。	眉批
卷 5	寄韓諫議	起得爽俊，略不稱。	眉批
卷 7	昔遊	如此起，而後不稱，可惜。	眉批
卷 15	偶題	起得千古名語，後殊不稱。	眉批
	寄劉峽州伯華使君四十韻	中有壯語，竟以多累。	眉批
	夔府書懷四十韻	好處多，亦有開闔，以多為累。	眉批
四、其他（共 3 條）			
卷 1	麗人行	有一佳本「稱身」下云：「足下何所著，紅葉繡襪穿鐙銀」。	眉批
卷 6	水閣朝齋奉簡嚴雲安	「續」恐作「課」。	眉批
卷 15	贈李八祕書別三十韻	驟爾作此長句。	眉批

第五章　胡應麟的杜詩學

第一節　前　言

　　一個「文學典範」的存在，可以作爲後人進行創作實踐、理論建構乃至於學習活動的規範和準則，具有重要意義。然則典範的誕生和確立，向來不是容易的事，因爲圍繞著特定作家、作品是否堪爲典範的後設性論述，往往綿歷多時，其中寓含的各式對話、爭辯或拉鋸、妥協，也總是構成文學批評史上最複雜而精彩的風景。明代復古派對於杜甫（712-770）詩歌價值的探索，即是顯例。

　　假如暫不考慮個別詩體或詩作的表現情形，杜詩無疑是復古派最重要的「詩歌典範」。值得特別注意的是，杜甫雖因復古派的模習、取法而成爲典範，但後來伴隨著古派創作實踐層面的某些流弊，杜詩價值也連帶備受明人質疑。如謝肇淛（1567-1624）《小草齋詩話》所云：

> 自北地、信陽興，而吾閩有鄭繼之應之，一洗鉛華，力追大雅，盛矣！然掊擊百家，獨宗少陵，呻吟枯寂之語多，而風人比興之誼絕，譬之時無春而邃秋，人未少而先老；才情未肆，氣格變衰；樂事未陳，聲淚俱下。此在少陵爲

之，已非得意之筆，而況效顰學步、面目可憎者哉！故人
謂詩道中興於弘、正，吾獨以為運之衰也。此可為識者道
也。[1]

文中批判復古派創作實踐的「呻吟枯寂之語」，並歸咎於「獨宗
少陵」所致。然而細加推敲「此在少陵為之，已非得意之筆」，
可知謝肇淛不僅有意批判復古派，更進一步波及復古派所尊奉的
杜詩價值。

　　這類對於杜詩價值的鬆動、挑戰，明代中晚期其實流行一
時，仇兆鰲（1638-1717）《杜詩詳注》曾如此回顧：

宋惟楊大年不服杜，詆為村夫子，亦其所見者淺。至嘉、
隆間，突有王慎中、鄭繼之、郭子章諸人，嚴駁杜詩，幾
令身無完膚，真少陵蟊賊也。楊用修則抑揚參半，亦非深
知少陵者。[2]

仇兆鰲的回顧雖然簡略，但對比於宋代僅楊億（974-1020）一
人，明人批判杜詩之眾，儼然成為杜詩學史上的特色。對此，當
代學者也有注意，已曾為文梳理歷來對於杜詩缺陷的評論情況。
關懷面向，儘管各有側重，隱然卻有一個共通的重要意義，誠如

---

[1]　謝肇淛：《小草齋詩話》，卷 3 外篇下。見張健輯校：《珍本明詩話五
　　種》（北京：北京大學出版社，2008），頁 390。本書第四章也曾引述
　　這段文獻，且有較詳之分析，可參閱。

[2]　杜甫著，仇兆鰲注：《杜詩詳注》（北京：中華書局，2004），〈杜詩
　　凡例〉，頁 23。

蔣寅所言：「即便古有『詩聖』之尊，今有『集大成』之目，杜
詩被經典化的過程也不是那麼一帆風順、人無間言的」，進而提
醒我們留心：「杜詩經典化過程的複雜性」。[3]不過，當代學者
處理這個議題時，並未特別聚焦到明代，因而也未能充分結合復
古派的處境來思考。明代中晚期批判杜詩的論調，是否允當，在
此暫可不必深究，但其蔚爲風潮，自然會對復古派既有的尊杜、
學杜傳統造成不小壓力、衝擊。然則，復古派究竟如何回應、抗
衡此一聲浪，重新標舉、堅守杜詩價值？他們在自家創作實踐流
弊和外界批判杜詩論調雙重夾擊的處境下，怎樣審視其尊杜、學
杜的傳統？這仍是一個亟待釐清的問題。

　　爲了瞭解這個問題，我們必須特別注意胡應麟（1551-
1602）《詩藪》。胡氏字元瑞，一字明瑞，自號少室山人，又號
石羊生，浙江蘭谿人，嘗著《少室山房類稿》、《少室山房筆
叢》，論詩專書則有《藝林學山》，大旨乃在商榷楊愼詩說；但
最爲人稱道的要推《詩藪》。胡震亨（1569-1645）便曾許爲復
古派詩學集大成式的著作。[4]其語氣或許不無誇張，卻也因此更
能凸顯、印證《詩藪》之重要；欲瞭解復古派詩學，無疑不能忽
略此書。實際上，對於復古派學杜的流弊及時人批判杜詩的論
調，胡應麟書中也都有掌握：

　　　老杜七言拗體，亦當時意興所到，盛唐諸公絕少。黃、陳

3　蔣寅：〈杜甫是偉大詩人嗎？──歷代貶杜論的譜系〉，《金陵生文學
　　史論集》（瀋陽：遼海出版社，2009），頁231。

4　胡震亨著，周本淳校訂：《唐音癸籤》（上海：上海古籍出版社，
　　1981），卷32〈集錄三〉，頁333。

> 偏欲法此，而不得其頓挫闔闢之妙，遂令輕薄子弟以學杜
> 為大戒。近獻吉亦坐此，然其才力雄健，合作處尚可並
> 馳。時尚風靡，熊士選、鄭繼之、殷近夫輩七言，遂無一
> 篇平整，皆賢者之過也。[5]

這段文字首先談到黃庭堅（1045-1105）、陳師道（1053-1101）
學杜不得其妙，導致「輕薄子弟」以學杜為戒。胡應麟對宋詩向
來缺乏好感，容後申論；但「輕薄子弟」的做法，形同徹底抹煞
了學杜意義，也恐有因噎廢食之嫌。據文中後半段來看，黃、陳
創作之弊，隱然也是復古派當下的瓶頸；「輕薄子弟」戒杜，何
嘗也是針對復古派而發。[6]胡應麟《詩藪》另文還有更清楚的表
述：

> 自北地宗師老杜，信陽和之，海岱名流，馳赴雲合。而諸

5　胡應麟：《詩藪》（上海：上海古籍出版社，1979），內編卷 5，頁
　　93。

6　文中所評熊卓（字士選）、鄭善夫（字繼之）、殷雲霄（字近夫），皆
　　為復古派人物。鄭善夫，本書第一章已有觸及。熊卓詩集為李夢陽選
　　刻，見李夢陽：《空同集》（《景印文淵閣四庫全書》第 1262 冊，臺
　　北：臺灣商務印書館，1983），卷 52〈熊士選詩序〉，頁 1 上-2 下。俞
　　集（字汝成）亦云：「孝廟以還，李、何二公，首倡詩學。一時揚袂而
　　起者，如徐迪功、熊士選、康對山、王浚川輩，不啻數十家」，引自朱
　　彝尊著，姚祖恩編，黃君坦校點：《靜志居詩話》（北京：人民文學出
　　版社，1998），卷 9〈杭淮〉，頁 243。再據崔銑〈殷近夫墓誌銘〉，
　　殷雲霄「為文非秦漢人語不習」、「自漢魏至唐作者皆辨其音節而擬
　　之」，見黃宗羲編：《明文海》（影印涵芬樓藏抄本，北京：中華書
　　局，1987），卷 433〈墓文〉，頁 4539。皆可證其為復古派人物。

公質力高下強弱不齊，或強才以就格，或困格而附才。故弘、正自二、三名世外，五、七言律，往往剿襲陳言，規模變調，粗疎拗澀，殊寡成章。嘉靖諸子見謂不情，改創初唐，斐然溢目，而矜持太甚，雕繢滿前，氣象既殊，風神咸乏。既復自相厭棄，變而大曆，又變而元和，風會所趨，建安、開、寶之調，不絕如綖。[7]

請注意：胡應麟文中描繪的明代詩學史圖像，恰是一段杜詩被標舉既而失落的歷程。復古派原以鮮明的學杜之姿崛起詩壇，後來因眾多追隨者的素質有限，導致創作實踐衍生了「剿襲陳言」、「規模變調」等嚴重流弊；明人於焉相繼改學「初唐」、「大曆」、「元和」，卻無異於悖棄復古派最初設定的杜詩典範。可知攤在胡應麟面前最迫切的詩學問題，實是如何在避免重蹈復古派創作實踐流弊的情況下，振興尊杜、學杜的傳統。他必須「鑒戒」前人學杜的創作實績，去「重構」杜詩應有的價值。本章將以《詩藪》爲據，提出具體的分析。

　　在討論程序上，我們擬先系統化梳理胡應麟杜詩學的主要內容，確立其杜詩價值系統的基調，作爲後續進一步討論的基礎。其次，我們將結合前述的復古派處境來思考，試由若干層面去逼顯胡應麟杜詩學的重要意義。

7　胡應麟：《詩藪》，續編卷2，頁351。

第二節　胡應麟的杜詩價值系統

胡應麟《詩藪》分內編、外編、雜編、續編，凡二十卷。內編六卷展現「分體」架構，依次評述古體雜言、五言、七言和近體律、絕的創作情況；外、雜、續編十二卷打破文體界線，改循「歷時」的脈絡，探究先秦至明代詩歌創作及批評議題，縱橫交織，結構井然。胡應麟的杜詩學論述散佈《詩藪》各編，雖似零散、不成系統，其實他的相關核心觀點主要見於內編，其餘各編形成了呼應、補充的態勢。端看「內編」的命名，其重要地位已不待絮叨。因此，以下的討論，宜參照內編的「分體」架構，嘗試建立胡應麟杜詩學的系統性。我們先關注的焦點是：胡應麟如何看待杜詩各體的價值？

在杜甫各種詩體中，胡應麟對其「絕句」討論最少，評價也最低。他屢次宣稱杜甫絕句「五、七言俱無所解」、「不必法也」、「原非絕句本色」，[8]譏諷黃、陳學杜七絕「遂成突梯謔浪之資」，元好問（1190-1257）學五絕「殊可笑」，[9]可見他不認爲杜甫絕句足當典範。但《詩藪》有一段說法仍值得留意：

> 楊用修云：「唐樂府本自古詩而意反近，絕句本自近體而意反遠，蓋唐人偏長獨至，而後人力莫追嗣者也。……少陵雖號大家，不能兼美；近世愛忘其醜者，并取效之，過矣！」用修平生論詩，惟此精確。近世學杜，謂獻吉也。

8　以上引文，各見胡應麟：《詩藪》，內編卷6，頁116、109、121。

9　同前註，外編卷5，頁227；外編卷6，頁239。

　　然獻吉間有杜耳，多作盛唐。[10]

據此，楊慎批評杜甫絕句，原有訂正復古派鉅子李夢陽取法杜絕的意義。胡應麟接受了這個說法，這其實是他順隨外界對復古派學杜的批判聲浪，去淡化杜詩價值的一個特例。至於其餘「樂府」、「古詩」、「歌行」、「律詩」諸體，胡應麟則是刻意強化杜詩價值，論述內容也較豐富。

一、五言古體

　　我們先討論成體時代較早的「樂府」、「古詩」。這兩種詩體，本有差異，但胡應麟常放在同一段文字脈絡中來討論。因此，本文概稱之為「古體」。又，「樂府」原有三言、四言、五言、六言、七言、雜言，[11]胡應麟的杜詩學，主要涉及五、七言；「古詩」亦然。以下聚焦討論五言的部分，亦即「五言古體」。

　　胡應麟對於「五言古體」，非常崇尚「漢魏」之作。且看《詩藪》描繪的漢魏六朝詩史圖像：

　　五言盛於漢，暢於魏，衰於晉宋，亡於齊梁。[12]

10　同前註，內編卷 6，頁 108。所引楊慎之說，見其〈唐絕增奇序〉；胡應麟另處並曾簡評楊慎此序的杜甫絕句觀，同前註，內編卷 6，頁 116-117；又可參閱氏著：《藝林學山》，收入吳文治主編：《明詩話全編》（南京：鳳凰出版社，2006），頁 5744-5745。

11　胡應麟：《詩藪》，內編卷 1，頁 12-13。

12　同前註，內編卷 2，頁 22。

相對於晉宋以降的「衰」、「亡」，漢魏則是「盛」、「暢」，
價值更高。在胡應麟心目中，五古的最高典範要推「漢魏」。[13]
這個詩史圖像未納入唐代，其實在漢魏的照映下，唐代也黯然失
色，如《詩藪》云：「今人律則稱唐，古則稱漢，然唐之律遠不
若漢之古。」[14]即使不進行這種古、律跨體的評比，端看胡應麟
讚賞王世貞五古：「皆可超越唐人，追蹤兩漢」，[15]亦可推知唐
人的五古並不被視爲極境。

　　就杜詩價值論的議題來看，胡應麟崇尙漢魏的立場依舊堅
定：

> 陳王古詩獨擅，然諸體各有師承。惟陶之五言，開千古平
> 淡之宗；杜之樂府，掃六代沿洄之習，真謂自啓堂奧，別
> 創門戶。然終不以彼易此者，陶之意調雖新，源流匪遠；
> 杜之篇目雖變，風格靡超。故知三正迭興，未若一中相授
> 也。[16]

此文涉及創作者和古典傳統之間的關係，認爲曹植（192-232）
詩歌沿襲傳統，陶淵明（365?-427）、杜甫則有開創。姑且不談
陶淵明的部分，胡應麟認爲杜詩「風格靡超」，其價值不如曹
植。這種觀點，並非單純主張墨守傳統，而是暗示曹植所承襲或

13　胡應麟對「漢魏」五古的討論，可參閱陳斌：《明代中古詩歌接受與批
　　評研究》（上海：上海三聯書店，2009），頁 264-269。

14　胡應麟：《詩藪》，內編卷 2，頁 35。

15　同前註，內編卷 2，頁 40。

16　同前註，內編卷 2，頁 35。

代表的漢魏典範，完全足以凌駕杜詩價值。

　　杜甫五古實非毫無可取，但胡應麟評估杜詩價值的一個重要「基準」，實爲漢魏典範。故《詩藪》云：

> 杜之〈北征〉、〈述懷〉，皆長篇敘事，然高者尚有漢人遺意，平者遂爲元、白濫觴。[17]

杜甫〈北征〉、〈述懷〉崇高價值，取決於「尚有漢人遺意」。《詩藪》又云：

> 「明月照高樓，想見餘光輝」，李陵逸詩也。子建「明月照高樓，流光正徘徊」，全用此句而不用其意，遂爲建安絕唱。少陵「落月滿屋梁，猶疑照顏色」（〈夢李白〉其一），正用其意而少變其句，亦爲唐古崢嶸。今學者第知曹、杜二句之妙，而不知其出於漢也。[18]

胡應麟此文雖能肯定杜詩的高妙，但主要想指出杜詩和西漢李陵（2-74 B.C.）之間的淵源關係。此說不免令人覺得杜詩的價值，雖似來自個人的創造，實則取決於承襲漢詩「句」、「意」。再看《詩藪》對唐人五古藝術特色的觀察：

> 四傑，梁、陳也。子昂，阮也。高、岑，沈、鮑也。曲

17　同前註，內編卷 2，頁 34。
18　同前註，內編卷 2，頁 31。

> 江、鹿門、右丞、常尉、昌齡、光義、宗元、應物，陶
> 也。惟杜陵〈出塞〉樂府有漢魏風，而唐人本色時露。太
> 白譏薄建安，實步兵、記室、康樂、宣城及拾遺格調
> 耳。[19]

此文將唐人五古比附漢魏六朝，唯獨杜甫一人「有漢魏風」，其
餘諸家大多近乎六朝格調；這應是胡應麟推崇杜詩的關鍵原因。

　　值得進一步探究的是，所謂「漢魏風」，究竟是指涉什麼樣
的詩歌特色？胡應麟沒有提供明確解答，正如他曾推許李、杜詩
是「大乘」：

> 李、杜五言大篇，七言樂府，方之漢魏正果，雖非最上，
> 猶是大乘。[20]

「大乘」係相對於「小乘」，原是佛教教義的不同派別，初無優
劣之分；胡應麟則是借以轉喻李、杜即便無法上比漢魏正典，自
仍有其崇高價值。但胡應麟並明確疏釋「大乘」一詞指涉何種詩
歌特色。不過，綜觀《詩藪》相關條目，會發現胡應麟非常留心
漢、唐詩歌語言的「質」、「文」議題：

> 漢人詩，質中有文，文中有質，渾然天成，絕無痕迹，所
> 以冠絕古今。魏人贍而不俳，華而不弱，然文與質離矣。

> 晉與宋，文盛而質衰；齊與梁，文勝而質減；陳、隋無論
> 其質，即文無足論者。[21]

「質」指質樸的詩歌語言風格，「文」指文采、辭采，胡應麟認為漢詩的崇高，實乃在於「質」、「文」兩端的辯證融合。相對來說，魏晉以降，「質」衰「文」盛，故價值愈低。[22]至於唐代，《詩藪》有云：

> 文質彬彬，周也。兩漢以質勝，六朝以文勝。魏稍文，所
> 以遜兩漢也；唐稍質，所以過六朝也。[23]

「文質彬彬」雖是一種理想狀態，但胡應麟顯然預設「質」的優越性，故認為漢詩勝魏詩，唐詩亦超越六朝。漢、唐詩歌之「質」，實有疊近之處。所謂杜詩「有漢魏風」、「大乘」，基本上是指一種質樸的詩歌語言風格。

---

[21]　同前註，內編卷2，頁22。

[22]　這是受到徐禎卿以「質」、「文」論漢魏晉詩的影響。胡應麟《詩藪》云：「漢詩，堂奧也；魏詩，門戶也。入戶升堂，固其機也。而晉氏之風，本之魏焉，然而叛跡於魏者，何也？故知門戶非定程也。夫欲拯質，必務削文；欲反本，必資去末，是固曰然。然玉韞於石，豈曰無文？淵珠露采，亦匪無質。由質開文，古詩所以擅巧；由文求質，晉格所以為衰。若乃文質雜興，本末並用，此魏之失也。以上昌穀論三代詩，絕得肯綮，以俟百世，其言不易矣。」同前註，外編卷2，頁158。徐禎卿原文，可複按氏著：《談藝錄》，收入何文煥輯：《歷代詩話》（北京：中華書局，2001），頁776。

[23]　胡應麟：《詩藪》，內編卷1，頁3。

胡應麟對漢、唐詩歌語言特色的討論，進一步觸及「音節」：

> 古詩自有音節。……唐人李、杜外，惟嘉州最合。襄陽、常侍雖意調高遠，至音節時入近體矣。[24]

所謂「古詩自有音節」，指漢魏詩自有其獨特的音聲節奏。胡應麟認爲李、杜和岑參（715-770）「最合」，蓋認爲他們的五古音聲節奏，最能契合於漢魏，而不像孟浩然（689?-740）、高適（706-765）雜入近體詩的聲律法則。「最合」之說，正透露他想追尋一種純粹的古體。可知所謂杜詩「有漢魏風」、「大乘」，另一個基本內涵，應是一種更爲純完的古體音節表現。

不過，胡應麟前文還察覺到杜詩「唐人本色時露」；這也就是說，杜詩終究未能趨復純完的漢魏風格。故《詩藪》云：「子美五言〈北征〉、〈詠懷〉，樂府〈新婚〉、〈垂老〉等作，雖格本前人，而調出己創。」[25]亦指此情況。「本色」實爲胡應麟詩學的重要術語，指特定時期內詩歌體貌的共同特徵。[26]所謂「唐人本色」，也就是唐人五古體貌的某種共同特徵。以《詩藪》中的表述，又稱「唐調」、「唐體」、「唐人古體」，具體涵義仍須審視文字脈絡始能推定。如《詩藪》云：

24　同前註，內編卷 2，頁 36。
25　同前註，內編卷 4，頁 70。
26　參閱陳國球：〈變中求不變：論胡應麟對詩史的詮釋〉，《中外文學》第 12 卷第 8 期（1984 年 1 月），頁 157-158。

世目玄暉爲唐調之始，以精工流麗故。[27]

謝朓（464-499）詩語風格「精工流麗」，胡應麟稱爲「唐調之始」。杜詩的「唐人本色」，未必只能是謝朓那樣的風格。但透過這段資料，我們不難瞭解，「唐人本色」的核心涵義，指唐人格外重視詩歌語言的經營。緣此，胡應麟評唐太宗李世民（599-649）〈帝京篇〉也指出：

唐初惟文皇〈帝京篇〉，藻贍精華，最爲傑作。……然使三百年中，律有餘，古不足，已兆端矣。[28]

檢讀此詩，就會發現「藻贍精華」的語言風格，顯然是詩人刻意營構而成。胡應麟上引文似有意由小見大，通過此詩去指認整個唐人五古的特徵。這種特徵，後來許學夷（1563-1633）《詩源辯體》說唐人五古「氣象崢嶸，聲色盡露」，又宣稱李、杜五古「乃詞人才子之詩」，[29]可提供更清楚的印證。

唐人究心於詩歌語言的營構，將導致古意澆漓。如胡應麟比較高、岑：

常侍五言古，深婉有致，而格調音節，時有參差。嘉州清新奇逸，大是俊才，質力造詣，皆出高上。然高黯淡之

---

[27] 胡應麟：《詩藪》，外編卷 2，頁 152。

[28] 同前註，內編卷 2，頁 36-37。

[29] 許學夷著，杜維沫校點：《詩源辯體》（北京：人民文學出版社，1998），卷 3，頁 48。

內，古意猶存；岑英發之中，唐體大著。[30]

所謂「岑英發之中，唐體大著」，明確指出岑參刻意騁才，求奇造逸，於焉構成了「唐體」。前文曾論及岑參五古音節最能契合漢魏，但上述的創作狀況，終究使得他和漢魏正典分道揚鑣，只能成為「唐體」。由高適的對比，可推知「唐體」的主要缺陷，就是喪失了深婉有致的古意。再看胡應麟總評柳宗元（773-819）：「清峭有餘，閒婉全乏，自是唐人古體」，[31]亦可證「唐體」缺乏閒婉之美。

從杜詩論評的脈絡來說，「唐人本色時露」，等於宣判杜甫五古有欠純完，價值遜於漢魏。但《詩藪》另文透露出更複雜的情況：

> 世多謂唐無五言古。篤而論之，才非魏晉之下，而調雜梁陳之際，截長補短，蓋宋齊之政耳。如……少陵〈羌村〉、〈出塞〉，……皆六朝之妙詣，兩漢之餘波也。[32]

「宋齊之政」，乃是一種擬況，意謂杜詩價值遜於漢魏。但我們更應注意引文最後兩句：「六朝之妙詣，兩漢之餘波」，這是對杜甫五古〈羌村〉、〈出塞〉藝術特色的概括。「兩漢之餘波」，指杜詩承襲了漢代以來既成的五古體製，而有所發展、新變。故在五古詩史的長河上，漢詩如果是源頭，杜詩便是「餘

30　胡應麟：《詩藪》，內編卷2，頁36。

31　同前註，內編卷2，頁36。

32　同前註，內編卷2，頁37-38。

波」。「餘波」一詞，再度透露杜詩價值難以比肩漢詩。「六朝之妙詣」，是一個特殊的說法。前面論及，唐人翻轉了六朝重「文」的局面，趨復漢詩的「質」。請仔細玩索胡應麟當時的語彙：「兩漢以質勝」，「唐稍質，所以過六朝也」，不難察覺，唐人乃是在承續六朝文采的基礎上，稍趨質樸，與純然渾樸的漢詩仍有一間之隔。唐人究心於詩歌語言的營構，這樣的「本色」，並不是唐代的突變性的現象，明顯是承續六朝文采而來。故上引文認為杜甫〈羌村〉、〈出塞〉乃是「六朝之妙詣」。

　　我們再對照《詩藪》另文又云：

　　　　老杜無四言詩。然〈羌村〉「崢嶸赤雲西」、〈出塞〉「朝進上東門」二篇，實得〈風〉、〈騷〉遺意，惜不盡脫唐調耳。[33]

請注意：此文同樣舉出〈羌村〉、〈出塞〉，視為「唐調」。可證「六朝之妙詣」正是指「唐調」，亦即唐人五古的「本色」。由「妙詣」一詞，我們就會發現胡應麟對杜詩的「唐人本色」，竟然欣賞有加。這是一種非常曖昧的心態，其對「唐人本色」，可謂既惋惜又欣賞。我們實可歸結出胡應麟對杜甫五古的兩種批評取向：一是在漢魏典範基準下，杜詩的「唐人本色」，恰是其價值遜色的癥結；其次是在六朝對照下，杜詩的「唐人本色」，造詣高妙，自仍有其正面價值。[34]

33　同前註，內編卷 1，頁 12。
34　前引文刪節處，其實原本列有許多唐人五古篇目，可知所謂「六朝之妙詣」，並不限於杜詩，而是胡應麟綜觀唐人五古的感想。

關於杜甫五古在詩史上的地位，不可忽略《詩藪》云：

> 古詩浩繁，作者至眾。……有唐一代，拾遺草創，實阮前
> 蹤；太白縱橫，亦鮑近讞。少陵才具，無施不可，而憲章
> 祖述漢魏六朝，所謂風雅之大宗，藝林之正朔也。[35]

這段文字推崇杜甫「無施不可」，指其才力高妙，筆力變化，擁
有多樣化的藝術表現，[36]實頗近於前人的「杜詩集大成」觀點。
故《詩藪》另處也指出：「集大成於開元者，工部也」、「子建
以至太白，詩家能事都盡，杜後起集其大成」，[37]可見胡應麟確
實很推崇杜詩的「集大成」。關於此點，稍後還將一再觸及。

二、七言歌行

據《詩藪》云：「七言古詩，概曰歌行。」[38]又：「唐人
李、杜、高、岑，名爲樂府，實則歌行。」[39]可知七言古詩、樂

---

[35]　胡應麟：《詩藪》，內編卷2，頁23。

[36]　宋人已曾使用「無施不可」一詞評論杜詩，如《遯齋閒覽》載王安石
　　　云：「至於甫，則悲歡窮泰，發斂抑揚，疾徐縱橫，無施不可，故其詩
　　　有平淡簡易者，有綺麗精確者，有嚴重威武若三軍之帥者，有奮迅馳驟
　　　若泛駕之馬者，有淡泊閑靜若山谷隱士者，有風流縕藉若貴介公子
　　　者。」可知所謂「無施不可」，正是在指杜詩變化多態的藝術表現。引
　　　自胡仔纂集，廖德明校點：《苕溪漁隱叢話》（北京：人民文學出版
　　　社，1962），前集卷6，頁37。

[37]　胡應麟：《詩藪》，內編卷2，頁35；內編卷5，頁91。

[38]　同前註，內編卷3，頁41。

[39]　同前註，內編卷1，頁13。

府、歌行名稱雖異，其實指涉一致，故我們的討論也毋須強加區
隔。茲概稱為「歌行」。

　　對於七言歌行，胡應麟稍微改變了前面討論五古的態度。他
仍非常欣賞漢魏之作，卻更重視唐人的新貌。他循著詩史發展脈
絡說：

> 歌行兆自〈大風〉、〈垓下〉、〈四愁〉、〈燕歌〉而
> 後，六代寥寥。至唐大暢，王、楊四子，婉轉流麗；李、
> 杜二家，逸宕縱橫。[40]

據文中所述，唐代的「大暢」，與六朝的「寥寥」對比，既指盛
行、流行，也指價值較高。其中，胡應麟尤欣賞王勃（649-
676）、楊炯（650-692）、盧照鄰（635?-395?）、駱賓王（640-
684）和李、杜。

　　崇尚「唐代歌行」，其實原是復古派的詩學傳統，但如何確
切體認唐人歌行的特色和價值，復古派內部曾引起一些爭議。胡
應麟也參與其中。他曾多次討論何景明〈明月篇并序〉所認為初
唐四傑優於杜詩的觀點：

> 仲默〈明月篇序〉云：「僕始讀杜子七言詩歌，愛其陳事
> 切實，布辭沉著，鄙心竊效之，以為長篇聖於子美矣。既
> 而讀漢魏以來歌詩，及唐初四子者之所為而反復之，則知
> 漢魏固承《三百篇》之後，流風猶可微焉；而四子者雖工

40　同前註，內編卷3，頁49。

> 富麗，去古遠甚，至其音節往往可歌。乃知子美辭固沉
> 著，而調失流轉，雖成一家語，實則詩歌之變體也。」[41]

何景明主要關注「音節」問題，認爲初唐四傑的音聲節奏流轉動
人，杜詩不然，故有所抑揚。至於杜詩的「布辭沉著」，何景明
雖未抹煞其優長，但顯然不覺得是歌行體的第一義。胡應麟提出
不同的見解：

> 仲默謂：「唐初四子，雖去古遠甚，其音節往往可歌。子
> 美詞雖沉著，而調失流轉，實詩歌之變體也。」此未盡
> 然。歌行之興，實自上古，〈南山〉、〈易水〉，隱約數
> 言，咸足詠嘆。至漢魏樂府，篇什始繁，大都渾朴真至，
> 既無轉換之體，亦寡流暢之辭，當時以被管絃、供燕享，
> 未聞不可歌也。杜〈兵車〉、〈麗人〉、〈王孫〉等篇，
> 正祖漢魏，行以唐調耳。[42]

文中認爲杜詩淵源於漢魏，而漢魏古詩亦可歌。其實何景明並未
論及漢魏可歌與否的問題，胡應麟實能加以補充，但他進一步串
連漢魏和杜詩，自然也就消解了何景明對杜詩殊乏音節之美的質
疑。不過，這段文字沒有明確論證杜詩何以淵源於漢魏，據上文
對漢魏詩歌語言的描述，或可推測是著眼於兩者都具有「渾朴眞

---

[41] 同前註，內編卷 3，頁 53。何景明〈明月篇并序〉原文，可見李淑毅等
  點校：《何大復集》（鄭州：中州古籍出版社，1989），卷 14，頁 210-
  211；並可參閱本書第二章之討論。

[42] 胡應麟：《詩藪》，內編卷 3，頁 47。

至」、「無轉換之體」、「寡流暢之辭」的特色；但其間的分歧
恐怕是更大的，此點容後再集中論之。我們在此可先關注的是，
這段文字也沒有針對何景明所推舉的初唐四傑提出看法，惟參照
《詩藪》另一處的商榷：

> 仲默論歌行，允謂前人未發，然特專明一義，匪以盡概諸
> 方。王、楊四子，雖偏工流暢，而體格彌卑，變化未覩。
> 唐人一代皆爾，何以遠過齊梁？必有李、杜二公，大觀斯
> 極。[43]

這段文字含有非常濃厚的詩史意識。何景明原本是從文體學角度
關注四傑和杜詩的音節問題，胡應麟此文則著眼於齊梁、四傑到
李、杜的詩史發展，他批評四傑體格卑弱、單調，推許李、杜才
是歌行體的巔峰。

　　即使跳脫商榷何景明的脈絡，胡應麟仍由詩史發展的角度去
標舉李、杜：

> 沈、宋厭王、楊之靡縟，稍欲約以典實而未能也。李、杜
> 一變，而雄逸豪宕，前無古人矣。[44]

「雄逸豪宕」是李、杜歌行的特色，也是對其獨特詩史意義的定
位。

43　同前註，內編卷3，頁57。
44　同前註，內編卷3，頁47。

有關初、盛唐歌行詩史圖像，胡應麟還有更細緻的描繪：

> 唐七言歌行，垂拱四子，詞極藻豔，然未脫梁陳也。張、
> 李、沈、宋，稍汰浮華，漸趨平實，唐體肇矣，然而未暢
> 也。高、岑、王、李，音節鮮明，情致委折，濃纖修短，
> 得衷合度，暢乎！然而未大也。太白、少陵，大而化矣，
> 能事畢矣。[45]

據其所述，初、盛唐歌行詩史可分為四個階段：一是四傑藻豔未
脫梁陳，二是張說（663-730）、李嶠（644-713）等人「未
暢」，三是高適、岑參之輩「暢」而「未大」，最終則是李、杜
「大而化」。胡應麟似有意進一步拉開李、杜和四傑之間的懸殊
價值，同時也能凸顯所謂「大而化」，正是李、杜的獨特本領。
　　胡應麟屢次強調李、杜歌行的「變化」，《詩藪》云：

> 初唐七言古以才藻勝；盛唐以風神勝；李、杜以氣概勝，
> 而才藻、風神稱之，加以變化靈異，遂為大家。[46]

文中仍有一條由初、盛唐諸家到李、杜的詩史發展線索。不難察
知，李、杜的獨特本領，係以「氣概」為主，強勢綜攝諸家的
「才藻」、「風神」，富於「變化」。前引文提到「李、杜二
家，逸宕縱橫」，意謂擺棄羈束，雄健奔放，這其實也是在凸顯

45　同前註，內編卷3，頁50。
46　同前註，內編卷3，頁55。

李、杜的「變化」。又據《詩藪》云：「題畫自杜諸篇外，唐無繼者」，後人題畫詩誠或可觀，但「骨力變化，遠非杜比」，[47]顯然是將杜甫題畫詩的「變化」，視爲一種難能可貴的境界。

　　值得注意的是，《詩藪》其實有更多論述，係在反思李、杜的得失。胡應麟認爲李、杜雖有變化之妙，卻不免喪失古意：

　　　李、杜一振，古今七言盡廢，然東西京古質典型，邈不可觀矣。[48]

《詩藪》又云：

　　　李、杜歌行，擴漢魏而大之，而古質不及。[49]

這種說法與我們前面討論五古的情況頗相彷彿，唐人五古遜於漢詩的癥結，就是究心於詩歌語言的營構，導致古意不足。

　　杜甫尤其如此，《詩藪》云：

　　　閶闔縱橫，變幻超忽，疾雷震霆，淒風急雨，歌也；位置森嚴，筋脈聯絡，走月流雲，輕車熟路，行也。太白多近歌，少陵多近行。[50]

47　同前註，內編卷 3，頁 54。
48　同前註，內編卷 3，頁 42。
49　同前註，內編卷 3，頁 47。
50　同前註，內編卷 3，頁 48。

在李白對比下，尤可顯豁杜甫歌行的創作，對「位置」、「筋脈」等用字遣詞、章法佈局，皆特有講究。綜觀《詩藪》，胡應麟不曾舉出具體作品評比漢詩和李白，卻屢次評比漢詩和杜甫——其間對比更明顯。例如：

> 杜〈七歌〉亦仿張衡〈四愁〉；然〈七歌〉奇崛雄深，〈四愁〉和平婉麗。漢、唐短歌，名為絕唱，所謂異曲同工。[51]

指杜甫〈乾元中寓居同谷縣作歌七首〉仿擬張衡（78-139）〈四愁詩〉，一改張詩的「和平婉麗」，別創「奇崛雄深」之調。

又如杜詩〈大麥行〉與漢末樂府〈小麥謠〉的比較：

> 「小麥青青大麥枯，誰當獲者婦與姑，丈夫何在西擊胡」，三語奇絕，即兩漢不易得。子美「大麥乾枯小麥黃，婦女行泣夫走藏，問誰腰鐮胡與羌」，才易數字，便有漢、唐之別。[52]

兩篇作品的主題，非常類似，胡應麟卻察覺到「漢、唐之別」。細加玩味，〈小麥謠〉以平順自然的筆觸帶到丈夫離家出征的事件，杜甫〈大麥行〉敘事較富動態性、故事性，尤能渲染出徵兵時的緊張氣氛。故要言之，無論是「奇崛雄深」這樣的形容、描

51　同前註，內編卷3，頁53。

52　同前註，內編卷3，頁54。

述，或我們直接閱讀〈大麥行〉的經驗、感受，皆不難想見杜甫創作之際究心營構詩歌語言的情況。誠如胡應麟說杜甫〈哀王孫〉、〈兵車行〉「格調精明，詞氣跌宕，近似有意」，迥異兩漢歌謠，[53]他其實是很敏銳地注意到杜甫的「有意」創作，改變了漢人的渾樸古意。前面胡應麟爲商榷何景明貶杜之說，雖認爲杜甫淵源於漢詩，然而他其實提出了更充分的論述去呈現兩者的分歧。換言之，「正祖漢魏，行以唐調」，杜詩恐怕更偏向「唐調」。

　　總括來說，杜詩的「唐調」、「唐人本色」，在胡應麟的五古批評系統中，隱然是一個永遠無法比肩漢魏典範的憾事；但對七言歌行，他雖然察覺杜詩古意不足的現象，仍舊推崇備至。何以故？這涉及胡應麟對歌行之體的審美設定：

> 凡詩諸體皆有繩墨，惟歌行出自〈離騷〉、樂府，故極散漫縱橫。[54]

可知歌行之體的特徵，乃被設定爲力求變化、放縱不羈。杜詩古意不足而仍備受胡應麟青睞，實因杜詩符合他對歌行體的設定。這種設定不是前無古人的發明，但在他的杜詩論評系統中，足以說明杜詩代表歌行體的極致。[55]

53　同前註，內編卷 3，頁 54-55。

54　同前註，內編卷 3，頁 48。

55　胡應麟對杜甫五、七言樂府，還有一個值得注意的觀點：「少陵不效四言，不做〈離騷〉，不用樂府舊題，是此老胸中壁立處。然『風』、〈騷〉、樂府遺意，杜往往得之。」同前註，內編卷 2，頁 38。此說肯

三、五言律詩（含排律）

在杜甫諸體中，胡應麟最推崇「律詩」。《詩藪》云：「杜之律，李之絕，皆天授神詣。」[56]律詩堪稱是杜甫的代表性詩體。特別是五律，「杜五言律，自開元獨步至今，……就杜論，七言亦微減五言」，[57]可知相較於七律，胡應麟認為杜甫五律價值尤高。以下擬先討論「五律」，兼及「五言排律」。

談及杜甫五律的價值，胡應麟曾畫出一張唐代五律詩史圖像：

> 五言律詩，極盛於唐。要其大端，亦有二格：陳、杜、沈、宋，典麗精工；王、孟、儲、韋，清空閒遠。此其概也。然右丞贈送諸什，往往闌入高、岑。鹿門、蘇州，雖自成趣，終非大手。太白風華逸宕，特過諸人，而後之學者，才匪天仙，多流率易。唯工部諸作，氣象嵬峨，規模宏遠，當其神來境詣，錯綜幻化，不可端倪，千古以還，一人而已。[58]

這段文字首先將唐人五律歸類為兩種風格：一是陳子昂、杜審言

定杜甫樂府的創造性，及其因之更能契合古典傳統、精神，本書第四章論王世貞處已曾觸及。本章限於正文脈絡，未便申論；許學夷《詩源辯體》嘗引胡應麟此說而闡發之，體系更趨於詳明，故擬留待下一章再予討論。

56 同前註，內編卷6，頁121。

57 同前註，內編卷4，頁73。

58 同前註，內編卷4，頁58。

（648?-708）等人的「典麗精工」，二是王維（701?-761?）、孟
浩然等人的「清空閒遠」，然後進一步標舉李白、杜甫的崇高地
位。胡應麟沒有貶抑李白五律，所謂「率易」，在原文脈絡中係
指學李者的疏失，他其實很肯定李白「風華逸宕」，認爲足以超
越前人、儕輩而自成一家；但文中述及杜甫的篇幅不但更多，最
後說「千古以還，一人而已」，杜詩無疑更受崇拜。杜詩「氣
象」、「規模」，皆能表現出雄偉宏大的風格特色；但據文中的
描述，最令胡應麟傾慕的應是「錯綜幻化，不可端倪」，即杜詩
藝術表現變化多態。如《詩藪》中簡要的說法：

> 少陵筆力變化，極於近體。[59]

可證胡應麟對杜甫五律的傾心，主要在於杜詩的「變化」。爲
此，他還特地訂正元稹（779-831）、白居易（772-846）偏愛杜
詩敘事能力的說法：

> 元微之云：「太白模寫物象及樂府歌詩，誠有差肩子美
> 者。若鋪陳始終，排比故實，大或千言，小猶數百，則李
> 尚不能歷其藩籬，況閫奧乎！」白樂天云：「杜詩最多，
> 至貫穿古今，覼縷格律，盡善盡美，又過於李。」二公議
> 論如此，蓋專以排律及五言大篇定李、杜優劣。然李所
> 長，五七言絕亦足相當；而杜句律之高，在才具兼該，筆

59　同前註，內編卷 4，頁 70。

　　力變化，亦不專排比鋪陳、貫穿覼縷也。[60]

可見他標舉杜詩的「變化」，乃是一種企圖重構杜詩價值的論
述。再如其論「五言排律」，仍循著詩史脈絡去凸顯杜詩的「變
化無方」：

　　排律，沈、宋二氏，藻贍精工；太白、右丞，明秀高爽。
　　然皆不過十韻，且體在繩墨之中，調非蹊徑之外。唯杜陵
　　大篇鉅什，雄偉神奇。如〈謁蜀廟〉、〈贈哥舒〉等作，
　　闔闢馳驟，如飛龍行雲，鱗鬣爪甲，自中矩度；又如淮陰
　　用兵百萬，掌握變化無方。雖時有險朴，無害大家。近選
　　者僅取「沱水臨中坐」（〈奉觀嚴鄭公廳事岷山沱江畫圖
　　十韻〉），以為他皆不及，塗聽耳食，哀哉！[61]

胡應麟認為沈佺期（656?-719?）、李白諸家的排律，篇幅較短，
不過十韻，無法充分展現變化之姿；故文中具體舉出杜甫〈謁先
主廟〉（十六韻）、〈投贈哥舒開府翰二十韻〉，印證杜詩富於
「變化」的特色、價值。[62]特別的是，文中批評近人僅知欣賞杜

60　同前註，內編卷 4，頁 69。所引元、白語，可複按元稹著，冀勤點校：
　　《元稹集》（北京：中華書局，1982），卷 56〈唐故工部員外郎杜君墓
　　係銘并序〉，頁 601。白居易著，顧學頡點校：《白居易集》（北京：
　　中華書局，1999），卷 45〈與元九書〉，頁 961。
61　同前註，內編卷 4，頁 60。
62　胡應麟又云：「排律……惟老杜大篇，時作蒼古，然其材力異常，學問
　　淵博，述情陳事，錯綜變化，轉自不窮。」命意相仿。同前註，內編卷
　　4，頁 79。

甫「沱水臨中坐」一詩，乃道聽塗說，未必是眞正懂得杜詩的價值，因爲此詩篇幅亦僅十韻，實難充分顯現杜甫變化自如的造詣。[63]

　　我們必須進一步釐清，胡應麟是依據杜詩的哪些具體表現，去建立、支撐所謂「變化」的論述？換言之，「變化」的內涵是什麼？據胡應麟所云：「杜變化在意與格」，[64]「意」指詩人的構思立意，「格」即體格，亦即造語方式。當然，這是一體兩面，在實際作品中無法強分。我們確會發現《詩藪》屢由命意造語的角度去凸顯杜詩的「變化」。其論杜詩「對起」，即是顯例：

　　　　唐五言多對起，沈、宋、王、李，冠裳鴻整，初學法門，
　　　　然未免繩削之拘。<u>要其極至，無出老杜</u>。如「國破山河
　　　　在，城春草木深」（〈春望〉）、「戰哭多新鬼，愁吟獨
　　　　老翁」（〈對雪〉）、「冠冕通南極，文章落上臺」
　　　　（〈送翰林張司馬南海勒碑〉）、「死去憑誰報，歸來始
　　　　自憐」（〈喜達行在所三首〉其三）、「城晚通雲霧，亭

63　參據《詩藪》另文：「杜〈謁玄元皇帝廟〉十四韻，雄麗奇偉，勢欲飛
　　動，可與吳生畫手，並絕古今。〈岷山圖詩〉氣象、筆力，皆迥不侔。
　　君采、用修舍此取彼，何耶？」可知胡應麟實是針對薛蕙、楊慎。同前
　　註，內編卷 4，頁 77。胡應麟〈結夏西山諸佛剎效初盛體為排律十首〉
　　附記亦有相同的論述，但僅提到楊慎一人。見氏著：《少室山房集》
　　（《景印文淵閣四庫全書》第 1290 冊，臺北：臺灣商務印書館，
　　1983），卷 46，頁 9 下。楊慎選杜狀況，見其《杜詩選》，今有臺北大
　　通書局《杜詩叢刊》影印本；薛蕙原說出處，俟考。
64　胡應麟《詩藪》，內編卷 4，頁 70。

深到茇荷」（〈章梓州水亭〉）、「秋月仍圓月，江村獨老身」（〈十七夜對月〉）、「四更山吐月，殘夜水明樓」（〈月〉）、「江漢思歸客，乾坤一腐儒」（〈江漢〉）、「路出雙林外，亭窺萬井中」（〈登牛頭山亭子〉）、「滿目悲生事，因人作遠遊」（〈秦州雜詩〉二十首之一〉）、「寺憶曾遊處，橋憐再渡時」（〈後遊〉）之類，<u>對偶未嘗不精，而縱橫變幻，盡越前規，濃淡淺深，動奪天巧</u>。百代而下，當無復繼。[65]

「對起」係指律詩首聯為對偶句式。在這段文字中，胡應麟透過初唐沈佺期、宋之問（656?-712）、盛唐王維、李頎（690-751）諸家的對比，特別透過摘句，凸顯杜詩首聯屬對已臻於「縱橫變幻」的境界。

類似情況，他還注意到杜甫律詩頷、頸二聯的「情」、「景」關係：

作詩不過情、景二端。……沈、宋、李、王諸子，格調莊嚴，氣象閎麗，最為可法。第中四句大率言景，不善學者，湊砌堆疊，多無足觀。老杜諸篇，雖中聯言景不少，大率以情間之。故習杜者，句語或有枯燥之嫌，體裁絕無靡冗之病。此初學入門第一義，不可不知；若老筆大手，則情景混雜，錯綜惟意，又不可專泥此論。[66]

65　同前註，內編卷5，頁88-89。

66　同前註，內編卷4，頁63。

此文依舊是在沈、宋諸家對比下，凸顯杜詩中聯的「情」、「景」配置得宜。胡應麟認爲初學詩者務須瞭解「情」、「景」配置的重要性。然而，「老筆大手，則情景混雜，錯綜惟意，又不可專泥此論」，意謂大作家毋須刻意拘守「情」、「景」的創作法則，其對於「情」、「景」關係實能靈變自如，而又暗合矩度。這樣的「老筆大手」，也正是杜甫的境界。誠如《詩藪》另文：

> 李夢陽云：「疊景者意必二，闊大者半必細。」此最律詩三昧。如杜「詔從三殿去，碑到百蠻開。野館濃花發，春帆細雨來」（〈送翰林張司馬南海勒碑〉），前半闊大，後半工細也；「浮雲連海岱，平野入青徐。孤嶂秦碑在，荒城魯殿餘」（〈登兗州城樓〉），前景寓目，後景感懷也。唐法律甚嚴惟杜，變化莫測亦惟杜。[67]

所引李夢陽之說，原見〈再與何氏書〉，重在討論「法」的內涵，但並未舉出杜詩爲例。胡應麟則是依據李說，藉以推闡、印證杜詩的價值。所謂「唐法律甚嚴惟杜，變化莫測亦惟杜」，可知胡應麟仍是要將杜詩價值導向「變化」。如〈送翰林張司馬南海勒碑〉符合「闊大者半必細」的法度，所引四句皆爲寫景，前兩句寫出闊大之景，後兩句爲細小之景，如此就是富於變化、不致單調；又如〈登兗州城樓〉符合了「疊景者意必二」的法度，所引四句亦皆寫景，但命意不一，前兩句是即目所見，後兩句寓

67　同前註，內編卷4，頁64。

含感懷，同樣可見富於變化、不致單調。[68]

　　從《詩藪》中，我們尚可發現胡應麟多次討論到杜詩用事之妙。他認為杜甫受駱賓王啓發，[69]又進層創造一種超越前人的妙境：

> 用事之工，起於太沖〈詠史〉。唐初王、楊、沈、宋，漸入精嚴。至老杜苞孕汪洋，錯綜變化，而美善備矣！[70]

此謂杜詩用事之妙，妙在「錯綜變化」。胡應麟還曾具體舉例：

> 「荒庭垂橘柚，古屋畫龍蛇」（〈禹廟〉）、「錫飛常近鶴，杯渡不驚鷗」（〈題玄武禪師屋壁〉），杜用事入化處；然不作用事看，則古廟之荒涼，畫壁之飛動，亦更無人可著語。此老杜千古絕技，未易追也。[71]

透過〈禹廟〉、〈題玄武禪師壁〉兩例，胡應麟所指出的杜詩用事之妙，其實包含兩個層次：一是用事渾成無跡，即使讀者不從用事的角度來解讀，甚或不知其為用事，杜詩「荒涼」、「飛

---

68 胡應麟討論杜詩的情景表現，可說是對謝榛的進一步發展。謝榛認為杜甫善狀景而不善寫情的偏失形象，胡應麟則發揮了杜詩情景表現的變化莫測。

69 胡應麟《詩藪》云：「賓王〈幽繫書情〉十八韻，精工儷密，極用事之妙。老杜多出此。」見內編卷4，頁75。

70 同前註，內編卷4，頁64。

71 同前註，內編卷4，頁64。

動」之意，仍然躍然紙上。其次，指「用事入化」。〈禹廟〉一例，上句「橘柚」用《尚書》之典，指禹治水後，九州人民得以安居，連東南島夷之民也進貢豐收的橘柚；下句「龍蛇」用《楚辭》、《孟子》之典，指禹治水驅走龍蛇，後人將其事畫於牆壁以紀其功。[72]可知這兩個詞語和典故，都非常契合「禹」之主題，但加上「荒庭垂」、「古屋畫」，又不只是典故，而可以是「禹廟」荒涼破敗的「現實景況」。可知杜甫此處的用事，一方面旨在緬懷、追憶禹的功績，一方面也描寫、感嘆禹廟的現實景況，一詩而兼含二意。再看〈題玄武禪師屋壁〉一例，上句用《圖經》之典，梁僧保誌與白鶴道人都想在風景奇絕的潛山築室修行，梁武帝請雙方各在所欲之處留下標記，白鶴道人遂以神通之力派鶴飛往，將至之際，保誌錫杖忽然迅速飛來，搶先佔得寶地；下句用《高僧傳》之典，指南朝宋僧杯度搭乘木杯度河，不假風棹而輕疾如飛的神異故事。[73]這兩個典故都和僧人有關，契合於「玄武禪師」的身分，也暗示其高妙的宗教修為。但不止如此，因為原詩一開頭是：「何年顧虎頭，滿壁畫瀛州」，[74]杜詩的主題實是玄武禪師的山水壁畫，故前述兩個典故，何嘗不是暗示畫中內容或有人登山渡河，有僧侶、道人或飛鶴、船帆，抑或是一幅山奇水遠之景。[75]我們可以發現，杜詩不但用事精準，可貴之處更在於手法靈活，創造了更為豐富深遠的審美趣味。

72　參閱杜甫著，蕭滌非主編：《杜甫全集校注》（北京：人民文學出版社，2014），卷12〈禹廟〉，頁3415-3416。

73　同前註，卷9〈題玄武禪師屋壁〉，頁2655-2656。

74　同前註，卷9，頁2655。

75　同前註，卷9，頁2566。

　　胡應麟曾推許杜甫〈登岳陽樓〉是盛唐五律壓卷之作，[76]但
他也清楚體認到此詩的「宏大」風格，僅是杜詩眾多面向之一：

> 宏大，則「昔聞洞庭水」（〈登岳陽樓〉）；富麗，則
> 「花隱掖垣暮」；感慨，則「東郡趨庭日」；幽野，則
> 「風林纖月落」；餞送，則「冠冕通南極」；投贈，則
> 「斧鉞下青冥」；追憶，則「洞房環珮冷」；弔哭，則
> 「他鄉復行役」等，皆神化所至，不似人間來者。[77]

可知胡應麟對杜詩特定風格縱有偏愛，實能正視杜詩最重要的特
色和價值，乃是藝術表現的變化多態。很自然地，他也會推崇杜
詩「兼該眾善」：

> 子美……五、七言律廣大悉備，上自垂拱，下逮元和，宋
> 人之蒼，元人之綺，靡不兼總。故古體則脫棄陳規，近體
> 則兼該眾善，此杜所獨長也。[78]

文中明確指出，杜甫律詩的特長，正在於「兼該眾善」。此說最
終匯入「杜詩集大成」這套既古老又流行的論述：

76　胡應麟《詩藪》云：「初唐五言律，『獨有宦遊人』第一；盛唐，『昔
　　聞洞庭水』第一。」見內編卷4，頁66。
77　同前註，內編卷4，頁58。
78　同前註，內編卷4，頁70。

　　杜集大成，五言律尤可見者。[79]

但我們不能不注意的是：杜詩的「集大成」，在薈萃眾家之長以外，也被視爲下開中、晚唐或宋、元詩，這恐怕暗示著杜詩的「駁雜性」。換言之，「變化」、「集大成」云云，雖然是杜詩的偉大特色；然而如何進一步甄辨杜詩價值，這也是胡應麟不得不去處理的重要議題。本章稍後還將論及。

四、七言律詩

　　前引胡應麟認爲杜甫七律不如五律完美，但誠如《詩藪》中的慨嘆：「七言律最難，迄唐世工不數人，人不數篇」，[80]七律是最難寫的詩體，唐人佳作亦寡，緣而，也就更有必要彰顯杜甫七律「獨步詞場」的價值。[81]如胡應麟透過摘句討論唐人七律「起語」之妙，實能朗現唐代諸家和杜甫的懸殊：

　　唐七言律起語之妙：自「盧家少婦」（沈佺期〈獨不見〉）外，崔顥「岧嶤太華俯咸京，天外三峰削不成」，王維「漢主離宮接露臺，秦川一半夕陽開」，賈至「銀燭朝天紫陌長，禁城春色曉蒼蒼」，李白「鳳凰臺上鳳凰遊，鳳去臺空江自流」，李頎「朝聞遊子唱離歌，昨夜微霜初度河」，杜甫「西北樓成雄楚都，遠開山岳散江湖」（〈又作此奉衛王〉）、「花近高樓傷客心，萬方多難此

---

[79]　同前註，內編卷4，頁71。

[80]　同前註，內編卷5，頁82。

[81]　同前註，內編卷6，頁110。

登臨」（〈登樓〉）、「中天積翠玉臺遙，上帝郊居絳節
朝」（〈玉臺觀〉其一）、「寺下春江深不流，山腰官閣
迥添愁」（〈涪城縣香積寺官閣〉）、「萬里橋西一草
堂，百花潭水即滄浪」（〈狂夫〉）、「兵戈不見老萊
衣，嘆息人間萬事非」（〈送韓十四江東覲省〉），皆冠
裳宏麗，大家正脈，可法。[82]

胡應麟文中依序摘列沈佺期、崔顥（704?-754）、王維、賈至
（?-772）、李白、李頎（690-751）、杜甫的七言律句。可以發
現，諸家各摘一句，杜甫一人則多達六句，其間懸殊的比例，給
人一種杜詩佳句特多的直觀印象。況且，胡應麟此處雖似無意於
加以軒輊，但若置入詩史發展的脈絡來看：

> 唐七言律自杜審言、沈佺期首創工密，至崔顥、李白時出
> 古意，一變也。高、岑、王、李，風格大備，又一變也。
> 杜陵雄深浩蕩，超忽縱橫，又一變也。[83]

就會發現杜甫七律的「雄深浩蕩，超忽縱橫」，不但代表七律詩
史的嶄新進境，也被視為一種杜甫專屬的本領。其具體意涵，參
照《詩藪》另一段論述：

> 王、岑、高、李，世稱正鵠。嘉州詞勝意，句格壯麗而神

82　同前註，內編卷5，頁86。

83　同前註，內編卷5，頁84。

韻未揚；常侍意勝詞，情致纏綿而筋骨不逮。王、李二家，和平而不累氣，深厚而不傷格，幾於色相俱空，風雅備極；然制作不多，未足以盡其變。杜公才力既雄，涉獵復廣，用能窮極筆端，範圍今古；但變多正少，不善學者，類失粗豪。[84]

請留意這段文字的層遞性：岑參、高適七律各有特色亦各有缺陷，王維、李頎更臻完善，達到了「風雅備極」，唯一遺憾是「未足以盡其變」，其藝術表現流於單調、缺乏變化；杜甫進一步臻於「窮極筆端，範圍今古」，顯然已能填補王、李的遺憾，充分展現變化之姿。這種說法也透露出杜甫是七律極至。

　　為印證上述的杜詩特色和價值，胡應麟聚焦到更切實的用字議題：

盛唐膾炙佳作，如李頎：「朝聞遊子唱離歌，昨夜微霜初度河」，頷聯復云：「關城曙色催寒近，御苑砧聲向晚多」，「朝」、「曙」、「晚」、「暮」四字重用，惟其詩工，故讀之不覺。然一經點勘，即為白璧之瑕，初學首所當戒。又如右丞〈早朝〉詩「絳幘」、「尚衣」、「冕旒」、「袞龍」、「珮聲」，五用衣服字；〈春望〉詩「千門」、「上苑」、「雙闕」、「萬家」、「閣道」，五用宮室字；〈出塞〉詩「暮雲空磧時驅馬」、「玉靮寶弓珠勒馬」，兩用馬字；〈柳州〉詩「衡山」、「洞

84　同前註，內編卷5，頁83。

庭」、「三湘」、「溢城」、「長沙」，六用地名。雖其
詩神骨泠然，絕出煙火，要不免於冗雜。高、岑即無此
等，而氣韻遠輸。兼斯二美，獨見杜陵。[85]

文中泰半篇幅係在討論李頎、王維用字或用詞重複的問題。所舉
之例，李頎〈送魏萬之京〉使用「朝」、「曙」和「晚」、
「暮」諸字，都是指向同樣的時刻；王維詩「五用衣服字」、
「五用宮室字」、「兩用馬字」、「六用地名」，亦皆指向類似
的範疇。可知李、王七律的主要癥結，乃在於一首詩中所使用的
諸多字詞，表面上容有抽換，實則仍是指向相近或雷同的詩意，
故在藝術表現上不免流於單調、缺乏變化。[86]胡應麟認為高適、
岑參較無此病，但「氣韻」遠遜兩人，唯有杜甫「兼斯二美」，
既有變化多態的藝術表現，兼有悠遠的審美趣味。

　　關於杜甫七律的富於變化，他在《詩藪》中還有更多的摘句
印證：

杜七言句壯而閎大者，「二儀清濁還高下，三伏炎蒸定有
無」（〈又作此奉衛王〉）；壯而高拔者，「藍水遠從千
澗落，玉山高並兩峰寒」（〈九日藍田崔氏莊〉）；壯而
豪宕者，「五更鼓角聲悲壯，三峽星河影動搖」（〈閣

85　同前註，內編卷5，頁92。

86　尤其針對王維，胡應麟屢摘此病。如《詩藪》又云：「王才甚藻秀而篇
　　法多重，『絳幘雞人』，不免服色之譏；『春樹萬家』，亦多花木之
　　累」、「〈早朝〉……昔人謂王服色太多，余以為它句猶可，至『晃旒』、
　　『龍袞』之犯，斷不能為詞」。同前註，內編卷5，頁84、94-95。

夜〉）；壯而沉婉者，「三年笛裏關山月，萬國兵前草木
風」（〈洗兵馬〉）；壯而飛動者，「含風翠壁孤雲細，
昔日丹楓萬木稠」（〈涪城縣香積寺官閣〉）；壯而整嚴
者，「江間波浪兼天湧，塞上風雲接地陰」（〈秋興八
首〉其一）；壯而典碩者，「紫氣關臨天地闊，黃金臺貯
俊賢多」（〈承聞河北諸道節度入朝歡喜口號絕句十二
首〉其九）；壯而穠麗者，「香飄合殿春風轉，花覆千宮
淑景移」（〈紫宸殿退朝口號〉）；壯而奇峭者，「窗含
西嶺千秋雪，門泊東吳萬里船」（〈絕句四首〉其三）；
壯而精深者，「織女機絲虛夜月，石鯨鱗甲動秋風」
（〈秋興八首〉其七）；壯而瘦勁者，「萬里悲秋常作
客，百年多病獨登臺」（〈登高〉）；壯而古淡者，「百
年地僻柴門迴，五月江深草閣寒」（〈嚴公仲夏枉駕草堂
兼攜酒饌得寒字〉）；壯而感愴者，「錦江春色來天地，
玉壘浮雲變古今」（〈登樓〉）；壯而悲哀者，「雪嶺獨
看西日落，劍門猶阻北人來」（〈秋盡〉）；結語之壯
者，「關塞極天惟鳥道，江湖滿地一漁翁」（〈秋興八
首〉其七）；疊語之壯者，「高江急峽雷霆鬥，古木蒼藤
日月昏」（〈白帝〉）；拗字之壯者，「側身天地更懷
古，回首風塵甘息機」（〈將赴成都草堂途中有作先寄嚴
鄭公五首〉其五）；雙字之壯者，「江天漠漠鳥雙去，風
雨時時龍一吟」（〈灔澦〉）。凡以上諸句，古今作者無
出範圍也。[87]

---

[87] 同前註，內編卷 5，頁 96。

文中共摘列十八聯杜詩，其中〈洗兵馬〉屬歌行，〈承聞河北諸
道節度入朝歡喜口號絕句十二首（其九）〉、〈絕句四首（其
三）〉屬七絕，絕大部分是七律，而且全為對偶句式。可知胡應
麟認為杜詩「壯」的風格，以七律為主而旁涉他體，並常透過對
偶句式表現。[88]但這段文字更重要的意義是，由文中的分類描述
和摘句示例，如「壯而閎大」、「壯而高拔」、「壯而豪宕」、
「壯而沉婉」、「壯而整嚴」、「壯而典碩」……等，可見杜詩
「壯」的風格，尚可進一步細分多樣化的藝術表現。遍閱《詩
藪》，胡應麟並未再針對其他詩人的「壯」或任何一種特定風
格，進行如此精細的解析。可知這實是杜甫的獨家本領。誠如胡
應麟的一個譬喻：

> 余嘗謂七言律，如果位菩薩三十二相，百寶瓔珞，莊嚴妙
> 麗，種種天然，而廣大神通，在在具足，乃為最上一
> 乘。[89]

「廣大神通」原指最高果位的菩薩擁有變化多端的神妙法力，胡
應麟借以譬況七律之體，正可呼應杜詩變化多態的藝術表現。

　　值得注意的是，胡應麟欣賞杜甫七律，其實還有一個重要的
根據，就是杜詩格調精嚴、穩愜。據《詩藪》指出：

---

[88] 這種風格和句式一旦形諸其他詩體，可能會顯得突兀，因而失去理想意
　　義。如胡應麟云：「杜以律為絕，如：『窗含西嶺千秋雪，門泊東吳萬
　　里船』等句，本七言律壯語，而以為絕句，則斷錦裂繪類也。」同前
　　註，內編卷6，頁121。

[89] 同前註，內編卷5，頁83。

李駁何云：「七言律若可翦二字，言何必七也？」此論不起於李，前人三令五申久矣。顧詩家肯綮，全不繫此。作詩大法，惟在格律精嚴，詞調穩愜，使句意高遠，縱字字可翦，何害其工？骨體卑陋，雖一字莫移，何補其拙？如老杜「風急天高」（〈登高〉），乃唐七言律第一首，今以此例之，即八句無不可翦作五言者。又如「江間波浪兼天湧，塞上風雲接地陰」（〈秋興八首〉其一）、「五更鼓角聲悲壯，三峽星河影動搖」（〈閣夜〉）等句，上二字皆可翦，亦皆杜句最高者，曷嘗坐此減價？[90]

文中所引李夢陽〈再與何氏書〉語，原是透過批判何景明詩作，指出七律的創作法則乃在於用字嚴謹，力削冗詞。胡應麟不願苟同，舉杜甫〈登高〉、〈秋興八首（其一）〉、〈閣夜〉為證，認為七律創作的首要之務乃是追求格調精嚴、穩愜。這種觀點，既是創作法則，也是胡應麟對杜甫七律的一個評價基準。問題是，所謂格調精嚴、穩愜，何指？他仍以〈登高〉為例提出解釋：

杜「風急天高」一章五十六字，如海底珊瑚，瘦勁難名，沈深莫測，而精光萬丈，力量萬鈞。通章章法、句法、字法，前無昔人，後無來學。微有說者，是杜詩，非唐詩耳。然此詩自當為古今七言律第一，不必為唐人七言律第一也。[91]

90　同前註，內編卷 5，頁 101。
91　同前註，內編卷 5，頁 95。

前引文說〈登高〉是「唐七言律第一首」，此處改口「古今七言
律第一」，自有其辯分「杜詩」、「唐詩」兩種詩歌審美體式的
意義。胡應麟極肯定此詩的「瘦勁」、「沈深」，指其不假文飾
而能感動人心，有深厚沉鬱之思，但我們特須注意：他尤爲推崇
「章法」、「句法」、「字法」，故進一步闡述：

> 若「風急天高」，則一篇之中句句皆律，一句之中字字皆
> 律，而實一意貫串，一氣呵成。驟讀之，首尾若未嘗有對
> 者，胸腹若無意於對者；細繹之，則錙銖鈞兩，毫髮不
> 差，而建瓴走坂之勢，如百川東注於尾閭之窟。至用句、
> 用字，又皆古今人必不敢道，決不能道者，真曠代之作
> 也。然非初學士所當究心，亦匪淺識所能共賞。此篇結句
> 似微弱者，第前六句既極飛揚震動，復作峭快，恐未合張
> 弛之宜，或轉入別調，反更爲全首之累；只如此軟冷收
> 之，而無限悲涼之意，溢於言外，似未爲不稱也。[92]

這段文字係由許多層面切入探討〈登高〉的特色和價值。細加梳
理，胡應麟首先注意此詩「一篇之中句句皆律」、「一句之中字
字皆律」，然而又能「一意貫串，一氣呵成」，前者指其全篇嚴
守律體矩度，後者指其意氣流暢。這種既嚴整又流暢的藝術表
現，也見於此詩的對偶工夫，一方面是「錙銖鈞兩，毫髮不
差」，另一方面又能「若未嘗有對者」、「若無意於對者」，可
謂既穩切又渾成天然。再者，胡應麟還注意到杜甫此詩的遣詞造

92　同前註，內編卷5，頁95-96。

句，「皆古今人必不敢道，決不能道者」，這是指其既大膽又貼切，能帶來某種生新的審美趣味。最後，胡應麟批評此詩結尾兩句「似微弱」，似缺陷而實不然，蓋對照到前六句的「飛揚震動」風格，適可造就章法結構上的「張弛之宜」，遂造就言外的「無限悲涼之意」。[93]故綜言之，我們實可發現胡應麟評議〈登高〉的重心，乃座落在全篇律法、對偶和遣詞造句、章法結構諸層面。所謂格調精嚴、穩愜的創作法則和評價基準，就是聚焦詩歌語言的藝術表現，加以一絲不苟的考究。

　　透過這種評價基準，胡應麟標高杜甫，同時也壓低了其他唐人：

> 〈黃鶴樓〉、「鬱金堂」（沈佺期〈獨不見〉），皆順流直下，故世共推之。然二作興會適超，而體裁未密；丰神故美，而結撰非艱。[94]

胡應麟未必反對「興會」、「丰神」，但顯然認爲「體裁」、「結撰」，亦即如何妥切營構詩歌語言的議題，才是七律創作和論評的首務。這種觀念，可說是爲杜甫量身訂製，《詩藪》曾如此評比李、杜：「其才本無優劣，但工部體裁明密，有法可尋；青蓮興會標舉，非學可至」，[95]也是對舉「興會」、「體裁」，

---

[93] 梁敏兒曾結合胡應麟之說，對此詩結句的藝術表現提出精彩的詮釋。見氏著：〈胡應麟與杜甫的〈登高〉：論文本分析的一個案例〉，《東華漢學》第 11 期（2010 年 6 月），頁 234。

[94] 胡應麟：《詩藪》，內編卷 5，頁 95。

[95] 同前註，外編卷 4，頁 190。

後者正被視為杜詩專屬特色，而且尤適於後人模習。緣而，胡應麟雖聲稱李、杜本無優劣，但若基於「學杜」的需求，終須凸顯杜甫獨步盛唐的極至地位：

> 近體盛唐至矣，充實輝光，種種備美，所少者曰大、曰化耳。故能事必老杜而後極。[96]

案：《孟子·盡心下》有云：「充實之謂美，充實而有光輝之謂大，大而化之之謂聖」，[97]胡應麟顯然承此而來，進一步移借詮釋杜詩特有的「大」、「化」，既補充又超越了盛唐諸家。「大」指杜詩多樣化的藝術表現，其規模宏大，即「集大成」；所謂「化」，實著眼於杜詩藝術表現的渾化之境。此說堪稱胡應麟對杜甫律詩的總評，更是他為矯治宋代以來學杜疏失的利器，下文即詳論之。

第三節　胡應麟杜詩學與明代詩學的對話

胡應麟對杜甫絕句以外的各體，可謂推崇極矣。歌行和五、七律，杜詩都被視為極致；其五古價值雖然遜於漢魏典範，但兼綜漢魏遺風和唐人本色，仍是一種高妙超詣的成就。不過，這種觀點，在稍早的明代詩壇未必會廣受認同。如前所述，胡應麟曾注意到復古派創作實踐衍生流弊，導致時人厭棄學杜。當時陳束

---

[96] 同前註，內編卷 5，頁 90。

[97] 朱熹集注：《四書章句集注·孟子集注》（北京：中華書局，1996），〈盡心下〉，頁 370。

（1501?-1543?）〈蘇門集序〉也提出同樣的觀察：「及乎弘治，文教大起，學士輩出，力振古風，盡削凡調，一變而為杜詩，則有李、何為之倡。嘉靖改元，後生英秀，稍稍厭棄，更為初唐之體，家相凌競，斌斌盛矣。」[98]可知胡應麟標舉杜詩價值，並非單純只是複述復古派舊說，其實更是試圖省察明代詩學的發展脈絡，去進行「對話」，甚至「對抗」。茲分項論之——

一、「正」、「變」、「化」：杜詩價值重構

尊杜、學杜，向來是復古派的傳統，其實也是唐宋以來逐層積澱的大勢。胡應麟在《詩藪》中，似乎也有意勾勒一段源遠流長的尊杜、學杜史。他曾指出元稹「多倣工部」、[99]韓愈（768-824）「模杜陵」、[100]崔峒詩「全首擬杜」，[101]對宋元以迄復古派諸家尊杜、學杜的情況並皆有所評述。[102]這類資料，散佈《詩藪》各卷，若合而觀之，堪稱一部最早的杜詩學史，其意義值得肯定在先。但我們須特別注意的是，胡應麟常會指摘前人尊杜、學杜的謬誤、疏失，他的杜詩價值論，乃隱含一種「鑒戒」前人而欲加以「重構」的自覺。

具體來看，他曾評騭黃庭堅、陳師道學杜的創作實績：

---

[98] 陳束：〈蘇門集序〉，見高叔嗣：《蘇門集》（《景印文淵閣四庫全書》第 1273 冊），卷首，頁 1 下-2 上。胡應麟《詩藪》曾徵引此序並評為「精當」，見續編卷 1，頁 350。

[99] 胡應麟：《詩藪》，內編卷 3，頁 53。

[100] 同前註，內編卷 3，頁 57。

[101] 同前註，外編卷 4，頁 192。

[102] 這類資料甚多，可參閱《詩藪》，外編卷 5，頁 212-217；外編卷 6，頁 229、231、238。

> 宋黃、陳首倡杜學。然黃律詩徒得杜聲調之偏者,其語未
> 嘗有杜也;至古選歌行,絕與杜不類,晦澀枯槁,刻意為
> 奇而不能奇,真小乘禪耳。而一代尊之無上。陳五言律得
> 杜骨,宋品絕高,他作亦皆懸遠。[103]

胡應麟對黃、陳學杜的實績並不滿意。黃庭堅律詩學到「杜聲調
之偏者」,五、七古「絕與杜不類」;陳師道也僅在五律一體學
到「杜骨」。要之,胡應麟雖不否認黃、陳尊杜、學杜的事實,
卻顯然覺得其間的傳承關係薄弱,未能抓住杜詩的核心價值。他
對黃庭堅拗體的批評講得特別清楚:

> 魯直:「黃流不解浣明月,碧樹為我生涼秋」、「蜂房各
> 自開戶牖,蟻穴或夢封侯王」,自以平生得意,遍讀老杜
> 拗體未嘗有此等語,獨「盤渦鷺浴底心性,獨樹花發自分
> 明」(〈愁〉),稍類;然亦杜之偏者,而黃以為無始心
> 印。「天下幾人學杜甫,誰得其皮與其骨?」其魯直之謂
> 哉![104]

宋人詩話記載,黃庭堅對「黃流」、「蜂房」二聯很是自豪,以
為「絕類工部」。[105]胡應麟上引文卻批評黃庭堅拗體僅似杜甫

---

103 同前註,內編卷3,頁56。

104 同前註,外編卷5,頁217。

105 王直方《王直方詩話》記載:「山谷謂洪龜父云:『甥最愛老舅詩中何
等篇?』龜父舉『蜂房各自開戶牖,蟻穴或夢封侯王』,及『黃塵不解
浣明月,碧樹為我生涼秋』,以為絕類工部。山谷云:『得之矣。』」

〈愁〉一詩，「然亦杜之偏者」，可謂誤解了杜詩的核心價值所在。如《詩藪》又云：

> 修水學老杜，得其拗澀而不得其沉雄。[106]

杜詩兼具「拗澀」、「沉雄」，黃庭堅刻意追求前者，但其在胡應麟心目中的價值，顯然不比後者。故他進一步貼上「正」、「變」的標籤，《詩藪》云：

> 蘇、黃矯晚唐而為杜，得其變而不得其正，故生澀埢峭而乖大雅。[107]

相較於「變」在創作實踐上的負面表現，「正」代表杜詩的正面價值。但這樣的核心價值，明初以來的學杜者仍無法確切掌握：

> 國朝學杜，若袁景文、鄭繼之、熊士選，其表表者。要之，所得聲音相貌耳，又皆變調。[108]

文中歷敘袁凱（1310?-?）、鄭善夫（1485-1523）、熊卓（1463-1509），均為明代學杜卓然有成者，卻僅得「變調」。鄭善夫、

見郭紹虞：《宋詩話輯佚》（北京：中華書局，1980），卷上，頁 53-54。

[106] 胡應麟：《詩藪》，外編卷 5，頁 214。

[107] 同前註，外編卷 5，頁 215。

[108] 同前註，內編卷 5，頁 103。

熊卓，甚至屬於復古派。

　　但有一種較複雜的情況，《詩藪》云：

　　　　國朝明卿得杜正，不得其變；獻吉得杜變，不得其正。[109]

吳國倫（1524-1593）學杜得其「正」，似乎已能掌握杜詩的正
面價值。實則猶有憾焉，據《詩藪》另文所述：

　　　　然獻吉於杜得其變，不得其正，故間涉於粗豪；于鱗於杜
　　　　得其正，不得其變，故時困於重複。[110]

李夢陽學杜得其「變」，其創作實踐流於負面的「粗豪」；李攀
龍（1514-1570）雖得其「正」，卻因而衍生「重複」的問題，
蓋指藝術表現缺乏變化之姿。[111]可見即使是純然學到杜詩的
「正」，恐怕仍是未能掌握杜詩的精髓。

　　由前面的討論看來，胡應麟對歷代學杜的創作實績，都不盡

---

[109] 同前註，內編卷4，頁73。

[110] 同前註，內編卷5，頁103。

[111] 胡應麟認為李攀龍、吳國倫學杜皆得其「正」，然其創作實踐：「于鱗
　　用字多同，明卿用句多同，故十篇之外，不耐多讀，大有所短也。」同
　　前註，續編卷2，頁352。這應是承自王世貞的觀察：「于鱗自棄官以
　　前，……守其俊語，不輕變化，故三首之外，不耐雷同。」見王世貞
　　著，羅仲鼎校注：《藝苑卮言校注》（濟南：齊魯書社，1992），卷
　　7，頁347。關於李攀龍之缺乏「變化」，還涉及對詩法內涵的理解問
　　題，可參閱本書第四章之討論。

滿意。他曾批評宋人「解尊杜，不解習杜」，[112]何嘗也是明人通病。何以致此？其原因容或多端，但最根本的癥結，應是對杜詩的「駁雜性」缺乏體察，《詩藪》云：

> 二陳五言古皆學杜，所得惟粗強耳，其沉鬱雄麗處，頓自
> 絕塵。……大抵宋諸君子以險瘦生澀為杜，此一代認題差
> 處，所謂七聖皆迷也。工部詩盡得古今體勢，其中何所不
> 有，而僅僅若此耶？[113]

「盡得古今體勢」原是元稹對杜詩多樣化藝術表現的禮讚，北宋正式衍成「集大成」之說。但在上引文中，杜詩多樣化的藝術表現卻容易誘人歧途，恰如宋人傾心於杜詩的「粗強」、「險瘦生澀」，竟忽略杜詩還有其他更具價值的面向。可知胡應麟其實是轉化了前行的「集大成」說，凸顯杜詩的「駁雜性」，暗示杜詩各種藝術表現的價值並不均等。[114]論杜甫五律亦云：

> 杜惟兼總一代，故利鈍雜陳，巨細咸畜。[115]

---

[112] 胡應麟：《詩藪》，外編卷5，頁210。

[113] 同前註，外編卷5，頁210。

[114] 孫學堂也曾注意：「『集大成』說在強調杜詩藝術豐富性的同時也彰顯
了它的駁雜性」。參閱氏著：《明代詩學與唐詩》（濟南：齊魯書社，
2012），頁491。但孫先生的研究重心在於考掘明人新開展的「大家」
涵義，並未進一步申論杜詩價值重構的議題。

[115] 胡應麟：《詩藪》，內編卷4，頁70。

「利」、「鈍」清楚透露杜詩各種藝術表現有某種價值落差。又
論杜甫七律：

> 百七十首中，利鈍雜陳，正變互出，後來沾溉者無窮，註
> 誤者亦不少。[116]

可以發現，正是由於杜詩的「駁雜性」，導致歷代學杜的「註
誤」。假如學杜者無法充分體認杜詩的「駁雜性」，並加以正確
甄別、評定，就會茫昧於「正」、「變」兩端，誤入歧途。胡應
麟更通過這種觀點去看外界對杜詩的批評聲浪：

> 凡唐末、宋、元人，不皆學杜，其體則杜集咸備。元微之
> 謂自詩人來未有如子美者，要為不易之論。至輕俊學流，
> 時相詆駁，累亦坐斯，然亦足見其大也。[117]

杜詩具有「駁雜性」，確實隱含某種負面元素，自然也會連同學
杜者一併遭受外界攻擊。然則如何甄別、評定杜詩，當是胡應麟
無法迴避的問題。

關於杜詩價值，胡應麟有一套層次井然的論述：

> 杜詩正而能變，變而能化，化而不失本調，不失本調而兼
> 得眾調，故絕不可及。[118]

---

[116] 同前註，內編卷5，頁92-93。

[117] 同前註，內編卷4，頁72-73。

[118] 同前註，內編卷4，頁73。

這套論述顯係基於「正」、「變」的概念，加以拓展而成。胡應麟認爲杜詩辯證融合「正」、「變」，進一步達到「化」、「不失本調」、「兼得眾調」。試參照前面曾引文：「近體盛唐至矣，充實輝光，種種備美，所少者曰大、曰化耳。故能事必老杜而後極」，可知「化」是杜詩的最高境界。而「不失本調」、「兼得眾調」，指杜詩兼備眾美而又不失鮮明的個人特色，這也就是「大」，同樣是杜詩的最高境界。要之，胡應麟認爲杜詩的最高價值，乃是在「正」、「變」兩端辯證融合的基礎上，臻於「化」、「大」之境。對此，《詩藪》有一段更詳盡的討論：

> 杜公諸作，真所謂正中有變，大而能化者。今其體調之正，規模之大，人所共知；惟變、化二端，勘覈未徹，故自宋以來，學杜者什九失之。不知變主格，化主境；格易見，境難窺。變則標奇越險，不主故常；化則神動天隨，從心所欲。[119]

文中仍然透過「正」、「變」、「化」、「大」的框架，去構築杜詩最高價值。我們先聚焦討論「正」、「變」、「化」。一個值得特別注意的觀點是，文中認爲宋代以後的學杜者，對「變」、「化」兩端缺乏清楚體察。所謂「變」，胡應麟解釋：「標奇越險，不主故常」，係指杜詩的藝術表現突破了尋常矩度。所謂「化」，胡應麟的解釋是：「神動天隨，從心所欲」，指杜詩的藝術表現渾成天然，盡謝斧鑿，雖似信手拈來，實又暗

---

[119] 同前註，內編卷 5，頁 90。

合矩度。案：《論語‧爲政》夫子自道：「七十而從心所欲，不
逾矩」，[120]這是成聖的最高境界。可知胡應麟未揭明實則隱寓其
中的「不逾矩」，至關緊要。比較來說，杜詩的「變」，可在詩
歌語言上清晰辨識變貌，所以說「變主格」、「格易見」；惟
「化」的境界寓不凡於平凡之中，不容易一眼看出，故曰「化主
境」、「境難窺」。是以，胡應麟自有必要特別爲「化」舉出實
例：

> 老杜字法之化者，如：「吳楚東南坼，乾坤日月浮」
> （〈登岳陽樓〉）、「碧知湖外草，紅見海東雲」（〈晴
> 二首〉其一），「坼」、「浮」、「知」、「見」四字，
> 皆盛唐所無也。然讀者但見其閎大而不覺其新奇。又如：
> 「孤嶂秦碑在，荒城魯殿餘」（〈登兗州城樓〉）、「古
> 牆猶竹色，虛閣自松聲」（〈滕王亭子〉其二），四字意
> 極精深，詞極易簡，膠人思慮不及，後學沾概無窮，真化
> 不可爲矣！句法之化者：「無風雲出塞，不夜月臨關」
> （〈秦州雜詩二十首〉其七）、「露從今夜白，月是故鄉
> 明」（〈月夜憶舍弟〉）、「江山如有待，棟宇自齊梁」
> （〈上兜率寺〉）、「近淚無乾土，低空有斷雲」（〈別
> 房太尉墓〉）之類，錯綜震蕩，不可端倪，而天造地設，
> 盡謝斧鑿。篇法之化者：〈春望〉、〈洞房〉、〈江
> 漢〉、〈遣興〉等作，意格皆與盛唐大異，日用不知，細

---

[120] 劉寶楠著，高流水點校：《論語正義》（北京：中華書局，1990），
〈爲政〉，頁43。

　　味自別。[121]

　　胡應麟分由「字」、「句」、「篇」諸層面，摘出大量的杜甫詩句實例，旨在印證杜詩的「化」。據其所述，杜詩用字之法雖屬盛唐所無，卻「不覺其新奇」；構思立意雖然「精深」，用字遣詞卻出之以「易簡」。他又提到杜詩的句法，變化多端而又盡謝斧鑿；其篇法迥異盛唐諸家，卻是「日用不知」。故綜言之，「化」是一種寓新意於自然的渾成妙境，確實不容易一眼辨識。[122]

　　值得注意的是，「化」中隱含新意，和「變」的突破尋常矩度，其實是幽微的一線之隔，故胡應麟批評宋代以後學杜者未能釐清「變」、「化」的分野：

　　　　五言詠物諸篇，七言拗體諸作，所謂變也。宋以後諸人競
　　　　相師襲者是，然化境殊不在此。[123]

文中指出，杜甫的詠物五律、拗體七律，乃屬於「變」；宋代以後學杜者卻是專尚此類，顯然無法明察杜詩絕不可及的價值，其

---

[121] 胡應麟：《詩藪》，內編卷 5，頁 90。

[122] 胡應麟如此詮釋，或是受到朱熹（1130-1200）的啟迪，《孟子·盡心下》「大而化之之謂聖」，朱注：「大而化者，使其大者泯然無復可見之迹」，即是認為「化」指泯然無跡。朱熹集注：《四書章句集注·孟子集注》，〈盡心下〉，頁 370。但從復古派詩學史的脈絡來說，謝榛、王世貞也都曾強調杜詩的渾融無跡。

[123] 胡應麟：《詩藪》，內編卷 5，頁 90。

實在於更高層次的「化」。胡應麟細辨杜詩中的「變」、「化」，實爲有意重構杜詩價值。

胡應麟《詩藪》對杜甫詠物五律，還曾摘舉實例論之：

> 詠物起自六朝，唐人沿襲，雖風華競爽，而獨造未聞。惟杜諸作自開堂奧，盡削前短，如題月：「關山隨地闊，河漢近人流」（〈十六夜翫月〉），雨：「野徑雲俱黑，江船火獨明」（〈春夜喜雨〉），雪：「暗度南樓月，寒深北浦雲」（〈舟中夜雪有懷盧十四侍御弟〉），夜：「重露成涓滴，稀星乍有無」（〈倦夜〉），<u>皆精深奇遠，前無古人，後無來者。然格則瘦勁太過，意則寄寓太深，他鳥獸花木等多雜議論，尤不易法</u>。[124]

文中首先揭明杜甫詠物五律的創造性、獨特性，舉出實例，加以總評：「皆精深奇遠，前無古人，後無來者」，顯然難掩欣賞。但問題是，這類作品何以是「變」？箇中關鍵當即上文最後所指出，其體格過於瘦勁，用意太深，常雜議論，故「尤不易法」。可知杜詩的「變」，雖非毫無價值，但其「格」、「意」或「議論」諸層面，卻可能爲後世的學杜者帶來危險。正如陳束〈蘇門集序〉也察覺到：「今無其才而習其變，則其聲粗厲而畔規」，[125]學杜者若缺乏杜甫那般的高才，徒然模習杜詩之「變」，就會釀成創作實踐的流弊。

---

124 同前註，內編卷4，頁72。
125 同前註，續編卷1，頁350。

　　我們當可發現，胡應麟辨析杜詩的「變」，主要是想提醒世人這類作品暗藏危機，未必是在貶抑杜詩。換言之，杜詩的「變」，儘管不被視爲最高價值，但其在杜詩本身，不能簡單判定爲一種缺陷、弊端，其個別情況頗爲複雜。如胡應麟認爲杜甫拗體七律爲「變」，卻也曾提出如下的討論：

　　　杜七言律，通篇太拙者：「聞道雲安麯米春」（〈撥悶〉）之類。太粗者：「堂前撲棗任西鄰」（〈又呈吳郎〉）之類。太易者：「清江一曲抱村流」（〈江村〉）之類。太險者：「城尖徑仄旌旆愁」（〈白帝城最高樓〉）之類。杜則可，學杜則不可。[126]

文中評述四首杜甫七律。試對讀原詩，〈撥悶〉「太拙」，蓋相對於「巧」，指詩歌語言過於樸拙。〈又呈吳郎〉「太粗」，相對於「纖」，指原詩殊乏細膩的寫景。[127]〈江村〉內容抒寫日常生活瑣事，亦無任何艱難的文句，「太易」當是指命意造語過於淺易近俗。[128]在此暫不繼續深究這三首詩的評價問題，請特別注

---

[126] 同前註，內編卷5，頁92。

[127] 胡應麟有云：「杜語太拙、太粗者，人所共知，然亦有太巧類初唐者，若『委波金不定，照席綺逾依』之類；亦有太纖近晚唐者，『雨荒深院菊，霜倒半池蓮』之類。」也是「拙」、「粗」和「巧」、「纖」對舉。同前註，內編卷5，頁89。

[128] 許印芳甚至批評杜甫此詩「瑣碎近俗」。引自方回著，李慶甲集評校點：《瀛奎律髓彙評》（上海：上海古籍出版社，2005），卷23，頁991。

意〈白帝城最高樓〉，此詩常被視爲杜甫拗體七律的代表作，[129]
「太險」無疑指其聲律表現奇險異常，而這恰是胡應麟所指稱的
「變」。上引文結尾卻說：「杜則可，學杜則不可」，可見他對
於杜詩的「變」，其實嚴格區分「杜」、「學杜」的兩面性：學
杜若得其「變」，將引發流弊，故曰「不可」；但「杜」的本
身，未必不能藉拗峭的聲律展現頓挫闔闢之妙，其價值不容一概
抹煞。

　　胡應麟對「變」的雙重態度，難免令人覺得模稜。這誠或是
爲了塑造杜詩的崇高形象，不願順隨外界對杜詩的批評聲浪。然
而，若從「變」、「化」對舉的框架來看，會發現胡應麟對杜詩
的「變」，實非毫無間言：

> 盛唐句法渾涵，如兩漢之詩，不可以一字求。至老杜而
> 後，句中有奇字爲眼，才有此，句法便不渾涵。昔人謂石
> 有眼爲研之一病，余亦謂句中有眼爲詩之一病。如「地坼
> 江帆隱，天清木葉聞」（〈曉望〉），故不如「地卑荒野
> 大，天遠暮江遲」（〈遣興〉）也。如「返照入江翻石
> 壁，歸雲擁樹失山村」（〈返照〉），故不如「藍水遠從
> 千澗落，玉山高並兩峯寒」（〈九日藍田崔氏莊〉）也。
> 此最詩家三昧，具眼自能辨之。齊梁以至初唐，率用豔字

---

129 參閱葉嘉瑩：〈論杜甫七律之演進及其承先啟後之成就（代序）〉，
　　《杜甫秋興八首集說》（石家莊：河北教育出版社，1997），頁 34。陳
　　文華：〈吳體〉，收入張夢機：《古典詩的形式結構》（臺北：駱駝出
　　版社，1997），頁 101。

為眼，盛唐一洗，至杜乃有奇字。[130]

胡應麟明確指出，「句中有眼」是一種弊病。據文中所述，這是指創作者在句中刻意鍛造、使用「奇字」，遂爾鑿破天然，喪失兩漢、盛唐原有的「渾涵」之美。其「奇字」、「渾涵」對舉，也可說是從用字造句的角度，呈現「變」、「化」兩端的優劣。胡應麟文中具體摘列杜詩為例，〈曉望〉不如〈遣興〉，〈返照〉遜於〈九日藍田崔氏莊〉，即此之故也。這些說法雖非很嚴厲的抨擊，足可印證胡應麟重構杜詩價值的基調，可以總括為「抑變揚化」。[131]

　　依胡應麟前述設計的杜詩價值層級，「化」之境界，源自「正」、「變」兩端的辯證融合。因此，我們尚須進一步釐清杜詩「正」之涵義。胡應麟曾摘列「宋五言律近杜者」的詩句，最後總結：「此得杜之正，盛唐所同者也」，[132]可知所謂杜詩的「正」，指其契合於盛唐諸家主流的某種藝術表現。據《詩藪》云：「盛唐一味秀麗雄渾」，[133]杜詩的「正」，可謂「秀麗雄渾」。這類藝術表現，在《詩藪》中的表述文字或微有不同，實仍不難辨識，如：「此雄麗冠裳，得杜調者也」、「皆宏麗沉雄

130　胡應麟：《詩藪》，內編卷5，頁91。

131　「句中有眼」其實是宋代江西詩派津津樂道的詩學觀念。相關論析，可參閱詹杭倫：《中國文學審美命題研究》（香港：香港大學出版社，2010），頁 103。胡應麟批評杜甫部分詩作病在「句中有眼」，隱然也是在暗批宋人學杜疏失。

132　胡應麟：《詩藪》，外編卷5，頁215。

133　同前註，內編卷4，頁70。

得杜體」，[134]從「杜調」、「杜體」的描述來看，顯然皆指杜詩「正」。

胡應麟其實很欣賞杜詩的「正」，也察覺近期復古派對於杜詩價值，已有一種「由變趨正」的自我省察和重構趨勢：

> 老杜好句中疊用字，惟「落花游絲」（〈題省中院壁〉）妙絕。此外，如「高江急峽」（〈白帝〉）、「小院迴廊」（〈涪城縣香積寺官閣〉），皆排比無關妙處。又如：「桃花細逐楊花落」（〈曲江對酒〉）、「便下襄陽向洛陽」（〈聞官軍收河南河北〉）之類，頗令人厭。唐人絕少述者，而宋世黃、陳競相祖襲，國朝獻吉病亦坐斯。嘉、隆一洗此類并諸拗澀變體，而獨取其雄壯閎大句語為法，而後杜之骨力風格始見，真善學下惠者。[135]

這段文字從杜詩「疊用字」的評價問題談到近期復古派的新趨勢。「疊用字」，指詩句中意象的排比情形。如胡應麟舉例，杜甫〈題省中院壁〉「落花／游絲／白日靜」，透過諸意象的排比構成優美的意境，故「妙絕」；[136]相對地，〈白帝〉「高江／急峽／雷霆鬬」，又〈涪城縣香積寺官閣〉「小院／迴廊／春寂

---

134 同前註，外編卷 5，頁 216。

135 同前註，內編卷 5，頁 104。

136 胡應麟屢由不同角度讚賞此詩，頗值注意。如：「宋人……不知此詩特詩餘聲口，景象略存，意味何在？杜集得一聯云：『落花游絲白日靜，鳴鳩乳燕青春深』，穠麗雋永，頓自不侔。」同前註，內編卷 5，頁 97。

寂」，價值較遜。此外，他還提到〈曲江對酒〉一句中兩用
「花」字，〈聞官軍收河南河北〉一句中兩用「陽」字，令人生
厭。這些偏於負面的藝術表現，連同「拗澀變體」，曾獲得黃庭
堅、陳師道和李夢陽青睞，近期復古派轉向「獨取其雄壯閎大句
語爲法」。所謂「雄壯閎大」，可初步解讀爲杜詩的「正」。可
知胡應麟其實是注意到近期復古派諸子，已然鑒戒黃、陳和李夢
陽之病，重構出杜詩「正」的價值。錢鍾書說復古派格外推崇雄
闊高渾、實大聲弘的「杜樣」，[137]即是指此。

　　胡應麟《詩藪》曾開列杜甫七律典律（canon）：

> 老杜七言律全篇可法者：〈紫宸殿退朝〉、〈九日〉、
> 〈登高〉、〈送韓十四〉、〈香積寺〉、〈玉臺觀〉、
> 〈登樓〉、〈閣夜〉、〈崔氏莊〉、〈秋興八篇〉，<u>氣象
> 雄蓋宇宙</u>，法律細入毫芒，自是千秋鼻祖。異時微之、昌
> 黎，並極推尊，而莫能追步。宋人一概棄置，惟元虞伯
> 生、楊仲弘得少分。至近日諸公，始明此義。[138]

這份典律清單只是舉例，而非斷然摒除杜甫其他詩作。據文中的
描述，這些詩作之所以堪爲典律，可歸結爲「氣象雄」、「法律
細」，前者指雄渾壯浪的整體藝術形相，後者指精細的詩歌語言

---

[137] 錢鍾書：《談藝錄》增訂本（臺北：書林出版有限公司，1999），頁
172。但錢先生隨後譏諷胡應麟「於七子爲應聲之蟲」（頁174），未暇
注意到他推崇杜詩「正」外，其實也有意積極修訂李攀龍之輩學杜僅得
其「正」、而不得其「化」的問題。

[138] 胡應麟：《詩藪》，內編卷5，頁92-93。

形構。但這些作品能否單純解讀爲杜詩的「正」？試比較《詩藪》爲杜詩的「化」所舉之例：

> 七言，如：「錦江春色來天地，玉壘浮雲變古今」（〈登樓〉）、「織女機絲虛夜月，石鯨鱗甲動秋風」（〈秋興八首〉其七）、「香稻啄餘鸚鵡粒，碧梧棲老鳳凰枝」（〈秋興八首〉其八）、「聽猿實下三聲淚，奉使虛隨八月槎」（〈秋興八首〉其二），字中化境也。「無邊落木蕭蕭下，不盡長江滾滾來」（〈登高〉）、「二儀清濁還高下，三伏炎蒸定有無」（〈又作此奉衛王〉）、「永夜角聲悲自語，中天月色好誰看」（〈宿府〉）、「絕壁過雲開錦繡，疏松隔水奏笙簧」（〈七月一日題終明府水樓二首〉其一），句中化境也。「昆明池水」（〈秋興八首〉其七）、「風急天高」（〈登高〉）、「老去悲秋」（〈九日藍田崔氏莊〉）、「雙黃碧梧」（〈暮歸〉），篇中化境也。[139]

以前述典律清單爲準，重複者爲〈登高〉、〈登樓〉、〈九日藍田崔氏莊〉、〈秋興八首〉。可知上開典律清單，顯然牽涉到杜詩的「化」。未重複者爲〈紫宸殿退朝口號〉、〈九日〉、〈送韓十四江東覲省〉、〈香積寺〉、〈玉臺觀〉、〈閣夜〉，但這些篇章本章前引文中也曾有提及，如〈紫宸殿退朝口號〉「壯而穠麗」，又〈送韓十四江東覲省〉、〈香積寺〉、〈玉臺觀〉、

---

[139] 同前註，內編卷 5，頁 90-91。

〈閣夜〉「皆冠裳宏麗，大家正脈」，可知是「正」。上開典律
清單兼有「化」、「正」。但這不是平行的兩類，「化」是
「正」、「變」辯證融合之後的妙境。故上開典律清單，更準確
地說，其實都是杜詩的「化」，內中當然也染有「正」的底色。
後人學杜容或僅得其「正」不得其「化」；但杜詩最高境界的
「化」，則必然是涵融了「正」。〈登樓〉是杜詩的「字中化
境」，〈又作此奉衛王〉是「句中化境」，但這兩首詩在前引文
中也都被視爲「皆冠裳宏麗，大家正脈」，可證胡應麟所標舉的
杜詩最高境界，實是「化中有正」。

　　對於上開典律清單，胡應麟認爲要到近期復古派才能有所體
認。但他標舉杜詩之「化」，猶如一把兩面刃，一方面批判宋代
以後學杜者僅得其「變」，未嘗也不是在針砭近期復古派諸子李
攀龍、吳國倫之輩學杜僅得其「正」的問題。故綜言之，透過
「正」、「變」、「化」的論述框架，胡應麟並非單純只是分析
杜詩多樣化的藝術表現及其價值層次，其實也構成一個對於宋代
以後學杜發展和得失的解釋模式，並能回應外界批評杜詩的聲
浪，告訴世人杜詩自有無可磨滅的光焰。這個論述框架，堪稱胡
應麟杜詩學最重要的創發。

二、「大」：杜詩的超越性

　　依胡應麟和陳束的觀察，復古派弊病叢生之際，明人也連帶
厭棄學杜，改宗「六朝」、「初唐」。這種典範觀念的移轉，最
早是由楊愼、薛蕙（1489-1541）掀起的。楊愼《升庵詩話》記
載：

> 何仲默枕藉杜詩，不觀餘家，其於六朝、初唐未數數然
> 也。與予及薛君采言及六朝、初唐，始恍然自失，乃作
> 〈明月〉、〈流螢〉二篇擬之，然終不若其效杜諸作也。[140]

據其所述，身爲復古派中與李夢陽並稱的要角，何景明原以杜詩
爲最高典範，但後來正是在楊愼、薛蕙影響下，改宗六朝、初
唐，並擬作〈明月篇〉、〈流螢篇〉。《升庵詩話》又載嚴羽
（1195?-1245?）推許盛唐崔顥〈黃鶴樓〉爲「唐人七言律第
一」，何景明、薛蕙則改取初唐沈佺期〈獨不見〉。[141]這類的新
異論述，一時席捲詩壇，當代學者已有詳要之研究。[142]我們尚須
注意：胡應麟常由詩史發展的脈絡，去凸顯杜甫超越六朝、初
唐，顯然正是爲了抗衡前述的時代變局。

　　不過，杜詩在明代詩學脈絡中所遭遇的嚴重挑戰，其實也來
自「盛唐」，尤其是王維和孟浩然。徐渭（1521-1593）〈與季
友〉曾批評明代學王、孟人，「在他面前說李、杜不得」，[143]不
難想見「王孟」、「李杜」兩個陣營之間的緊張關係。袁裒

---

[140] 楊愼著，王大厚箋證：《升庵詩話新箋證》（北京：中華書局，
　　 2008），卷10〈螢詩〉，頁509。

[141] 同前註，卷4〈黃鶴樓詩〉，頁228。

[142] 近年研究成果，可參閱楊遇青：《明嘉靖時期詩文思想研究》（西安：
　　 三秦出版社，2011），頁80-85。雷磊：《楊愼詩學研究》（北京：中
　　 國社會科學出版社，2006），頁151-165。余來明論之最詳，並觸及時
　　 人改宗中唐的觀念，可參閱氏著：《嘉靖前期詩壇研究（1522-1550）》
　　 （武漢：武漢大學出版社，2009），頁196-247。

[143] 徐渭：《徐文長三集・與季友》，收入《徐渭集》（北京：中華書局，
　　 1999），頁461。

（1502-1547）也認爲：「杜子美，詩人之富者耳，其妙悟蓋不
及王、孟諸公」，[144]對杜詩的態度實頗輕蔑，轉而標舉王、孟。
這種緊張關係，亦可見王世貞《藝苑巵言》中的記載：

> 有一貴人時名者，嘗謂予：「少陵傖語，不得勝摩詰。所
> 喜摩詰也。」予答言：「恐足下不喜摩詰耳，喜摩詰又焉
> 能失少陵也。少陵集中不啻有數摩詰，能洗眼靜坐三年讀
> 之乎？」其人意不懌去。[145]

「傖語」指文辭鄙俚，當時有人就用字遣詞的層面貶抑杜詩，轉
而標舉王維。王世貞沒有直接爲杜甫的詩歌語言辯護，「少陵集
中不啻有數摩詰」，認爲杜詩多樣化的藝術表現，完全足以涵
攝、凌跨王維。但王世貞說法十分簡率，顯仍無法說服屠隆
（1543-1605），其〈論詩文〉云：

> 王元美謂：「少陵集中不啻有數摩詰。」此語誤也。少陵
> 沉雄博大，多所包括，而獨少摩詰。摩詰之沖然幽適，泠
> 然獨往，此少陵生平所短也。[146]

---

[144] 引自王格：〈袁永之集序〉，見袁袠：《衡藩重刻胥臺先生集》（《四
庫全書存目叢書》集部第 86 冊影印北京大學圖書館藏明萬曆十二年衡
藩刻本，濟南：齊魯書社，1997），頁 420。

[145] 王世貞著，羅仲鼎校注：《藝苑巵言校注》，卷 4，頁 178。

[146] 屠隆著：《鴻苞》，卷 17，收入汪超宏主編：《屠隆集》第 8 冊（杭
州：浙江古籍出版社，2012），頁 443。

杜詩誠有多樣化的藝術表現，卻獨少王維「沖淡幽適」一類詩風。屠隆之說，並不單純是在批判杜詩有所欠缺，在商榷王世貞原說的脈絡下，他其實更是要爲王維爭地位。復古派內部，李攀龍〈選唐詩序〉論七律云：

> 王維、李頎，頗臻其妙，即子美篇什雖眾，憒焉自放矣。[147]

王世懋（1536-1588）《藝圃擷餘》也說：

> 詩必有不能廢者，雖眾體未備，而獨擅一家之長。孟浩然洮洮易盡，止以五言雋永，千載並稱王、孟。[148]

李攀龍、王世懋未必完全抹煞杜詩，但如此拉抬王、孟和盛唐諸家，多少調整了復古派固有的尊杜、學杜傳統。

　　然則，胡應麟標舉杜詩價值之際，如何審視時人崇尚王、孟的觀念？不妨先看他對孟浩然的評論情況。據《詩藪》記載：

> 燕國如〈岳州讌別〉、〈深度驛〉、〈還端州〉，始興如〈初秋憶弟〉、〈旅宿淮陽〉、〈豫章南還〉等作，皆沖遠有味，而格調嚴整，未離沈、宋諸公，至浩然乃縱橫自得。[149]

---

147 李攀龍著，包敬第標校：《滄溟先生集》（上海：上海古籍出版社，2014），卷15〈選唐詩序〉，頁474。

148 王世懋：《藝圃擷餘》，見何文煥輯：《歷代詩話》，頁782。

149 胡應麟：《詩藪》，內編卷4，頁68。

這段文字在張說、張九齡（678-740）對比下，凸顯孟浩然五律「縱橫自得」的優長。但胡應麟對孟浩然五律的價值仍不太滿意：

> 孟詩淡而不幽，時雜流麗；閒而匪遠，頗覺輕揚。可取者，一味自然。[150]

「自然」其實是孟浩然的重要特色，胡應麟雖予肯定，但討論非常粗略，顯然不夠重視。他又比較李、杜和孟浩然歌行：

> 李、杜之才，不盡於古詩而盡於歌行。孟浩然輩才短，故歌行無復佳者。[151]

歌行之體，講究創作者的雄才；[152]孟浩然由於才小，無法和李、杜抗衡。五言排律也講究才氣，[153]故孟詩仍難逃批評：

> 襄陽時得大篇，清空雅淡，逸趣翩翩。然自是孟一家，學之必無精彩。[154]

---

[150] 同前註，內編卷4，頁68。

[151] 同前註，內編卷3，頁55。

[152] 胡應麟云：「歌行之暢，必由才氣」，又讚揚李、杜歌行「皆才大氣雄」。同前註，內編卷1，頁1；內編卷3，頁50。

[153] 胡應麟認為「五言長律」（五排）和歌行一樣，「非博大雄深，橫逸浩瀚之才，鮮克辨此」。同前註，內編卷3，頁50。

[154] 同前註，內編卷4，頁77。

可以發現，孟詩雖有清雅之趣，但這種特質卻不是胡應麟最珍視
的。

王維的情況，稍有別於孟浩然。據《詩藪》記載：

> 古詩軌轍殊多，……有以高閒、曠逸、清遠、玄妙為宗
> 者，六朝則陶，唐則王、孟、常、儲、韋、柳。但其格本
> 一偏，體靡兼備，宜短章，不宜鉅什；宜古選，不宜歌
> 行；宜五言律，不宜七言律。歷考前人遺集，靡不然者。
> 中惟右丞才高，時能旁及；至於本調，反劣諸子。餘雖深
> 造自得，然皆株守一隅。才之所趨，力故難強。[155]

正如前文對孟浩然的批評，這段文字首先指出王、孟等人在特定
詩體和藝術表現上，有很大的侷限性。但胡應麟隨即補充：「中
惟右丞才高，時能旁及」，認為王維特能突破侷限。在前文對杜
詩價值系統的討論中，我們確實也能發現王維的歌行和五、七
律，都和高適、岑參、李頎等盛唐詩人並列而備受青睞。此外，
胡應麟《詩藪》尚曾如此描繪王維五律的藝術表現：

> 右丞五言，工麗、閒澹，自有二派，殊不相蒙。「建禮高
> 秋夜」、「楚塞三江接」、「風勁角弓鳴」、「揚子談經
> 處」等篇，綺麗精工，沈、宋合調者也。「寒山轉蒼
> 翠」、「一從歸白社」、「寂寞掩柴扉」、「晚年惟好

---

155 同前註，內編卷 2，頁 23-24。

靜」等篇，幽閒古澹，儲、孟同聲者也。[156]

王維五律兼具「工麗」、「閒澹」，其藝術表現並不單一。其五言排律的造詣，也令人讚嘆不已：

真如入萬花春谷，光景爛熳，令人應接不暇，賞玩忘歸。[157]

胡應麟甚至推許王維七律〈和賈舍人早朝大明宮之作〉勝過杜甫同題之作。[158]不過，參照前述的杜詩價值系統，也能發現王維其實不曾代表唐詩極至，胡應麟總是循著詩史發展脈絡，去標舉杜詩對王維和盛唐諸家的優越性。[159]至於王維詩中用字或用意重複的問題，更是屢遭指摘。

　　限於本文的論旨，在此無法詳細討論胡應麟王、孟詩評的細節，但藉由前述的鳥瞰，足可察知他對王、孟誠或不乏賞愛，只是這份賞愛絕然無法撼動杜甫絕句以外諸體的極至地位。為進一步呈現胡應麟的觀點，我們當有必要聚焦他對杜甫和王、孟等人「澹」的態度。其《詩藪》云：

---

[156] 同前註，內編卷4，頁169。

[157] 同前註，內編卷4，頁78。

[158] 胡應麟云：「杜之『和賈』，大減王、岑」，所指實是杜甫〈奉和賈至舍人早朝大明宮〉，以及王維、岑參的同題唱和之作。王維似又勝於岑參，「〈早朝〉，必首王維」。引文見同前註，續編卷2，頁356；外編卷4，頁188。對相關作品較詳細的論析，可參閱內編卷5，頁94-95。

[159] 「絕句」是例外。胡應麟對王維絕句崇賞有加，推為「神品」。同前註，內編卷6，頁109。

> 唐以澹名者，張、王、韋、孟四家。今讀其詩，曷嘗脫棄
> 景物？孟如「日休采撷」三語，備極風華；曲江排律，綺
> 繪有餘；王、韋五言，秀麗可挹。蓋詩富碩則格調易高，
> 清空則體氣易弱。至於終篇洗削，尤不易言。惟杜〈登梓
> 州城樓〉、〈上漢中王〉、〈寄賀蘭二〉、〈收京〉、
> 〈吾宗〉、〈征夫〉、〈可惜〉、〈有感〉、〈避地〉、
> 〈悲秋〉等作，通篇一字不黏帶景物，而雄峭沈著，句律
> 天然。古今能為澹者，僅見此老。世人率以雄麗掩之，余
> 故特為拈出。第肉少骨多，意深韻淺，故與盛唐稍別，而
> 黃、陳一代尸祝矣！[160]

張九齡、王維、韋應物（737-791）、孟浩然諸家，向被視為唐
代詩壇清澹、閒澹一派的代表；[161]胡應麟卻說惟有杜詩才是真正
的「澹」，欲在「雄麗」的杜詩正體之外，揭示一種備遭世人忽
略的杜詩形相。我們細加分辨：一般提到王、孟等人的「澹」，
指詩歌意境和審美趣味的清澹、閒澹；胡應麟所指杜詩的
「澹」，實是杜詩中不使用景語，沒有任何描繪外在景物的筆
觸，可見兩者原是屬於不同的詩學範疇。胡應麟將兩者嫁接到同
一段文字脈絡來評比，實欠嚴謹，但透過這種方式，除能揭示一
種另類的杜詩形相，也形同抽換了王、孟等人在唐詩清澹、閒澹
一派的代表權。屠隆說杜詩多樣化的藝術表現中獨缺王維的「沖

---

[160] 同前註，內編卷4，頁73。

[161] 胡應麟另處亦云：「唐初……張子壽首創清澹之派。盛唐繼起，孟浩
然、王維、儲光羲、韋應物，本曲江之清澹，而益以風神者也。」同前
註，內編卷2，頁35。

淡幽適」，胡應麟形塑出來的杜甫形象則是完全掩蓋王、孟。

　　我們可以屢由《詩藪》看到類似的論述。其論「清」亦云：

> 詩最可貴者清，然有格清，有調清，有思清，有才清。才
> 清者，王、孟、儲、韋之類是也。若格不清則凡，調不清
> 則冗，思不清則俗，王、楊之流麗，沈、宋之豐蔚，高、
> 岑之悲壯，李、杜之雄大，其才不可概以清言，其格與調
> 與思，則無不清者。[162]

「清」原本也很容易令人聯想到王、孟一系的形相，但在胡應麟
重新詮釋下，卻變成初、盛唐人的共貌。換言之，「清」原本特
指一種清澹、閒澹的意境和趣味，改而泛指超凡絕俗且不冗弱的
理想境界。[163]王、孟等人的「清」，被框限在其中之一的「才
清」，失去了原本對「清」的獨佔性，同時更被杜詩的多樣化藝
術表現完全籠罩，如《詩藪》云：

> 絕磵孤峯，長松怪石，竹籬茅舍，老鶴疎梅，一種清氣，
> 固自迴絕塵囂。至於龍宮海藏，萬寶具陳，鈞天帝庭，百
> 樂偕奏，金闕玉樓，群真畢集，入其中，使人神骨冷然，
> 臟腑變易，不謂之清可乎！故才大者，格未嘗不清；才清

---

[162] 同前註，外編卷4，頁185。

[163] 胡應麟曾界定「清」之藝術特色：「清者，超凡絕俗之謂，非專於枯寂
閒淡之謂也」、「格不清則凡，調不清則冗，思不清則俗」。同前註，
外編卷4，頁185。

者，格未必能大。[164]

文中區分出「才清」、「格清」。前者如「絕碉孤峯，長松怪
石，竹籬茅舍，老鶴疏梅」，喻指一種遠離俗氛的藝術表現。試
參照前引文，可知以王、孟爲代表。後者如「萬寶具陳」、「百
樂偕奏」、「群眞畢集」，喻指多樣化且富震撼力的藝術表現。
胡應麟文中雖未言明，此類無疑要推杜甫爲代表。我們應特別注
意：「才大者，格未嘗不清；才清者，格未必能大」。可知他不
但較推崇「格清」，其多樣化的藝術表現，更被認爲可籠罩「才
清」的意境、趣味。

　　這種杜甫形象，令人聯想到前述「不失本調」、「兼得眾
調」的「大」，這是杜詩的最高境界。《詩藪》又云：「不盡唐
調而兼得唐調，杜也」，[165]涵義一致，都是特別強調杜詩多樣化
的藝術表現，兼有其他唐人又不爲其所框限。杜詩兼有王、孟等
人的「澹」、「清」，這就是從「大」的角度去凸顯杜詩的超越
性。

　　緣而，胡應麟承用高棅（1350-1423）《唐詩品彙》中的
「大家」、「名家」品目，去凸顯杜甫和王、孟之間的價值斷
層：

　　　　廷禮《品彙》，標老杜爲「大家」。……拾遺與王、孟齊
　　　　肩，可乎？[166]

---

164 同前註，外編卷 4，頁 185。
165 同前註，內編卷 4，頁 70。
166 同前註，外編卷 4，頁 184。

高棅《唐詩品彙》中的「大家」品目，原指杜甫總萃前人之長，有變化多態的藝術表現，和純熟完美的詩歌語言；[167]胡應麟則拓展爲一種評價性用法，指杜甫獨具的「大家」地位，價值特高，故足以凌駕王、孟。

實際上，王、孟在高棅《唐詩品彙》中，依不同的詩體，分別被定位爲「正宗」、「名家」、「羽翼」；[168]胡應麟則一概視爲「名家」，《詩藪》云：

> 偏精獨詣，名家也；具範兼融，大家也。[169]

其另文又云：

> 唐人則王、楊之流麗，陳、杜之孤高，沈、宋之精工，儲、孟之閒曠，高、岑之渾厚，王、李之風華，昌齡之神秀，常建之幽玄，雲卿之古蒼，任華之拙樸，皆所專也。兼之者杜陵也。[170]

---

167 參閱蔡瑜：《高棅詩學研究》（臺北：國立臺灣大學出版委員會，1990），頁 66-67。

168 據《唐詩品彙》各體「敍目」，五古王、孟都是「名家」；七古王是「名家」，孟是「羽翼」；五絕王、孟皆爲「正宗」；七絕俱屬「羽翼」；五律、五牌、七律，兩人並列「正宗」。見高棅編纂，汪宗尼校訂，葛景春、胡永傑點校：《唐詩品彙》（北京：中華書局，2015），頁 135、924、925、1298、1510、1853-1854、2371、2718。

169 胡應麟：《詩藪》，內編卷 4，頁 184。

170 同前註，內編卷 4，頁 184。

綜合兩段資料來看，就能證實王、孟都被胡應麟歸類爲「名家」。胡應麟爲何簡化了高棅原有的品目概念？個人以爲，他不提「羽翼」，當是顧及「大家」、「名家」概念形式的整齊性；不提「正宗」，實則是爲了強化「大家」、「名家」之間的價值落差。因爲在《唐詩品彙》中，「正宗」特指開創並奠定盛唐氣象、藝術境界超越眾人足爲典範的詩人，較之「大家」毫不遜色；「名家」所指諸詩人雖仍具崇高價值，然而氣象尚欠博大，其藝術表現也較單一。[171]可知胡應麟不提「正宗」，僅取「名家」概念，顯然乃是有意淡化王、孟等人的盛唐正宗意義，轉而特別強調杜甫身爲「大家」，其藝術表現尤爲豐富多元的超越性。

　　綜觀胡應麟標舉杜詩之「大」的思路，都是對「澹」、「清」的內涵提出新的詮釋，再據以申論杜詩和王、孟的評價問題。爲何他會形成這樣特殊的思路？有學者認爲，胡應麟鑑於早期復古派的創作實踐，耽求雄渾博大的氣象，遂引入清逸之氣，欲加以調融。[172]這個觀點雖似不無道理，卻無《詩藪》中的文獻證據；況且胡應麟重新詮釋後的「澹」、「清」內涵，也都不是指一般的清逸之氣。個人認爲，這個問題，當是有意和薛蕙「對話」：

　　薛考功云：「曰清、曰遠，乃詩之至美者也。靈運以之，『白雲抱幽石，綠篠媚清漣』，清也；『表靈物莫賞，蘊

171　蔡瑜：《高棅詩學研究》，頁 66、69。

172　陳文新：《明代詩學的邏輯進程與主要理論問題》（武漢：武漢大學出版社，2007），頁 222-223。

真誰為傳」，遠也。『豈必絲與竹？山水有清音』（左思
〈招隱詩〉）、『景昃鳴禽夕，水木湛清華』（謝混〈游
西池〉），清與遠兼之矣。」薛此論雖是大乘中旁出佛
法，亦自錚錚動人。第此中得趣，頭白祇在六朝窠臼中，
無復向上生活。若大本先立，旁及諸家，登山臨水，時作
此調，故不啻嘯聞數百步也。[173]

此文指出，薛蕙非常欣賞謝靈運（385-433）、左思（250?-
305）、謝混（?-412）詩中的「清」、「遠」。薛蕙原文已佚，
據王士禛（1634-1711）《池北偶談》的引述、解讀，此說恰可
契合其「獨取謝康樂、王摩詰、孟浩然、韋應物」的宗旨。[174]可
知胡應麟欲和薛蕙進行的對話內容，不僅關乎六朝詩歌價值，亦
涉王、孟詩風定位問題。據上引文的論述，「若大本先立，旁及
諸家，登山臨水，時作此調」，胡應麟僅將「清」、「遠」之
調，定位在「登山臨水」，認為這種詩歌意境和審美趣味僅適合
於山水遊觀主題，甚具侷限性。

　　進一步看，胡應麟和薛蕙的對話勢必牽連到杜詩的重評議
題：

薛君采云：「王右丞、孟浩然、韋蘇州詩，讀之有蕭散之
趣，在唐人可謂絕倫。太白五言律多類浩然；子美雖有氣
骨，不足貴也。」此論不為無謂，才質近者，循之亦足名

---

173 胡應麟：《詩藪》，外編卷 2，頁 151。
174 王士禛：《池北偶談》，卷 18，收入袁世碩主編：《王士禛全集》（濟
　　南：齊魯書社，2007），頁 3275。

家。然是二乘人說法，於廣大神通，未曾透入。[175]

薛蕙貶抑杜詩「氣骨」，欣賞王、孟等人的「蕭散之趣」，蓋指
其閒曠自適的意境和趣味。此說實可對應前述的「澹」、「清」
或「清遠」。但胡應麟批評此說猶如不懂「廣大神通」才是佛法
的最高境界。前文討論杜甫七律，他也曾使用相同的譬喻，正是
推崇杜詩突破了特定風格框限，別具變化之姿。

第四節 結 語

海德格爾（Martin Heidegger）《林中路》扉頁有一段著名的
題辭：

> 林乃樹林的古名。林中有路。這些路多半突然斷絕在杳無
> 人跡處。這些路叫做林中路。每條路各自延展，但卻在同
> 一林中。常常看來仿佛彼此相類。然而只是看來仿佛如此
> 而已。林業工和護林人識得這些路。他們懂得什麼叫做在
> 林中路上。[176]

這段題辭原本是在譬喻書中各篇要旨，猶如「林中多歧路，而殊
途同歸」。[177]但林中歧路「仿佛彼此相類」，卻未必皆屬通達；

---

[175] 胡應麟：《詩藪》，外編卷 4，頁 194。

[176] 馬丁・海德格爾（Martin Heidegger）著，孫周興譯：《林中路》修訂本
（上海：上海譯文出版社，2008），扉頁，無頁碼。

[177] 這是該書譯者孫周興的解讀。見前揭書，頁 2。

縱使風景入勝，也格外容易誘人迷途，惟有林業工和護林人熟識林中歧路。這不禁令人聯想到胡應麟面對杜詩多樣化的藝術表現，不也是扮演同樣的角色嗎？

　　杜詩早經復古派確立爲「典範」，但如何辨識杜詩的特色、價值，一直是相當複雜而困難的問題。胡應麟曾在《詩藪》中發出感嘆：

> 杜則精粗、鉅細、巧拙、新陳、險易、淺深、濃淡、肥瘦，靡不畢具，參其格調，實與盛唐大別。其能會萃前人在此，濫觴後世亦在此。且言理近經，敘事兼史，尤詩家絕覯。其集不可不讀，亦殊不易讀。[178]

杜詩多樣化的藝術表現，雖是一種可貴的成就，但其利鈍雜陳的駁雜性，何啻平添了讀杜的困難。「其集不可不讀，亦殊不易讀」，所謂「讀」，並非單純指涉一種仰賴視覺運作以辨識資訊的人類行爲，而是指更深層的詮釋和評價。胡應麟是在感嘆杜詩的特色、價值，並不容易正確體察。故《詩藪》又云：

> 近體先習杜陵，則未得其廣大雄深，先失之粗疏險拗，所謂從門非寶也。[179]

胡震亨《唐音癸籤》也曾針對杜甫七律而論：

---

[178] 胡應麟：《詩藪》，內編卷4，頁70。

[179] 同前註，內編卷4，頁59。

作法之變，更難盡數。不善學者，多歧為惑，每至失步。[180]

杜詩真可謂既迷人又容易惑人的一種體式。這種情況，至關嚴重，直接影響復古大業的成敗。早期復古派學杜衍發流弊，連帶導致明人厭棄杜詩典範，在胡應麟眼中，雙方其實都是對於杜詩欠缺正確的眼光。然則，他是如何「鑒戒」前人的學杜實績，去「重構」杜詩特色和價值？又是如何抗衡外界對杜詩的批評聲浪，振興復古派尊杜、學杜的傳統？

通過前文的梳理和討論，我們已能解答這些問題。由分體的框架來看，胡應麟不欣賞杜甫「絕句」，但對於「樂府」、「古詩」、「歌行」、「律詩」，均是推崇備至。「樂府」、「古詩」，胡應麟在漢魏典範的基準下，尤為崇尚杜詩兼具漢魏遺風和唐人本色的高妙造詣；「歌行」、「律詩」，杜詩皆以其變化不測、豐富多元的藝術表現，被奉上極至冠冕。這是胡應麟杜詩價值系統的基調。

緣此，胡應麟進一步使用「正」、「變」的概念標籤，去重新審查杜詩多樣化的藝術表現；使用「化」、「大」的概念標籤，去重新定義杜詩的最高價值。胡應麟認為前人學杜績效不佳的癥結，係無法明辨杜詩多樣化藝術表現中的「正」、「變」，自亦無法體會杜詩最高價值實為兩者辯證融合之後的「化」、「大」。其所謂「正」，指杜詩藝術表現契合盛唐諸家主流矩度之處；「變」，指杜詩對矩度的突破；「化」，指一種渾成天然而又暗合矩度的妙境。「正」、「變」、「化」之說，實可釐清

---

180 胡震亨著，周本淳校訂：《唐音癸籤》，卷10〈評彙六〉，頁95。

前人學杜的偏失情形，何啻也能回應外界對杜詩價值的質疑，向世人宣告杜詩自有崇高價值，不因學杜疏失而波及。胡應麟還標舉杜詩的「大」，指杜詩藝術表現變化多態，薈萃眾美，是為「大家」。這種境界，乃被認為凌駕王維、孟浩然一系「澹」、「清」或「清遠」、「蕭散」之風，具體支撐了杜甫的盛唐巔峰地位。總括來說，「正」、「變」、「大」、「化」的概念標籤，實是胡應麟鑒戒前人的學杜績效，進而對杜詩特色和價值的重構，同時強化了復古派學杜的必要性，也有為杜詩在當代爭地位的現實意義。是知他的杜詩學，緊密貼合當代詩學論評脈動，古今相接，絕非一種純然抽象而脫離現實境遇的思辨。

復古派學杜衍發的摹擬太甚問題，胡應麟的杜詩論評並未加以處理。儘管杜詩被捏塑為震古鑠今的典範，自有不可磨滅的光彩，時人對於復古派摹擬之弊的疑慮，恐怕很難因此消散。

第六章　許學夷的杜詩學

第一節　前　言

明代復古派有關「理論實效」的一系列問題，諸如面對社群內部實存的摹擬現象，如何救治、彌補？其復古文學論述如何作出調整？如何抗衡外界對摹擬之弊的攻擊力道，與時俱進，繼續堅守復古陣營？這也就是說，復古派的「理論思維」建構、發展，究竟如何看待、回應其「創作實踐」？這些重要的問題，許學夷《詩源辯體》因其著述性格及歷史位置，其實提供了一個絕佳的觀察窗口，值得我們在本書最後特闢專章細加探究。

許學夷（1563-1633），字伯清，南直隸江陰人（今屬江蘇），終生隱逸，嘗刪輯參訂《左傳》、《國語》、《戰國策》、《史記》諸書，凡數百卷；[1] 著有《許伯清詩稿》傳世，又輯野史《倭變時事》一種，[2] 但許學夷最自覺珍重之作，實推《詩源辯體》。該書凡三十六卷附後集纂要二卷，歷時四十年十二易稿，告成於崇禎五年（1632）；書中原有「詩論」、「詩

1　參閱惲應翼〈許伯清傳〉，杜維沫校點：《詩源辯體》（北京：人民文學出版社，1998），附錄，頁 433。

2　許學夷著述及傳世情況，可參閱謝明陽：《許學夷《詩源辯體》研究》（臺北：政治大學中文系碩士論文，1996），頁 15-20。

選」兩部分，惟崇禎十五年（1642）付梓時僅刻「詩論」，「詩
選」逐漸亡佚。本章所稱《詩源辯體》，自然是專指目前僅存的
「詩論」。[3]許學夷此書著述態度非常審慎，據其〈凡例〉：

> 《辯體》……每則各具一旨，皆積久悟入而得，並未嘗有
> 雷同重複者。學者以神合神，當一一領會，否則但見冗雜
> 繁蕪，而於精心獨得、次第聯絡之妙，漠然其不相入
> 矣。[4]

益可知此書的著述性格，尤強調自家的獨創性見解，絕非拾人牙
慧。而所謂獨創見解，其實蘊有強烈的針對性，故《詩源辯體‧
自序》開宗明義：

> 仲尼曰：「中庸其至矣乎！民鮮能久矣。」後進言詩，上
> 述齊梁，下稱晚季，於道為不及；昌穀（徐禎卿）諸子，
> 首推〈郊祀〉，次舉〈鐃歌〉，於道為過；近袁氏（袁宏
> 道）、鍾氏（鍾惺）出，欲背古師心，詭誕相尚，于道為
> 過。予《辯體》之作也，實有所懲云。[5]

---

[3] 《詩源辯體》的撰著歷程和刊印狀況，可參閱該書〈自序〉、〈凡
　　例〉、〈陳所學跋〉等。新近之討論成果，可參閱謝明陽：〈許學夷
　　《詩源辯體》在晚明的傳播與接受〉，《東華人文學報》第 5 期（2003
　　年 7 月），頁 320-308。

[4] 許學夷著，杜維沫校點：《詩源辯體》，頁 1。

[5] 同前註，頁 1。

參照萬曆四十一年（1613）許學夷所撰另一篇〈自序〉：

> 孔子曰：「中庸其至矣乎！民鮮能久矣。」夫說詩亦然。
> 晚唐、宋、元諸公，穿鑿支離，蕪陋卑鄙，於道為不及；
> 我明二三先輩，宗古奧之辭，貴蒼莽之格，於道為過；近
> 世說者乃欲背古師心，詭誕相尚，於道為離。予《辯體》
> 之作也，始懲於宋、元，中懲於我明，而終懲於近世。[6]

不難察覺，許學夷此書非但有意商榷晚唐、宋、元等前代詩論，
即使回顧當代詩壇：徐禎卿（字昌穀，1479-1511）名列「前七
子」，又「宗古奧之辭」、「貴蒼莽之格」等敘述，在在讓人想
到復古派，是知許學夷此書堅守復古派陣營之際，也有意進行社
群中的「內部對話」。當時袁宏道（1568-1610）、鍾惺（1581-
1624）引領的公安派、竟陵派，「背古師心，詭誕相尚」，這類
對於復古陣營的反叛、攻訐話語，許學夷也將提出抗衡。由此可
知，許學夷此書強調創見的著述性格，深深聯繫著其對所處歷史
位置的自覺，生當晚明末世，他其實更能清楚盱衡復古派內部、
外部的詩學得失。

　　個人反覆閱讀《詩源辯體》，深覺勝義固多，然而許學夷對
杜甫（712-770）詩歌的論評，尤其別富意義。實際上，尊杜、
學杜本是復古派的傳統，杜詩堪稱復古典範的核心，故透過許學
夷的杜詩學論述，尤其適於觀察他是如何縱身投入當代詩學脈絡
中復古派內、外部的論爭，加以調整、對話。因此，關於本章前

6　同前註，附錄，頁 442。

揭的問題，我們實可聚焦許學夷《詩源辯體》的杜詩學切入分析，並由此掘發其重要意義。爲了印證上述的判斷並建立後續進一步討論的基礎，在討論程序上，擬先梳理許學夷此書杜詩學的主要內容；然後再分別對照復古派內、外部的杜詩學脈絡，俾能適切凸顯其說之新異色彩及重要意義。

第二節　許學夷杜詩學的主要內容

　　許學夷《詩源辯體》以時代爲經，卷三十四至三十六爲「總論」之外，各卷依次論評周、漢至晚唐、五代各體詩歌之創作狀況，後集纂要兩卷歷敘宋、元、明，詩史意味甚爲濃厚。其杜詩學論述零星散見於各卷，惟卷十九專論之；該卷總計三十三則，僅最末三則附及任華、懷素（725?-785?），無論就專卷形式或條目數量之多，皆屬全書絕無僅有。故可初步覘見，杜詩學實屬許學夷詩學系統中極爲重要之一環。此外，卷十八多處觸及李（李白，701-762）、杜詩史地位及藝術特色比較議題，卷十六和十七觸及杜甫與「盛唐詩」詩史地位及藝術特色比較議題，尤值得相互參看。[7]

　　許學夷此書「以辯體爲主」，[8]故全書各卷條目內容，多以

---

[7]　另有他卷談其他詩人處，偶曾觸及杜詩，惟顯非該處重心所在，如卷 6 和後集纂要卷 1 都提及陶淵明和杜甫「聲律（音調）」、「氣格」相近；同前註，頁 102、388。這類說法雖特別，惟限於本章論旨，需待另撰專文討論。

[8]　這是《詩源辯體・凡例》的第一句話，不但有解釋書名之用，亦可見其重要性。同前註，頁 2。

詩體群聚類分，然後在這個基礎上對古典詩歌展開極度精密的剖析，是爲一大特色。卷十九中的杜詩論評亦不例外，第一至十三則論杜甫五、七言古詩和歌行，第十四至二十六則論五、七律，第二十七則論絕句，第二十八至三十則論杜詩下開後世流弊之處、楊慎（1488-1559）詩史說、歐陽脩（1007-1072）杜詩學，具「餘論」性質。要之可見許學夷較不重視杜甫「絕句」，僅第二十七則云：

> 王元美云：「子美七言絕，變體，間爲之可耳，不足多法也。」愚按：子美七言絕雖是變體，然其聲調實爲唐人竹枝先倡，須溪謂「放蕩自然，足洗凡陋」，是也。惟五言絕失之太重，不足多法耳。[9]

基本上這是復古派杜詩批評的慣常說法，許學夷只是簡單地補充其七絕的聲調近於竹枝體。他對杜甫「古詩」、「歌行」和「律詩」的特色、價值，論述內容更豐厚，明顯構成了杜詩學的重心。以下分論之——

一、古詩和歌行

一般而言，欲針對特定的文學作品進行「評價」，必須先瞭解其「特色」。許學夷非常推崇杜甫古詩、歌行，實是對杜詩之特色有所掌握。對此，他儼然建構出一套反覆操作的論述模式，亦即先具體列舉作品篇目，再進一步分析其特色。如《詩源辯

9　同前註，卷19，頁220。

體》曾如此討論杜甫五古：

> 子美五言古，短篇如「朝進東門營」（〈後出塞〉五首之
> 二）、「男兒生世間」（〈後出塞〉五首之一）、「獻凱
> 日繼踵」（〈後出塞〉五首之四）、「下馬古戰場」
> （〈遣興〉三首之一）、「蓬生非無根」（〈遣興〉五首
> 之二）、「白馬東北來」（〈白馬〉）、「崢嶸赤雲西」
> （〈羌村〉三首之一）、「溪回松風長」（〈玉華
> 宮〉）、「賀公雅吳語」（〈遣興〉五首之四）、「涪石
> 眾山內」（〈冬到金華山觀因得故拾遺陳公學堂遺
> 蹟〉），字字精鍊既極其至，長篇又窮極筆力，皆非他人
> 所及也。〈草堂〉（〈草堂即事〉）一篇，則全用樂府
> 語。[10]

這段引文中的摘句，實是代指其全篇，故形同是列舉篇目。許學
夷花費大半篇幅列舉篇目，旨在闡明杜詩特色在於用字精鍊，長
篇之作則能進一步展現筆力，故其價值崇高，「皆非他人所
及」。這種論述方式，實有助於許學夷對杜詩特色之描述更形確
切有據，並能顯出他心目中的杜甫五古代表作。

　　特別的是，許學夷還展現更細緻的辯體功力，運用上述論述
方式，進層分析同一詩體不同作品間的差異。例如：

> 子美〈石壕吏〉與〈新安〉、〈新婚〉、〈垂老〉、〈無

家〉等作不同。〈石壕〉傚古樂府而用古韻，又上、去二
聲雜用，另為一格，但聲調終與古樂府不類，自是子美之
詩。[11]

文中所舉諸篇皆屬五古，創作背景也都涉及唐代時事，許學夷卻
能細緻指出〈石壕吏〉用韻別具巧思。又如另一段話補充朱熹
（1130-1200）：

朱子云：「杜詩初年甚精細，晚年曠逸不可當。」愚按：
子美五言古，如自秦州入蜀諸詩及〈新安〉、〈新婚〉、
〈垂老〉、〈無家〉洎七言律聲調渾純者，為甚精細；五
言古如〈柴門〉、〈杜鵑〉、〈義鶻〉、〈彭衙〉及七言
以歌行入律者，則甚曠逸。然未必精細者盡初年作，曠逸
者盡晚年作也。[12]

朱熹已注意到杜詩「精細」、「曠逸」的不同，然未能舉證。許
學夷乍看沿襲朱熹舊說，但其於五古能具體列舉篇目，在七律上
能限定性指稱「聲調渾純者」、「以歌行入律者」，其實都落實
到對杜詩作品的分析、判斷。因此，這也就並非單純沿襲舊說，
顯然憑藉著更精到的辯體功力。

　　許學夷《詩源辯體》透過具體舉證和細緻辯體交織出的論述
模式，亦見於他討論杜甫七言歌行之處：

---

[11]　同前註，卷19，頁210。
[12]　同前註，卷19，頁210。

> 子美七言歌行，如〈曲江〉第三章、〈同谷縣七歌〉、
> 〈君不見簡蘇徯〉、〈短歌贈王郎〉、〈醉歌贈顏少府〉
> 及〈晚晴〉等篇，突兀崢嶸，無首無尾，既不易學；如
> 〈哀王孫〉、〈哀江頭〉等，雖稍入敘事，而氣象渾涵，
> 更無有相類者；至若〈畫馬引〉、〈丹青引〉等，縱橫軼
> 蕩，而精嚴自如，千載而下，惟獻吉能之，他人不能得其
> 彷彿也。[13]

這段文字將杜甫的七言歌行分成三類：一是「突兀崢嶸，無首無
尾」；二是「稍入敘事，而氣象渾涵」；三是「縱橫軼蕩，而精
嚴自如」。許學夷細辯三類之際，仍能具體列舉作品篇目為證。
此外，文中還觸及「學杜」的議題，「不易學」、「無有相類
者」、「惟獻吉（李夢陽）能之，他人不能得其彷彿也」，這些
說法，全都指向杜詩令人難以企近的崇高價值。

　　許學夷的辯體眼光，由「體」而「篇」，更進一步精細化到
「句」的層次。例如：「子美五言古、七言歌行，多奇警之句，
今略摘以見」，[14]為說明杜詩「奇警」的特色，他曾不惜篇幅
「摘句」為證（文長不具引），這實際上是前述同一套論述模式
的操作。尤須注意的是，在這種論述模式下，許學夷同時指出杜
甫價值存疑的詩作。如下文觸及杜甫歌行「起語」的特色和評價
議題：

13　同前註，卷 19，頁 211。
14　同前註，卷 19，頁 212。

子美歌行，起語工拙不同。如「曲江蕭條秋氣高，菱荷枯折隨風濤」、「四山多風溪水急，寒風颯颯枯樹濕」、「秋風淅淅吹我衣，東流之外西日微」、「今日苦短昨日休，歲云暮矣增離憂」、「疾風吹塵暗河縣，行子隔年不相見」、「諸公袞袞登臺省，廣文先生官獨冷。甲第紛紛厭梁肉，廣文先生飯不足」、「十日畫一水，五日畫一石。能事不受相促迫，王宰始肯留真跡」等句，既為超絕，至「男兒生不成名身已老，三年飢走荒山道」、「王郎酒酣拔劍斫地歌莫哀，我能拔爾抑塞磊落之奇才」、「高唐暮冬雪壯哉，舊瘴無復似塵埃」、「廊廟之具裴施州，宿昔一逢無此流」、「悲臺蕭瑟石龍嵸，哀壑杈枒浩呼洶」等句，則更奇特。如「陸機二十作文賦，汝更小年能綴文」、「昔有佳人公孫氏，一舞劍器動四方」、「今我不樂思岳陽，身欲奮飛病在牀」等句，未可為法，至「天下幾人畫古松，畢宏已老韋偃少」、「聞道南行市駿馬，不限足數軍中須」、「麟角鳳嘴世莫識，煎膠續弦奇自見」，則斷乎為累語矣！今人於工者既不能曉，於拙者又不敢言，烏在其能讀杜也？後梅聖俞、黃魯直太半學杜累句，可謂嗜痂之癖。[15]

這段文字大半篇幅用於摘句，其實要旨乃在於細緻辯分杜詩特色、價值的四種類型：一是「超絕」者；二是「奇特」者；三是「未可為法」者；四是「斷乎為累語」者。許學夷對四類的描

---

[15]　同前註，卷 19，頁 213。

述,並不在同一個層次上,但仍可看出其間存在某種區隔。「超絕」、「奇特」,皆能正面讚揚杜詩的特色、價值;「未可為法」、「斷乎為累語」,顯然則是毫不諱言杜詩的缺陷之處。可知許學夷透過辯體以進行杜詩特色的理解和評價,其實兼具「甄別」杜詩優劣的效用。[16]上引文最後指出,唯有平實甄別杜詩的特色、價值,才是「讀杜」、「學杜」的前提。

進一步看,許學夷對於杜甫古詩、歌行秉持何種「評價基準」?由於許學夷強調「辯體」,最重要的基準自是「文體規範」。如其論七言歌行:

> 子美〈麗人行〉歌行,用樂府語不稱,《品彙》不錄,良是。[17]

許學夷不喜杜甫〈麗人行〉,原因是「用樂府語不稱」。「歌行」、「樂府」二體的關係,自有發展、演變的歷程,[18]然實際

---

16 許學夷另有一處同樣是精細化到「句」的層次去甄別杜甫歌行價值:「篇中如『先帝侍女八千人,公孫劍器初第一』、『惜哉李蔡不復得,吾甥李潮下筆親』、『或從十五北防河,便至四十西營田』等句,即予所錄者,亦不免為累語。」他甚至深入「字」的層次,實是意識到字詞的選擇問題直接關涉杜詩評價:「〈憶昔行〉『更討衡陽董鍊師』,『討』當作『訪』,或以『討』字為新,不復致疑,安可便謂知杜耶?」同前註,卷19,頁214。

17 同前註,卷19,頁214。

18 參閱葛曉音:〈初盛唐七言歌行的發展——兼論歌行的形成及其與七古的分野〉,《詩國高潮與盛唐文化》(北京:北京大學出版社,1998),頁380-409,特別是頁387以後。

查考《詩源辯體》全書，並未進一步闡析歌行之體「用樂府語」何以「不稱」的問題，似難確定許學夷觀點；可確定的是，這種說法顯然是爲了維護歌行之體的純粹性。[19]

這種「文體規範評價基準」，就許學夷常用概念而言之，即「正」、「變」。《詩源辯體》全書第一則：「詩自《三百篇》以迄於唐，其源流可尋而正變可考也。學者審其源流，識其正變，始可與言詩矣。」[20]「正」、「變」堪稱許學夷辯體論的核心概念。撮要來說，「正」係指符合某種特定的審美理想範型之作，「變」則爲相反的取向。[21]許學夷以「正」、「變」之基準去進行杜詩評價，除了前述提到杜甫絕句屬於「變體」，也曾明確觸及歌行的議題：

> 子美〈飲中八仙歌〉……或謂「此歌無首無尾，當作八章」，然體雖八章，文氣只似一篇，此亦歌行之變，但語未入元和耳。[22]

「歌行之變」，蓋指〈飲中八仙歌〉的章法、文氣有別於尋常之作。

---

[19] 本書匿名審查先生之一指出：傳統樂府常以第三人稱觀點敘事評論，許學夷所評係以〈麗人行〉雜入傳統樂府，「爲了鋪張描寫而設爲問答的寫作方式，他認爲並不合宜，即所謂『不稱』」。其說精到，謹錄於此，以供讀者參考。

[20] 許學夷著，杜維沫校點：《詩源辯體》，卷1，頁1。

[21] 參閱方錫球：《許學夷詩學思想研究》（合肥：黃山書社，2006），頁113。

[22] 許學夷著，杜維沫校點：《詩源辯體》，卷19，頁212。

關於杜甫歌行的評價基準問題，《詩源辯體》又云：

> 至歌行或用俳調，又不可為法。[23]

所謂「俳調」，指相對於歌行古調而注重轉韻平仄相間的一種詩體。許學夷論劉長卿（709-780）也曾提及：

> 七言古，劉似沖淡而格實卑，調又不純。凡歌行如用古
> 調，自不必拘；若用俳調，則轉韻宜平仄相間，庶為可
> 歌。今劉實用俳調，而轉韻平仄疊用，故為不純。[24]

劉長卿使用「俳調」，卻是「轉韻平仄疊用」，而非「平仄相間」，故不能算是純粹的「俳調」。可知許學夷並非單純反對「俳調」，他更關懷能否通過轉韻的平仄相間設計，去達致「可歌」的成效。杜甫「或用俳調」，這是指杜甫有部分篇章或詩句，未能顧及轉韻平仄相間，故「不可為法」。

　　一個文學家之能成其偉大，當非只是嚴守某種的文體規範，而是能在此基礎上展現獨創性。故談及許學夷杜詩批評的評價基準，我們尚須注意：

> 子美五言古，如自秦州入蜀諸詩，寫景如畫；〈石壕〉、
> 〈新安〉、〈新婚〉、〈垂老〉、〈無家〉等，敘情若

23　同前註，卷 19，頁 214。
24　同前註，卷 20，頁 223。

　　訴；皆苦心精思，盡作者之能，非卒然信筆所能辨也。[25]

文中提到杜甫五古的兩種類型：一是自秦入蜀諸詩，其特色是
「寫景如畫」；另一類是〈石壕吏〉諸詩，特色在於「敘情芳
訴」。這誠然都是相當可貴的創作成就，但請特別注意到：許學
夷此文不復措意文體規範層面，而是強調杜詩價值得自於「創作
態度」的「苦心精思」。前面討論到許學夷補充朱熹評杜「精
細」，也可以印證。他還有一段文字命意相仿：

　　子美五言古，凡涉敘事，紆回轉折，生意不窮，雖間有詰
　　屈之失，而無流易之病。[26]

這段文字沒有具體舉證篇章或摘句，但由「敘事」一語，實可聯
繫到前揭「敘情若訴」的〈石壕吏〉諸作。「流易」指流便、率
易，與「精思」、「精細」意甚相反，乃被許學夷歸結爲一種創
作態度上的「病」。

　　事實上，許學夷也是抱持這種「創作態度評價基準」去看待
杜甫歌行。前文提到〈畫馬引〉、〈丹青引〉「縱橫軼蕩，而精
嚴自如」，前句指杜詩變化不測，後句指其語言技藝精細、嚴
密，可知杜詩的變化不測洵非隨意破壞常法，實是通過精嚴之法
去創造出新穎超俗的趣味。不妨再看許學夷另一段論述：

25　同前註，卷 19，頁 209-210。
26　同前註，卷 19，頁 210。

> 謝茂秦云：「長篇最忌鋪敘，意不可盡，力不可竭，貴有
> 變化之妙。」蘇子由云：「老杜陷賊時有〈哀江頭〉詩，
> 予愛其詞氣如百金戰馬，注坡驀澗，如履平地，得詩人之
> 遺法。如白樂天詩，詞甚工，然拙於紀事，寸步不遺，猶
> 恐失之，此所以望老杜之藩垣而不及也。」愚按：子由此
> 論，妙絕千古，然子美歌行，此法甚多，不獨〈哀江頭〉
> 也。[27]

他的論述旨在藉由徵引謝榛（1499-1579）、蘇轍（1039-1112）
之說，闡明杜甫歌行的特色、價值。謝榛提到「貴有變化之
妙」；蘇轍以戰馬奔騰形象來譬況杜詩語言，所謂「注坡驀澗，
如履平地」，同是指其富於變化、縱橫跌宕且能從容自如。這類
成就仍須歸功於前述「苦心精思」的「創作態度」。

二、律　詩

　　針對杜甫律詩的特色、價值，許學夷仍反覆操作一種具體舉
證作品和細緻辯體互為交織的論述模式。謹以五律部分作為考察
起點：

> 子美五言律，沉雄渾厚者是其本體，而高亮者次之，他如
> 「胡馬大宛名」（〈房兵曹胡馬〉）、「致此自辟遠」
> （〈蕃劍〉）、「帶甲滿天地」（〈送遠〉）、「歲暮遠
> 為客」（〈歲暮〉）、「何年顧虎頭」（〈題玄武禪師屋

27　同前註，卷19，頁211。

壁〉）、「光細弦欲上」（〈初月〉）、「亦知戍不返」
（〈擣衣〉）等篇，氣格遒緊而語復矯健，雖若小變，然
自非大手不能。其他瑣細者非其本相，晦僻者抑又變中之
大弊也。[28]

其言篇幅不長，內涵卻極豐富。許學夷將杜甫五律分成五類：一
是具有「沉雄渾厚」的風格特色，屬杜詩「本體」；二是「高亮
者」；三是「氣格遒緊而語復矯健」之作，屬於「小變」，這類
也是全文唯一舉證作品者；四是「瑣細者」，此與前述沉雄渾厚
的風格幾乎對反；五是「晦僻者」，被貶為「變中之大弊」。

　　由這樣的分類敘述，不難察見，許學夷論杜甫五律所持的
「評價基準」，基本上係由「正」、「變」這對概念構成。相對
於第三、四、五類的「變」、「非其本相」，可推知第一、二類
的「沉雄渾厚」、「高亮者」被視為「正」。但這只是大致的區
分，進一步玩索，就會發現其所拈出的「本體」、「小變」概
念，著實特富意義。所謂「本體」，意同「本相」，指特定時代
或特定創作者作品中最具代表性的整體藝術形相。查考《詩源辯
體》全書，多處使用此一概念。如：「綺靡者，六朝本相；雄偉
者，初唐本相」，[29]認為「綺靡」、「雄偉」最適於概括六朝、
初唐詩風。又如：「元和諸公所長正在於變。或欲於元和諸公錄
其正而遺其變，此在選詩則可，辯體終不識諸家面目矣。予此編
於元和諸公各存其本體」，[30]尤可見「本體」一詞並無褒貶色

---

[28]　同前註，卷19，頁18。
[29]　同前註，卷12，頁140。
[30]　同前註，卷24，頁250。

彩，基本上不涉及「正」、「變」評價，純粹指向該時期或創作
者最擅長而具代表性的整體藝術形相，宛同各人的「面目」。在
杜甫五律批評的脈絡中，「沉雄渾厚者是其本體」，正是明確圈
定杜詩最具代表性的特色。這種論述，實有助於學杜者瞄準目
標，不啻也能避免歧路亡羊，其處於晚明公安、竟陵異端詩說紛
起的狂潮中也別具意義——此點後文會有詳述。

　　「小變」的概念同樣不容輕忽。傳統的「正」、「變」之
說，直接關乎優劣評價，前述杜甫絕句被視爲不足多法的「變
體」，即爲顯例；「小變」的概念，卻能在「正」、「變」兩端
圈出一塊灰色地帶。相對於「正」、「本體」，杜甫五律「氣格
遒緊而語復矯健」之作，顯然不被視爲最高價值或代表性的風格
特色；但相對於典型的「變中之大弊」，這類杜詩仍令人讚嘆不
已，「自非大手不能」。「小變」圈出的灰色地帶，使其杜詩批
評可以容納更多的彈性和個人偏好，而投射出杜詩更爲豐富多樣
的姿態，但恐怕也因之不太容易形成共識；許學夷上引文中僅有
此類具體列舉作品，或許正由於其難以清楚界定。

　　實際上，「小變」的概念也被用於杜甫七律批評。由許學夷
的相關說法中，我們似不難感受到他游移於「正」、「變」兩端
孰爲優劣的選擇題，他曾比較崔顥（704?-754）〈鴈門胡人
歌〉、杜甫〈冬至〉：

　　　　或問：「子美『年年至日』一篇（〈冬至〉），一氣渾
　　　　成，與崔顥〈黃鶴〉、〈鴈門〉寧有異乎？」曰：律詩詣
　　　　極者，以圓緊爲正，駘蕩爲變。〈黃鶴〉前四句雖歌行
　　　　語，而後四句則甚圓緊，〈鴈門〉則語語圓緊矣。「年

年」一篇，雖通篇對偶，而淋漓駘蕩，遂入小變。機趣雖
同，而體製則異也。[31]

文中崔顥〈鴈門胡人歌〉乃被視爲七律正體的代表，特色是「圓
緊」。「圓」指體格渾圓，達到了自然天成的境地；「緊」當指
語言緊飭，特別是在聲韻上能嚴守律體規範。[32]對比之下，許學
夷認爲杜甫〈冬至〉「淋漓駘蕩」，其體格過於放縱不拘，屬於
「小變」。我們實際檢閱〈冬至〉，[33]確能察見通篇八句皆對
偶，明顯並不符合標準的七律體格。那麼，能否依伸「正」黜
「變」的傳統思維，推定許學夷貶抑杜詩？何況，崔顥此詩還被
許學夷標爲「唐人七言律第一」。[34]其實，問題並不單純，《詩
源辯體》另文純就杜詩而論之：

> 子美七言律，如「風急天高」（〈登高〉）、「重陽獨
> 酌」（〈九日五首〉之一）、「楚王宮北」（〈返
> 照〉）、「秋盡東行」（〈秋盡〉）、「花近高樓」
> （〈登樓〉）、「玉露彫傷」（〈秋興〉八首之一）、

31　同前註，卷19，頁218-219。

32　許學夷另處提到崔顥七律「圓」，同前註，卷17，頁172。又稱：「崔
　　顥七言有〈鴈門胡人歌〉，聲韻較〈黃鶴〉尤爲合律」，卷17，頁
　　171。

33　杜甫〈冬至〉原詩：「年年至日長爲客，忽忽窮愁泥殺人。江上形容吾
　　獨老，天涯風俗自相親。杖藜雪後臨丹壑，鳴玉朝來散紫宸。心折此時
　　無一寸，路迷何處是三秦？」見蕭滌非主編：《杜甫全集校注》（北
　　京：人民文學出版社，2014），卷18，頁5325。

34　許學夷著，杜維沫校點：《詩源辯體》，卷17，頁172。

「野老籬前」（〈野老〉）、「羣山萬壑」（〈詠懷古跡
五首〉之三）等篇，沉雄含蓄，是其正體，國朝諸公多能
學之，而穩貼勻和，較勝。如「年年至日」（〈冬
至〉）、「近聞寬法」（〈寄杜位〉）、「使君高義」
（〈將赴荊南寄別李劍州〉）、「曾為掾吏」（〈覽
物〉）、「寺下春江」（〈涪城縣香積寺官閣〉）等篇，
其格稍放，是為小變，後來無人能學。至如「黃草峽西」
（〈黃草〉）、「苦憶荊州」（〈所思〉）、「白帝城
中」（〈白帝〉）、「西嶽崚嶒」（〈望嶽〉）、「城尖
徑昃」（〈白帝城最高樓〉）、「二月饒睡」（〈晝
夢〉）、「愛汝玉山」（〈崔氏東山草堂〉）、「去年登
高」（〈九日〉）等篇，以歌行入律，是為大變，宋朝諸
公及李獻吉輩雖多學之，實無有相類者。[35]

許學夷將杜甫七律分成三類：一是展現「沉雄含蓄」的風格特色
之作，可謂「正體」，由前述所論亦可推知屬於杜詩的「本
體」，以〈登高〉諸篇爲代表。二是體格「稍放」之作，屬於
「小變」，其例證之一正是〈冬至〉。第三類是「以歌行入律」
之作，被歸爲「大變」，如〈黃草〉諸篇。值得留心的是，與前
述論杜甫五律處稍作比較，五律有一類屬於「變中之大弊」，清
楚表明了評價立場；此處卻稱之「小變」、「大變」，許學夷如
何看待杜甫七律變體？在「正」、「變」傳統思維中，這個看似
不成問題的問題，恰能逼顯許學夷杜詩學的創見。請特予注意：

35　同前註，卷19，頁218。

上引文說杜甫七律正體「國朝諸公多能學之，而穩貼勻和，較勝」，「勝」是對明人創作成績的評價，並非對杜詩的評價。由於這類是杜詩的「正體」、「本體」，許學夷誠然沒有貶抑的理由，但其如下的說法仍顯得異常大膽：

> 讀「年年」（〈冬至〉）等作，便覺〈秋興〉諸篇語多窒礙。予嘗謂子美七言律，變勝於正，終不能袪後世之惑。[36]

直言杜甫七律「變勝於正」，而且由引文結尾可知，他對其說的獨特性、爭議性已有自覺。其舉〈冬至〉爲例，尙可知此處所謂「變」特指「小變」。許學夷款款眷顧杜詩「小變」一類，實是五、七律共通的現象。不僅如此——

> 王元美云：「老杜以歌行入律，亦是變風，不宜多作，多作則傷境。」愚按：子美七言以歌行入律，雖是變風，然豪曠磊落，乃才大而失之於放，蓋過而非不及也。馮元成謂：「如促柱急絃，雷轟石飛，落落感慨，令人興懷不淺。」得之。[37]

面對杜甫七律有一類摻入歌行語，許學夷雖判定爲「大變」、「變風」，毫不諱言其失之軼蕩放縱的缺陷，卻顯然非常欣賞其「豪曠磊落」的風格；他甚至徵引時人馮時可（號元成）的說法

36　同前註，卷 19，頁 218-219。
37　同前註，卷 19，頁 219。

強化論述，蓋認為這類杜詩「令人興懷不淺」，也就是說新人耳目之際，實能觸發讀者感興。[38]

　　許學夷雖青睞杜甫律詩中的變體，但如前所述，此說恐有濃郁的個人偏好成分，而且學習者需要擁有同等的「才大」，方能稍加企近；連李夢陽這樣的復古派鉅子，也「無有相類者」，其模習難度可想而知。故就學杜需求來考慮，許學夷曾對杜甫律詩正體提出更精密的辯分，誠如下文所云：

> 子美律詩，大都沉雄含蓄、渾厚悲壯，然有句法奇警而沉雄者，有意思悲感而沉雄者，有聲氣自然而沉雄者。五言如……，七言如……等句，皆句法奇警而沉雄者。五言如……，七言如……等句，皆意思悲感而沉雄者。五言如……，七言如……等句，皆聲氣自然而沉雄者。然句法奇警、意思悲感者，人或識之；聲氣自然者，則無有識也。學杜者必先得其聲氣為主，否則終非子美耳。[39]

38　許學夷認為杜詩「變勝於正」，認為能觸發讀者感興，這可能是受到胡應麟影響。胡應麟《詩藪》有云：「杜則可，學杜則不可」，並未全盤抹煞杜詩之「變」的佳處，可參閱本書第五章之討論。不過，許學夷的說法，更趨明確了。這類觀點，胡震亨《唐音癸籤》也有清楚的闡述：「杜公七律，……中間儘有涉於侉誕，鄰於憤懟，入於鄙俚者，要皆偶趁機緒，以吐嚼精神，材料一無揀擇，義諦總歸情性，令人乍讀覺面目可疑，久咀嘆意味無盡」，相當於是為杜詩的「變體」爭價值。見周本淳校訂：《唐音癸籤》，卷10〈評彙六〉，頁94。

39　許學夷著，杜維沫校點：《詩源辯體》，卷19，頁215。原文摘句篇幅甚長，不具引。

據前文所論，「沉雄含蓄」、「渾厚悲壯」，實屬杜律正體、本體，許學夷此處進一步析爲三種次類型：「句法奇警」、「意思悲感」、「聲氣自然」。他尤強調「聲氣自然」一類的重要，認爲「學杜者必先得其聲氣爲主」。何謂「聲氣」？參據《詩源辯體》曾批評方回（1227-1307）《瀛奎律髓》選詩：「於正體多不相及，⋯⋯是以新奇意見爲主，而不以音節氣格爲主也」，[40] 可推知「聲氣」即是「音節氣格」。「氣」、「氣格」，指一種氣力充暢的藝術形相，[41] 恰可聯繫於杜詩正體、本體原有的「沉雄」、「渾厚悲壯」特色。綴以「聲」、「音節」之概念，當指詩歌語言以其音聲節奏創造出一種鏗鏘有力的審美效果。如此重視音聲之大用，這實是復古派詩論習見之說，[42] 但在杜詩學脈絡中，許學夷此說其實是特別強化了音聲之於杜律價值的核心意義。據上引文所述，「學杜者必先得其聲氣爲主」，這既是學杜能否成功的關鍵，也被視爲杜律正體的精髓。

　　從《詩源辯體》中，我們常能發現許學夷自我標榜創見，論杜之處，此例尤多，宛然自居杜甫的知音。對於杜甫的七律正體，他儘管承認「國朝諸公多能學之」，卻別下一轉語，宣稱世

40　同前註，卷36，頁361。

41　「氣格」涵義，參閱顏崑陽：《六朝文學觀念叢論》（臺北：正中書局，1993），頁352。

42　許學夷相當重視復古派以音聲論詩的傳統：「胡元瑞云：『律詩全在音節，格調、風神盡具音節中。李、何相駁書所謂俊亮沉著，金石鞞鐸等喻，皆是物也。』愚按：趙凡夫嘗謂『〈國風〉音節可娛』，唐律乃〈國風〉正派也，後人稱唐詩爲唐音、唐響，正以此耳。初、盛、中、晚，音節雖有高下，而靡不可娛，至元和諸子以及杜牧、皮、陸，則全然用不著矣。」見杜維沫校點：《詩源辯體》，卷17，頁182。

人還不瞭解「聲氣」的關鍵意義，即一例也。此外，他還特別商権世人對杜甫五律妙處的觀點：

> 胡元瑞云：「盛唐句法渾涵，如兩漢之詩，不可以一字求。至老杜而後，句中有奇字為眼，才有此，句法便不渾涵。」愚按：老杜五言律妙處，原不在眼，淺薄者但得其眼耳。[43]

許學夷和所引胡應麟（1551-1602）《詩藪》皆提到「眼」的概念。「眼」、「句中有眼」本是禪宗術語，宋代江西派詩論逐漸借以指涉詩句中鍊字的精彩之處。[44]許學夷認為杜甫五律妙處不在於「眼」，其實更是想強調杜詩的渾涵之妙。當然，這種說法也就同時帶有修正江西派的意味。

　　回到許學夷對杜甫特定篇章的論評，他還參與「七律第一」的話題：

> 元美嘗欲於老杜「玉露彫傷」（〈秋興八首〉其一）、「昆明池水」（〈秋興〉八首之七）、「風急天高」（〈登高〉）、「老去悲秋」（〈九日藍田崔氏莊〉）四篇定為唐人七言律第一，中雖稍有相詆，又皆無當。愚按：杜律較唐人體各不同無論，若「叢菊兩開他日淚」（〈秋興八首〉其一），語非純雅；「織女機絲虛夜月，

43　同前註，卷 19，頁 216。

44　參閱詹杭倫：《中國文學審美命題研究》（香港：香港大學出版社，2010），頁 103。

石鯨鱗甲動秋風」（〈秋興八首〉其七），細大不稱；
「羞將短髮還吹帽，笑倩傍人為正冠」（〈九日藍田崔氏
莊〉），似巧實拙，故自「風急天高」而外，在杜體中亦
不得為第一，況唐人乎？「老去悲秋」（〈九日藍田崔氏
莊〉）宋人極稱之，自無足怪。[45]

所引王世貞說見《藝苑卮言》，聲稱杜甫〈秋興八首〉其一、其
七、〈登高〉、〈九日藍田崔氏莊〉雖有微瑕，然足堪爭奪唐人
七律第一的寶座。[46]就這份候選清單來說，許學夷認為〈登
高〉外的其他三首作品，尚欠優秀，必須剔除。然則他如何評價〈登
高〉？據《詩源辯體》另文：

胡元瑞最愛老杜「風急天高」（〈登高〉）一篇，反覆讚
歎，凡數百言，要皆得於影響；惟云：「一篇之中，句句
皆律，一句之中，字字皆律，錙銖鈞兩，毫髮不差。」又
云：「微有說者，是杜詩，非唐詩耳。」此論可謂獨得。
與盛唐總論子美信大一則參看。然此篇在老杜七言律誠為
第一，但第七句即杜體亦不免為累句。[47]

要言之，許學夷同樣覺得〈登高〉有瑕疵，指第七句為「累

45　許學夷著，杜維沫校點：《詩源辯體》，卷 19，頁 217-218。
46　王世貞《藝苑卮言》原本的討論文字，可見羅仲鼎校注：《藝苑卮言校
　　注》（濟南：齊魯書社，1992），卷 4，頁 176-177。這項議題，並可參
　　閱本書第四章的討論。
47　許學夷著，杜維沫校點：《詩源辯體》，卷 19，頁 217。

句」，[48]但仍明確主張此詩實爲杜甫七律「第一」。值得注意的是，前揭兩段資料的辨析過程，透露出許學夷進行杜詩批評的一個基本觀點：「杜詩」有別於「唐詩」，這是兩種必須區隔開來的體式。循這個基本觀點，他才會將〈登高〉推爲「杜甫」七律第一，而有別於王世貞所聲稱的「唐人」七律第一。

上引文中還徵引胡應麟《詩藪》語：「微有說者，是杜詩，非唐詩耳」，[49]許學夷之辯分「杜詩」、「唐詩」，應曾受到影響。但依本書稍早的討論，胡應麟宣稱〈登高〉是「古今七言律第一」，可知他雖發現「杜詩」、「唐詩」有別，隱然仍將前者價值壓過後者；而這卻是許學夷改口「杜甫」七律第一，未必繼承下來的評價立場。要之，許學夷承續復古派詩學傳統之際，也亟思另創新猷，其具體內涵和重要意義，下文即詳論之。

第三節　復古派詩學傳統與許學夷杜詩學的革新意義

許學夷的詩學論述建構，有濃厚的「對話」意識。他在《詩源辯體》中，常具體徵引他人的相關見解，進行印證、補充或商榷、批判。誠如所云：「古今說詩者，惟滄浪、元美、元瑞爲善，而予於三子不能無辯；即三子而在，未肯降心以相從

48　其第七句即：「艱難苦恨繁霜鬢」。許學夷另處又曾評之「累語」。同前註，卷19，頁219。

49　許學夷引胡應麟語，可見胡氏：《詩藪》（上海：上海古籍出版社，1979），內編卷5，頁96。

也。」[50]這種「對話」意識，其實在復古派詩學傳統脈絡中尤有發揮，也特能察見他怎樣後出轉精，打造一套更能回應新時代變局的復古論述。[51]杜詩論評，統其關鍵。本節擬分由三個層面提出梳理——

一、杜甫五古「通變」的意義

由前文討論可知，許學夷很欣賞杜甫五古。這類觀點，其實不盡然是復古派的詩學傳統。因爲前行復古派諸子，儘管未必完全抹煞杜甫五古價值，但一般若談及五古一體楷模，多遙奉漢魏正典。許學夷大抵也不例外，讚揚漢魏五古「千古五言之宗」、「五言古，惟是爲正」、「造其極」，無疑尊崇備至；[52]但他的特見之處，實在於爲包括杜甫在內的唐人五古爭取更高之價值位階。確切地說，他欲在漢魏舊典範外另行建立一個「唐古」新典範：

> 今人於歌行知宗李、杜，而於五言古必宗漢魏者，是於唐古實無所得也。[53]

這段文字不涉入漢魏五古評價問題，旨在檢討「必」這樣一個具

50　許學夷著，杜維沫校點：《詩源辯體》，卷36，頁373。

51　「後出轉精」一說，其實是許學夷深有自覺的。他說：「古今詩賦文章，代日益降，而識見議論，則代日益精」。同文稍後也提到嚴羽、王世貞和胡應麟。出處同前註，卷35，頁348。

52　同前註，卷3，頁44、45；卷34，頁317。

53　同前註，卷18，頁191。

強烈限定性、排他性的學詩觀念。許學夷批評時人僅知宗尙漢魏卻排除了唐人五古，實因未能眞正理解唐人的價值；他隱然主張，唐人五古足可自成一個新典範，可知是對唐人五古重評。其杜甫五古批評所具的意義，也必須放入此一脈絡來理解。

　　唐人五古何以值得重評？許學夷曾由文學史的角度提出解釋：

> 五言古，自漢魏遞變以至六朝，古律混淆，至李、杜、岑參始別爲唐古，而李、杜所向如意，又爲唐古之壼奧。故或以李、杜不及漢魏者，既失之過；又或以李、杜不及六朝者，則愈謬矣。[54]

文中除了「漢魏」，尙舉出「六朝」，作爲討論「唐古」文學史的參照座標。關於漢魏，此處談得不多，許學夷所以認爲唐古足可自成一個新典範，主要恐怕是和六朝相比。據文中描繪的文學史圖像，六朝處於漢魏古體完善、唐代近體成熟之間的過渡階段，故曰「古律混淆」；至唐人「始別爲唐古」，可推知這是消泯了先前「混淆」的情況，終於造就一種較精純的新體式。從「混淆」進臻於精純，此種唐人五古新體，應有其價值。在這個思路下，許學夷自然無法苟同李、杜遜於漢魏之說，特別不滿於世人過分高估六朝的論調。

　　當然，文學史分期無法機械比附政權遞嬗，所謂六朝「古律混淆」而唐人精純，只是大致的素描。許學夷其實也曾注意到唐

---

[54]　同前註，卷18，頁192。

人五古之作，仍有一些沿襲六朝的「混淆」情況，如《詩源辯體》所云：

> 若高適、孟浩然、李頎、儲光羲諸公，多雜用律體，即唐體而未純，此必不可學者。[55]

高適（706-765）諸人的五古之作「多雜用律體」，這類作品不足爲式，須和前述標舉的唐古新典範區隔開來。何謂「律體」？據其另文：「孟浩然……古詩長篇，平韻者皆雜用律體，仄韻者亦忌『鶴膝』。」[56]又：「儲光羲五言古最多，平韻者多雜用律體，亦忌『上尾』；仄韻者多忌『鶴膝』，而平韻亦有之，蓋唐人痼疾也。」[57]可知唐人五古「雜用律體」之所指，稍有別於拘忌「鶴膝」、「上尾」一類聲律法則，[58]而後者同樣屬於缺陷。「律體」應指對偶的句式，《詩源辯體》云：

> 平韻者雖杜子美「紈袴不餓死」（〈奉贈韋左丞丈二十二韻〉）、「往者十四五」（〈壯遊〉），亦未免稍雜律體。[59]

55　同前註，卷 17，頁 177。

56　同前註，卷 16，頁 163。

57　同前註，卷 17，頁 173。

58　這類聲律法則來自沈約聲病說。其涵義紛紜，歷代解釋情況可參郭紹虞：〈永明聲病說〉，《照隅室古典文學論集》上編（上海：上海古籍出版社，2009 年），頁 231-237。

59　許學夷著，杜維沫校點：《詩源辯體》，卷 17，頁 178。

實際檢讀所舉兩首杜詩，的確有多處對偶句式。[60]這段話也形同劃出杜甫五古典範之作的「邊界」；假如雜入「律體」，就會減損詩的價值。

　　更深入來看，許學夷欲標舉的唐古新典範，絕非消極墨守邊界，他更關注到唐人的開創。其《詩源辯體》曾有「調純氣暢」之說：

> 漢魏五言，體多委婉，語多悠圓。唐人五言古變於六朝，則以調純氣暢為主。若高、岑豪蕩感激，則又以氣象勝；或欲以含蓄醞藉而少之，非所以論唐古也。[61]

此文所稱的唐人五古，實非泛指唐代所有的五古之作，而是專指「調純氣暢」之作。正是這類唐古，方足以邁越六朝，另立典範。「調純」，意為體調之純，也就是不雜入「律體」或上類聲律法則。特別值得注意的是「氣暢」，指氣力充暢，在上文脈絡中又可稱為「氣象」。文中指出，唐古氣力充暢之作，容或不似漢魏含蓄醞藉，仍屬不可「少之」的可貴成就。實際上，許學夷的文學史觀中，正認為「氣象」是唐詩獨到之處，請先看下面一段論初唐的資料：

> 四子……雖律體未成，綺靡未革，而中多雄偉之語，唐人

60　許學夷並曾說〈奉贈韋左丞丈二十二韻〉「乃古詩雜用律體」；同前註，卷36，頁364。

61　同前註，卷15，頁156。

之氣象、風格始見。至此始言氣象、風格。[62]

「氣象」是初唐才展現的五言詩新貌，至盛唐稍趨完備：

> （高、岑）五、七言古，調多就純，語皆就暢，而氣象、
> 風格始備，……為唐人古詩正宗。[63]

再看李、杜達到更高境界的「大備」：

> 故其五、七言古，兼歌行、雜言言之。體多變化，語多奇偉，
> 而氣象、風格大備，多入於神矣。[64]

排比上列三段資料，不難發現許學夷非常推崇唐詩獨到的「氣象」，這種氣力充暢的藝術形相，實屬漢魏、六朝五古所缺乏，而恰是至李、杜登峰造極。若僅宗尙漢魏，必無法從中掌握或習得此種氣力充暢的藝術形相，這是許學夷之所以別立唐古典範、尤其標舉李、杜的文學史觀層面因素。[65]

---

[62] 同前註，卷 12，頁 139。

[63] 同前註，卷 15，頁 155。

[64] 同前註，卷 18，頁 189。

[65] 前揭幾段資料中，許學夷都提到「風格」。正文為求聚焦於「氣暢」、「氣象」，故並未旁岔討論「風格」，其實這也是許學夷論詩的重要概念。方錫球認為「氣象風格」是一個概念，指詩的總體特徵。說見氏著：《許學夷詩學思想研究》，頁 153-154。杜維沫校點《詩源辯體》，於「氣象」、「風格」二詞也未以頓號區隔。實則「氣象」、「風格」有所差異，許學夷論王勃等人七古：「其風格雖優，而氣象不

要言之，許學夷從文學史觀層面去凸顯唐人五古的「調純氣暢」特質。其論述思路，除了對比於前代，我們仍可發現他謹守著「文體規範評價基準」這一主線。漢魏五古之所以有別於六朝，係因屬於純粹的古體，並未相淆亂於六朝俳偶風氣；唐古之所以迥異於六朝，是指「以調純氣暢爲主」之作，並未相淆亂於律體，可見許學夷貶六朝而褒漢魏、唐古，實出於「文體規範評價基準」。不過，不應輕忽的是，由於許學夷有意另立一種唐古新典範，所持「文體規範」的內涵並非膠著、定錨於古老的漢魏，亦即並非以漢魏標準去估量後世六朝、唐人價值；其「文體規範」的內涵實是與時俱進，遂能接納、樂見文學史動態發展下逐漸孕化出來的一種唐古新體式。許學夷在漢魏外別立唐古典範，所持「文體規範評價基準」，自然會由世人「必」之學詩觀念所預設的「單一基準」，拓展爲「文學史動態多元基準」。前者，以明代詩學的客觀史實而言，自會形成以古典爲尚的學詩取向，並由復古派帶來摹古太甚的嫌疑；後者，在理論上，則將能由模習古典走向自我創新，是謂「通變」：

> 漢魏、李杜亦各極其至焉。何則？時代不同也。論詩者以漢魏爲至，而以李杜爲未極，……皆慕好古之名而不識通變之道者也。[66]

足」，又論高、岑七古：「初唐始言風格，至此而氣象兼備」，分見《詩源辯體》，卷12，頁141；卷15，頁155。可證二者有別。據許學夷論常建五古云：「風格既高，意趣亦遠」，前揭書，卷17，頁174。初步可知「風格」關乎詩之「意趣」，可視爲審美趣味。

[66] 許學夷著，杜維沫校點：《詩源辯體》，卷18，頁190。

許學夷曾讚賞劉勰（465?-520?）《文心雕龍》論文「得其要領」，[67]「通變」之說當即得自於此書。據《文心‧通變》：「設文之體有常，變文之數無方。……文辭氣力，通變則久，此無方之數也」，[68]可知「通變」之說的重心實在於「變」，亦即是在遵循文體常法的基礎上，追求文學語言和審美風格的變化、革新，「故能逞無窮之路，飲不竭之源」。[69]我們似可大膽推想：許學夷標舉李、杜五古的用心，當不全然僅在於向世人介紹其特色、價值，更能進一步由李、杜反照復古派的當代處境，以「通變」之說痛下一帖良藥。其另文可證：

> 五言古，體有常法，苟非天縱，則長篇廣韻，未有所向如意者。今人於五言古不能自運，輒自託於漢魏，蓋昧於「西京、建安多不足以盡變」之說也。[70]

宗尙漢魏，本爲美事，當時竟變質爲學詩者無法「自運」的託詞。「自運」，指自我創造，據文中的描述，其理想狀態必須是在遵循文體常法基礎上，進臻於「所向如意」。實則這就是「通變」，也就是李、杜五古境界。[71]此種境界與時人呈現極強烈的

67　同前註，卷 35，頁 332。

68　劉勰著，范文瀾注：《文心雕龍注》（北京：人民文學出版社，2001），卷 6，頁 519。

69　同前註，頁 519。

70　許學夷著，杜維沫校點：《詩源辯體》，卷 18，頁 191。

71　前曾引文李、杜五古「所向如意」；此語又可見卷 18，頁 189。

落差，對照之下，豈不足以爲其藥石？[72]上引文結尾徵引王世貞
《藝苑卮言》評李攀龍詩語，原文爲：「五言古，出西京、建安
者，酷得風神；大抵其體不宜多作，多不足以盡變，而嫌於
襲」，[73]王世貞勸人勿過度沉溺平典質實的漢魏古詩，否則容易
墮入單調、窠臼。許學夷批評時人不明瞭此理，然不無嘲諷意味
的是，連王世貞自己也還無法正視李、杜五古的價值。[74]

「李杜」並稱，唐代已然，故本章探討許學夷杜詩學，自難
迴避李、杜並稱的文獻脈絡。惟《詩源辯體》卷十八有不少條目
涉及李、杜比較，可見他對杜詩之異於李白的獨特處，並曾措意
再三。然而，若循前文的討論脈絡，我們尤其不能忽略卷十九第
一則中的杜甫形象：

> 五、七言樂府，太白雖用古題，而自出機軸，故能超越諸
> 子；至子美則自立新題，自創己格，自敘時事，視諸家紛
> 紛範古者，不能無厭。胡元瑞云：「少陵不效四言，不倣
> 〈離騷〉，不用樂府舊題，是此老胸中壁立處。然
> 『風』、〈騷〉、樂府遺意，杜往往得之。」[75]

---

72 許學夷《詩源辯體》有云：「予之論詩，實足爲今人藥石。」同前註，
   卷34，頁328。
73 王世貞著，羅仲鼎校注：《藝苑卮言校注》，頁351。
74 王世貞認爲李、杜五古或有不逮陶、謝處，許學夷曾兩度提出批評。見
   杜維沫校點：《詩源辯體》，卷18，頁191-192；卷35，頁346。
75 同前註，卷19，頁209。所引胡應麟語，見氏著：《詩藪》，內編卷
   2，頁38。

這麼看來，杜甫與古典傳統的關係，似乎比李白走得更遠，更加強調自我的創造性；參據所引胡應麟語，杜甫也因之更深契古典傳統內在精神！[76]

二、杜甫歌行「以興御意」的意義

許學夷討論杜甫七言歌行的資料，多和五古並提；他之推崇杜甫歌行，恰如其對五古詩史的考察，展現濃厚的對話意識。對歌行之體，何景明貶杜甫而褒初唐四傑，其著名的說法正是許學夷提出對話的基礎。故擬先回顧何景明之說，藉以突出許學夷的「對話」。何景明〈明月篇并序〉云：

> 僕始讀杜子七言詩歌，愛其陳事切實，布辭沉著，鄙心竊效之，以為長篇聖於子美矣。既而讀漢魏以來歌詩及唐初四子者之所為，而反復之，則知漢魏固承《三百篇》之後，流風猶可徵焉；而四子者雖工富麗，去古遠甚，至其音節往往可歌。乃知子美辭固沉著，而調失流轉，雖成一家語，實則詩歌之變體也。[77]

---

[76] 類似的觀點，本書第四章論王世貞亦曾觸及。實則稍後胡震亨《唐音癸籤》也在李、杜對比框架中，特為標舉杜詩的創造性，「別製新題，詠見事，以合風人刺美時政之義，盡跳出前人圈子，另換一番鉗鎚，覺在古題中翻弄者仍落古人窠臼，未為好手。」見周本淳校訂：《唐音癸籤》，卷9〈評彙五〉，頁87。此類觀點大抵認為杜詩的創造性雖似反叛，卻更能深契古典傳統、精神，這實是復古派詩學中很值得注意的見解。

[77] 何景明著，李淑毅等點校：《何大復集》（鄭州：中州古籍出版社，

文中顯示何景明對杜甫七言歌行的評價，有一個轉變的過程：他原初讚賞杜詩達到了「聖」的境界，後來將杜詩貶爲「變體」。對比之下，文中的「漢魏」、「唐初四子」，應是被推許爲「正」。何景明此文針對漢魏「七言詩」處不多，當因漢魏七言詩創作原即甚少，故在商榷杜甫七言歌行的脈絡中，此文實際重心實在於標舉初唐歌行，尤著重其「可歌」的音樂性特質。[78]許學夷標舉杜甫七言歌行之取向，與此迥然有別。

　　許學夷曾具體徵引〈明月篇并序〉，同時抨擊：「非但不知有神境在，且不識正變之體」。[79]兩點質疑，實屬一體，許學夷無法苟同何景明將杜甫歌行貶爲「變體」，更認爲杜詩不僅是「聖」，而是更高的「神境」。具體來看，他對何景明的商榷，仍是通過文學史脈絡來展開：

> 七言古，正變與五言相類。張衡〈四愁〉、子桓〈燕歌〉，調出渾成，語皆淳古，其體爲正；梁陳而下，調皆

1989），卷 14，頁 210。許學夷曾片段徵引，可參閱杜維沫校點：《詩源辯體》，卷 18，頁 192。

78　許學夷云：「仲默後作〈袁海叟集序〉，歌行又欲取法李、杜」，認爲何景明爾後又作〈海叟集序〉，於歌行一體主張取法李、杜；與〈明月篇并序〉比較，顯示何氏批評立場出現變化，又重新回到尊杜傳統。見杜維沫校點：《詩源辯體》，卷 18，頁 192。其實〈海叟集序〉作於〈明月篇并序〉之前；〈海叟集序〉作於正德元年與陸深、李夢陽共同重編《海叟集》時，〈明月篇并序〉作於正德十一至十三年間與楊慎、薛蕙論詩時。故許學夷謂爲「後作」，實有疏誤；但這並不妨礙他對〈明月篇并序〉的商榷。關於〈海叟集序〉、〈明月篇并序〉的杜詩學意義，並可參閱本書第二章之討論。

79　同前註，卷 18，頁 193。

不純，語多綺豔，其體為變。蓋古詩調貴渾成，不貴諧
切，但漢魏篇什不多，而體未宏大，學之者不足以盡變，
故直以高、岑為正宗，李、杜為神品耳。[80]

據文中描繪的七言詩史，漢魏為「正」，南朝梁陳以下為
「變」，至盛唐高、岑又回到「正宗」，李、杜進一步臻於「神
品」。當中，漢魏七言詩較少，語言表現也尚欠宏大，許學夷最
標舉的七言歌行，其實是指盛唐高、岑、李、杜。依此，杜甫歌
行便不再是何景明貶抑的「詩歌之變體」。我們尚可發現，所云
「古詩調貴渾成，不貴諧切」，這其實也是勾消了何景明對於歌
行之體所看重的音樂性價值。換言之，梁陳至初唐歌行之作，雖
有和諧的音樂性，卻非許學夷所重視者，他更介意的乃是「調皆
不純」的問題，故又云：

自梁陳以至初唐，聲俱諧切，故其句多入律而可歌。然所
謂不純者，蓋句既入律，則偶對宜諧，轉韻宜平仄相間，
雖不合古聲，庶成俳調；今句則純乎律矣，而偶對復有不
諧，轉韻又多平仄疊用，故其調為不純耳。[81]

依此，梁陳至初唐歌行縱使「可歌」，整體價值卻欠理想，原因
有二：一是偶對失諧，二是轉韻平仄疊用，未能平仄相間。因
此，其詩滲入聲律避忌，已非純粹的「古聲」；偶對失諧，特別

80　同前註，卷 18，頁 192-193。

81　同前註，卷 18，頁 193。

是轉韻平仄疊用，非純粹的「俳調」，堪稱古今兩失。

從唐詩史角度來審視，初唐歌行還有其他缺陷，據《詩源辯體》云：

> 七言古，……三子偶儷極工，綺豔變為富麗；然調猶未純，詳見李、杜論中。語猶未暢，其風格雖優，七言古至此始言風格。而氣象不足。[82]

案：《詩源辯體》常以「語」之「綺豔」，概括梁陳詩風。可知上引文說初唐王勃（650?-676?）等人「語猶未暢」，當指尚未完全褪去梁陳綺豔之風。再者，「調猶未純」的問題外，王勃等人也有「氣象不足」之病。對於沈佺期（656?-719?）、宋之問（656?-712）的歌行，許學夷批評：

> 調雖漸純，語雖漸暢，而舊習未除。[83]

沈、宋未能褪去的「舊習」，當仍是「氣象不足」之病。這種弊病，恰是要到盛唐方能消弭。稍早曾引許學夷說高、岑七古「氣象、風格始備」，逮及李、杜「氣象、風格大備」，可知「氣象」是盛唐歌行之能超越初唐，最重要的特徵。

進一步聚焦到杜詩學的脈絡來看，許學夷在盛唐中又特別突出李、杜：

82　同前註，卷12，頁141。
83　同前註，卷13，頁145。

變化不測，而入於神矣。[84]

　　李、杜、高、岑的「氣象」，超越了初唐；李、杜的「變化不測」，又進一步超越了高、岑，這何嘗不也是對初唐的再度超越。換言之，李、杜歌行的價值，一取決於「氣象」，二取決於「變化不測」。後者才是李、杜獨步盛唐之特質。我們實可理解：許學夷不滿何景明早年僅以「聖」來定位杜甫歌行，批評「不知有神境在」，實欲揭露杜詩擁有「變化不測」的藝術表現。

　　許學夷曾徵引胡應麟《詩藪》語：李、杜歌行「變化靈異，遂為大家」。[85]可知他應意會到揭露杜詩的此一特色，不算是自己的創見。個人認為，許學夷最為獨到之處，乃是深入探究杜詩此一特色所因依的「創作型態」。請注意許學夷如何描述盛唐詩的層次性差異，其論高、岑：

　　　才力既大，而造詣實高，<u>興趣實遠</u>。[86]

這段文字原本的脈絡，係在綜論古、近體詩，但無礙於此處討論。試對照李、杜古體：

　　　才力甚大，而造詣極高，<u>意興極遠</u>。李主興，杜主意。[87]

84　同前註，卷 18，頁 189。
85　同前註，卷 18，頁 193。
86　同前註，卷 15，頁 155。
87　同前註，卷 18，頁 189。

從高、岑到李、杜的發展，最顯著的轉換是「興趣」變成「意興」。「意興」一詞複合了「意」、「興」兩個概念。李白「主興」，和高、岑「興趣極遠」型態實爲類近，可知「意興」之說，主要乃是爲凸顯杜甫歌行「主意」的特殊創作型態。這種型態暗含墮入「變體」的危險因子，許學夷因而代杜甫進一步提出解釋：

> 五言古、七言歌行，太白以興爲主，子美以意爲主。然子美能以興御意，故見興不見意。元和諸公，則以巧飾意，故意愈切而理愈周。此正、變之所由分也。[88]

許學夷不喜「元和」，認爲元和詩的癥結正是「以巧飾意」。這和杜甫有別，杜甫雖然「主意」，但更重要的是「以興御意」。所謂「意」，指刻意求新造巧的創作意念；「興」是偶然之際感物起情的心靈狀態，在此也被視爲杜甫歌行創作過程中最具主導性的元素，其效果是「見興不見意」。換言之，「意」在其實際作品中融化無跡矣，不致顯得刻意或造作。

　　本書第四章曾指出，王世貞認爲杜甫歌行「以意爲主」、「以獨造爲宗」、「以奇拔沉雄爲貴」。王世貞的原文，許學夷曾予徵引，[89]前謂杜詩「主意」，可謂直承其說而來。但王世貞沒有觸及「以興御意」，自然也無法解釋杜詩和元和變體的差異，而這正是許學夷的創發之處，如《詩源辯體》另文又云：

88　同前註，卷18，頁194。
89　同前註，卷18，頁194。

> 子美語雖獨造，而天機自融。……苟得其獨造而不得其天
> 機，則失之重而板。[90]

許學夷說杜詩「獨造」，參照前揭王世貞「以獨造爲宗」之說，
可循線推知這也正是杜詩「以意爲主」之型態的顯現。但許學夷
特別指出，最能左右杜詩價值的關鍵要素，尚非「主意」，而乃
是「天機自融」，亦即杜詩自然渾融之藝術境界。「天機」之
「機」，意指「機趣」，許學夷論杜甫七律有云：「子美七言以
歌行入律，豪曠磊落，乃才大而失之於放，其機趣無不靈
活。……滄浪論詩以『興趣』爲先，誠爲有見」，[91]可知他強調
杜詩「天機自融」，實非得自「主意」，而乃是「興」的發用結
果。

　　「以興御意」的觀念，不僅是在深入解釋杜甫歌行的價值，
對當代學杜者而言，何嘗也是提醒「興」的重要性。據《詩源辯
體》記載，時人學杜，或出於「強致」，其實是和杜詩背道而
馳：

> 盛唐七言歌行，李、杜而下，惟高、岑、李頎得其正宗，
> 王維、崔顥抑又次之。然今人才力未必能勝高、岑而馳騁
> 每過之者，蓋歌行自李、杜縱橫軼蕩、窮極筆力，後來往
> 往慕李、杜而薄高、岑，故多不免於強致，非若高、岑諸
> 公出於才力之自然也。試以全集觀之，高、岑諸公雖未極

90　同前註，卷18，頁194。
91　同前註，卷30，頁286。

> 縱橫，而眾作可觀；今人雖或縱橫，而他不免於失故步
> 矣！[92]

所述應是當時復古派的一種迷思：時人驚嘆於李、杜歌行變化不
測之境，遂輕看高、岑諸家；但時人「強致」擬效之，其創作成
果竟反而遜於高、岑諸家「出於才力之自然」。這麼看來，當時
復古派對於李、杜代表歌行最高典範，雖有共識且能付諸模習實
踐，卻也不禁令人滋生迷惑：究竟該勉強一己有限之才去追攀
李、杜？抑或如高、岑諸家純任自然之才？許學夷並未給出解
答，但細味上文，他彷彿有意稍微平復高、岑諸家應有的價值。
依前所述，高、岑出於「自然」，而非勉強的創作，正可理解為
「興」的發用。

　　這個傾向在其論杜甫與盛唐律詩處可看得更清楚——

三、杜甫與盛唐諸家律詩「各自為勝」的意義

　　若將許學夷的杜甫律詩批評放回復古派詩學傳統脈絡中，可
發現其最大的特色在於釐出「杜詩」、「唐詩」的分野。前文已
曾論及，他正是透過這樣的「基本觀點」，去回應前行的「七律
壓卷」議題。更深入地考察，許學夷對杜詩、唐詩之間的「關
係」，也有很獨到的論述，且同樣流露濃厚的對話意識。

　　具體來說，許學夷推賞王世貞《藝苑卮言》「最為宏博」，
但認為「古、律獨推子美而不及李白、盛唐，自是偏見」。[93]試

92　同前註，卷 17，頁 178。

93　同前註，卷 35，頁 346。

複按王世貞原文應是：「五言律、七言歌行，子美神矣，七言律聖矣」，[94]王世貞五律、歌行、七律尊杜，確實不夠重視李白和盛唐諸家在這些詩體上的價值。許學夷視為「偏見」，不算太強烈的批評，可推知他未必貶抑杜詩價值，只是想力求公允。

許學夷《詩源辯體》另曾商榷王說：

> 盛唐律詩，子美信大，而諸家入聖者，亦是詣極。嚴滄浪云：「詩之大概有二，曰：優游不迫、沉著痛快。」此正諸家與子美境界也。又云：「盛唐諸人，惟在興趣，羚羊挂角，無跡可求。」云云，則諸家境界，寧復有未至耶？元美必欲以子美為極至，諸家為不及，其說本於元微之及宋朝諸公，開元、大歷（曆）不聞有是論也。[95]

許學夷將杜甫的詩史地位界定為「大」，盛唐諸家為「入聖」，認為各具價值。這和王世貞偏尊杜詩，昭然有別。此意屢見《詩源辯體》，可再舉一例：

> 盛唐諸公律詩，得風人之致，故主興不主意，貴婉不貴深。謂用意深，非情深也。……子美雖大而有法，要皆主意而尚嚴密，故於「雅」為近，此與盛唐諸公，各自為勝，未可以優劣論也。[96]

---

[94] 王世貞著，羅仲鼎校注：《藝苑巵言校注》，卷4，頁166。

[95] 許學夷著，杜維沫校點：《詩源辯體》，卷17，頁183。

[96] 同前註，卷17，頁183。

許學夷還在與人問答場合中加以申論：

> 或問：「子美五、七言律，較盛唐諸公何如？」曰：盛唐諸公，惟在興趣，故體多渾圓，語多活潑。若子美則以意為主，以獨造為宗，故體多嚴整，語多沉著耳。此各自為勝，未可以優劣論也。[97]

這些論述都能拿出更充分的理由去證明杜甫和盛唐諸家「各自爲勝」。不過，在王世貞舊說對比下，尤可發現，他其實更是想摘掉杜甫長久來享有的獨尊冠冕，刻意拉抬盛唐諸家律詩的價值位階。[98]

據上引文，杜甫和盛唐諸家律詩的根本差異，乃在「主意」、「主興」的「創作型態」，分別造就「嚴密」、「嚴整」、「沉著」與「貴婉」、「渾圓」、「活潑」之類相異的藝術表現。這項議題，本章稍早論歌行處也曾觸及；杜甫歌行「以興御意」，「興」是創作過程中最具主導性的力量、要素，恰可呼應此處許學夷刻意拉抬盛唐諸家價值位階的觀點。但我們尚須進一步留心：許學夷之所以提出這樣的觀點，其實仍是基於「文體規範評價基準」。因爲若聚焦到「律詩」一體來說，盛唐諸家是較符合基準的：

---

97 同前註，卷 19，頁 214。

98 關於杜甫與盛唐諸家各自為勝之說，方錫球認為其目的「在反對後七子師杜『百年萬里』、『叫呶日甚』的流弊及其對盛唐詩歌和盛唐『氣象』的誤解」。見氏著：《許學夷詩學思想研究》，頁 108。個人意見不同，故以下的討論方式也和方文有別。

> 五、七言律，沈、宋為正宗，至盛唐諸公而入於聖。五、
> 七言古，高、岑為正宗，至李、杜而入於神。……故古詩
> 以才力為主，律詩以造詣為先。[99]

文中指出：「古詩」、「律詩」，各有「才力」、「造詣」的不
同講究，故在唐代也有不同的代表作家。所提「造詣」之說，至
為緊要，在許學夷所勾勒的文學史圖像中，這正是由沈、宋進臻
於盛唐諸家律詩的關鍵元素：

> 唐人律詩，沈、宋為正宗，至盛唐諸公則融化無跡而入於
> 聖。沈、宋才力既大，造詣始純，故體盡整栗，語多雄
> 麗。盛唐諸公，造詣實深，而興趣實遠，故體多渾圓，語
> 多活潑耳。[100]

沈、宋所以僅為「正宗」，係因過度注重「才力」。蓋參照前
文，這是古詩而非律體之所宜。許學夷論盛唐諸家律詩，則不復
強調「才力」。此外，這段文字還有一段特殊的敘述：沈、宋
「造詣始純」，盛唐諸家「造詣實深」，遂能開展出先前所無的
「興趣」，顯現「渾圓」、「活潑」之類的藝術表現。

　　許學夷《詩源辯體》屢見徵引嚴羽（1195?-1245?）詩論，標
舉「興趣」，實受沾溉。有關嚴羽所論「興趣」，當代學者研討
豐碩，「或從創作過程言，或從作品的審美構成言，或從作品的

---

99 許學夷著，杜維沫校點：《詩源辯體》，卷18，頁193。
100 同前註，卷17，頁179。

藝術效果言，或兼而言之，都有其相對的合理性，因爲興趣涉及到創作過程、表現方式、藝術效果，可以從各方面展開分析」。[101]換言之，這個概念，可由不同角度來解釋。許學夷的「興趣」用法，也隨著不同的行文脈絡而略有差異。前謂盛唐諸家律詩「興趣實遠」，大抵可指一種悠遠綿長的審美趣味。但在下面這份資料中，「興趣」是指盛唐人的創作型態：

> 盛唐諸公律詩，形跡俱融，風神超邁，此雖造詣之功，亦是興趣所得耳。……謝茂秦亦云：「詩有不立意造句，以興為主，漫然成篇，此詩之入化也。」[102]

文中具體徵引謝榛之說。本書第三章曾論及，謝榛倡導「以興爲主」，這就是一種無意爲詩、渾成天然的創作型態。

所謂「造詣」，其實也和嚴羽詩論中的「妙悟」有關，《詩源辯體》云：

> 盛唐諸公律詩，不難於才力，而難於悟入；悟則造詣斯易耳。嚴滄浪云：「孟襄陽學力孟浩然，襄陽人。下韓退之遠甚，而其詩獨出退之上者，一味妙悟而已。」[103]

---

101 嚴羽著，張健校箋：《滄浪詩話校箋》（上海：上海古籍出版社，2012），頁 161。
102 許學夷著，杜維沫校點：《詩源辯體》，卷 17，頁 181-182。所引謝榛之語，見李慶立、孫慎之箋注：《詩家直說箋注》（濟南：齊魯書社，1987），卷 1，頁 142。
103 許學夷著，杜維沫校點：《詩源辯體》，卷 17，頁 180。

可知「造詣」的涵義誠然有別於「悟」、「妙悟」，卻有緊密之關連。當代學者已指出：嚴羽的「妙悟」係指覺解正確的詩道，假如詩歌能表現「興趣」，其創作過程必然是超越了知識，不涉理路、言筌，便可稱之「妙悟」。[104] 在上引文中，我們必須注意「悟則造詣斯易」，可知「悟」是「造詣」的前提，「造詣」就是「悟」所達致的某種境界。故《詩源辯體》又云：

> 盛唐諸公律詩，皆從悟入，而悟入乃自功夫中來。[105]

可知「悟」其實並不玄虛，而可藉由某種專心致志的功夫達致。因此，許學夷又曾如此比較沈、宋和盛唐諸家：

> 嚴滄浪云：「詩道惟在妙悟。然有透徹之悟，有一知半解之悟。盛唐諸公，透徹之悟也。」……初唐沈、宋律詩，造詣雖純，而化機尚淺，亦非透徹之悟。惟盛唐諸公，領會神情，不徇形跡，故忽然而來，渾然而就，如僚之於丸，秋之於奕，公孫之於劍舞，此方是透徹之悟也。[106]

據文中所述，嚴羽為「妙悟」劃分出程度之別，就彷如沈、宋雖

---

[104] 參閱嚴羽著，張健校箋：《滄浪詩話校箋》，頁 31-33。

[105] 引文後更引宋呂本中之說相印證：「悟入之理，正在功夫勤惰間。張長史見公孫大娘舞劍，頓悟筆法；如張者，專意此事，未嘗少忘胸中，故能遇事有得，遂造神妙。使他人觀舞劍，有何干涉也？」見許學夷著，杜維沫校點：《詩源辯體》，卷 17，頁 180。

[106] 同前註，卷 17，頁 181。

有「造詣」，卻還不是「透徹之悟」，至盛唐諸家方能臻於「透徹之悟」。是可印證所謂「造詣」，涉及「悟」之深淺、精粗的不同境界。

　　從文學史發展的歷時脈絡來說，許學夷爲了凸顯盛唐諸家律詩的可貴成就，不能不援舉沈、宋對照。但在某種程度上，其論沈、宋彷彿也是在影射杜甫。許學夷《詩源辯體》記載：

> 盛唐諸公律詩，多融化無跡而入於聖，血氣方剛時未易窺其妙境。李本寧云：「弇州先生元美嘗謂杜子美不啻有十王摩詰語，竊謂軒輊太過。後見先生晚年定論，殊服膺摩詰。」已上本寧語。即此而推，則元美之主於沈、宋者，亦血氣方剛時見也。[107]

王世貞《藝苑巵言》大力讚揚沈、宋精研律體，許學夷推測是其年少未臻成熟的想法。[108]耐人尋味的是，文中引李維楨（1547-1626）語也說：王世貞年少時認爲杜詩價值高於王維（701-761），晚年則很欣賞王維。[109]可見沈、宋和杜甫，都被推定是

107　同前註，卷 17，頁 179。

108　參閱王世貞著，羅仲鼎校注：《藝苑巵言校注》，卷 4，頁 160。胡應麟《詩藪》曾讚揚沈、宋律體精嚴，也由此角度推賞盛唐詩，遭到許學夷指摘：「元瑞於唐律不貴渾圓，而貴嚴整」，「元瑞前言興象、風神，未必實有所得也」，同前註，卷 17，頁 186。又謂胡氏詩學雖佳，「惟於唐律化境，往往失之」，卷 35，頁 348。

109　李維楨語見氏著：《大泌山房集》（《四庫全書存目叢書》集部第 153 冊影印北京師範大學圖書館藏明萬曆三十九年刻本，濟南：齊魯書社，1997），卷 131〈黃友上詩跋〉，頁 32 下。李文又見引於費經虞：《雅

王世貞年少未臻成熟的偏好。換而言之，盛唐諸家律詩的妙境，可代表一種更成熟、圓融而可靠的詩歌美學。且不談沈、宋，許學夷此說儼然反叛了復古派長久來的尊杜傳統，其欲揄揚盛唐的意圖，昭然若揭！[110]

　　盛唐諸家，王維以外，孟浩然（689-740）也被許學夷舉出來和杜甫對比。他強調孟浩然「才力小」、「造詣勝於才力」，[111]惟詩歌價值毫不遜色：

> 李、杜二公詩甚多，而浩然詩甚少。蓋二公才力甚大，思無不獲。浩然造思極深，必待自得，故其五言律皆忽然而來，渾然而就，而圓轉超絕，多入於聖矣。[112]

文中對孟浩然的描述，與前述盛唐諸家律詩之特色實合符契，皆屬「聖」境。此外，許學夷《詩源辯體》還曾舉出崔顥來對比杜甫：

> 盛唐七言律，多造於自然，而崔顥〈黃鶴〉、〈鴈門〉又皆出於天成。蓋自然尚有功用可求，而天成則非人力可到

　　倫》，卷 9，收入吳文治主編：《明詩話全編》（南京：鳳凰出版社，2006），頁 9810。

[110] 許學夷的討論，明顯是以王世貞「必欲以子美為極至」之說來對照。其實，王世貞並不反對盛唐諸家律詩，只是認為杜詩價值尤高。胡應麟也有類似見解，本書稍早均曾觸及。

[111] 相關說法屢見，參閱杜維沫校點：《詩源辯體》，卷 16，頁 160、164、165、167。

[112] 同前註，卷 16，頁 165。

也。予嘗謂：浩然五言、崔顥七言如走盤之珠，非若子美
之律以言解爲妙耳。[113]

透過孟浩然、崔顥等盛唐詩人的對比，許學夷認爲益能凸顯杜甫
律詩的「以言解爲妙」。「言解」，指杜詩妙處是可讓人藉用語
言去具體解釋、描述，而不像孟、崔或盛唐諸家詩中蘊含某種難
以言筌、朦朧隱約的趣味。換言之，杜甫律詩，自有其「妙」，
但此妙無法掩蓋或壓低盛唐諸家。

　　杜甫和盛唐諸家，一再被許學夷捏塑成二元分立的審美陣
營。雖然盛唐諸家較符合「律詩」的文體規範，但如前所述，許
學夷也坦承杜律「變勝於正」，故的確不易強加軒輊。然而，許
學夷特在杜甫外拉抬盛唐諸家價值位階，實有兩項非常重要的意
義：一是針砭當時復古派摹擬之弊。據《詩源辯體》的記述，時
人對孟浩然詩懷抱著某種矛盾心理：

　　浩然才力雖小，然爲短篇則有餘。……今人心知其美而未
　　敢顯言贊之者，蓋緣世多夸大之士，動以崢嶸浩瀚爲務，
　　恐人以狹小視之耳。此不自信之過也。[114]

當時更有人帶著輕視盛唐諸家的眼光：

　　今之學者多不欲爲盛唐，非其才力不逮，蓋悟有未至，以

---

113 同前註，卷17，頁172。
114 同前註，卷16，頁164。

盛唐為平易，不足造耳。[115]

這兩段資料都沒有提到杜甫，但結合前面的討論脈絡來看，文中自我托大、追求崢嶸浩瀚而蔑視平易自然，這些情況，恐怕都和學杜較為接近。雖然只是一種推測，惟時人不盡然能理解盛唐諸家詩的特色、價值，當為許學夷深感焦慮。《詩源辯體》還曾記載一段關於「沿襲」問題的對話：

> 或曰：「詩貴超脫，不貴沿襲。子之言，無乃以沿襲為事乎？」曰：盛唐造詣既深，興趣復遠，故形跡俱融，風神超邁，此盛唐之脫也。學者有盛唐之具，斯亦脫矣；若更求脫於盛唐，則吾不知也。[116]

在這段對話脈絡中，「沿襲」指轉相摹擬導致陳陳相因，「超脫」則是超越前人的窠臼。文中提到，當時有人質疑學盛唐就是自甘於「沿襲」；這大概是公安、竟陵一類「師心」的論調。許學夷回應巧妙：學詩者假如能深刻體會、取法盛唐所以為盛唐的「造詣」、「興趣」，無意為詩，妙手天成，自然就是一種「超脫」。換言之，許學夷正是主張透過學盛唐，去突破當時復古派實存且屢遭質疑的摹擬流弊。

對於七律，胡應麟認為首要之務是格調精嚴、穩愜。[117]許學夷曾予徵引、回應，實透露出他對「超脫」之境的嚮往：

---

[115] 同前註，卷 17，頁 180-181。
[116] 同前註，卷 32，頁 307。
[117] 請參閱本書第五章之討論。

> 元瑞此論，本欲兼眾善、集大成，而實不免於囿世。作者
> 造詣既深，興趣既遠，則下筆悠圓而眾善兼備，乃不期然
> 而然者。若必有意事事合法，則不惟初學無可措手，即深
> 造之士亦難於結撰矣。[118]

蓋胡應麟曾對七律作法提出許多繁複的規定，許學夷如此回應。
這種「超脫」之境，乍看破棄了「事事合法」，實則創作者只要
仰賴「造詣」、「興趣」，終能「眾善兼備」，正是契合於更爲
深層、精髓的律體規準。緣此，許學夷自然會鄙夷時人專意於分
析杜詩語言技法；彼等詩法至上之論，「實於杜律一無所解」。
[119]是知，許學夷崇尚盛唐，不但有意提倡一種新的創作觀，以突
破復古派摹擬流弊；這種創作觀也反饋爲對時人片面標榜杜甫詩
法價值的批評。

　　第二項意義，乃是有助於創建一套正確的學杜方法。杜詩難
讀又不易學，如何學杜向來是復古派最關懷的問題。許學夷別有
所見：

> 子美五、七言律，命意創句與諸家不同。後之學者欲學子
> 美，必須先學諸家，既而於子美果有所得，然後變調以學
> 之，庶幾不謬。不然，恐徒有重拙之纇，不能入其壺奧
> 也。今之初學，輒慕子美，及問子美佳處，直兒童之見

---

118 許學夷著，杜維沫校點：《詩源辯體》，卷 17，頁 187。
119 同前註，卷 19，頁 217。

耳。故予論之如此，此前人所未道也。[120]

胡應麟對於五律，原有先學盛唐諸家再歸宿於杜詩這樣看似相仿的論調；[121]實則上文「然後變調以學之」一語切不可忽，「變調」指改變創作型態，許學夷認為應先學盛唐諸家，未來若有志於學杜，在充分瞭解杜詩價值、問題或缺陷的情況下，方能改由另一種較切合於杜詩特質的創作型態來模習。其先學盛唐諸家，應是秉持「主興」的創作型態；未來若「變調」學杜，則應是改持「主意」的創作型態，這完全是兩套不同的進路，朝向兩種不同的詩歌審美特色。可見許學夷終究未如胡應麟將杜甫和盛唐諸家編織到同一個學詩方法程序。至其所以主張先學盛唐諸家，當仍出於文體規範的考量，欲學詩者掌握律詩的正體良規。

第四節　許學夷與《詩歸》的杜詩選評

據《詩源辯體‧自序》，許學夷的著述動機之一，乃是有懲於袁宏道、鍾惺所領導的公安、竟陵派「背古師心，詭誕相尚」，欲加以抗衡。其實，依照另一處的說法：「大都中郎之論，意在廢古師心；而鍾、譚之選，在借古人之奇以壓服今人

---

[120] 同前註，卷19，頁214。

[121] 胡應麟云：「學五言律，毋習王、楊以前，毋窺元、白以後。先取沈、宋、陳、杜、蘇、李諸集，朝夕臨摹，則風骨高華，句法宏贍，音節雄亮，比偶精嚴。次及盛唐王、岑、孟、李，永之以風神，暢之以才氣，和之以真澹，錯之以清新。然後歸宿杜陵，究竟絕軌，極深研幾，窮神知化，五言律法盡矣。」見氏著：《詩藪》，內編卷4，頁58-59。

耳」，[122]我們可更準確地陳述，他基於復古派詩學立場，和袁宏道的「廢古」固然針鋒相對；但對於鍾惺、譚元春（1586-1637）「借古人之奇」，其抗衡之重心，實則轉向為如何詮解「古」的內涵和價值。具體來說，鍾、譚曾合編《詩歸》選評古人詩作，收杜詩 316 首，其篇數不但高居全書之冠，而且許多評語都對杜詩推崇有加，至謂：「老杜第一詩人」。[123]這種情況恐怕不是單純的尊杜，乃是有意接收、取代復古派的杜詩解釋權。身為復古派後起之秀，許學夷的杜詩學論述，是否和《詩歸》之杜詩選評構成某種對話關係？

針對上述問題，本節擬由三個層面提出觀察：一是許學夷的杜詩論評，可訂正《詩歸》的杜詩風格評價取向。譚元春評杜甫〈灩澦堆〉云：

> 大有本末之言，小儒徒喜其沉雄耳。[124]

譚氏儘管不否認此詩有「沉雄」特色，卻不特別欣賞。評〈閬水歌〉亦云：

---

122 許學夷著，杜維沫校點：《詩源辯體》，卷 36，頁 370。

123 鍾惺、譚元春：《唐詩歸》（《續修四庫全書》第 1590 冊影印遼寧省圖書館藏明刻本，上海：上海古籍出版社，1995），卷 17，頁 44。按：此書卷 1 至卷 13，收入《續修四庫全書》第 1589 冊，卷 14 以後收入第 1590 冊，各冊頁數起迄不同。《唐詩歸》凡三十六卷，顧名思義係以唐詩為選錄範圍。鍾、譚另輯有《古詩歸》十五卷，選隋代以前之作，亦收入《續修四庫全書》第 1589 冊。

124 同前註，卷 21，頁 86。

> 選杜詩最要存此等輕清澹薄之派，使人知老杜無所不有
> 也。[125]

他欲特加標舉的「輕清澹薄」風格，和「沉雄」簡直截然相反。
鍾、譚最崇尚的杜詩要推〈覃山人隱居〉，因爲據鍾惺評語：

> 深心高調，老氣幽情，此七言律真詩也。汩沒者誰能辨
> 之！[126]

所謂「眞詩」，即指此詩充分體現了杜甫的「精神」，而這正是
《詩歸》選詩的宗旨。[127]我們實際檢閱此詩：

> 南極老人自有星，北山移文誰勒銘。徵君已去獨松菊，鍾
> 云：傲。哀壑無光留戶庭。鍾云：幽。予見亂離不得已，子知
> 出處必須經。高車駟馬帶傾覆，鍾云：危語卓識。悵望秋天
> 虛翠屏。[128]

此詩寫杜甫憑弔覃氏舊居的惆悵感受。鍾惺夾批中特別提示杜甫
寫出了覃氏其人其居的「傲」、「幽」，以及杜甫所流露的「卓
識」。這些批語應可視爲其所謂「眞詩」的註腳。但無論如何，

---

[125] 同前註，卷20，頁71。

[126] 同前註，卷22，頁101。

[127] 參閱陳廣宏：《竟陵派研究》（上海：復旦大學出版社，2006），頁
340。

[128] 鍾惺、譚元春：《唐詩歸》，卷22，頁101。

我們實難從這首詩中體察到「沉雄」、「雄壯」風格。再看《詩歸》還選錄了杜甫〈夜〉：

> 露下天高秋氣清，空山獨夜旅魂驚。疎燈自照孤帆宿，新月猶懸雙杵鳴。譚云：情事有味，音韻亦妙。○鍾云：森起。南菊再逢人臥病，鍾云：菊逢人，妙！倒轉則庸矣。北書不至雁無情。步檐倚杖看牛斗，銀漢遙應接鳳城。[129]

鍾、譚非常欣賞此詩，蓋他們通過前四句體會到某種森寂孤悶的情味，而且讚嘆於「菊逢人」的獨特修辭。尚值得留心的是，鍾惺在總評中指出：

> 同一清壯，而節細味永，按之有物，覺「老去悲秋」（〈九日藍田崔氏莊〉）、「昆明池水」（〈秋興〉八首之七）等作皆遜之。[130]

王世貞曾將「老去悲秋」、「昆明池水」二詩列入七律壓卷候選清單，鍾惺竟別出手眼，推許〈夜〉更勝一籌。雖然他有「節細味永」的具體理據，但難道持以對比的其他二詩不夠「節細味永」嗎？仇兆鰲（1638-1717）曾指出〈夜〉之旨趣酷肖〈秋興〉諸篇，[131]我們不妨檢出〈秋興（昆明池水）〉來對照：

---

[129] 同前註，卷22，頁99。
[130] 同前註，卷22，頁99。
[131] 杜甫著，仇兆鰲注：《杜詩詳注》（北京：中華書局，2004），卷17，頁1468。

昆明池水漢時功，武帝旌旗在眼中。織女機絲虛夜月，石
鯨鱗甲動秋風。波飄菰米沉雲黑，露冷蓮房墜粉紅。鍾
云：中四語，誦之心魂謖謖。關塞極天唯鳥道，江湖滿地一漁
翁。[132]

鍾惺夾批中分明承認此詩情味扣人心弦，可見〈秋興〉和〈夜〉
的差異，未必如前述只在於「節細味永」。我們實際對讀這兩首
詩，最直觀的感受是〈秋興〉沉雄蒼茫，迥異於〈夜〉的森寂孤
悶，然而這恐怕才是鍾惺特地標舉〈夜〉的真正原因。其實只要
進一步看鍾惺對〈秋興〉此詩的總評：「此詩不但取其雄壯，而
取其深寂。」[133]也能印證他即使確切感受到〈秋興〉的「雄
壯」，卻有意淡化其價值，改取「深寂」。要言之，由以上諸例
可知，《詩歸》對於杜詩的沉雄，並不甚欣賞，至少不是最獲青
睞的一種風格。

　　然則，許學夷如何回應？回顧前文對其杜詩學的討論，個人
以為，值得特別留意「本體」、「正體」的概念。蓋許學夷嘗
云：「子美五言律，沉雄渾厚者是其本體」，論杜甫七律亦云：
「沉雄含蓄，是其正體」。「本體」之大用，乃在於從杜詩眾多
作品和風格中圈定最具代表性的整體藝術形相，「正體」則可進
一步肯定此一整體藝術形相含有崇高價值。許學夷提出這樣的概
念，實際上是宣告：杜詩的「沉雄」，不但是杜詩最具代表性的
特色，而且含有崇高價值，讀杜、學杜者自然不容輕易放過。

---

[132] 鍾惺、譚元春：《唐詩歸》，卷22，頁99。

[133] 同前註，卷22，頁99。

《詩歸》刻意淡化，自認能夠掌握杜甫的「真詩」，借用陳國球的說法，「鍾、譚是在與復古派競爭誰人最能掌握『古人精神』」；[134]許學夷操作「本體」、「正體」的概念，其實亦可視爲一種對杜詩精髓的拉鋸戰。

第二個觀察層面，許學夷以精細的辯體功力，可訂正《詩歸》對杜詩的實際批評和選詩情況。我們必須留心，鍾、譚似曾欣賞杜詩「雄渾」，但這不代表他們和許學夷在實際批評脈絡中取得共識。且看鍾惺如此總評杜甫〈望嶽〉：

> 真雄，真渾，真朴，不得不說他好！[135]

試檢讀原詩及所附夾批：

> 西嶽崚嶒竦處尊，諸峰羅立似兒孫。安得仙人九節杖，挂到玉女洗頭盆。鍾云：似歌行。車箱入谷無歸路，箭栝通天有一門。譚云：不必至其處，自知爲寫景真話。稍待西風凉冷後，高尋白帝問真源。鍾云：厚力。[136]

但請務必注意，鍾惺三四句夾批中說：「似歌行」。參照《詩歸》其他地方，鍾惺在〈崔氏東山草堂〉的夾批說：「拗矣，然

---

134 陳國球：《明代復古派唐詩論研究》（北京：北京大學出版社，2007），頁 264。

135 鍾惺、譚元春：《唐詩歸》，卷 22，頁 97。

136 同前註，卷 22，頁 97。

生成律詩，入歌行不得」，[137]〈暮歸〉總評也說：「拗體……又妙在不可入歌行」，[138]可知鍾惺其實認爲律體不宜摻入歌行語。但儘管如此，〈望嶽〉三四句「似歌行」，這項缺陷卻完全無礙於鍾惺對全詩「不得不說他好」的激賞。鍾惺擁有文體規範的知識，但此一知識並不成爲他的「評價基準」。如前文曾論及，許學夷的杜詩批評，嚴格持守「文體規範評價基準」，杜甫〈望嶽〉曾被判定「以歌行入律，是爲大變」。可見，許學夷、鍾惺對這首詩，絕非表層的評價分歧，其進行評價的基準、理據實有落差。

　　值得進一步審辨的是，鍾惺總評讚賞〈望嶽〉「雄」、「渾」、「朴」，似可說是欣賞杜詩「雄渾」。但實際玩索全篇內容，描寫西嶽華山，卻沒有帶出開闊博大的意境，反倒有鮮明的峻冷奇險之感。可知鍾惺所評「雄」、「渾」、「朴」，實非傳統指涉的杜詩「雄渾」之風。正如鍾惺又評杜甫〈秋風〉：

　　　高寂，真悲！真壯！[139]

「高寂」、「悲壯」本是不同的風格，給人不同的感覺，鍾惺卻縮合爲一。

　　其實當初鍾、譚選杜，恰是刻意迴避世人傳誦的名篇。如鍾惺總評杜甫〈小寒食舟中作〉所云：

---

137 同前註，卷 22，頁 97。
138 同前註，卷 22，頁 100。
139 同前註，卷 20，頁 76。

> 予於選杜七言律，似獨與世異同。蓋此體為諸家所難，而
> 老杜一人選至三十餘首，不為嚴且約矣。然於尋常口耳之
> 前，人人傳誦、代代尸祝者，十或黜其六、七。[140]

他實欲透過杜詩篇目的取捨去進行「選本批評」，而且尤其是
「七言律」。前述的〈望嶽〉，正是七律。但在此一個案之外，
許學夷如何看待《詩歸》刻意別出手眼的選詩情況？按：《詩源
辯體》卷十九第二十三則中，曾透過具體舉證作品和精細辯體互
為交織的論述模式，去對杜甫「七律」進行特色分類、描述和評
價；前文已引出、討論。試對照到《詩歸》之選詩情況，列表彙
整於下：

表一：《詩源辯體》、《詩歸》杜甫七律選評之比較

《詩源辯體》卷十九第二十三則的杜詩批評		《詩歸》選詩
分類和描述	篇　目	
沉雄含蓄，是其正體。	〈登高〉	
	〈九日五首〉之一（重陽獨酌）	
	〈返照〉	○
	〈秋盡〉	
	〈登樓〉	○
	〈詠懷古跡五首〉之三（群山萬壑）	
	〈秋興〉八首之一（玉露凋傷）	
其格稍放，是其小變。	〈冬至〉	
	〈寄杜位〉	
	〈將赴荊南寄別李劍州〉	

---

[140] 同前註，卷 22，頁 101。

	〈覽物〉	
	〈涪城縣香積寺官閣〉	
	〈黃草〉	
	〈所思〉	
	〈白帝〉	○
以歌行入律，	〈望嶽〉	○
是為大變。	〈白帝城最高樓〉	○
	〈晝夢〉	
	〈崔氏東山草堂〉	○
	〈九日〉（去年登高）	

通過上表實可看出，雙方重疊率雖不算太高，但《詩選》所選杜甫七律，明顯偏側於許學夷最不滿的「大變」類。〈望嶽〉不過只是其中之一。再者，對於許學夷推為「沉雄」的杜詩正體，《詩歸》僅選了〈登樓〉、〈返照〉兩首，數量極低；而且〈登樓〉無評語，〈返照〉評語中隻字不提「沉雄」，可見鍾、譚即使選了這兩首詩，也無意於指認其「沉雄」的風格。又如前文曾論及，許學夷頗欣賞「小變」一類，至謂「變勝於正」，《詩歸》全然未取。雙方差異實為不小。

除此之外，我們還能舉出其他例子。許學夷對杜詩讚譽有加，卻也不諱言其瑕疵、缺陷，並能藉由列舉篇目、摘句具體指認。為了方便對照《詩歸》，在此姑且不談「摘句」；以下僅就許學夷對杜詩特定「篇目」提出「負評」的部分，列表彙整並對照《詩歸》選詩情況：

表二：《詩源辯體》杜詩負評和《詩歸》選錄情況之比較

《詩源辯體》對杜詩篇目的負面批評					《詩歸》選詩
條　目	篇　目	描　述			選詩
卷十九第二十二則	七律〈秋興〉八首之七（昆明池水）	細大不稱[141]			○
	七律〈九日藍田崔氏莊〉	宋人極稱之			○
卷十九第二十八則[142]	五古〈柴門〉	用韻錯雜出語豪縱	有類退之（韓愈）	變體	○
	五古〈杜鵑〉				
	五古〈義鶻行〉				○
	五古〈彭衙行〉				○
	七古〈魏將軍歌〉	用韻險絕造語奇特			
	七古〈憶昔行〉				○
	七古〈茅屋為秋風所破歌〉		宋人濫觴		○
	七律〈詠懷古跡〉五首之五（伯仲之間）	始漸涉議論			○

141　許學夷批評此詩「細大不稱」，特指其三四句。原文已見前引，茲不贅。但他因此降低、勾消了此「篇」在「七律壓卷」議題中的候選序位，故本表仍予列入。

142　許學夷這段敘述的辯體層次較細，茲錄出其原文供對照：「子美眾作雖與諸家不同，然未可稱變。至五言古，如〈柴門〉、〈杜鵑〉、〈義鶻〉、〈彭衙〉，用韻錯雜，出語豪縱；七言古，如〈魏將軍歌〉、〈憶昔行〉，用韻險絕，造語奇特，皆有類退之矣；〈茅屋為秋風所破〉，亦為宋人濫觴，皆變體也。又七言律，如『伯仲之間見伊呂，指揮若定失蕭曹』、『韓公本意築三城，擬絕天驕拔漢旌。豈謂盡煩回紇馬，翻然遠救朔方兵』，始漸涉議論；五言律，如『吾宗老孫子』、『江皋已仲春』，七言律，如『清江一曲』、『一片花飛』、『朝回日日』等篇，亦宛似宋人口語。」引自氏著，杜維沫校點：《詩源辯體》，卷19，頁220。

	七律〈諸將〉五首之二（韓公本意）		
	五律〈吾宗〉（吾宗老孫子）		○
	五律〈漫成〉二首之二（江皋已仲春）		○
	七律〈江村〉（清江一曲）	宛似宋人口語	○
	七律〈曲江〉二首之一（一片花飛）		○
	七律〈曲江〉二首之二（朝回日日）		○

此表囊括五、七言古律，提供了更完備的觀察平台。首先不難察知，許學夷所列和《詩歸》所選重疊率極高。但許學夷的描述，很明顯都屬於負面批評，這些杜詩並不受到他的青睞。《詩源辯體》「詩選」部分已佚，就目前僅存的「詩論」，我們其實不容易全面比對其和《詩歸》的選詩差異。但通過上表，至少可以確定的是：《詩歸》選入且以為優異的不少杜詩篇目，皆遭許學夷黜落。

綜合來說，許學夷所推賞的杜詩，多不曾獲《詩歸》選入；他給予負評的篇目，卻多見收於《詩歸》。在《詩歸》對照下，我們不僅可想見許學夷多麼不認同鍾、譚，也特能體會他對杜詩進行那樣精細的辯體、舉證、描述和評價，絕非冰冷淺層的解剖、分類作業，實有亟欲重訂杜詩正典（canon）的熱腸！

茲擬提出的第三個觀察層面是：許學夷描繪的五古詩史圖像，和《詩歸》同中有異，而尤能凸顯杜詩的價值。蓋前文論

及，許學夷對於五古典範，乃在復古派的「漢魏」傳統之外，另行標舉「唐人五古」的價值。《詩歸》其實也有頗相彷彿的說法，譚元春總評李白〈送韓準裴政孔巢父還山〉云：

> 唐人神妙全在五言古。[143]

儼然認為「五古」是唐人特擅之體。又如鍾惺評張九齡（678-740）〈感遇〉云：

> 五言古，詩之本原，唐人先用全力付之，而諸體從此分焉。蓋彼謂「唐無五言古詩而有其古詩」，本之則無，不知更以何者而看唐人諸體也。[144]

也很肯定唐人五古價值。其「唐無五言古詩而有其古詩」一語，出自李攀龍〈選唐詩序〉，可知鍾、譚之說原是對復古派傳統必宗漢魏、不夠重視唐人五古的悖反。這和許學夷確有相近。[145]但細玩鍾惺評陳子昂（661-702）所云：

---

[143] 鍾惺、譚元春：《唐詩歸》，卷15，頁24。

[144] 同前註，卷5，頁582-583。

[145] 許學夷也曾對李攀龍《古今詩刪》選唐人五古的情況表示不滿：「觀其所選唐人五言古僅十四首，而亦非漢魏之詩，是以唐人古詩皆非漢魏古詩而弗取耳」，又批評李氏篇目選擇失當：「觀其所選唐人五、七言古，是豈足以知唐人，又豈足以知李杜哉。」見杜維沫校點：《詩源辯體》，卷35，頁345-346。

〈感遇〉數詩，其韻度雖與阮籍〈詠懷〉稍相近，身分銖兩，實遠過之。俗人眼耳賤近貴遠，不信也！[146]

鍾惺認爲陳子昂優於阮籍（210-263），這件個案形同是指「唐人五古」勝過「漢魏」。不過，我們除了應注意鍾惺肯定唐人五古價值，還要留心他是將漢魏和唐人放在同一個平台來較量。這和許學夷漢魏、唐人「各極其至」的觀念，有根本性的差異。因爲依鍾惺的說法，他只是想要強調唐代此一「時期」出現了優異的五古，較之漢魏「時期」毫不遜色；而並非要去挑戰「漢魏」典範，更無意於另行創建「唐古」新典範。其評張九齡〈歲初巡屬縣登高安南樓言懷〉可證：

唐人五言古，惟張曲江有漢魏意脉。不使人摸索其字形音響，而遽知其爲漢魏，所以爲真漢魏也。[147]

由此文可證實鍾惺筆下的「唐人」一詞，只是一般性敘述，指涉一段「時期」，故他用以評價唐人張九齡的基準仍是「漢魏」典範。

《詩歸》選杜詩最多，其中選杜甫五古佔杜詩各體比例亦最高，[148]可初步推知鍾、譚對杜甫五古甚爲欣賞。他們對唐人五古

---

[146] 鍾惺、譚元春：《唐詩歸》，卷2，頁542。

[147] 同前註，卷5，頁582。

[148] 鍾、譚選杜甫五古佔杜詩原篇數的比例，高達37%；餘如五排17%，七古21%，五律20%，七律21%，七絕10%，皆有明顯落差，益可見選杜甫五古的突出現象。此一統計數據，參閱陳美朱：《明清唐詩選本之杜

的觀感，在某種程度上，應亦反映其對杜甫五古的觀感。從前文
的梳理來看，鍾、譚並沒有將包括杜甫在內的唐人五古標舉爲
「漢魏」外的另一個新典範。換言之，他們容或欣賞杜甫五古，
但並未將杜詩提升到足以成爲一個新典範的崇高價值位階。何以
故？箇中原因之一，必須歸結到鍾、譚缺乏明確的「辯體」意
識。鍾惺總評王維〈哭殷遙〉云：

> 王、孟之妙在五言，五言之妙在古詩，今人但知其近體
> 耳。每讀唐人五言古妙處，未嘗不恨李于鱗孟浪妄語。[149]

鍾惺對王維、孟浩然五古讚譽有加。但從文中的敘述來看，他未
能細察王、孟體調不純，許學夷《詩源辯體》便曾直言批評：

> 《詩歸》於唐詩取捨，不能一一致辯，姑論其最謬
> 者：……盛唐五言古惟李、杜爲詣極，其餘諸人體實多
> 雜，今所採王維、王昌齡、儲光羲、常建最多。[150]

許學夷指出《詩歸》未能明確辯體，以致過分高估了王維等人五
古的價值。他這樣的批評，正是認爲必須由辯體的角度，才能眞
正認識到李、杜五古的崇高性。實際上，「辯體」之有無，除了
涉及對特定詩人價值位階的評判問題，也是建構文學史發展圖像
的基礎。故進一步看，鍾、譚的另一個關鍵問題，恐則在於缺乏

詩選評比較》（臺北：臺灣學生書局，2015），頁55。

[149] 鍾惺、譚元春：《唐詩歸》，卷8，頁623。

[150] 許學夷著，杜維沫校點：《詩源辯體》，卷36，頁371。

綜觀、提煉漢魏以降五古詩史發展圖像的能力。且看《詩歸》曾如此評述梁代劉緩〈敬酬劉長史詠名士悅傾城〉：

> 耳食者多病六朝靡綺，予謂正不能靡、不能綺耳。若使有真靡、真綺者，吾將急取之。[151]

劉緩原詩內容係描繪女子嬌美之體態，綺靡至極，世人病之，鍾、譚反倒以為是優點。本文在此不是要質疑他們的偏嗜，而是想指出：上引文提出此種偏嗜的論述脈絡中，並沒有對六朝綺靡詩風在五古詩史上的位置多加考慮，這會導致他們一方面無法指認六朝綺靡如何變易漢魏傳統，再者也無法從革除綺靡的文學史發展脈絡去凸顯唐人價值。鍾惺總評陳子昂處稍涉初唐詩史圖像：

> 初唐至陳子昂始覺詩中有一世界，無論一洗偏安之陋，并開創艸昧之意亦無之矣。以至沈、宋、燕公、曲江諸家，所至不同，皆有一片光大清明氣象，真正風雅。[152]

儘管如此，鍾惺仍未清楚解說此時與前、後其他詩史階段的關係；遑論整部《詩歸》中，這類敘述極少。總之，鍾、譚並不重視描繪文學史發展圖像，以致其雖欣賞唐人五古，卻未能凸顯唐人五古在文學史上的地位，自然也未能進一步彰明杜甫在文學史

---

[151] 鍾惺、譚元春：《古詩歸》（《續修四庫全書》第 1589 冊影印復旦大學圖書館藏明閔振業三色套印本），卷 14，頁 503。

[152] 鍾惺、譚元春：《唐詩歸》，卷 2，頁 542。

上的地位。對照之下，由於許學夷能從文學史發展的脈絡去談唐古議題，故能清楚察見漢魏變至六朝古律混淆、語涉綺靡的疏失，於焉亦能進一步確立李、杜調純氣暢的特色、價值，以及「通變」的文學史地位。

故綜而言之，在唐人五古價值的議題上，許學夷和《詩歸》同中有異。就同者言，雙方較之原本的復古派傳統，均更能欣賞唐人五古。差異的是，鍾、譚並沒有論述包括杜甫在內唐人五古具有何種文學史地位；而許學夷透過辯體及文學史發展圖像的描繪、建構，不但創建了一個「唐古」新典範，也尤能明確凸顯杜甫五古的特色、價值及其文學史地位。

我們透過杜詩風格評價取向、對個別詩篇的實際選評，以及五古價值議題等三個層面，實可看出許學夷和《詩歸》抗衡之處。要之，許學夷的杜詩學，一方面革新復古派詩學傳統，也向當時聲勢日熾的竟陵派擲下戰帖。其實細讀《詩源辯體》、《詩歸》，不難發現其間還存在著諸多差異，如許學夷曾指出：「盛唐諸公律詩，興趣極遠，雖未嘗騁才華、炫葩藻，而沖融渾涵，得之有餘。晚唐許渾諸子，興趣既少，故雖作聰明，構新巧，而矜持局束，得之甚窘。」[153]以鍾、譚心儀晚唐的情況來說，[154]文中盛、晚唐的強烈對比，乃至於許學夷在杜詩外刻意拉抬盛唐諸家價值，應亦有某種針對意義。惟這需要對雙方進行全面的比

---

[153] 許學夷著，杜維沫校點：《詩源辯體》，卷 17，頁 184。

[154] 對於鍾、譚選詩偏重晚唐的情況，可參閱陳國球：《明代復古派唐詩論研究》，頁 240-241；孫春青：《明代唐詩學》（上海：上海古籍出版社，2006），頁 195-198。

勘，方能定讞，限於本書論旨，本人當另撰專文詳述。[155]

第五節　結　語

　　正如《詩源辯體》書名，許學夷非常強調「辯體」，其杜詩論評，常出之以一種具體舉證詩作和細緻辯體互爲交織的論述模式。藉此，許學夷不僅針對杜甫詩體、代表性篇目甚或局部章句之審美特色，進行精細的分類、描述和評價，而且能以平實的態度甄別杜詩缺陷之處。前文曾進一步挖掘許學夷的「評價基準」，是否符合「文體規範」自是首務，對於杜甫歌行「苦心精思」的「創作態度」，亦別具青眼。許學夷爲了遂行精密的辯體論述，曾就杜甫律詩拈出「本體」、「小變」的重要概念。「本體」之說，係點明杜詩最具代表性的特色，因「利鈍雜陳」的杜詩特性，實有助於學杜者認清價值、瞄準目標。至於「小變」之說，導向杜詩「變」勝於「正」的評價，特能展現許學夷論詩之驚人膽識。此外，前文尚曾觸及杜詩的音聲價值議題，以及「杜詩」、「唐詩」二元分立觀點。

　　當前學界已注意到許學夷對楊慎杜甫詩史說的辯證，實具新意。[156]但個人以爲此說在許學夷杜詩學系統中僅屬「餘論」；其

---

[155] 有關復古派和鍾、譚詩學的異同，當是晚明詩學史上最重要的議題之一，惟其面向多元，實非本章節所能盡涵。爲此，我正在執行科技部專題研究計畫「神韻前史：以《詩歸》的杜詩選評爲中心」（MOST 106-2410-H-004-166），近年盼能提供更深入的研析成果。

[156] 目前最詳要的討論成果，可見張暉：《中國「詩史」傳統》（北京：三聯書店，2012），頁 117-126。

杜詩學最重大的意義，當在於甚可回應復古派摹擬太甚、內外交迫的時代處境。誠如前文的討論，許學夷基於「文學史動態多元基準」，淡化了復古派以漢魏五古爲宗的傳統，特別肯定李、杜「通變」之價值，尤強調杜甫對古典傳統的辯證性創造。又如針對歌行一體，許學夷特別凸顯杜甫乃抱持著一種「以興御意」的創作型態，遂能避免墮入元和變體。諸如此類的觀點，與其單純視爲只是在建立客觀性的杜詩學知識，其實更值得注意其對世人學杜觀念的警醒、啓迪：唯有「通變」才是學詩者面對古典傳統最好的姿態，方可走出古詩創作活路，而避免墮入單調、窠臼；亦唯有透過「以興御意」的創作型態，方能穩當地步上歌行創作正道，展現兼具創造力和天機自融的珍貴價值，而避免流於板重甚或墮入元和諸家那樣的「變體」。

　　至於許學夷尙曾多方闡論杜甫和盛唐諸家律詩「各自爲勝」，其意義尤爲重大。其論詩嘗借鑑禪學而有「破三關」之說，這正是徹悟詩道前的最後一關。[157]然則，許學夷刻意拉抬盛唐諸家律詩價值位階的眞正意圖，可謂昭然。其所以然者，實欲藉取法盛唐諸家主「造詣」、任「興趣」的創作型態，去突破當時復古派的摹擬流弊，並創建一套先學盛唐諸家既而變調學杜的學杜方法論。「杜詩批評」儼然成爲許學夷用以矯治時弊的工具，《詩源辯體》云：

---

157 許學夷云：「予論盛唐律詩爲破第三關，學者過此無疑，斯順流而下矣。元瑞實破三關。」小註：「又論子美五言律及子美七言律『風急天高』一則，爲破第三關。」見杜維沫校點：《詩源辯體》，卷 17，頁183。

> 或問予：「歐陽公不好杜詩，其意何居？」……子美之
> 詩，間有詰屈晦僻者，不好杜詩，特借以矯時弊耳。[158]

許學夷容或並未「不好杜詩」，但參照上文，他對自己站在杜詩
對面拉抬盛唐諸家，以「杜詩批評」作爲矯治時弊的工具應有自
覺。其實在復古派以尊杜、學杜爲核心的詩學傳統下，許學夷此
說深具反叛性；然而此說果能消弭摹擬流弊，且能繼續堅守古典
詩歌美學理想，他亦足當復古派大功臣。

　　至於晚明公安、竟陵派的崛起，其矛頭也指向復古派摹擬流
弊，一時席捲詩壇；鍾惺、譚元春所輯《詩歸》，流布甚廣，影
響尤鉅。然經前文的考察，許學夷的杜詩學論述，和《詩歸》中
的杜詩選評取向其實有不少相左之處。可知他的觀點，何嘗也代
表著復古派重整旗鼓迎戰，具有抗衡鍾、譚的意義。

　　前文的討論中，我們一再強調、凸顯許學夷觀點的新異性；
然而必須說明的是，他在杜詩學脈絡中暗含其對盛唐諸家的傾
心，當可反映明代詩學批評史的一大趨勢。姑且不論《詩源辯
體》曾注意到王世貞晚年轉向「殊服膺摩詰」，王世懋（1536-
1588）《藝圃擷餘》云：「李于鱗七言律，……海內爲詩者，爭
事剽竊，紛紛刻鶩，至使人厭。予謂學于鱗不如學老杜，學老杜
尚不如學盛唐。何者？老杜結構自爲一家言，盛唐散漫無宗，人
各自以意象聲響得之。」[159]同樣針對「剽竊」的流弊，開出學老
杜不如學盛唐的救治之方。再據文末云：「正如韓、柳之文，何

---

[158] 同前註，卷19，頁221。

[159] 王世懋：《藝圃擷餘》，見何文煥輯：《歷代詩話》（北京：中華書
局，2001），頁778。

有不從《左》、《史》來者？彼學而成，爲韓、爲柳；我卻又從
韓、柳學，便落一塵矣」，[160]可知他是主張取法乎上，認爲學李
攀龍最好的方式不是摹擬李詩，而是向上取法李詩淵源所自的杜
詩和盛唐詩，這主要是想擴大取法範圍。又如馮復京（1573-
1622）《說詩補遺》云：「杜氣勃筆蒼，適羅世變，故應剏千古
未備一格。盛唐諸公不必如此，後人學老杜，又未若學盛唐
也。」[161]命意亦大抵相仿。只是這類表述難免較零散，也並未碰
觸到杜詩和盛唐詩之間的評價問題，終不若許學夷之反覆論說、
深切著明。

　　個人以爲，從批評史的角度來看許學夷杜詩學，最值得注意
者尙不在於他反映了明代詩學趨勢，而在於他最堪代表此趨勢而
成爲清初王漁洋（1634-1711）的先聲。不妨稍加對照，漁洋曾
如此看待杜甫在唐代的地位：

> 有宋以來談詩家，乃祧盛唐諸人而專宗少陵，然攷之唐人
> 之緖論，及唐人選唐詩，固未始有宗少陵之說。[162]

其回溯唐人實況，推定杜甫在唐代未嘗擁有獨尊地位，討論方
式、觀點實近於前述許學夷批駁王世貞處。又如許學夷自稱受司
空圖（837-907）影響：

---

[160] 同前註，頁 778。

[161] 馮復京：《說詩補遺》，卷 6。見吳文治主編：《明詩話全編》，頁
　　　 7279。

[162] 郎廷槐：《師友詩傳錄》，見丁福保輯：《清詩話》（上海：上海古籍
　　　 出版社，1999），頁 145。

> 司空圖論詩云：「梅止於酸，鹽止於鹹，飲食不可無鹽梅，而其美常在鹹酸之外。」此言唐人律詩有得於文字之表也。[163]

並讚賞此言「得唐人精髓」；[164]他又多番徵引嚴羽詩論，至謂「滄浪論詩，與予千古一轍」。[165]持以對照漁洋《唐賢三昧集》序：

> 嚴滄浪論詩云：「盛唐諸人，惟在興趣，羚羊挂角，無跡可求，透徹玲瓏，不可湊泊。如空中之音，相中之色，水中之月，鏡中之象，言有盡而意無窮。」司空表聖論詩亦云：妙在酸鹹之外。康熙戊辰春杪，歸自京師，居寶翰堂，日取開元、天寶諸公篇什讀之，於二家之言，別有會心。[166]

漁洋詩學體系博大精深，非本章所能詳盡，但如上的初步對勘，不難察覺雙方之相似。或許由於終生隱逸，君子疾沒世而名不稱焉，許學夷格外期盼後世讀者認同，屢言：「是書苟行，十年之後必有挾天子以令諸侯者」，「後之君子必有謂予知音者」，

---

163 許學夷著，杜維沫校點：《詩源辯體》，卷17，頁182。
164 同前註，卷35，頁334。
165 同前註，卷35，頁337。
166 王士禎著，袁世碩主編：《王士禎全集》（濟南：齊魯書社，2007），頁1534。

「後必有繼起而相應者」，[167]漁洋應可當之。兩人卒歲生辰僅隔一年，未嘗不能視爲文學批評史上遞相傳承的巧合。我們雖沒證據說漁洋必受「影響」，但面對這位當時寂無聞焉卻胸懷創見的詩論家，實有必要給予更多關注。

---

[167] 許學夷著，杜維沫校點：《詩源辯體》，卷 17，頁 183、187；卷 36，頁 374。

第七章　結　論

　　明代復古派摹擬太甚的疑雲，不僅遭遇社群外部的挑戰，公安、竟陵因之代興，四庫館臣以迄今人也常投以負面眼光，緣而復古派之摶成、擴張和流衍，無形中乃被貼上沿襲窠臼、殊乏創意的消極標籤。我們毋須為之諱言，因為復古派的摹擬疑雲，其實早就備受社群內部有識之士的關注。然則，遺留下來一系列關於「理論實效」的問題是：復古派如何透過理論層次的探索和建構，去回應、矯治此一流弊？如何持續堅守復古壁壘，兼而與時俱進？換言之，「摹擬」誠或是一個問題，「復古」究竟有什麼魅力？面對這樣一個雄踞明代中葉以後詩壇百餘年的流派，單純批判、貶抑之餘，我們更有必要嘗試貼近其思考脈絡，設身處地，詳察用心。復古派的「杜詩學」，正是一個適切的觀察窗口。

　　復古派崛起之初，即以「學杜」樹立起鮮明的旗幟，儼然自許杜甫正傳。本書即以「復古派詩學系譜」為軸，依序鎖定李夢陽（1472-1529）、何景明（1483-1521）、謝榛（1499-1579）、王世貞（1526-1590）、胡應麟（1551-1602）和許學夷（1563-1633），關建專章，統攝相關人物和詩學議題，對復古派杜詩學的發展和流變，進行詳要研析。各章之末，均有「結語」綜整成果。本章擬在回顧前述成果的基礎上，進層歸結復古派杜詩學的

特性，並豁顯其與現實摹擬之弊的關係，最後再延展出未來值得
續作探索的新方向。

第一節　復古派杜詩學的特性

　　談及復古派詩學，不能忽略「法」的觀念。胡應麟《詩藪》
云：

> 漢、唐以後談詩者，吾於宋嚴儀卿得一「悟」字，於明李
> 獻吉得一「法」字，皆千古詞場大關鍵。[1]

文中指出李夢陽所標舉的「法」，連同南宋嚴羽（1195?-1245?）
的「悟」，在詩學史上特具重要意義。「悟」的觀念，且先按下
不表，容後再敘；「法」的觀念，其實不僅李夢陽個人強調，更
可視爲整個復古派詩學的樞紐。是以復古派的「杜詩學」，也深
刻烙上「法」的印跡。

　　李夢陽對「法」的討論，原是在與何景明相駁的語境中提出
來的，特指古人典範之作所體現的法度。[2]復古派的尊古、學
古，雖常流於詩歌語言表層的橫向移植，難逃摹擬太甚的負面譏

---

[1]　胡應麟：《詩藪》（上海：上海古籍出版社，1979），內編卷 5，頁
　　100。

[2]　前引文中，胡應麟雖僅提到李夢陽重「法」，而未及相與辯駁的何景
　　明。實則他也注意到何景明重「法」，《詩藪》云：「學者但讀獻吉
　　書，遂以舍筏爲廢法，與何規李本意，全無關涉，細繹仲默書自明。」
　　同前註，內編卷 5，頁 101。

評，其重心實則在於模習古人之法。杜詩對復古派最重要的啓迪，正是作為「法」的典範。李、何並未針對杜詩之法的具體內涵和獨特價值提出解說，但兩人相駁之際，各曾舉出杜甫在內多位的古代詩人為據，其所標舉之法，應和杜詩關連。特別是李夢陽強調「疎密」、「闊細」、「實虛」、「景意」等多種對立性質素的辯證調和，依照王文祿（1532-1605）、胡應麟的後見之明，正可契應於杜詩。有關杜詩之法的實質指涉，謝榛更是關鍵。他在《詩家直說》中，多方考究杜詩字法、句法、篇法、聲調、用事、情景描敘和對偶、用韻方式，等於將杜詩的法度價值，落實到對其語言形構諸層面的具體解析。而且，更重要的是，謝榛認為杜詩藝術表現富於變化，喻為「神龍變化之妙」，又借鑑兵法來標榜杜詩奇正自如。如此的討論，既填補了李、何未竟之功，也在日後得到愈發深細的迴響。如王世貞《藝苑巵言》盛讚杜詩字法、句法、篇法之妙，進而歸結為「法極無跡」，便是指杜詩奇正開闔、濃淡淺深，其藝術表現變化多態，卻是各極其則，精嚴完美，進而達到了渾成天然之境。又如胡應麟《詩藪》推崇杜詩「大而能化」，「大」指杜詩藝術表現變化多態，「化」更是一種從心所欲而暗合矩度的渾樸之境。一系列的論述，皆是不斷增強杜詩之法的優越價值。承接這個傳統，許學夷《詩源辯體》也循著詩史發展的脈絡，凸顯李、杜古詩和歌行「體多變化」、「變化不測」，視為盛唐詩壇獨樹一格的妙詣。

　　尤值得注意的是，杜詩雖被形塑為「法」的典範，其實復古派也秉持著某種既定的「法」，去回頭篩驗杜詩的瑕疵。茲可由兩個層次來統整：一是針對個別詩體的評價。早在李夢陽、何景

明重編《海叟集》時，已確立杜詩的典範價值乃座落在「歌行」、「近體（律詩）」，而排除了「古作（五古）」，蓋其對於五古係以漢魏爲典範。換言之，在漢魏五古之法的對照下，杜詩實有不足。多年後，何景明另撰〈明月篇并序〉批評杜甫歌行音調有欠流轉，亦缺乏「託諸夫婦」的比興手法，故貶爲「詩歌之變體」，認爲價值低於初唐之作。這種觀點，不啻也是批評杜詩不符合歌行之法，從而勾消了杜甫歌行原有的典範性。後來王世貞、胡應麟和許學夷皆曾提出商榷。但縱使不談何景明的個案，王世貞、胡應麟依然崇尚漢魏五古之外，又質疑杜甫「絕句」一體不足爲式。較特殊的是，謝榛曾摘舉杜甫五古之句宣稱超越漢詩，又以杜甫絕句「一篇一意」爲楷模，在復古派詩學史上堪稱異數。此外，許學夷雖崇尚漢魏五古，卻能正視杜詩的「唐古」價值，其說別具時代意義，本章稍後還將談及。

　　第二個層次係就特定詩體的表現良窳而言之。謝榛曾具體指摘杜詩律詩對偶和用韻方式的瑕疵，又如王世貞不滿杜詩「以歌行入律」，視爲「變風」；胡應麟也認爲杜詩兼具「正」、「變」，其「變」特指五律詠物、七律拗體，並曾摘列杜詩七律中的「太拙」、「太易」、「太險」、「好句中疊用字」諸問題。最後，許學夷曾批評杜甫歌行「用樂府語不稱」、「或用俳調，又不可爲法」，他還特別瞄準杜甫律詩一體，拓築出「正體」、「本體」、「本相」、「變中之大弊」、「大變」、「小變」一系列的繁複分類，其杜詩批評眼光無疑愈趨於綿密。

　　是以綜合而論，復古派的杜詩學，乃複合兼存「尊杜」、「攻杜」。杜詩藝術表現的變化多態，誠然能爲復古派開示無窮的詩法；但其在個別詩體的評價上，抑或特定詩體中的表現樣

貌，未必等值，當中透露杜詩的「駁雜性」。可見復古派尊杜、學杜儘管蔚爲傳統，實非盲目迷信杜詩，而是在「法」的觀念下，去自覺照顯杜詩的優越和瑕疵。王世貞、胡應麟咸認杜詩猶如武庫中貯藏的兵器，「不無利鈍」、「利鈍雜陳」，尤能道出復古派心目中杜詩的複雜形象。

　　置入詩學史的脈絡來看，復古派對杜詩之法的精密擘析，隱含一個重要的參照座標，即「宋人」。復古派崛起之初，已注意到宋人學杜的歷史事實。然則，誠如何景明〈讀《精華錄》〉宣稱黃庭堅（1045-1105）完全不像杜詩，斬斷兩造之間的固有臍帶，復古派所標舉的杜詩典範，其實正是刻意區別宋人而來。李夢陽〈缶音序〉便在宋人「主理」對照下，凸顯杜詩中即使說理，自有一種「比興」的高妙表現手法；又如謝榛讚賞杜詩的虛字造詣和聲調藝術之餘，反向抨擊宋人的匱乏，實質上也是拉開了雙方的懸隔。要之，這種思考取向乃是強調杜詩和宋人之間的落差，從而彰明杜詩的典範價值。不過，隨著復古派詩學的持續深入發展，有關杜詩和宋詩之間的聯繫性也逐漸浮上檯面。如王世貞認爲宋人學杜：「失之毫釐，差之千里」；胡應麟也批評宋人學杜：「得其拗澀而不得其沉雄」、「得其變而不得其正」；許學夷不滿宋人偏嗜杜甫歌行中的「累句」，譬況爲「嗜痂之癖」。這些觀點均觸及杜詩和宋詩的某種聯繫，其實旨在批判宋人未能掌握杜詩的眞正價值，同時也透露了杜詩的「駁雜性」。

　　故縮結言之，復古派既在宋人反面彰明杜詩的典範價值，其實也鑒戒宋人學杜的偏失，愈發釐清杜詩的駁雜。可知復古派對杜詩之法的擘析，「宋人」實爲重要參照座標；其對宋人的批評，何嘗也是在爭奪杜詩價值的詮釋權。

　　與宋人對比，復古派非常崇尚唐詩、尤其盛唐詩。杜甫雖爲
盛唐詩壇的重要角色，但復古派眼中的杜詩，卻和盛唐詩的普遍
質性極有分野。早在何景明〈明月篇并序〉批判杜甫歌行，便曾
注意到杜詩是「一家語」；王世貞也曾凸顯杜甫的古詩和歌行
「以意爲主」、「以獨造爲宗」、「以奇拔沉雄爲貴」，區隔於
李白「以氣爲主」、「以自然爲宗」、「以俊逸高暢爲貴」。接
過這個話題，許學夷也倡言杜甫歌行「以意爲主」，異於李白
「以興爲主」；對律詩一體，甚至擴大爲對杜甫和盛唐諸家的比
較，認定杜詩「主意」而盛唐諸家「主興」。綜觀復古派詩學發
展，杜詩與盛唐諸家的差異性論述，其實有一個愈發明朗的趨
勢。

　　宋代以降詩學史上已有「李杜優劣論」的議題，我們不能不
加審辨：復古派如此著墨杜詩和盛唐諸家的差異性，是否暗含軒
此輕彼的評價意味？王世貞雖曾聲稱前述對於李、杜古詩和歌行
的比較，純粹只是凸顯雙方特色，無關乎優劣之分。其實王世貞
尤爲嘆服杜詩藝術表現的變化多態，認爲不僅超越李白，甚至掩
蓋王維，視作杜詩獨步盛唐的關鍵造詣。李攀龍（1514-1570）
《古今詩刪》於七律之體偏愛王維、李頎（690-751）而非杜
甫，於歌行多選高適（706-765）而多棄擲李、杜名篇，王世貞
亦皆有商榷。再如胡應麟雖認爲「杜詩」、「唐詩」有別，但將
杜甫〈登高〉推爲「古今七言律第一」，刻意不稱作「唐人七言
律第一」，顯然也有偏賞杜詩之意。要之，復古派崇尚盛唐詩
歌，然盛唐之中其實尤爲標舉杜詩。對比之下，許學夷認爲杜甫
和盛唐諸家律詩「各自爲勝」，刻意翻轉了尊杜的舊傳統，可說
是復古派杜詩學中深具革命意味的轉向。

第二節　復古派杜詩學與摹擬疑雲

　　復古派的杜詩學建構，絕非只是書齋之內冰冷的知識考古，而與當下詩壇的脈搏緊密連結；其創作實踐揮之不去的摹擬疑雲，正是杜詩學發展的重要動力。復古派崛起之初，學杜的理念和摹擬的問題，已然糾葛夾纏。李夢陽、何景明標舉袁凱（1310-1404?）學杜的意義，唯在李東陽（1447-1516）眼中，袁凱學杜的致命傷便是「極力摹擬」。李、何兩人爾後的激烈駁火，更未嘗不可視爲復古派內部對於摹擬之弊的首次省察。循線而下，我們尚能察見謝榛、王世貞、胡應麟和許學夷的杜詩學論述，都曾回應此一問題，是以極富現實意義。相關論述，前面各章已提出詳要的探究，茲擬再予統合、串連，進一步檢視其成效。

　　針對杜甫的詩歌語言形構諸層面，謝榛剖析誠屬細緻，但他對於杜詩特質最深層的詮釋，實爲「想頭別」，指杜詩擁有新穎不凡的構思立意。緣此，他所倡議的學古方法也不專主一家，而欲兼取眾家之長，猶如蜂採百花釀蜜，其核心旨趣正在於藉此激盪學人的「想頭別」，自然便能突破當下的摹擬泥淖。可知此法不專主學杜，實則深契杜詩特質。此外，謝榛還強調杜詩中充溢的「興」，乃是其「造語」價值所以爲妙的關鍵因素。對比復古派學杜而陷於語言表象之機械摹擬，此說顯然是一帖針砭的良藥，未來許學夷也有進一步承接。

　　誠如前一節的梳理，王世貞認爲杜詩的法度價值，乃在於「法極無跡」的境界。這種觀念，絕非憑空而來，而是和當時號爲復古派「眞傳」的前輩詩人王維楨（1507-1556），構成明顯

的「對話」。王維楨將杜詩的法度內涵，鑿實爲語言形式表層的各種細瑣技法，誠非無據，問題是如欲求取這樣的杜詩之法，無形中就會朝向一種強調「摹擬」的方式；使得原本堪爲典範的古法，變質爲對後世學人語言形式的強力束縛。「守其俊語，不輕變化」，李攀龍摹擬之弊的癥結，亦正坐此。可知王世貞將杜詩價值重新定義爲「法極無跡」，指杜詩有變化多態而又精嚴完美、渾融自如的崇高造詣，當有一種端正視聽的積極意義。

　　胡應麟杜詩學最吸睛之處，實爲一系列「正」、「變」、「化」、「大」的概念、標籤。「化」、「大」，即是「大而能化」，其意義相當於王世貞的「法極無跡」，代表杜詩價值的最高峰，前文已有討論。但我們一定不能忽略：「化」、「大」原是立足於「正」、「變」而來。胡應麟的「正」、「變」之說，用法實頗特殊：他不僅用於評視杜詩藝術特色，也用於指認宋明以降學杜者的偏失狀況，實爲一組現實性極強的概念、標籤。具體來說，回顧復古派學杜史，胡應麟認爲李攀龍、吳國倫（1524-1593）學杜得其「正」而不得其「變」，故缺乏變化，詩語困於重複、單調；李夢陽得「變」而不得「正」，是以流於粗豪，難以顯現詩的精雅品質。兩種情況，皆屬過猶不及，雖非「摹擬」本身的問題，卻因「摹擬」的手段而更趨於凸顯和漫衍，成爲外界批判復古派連帶貶抑杜詩的口實。可知胡應麟杜詩學中的「正」、「變」之說，絕非單純沿用前人的「正變」觀念去進行知識考古，乃是深刻鑒戒前人學杜的偏失，進而重構、指認杜詩的眞正價值在於「化」、「大」之妙境。依此，何嘗並能積極回應外界對杜詩價值的質疑聲浪，繼續堅守尊杜、學杜壁壘，向世人宣告杜詩終究自有無可磨滅的光焰，足爲萬世程法。

　　承接王世貞的觀點，許學夷將杜甫歌行的創作型態，概括爲「主意」；但特別的是，他隨即補充杜詩實是「以興御意」，等於是從「興」的角度去重新詮釋杜詩核心價值。「意」指創作的意念，「興」指感物起情的心靈狀態；前者刻意求新造奇，後者得之於偶然無意。故統括來說，「以興御意」的論述，乃是認爲杜甫歌行價值不僅在於語言表象的宏大創造力，更在於無意爲詩的渾樸之境。與世人耽於語言表象的摹擬對比，這當是直指要害之見。

　　再者，復古派對於五古大抵崇尙漢魏正典，許學夷雖尊漢魏，卻也特別肯定杜甫強勢突破了漢魏的框限，是爲「通變」。這是對杜詩「唐古」價值的重評，何嘗也在咀嚼著學人和古代典式之間應有的關係：惟有「通變」，大膽走出亦步亦趨的摹擬窠臼，才是面對古典最好的姿態。

　　談及許學夷杜詩學的現實意義，我們不能不再次留意他認爲杜甫和盛唐諸家的律詩，因有「主意」、「主興」的不同型態，故「各自爲勝」。在復古派的尊杜傳統下，其欲刻意拉抬盛唐諸家位階，意圖洵屬昭然。「主興」不僅是盛唐諸家的可貴質性，也是杜詩力所未逮之處。許學夷倡議律詩取法盛唐諸家，正是旨在藉此破解「沿襲」，展現「超脫」之妙，消弭復古派當下深陷的摹擬之弊。謝榛也曾由「興」的角度去詮釋杜詩特質，堪稱異曲同工；但謝榛沒能辨明「興」是盛唐而非杜詩特質，而這卻是許學夷的洞見。這種洞見悄然逸離了杜詩學的範疇，隱然也意味：復古派的詩學沉痾，不再能由杜詩學內部的改造來提供圓滿解決之道，其詩學重心已移至盛唐諸家矣！

　　值得進一步檢覈的是，他們的杜詩學思考和建構能否收到實

效？換言之，復古派的摹擬之弊，是否隨著杜詩學的愈趨昌明而消弭？這是令人懷疑的。本書在第四章中，曾提及李攀龍對於自己的擬古樂府未能「時一離之」、「離而合」，向王世貞自嘆弗如，可知創作實踐未必純為理論思維的反映，而理論思維也無法保證消弭創作實踐上的疑難，兩端之間實有關連，也必然存在某種落差。以謝榛那套欲兼取眾家之長的學古方法來說，王世貞《藝苑卮言》便提出嚴厲批判：

> 謝茂秦年來益老誖，嘗寄示擬李、杜長歌，醜俗稚鈍，一字不通，而自為序，高自稱許。其略云：「客居禪宇，假佛書以開悟，暨觀太白、少陵長篇，氣充格勝，然飄逸、沉鬱不同，遂合之為一，入乎渾淪，各塑其象，神存兩妙，此亦攝精奪髓之法也。」此等語何不以溺自照！[3]

複按謝榛詩集確有擬李、杜歌行之作，[4]然無王世貞所引序言。且據文中所引，欲合李、杜兩家為一，以求「渾淪」之妙，正是謝榛那套欲兼取眾美的學古方法。王世貞對謝榛操作此法的實效，顯然極不滿意。

復古派摹擬之弊的根本癥結，可說是過度連結「法度」和「語言」，故雖號稱模習古法，實則淪為對古人語言表象的橫向

---

[3]　王世貞著，羅仲鼎校注：《藝苑卮言校注》（濟南：齊魯書社，1992）卷7，頁349-350。

[4]　檢讀謝榛詩集，其歌行體如〈擬太白夜泊黃山聞殷十四吳吟〉、〈擬少陵憶昔行望王屋天壇二山作〉、〈走筆效太白歌行寄上沈王殿下〉等，皆明言擬擬李、杜。未明言擬效而有李、杜風味者，亦多有之。

移植。何景明批評李夢陽是「古人影子」，已肇其端；王世貞反對王維禎將杜詩法度價值界定爲語言表象的細瑣技法，亦有見於此。然而，「法度」和「語言」的關係，幾乎無法切割來談；假如勉強切割，「法度」的理解、掌握和模習，也將隨之陷入浮動曖昧、虛無縹緲的境地。在李夢陽、何景明激烈駁火中，這種兩難的困境已然成形，卻一直沒能獲得釜底抽薪的圓滿解決。王世貞雖標舉杜詩「法極無跡」，《藝苑卮言》依舊高唱摹擬：

> 剽竊模擬，詩之大病。……模擬之妙者，分歧逞力，窮勢盡態，兼之無跡，方爲得耳。[5]

王世貞積極繪製「模擬之妙」的願景，可見摹擬作爲一種學詩方法，終究令人難以割捨。「窮勢盡態」指極力掌握所擬對象的語言形相；更應注意「兼之無跡」，則是提醒學人務必消解所擬對象的語言表徵，臻於渾融之境。我們不難發現，這其實是由「法極」到「無跡」的進路；杜詩已是「法極無跡」的典範，對學人而言，這卻是一條未必能達終點的漫長旅程。「窮勢盡態」的階段，是否可能依舊墮入摹擬太甚的窠臼？王世貞特地提醒「兼之無跡」，立意無疑良善，但會不會終究彷如仙人五城十二樓般縹緲難及呢？

箇中潛藏的操作困境，謝榛曾嘗試透過「悟」的觀念來解決。謝榛《詩家直說》指出：

5　王世貞著，羅仲鼎校注：《藝苑卮言校注》，卷 4，頁 216。

> 學詩者當如臨字之法，若子美「日出籬東水」，則曰「月
> 墮竹西峰」；若「雲生舍北泥」，則曰「雲起屋西山」。
> 久而入悟，不假臨矣。[6]

他樂觀地相信亦步亦趨地臨摹杜詩，只要經過時間的淬煉，「久
而入悟」，終能褪去摹擬的外衣，臻於真正的自我創造。依胡應
麟的說法，「悟」的觀念原是南宋嚴羽詩學最大的貢獻。嚴羽所
謂的「（妙）悟」，原是泛指徹悟詩道；謝榛的「久而入悟」，
其實指消解對古人語言的仿習之跡，當是一種更具體的理論進
展。胡應麟的看法也是如此，其《詩藪》云：

> 「法」而不「悟」，如小僧縛律；「悟」不由「法」，外
> 道野狐耳。[7]

非常明顯，胡應麟承接李夢陽重「法」之際，也要進一步借鑑嚴
羽「悟」的觀念去突破摹擬窠臼。「法」、「悟」的二元辯證，
方能構成一套完整的學古程序：

> 作詩大要不過二端：體格聲調、興象風神而已。體格聲調
> 有則可循，興象風神無方可執。故作者但求體正格高，聲
> 雄調鬯；積習之久，矜持盡化，形跡俱融，興象風神，自
> 爾超邁。譬則鏡花水月，體格聲調，水與鏡也；興象風

6　謝榛著，李慶立、孫慎之箋注：《詩家直說箋注》，卷2，頁237。
7　胡應麟：《詩藪》，內編卷5，頁100。

神，月與花也。必水澄鏡朗，然後花月宛然。詎容昏鑑濁
流，求覩二者？故「法」所當先，「悟」不容強也。[8]

文中指出：「體格聲調」、「興象風神」都是詩之爲體不可或缺
的要素。胡應麟的特見，乃是將兩項要素組織爲一套學詩程序，
認爲須先掌握「體格聲調」，歷經時間淬煉，自能渾融無跡，開
顯「興象風神」。簡言之，這就是由「法」求「悟」。所謂
「法」，指古人語言的「體格聲調」，必須「朝夕臨摹」，[9]方
能確切掌握。可知胡應麟終究也沒有棄守摹擬方法，反而是爲摹
擬辯護，進而支撐一種「悟」的理想。問題在於，「悟」原是一
種非常抽象而私密的心靈體驗狀態，如何能「悟」？能否透過摹
擬而致？恐怕根本沒有任何保證可循。

　　故總括來說，在「法」的大纛驅使下，王世貞、謝榛和胡應
麟對摹擬方法皆維持一貫的樂觀信念，雖有「無跡」、「悟」的
美好理想，但在實際創作層面，仍然很難迴避摹擬太甚的質疑。
歸根究底，「法」的觀念猶如一把雙面刃，復古派既憑此贏得了
詩學史上的關鍵一席，也由是深陷難以自拔的摹擬泥淖。

　　如前所述，許學夷欲透過取法盛唐諸家律詩的「主興」，去
突破「沿襲」。但關於摹擬的問題，尚須注意他特別區辨「擬
古」、「學古」：

　　　　擬古與學古不同，擬古如摹帖臨畫，正欲筆筆相類；朱子

8　同前註，內編卷5，頁100。
9　胡應麟：《詩藪》，內編卷4，頁58。

> 謂「意思語脈皆要似他的，只換却字」，蓋本以為入門之
> 階，初未可為專業也。[10]

文中指出，「擬古」僅是學詩初階，「學古」則為目標。如此區
辨，顯然有意切割復古派的摹擬之弊，堅守「學古」的價值壁
壘。不過，許學夷終究並未抹煞「擬古」的入門意義，也不認為
存在「襲」的疑慮：

> 夫體制（製）、聲調，詩之矩也；曰詞與意，責作者自運
> 焉。竊詞與意，斯謂之襲；法其體製，倣其聲調，未可謂
> 之襲也。[11]

「襲」指剿襲，也就是摹擬太甚之弊。許學夷認為剿襲是指「竊
詞與意」，而不包括「倣其體製、聲調」，蓋後者實為模習古
法。這和李夢陽〈駁何氏論文書〉中自稱的「尺寸古法，罔襲其
辭」，邏輯一致。面對摹擬太甚的疑雲，從李夢陽到許學夷，都
特別強調復古的重心乃在求取古法，對「法」的堅持，堪稱復古
派一以貫之的信念。但正如李夢陽詩歌終致「古人影子」之譏，
許學夷對「襲」的辯護，儼然老調重彈，難免顯得蒼白無力。

10　許學夷著，杜維沫校點：《詩源辯體》（北京：人民文學出版社，
　　1998），卷3，頁52。
11　同前註，〈自序〉，頁1。

第三節 復古派杜詩學研究展望

本書的議題，原由復古派的摹擬之弊引發，故選取研究材料之際，難免受到限制。復古派杜詩學的研究領域，其實還有許多值得細探之處，未及收入本書。本書的撰寫過程中，我同時在注目兩組議題：

首先，關於復古派學杜的創作實踐。復古派的「杜詩學」，絕不僅是一套詩學論述的知識，其最直接的成果當是復古派詩人身體力行學杜的創作實踐。復古派以學杜樹立鮮明的標誌，也因學杜引發顯著的摹擬爭議，然而，「杜詩」作爲一種傳統文化資源，如何融爲當代詩歌創作的養分？王世貞《藝苑卮言》云：

> 國朝習杜者凡數家：華容孫宜得杜肉，東郡謝榛得杜貌，華州王維楨得杜筋，閩州鄭善夫得杜骨，然就其所得亦近似耳；唯夢陽具體而微。[12]

足見復古派創作實踐得之於杜詩者多矣。但所謂「肉」、「貌」、「筋」、「骨」、「具體而微」，仍相當抽象，其確切意涵和意義猶待釐清。而這項議題，同樣需要穿透復古派固有的摹擬之評，加以持平的考察。

其次，關於杜集版本與復古派杜詩學議題。復古派所閱讀的杜詩，是什麼樣的本子？什麼版本的全集？還是選集？白文抑或箋釋、評點本？哪家的箋釋、評點本？這一系列問題皆無法在本

---

[12] 王世貞著，羅仲鼎校注：《藝苑卮言校注》，卷6，頁314。

書得到充分的處理，故被周采泉譽爲「明人註杜首選」的胡震亨（1569-1645）《杜詩通》，便成一大遺珠。個人還注意到復古派對宋元杜詩箋釋而仍流布當代之著作的「檢討意識」，尤其是劉辰翁（1232-1297）、范德機（1272-1330）、張性、趙汸（1319-1369）之作，此事涉及復古派對前代杜詩學的受容問題，皆待之未來。[13]

　　即使跳脫復古派杜詩學範圍而言之，復古派聲勢龐大，不但雄踞一時，更直接成爲明清之際詩學的「背景」，無論時人贊成抑或反對，恐怕都很難繞道忽視；然則，未來能否在復古派詩學研究的基礎上，更好地瞭解明清之際詩學的新動向？這也是個人將在下一研究階段續作努力的重點。

---

[13]　諸家杜詩學著作：劉辰翁批點、高楚芳編輯《集千家注批點杜工部詩集》、范德機《杜工部詩范德機批選》、張性《杜律演義》（舊題虞集《杜律虞注》）、趙汸《杜工部五言趙注》。這些著作成於宋元，卻盛行於明代，明人多有論之者，欲論明代杜詩學自不可忽略。

附錄　明代復古派詩學中的「文」、「情」辯證議題

一、前　言

　　在一般的文學史論著或研究中，明代的「復古派」，又常稱爲「格調派」。這顯示「格調」被視爲明代復古詩學的重心。[1]何謂「格調」？明人原未曾進行確切的界義，今人的說法亦頗紛紜，但若取其基本涵義，釋之爲體格聲調，亦即作品在語言形式層面的某些要素，大概不會衍生太多的爭議。承此，談及明代復古詩學的要旨，無非是想通過語言形式層面去掌握古代典範之作，析究出具體的表現法則而模習之。由於所重者在此，復古派的創作實踐，常給人摹擬太甚、乃至湮沒主體情性的負面印象，恐怕也是難以避免的窘境。

　　這個窘境，復古諸子自身已有所覺察。例如，何景明（1483-1521）曾如此概括李夢陽（1473-1530）的創作：「刻意

---

[1] 明代復古派原未使用「格調」一詞概括自己的詩學主張。這個稱法出自清人，近代經鈴木虎雄和郭紹虞之闡揚，始漸爲學界接受。請參閱陳國球：《明代復古派唐詩論研究》（北京：北京大學出版社，2007），附錄一〈「格調」的發現與建構〉，頁 321-331。

古範，鑄形宿鏌，而獨守尺寸」，[2] 並批評說是「古人影子」。[3]
暫不論何景明所言是否合理，他終究未嘗否定「復古」。明清之
際錢謙益（1582-1664）《列朝詩集》則有非常嚴厲的攻擊：

> 獻吉以復古自命，曰古詩必漢魏，必三謝；今體必初盛
> 唐、必杜；舍是無詩焉。率率模擬剽賊於聲句字之間，如
> 嬰兒之學語，如桐子之洛誦，字則字、句則句、篇則篇，
> 毫不能吐其心之所有，古之人固如是乎？[4]

乾隆五十四年（1789）刊印的《四庫全書總目》也宣稱：

> （李夢陽）倡言復古，使天下毋讀唐以後書，持論甚高，
> 足以竦當代之耳目。故學者翕然從之，文體一變。厥後摹
> 擬剽賊，日就窠臼。……而古體必漢魏，近體必盛唐，句
> 擬字摹，食古不化，亦往往有之。[5]

這些批評其實不僅針對李夢陽個人，尚擴及一代復古詩學；而且
「復古」和「摹擬剽賊」悄然劃上了等號。換句話說，明代的復

2　何景明著，李淑毅等點校：《何大復集》（鄭州：中州古籍出版社，
　　1989），卷 32〈與李空同論詩書〉，頁 575。

3　引自李夢陽：《空同集》（《景印文淵閣四庫全書》第 1262 冊，臺
　　北：臺灣商務印書館，1983），卷 62〈駁何氏論文書〉，頁 7 下。

4　錢謙益撰集，許逸民、林淑敏點校：《列朝詩集》（北京：中華書局，
　　2007），丙集第 11〈李副使夢陽〉，頁 3466。

5　永瑢等：《四庫全書總目》（北京：中華書局，2003），卷 171《空同
　　集》提要，頁 1497 中。

古詩學，乃被化約成專就「聲句字」的語言形式層面去摹擬古代典範之作，其擬作之中殊乏真摯的情志經驗，純是一種粗糙淺層、缺乏意義的剽竊作業。

　　所謂「復古」，當是「今人」置身當代創作情境，而與「古代典範之作」相對待的某種關係。然則，明代復古派是如何對待古代典範之作？對此，錢謙益和四庫館臣的理解顯然著重在「格調」。這種理解，縱有其合理性，但面對前述的問題，倘若僅持此解，恐怕仍有失全面。復古派的創作實踐，容或存在摹擬太甚的疑雲，我們卻不應根據這種結果，僅持「格調」一端去逆推其對待古代典範之作的關係。正如王世貞（1526-1590）《藝苑卮言》云：

> 王武子讀孫子荊詩，而云「未知文生於情，情生於文。」此語極有致。文生於情，世所恒曉；情生於文，則未易論。蓋有出之者偶然，而覽之者實際也。吾平生時遇此境，亦見同調中有此。[6]

這段話討論「文」、「情」的辯證關係。一是「文生於情」，這是認識到文學作品的本質在於抒情寫志，自然也涉及創作起源的議題；在此，「情」指作者之情。其二「情生於文」的「情」，則屬讀者之情，當然亦非與作者完全無關；此係指讀者因閱讀文學作品進而獲致、引生某種美感經驗，此一經驗內容實即是在讀

6　王世貞著，羅仲鼎校注：《藝苑卮言校注》（濟南：齊魯書社，1992），卷3，頁121。

者的感知之下，自然契會於作者之情，相與摩盪共鳴而來。所引
王武子語出自《世說新語·文學》，原文後尚有云：「覽之悽
然，增伉儷之重」，[7]「悽然」正是讀者共鳴於原作而獲致、引
生的美感經驗。其說透過王世貞的創造性引述和發揮，可知復古
派就讀者的角度，未必單純著眼於「格調」，更注意到「情」。

　　關於明代復古詩學中「情」的議題，學界已有不少研究成
果。當今學者已不致認為復古派漠視「情」的議題。復古派的創
作實踐容有未能杼軸予懷的缺憾，其詩學論述則未嘗加以棄守，
而這兩個層次有必要分別看待。因此，在既有研究成果基礎上，
我們對明代復古詩學之理解，應有充足之條件能在錢謙益和四庫
館臣的片面性批評外，有所轉向、調整，嘗試更全面地加以掌
握。不過，正如前文對王世貞說法的簡略分析，關於「文」、
「情」二端的辯證性，其實涉及復古派如何就讀者之角度去對待
或處理作品中的美感經驗問題。這個問題牽連複雜，仍待釐清，
除了包括詩體特質的探索、閱讀取向的選擇，甚至還牽連到學古
理論的反思和建構。本文即擬針對上述諸問題提出系統化的考
察。

二、「文」、「情」的辯證關係

（一）文生於情：以李夢陽為例

　　王世貞說「文生於情，世所恒曉」，可知這是世人通行的觀

7　劉義慶撰，余嘉錫箋疏：《世說新語箋疏》（上海：上海古籍出版社，
　　1993），頁 254。

念，亦即認定詩起源於「情」。這種觀念當可上溯到「言志」、「緣情」傳統，不能算是復古派的創見，似無多加討論的必要。但其實復古派討論此一觀念，並非單純沿承舊說，更是出自於一種對詩學史的自覺性省察，當中尚有細緻的思考。

　　爲求論述聚焦，在這個議題上，本文先以李夢陽爲例展開分析。李夢陽是復古派崛起之初的靈魂人物，他的詩學論述和創作實踐，也深刻牽引著復古派往後的發展動向；對於這個議題，並有清晰之體認。以他爲例，實具代表性。

　　李夢陽〈缶音序〉提供了一個適當的觀察起點：

> 詩至唐，古調亡矣；然自有唐調可歌詠，高者猶足被管弦。宋人主理，不主調，於是唐調亦亡。……夫詩比興錯雜，假物以神變者也。難言不測之妙，感觸突發，流動情思，故其氣柔厚，其聲悠揚，其言切而不迫，故歌之心暢，而聞之者動也。宋人主理，作理語，於是薄風雲月露，一切劌去不爲；又作詩話教人，人不復知詩矣。[8]

這段引文的重心正是在談詩的起源。李夢陽對詩提出簡明的界義：「夫詩比興錯雜，假物以神變者也」，「比興」、「假物」，無疑是關鍵詞，尤其前者自有源遠流長而甚爲複雜的發展流變，此處之涵義，稍後隨即有所闡釋：「難言不測之妙，感觸突發，流動情思」，指創作主體受到外物的感觸，在偶然之間，萌生某種難以言喻的「情思」。此「情思」正是詩的起源。諸如

---

[8]　李夢陽：《空同集》，卷62，頁5上-下。

此類觸物生情的觀念，六朝以降誠屬常談，但我們必須注意李夢陽並非機械地沿襲傳統舊說，而乃是著意去省察、匡正「宋人主理」的創作型態，重新確立此一傳統。站在「主理」的對立面，他提出「主調」的觀點。依引文的敘述脈絡來看，「主調」可視爲對觸物生情之傳統創作型態的概括。但李夢陽別創的「主調」觀念，實際上卻也是舊說所無者，其意蘊爲何？這又必須聯繫到宋詩以前尚存的「歌詠」、「被管弦」。

　　透過以上簡括的分析，可發現李夢陽對於「文生於情」的思考，一方面沿承傳統的感物觀念，還融入「主調」的新說。循著「歌詠」的線索，值得留意他在另一篇文章〈林公詩序〉中的說法：

> 夫人動之志必著之言，言斯永，永斯聲，聲斯律；律和而應，聲永而節，言弗曉志，發之以章，而後詩生焉。[9]

大抵仍在討論詩的起源。其〈鳴春集序〉亦可見類似的說法：

> 夫天地不能逆寒暑以成歲，萬物不能逃消息以就情，故聖以時動，物以情徵；竅遇則聲，情遇則吟；吟以和宣，宣以亂暢，暢而永之而詩生焉。[10]

這些說法都在創作主體內蘊的「情」、「志」和成品的「詩」之

9　同前註，卷51，頁4上。
10　同前註，卷51，頁11下-12上。

間，插入了若干音樂性概念，如「永」、「聲」、「律」、「吟」。對照到前述〈缶音序〉來看，這應即所謂「主調」的基本涵義。閱讀李夢陽的詩論文字，常能感受到推論程序的邏輯性、嚴謹性，殊爲古代詩論家所少見；上引〈林公詩序〉、〈鳴春集序〉，不但細膩地標出「情」、「志」到「詩」之間的各種音樂性概念，還推演其先後程序，即是明證。據其間程序的邏輯性、嚴謹性，不難想見，這些音樂性概念對一首詩的完成而言，實不可或缺。「主調」之「主」，也透露其重要程度。

　　在詩的起源問題中融入音樂性，仍非李夢陽首創。[11]但他別創「主調」的概念，以揉合傳統的感物之說，除能在「宋人主理」的對立面，樹立鮮明的旗幟，更重要的意義當是要試圖恢復、強化詩的抒情本質。據〈結腸操譜序〉云：

> 聲非琴不彰，音非聲何揚？詩非音，人其文辭焉觀矣。予有琴二具，而不解一彈。內人未七也，見琴則每短予曰：「汝不琴亦能詩耶？」內人則手自撫弄，亦每悠揚而成音。[12]

可知李夢陽特重詩的音樂性，而「音」的作用正在於「觀人」，亦即能使讀者穿透詩的辭章表層，體察到創作者的「人格」。前

11　眾所熟知，《尚書・舜典》已云：「詩言志，歌永言，聲依永，律和聲。」引自孔安國傳，孔穎達疏：《尚書注疏》（《十三經注疏》第 1 冊影印清嘉慶二十年江西南昌府學刻本，臺北：藝文印書館，1997），卷 3，頁 46。

12　李夢陽：《空同集》，卷 51，頁 2 上-下。

述「情」、「志」、「情思」諸概念，其涵義原非指「人格」，
但在「音」的表現下，卻可見出「人格」。〈林公詩序〉亦云：

> 李子讀莆林公之詩，喟然而嘆曰：「嗟乎，予於是知詩之
> 觀人也。」陳子曰：「夫邪也不端言乎？弱不健言乎？躁
> 不沖言乎？怨不平言乎？顯不隱言乎？人烏乎觀也？」李
> 子曰：「是之謂言也，而非所謂詩也。夫詩者，人之鑒
> 也。……」[13]

有人懷疑由「詩」能否見出創作者的真實人格，李夢陽則持肯定
態度，其關鍵在於「詩」並不等於「言」。詩之有異於一般的語
言文字，獨特之處在於前述所曾揭出的音樂性表現，諸如
「永」、「聲」、「律」、「吟」之類，而這是緣情而自然生發
的，洵非刻意的經營鍛造。李夢陽隨後又補充道：

> 故詩者非徒言者也。……諦情探調，研思察氣，以是觀
> 心，無廋人矣。故曰：詩者，人之鑒也。[14]

仍在闡述此理。但值得留意「諦情探調」一句，這顯示上述幾個
音樂性概念至此都被整編到「調」的概念之中。綜觀以上的討
論，李夢陽特別重視詩的音樂性表現，其要義無疑在於察見創作
者的真實人格。從另一個角度來說，「調」之類的音樂性表現不

---

[13]　同前註，卷51，頁4上。
[14]　同前註，卷51，頁4上-下。

啻也使得「情」和「人格」的關係更加貼合。「主調」的詩歌，不僅有「情」，而且能反映創作者的眞實人格，抒情意味更顯濃厚。

對「調」的重視，可說是李夢陽回顧詩學史之際最重要的自覺性省察。一般論及〈缶音序〉「宋人主理不主調」，常認爲李夢陽只是在批判宋人好在詩中抒發議論，不曉得使用形象化的表現手法。但由前文所論來看，因宋詩「不主調」，顯示李夢陽欲商榷的基源問題，其實更在於批判宋詩的抒情意味有所匱乏，而在李夢陽眼中，這種偏失更可進一步歸咎於宋人誤會「詩」是「言」的組構成品。其〈缶音序〉抨擊黃庭堅（1045-1105）、陳師道（1053-1101）「其詞艱澀，不香色流動」，[15]便注意到「詞」，即語言形式層面的問題。所謂「艱澀」，一方面應指宋詩常見的句法拗崛或用典繁僻而造成難解之感，另一方面不啻也指宋人在語言形式上用力之勤、專注之深，遂使得詩句逐漸變得艱深難懂，自然陷入了片面偏重於「言」的陷阱。宋人在語言形式上刻意經營鍛造，卻忽略了眞情實感及其自然生發的音樂性表現，故曰「不主調」。李夢陽在〈詩集自序〉中，也藉友人王崇文之口提出細緻的闡述：

> 詩有六義，比興要焉。夫文人學子，比興寡而直率多。何也？出於情寡，而工於詞多也。夫途巷蠢蠢之夫，固無文也，乃其謳也，呺也，呻也，吟也，行咘而坐歌，食咄而寤嗟，此唱而彼和，無不有比焉興焉，無非其情焉，斯足

---

15 同前註，卷52，頁5下。

　　　以觀義矣。[16]

綜觀這段文字，昭晰可見「工於詞」將會使得詩染上「情寡」的疏失。[17]文中還指出，「情」、「比興」的流露、展現，絕非端賴語言形式之經營鍛造，即可奏其功，「謳」、「咢」、「呻」、「吟」、「咕」、「歌」、「呩」、「嗟」、「唱」、「和」之類音樂性表現才是關鍵。這和〈缶音序〉批評宋人「不主調」的觀點完全一致。

　　綜上所論，「主調」的意義，實可說是要維護「文生於情」之規律，亦即針對宋詩所失落的，恢復乃至強化詩的抒情本質。可見「調」何嘗是純形式性、客觀性而無涉於創作主體的音節聲響。在明代復古派詩學文獻中，對「調」的重視和討論，俯拾即是，諸家觀點復有開展，固非前文所能處理。但作為一代復古運動崛起之際最重要的領袖，李夢陽上述的反覆辨析，足堪揭明復古派重「調」的基本思考。但我們若進一步追問：為何要藉由「主調」，去恢復或強化詩的抒情本質？這有什麼好處？有必要特別注意前引〈缶音序〉云：「聞之者動也」。李夢陽明確指出，藉由「主調」，乃可創造出「動人」的審美效果。唯有基於真情實感和自然生發的音樂性表現，詩歌才能動人，方成藝術。

16　李夢陽：《空同先生集》（《明代論著叢刊》影印明嘉靖九年黃省曾序刊本，臺北：偉文圖書出版社，1976），卷50，頁3上。

17　李東陽《懷麓堂詩話》曾批評宋詩：「唐人不言詩法，詩法多出宋，而宋人於詩無所得。所謂法者，不過一字一句、對偶雕琢之工，而天真興致，則未可與道。」亦可和李夢陽觀點相發明。語見李慶立校釋：《懷麓堂詩話校釋》（北京：人民文學出版社，2009），頁27。

是以，「文生於情」乍看只是一句淺白的說法，實則是「情生於文」的重要基礎。

（二）情生於文

基本上，「情生於文」涉及詩的閱讀和欣賞問題。王世貞前引文云：「蓋有出之者偶然，而覽之者實際也。吾平生時遇此境，亦見同調中有此」，可知「情」的觸發，主要訴諸讀者個人的閱讀。「實際」指此「情」和讀者的當下生命經驗有密切關連。王世貞又曾稱爲「實境」：

> 實境詩於實境讀之，哀樂便自百倍。東陽既廢，夷然而已，送甥至江口，誦曹顏遠「富貴他人合，貧賤親戚離」，泣數行下。余每覽劉司空「豈意百鍊剛，化爲繞指柔」，未嘗不掩卷酸鼻也。[18]

由於訴諸讀者之感，閱讀的意義便不盡然在於破解詩人本意，何嘗不可視爲一種另類的自我抒情形式。王世貞自認「時遇此境」，並察覺詩友也有過類似經驗，可知「情生於文」實非偶發性情況，可謂復古派同人的普遍經驗。[19]

---

[18] 王世貞著，羅仲鼎校注：《藝苑卮言校注》，卷3，頁123。

[19] 但這種經驗不是復古派的專利。毋須重提《世說新語》的記載，南宋嚴羽《滄浪詩話》云：「唐人好詩，多是征戍、遷謫、行旅、離別之作，往往能感動激發人意」，又如：「高、岑之詩悲壯，讀之使人感慨」，皆著眼於唐詩對於讀者的「感動激發」、「感慨」，無疑是「情生於文」的典型例證。嚴說見氏著，張健校箋：《滄浪詩話校箋》（上海：

　　綜覽復古派詩學文獻，可細分兩種主要類型來觀察：一是
「情生於文」之經驗而藉文字記述者，二是以閱讀後所生之
「情」爲基礎展開「再創作」。

　　第一種類型常見實際批評，在詩話、評點類資料中例證不
少。其評說內容，主要是揭露讀者因文而生之感受。王世貞討論
「實境」，即是一例。我們尙可再舉王世貞閱讀歐大任（字楨
伯，1516-1596）詩云：

　　　　寄《雒館集》，誦之令人灑然，清光入懷，不能已已。[20]

又如王世貞閱讀胡應麟（1551-1602）詩云：

　　　　新詩朗朗，詠之令人神王。[21]

「灑然」、「神王」云云，皆指神清氣爽，可想見他的閱讀過程
非常暢快。雖無法確知具體的閱讀狀況，起碼透露他曾由歐胡、
詩中獲致某種美感經驗。再如謝榛（1499-1579）讀到馬卿（號
柳泉，1480-1536）〈賣子歎〉，有云：

　　　　此作一讀則改容，再讀則下淚，三讀則斷腸矣。[22]

　　上海古籍出版社，2012），頁 667、610。但這不會妨礙我們對復古派詩
　　學之討論。

[20]　同前註，續稿卷 203〈歐楨伯〉，頁 15 下。

[21]　同前註，續稿卷 206〈答胡元瑞〉，頁 3 下。

由「改容」、「下淚」到「斷腸」，可知謝榛因文所生之情，格外豐沛。他又評戴叔倫（732?-789?）〈除夜〉「一年將盡夜，萬里未歸人」一聯：

此聯悲感久客，寧忍誦之。[23]

不忍誦之，實是因為誦讀後感同身受，悲不能已。所謂「悲感」，誠屬戴叔倫原詩中固有的情志內涵，卻也未嘗不是讀者相與摩盪共鳴的美感經驗，彼此混融難分。謝榛曾編《明詩選》，評李夢陽〈野風〉：

悽然！黯然！[24]

這顯然是讀者由文生情的經驗。評何景明〈送汪器之司成還南京〉所云：

情緒縷縷不絕。[25]

均能供作此一類型的佐證。胡應麟並曾在《詩藪》披露閱讀王維

---

[22] 謝榛著，李慶立、孫慎之箋注：《詩家直說箋注》（濟南：齊魯書社，1987），卷1，頁87。

[23] 同前註，卷3，頁345。

[24] 謝榛：《明詩選》，見吳文治主編：《明詩話全編》（南京：鳳凰出版社，2006），頁3211。

[25] 同前註。

（692-761）〈鳥鳴澗〉、〈辛夷塢〉二詩的感受：

> 讀之身世兩忘，萬念皆寂，不謂聲律之中，有此妙詮。[26]

「讀之」指閱讀的行爲和過程，「兩忘」、「皆寂」則暗示他由詩中觸發了某種美感經驗。這類資料其實不少，但表述難免模糊、頗欠系統，或許是限於詩話、評點的形式，最根本的原因應是此種美感經驗本是難以言筌的。

表面上，第二種類型只是普通的創作；但其創作基礎、源頭，實是創作者先前閱讀他人作品感知到的情志內涵和美感經驗。這是以「情生於文」的「情」爲基點，因情生文，展開「再創作」。茲可進一步細分爲三種次類型：

第一種次類型，可舉邊貢（1476-1532）〈和馬尚寶文明〈讀杜秋興有感〉之作〉爲例：

> 杜陵寂寞幾經時，遣興空留卷裡詩。
> 早覺冰霜成歲晚，可憐松菊後秋衰。
> 秦城樓閣千年思，蜀道煙花萬里悲。
> 異代那知亦同感，古臺寒日雨絲絲。[27]

此詩是和友人之作，但觀其詩題、內容，亦不妨說是邊貢讀杜甫

---

26 胡應麟：《詩藪》（上海：上海古籍出版社，1979），內編卷 6，頁119。

27 邊貢：《華泉集》（《景印文淵閣四庫全書》第 1264 冊），卷 6，頁52 上-下。

（712-770）〈秋興八首〉有感。「異代那知亦同感」一語，顯示邊貢係由杜甫〈秋興八首〉中領會到某種情意內涵和美感經驗，因而感同身受，遂轉爲己有，作成此詩；此即本文所謂「再創作」。我們不能說這類創作單純只是複製前人詩意，因爲經過讀者親切感知，彼我已然混融難分。在「情生於文」的框架下，這種次類型是明確揭示「情」的來源，即杜甫之〈秋興八首〉。此外，又如李夢陽〈弘治甲子，屈我初度，追念往事，死生骨肉，愴然動懷。擬杜〈七歌〉，用抒憤抱云耳〉，[28]內容抒寫與親人生離死別之痛，誠屬切身之感，但據詩題明示「擬杜〈七歌〉」，故未嘗不能說是李夢陽先前曾讀到杜甫類似題材的〈乾元中寓居同谷縣作歌七首〉，深有共鳴，遂能連結當下生命經驗，進而「再創作」。

　　第二種次類型，可舉何景明〈鰣魚〉爲例：

> 五月鰣魚已至燕，荔枝盧橘未應先。
> 賜鮮徧及中璫第，薦熟誰開寢廟筵。
> 白日風塵馳驛騎，炎天冰雪護江船。
> 銀鱗細骨堪憐汝，玉箸金盤敢望傳。[29]

詩意並不難懂，蓋藉由珍貴的鰣魚，諷諭京城貴冑耽於私人口腹之慾竟致勞民傷財。但這樣的詩意和寫法，其實並非何景明夐然獨造。清人沈德潛（1673-1769）察覺：「中含諷諭，不同尋常

28　李夢陽：《空同集》，卷19，頁6上-8下。
29　何景明著，李淑毅等點校：《何大復集》，卷26，頁471。

賦物。少陵『西蜀櫻桃』一種作法。」[30]以何景明對杜詩的尊崇和熟悉度，[31]他應曾讀過杜甫名篇〈野人送朱櫻〉（西蜀櫻桃），而有所共鳴，此詩乃是將當初閱讀杜詩所得的情意和美感經驗，轉爲己有，結合個人當下生命經驗的「再創作」。這和前述第一種次類型中邊貢、李夢陽的情況略有差別，邊、李明確針對杜甫〈秋興〉、〈七歌〉，何景明則隱去杜詩，其對待「情生於文」的「文」，態度有顯隱之異。但稍加上述的分析，他們都是針對「特定作品」。第二種次類型之例證，尚可舉出李夢陽〈秋懷〉八首，不明言擬杜，實則酷肖杜甫〈秋興〉；[32]再如李夢陽〈林良畫兩角鷹歌〉既有感於當代情事，[33]其構思立意也近似杜甫名篇〈丹青引贈曹將軍霸〉。

第三種次類型，可舉王世貞〈亂後初入吳舍弟小酌〉爲例：

> 與爾同茲難，重逢恐未真。
>
> 一身初屬我，萬事欲輸人。
>
> 天意寧群盜，時艱更老親。

30　沈德潛：《明詩別裁集》（上海：上海古籍出版社，1979），卷 5，頁 128。

31　楊慎《升庵詩話》云：「何仲默枕籍杜詩，不觀餘家，其於六朝初唐未數數然也。」見王大厚箋證：《升庵詩話新箋證》（北京：中華書局，2008），卷 10〈螢詩〉，頁 509。

32　胡應麟曾注意到李夢陽〈秋懷〉酷肖杜甫〈秋興〉，《詩藪》云：「獻吉、仲默，各有〈秋興〉八章。李專主子美，何兼取盛唐」，見續編卷 2，頁 354。按李夢陽集中並無〈秋興〉之題，胡氏所指實是〈秋懷〉八首。見李夢陽：《空同集》，卷 29，頁 2 下-4 下。

33　李夢陽：《空同集》，卷 22，頁 3 上-4 上。

不堪追往昔，醉語亦傷神。[34]

詩意是在時局動蕩過後重返故鄉吳地，借酒抒懷；但所抒之懷並不侷限於一己離散之感傷，其中五、六兩句，還流露出其對整個時世萬方多難的憂思。沈德潛曾推崇此詩：「氣雄味厚，不愧杜陵」。[35]其實何止此詩風格之沉雄渾厚可類比於杜甫，詩中亂離的背景和憂己傷時的情志內涵，在杜詩中原有相當普遍性的表現。我們誠然未必要將此詩泥看為刻意擬杜之作，惟在「情生於文」框架下，這可能是對杜詩普遍性的情志內涵，先已累積深刻之體會、共鳴，遂能轉為己有，結合個人當下生命經驗的「再創作」。但和前述兩種次類型略有差別，關於「情生於文」的「文」，其實很難確指「特定作品」，而只能說是整體性的作品。第三種次類型之例證，尚可舉出謝榛〈送許參軍還都下，兼寄嚴冢宰敏卿〉，內容憂國傷時，馮惟訥（1513-1572）評曰：「悲慘似杜」；[36]又如〈春日書懷〉一詩，寫思鄉懷親之情，馮惟訥亦評曰：「似杜」，[37]然皆不易確指杜甫特定作品。

由以上的分類和舉證，可知「情」既是讀者由作品中體會、感知到的某種情意和美感經驗，這種美感經驗其實也能化為後續「再創作」的基礎、源頭。這便是「情生於文」。值得特別注意的是，王世貞《藝苑巵言》談及王武子評說孫子荊詩「未知情生

---

[34] 王世貞：《弇州四部稿》，卷24，頁13下。

[35] 沈德潛：《明詩別裁集》，卷8，頁209。

[36] 謝榛著，李慶立校箋：《謝榛全集校箋》（南京：江蘇古籍出版社，2003），卷2，頁65。

[37] 同前註，頁240。

於文，文生於情」，隨後還緊接一段敘述：

> 又庾子嵩作〈意賦〉成，為文康所難，而云「正在有意無
> 意之間」。此是遁辭，料子嵩文必不能佳。然「有意無意
> 之間」，卻是文章妙用。[38]

就王世貞全文脈絡來看，這段敘述當和「文」、「情」之說相
關，故有必要進一步辨析。再者，王武子的「文」、「情」之
說，原非談文論藝，王世貞這段敘述則是結以「文章妙用」，可
見他還有意從中提煉出某種文學論述。庾敳（262-311）創作
〈意賦〉，可參閱《世說新語‧文學》的另一則記載：

> 庾子嵩作〈意賦〉成，從子文康見，問曰：「若有意邪，
> 非賦之所盡；若無意邪，復何所賦？」答曰：「正在有意
> 無意之間。」[39]

據《晉陽秋》：「敳……乃作〈意賦〉以寄懷」，[40]又《晉書‧
庾敳傳》：「乃著〈意賦〉以豁情，猶賈誼之〈服（鵩）鳥〉
也」，[41]可知「意」的涵義和「懷」、「情」有關，應指創作者
庾敳的情志、懷抱。在《世說新語》中，庾亮（諡文康，289-
340）的提問頗具玄學意味：〈意賦〉是否蘊含庾敳眞實性的情

---

38 王世貞著，羅仲鼎校注：《藝苑卮言校注》，卷3，頁121。

39 劉義慶撰，余嘉錫箋疏：《世說新語箋疏》，頁256。

40 同前註。

41 房玄齡等：《晉書》（北京：中華書局，1974），卷50，頁1395。

志經驗，及其在表現上如何可能。庾亮的思辨層面在於「作者」、「作品」的關係。而這個問題，在創作者本人並不難回答，其創作之際究竟屬於「有意」、「無意」，在表現上是否滿意，原皆可提供確切之答案。庾龢卻答得很巧妙：「正在有意無意之間」，這其實是轉就「讀者」、「作品」的關係來提供另一向度的思辨。「之間」，顯示讀者並非就「有意」、「無意」任何一端作出確定性判斷和解讀，而是迴湯猶疑於兩端之間，難以擇定。爲何難以擇定？因爲在實際閱讀作品的過程中，讀者只是透過作品領會到某種美感經驗，這類美感經驗之獲致，誠然是對文意已有一定程度的理解，但此經驗何嘗能泥指爲原作本自具足、內蘊者，主要來自讀者之感發。故就讀者的角度而言，「正在有意無意之間」，雖似瞭解文意卻終究無法作出確切不移的判斷、解讀，這其實恰是一個美感經驗的醞釀、發酵過程。

可知庾龢之觀點，正相扣合「情生於文」。故《世說新語》原屬各自獨立的兩段故事，逮至《藝苑卮言》則是編織爲一。庾龢之說，被王世貞視爲「文章妙用」，脫離了當時和庾亮討論〈意賦〉的具體情境。這透露庾說實能轉借他處，成爲一個文學批評的普遍性依據。《藝苑卮言》記載：

> 李于鱗言唐人詩句，當以「秦時明月漢時關」壓卷。余始不信，以少伯集中有極工妙者。既而思之，若落意解，當別有所取；若以有意無意、可解不可解間求之，不免此詩第一耳。[42]

---

[42]　王世貞著，羅仲鼎校注：《藝苑卮言校注》，卷 4，頁 178。

「有意無意」、「可解不可解」顯然發揮了庾闡的觀點,指王昌
齡(698-756)「秦時明月漢時關」(〈出塞〉)詩意難以確
解,然而在閱讀過程中,自足以引領讀者體會到豐富的美感經
驗。這也就是「情生於文」。王世貞正是秉持這樣的文學批評標
準,去審定王昌齡此詩的典範地位。

謝榛也曾循著相同思路去標舉「唐人」價值,其《詩家直
說》云:

> 詩有辭前意、辭後意。唐人兼之,婉而有味。……及讀
> 《世說》:「文生於情,情生於文。」王武子先得之矣。[43]

要之,「辭前意」指「文生於情」,這是創作起源或動機;「辭
後意」指「情生於文」,這是作品所能帶給讀者的美感經驗。謝
榛認為唐詩的價值,正取決於此二者。不過,他對「辭後意」還
曾提出另一套解說:

> 今人作詩,……或造句弗就,勿令疲其神思,且閱書醒
> 心,忽然有得,意隨筆生,而興不可遏,入乎神化,初非
> 思慮所及。……此乃外來者無窮,所謂「辭後意」也。[44]

由他的解說來看,「辭後意」除了是指唐詩中所能帶給讀者的美
感經驗,讀者並能繼續發揮這種美感經驗而展開「再創作」。謝

43　謝榛著,李慶立、孫慎之箋注:《詩家直說箋注》,卷 4,頁 474。
44　同前註,卷 4,頁 474-475。

榛一向好談格法，此觀點可能正受到王昌齡《詩格》影響：「凡作詩之人，皆自抄古今詩語精妙之處，名爲隨身卷子，以防苦思。作文興若不來，即須看隨身卷子，以發興也。」[45]但王昌齡藉由讀前人詩語尋求創作靈感，僅是「興若不來」時不得已的補救手段，謝榛卻更積極地強調這種方法終能「入乎神化」的妙用。

有關詩歌的審美意趣議題，我們還須注意李夢陽〈論學下〉所云：

> 古詩妙在形容之耳，……形容之妙，心了了而口不能解，卓如躍如，有而無，無而有。[46]

已透過「有」、「無」兩端去辯證詮釋古詩的妙處，並歸之於「不能解」。這既是指詩意無法確解，更是進一步說明讀詩所獲致的美感經驗僅能心會，殊難言筌。他刊刻《陶淵明集》「盡去評注」，[47]應是基於同樣考量。胡震亨（1569-1645）認爲「唐詩

---

[45] 王昌齡《詩格》云：「凡作詩之人，皆自抄古今詩語精妙之處，名爲隨身卷子，以防苦思。作文興若不來，即須看隨身卷子，以發興也。」引自張伯偉：《全唐五代詩格彙考》（南京：江蘇古籍出版社，2002），頁 164。

[46] 李夢陽：《空同集》，卷 66，頁 7 下。

[47] 談遷《棗林雜俎》記載：「李空同先生刻《陶淵明集》，盡去評注，曰：『青黃者，木災也。太羹之味，豈群口所逮哉！』」接續批評多部詩文集的評注、批點並無刊印之必要。引自羅仲輝、胡明校點校：《棗林雜俎》（北京：中華書局，2006），聖集〈李夢陽論文〉，頁 239。

不可注」，否則就會導致「詩味索然」，亦是如此。[48]因此，這隱然透露出一種「解詩」觀念的變化，連帶影響了詩文集編刊的物質型態。謝榛《詩家直說》便曾針對「解詩」議題提出扼要的討論：

> 詩有可解、不可解、不必解，若水月鏡花，勿泥其跡可也。[49]

包括前述王世貞評王昌齡〈出塞〉之說，「可解不可解」的議題，在明代復古詩學中其實非常流行。[50]黃景進曾提出很堅實的

48　胡震亨還提及杜甫、李賀、李商隱詩和王建〈宮詞〉「不可不注」，可謂例外。詳見氏著，周本淳校訂：《唐音癸籤》，卷 32〈集錄三〉，頁 338。

49　謝榛著，李慶立、孫慎之箋注：《詩家直說箋注》，卷 1，頁 11。

50　惟關於「不可解」一詞的意義，必須仔細辨讀文獻方能判斷，無法一概。就前文來看，「不可解」具有詩歌美學上的正面意義。但此詞或亦指詩文古質、深奧，難以乍解，如王世貞《藝苑卮言》論古樂府〈鏡歌〉云：「擬古樂府，……〈鏡歌〉諸曲，勿便可解，勿遂不可解，須斟酌淺深質文之間。」見羅仲鼎：《藝苑卮言校注》，卷 1，頁 23。清費錫璜《漢詩總說》云：「漢詩有絕不可解者，如〈聖人制禮樂篇〉之類。惟〈鏡歌〉在可解、不可解之間，似不純是聲詞雜寫。……曹子建云：『漢曲訛不可辨。』在魏且然，況今日哉？」見丁福保輯：《清詩話》（上海：上海古籍出版社，1999），頁 945。甚或隱含負面意義，如元佚名《詩法源流》云：「詩至宋南渡末，而弊又甚焉。……深者鉤玄撮怪，至不可解。」見張健編：《元代詩法校考》（北京：北京大學出版社，2001），頁 237。

舉證和分析，[51]毋須本文再贅。但可稍微貂續的是，這個議題交到胡應麟手上進一步凝結成「神韻」的術語：

> 登臨、燕集、寄憶、贈送、惟以神韻為主，使句格可傳，乃為上乘。今於登臨則必名其泉石，燕集則必紀其園林，寄贈則必傳其姓氏，真所謂田莊牙人，點鬼簿、黏皮骨者，漢、唐人何嘗如此？最詩家下乘小道！[52]

「神韻」之說意蘊豐富，在此無法全面討論。但在上引文脈絡中，大抵認為如欲寫出好詩，則須將低詩意表現上的明確性、限定性，這無非是要為讀者預留更多的審美感發空間。胡應麟雖立足於創作者角度，卻可見其說和「有意無意」、「可解不可解」一脈相承，而且憑藉術語的成立而益趨具體化。[53]

要之，上述各式觀念均能編入「情生於文」的論述框架，不難想見其在明代復古詩學的意義至關重大，值得在後文進一步釐清。

---

[51] 黃景進：〈詩之妙可解？不可解？——明清文學批評問題之一〉，收入呂正惠、蔡英俊主編：《中國文學批評》第 1 集（臺北：臺灣學生書局，1992），頁 2-25。

[52] 胡應麟：《詩藪》，內編卷 5，頁 98-99。

[53] 「神韻」術語提出的意義，不妨借用卡西爾（Ernst Cassirer）的話加以理解：「靠著學會給事物命名，……他那含混模糊、波動不定的知覺以及朦朧的情緒，都開始採取了一種新的姿態。可以說，這些知覺和情緒圍繞著作為思想的一個固定中心和焦點的名稱而具體化了。」詳見氏著，甘陽譯：《人論》（上海：上海譯文出版社，2003），頁 209。

三、「文」、「情」辯證關係論述的意義

綜觀以上的討論，由「文生於情」到「情生於文」，其實也就是一個由「創作」到「閱讀」乃至於「再創作」的發展過程。「文生於情」原是很單純的創作論，但進一步連結「情生於文」，儼然構成一套特殊的圓道循環。因此，我們有必要特別注意「閱讀」、「再創作」，才能彰顯這套論述的意義。在王世貞《藝苑卮言》中，也是將闡釋重心特別放在「未易論」的「情生於文」一端，可印證其重要性。據個人研讀資料判斷，「閱讀」方面涉及「解詩」的觀念，「再創作」則關涉到「學古」的議題。以下分別論之。

（一）復古派解詩觀念的淵源和新異性

在「解詩」觀念史上，復古派和朱熹（1130-1200）的關係值得重視。朱熹的道學思想，元代已立為官學，明人相沿不改，對眾多有志儒學和仕進的文人士子而言，自然影響甚鉅，成為極重要而具有普遍性的知識基礎。在這種情況下，朱熹的「《詩經》學」，遂和明人的「一般詩學」，頗有相應之處。如前述李夢陽之重視「調」，與當時學校中吟唱《詩經》的風氣十分相近，而其淵源實能上溯到朱熹講求「諷誦」的閱讀理論。[54]應特別注意的是，關於「諷誦」的意義，朱熹還強調「興起」，亦即「興」，據《朱子語類》載其說云：

---

[54] 簡錦松：《明代文學批評研究——成化、嘉靖中期篇（1465-1544）》，頁236。

《詩》，如今恁地注解了，自是分曉，易理會。但須是沈
潛諷誦，玩味義理，咀嚼滋味，方有所益。……古人說：
「詩可以興」，須是讀了有興起處，方是讀《詩》；若不
能興起，便不是讀《詩》。[55]

「興起」或「興」，幾乎被朱熹視爲讀《詩》的唯一目的。這種
觀念出自於《論語·陽貨》中的「詩可以興」，指藉由讀詩而開
啓人的眞實道德生命。[56]而朱熹認爲必須透過「沈潛諷誦」這樣
的閱讀方法，始能成功。這段引文的結構，值得細加留意：透過
「沈潛諷誦」而「興起」個人志意，與透過「注解」而「分
曉」、「理會」詩意，兩者乃是互爲對舉。這顯示朱熹對「注
解」之於讀《詩》的功用有所保留。他在另處還對讀《詩》方法
提出更詳盡的闡釋：

觀《詩》之法，且虛心熟讀尋繹之，不要被舊說黏定，看
得不活。伊川解《詩》，亦說得義理多了。《詩》本只是
恁地說話，一章言了，次章又從而嘆詠之，雖別無義，而
意味深長。不可於名物上尋義理。後人往往見其言只如此
平淡，只管添上義理，卻窒塞了他。如一源清水只管將物
事堆積在上，便壅隘了。某觀諸儒之說，惟上蔡云
「《詩》在識六義體面，卻諷味以得之」，深得《詩》之

---

55 黎靖德編，王星賢點校：《朱子語類》（北京：中華書局，1986），卷
　80，頁 2086。

56 參閱張亨：〈《論語》論詩〉，《思文之際論集——儒道思想的現代詮
　釋》（臺北：允晨文化實業公司，1997），頁 84-91。

綱領，他人所不及。[57]

可見朱熹提倡的讀《詩》方法，具有商榷「舊說」的革命性質。「舊說」相當於前述所謂「注解」，即歷代學者對《詩》的解釋，其解釋取向往往企圖穿透文辭表層，掌握內蘊的「義理」。朱熹批評這些解釋形同是對讀《詩》者的束縛，提倡一個靈活的閱讀主體。正是在這種思考脈絡下，朱熹主張直接透過諷誦以興起志意。更具體地來看，朱熹對前人注解舊說的檢討，尤集矢於〈詩序〉：

> 〈詩序〉多是後人妄意推想詩人之美刺，非古人之所作也。古人之詩雖存，而意不可得。序詩者妄誕其說，但疑見其人如此，便以為是詩之美刺者必若人也。[58]

結合朱熹另一段話來看：

> 今人不以《詩》說《詩》，卻以〈序〉解《詩》，是以委曲牽合，必欲如〈序〉者之意，喪失詩人之本意不恤也。[59]

可知朱熹預設有一個「詩人本意」存在，但此一本意已渺不可尋，故〈詩序〉中的「美刺」之說，無非是妄誕的穿鑿附會。

57　黎靖德編，王星賢點校：《朱子語類》，卷 117，頁 2812-2813。
58　同前註，卷 80，頁 2077。
59　同前註。

「篇篇要作美刺說，將詩人意思盡穿鑿壞了」。[60]將朱熹之說對應到明代復古派詩論，實可發現相仿之處：朱熹強調讀詩須能興起志意，恰如「情生於文」；又朱熹質疑〈詩序〉之類注解舊說，隱然也和復古派倡言「不可解」的詩學精神一致。謝榛在討論「不可解」時，也正是省思著前人對杜詩的注解失當：

> 黃山谷曰：「彼喜穿鑿者棄其大旨，取其發興於所遇林泉、人物、草木、蟲魚，以為物物皆有所托，如世間商度隱語，則詩委地矣。」予所謂「可解、不可解、不必解」，與此意同。[61]

所引黃庭堅語，出自〈大雅堂記〉，原是對時人注杜的商榷。[62]那種注杜情況，雖未必等於〈詩序〉美刺之說，卻同以某一特定的解詩觀點凌駕於作品之上，故淪為「穿鑿」。朱熹可能影響了復古派提出「不可解」之說。非僅如此，晚明許學夷（1563-1633）還將「不可解」之說回扣到《詩》學：

> 趙凡夫云：「讀詩者字字能解，猶然一字未解也。或未必盡解，已能了然矣。」此語妙絕，亦足論禪。今之為經生者，於〈國風〉搜剔字義，貫串章旨，正所謂字字能解、

60　同前註，頁 2076。

61　謝榛著，李慶立、孫慎之箋注：《詩家直說箋注》，卷1，頁60。

62　參閱黃庭堅著，劉琳、李勇先、王蓉貴校點：《黃庭堅全集》（成都：四川大學出版社，2001），正集卷16，頁437-438。

一字未解也。[63]

「字字能解」是指字義、章旨，但「一字未解」者，顯然才是
《詩》的眞正奧妙之處所在，只能默會於心，殊難言筌以表。此
觀念不但質疑當時經生解詩的有效性，其實也有意推源於朱熹而
批判〈詩序〉：

> 朱子云：「學者於詩，須先去了〈小序〉，只將本文熟讀
> 玩味，仍不可先看諸家註解，看得久之，自然認得此詩是
> 說個甚事。」……予謂：〈小序〉依附史傳，牽合時代，
> 固當以此正其謬妄。[64]

關於朱熹《詩》學在明代的受容問題，在此限於論旨，無法詳
談，以上僅是就復古派解詩觀念稍作溯源，已足以察見雙方的密
切性。但我們不能忽略朱熹和復古派解詩觀念仍有一個根本性的
差異：朱熹認爲讀《詩》可開啓眞實的道德生命，可謂「道德式
閱讀」；復古派之「情生於文」，此「情」雖然也是讀者藉由作
品而獲致的某種體會，卻未必有道德涵養成分，主要是一種美感
經驗，其實不能完全混同於朱說，可另稱爲「審美式閱讀」。[65]

63　許學夷著，杜維沫校點：《詩源辯體》（北京：人民文學出版社，
　　1987），卷1，頁6。

64　同前註，頁9。

65　此外，朱熹於《詩》重〈雅〉輕〈風〉，也和復古派態度略異。相關討
　　論，可見黃景進：〈朱熹的詩論〉，收入鍾彩鈞主編：《國際朱子學會
　　議論文集》（臺北：中央研究院中國文哲研究所籌備處，1993），頁

　　暫不論朱熹和復古派，由以上的梳理來看，可發現〈詩序〉之類注解舊說，不但自有悠久的傳統，而且勢力龐大，代表另一種重要的閱讀取向。「史傳」在這種閱讀取向中，佔有重要地位，如朱熹引鄭樵（1104-1162）云：「〈詩小序〉只是後人將史傳去揀，并看謚，卻附會作〈小序〉美、刺。」[66]上引許學夷也曾批評〈小序〉「依附史傳，牽合時代」。這種閱讀取向的疏失當在於運用史傳有欠嚴謹，以史解詩，流於穿鑿附會，其問題固不在史傳本身；但其重視史傳，立場甚為鮮明，可稱之為「歷史式閱讀」。在《詩》學上，這種閱讀取向以〈詩序〉為典型；但就「一般詩學」，首當其衝的自然是向有「詩史」之稱的杜甫。明初單復《讀杜詩愚得》即為顯例。他曾如此自述解杜方法：

> 余於暇日，輒取杜子長短古律詩讀，每篇必先攷其出處之歲月、地理、時事，以著詩史之實錄；次乃虛心玩味，……庶以發杜子作詩之旨意云。[67]

其實單復此書頗有意取法朱熹《詩》學，〈凡例〉云：「《愚得》遵朱子說經例，通其所可通，不強其所難通，以革穿鑿之

　　1185-1186。復古派的觀點，亦可參閱陳文新：《明代詩學的邏輯演進與主要理論問題》（武漢：武漢大學出版社，2007），頁 124-126。

66　黎靖德編，王星賢點校：《朱子語類》，卷 80，頁 2079。

67　單復：《讀杜詩愚得》（《四庫全書存目叢書》集部第 4 冊影印北京大學圖書館藏明天順元年朱熊梅月軒刻弘治十四年重修本，濟南：齊魯書社，1997），〈自敘〉，頁 4。

弊」，⁶⁸〈自敘〉亦言讀杜方法：「屏去諸家註，止取杜子美詩反覆諷詠」，⁶⁹均可見朱熹影響痕跡。但上引所謂「虛心玩味」、「反覆諷詠」，在朱熹《詩》學中原屬一事，單復卻為朱說憑添一個關鍵性前提：「每篇必先攷其出處之歲月、地理、時事，以著詩史之實錄」。〈凡例〉並曾開宗明義強調：「以見游歷用舍之實」、「以著其當時所聞所見之實」。⁷⁰可見單復是用史傳資料去讀杜。楊士奇（1364-1444）〈讀杜愚得序〉云：

> 世之註杜多矣，淺者或陋，深者或鑿，不足以究杜之心；微辭奧義，蓋有汨而不白者焉。虞文靖公集取其近體百餘篇為之註，蓋得杜之心，而長篇短章關乎世道之大者，未遍及也。剡單復陽元，用志於杜而不足於前註，遂以所自得，亦為之註。考事究旨必歸於當，其疑不可通者闕之。凡十八卷，名《讀杜愚得》。簡直明白，要其得杜之心。⁷¹

顯然是非常肯定這種讀杜之法。⁷²

　　朱熹《詩》學批評〈詩序〉附會史傳，單復卻標榜史傳，乍

68　同前註，頁 5。

69　同前註，頁 4。

70　同前註，頁 5。

71　楊士奇：《東里集》（《景印文淵閣四庫全書》第 1238-1239 冊），續集卷 14，頁 1 下。又見前揭單復：《讀杜詩愚得》，頁 2。

72　明清之際錢謙益等人「以詩為史」的觀念，大抵是持續發揮了這種「歷史式閱讀」取向，流行一時。參閱張暉：《中國「詩史」傳統》（北京：三聯書店，2012），164-191。

看衝突，其實不能一概而論。因爲《詩經》各篇作者、時代都不明晰，勉強牽合，遂成穿鑿；杜詩有意多敘時事，則是眾所周知的事實。儘管如此，朱熹解《詩》和單復注杜的閱讀取向，仍有明顯之別。更值得注意的是，就「讀詩目的」來看，單復說「發杜子作詩之旨意」，上引楊士奇〈讀杜愚得序〉曾三度提及「得（究）杜之心」，可見關懷所在。楊士奇〈杜律虞註序〉更舉出實例：

> 伯生嘗自比漢庭老吏，謂深於法律也。又嘗取杜七言律為之註釋。伯生學廣而才高，味杜之言，究杜之心，蓋得之深矣。觀其〈題桃樹〉一篇，自前輩以為不可解，而伯生發明其旨瞭然，仁民愛物以及夫感嘆之意，非深得於杜乎？[73]

《杜律虞註》一書，舊題虞集（1272-1348）撰，實是張性《杜律演義》。[74]楊士奇指出：〈題桃樹〉一詩原屬「不可解」，端賴此書「發明其旨瞭然」。[75]何謂「不可解」？文中並未明釋，但實際翻開杜甫此詩來看，[76]遣詞造句甚爲淺白，「不可解」應

73　楊士奇：《東里集》，續集卷 14，頁 3 下。

74　可參閱張忠綱、趙睿才、綦維、孫微：《杜集敘錄》（濟南：齊魯書社，2008），頁 123。

75　張性注文篇幅甚長，大抵先揭明創作時間：「疑是公再至草堂之時」，創作動機：「感物傷時，因桃樹而發興」，據以解題：「故題云『題桃樹』」，然後逐句釋意，茲不具引。詳見張性：《杜律演義》（《杜詩叢刊》第 1 輯影印明宣德四年刊本，臺北：大通書局，1974），頁 57。

76　杜甫〈題桃樹〉云：「小徑升堂舊不斜，五株桃樹亦從遮。高秋總餧貧

非語言形式上的閱讀障礙，係無法瞭解深層的「旨」；[77]此「旨」就是「仁民愛物」。這當然也就是所謂的「得（究）杜之心」。以此詩爲例，可發現「一般詩學」中，「歷史式閱讀」並不復討論美刺，其目的在於掘發詩旨，亦即創作者灌注於全篇的情志內涵，如「仁民愛物」。這種閱讀取向，不但預設作者本意的存在，甚且堅信能夠參據史傳加以準確掌握。在「讀詩目的」上，單復之輩試圖揭明杜甫本有的情志經驗，這和朱熹《詩》學重視感發志意的「道德式閱讀」昭然有別，更和復古派追求美感經驗的「審美式閱讀」取徑不同。

前面已指出謝榛曾引黃庭堅語提出「可解、不可解、不必解」。其中，「不必解」之說尤值得注意，係指解詩毋須追求「必然性」的答案，因爲一旦有所堅持或堅信，「以爲物物皆有所托」，便將墮入穿鑿附會。對照來看，這在明代詩學語境中恐怕不無針對「歷史式閱讀」的意義。許學夷對屈辭也有類似看法：

> 屈原〈九歌〉本祀神之辭，中惟〈湘君〉、〈湘夫人〉、
> 〈大司命〉、〈少司命〉四章，或有寄意於君臣之間者，

人實，來歲還舒滿眼花。簾戶每宜通乳鷰，兒童莫信打慈鴉。寡妻群盜非今日，天下車書正一家。」見蕭滌非主編：《杜甫全集校注》（北京：人民文學出版社，2014），卷 11，頁 3148-3149。

[77] 胡應麟也曾談到此詩「不可解」的問題：「杜〈題桃樹〉等篇，往往不可解，然人多知之，不足誤後生。」此處的「不可解」，顯然不在指涉一種可貴的審美特質，卻也未必只是單純的詩旨不明，而帶有某種負面意涵。其觀點似頗為特殊。見氏著：《詩藪》，內編卷 5，頁 89。

餘數章則直祀神耳。註家必欲謂屈子事事不忘君，故每每穿鑿強解，意以為必如此乃不妄作，遂使古人文字牽纏附合，愈讀愈晦，則註家之過也。知此則可以觀陶、杜矣。[78]

許學夷儘管覺得〈湘君〉諸篇別具政治寄託，卻僅使用「或」字推測，較之「註家必欲謂」、「意以為必如此」的執拗態度，分殊甚明。

關於「審美式閱讀」，王世貞還曾喻之以禪：

王允寧生平所推服者，獨杜少陵；其所好談說，以為獨解者，七言律耳。大要貴有照應、有開闔、有關鍵、有頓挫，其意主興、主比，其法有正插、有倒插。要之，杜詩亦一二有之耳，不必盡然。予謂允寧識杜詩法如朱子注《中庸》一經，支離聖人之言，束縛小乘律，都無禪解。[79]

王維楨（1507-1556）弘揚杜甫「詩法」的成果，集結為《杜律頗解》傳世，[80]竟遭王世貞抨擊：「都無禪解」。他未必認為杜

78　許學夷著，杜維沫校點：《詩源辯體》，卷2，頁35。

79　王世貞著，羅仲鼎校注：《藝苑卮言校注》，卷7，頁350。這段文字可由「解杜」和「詩法」兩個角度加以解讀，以下將側重於「解杜」；關於「詩法」角度，可參閱本書第四章之討論。

80　王維楨：《杜律頗解附李律頗解》（《杜詩叢刊》第2輯影印明嘉靖三十七年序刊本，臺北：大通書局，1974）。

甫詩法不值一提,但顯然不覺得這是解杜要義之所在。「禪解」
之說,借鑑自禪宗思想,認爲佛法不應純爲有待邏輯辨解的知識
性對象,而是一種直契自家性命的了悟和體驗;借之於解杜,即
要求讀者心靈直接契會杜詩,彼此交融共感。在王維楨反面,王
世貞還舉出劉瑄《杜律心解》,可視爲「禪解」的實例。其〈劉
諸暨杜律心解序〉云:

> 然至讀所謂解(案:指王維楨《杜律頗解》),蓋精得失
> 開闔、節轉照映之一端,正、倒插之二法。而余里中老人
> 劉諸暨,間與爲杜,甚乃捻鼻酸楚,讀不能篇,而時嗚咽
> 贊一語,涕洟涔淫下;或憤屬用壯,揮如意擊唾壺盡缺。
> 既間出其書,讀之往往縱吾偏至之鋒,以掘其所繇發之
> 秘,吾意至而彼志來,而不務爲刻鑿以求工,於昔人之名
> 稱杜者,庶幾孟氏所謂矣![81]

可惜劉瑄《杜律心解》已佚,難知其詳。[82]但文中對劉瑄的讀杜
過程有很生動的描繪:不但「捻鼻酸楚」、「嗚咽」、「涕洟涔
淫下」,情不可遏,乃至作出「揮如意擊唾壺」的激烈舉止。可
見劉瑄並非以杜詩作爲邏輯辯解的知識性對象,而是與之摩盪共
鳴。他感知到的種種情意及行爲舉止,雖得自於讀杜,實則爲個
人藉由讀杜而得的美感經驗所鼓動。其所以成功的關鍵更是:

---

81 王世貞:《弇州四部稿》(《景印文淵閣四庫全書》第 1279-1284
冊),卷 66,頁 22 下-23 下。
82 張忠綱等:《杜集敘錄》,頁 159-160。

> 王先生用文顯廊廟，而老人困諸生久，什褐僅得一尉，以
> 讒罷，貧病且死，其於所從逆而入可知也。[83]

劉瑄久困場屋、沈淪下僚而抑鬱以終，其境遇似杜，對杜詩自然
容易產生切身性體會。王世貞這篇序文其實提供了一個「審美式
閱讀」的案例。我們從中可以清楚察見：這種閱讀取向不但迥別
於王維楨詩法式的瑣碎解析，也並不特別強調運用史傳或還復詩
人本意，尤講求創作和閱讀心靈間的遙契默會。其說雖非前無所
承，但經復古派標舉和發揮，已建立解詩觀念史不可或缺的一
環。

（二）學古方法論視域下的「領會神情」

　　所謂「情生於文」，不純粹只是一種閱讀經驗的表述，讀者
由原詩領受到的美感經驗，其實也提供了後續「再創作」的基
礎。前文已曾舉出明人詩例加以印證。此處擬進一步說明的是，
這種「再創作」的情況，可以在何景明〈與李空同論詩書〉中找
到相應的理論依據：

> 僕則欲富於材積，領會神情；臨景構結，不倣形跡。[84]

據原文脈絡，此說之提出，乃是爲了針砭李夢陽的學古實踐：
「刻意古範，鑄形宿鏌，而獨守尺寸」（已見前引）。這是在指

---

[83]　王世貞：《弇州四部稿》，卷66〈劉諸暨杜律心解序〉，頁23下。

[84]　何景明著，李淑毅等點校：《何大復集》，卷32，頁575。

摘李夢陽刻意摹擬古人典範之作表層的語言形式，導致缺乏創造性。基此，何景明自然必須創建一套新的學古方法。上引文應分兩部分來看，「臨景構結，不做形跡」，這是指詩人的創作過程，直面當下情景而爲之，毋須刻意摹擬古人典範之作表層的語言形式。但在學古論視域下，更值得我們注意的是「富於材積，領會神情」，這是指對古人典範之作的大量閱讀、積累，試圖領會內中蘊含的「神情」。

問題是，何謂「神情」？何景明未予明確界說，遍考何景明集，也沒再用過這個概念。胡應麟《詩藪》曾用過這個概念，其論楊巨源詩：「此君中唐格調最高，神情少減耳」，[85]相對「格調」，可知「神情」指詩中蘊含的某種抽象質性。據王世貞《藝苑巵言》云：「杜審言華藻整栗，小讓沈、宋，而氣度高逸，神情圓暢，自是中興之祖」，[86]以「圓暢」一詞描述「神情」，「圓暢」指圓融、暢達，杜審言律詩，語言形式整栗、嚴謹，內在則是圓融、暢達，其抒情寫志並未受到束縛，是以可貴；可推知所謂「神情」，就是詩中的情志內涵。再看胡應麟《詩藪》論初唐七律：「體裁明密，聲調高華；而神情興會，緩而未暢」，[87]文中「神情」、「興會」並舉，共同指向「緩而未暢」，恰和王世貞評杜審言的「圓暢」相反，胡應麟是在說初唐七律語言形式誠然嚴整不苟，詩人抒情寫志卻是因而備受拘牽、束縛。[88]綜

85　胡應麟：《詩藪》，內編卷4，頁75。

86　王世貞著，羅仲鼎校注：《藝苑巵言校注》，卷4，頁162。

87　胡應麟：《詩藪》，內編卷5，頁82。

88　關於初唐七律，葉嘉瑩說：「由於七言律詩本身的體式既極為嚴整，而格律復極為謹嚴，因此限制了這些天才較為平凡的詩人，使他們的情意

言之，王世貞、胡應麟對「神情」一詞的用法，都是整體閱讀古人作品，進一步去覷見或評議詩中的情志內涵。回到何景明的「領會神情」，首先當可說是領會古人詩中最深刻之情志內涵。但不僅如此，他在同一篇〈與李空同論詩書〉中，其實注意到閱讀之目的不僅在於掌握古人情志內涵：

> 若獨取殺直，而并棄要眇之聲，<u>何以窮極至妙，感精（情）飾聽也</u>？[89]

「殺直」、「要眇」的爭議，在此暫不討論，我們應當留意：「窮極至妙，感情飾聽」，涉及詩歌的審美意趣能否扣人心弦的議題。這也是李夢陽關心的議題，前文已有討論。可見所謂「領會神情」，應涵蓋兩個層次：一是領會古人詩中的情志內涵，二是進一步體察詩中引發出來的美感經驗。當然，這兩個層次仍有密切之關連。在學古方法論的視域下，這兩個層次還要朝向：從中體悟古人創作之法度，如「辭」、「意」關係和「比興」的運用情形。[90]我們可以發現，這套學古方法論，其實是發揮了「情生於文」的觀點，要求讀者領會「文」中之「情」，然後展開「再創作」。

　　李、何在學古方法論上的分歧和爭論，實為復古派詩學史上

思想，在這種體式和格律中，都受到了嚴格的束縛，而感到不能有自由發抒的餘地。」見氏著：〈論杜甫七律之演進及其承先啟後之成就〉，《杜甫秋興八首集說》（石家莊：河北教育出版社，1997），頁 13。

89　何景明著，李淑毅等點校：《何大復集》，卷 32，頁 575。

90　這是何景明試圖掌握的古人之法，相關討論請參閱本書第二章。

的大事。放回當時的詩壇背景來看,何景明的思路,頗與吳中詩壇風氣相呼應。簡錦松曾指出,吳人特有一種欲離形影之似而得古人神意的學詩觀念,「與李夢陽等之學古,嚴步驟之法,以蘄合於古昔者大異」。[91]依簡先生之意,復古派走的是李夢陽一路,遂能分畛於吳中風氣而樹立一派詩學特色。但循此而推之,我們能否說何景明是復古派的異數?廖可斌正是這麼宣稱的:

> 在學古的實踐上,包括何景明本人在內,整個復古派基本上採用的是李夢陽所倡導的方法。[92]

至於何景明學古方法的價值和影響,他概括道:

> 當時的非復古派及後代的評論家,以貶李褒何者居多。……但當時復古派中人並不這樣認為。……對兩人所倡導的學古的方法,則多是李而非何。[93]

其實,這個說法未盡準確。我們很難否認,李夢陽一路確實奉行者眾,緣而復古派也一直存在摹擬太甚的疑雲。但在復古派內部,將「情生於文」的閱讀經驗,轉化為「再創作」的滋養,並

---

[91] 參閱簡錦松:《明代文學批評研究——成化、嘉靖中期篇(1465-1544)》,頁 180-182。

[92] 廖可斌:《明代文學復古運動研究》(北京:商務印書館,2008),頁 141。

[93] 同前註,頁 140-141。

非何景明的獨見，儼然自成一系。[94]

　　具體來看，王世貞《藝苑卮言》認為如欲創作「摩詰體」，要領是：

> 凡為摩詰體者，必以意興發端，<u>神情傳合</u>。渾融疏秀，不見穿鑿之跡；頓挫抑揚，自出宮商之表，可耳。[95]

「摩詰體」的創作重心顯然在於模習王維詩歌；所謂「神情傳合」，正是模習王維詩歌的要領。王世貞談得簡略，但參照前述的辨析，這就是呼籲學詩者須能體悟、領會王維詩中的「神情」。

　　在復古派詩論家中，謝榛最為自覺弘揚這套學古方法。他在《詩家直說》曾命名為「提魂攝魄法」：

> 詩無神氣，猶繪日月而無光彩。學李、杜者，勿執著於句字之間，當率意熟讀，久而得之。此提魂攝魄之法也。[96]

---

[94] 首先應審辨的是，何景明、王廷相交誼甚篤，王氏〈與郭价夫學士論詩書〉所指出：「擺脫形模，凌虛構結，春育天成，不犯舊跡」，亦頗肖似何景明口吻。但文中又云：「工師之巧，不離規矩；畫手邁倫，必先擬摹」，繼云：「久焉純熟，自爾悟入，神情昭於肺腑，靈境徹於視聽，開闔起伏，出入變化，古師妙擬，悉歸我闥」，可知王廷相所謂「擺脫形模」，係指在摹擬古人典範之作的基礎上，持續追求嫻熟、變化，這和何景明觀點實有差異。王說見氏著，王孝魚點校：《王廷相集》（北京：中華書局，1989），卷28，頁503-504。

[95] 王世貞著，羅仲鼎校注：《藝苑卮言校注》，卷4，頁180。

[96] 謝榛著，李慶立、孫慎之箋注：《詩家直說箋注》，卷2，頁233。

據文中所述，學李、杜詩的方法，應是透過「率意熟讀」，逐漸揣摩、掌握「神氣」。謝榛舉了兩個例子，日月的「光彩」，人類的「魂魄」，皆無形無狀，卻是日月和人類的核心特質。他欲掌握的「神氣」，乃指李、杜詩中蘊含的某種核心特質。這種學古觀念，又見於《詩家直說》的另一段故事：李攀龍、王世貞等人曾討論李、杜等十四家之作的模習問題，謝榛當場表示：

> 歷觀十四家所作，咸可為法。當選其諸集中之最佳者，錄成一帙，熟讀之以奪神氣，歌詠之以求聲調，玩味之以袞（衷）精華。得此三要，則造乎渾淪，不必塑謫仙而畫少陵也。[97]

前述「提魂攝魄法」只講「神氣」，在此進一步詳述為：「熟讀之以奪神氣，歌詠之以求聲調，玩味之以袞精華」。「聲調」指透過歌詠去掌握古人詩中的音樂性；「精華」泛指玩味古人詩中最為精奧的某種特質。連同「神氣」，這三個要項未必有嚴格的分野，「神氣」可由「聲調」來表現，[98]這毋寧亦可視為「精華」之所在，三者在古人詩中原是一個渾融的形相。要之，謝榛的學古方法論，實可謂藉由熟讀古人典範之作，去體察、領會詩中蘊含的「神氣」、「聲調」、「精華」，久而深造有得，遂可

97　同前註，卷3，頁363-364。
98　鄧雲霄《冷邸小言》云：「枕籍盛唐，時時把玩，即使爛熟，亦必微吟而諷之，急響以揚之，使其人之興趣、神情，直若與余對面，日摩月染，自當沁入肺腑。」亦是藉由「聲調」求取「神氣」之一例。見吳文治主編：《明詩話全編》，頁6425。

進一步展開「再創作」。

綜言之，何景明所說「領會神情」，最初是爲針砭李夢陽創作實績，提出的一種學古方法新論；王世貞用於「摩詰體」，謝榛拓之爲「神氣」、「聲調」、「精華」，思路益趨複雜、精細，這原是詩學史不斷發展的自然現象。進一步看，王世貞曾說胡應麟詩學「從信陽入門」，[99]惜未具體予以申明。試加複按《詩藪》談及何景明的文字，正可察見胡應麟對「領會神情」一說的認同：

> 何仲默謂：「富於材積，使神情領會，天機自流，臨景結構，不傍形迹。」此論直指真源，最爲吃緊，於往代作家大旨，初無異同。舍筏之云，以獻吉多擬則前人成句，欲其一切舍去，蓋芻狗糟粕之謂，非規矩謂也。獻吉不恕，拈起法字降之。學者但讀獻吉書，遂以舍筏爲廢法，與何規李本意全無關涉，細繹仲默書自明。[100]

胡應麟對何景明「領會神情」一說的意義，有清楚的認識：他認爲何景明並未蔑棄古人法度，所反對者，僅是片面掇搰、剽竊古人語言形式的風氣。換言之，胡應麟其實清楚認識到：「領會神情」一說最重要的效用，正在於矯治摹擬太甚的流弊，故文中也讚賞何景明「直指根源」，已探觸到詩歌創作的核心精神。

的確，就何景明的「目的動機」（in-order-to motive）而

---

[99]　王世貞：《弇州四部稿》，續稿卷 180〈李允達〉，頁 17 下。

[100]　胡應麟：《詩藪》，內編卷 5，頁 101。此說又見胡震亨著，周本淳校訂：《唐音癸籤》，卷 2〈法微一〉，頁 12。

言，[101]此說乃是試圖消弭摹擬太甚的問題。故其〈與李空同論詩書〉亦云：「泯其擬議之跡」，[102]王世貞、謝榛前引文也一再提及：「不見穿鑿之跡」，「勿執著於句字之間」、「不必塑謫仙而畫少陵」，這是這套學古方法論最重要而顯著的效用。這套學古方法論的提出，透露復古派摹擬之弊，何勞外人叨絮批評，內部有識之士一直有所省察，甚且藉由理論的建構，欲加以救治、彌補。這種積極態度，迥別於長期以來一般人對復古派溺於摹擬的負面、消極形象，值得給予正視。我們與其一概重複批評復古派的缺陷，其實也能換個方向，去觀察復古派內部如何面對、因應此一創作實踐之沉痾，持續守護並推動復古詩學理念的發展。

不過，「領會神情」一系的學古方法論，終究並未成為復古派詩學主流。何景明立說之際，已遭李夢陽強烈反彈。因為這種方法，極為仰賴讀者對古人典範之作的閱讀和領悟能力，假如各人先天資質或後天努力程度出現落差，恐怕對於古人法度內涵的理解、掌握，終將導致莫大分歧。再者，古人典範之作中的「神情」，不僅是古人灌注詩中的情志內涵，對讀者言也是一種朦朧的美感經驗。且不深究每人即便面對同一首詩，所得的美感經驗未必一致；這種抽象的閱讀感受存乎一心，本難言筌，所言說之記述，一如前文對「情生於文」的舉例，多屬模糊、零碎或斷

---

101 「目的動機」係指一個行為者由於指向未來的某一目的，而促成現在此一行為的動機。參見舒茲（A. Schutz）著，盧嵐蘭譯：《舒茲論文集》第 1 冊（臺北：久大、桂冠聯合出版，1992），頁 91-94。

102 何景明著，李淑毅等點校：《何大復集》，卷 32，頁 576。

片，故在詩學論述上，自難有「代日益精」的發展空間。[103]

四、結　論

　　毫無疑問，「復古」，乃是明代復古派在創作上的核心理念。但復古派以讀者的姿態，究竟如何看待古代典範之作，這一問題卻值得省思。因爲據錢謙益和四庫館臣之見，其重在「格調」。但王世貞引《世說新語》中王武子所言：「文生於情，情生於文」，則可見「情」之不容忽視。復古派肯認「文」生於「情」，又站在讀者角度領會「文」中之「情」，「文」、「情」二端糾葛辯證，更使他們進一步拓築出細膩的詩學議題。經前文的考察，可歸結出幾項結論：

　　第一，「文生於情」涉及詩的起源議題。前文聚焦於李夢陽的觀點，試圖揭明復古派對此議題的基本思索，並非單純將詩之源頭推源於「情」，還重視緣情自然生發的「調」。亦即創作者觸物起情之後，尚必須配合著音樂性之表現，方能成詩，體現藝術性。要之，這種觀念出於對詩學史的自覺省察，旨在恢復和強化詩體應然的抒情本質，並創造真摯動人的審美效果。據此，「主調」的觀念，無非正是在維護「文生於情」的軌則，而且可視爲「情生於文」的基礎。

　　第二，「情生於文」涉及詩的閱讀和欣賞議題。此處之「情」，實非創作起源義，而係指讀者緣於實際生命經驗和存在

---

[103] 許學夷云：「古今詩賦文章，代日益降，而識見議論，則代日益精。」見氏著，杜維沫校點：《詩源辯體》，卷35，頁348。

感受，藉由讀詩而引生出某種朦朧隱約的美感經驗。夷考復古派史料，可分兩種主要表述類型：一是「情生於文」之經驗而藉文字記述者；二是以讀後所生之「情」爲基點，而由情生文，展開「再創作」。值得注意的是，「情生於文」不僅在指述閱讀現象，也成爲一種「評價」的標準，並旁涉「有意無意」、「可解不可解」、「神韻」等重要詩學觀念。

第三，「情生於文」還涉及「解詩」，即讀者如何詮解或感知詩意的議題。在此議題，復古派可能受到了朱熹「《詩經》學」的影響。但朱熹要求讀者透過諷誦的方法去讀《詩》，以興起個人道德生命，屬於「道德式閱讀」；其基本思路雖近「情生於文」，但復古派讀詩所得之「情」，主要是美感經驗，屬於「審美式閱讀」。可見復古派沿承朱說而轉化之。其觀念之提出，也有針對另一種「歷史式閱讀」的意味，即堅信能參據史傳資料去準確還原作者本意。復古派上述的閱讀取向，特別講求讀者心靈直接契會詩作，與之摩盪共鳴，激發美感經驗。這在解詩觀念史上是值得注意的特殊型態。

第四，「情生於文」可提供「再創作」的基礎，故又涉及「學古」議題。亦即學詩者能透過閱讀古代典範之作，領會其中的情意和美感，間接體悟古人創作之法，展現「再創作」。這種學古方法，在復古派詩學史上自成一系，其最重要的意義，其實在於消弭復古派內部創作實踐的摹擬之弊。但因各人讀詩感受無可避免的縹緲、浮動，此說在復古派詩學史上也難有充分的開展。

對於「文」、「情」二端的辯證性，可整理爲下列圖示：

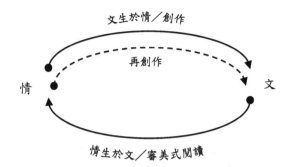

圖一：「文」、「情」辯證關係圖

藉由上圖，我們能更清楚地看出創作源頭的「情」，實有雙重意義：一是詩人直面紛繁的宇宙、人生諸現象偶然觸發的情志經驗，二是得自於閱讀他人作品引生情意和美感。兩者來源不同，性質略異，卻皆是「情」。由前者出發，運用某種表現形式，自然就能創造出抒情詩。但若由後者出發，即便是屬於學古活動的一環，其創作實踐成果何嘗不能視為抒情之作。「中國抒情傳統」是當代學界重要的學術思潮，於「詩」之一體尤然。一般常會覺得明代復古派的學古績效，殊乏真情實性，徒成「贗古」之作，[104]有違抒情傳統。這類批評容或不無道理。但綜結前文的討論和分析，「情」的意義既有其雙重性，我們或許尚有必要由一個新角度去重新審思復古派創作和抒情傳統的關係。

---

[104] 永瑢等：《四庫全書總目》，卷 179《峽雲閣存草》提要，頁 1621。

徵引書目

　　本書目以本書徵引者爲範圍彙編而成，概分「傳統文獻」、「現代論著」兩部分。前者依作者時代先後排序，後者依作者姓名筆畫多寡排序；若干外文譯著仍依作者中譯姓名排序，惟示以國別，連同少數網路文獻均不獨立設類。

一、傳統文獻

〔漢〕孔安國傳，〔唐〕孔穎達疏：《尚書注疏》，《十三經注疏》第 1 冊影印清嘉慶二十年江西南昌府學刻本，臺北：藝文印書館，1997。

〔漢〕鄭玄注，〔唐〕孔穎達疏：《禮記注疏》，《十三經注疏》第 5 冊影印清嘉慶二十年江西南昌府學刻本，臺北：藝文印書館，1997。

〔漢〕司馬遷著，〔南朝宋〕裴駰集解，〔唐〕司馬貞索隱，〔唐〕張守節正義：《史記》，北京：中華書局，1959。

〔晉〕陸機著，張少康集釋：《文賦集釋》，臺北：漢京文化事業有限公司，1987。

〔南朝宋〕劉義慶撰，余嘉錫箋疏：《世說新語箋疏》，上海：上海古籍出版社，1993。

〔梁〕劉勰著，范文瀾注：《文心雕龍注》，北京：人民文學出版社，2001。

舊題〔唐〕李靖撰，曾振註譯：《唐太宗李衛公問對今註今譯》，臺北：臺灣商務印書館，1977。

〔唐〕房玄齡等：《晉書》，北京：中華書局，1974。

〔唐〕王維著，陳鐵民校注：《王維集校注》，北京：中華書局，1997。

〔唐〕王昌齡:《詩格》,張伯偉:《全唐五代詩格彙考》,南京:江蘇古籍出版社,2002。

〔唐〕李白著,〔清〕王琦注:《李太白全集》,北京:中華書局,1999。

〔唐〕杜甫著,〔明〕王嗣奭注,曹樹銘增校:《杜臆增校》,臺北:藝文印書館,1971。

————,〔清〕仇兆鰲注:《杜詩詳注》,北京:中華書局,2004。

————,〔清〕浦起龍注:《讀杜心解》,北京:中華書局,2000。

————,〔清〕盧坤輯:《杜工部集》,清道光十四年序刊本。

————,蕭滌非主編:《杜甫全集校注》,北京:人民文學出版社,2014。

〔唐〕元稹著,冀勤點校:《元稹集》,北京:中華書局,1982。

〔唐〕白居易著,顧學頡點校:《白居易集》,北京:中華書局,1999。

〔唐〕許渾著,羅時進箋證:《丁卯集箋證》,南昌:江西人民出版社,1998。

〔唐〕司空圖著,祖保泉、陶禮天箋校:《司空圖詩文集箋校》,合肥:安徽大學出版社,2002。

〔宋〕蘇軾著,孔凡禮點校:《蘇軾文集》,北京:中華書局,1997。

〔宋〕黃庭堅著,劉琳、李勇先、王蓉貴校點:《黃庭堅全集》,成都:四川大學出版社,2001。

————,任淵選:《黃太史精華錄》,《四庫全書存目叢書》集部第 14 冊影印北京圖書館藏弘治十六年朱承爵刻本,濟南:齊魯書社,1997。

〔宋〕王直方:《王直方詩話》,郭紹虞:《宋詩話輯佚》,北京:中華書局,1980。

〔宋〕胡仔纂集,廖德明校點:《苕溪漁隱叢話》,北京:人民文學出版社,1962。

〔宋〕朱熹集注:《四書章句集注》,北京:中華書局,1996。

〔宋〕黎靖德編,王星賢點校:《朱子語類》,北京:中華書局,1986。

〔宋〕嚴羽著,張健校箋:《滄浪詩話校箋》,上海:上海古籍出版社,2012。

〔金〕元好問:《遺山集》,《景印文淵閣四庫全書》第 1191 冊,臺北:

臺灣商務印書館，1983。

〔元〕方回著，李慶甲集評校點：《瀛奎律髓彙評》，上海：上海古籍出版社，2005。

〔元〕辛文房著，傅璇琮主編：《唐才子傳校箋》，北京：中華書局，1989。

〔元〕張性：《杜律演義》，《杜詩叢刊》第1輯影印明宣德四年刊本，臺北：大通書局，1974。

〔元〕佚名著，舊題〔元〕楊載著：《詩法家數》，張健編著：《元代詩法校考》，北京：北京大學出版社，2001。

〔元〕佚名：《詩法源流》，張健編著：《元代詩法校考》，北京：北京大學出版社，2001。

〔明〕袁凱：《海叟集》，《景印文淵閣四庫全書》第1233冊，臺北：臺灣商務印書館，1983。

———：《海叟集》，《四庫全書存目叢書》集部第25冊影印北京圖書館藏正德元年刊本，濟南：齊魯書社，1997。

———，張璞選，朱應祥評點：《在野集》，明正德元年鄢陵劉氏山東刊本。

———，萬德敬校注：《袁凱集編年校注》，上海：上海古籍出版社，2015。

〔明〕高啓著，〔清〕金壇輯注，徐澄宇、沈北宗校點：《高青丘集》，上海：上海古籍出版社，1995。

〔明〕高棅編纂，〔明〕汪宗尼校訂，葛景春、胡永傑點校：《唐詩品彙》，北京：中華書局，2015。

〔明〕單復：《讀杜詩愚得》，《四庫全書存目叢書》集部第4冊影印北京大學圖書館藏明天順元年朱熊梅月軒刻弘治十四年重修本，濟南：齊魯書社，1997。

〔明〕楊士奇：《東里集》，《景印文淵閣四庫全書》第1238-1239冊，臺北：臺灣商務印書館，1983。

〔明〕吳寬：《家藏集》，《景印文淵閣四庫全書》第1255冊，臺北：臺灣商務印書館，1983。

〔明〕李東陽著，李慶立校釋：《懷麓堂詩話校釋》，北京：人民文學出版

社，2009。

〔明〕王九思：《渼陂集》，《續修四庫全書》集部第 1334 冊影印明嘉靖
　　刻崇禎補修本，上海：上海古籍出版社，1995。

─────，《渼陂續集》，《續修四庫全書》第 1334 冊影印明嘉靖刻崇禎修
　　補本，上海：上海古籍出版社，1995。

〔明〕李夢陽：《空同先生集》，《明代論著叢刊》影印明嘉靖九年黃省曾
　　序刊本，臺北：偉文圖書出版社，1976。

─────：《空同集》，《景印文淵閣四庫全書》第 1262 冊，臺北：臺灣商
　　務印書館，1983。

〔明〕陳沂：《拘虛詩談》，周維德集校：《全明詩話》，濟南：齊魯書
　　社，2005。

〔明〕王廷相著，王孝魚點校：《王廷相集》，北京：中華書局，1989。

〔明〕康海著，賈三強、余春柯點校：《康對山先生集》，西安：三秦出版
　　社，2015。

〔明〕邊貢：《華泉集》，《景印文淵閣四庫全書》第 1264 冊，臺北：臺
　　灣商務印書館，1983。

〔明〕顧璘：《息園存稿》，《景印文淵閣四庫全書》第 1263 冊，臺北：
　　臺灣商務印書館，1983。

─────：《憑几集》，《景印文淵閣四庫全書》第 1263 冊，臺北：臺灣商
　　務印書館，1983。

〔明〕陸深：《儼山集》，《景印文淵閣四庫全書》第 1268 冊，臺北：臺
　　灣商務印書館，1983。

─────：《儼山外集》，《景印文淵閣四庫全書》第 885 冊，臺北：臺灣
　　商務印書館，1983。

〔明〕徐禎卿：《談藝錄》，〔清〕何文煥輯：《歷代詩話》，北京：中華
　　書局，2001。

〔明〕安磐：《頤山詩話》，吳文治主編：《明詩話全編》，南京：鳳凰出
　　版社，2006。

〔明〕胡纘宗：《鳥鼠山人小集》，《四庫全書存目叢書》集部第 62 冊影
　　印湖北省圖書館藏明嘉靖刻本，濟南：齊魯書社，1997。

〔明〕何景明著，李淑毅等點校：《何大復集》，鄭州：中州古籍出版社，1989。

〔明〕楊慎著，王大厚箋證：《升庵詩話新箋證》，北京：中華書局，2008。

———：《丹鉛總錄》，《景印文淵閣四庫全書》第 855 冊，臺北：臺灣商務印書館，1983。

〔明〕薛蕙：《考功集》，《景印文淵閣四庫全書》第 1272 冊，臺北：臺灣商務印書館，1983。

〔明〕謝榛著，李慶立、孫慎之箋注：《詩家直說箋注》，濟南：齊魯書社，1987。

———：李慶立校箋：《謝榛全集校箋》，南京：江蘇古籍出版社，2003。

———：《四溟詩話》，丁福保輯：《歷代詩話續編》，北京：中華書局，2001。

———：《明詩選》，吳文治主編：《明詩話全編》，南京：鳳凰出版社，2006。

〔明〕黃省曾：《五嶽山人集》，《四庫全書存目叢書》集部第 94 冊影印南京圖書館藏明嘉靖刻本，濟南：齊魯書社，1997。

〔明〕李開先著，路工輯校：《李開先集》，北京：中華書局，1959。

〔明〕高叔嗣：《蘇門集》，《景印文淵閣四庫全書》第 1273 冊，臺北：臺灣商務印書館，1983。

〔明〕孫陞：《孫文恪公集》，《四庫全書存目叢書》集部 99 冊影印浙江圖書館藏明嘉靖袁洪愈徐栻刻本，濟南：齊魯書社，1997。

〔明〕袁褧：《衡藩重刻胥臺先生集》，《四庫全書存目叢書》集部第 86 冊影印北京大學圖書館藏明萬曆十二年衡藩刻本，濟南：齊魯書社，1997。

〔明〕何良俊：《何翰林集》，《四庫全書存目叢書》集部第 142 冊影印中國社會科學院文學研究所藏明嘉靖四十四年何氏香嚴精舍刻本，濟南：齊魯書社，1997。

———：《四友齋叢說》，北京：中華書局，1997。

〔明〕王維楨：《杜律頗解附李律頗解》，《杜詩叢刊》第 2 輯影印明嘉靖
三十七年序刊本，臺北：大通書局，1974。

───：《王氏存笥稿》，《四庫全書存目叢書》集部第 103 冊影印杭州
大學圖書館藏明嘉靖三十六年刻本，濟南：齊魯書社，1997。

〔明〕李攀龍著，包敬第標校：《滄溟先生集》，上海：上海古籍出版社，
2014。

───：《古今詩刪》，《景印文淵閣四庫全書》第 1382 冊，臺北：臺灣
商務印書館，1983。

〔明〕徐渭：《徐渭集》，北京：中華書局，1999。

〔明〕王世貞：《弇州四部稿》，《景印文淵閣四庫全書》第 1279-1284
冊，臺北：臺灣商務印書館，1983。

───：《弇州山人讀書後》，明萬曆間長洲許恭刊本。

───：《讀書後》，《景印文淵閣四庫全書》第 1285 冊，臺北：臺灣商
務印書館，1983。

───，羅仲鼎校注：《藝苑卮言校注》，濟南：齊魯書社，1992。

───：《明詩評》，吳文治主編：《明詩話全編》，南京：鳳凰出版
社，2006。

〔明〕王世懋：《王奉常集》，《四庫全書存目叢書》集部第 133 冊影印首
都圖書館藏明萬曆刻本，濟南：齊魯書社，1997。

───：《藝圃擷餘》，〔清〕何文煥輯：《歷代詩話》，北京：中華書
局，2001。

〔明〕王文祿：《詩的》，周維德集校：《全明詩話》，濟南：齊魯書社，
2005。

〔明〕焦竑著，李劍雄點校：《焦氏筆乘》，上海：上海古籍出版社，
1986。

〔明〕屠隆著，汪超宏主編：《屠隆集》，杭州：浙江古籍出版社，2012。

〔明〕李維楨：《大泌山房集》，《四庫全書存目叢書》集部第 150-153 冊
影印北京師範大學圖書館藏明萬曆三十九年刻本，濟南：齊魯書社，
1997。

〔明〕胡應麟：《詩藪》，上海：上海古籍出版社，1979。

———：《少室山房集》，《景印文淵閣四庫全書》第 1290 冊，臺北：臺
　　灣商務印書館，1983。

———：《藝林學山》，吳文治主編：《明詩話全編》，南京：鳳凰出版
　　社，2006。

〔明〕許學夷著，杜維沫校點：《詩源辯體》，北京：人民文學出版社，
　　1998。

〔明〕顧起元：《雪堂隨筆》，《四庫禁燬書叢刊》集部第 80 冊影印明天
　　啓七年刻本，北京：北京出版社，2000。

———：《客座贅語》，北京：中華書局，1991。

〔明〕謝肇淛：《小草齋詩話》，張健輯校：《珍本明詩話五種》，北京：
　　北京大學出版社，2008。

〔明〕胡震亨著，周本淳校訂：《唐音癸籤》，上海：上海古籍出版社，
　　1981。

〔明〕鍾惺、譚元春：《古詩歸》，《續修四庫全書》第 1589 冊影印復旦
　　大學圖書館藏明閔振業三色套印本，上海：上海古籍出版社，1995。

———：《唐詩歸》，《續修四庫全書》第 1589-1590 冊影印遼寧省圖書館
　　藏明刻本，上海：上海古籍出版社，1995。

〔明〕馮復京：《說詩補遺》，吳文治主編：《明詩話全編》，南京：鳳凰
　　出版社，2006。

〔明〕鄧雲霄：《冷邸小言》，吳文治主編：《明詩話全編》，南京：鳳凰
　　出版社，2006。

〔明〕陳子龍、李雯、宋徵輿合編：《皇明詩選》，上海：華東師範大學出
　　版社，1991。

〔清〕錢謙益撰集，許逸民、林淑敏點校：《列朝詩集》，北京：中華書
　　局，2007。

———，〔清〕錢曾箋注，錢仲聯標校：《牧齋初學集》，上海：上海古
　　籍出版社，1985。

———，〔清〕錢曾箋注，錢仲聯標校：《牧齋有學集》，上海：上海古
　　籍出版社，1996。

〔明〕談遷著，羅仲輝、胡明校點校：《棗林雜俎》，北京：中華書局，

2006。
〔明〕費經虞：《雅倫》，周維德集校：《全明詩話》，濟南：齊魯書社，2005。
〔清〕吳喬：《答萬季埜詩問》，丁福保輯：《清詩話》，上海：上海古籍出版社，1999。
〔明〕黃宗羲編：《明文海》，影印涵芬樓藏抄本，北京：中華書局，1987。
〔清〕朱彝尊著，〔清〕姚祖恩編，黃君坦校點：《靜志居詩話》，北京：人民文學出版社，1998。
〔清〕葉燮著，蔣寅箋注：《原詩箋注》，上海：上海古籍出版社，2014。
〔清〕王士禛著，袁世碩主編：《王士禛全集》，濟南：齊魯書社，2007。
〔清〕郎廷槐編：《師友詩傳錄》，丁福保輯：《清詩話》，上海：上海古籍出版社，1999。
〔清〕張廷玉等：《明史》，北京：中華書局，1974。
〔清〕沈德潛：《明詩別裁集》，上海：上海古籍出版社，1979。
〔清〕永瑢等：《四庫全書總目》，北京：中華書局，2003。
〔清〕劉寶楠著，高流水點校：《論語正義》，北京：中華書局，1990。
〔清〕陳田：《明詩紀事》，上海：上海古籍出版社，1993。
〔清〕湯祥瑟原輯，〔清〕華錕重編：《詩韻全璧》，上海：上海古籍出版社，1995。
逯欽立：《先秦漢魏晉南北朝詩》，北京，中華書局，1983。
吳則虞：《晏子春秋集釋》，北京：中華書局，1982。
國立中央圖書館編：《國立中央圖書館善本序跋集錄》，臺北：國立中央圖書館，1992。
孫微輯校：《清代杜集序跋彙錄》，北京：人民文學出版社，2017。

二、現代論著

（一）專書

方錫球：《許學夷詩學思想研究》，合肥：黃山書社，2006。

王文才、張錫厚輯：《升庵著述序跋》，昆明：雲南人民出版社，1985。

王秀麗：《鄭善夫《批點杜詩》研究》，濟南：山東大學中國古代文學專業碩士論文，2014，頁64-66。

王明輝：《胡應麟詩學研究》，北京：學苑出版社，2006。

〔德〕卡西爾（Ernst Cassirer）著，甘陽譯：《人論》，上海：上海譯文出版社，2003。

〔加〕白潤德（Daniel Bryant）：《何景明叢考》，臺北：臺灣學生書局，1997。

〔日〕吉川幸次郎著，鄭清茂譯：《元明詩概說》，臺北：聯經出版事業公司，2012。

何宗美：《文人結社與明代文學的演進》，北京：人民出版社，2011。

───：《明代文學還原研究──以《四庫總目》明人別集提要爲中心》，北京：人民出版社，2014。

余來明：《嘉靖前期詩壇研究（1522-1550）》，武漢：武漢大學出版社，2009。

余嘉錫：《四庫提要辨證》，北京：中華書局，1980。

吳中勝：《杜甫批評史研究》，北京：中國社會科學出版社，2012。

宋佩韋：《明文學史》，上海：商務印書館，1934。

李思涯：《胡應麟文學思想研究》，北京：中國社會科學出版社，2012。

李聖華：《初明詩歌研究》，北京：中華書局，2012。

李慶立：《謝榛研究》，濟南：齊魯書社，1993。

李燕青：《《藝苑卮言》研究》，北京：中國文史出版社，2013。

周作人：《中國新文學的源流》，上海：華東師範大學出版社，1995。

周采泉：《杜集書錄》，上海：上海古籍出版社，1986。

周寅賓：《李東陽與茶陵派》，長沙：湖南師範大學出版社，2008。

周穎：《王世貞年譜長編》，上海：三聯書店，2016。

周興陸：《詩歌評點與理論研究》，南京：鳳凰出版社，2011。

林繼中：《文化建構文學史綱：魏晉－北宋》，北京：北京大學出版社，2005。

───：《杜詩學論藪》，上海：上海古籍出版社，2015。

金生奎：《明代唐詩選本研究》，合肥：合肥工業大學出版社，2007。

金寧芬：《康海研究》，武漢：崇文書局，2004。

侯雅文：《中國文學流派學初論——以常州詞派爲例》，臺北：大安出版社，2009。

───：《李夢陽的詩學與和同文化思想》，臺北：大安出版社，2009。

查清華：《明代唐詩接受史》，上海：上海古籍出版社，2006。

胡可先：《杜甫詩學引論》，合肥：安徽大學出版社，2003。

胡適：《胡適古典文學研究論集》，上海：上海古籍出版社，1988。

〔美〕孫康宜、宇文所安主編：《劍橋中國文學史》，北京：三聯書店，2013。

孫春青：《明代唐詩學》，上海：上海古籍出版社，2006。

孫微：《清代杜詩學史》，濟南：齊魯書社，2004。

孫學堂：《崇古理念的淡退——王世貞與十六世紀文學思想》，天津：天津古籍出版社，2004。

───：《明代詩學與唐詩》，濟南：齊魯書社，2012。

徐國能：《清代詩論與杜詩批評——以神韻、格調、肌理、性靈爲中心》，臺北：里仁書局，2009。

袁震宇、劉明今：《中國文學批評通史——明代卷》，上海：上海古籍出版社，1996。

〔德〕馬丁‧海德格爾（Martin Heidegger）著，孫周興譯：《林中路》修訂本，上海：上海譯文出版社，2008。

高小慧：《楊慎文學思想研究》，北京：中國社會科學出版社，2010。

崔秀霞：《徐禎卿詩學思想研究》，北京：中國社會科學出版社，2010。

張亨：《思文之際論集——儒道思想的現代詮釋》，臺北：允晨文化實業公司，1997。

張忠綱、趙睿才、綦維、孫微：《杜集敘錄》，濟南：齊魯書社，2008。

張健：《知識與抒情：宋代詩學研究》，北京：北京大學出版社，2015。

張暉：《中國「詩史」傳統》，北京：三聯書店，2012。

張毅：《唐詩接受史》，北京：人民文學出版社，2012。

章培恆、駱玉明：《中國文學史新著》，上海：復旦大學出版社，2007。

莫礪鋒：《杜甫評傳》，南京：南京大學出版社，1993。

許建平：《王世貞書目類纂》，南京：鳳凰出版社，2012。

許建崑：《李攀龍文學研究》，臺北：文史哲出版社，1987。

許總：《杜詩學發微》，南京：南京出版社，1989。

連文萍：《詩學正蒙——明代詩歌啓蒙教習研究》，臺北：里仁書局，
　　2015。

郭紹虞：《照隅室古典文學論集》，上海：上海古籍出版社，2009。

陳文新：《明代詩學的邏輯進程與主要理論問題》，武漢：武漢大學出版
　　社，2007。

陳伯海主編：《唐詩學史稿》，石家莊：河北人民出版社，2004。

陳尚君：《唐代文學叢考》，北京：中國社會科學出版社，1997。

陳美朱：《清初杜詩詩意闡釋研究》，臺南：漢家出版社，2007。

———：《明清唐詩選本之杜詩選評比較》，臺北：臺灣學生書局，
　　2015。

陳書錄：《明代詩文創作與理論批評的變遷》，南京：鳳凰出版社，2013。

陳國球：《胡應麟詩論研究》，香港：華風書局，1986。

———：《鏡花水月——文學理論批評論文集》，臺北：東大圖書公司，
　　1987。

———：《唐詩的傳承——明代復古詩論研究》，臺北：臺灣學生書局，
　　1990。

———：《明代復古派唐詩論研究》，北京：北京大學出版社，2007。

陳斌：《明代中古詩歌接受與批評研究》，上海：上海三聯書店，2009。

陳廣宏：《竟陵派研究》，上海：復旦大學出版社，2006。

曾守正：《權力、知識與批評史圖像——《四庫全書總目》「詩文評類」的
　　文學思想》，臺北：臺灣學生書局，2008。

曾棗莊：《杜甫在四川》，成都：四川人民出版社，1983。

〔美〕舒茲（A. Schutz）著，盧嵐蘭譯：《舒茲論文集》，臺北：久大、桂
　　冠聯合出版，1992。

傅增湘：《藏園羣書題記》，上海：上海古籍出版社，1989。

馮小祿：《明代詩文論爭研究》，昆明：雲南人民出版社，2006。

黃侃述，黃焯編：《文字聲韻訓詁筆記》，上海：上海古籍出版社，1983。

黃卓越：《明永樂至嘉靖初詩文觀研究》，北京：北京師範大學出版社，
　　2001。

黃炳輝：《唐詩學史述論》，上海：上海古籍出版社，2008。

黃毅：《明代唐宋派研究》，上海：上海古籍出版社，2008。

慈怡主編：《佛光大辭典》增訂版，高雄：佛光文化事業公司，2014。

楊經華：《宋代杜詩闡釋學研究》，北京：中國社會科學出版社，2011。

楊遇青：《明嘉靖時期詩文思想研究》，西安：三秦出版社，2011。

葉嘉瑩：《杜甫秋興八首集說》，石家莊：河北教育出版社，1997。

葉慶炳：《中國文學史》，臺北：臺灣學生書局，1987。

葛曉音：《詩國高潮與盛唐文化》，北京：北京大學出版社，1998。

詹杭倫：《中國文學審美命題研究》，香港：香港大學出版社，2010。

雷磊：《楊慎詩學研究》，北京：中國社會科學出版社，2006。

廖可斌：《明代文學復古運動研究》，北京：商務印書館，2008。

赫蘭國：《遼金元杜詩學》，鄭州：河南人民出版社，2012。

趙旭：《謝榛的詩學與其時代》，北京：中國社會科學出版社，2013。

劉文剛：《杜甫學史》，成都：巴蜀書社，2012。

劉重喜：《明末清初杜詩學研究》，北京：中華書局，2013。

劉笑敢：《老子古今：五種對勘與析評引論》，北京：中國社會科學出版
　　社，2006。

蔡英俊：《比興物色與情景交融》，臺北：大安出版社，1986。

蔡振念：《杜詩唐宋接受史》，臺北：五南圖書出版公司，2002。

蔡瑜：《高棅詩學研究》，臺北：國立臺灣大學出版委員會，1990。

蔡錦芳：《杜詩學史與地域文化》，杭州：浙江大學出版社，2015。

蔣寅：《金陵生文學史論集》，瀋陽：遼海出版社，2009。

蔣鵬舉：《復古與求真——李攀龍研究》，北京：中國社會科學出版社，
　　2008。

鄧新躍：《明代前中期詩學辨體理論研究》，上海：上海古籍出版社，
　　2007。

鄭利華：《王世貞年譜》，上海：復旦大學出版社，1993。

———：《王世貞研究》，上海：學林出版社，2002。

———：《前後七子研究》，上海：上海古籍出版社，2015。

薛天緯：《唐代歌行論》，北京：人民文學出版社，2006。

薛泉：《李東陽與茶陵派研究》，北京：人民出版社，2013。

錢鍾書：《談藝錄》增訂本，臺北：書林出版有限公司，1998。

謝明陽：《許學夷《詩源辯體》研究》，臺北：國立政治大學中文系碩士論
　　　文，1996。

———：《雲間詩派的詩學發展與流衍》，臺北：大安出版社，2010。

簡恩定：《清初杜詩學研究》，臺北：文史哲出版社，1986。

簡錦松：《李何詩論研究》，臺北：國立臺灣大學中文系碩士論文，1980。

———：《明代文學批評研究——成化、嘉靖中期篇（1465-1544）》，臺
　　　北：臺灣學生書局，1989。

顏崑陽：《六朝文學觀念叢論》，臺北：正中書局，1993。

———：《詩比興系論》，臺北：聯經出版事業公司，2017。

鄺波：《王世貞文學研究》，北京：中華書局，2011。

龔鵬程：《文學批評的視野》，臺北：大安出版社，1990。

———：《詩史本色與妙悟》增訂版，臺北：臺灣學生書局，1993。

———：《中國文學史》，臺北：里仁書局，2010。

（二）單篇論文

王公望：〈李夢陽《空同集》人名箋證（之三）〉，《甘肅社會科學》1995
　　　年第 5 期，頁 67-70。

王燕飛：〈鄭善夫《批點杜詩》輯錄及其特色〉，《地方文化研究輯刊》第
　　　8 輯，2015 年第 1 期，頁 104-117。

朱易安：〈明人選唐三部曲——從《唐詩品彙》、《唐詩選》、《唐詩歸》
　　　看明人的崇唐文化心態〉，《上海師範大學學報》1990 年第 2 期，
　　　頁 77-84。

———：〈格調派唐詩觀的形成和發展——明代唐詩批評研究之一〉，
　　　《上海師範大學學報》1991 年第 1 期，頁 8-13。

———：〈後七子和明末文人的唐詩觀——明代唐詩批評研究之二〉，

《上海師範大學學報》1991 年第 3 期，頁 88-94。

李光摩：〈錢謙益「夔州晚年定論」考論〉，《文學遺產》2010 年第 2 期，頁 102-112。

李思涯：〈論明代復古派對杜詩的態度〉，《文學遺產》2010 年第 3 期，頁 90-100。

李慶立：〈再論謝榛「以盛唐為法」〉，《中國文學研究》1996 年第 2 期，頁 60-66。

李燕青：〈王世貞宗杜思想綜論〉，《華南理工大學學報（社會科學版）》第 16 卷第 1 期，2014 年 2 月，頁 82-86。

金生奎：〈由杜詩「焚銀魚」看明人杜詩接受中的誤讀和運用〉，《古典文獻研究》2015 年第 2 期，頁 81-89。

———：〈明代詩、史有別論視野下的杜詩接受〉，《天中學刊》2015 年第 6 期，頁 106-109。

———：〈何景明杜詩「變體」說考論〉，《淮南師範學院學報》2016 年第 6 期，頁 82-87。

孫微、王新芳：〈盧坤「五家評本」《杜工部集》考論〉，《新世紀圖書館》2011 年第 2 期，頁 83-85。

徐國能：〈錢鍾書杜詩學析論〉，《東吳中文學報》第 15 期，2008 年 5 月，頁 93-114。

———：〈張綖杜詩學研究〉，《清華中文學報》第 16 期，2016 年 12 月，頁 127-168。

郝潤華、邱旭：〈試論李夢陽對杜甫七律的追摹及創獲〉，《甘肅社會科學》2009 年第 4 期，頁 135-138。

張健：〈音調的消亡與重建：元明清詩學有關詩歌音樂性的論述（上）〉，國立政治大學中文系、國立清華大學中文系主辦：「文學閱讀的觀念與方法：中國文學批評研究工作坊」（2017 年 6 月 10-11 日），頁 1-32。

梁敏兒：〈胡應麟與杜甫的〈登高〉：論文本分析的一個案例〉，《東華漢學》第 11 期，2010 年 6 月，頁 215-240。

許結：〈《明代杜詩接受研究》序〉，見「博客」，網址：http://xujie2801.

blog.163.com/blog/static/4384204720171201202412；發表日期：2017年 2 月 20 日；查閱日期：2017 年 9 月 1 日。

連文萍：〈明代格調派詩論中的「杜詩集大成說」──以李東陽《懷麓堂詩話》爲論述中心〉，《國立編譯館館刊》第 23 卷第 1 期，1994 年 6 月，頁 225-238。

郭英德：〈謝榛與盛唐詩〉，左東嶺主編：《2005 明代文學國際學術研討會論文集》，北京：學苑出版社，2005，頁 169-181。

陳文華：〈吳體〉，張夢機：《古典詩的形式結構》，臺北：駱駝出版社，1997，頁 97-105。

陳岸峰：〈追源溯流，旁敲側擊：論周作人的《新文學的源流》〉，《中國學術年刊》第 36 期，2014 年 3 月，頁 117-142。

陳英傑：〈論明代「詩學盛唐」觀念的新異性──一個「理論實效」的思考脈絡〉，《漢學研究》第 26 卷第 3 期，2008 年 9 月，頁 157-190。

陳國球：〈變中求不變：論胡應麟對詩史的詮釋〉，《中外文學》第 12 卷第 8 期，1984 年 1 月，頁 146-180。

陳獨秀：〈文學革命論〉，附入胡適：《胡適古典文學研究論集》，上海：上海古籍出版社，1988，頁 32-35。

黃景進：〈詩之妙可解？不可解？──明清文學批評問題之一〉，呂正惠、蔡英俊主編：《中國文學批評》第 1 集，臺北：臺灣學生書局，1992，頁 1-45。

───：〈朱熹的詩論〉，鍾彩鈞主編：《國際朱子學會議論文集》，臺北：中央研究院中國文哲研究所籌備處，1993，頁 1177-1211。

楊經華：〈百年歌自苦，未見有知音：杜詩在唐五代接受狀況的統計分析〉，《杜甫研究學刊》2004 年第 3 期，頁 51-56。

廖仲安：〈讀何景明〈明月篇〉〉，《信陽師範學院學報（哲學社會科學版）》1985 年第 4 期，頁 34-40。

───：〈杜詩學〉，傅璇琮主編：《唐代文學研究》第 6 輯，桂林：廣西師範大學出版社，1996，頁 194-206。

鄭利華：〈明代前中期尊杜觀念的變遷及其文學取向〉，《中正大學中文學術年刊》總第 18 期，2011 年 12 月，頁 49-74。

薛泉：〈七子派考略〉，《武漢大學學報（人文科學版）》第 64 卷第 3
　　期，2011 年 5 月，頁 78-83。

謝明陽：〈許學夷《詩源辯體》在晚明的傳播與接受〉，《東華人文學報》
　　第 5 期，2003 年 7 月，頁 299-338。

簡恩定：〈杜詩爲「風雅罪魁」評議〉，陳文華主編：《杜甫與唐宋詩學：
　　杜甫誕生一千二百九十年國際學術研討會論文集》，臺北：里仁書
　　局，2003，頁 401-418。

———：〈明代杜詩學略說〉，《空大人文學報》第 18 期，2009 年 12
　　月，頁 1-47。

———：〈楊愼《杜詩選》評述〉，《東吳中文學報》第 20 期，2010 年
　　11 月，頁 165-190。

———：〈明代「格調說」及「復古派」與杜詩學的連結〉，《空大人文
　　學報》第 19 期，2010 年 12 月，頁 1-22。

簡錦松：〈論明代文學思潮中的學古與求眞〉，中國古典文學研究會主編：
　　《古典文學》第 8 集，臺北：臺灣學生書局，1986，頁 313-356。

———：〈李夢陽詩論之「格調」新解〉，中國古典文學研究會主編：
　　《古典文學》第 15 集，臺北：臺灣學生書局，2000，頁 1-45。

———：〈從李夢陽詩集檢驗其復古思想之眞實義〉，王瓊玲主編：《明
　　清文學與思想中之主體意識與社會——文學篇》，臺北：中央研究院
　　中國文哲研究所，2004。

———：〈關於錢鍾書《談藝錄·七律杜樣》之考察〉，汪榮祖主編：
　　《錢鍾書詩文叢說——錢鍾書教授百歲紀念國際學術研討會論文
　　集》，桃園：中央大學出版中心，2011，頁 113-152。

魏強：〈李、何之爭時間考〉，《蘇州大學學報（哲學社會科學版）》，
　　2008 年第 3 期，頁 60-62。

饒宗頤：〈杜甫與唐詩〉，吳宏一主編、呂正惠助編：《中國古典文學論文
　　精選叢刊——詩歌類》，臺北：幼獅文化事業公司，1980，頁 174-
　　188。

饒龍隼：〈李何論衡〉，《文學評論》2007 年第 3 期，頁 67-76。

國家圖書館出版品預行編目資料

明代復古派杜詩學研究

陳英傑著. – 初版. – 臺北市：臺灣學生，2018.02
面；公分

ISBN 978-957-15-1752-0 (平裝)

1. (唐)杜甫 2. 唐詩 3. 詩評 4. 明代

851.4415   106025132

明代復古派杜詩學研究

著　作　者　陳英傑
出　版　者　臺灣學生書局有限公司
發　行　人　楊雲龍
發　行　所　臺灣學生書局有限公司
地　　　址　臺北市和平東路一段 75 巷 11 號
劃 撥 帳 號　00024668
電　　　話　(02)23928185
傳　　　眞　(02)23928105
E - m a i l　student.book@msa.hinet.net
網　　　址　www.studentbook.com.tw
登記證字號　行政院新聞局局版北市業字第玖捌壹號
定　　　價　新臺幣六〇〇元
出 版 日 期　二〇一八年二月初版
I　S　B　N　978-957-15-1752-0